Catherine Clément

LE VOYAGE DE THÉO

ROMAN

Éditions du Seuil

TEXTE INTÉGRAL

ISBN 978-2-02-038203-8
(ISBN 2-02-028320-4, Ire édition)

Pour Titus la sardine

Sommaire

Carte

Les Étapes du Voyage de Théo

Delhi

Darjeeling
Bénarès

Tokyo
Kyoto

Jakarta

La Colère des dieux

— Théo ! Tu as vu l'heure ? THÉO !

Théo ne dormait pas vraiment. La tête enfouie sous les draps, il s'abandonnait au flou délicieux du réveil. Au moment précis où sa mère entrait dans sa chambre, la peau de ses pieds commençait à le quitter, et il allait pouvoir s'élever dans les airs, sans son corps... Quel rêve incroyable ! Et il aurait fallu s'arrêter ? Quand on flânait si bien entre le sommeil et le jour, pourquoi ?

— Allez, ça suffit ! s'écria Mélina Fournay. Cette fois, tu te lèves, sans cela...

— Non ! gémit une voix étouffée. Pas secouer l'oreiller !

— Chaque fois, c'est pareil, protesta sa mère. A force de traîner le soir, tu as de mauvais réveils. C'est ta faute, aussi !

Théo se redressa péniblement. Le plus dur, c'était de passer à la position verticale et d'affronter le léger vertige du matin. Un pied surgit du lit, puis une jambe, puis Théo tout entier, fourrageant ses cheveux bouclés. Il se mit debout... Et chancela. Sa mère le rattrapa de justesse et s'assit avec lui sur le bord du lit. En soupirant, elle examina les livres éparpillés sur la couverture.

— Dictionnaire de l'Égypte ancienne, Mythologie grecque, Livre des Morts tibétain... Qu'est-ce que c'est que ces horreurs ? Ce n'est pas de ton âge, Théo ! Jusqu'à quelle heure as-tu traîné cette nuit ? dit-elle, grondeuse.

— Hmmm... Sais plus, grogna Théo endormi.

— Tu lis vraiment trop tard, murmura-t-elle, fronçant ses épais sourcils noirs. Tu vas finir par te rendre malade, sais-tu ?

– Mais non, répondit Théo dans un bâillement. C'est juste que j'ai un peu faim.

– Tout est sur la table et je t'ai préparé tes vitamines, dit-elle en l'embrassant sur le front. Ton amie Fatou ne va plus tarder, dépêche-toi. Couvre-toi bien, il fait drôlement froid. Ah ! N'oublie pas de passer à la pharmacie chercher tes ampoules. L'ordonnance est sur le buffet de l'entrée… Théo !

Mais Théo trottinait vers la salle de bains en se tenant aux murs. Pensive, Mélina retourna dans la cuisine, où son mari Jérôme lisait le journal de la veille.

– Cet enfant ne va pas bien, dit-elle à mi-voix. Pas bien du tout.

– Qui, Théo ? dit son mari sans lever la tête. Primo, à quatorze ans, ce n'est plus un enfant. Deuxio, qu'est-ce que tu lui trouves ?

– Oh toi, tu ne vois jamais rien. Il a une mine de déterré, il a du mal à se lever…

– Descartes aussi détestait se lever le matin. Cela ne l'a pas empêché de devenir philosophe.

– Mais on dirait qu'il a des vertiges, et…

– Tu sais bien qu'il lit tard, coupa Jérôme tranquillement.

– As-tu vu ses lectures ? s'écria Mélina. Dictionnaire de mythologie, Livre des Morts tibétain… Le Livre des Morts !

– Écoute, chérie, Théo n'a eu aucune éducation religieuse. Nous étions d'accord sur ce principe, toi et moi… Rien d'étonnant à ce qu'il se forme lui-même ! Laisse-le faire ! S'il veut choisir une religion, qu'il soit libre… Et puis il a beaucoup grandi. La visite médicale annuelle n'a rien montré, que je sache ?

– Tu plaisantes, Jérôme ! La visite médicale au lycée ? Auscultation, réflexes, radio rapide et encore pas toujours, terminé… Non, décidément je vais l'emmener chez Delattre.

– Arrête un peu, Mélina ! Tu le bourres de fortifiants et tu le couves comme un bébé ! Il lit tard, bon. Je trouve cela plutôt bien. Assieds-toi.

16

– Il a quelque chose, dit-elle entre ses dents. J'en suis sûre.

– Comme tu veux, soupira-t-il en pliant son journal. Va chez Delattre. Tu l'auras, ta prise de sang. Et moi, si tu veux bien, je file au labo. Est-ce que j'ai droit à un baiser ?

Mélina tendit sa joue sans répondre.

– Et je ne veux plus entendre parler des vertiges de ton poussin chéri ! menaça-t-il en quittant la pièce.

Seule devant son café, Mélina ruminait en attendant Théo.

La famille de Théo

Jusqu'à ce dernier hiver, l'humeur de la famille Fournay était au beau fixe. Pas de chômage, pas de disputes. Le père de Théo était directeur de recherches à l'Institut Pasteur, jouait du piano à ravir et se montrait le meilleur des époux. Mélina avait beaucoup de chance : professeur de sciences naturelles au lycée George-Sand où Théo poursuivait ses études, Mélina avait des collègues impétueux et des lycéens sages. Les sœurs de Théo adoraient leur frère : l'aînée, Irène, commençait une licence d'économie et Athéna, la petite dernière, allait entrer en sixième. Hormis quelques affaires de chaussettes mélangées dans le panier à linge et de belles batailles rangées pour débarrasser la table, Théo ne connaissait aucun problème avec ses sœurs. Mais il était fragile, voilà.

Avant d'épouser Jérôme, Mélina Chakros avait connu des moments difficiles. Elle était encore enfant lorsque, en 1967, menacés par la dictature militaire en Grèce, Georges Chakros, son père, journaliste de son état, et Théano, sa mère, qui était violoniste, avaient dû s'exiler à Paris, ville sans oliviers et sans soleil. Puis Mélina avait grandi, réussi ses examens, rencontré Jérôme, épousé Jérôme, les enfants étaient nés, la dictature des colonels avait fait place à la démocratie et les parents Chakros étaient retournés à Athènes. En mémoire du pays retrouvé, les petits Fournay portaient des prénoms grecs. Voilà pourquoi l'aînée s'appelait Irène, c'est-à-dire la paix, et la petite, Athéna, autant

17

dire la sagesse. Quant au prénom complet de Théo, c'était Théodore, ce qui veut dire en grec « le don de Dieu ». Évidemment, pour Théodore et Athéna, c'était un peu dur à l'école, mais vite, leurs amis avaient pris l'habitude de les appeler Théo et Attie.

Tout eût été parfait, n'était la santé de Théo.

Théo avait eu une naissance mouvementée. Mélina attendait des jumeaux. Ils étaient nés avec un bon mois d'avance, mais seul Théo avait survécu. Il en avait gardé un sommeil difficile et une vraie fragilité. Pour ne pas le troubler davantage, Mélina avait décidé qu'on ne lui dirait rien de son jumeau mort-né, dont il ignorait l'existence. Théo avait été un bel enfant un peu frêle, avec des boucles noires et un regard vert à rendre jalouses ses sœurs.

« La beauté du diable… », disait de son vivant la mère de Jérôme, Marie, sa grand-mère française, qui en tenait pour les fées et les lutins des bois. « La beauté des dieux ! » répliquait Mamy Théano, sa grand-mère grecque, qui gavait son petit-fils de mythologie antique et de religion orthodoxe. Théo était si joli, si vulnérable que, lorsque les deux grand-mères s'extasiaient sur le charme de l'enfant, Mélina se signait discrètement et touchait du bois en cachette, pour conjurer le mauvais sort. Car si elle ne croyait pas en Dieu, la maman de Théo était terriblement superstitieuse.

Dans la famille, on le savait, Théo n'était pas comme les autres. Toujours premier en classe, il lisait sans cesse ; il avait commencé tout petit, le nez constamment fourré dans ses sacrés bouquins. Et quand on l'arrachait à ses lectures, il se plantait devant son Macintosh, dans lequel il explorait ses CD Rom avec passion. Ces derniers temps, Théo ne quittait plus un jeu mythologique en anglais que lui avait offert sa mère, *Wrath of the Gods – La Colère des dieux* – où un jeune héros se trouvait confronté à tout ce que la Grèce compte de sirènes, de géants et de monstres, cependant qu'une Pythie aux cheveux rouquins délivrait des conseils pervers pour désorienter le joueur.

Malgré ses réticences sur les jeux vidéo, Mélina n'avait

pas résisté à *La Colère des dieux*, à cause de la Grèce. Des heures durant, Théo se promenait sur l'écran à travers le pays natal de sa mère sous les oliviers grecs, des heures durant il jouait à chercher l'identité du Héros qui lui ressemblait comme un frère. Beau gosse, très malin, un peu frêle, le Héros de *La Colère des dieux* devait affronter plusieurs fois les Enfers afin de retrouver son véritable père, Zeus, le roi des dieux grecs. Lorsque Jérôme Fournay essayait de rivaliser avec son fils, il se retrouvait aux Enfers et n'en sortait jamais… Car c'était un fait avéré : à coups de gemmes, de marteaux, de philtres et d'anneaux mystérieux, seul Théo parvenait à retrouver le roi des dieux avec son Macintosh. Tout le monde savait que Théo était un enfant génial.

Que Théo fût un petit génie n'inquiétait pas grand monde. Mais il était fragile, beaucoup trop fragile. A toute vitesse, Mélina récapitulait. A trois ans, il avait eu une primo-infection. A sept ans, une méchante scarlatine l'avait durablement affaibli, mais il en avait quatorze aujourd'hui et c'était une vieille affaire. A dix ans, il s'était cassé le tibia en jouant au foot. Ensuite, il avait grandi énormément, le sport le fatiguait, ses professeurs parlaient de surmenage, bref, Théo traînait une étrange faiblesse. Fallait-il chercher du côté de l'hérédité ? A quatorze ans, sa mère avait fait une grosse anémie. Ou alors, une simple hypoglycémie ? A moins que peut-être une mononucléose…

Fatou

— Bonjour ! cria une voix dans le couloir. C'est Fatou !

Comme toujours, Fatou était d'une ponctualité exemplaire. Et comme toujours elle arrivait essoufflée, secouant ses minuscules tresses terminées par des perles d'or. Fatou la Sénégalaise venait en voisine, et Fatou, c'était la joie du matin.

— Déjà ? Je ne t'ai pas entendue sonner !

— Normal, répondit la petite en posant son sac à dos. J'ai croisé ton mari, il m'a ouvert la porte. Théo est prêt ?

– Bien sûr que non, soupira Mélina. Tu sais comment il est. Tiens, assieds-toi et prends du café.

– Pas le temps. On va finir par être en retard, en plus on a une interro en histoire ce matin. Je vais le chercher.

– Frappe avant d'entrer ! Il est dans la salle de bains ! cria Mélina vainement.

Comme si Fatou se souciait de voir Théo tout nu… Depuis la petite école, ils avaient grandi ensemble. Dans la rue de l'Abbé-Grégoire, jamais on ne voyait Fatou sans Théo, Théo sans Fatou. Fatou riait tout le temps, sauf pendant les manifs, quand un jeune s'était fait descendre dans les banlieues. Alors Fatou déboulait chez Théo et le prenait par la main, allez, disait-elle, on va à la manif, mon Théo. Théo ne pouvait se passer de Fatou, qui le sortait de ses bouquins en lui racontant le Sénégal.

Le long nez des pirogues surfant sur la crête des vagues, les baobabs aux bras tourmentés, les noirs greniers de paille sur pilotis, les plages où les pêcheurs déversaient les barracudas, le vol lourd des pélicans, les gros yeux rouges des hippopotames qui surgissaient une fois tous les dix ans sur les rives du fleuve Sénégal… Fatou parlait et Théo rêvait. M. Diop, le père de Fatou, était veuf. Philosophe de son état et fonctionnaire à l'Unesco, il évoquait les vacances qu'un jour, c'était certain, on passerait en Afrique ensemble… Mais chaque année, les deux familles se retrouvaient à La Baule où, sur le bord de la plage, Abdoulaye Diop comparait les vagues grises des plages françaises aux vagues turquoise de son pays, avec mélancolie.

– MÉLINA ! hurla soudain Fatou dans la salle de bains. Vite !

Mélina se précipita. Étendu de tout son long sur le carreau de la salle de bains, Théo avait tourné de l'œil. Fatou lui tapotait les joues sans résultat. Mélina prit un verre, ouvrit le robinet en grand et balança l'eau sur le visage de Théo qui battit des paupières et éternua.

– Ne bouge pas, mon chéri, chuchota sa mère. Attends… On va te relever.

Mais quand il fut debout, Théo se mit à saigner du nez.

— La tête en arrière, Théo, ordonna Mélina d'une voix brève. Fatou, une serviette, s'il te plaît. Mouille-la. Bien froide. Passe-la-moi… Là, sur le front. Ce n'est rien.

Mais elle ne pensait pas ce qu'elle disait. Non, ce n'était pas « rien ». Mélina ne s'était pas trompée : Théo était malade. Et pendant que le saignement s'arrêtait, elle palpait le cou de son fils. Bourré de ganglions. Le visage de Mélina se crispa.

— Fatou, Théo n'ira pas au lycée ce matin, décida-t-elle. Je vais faire un mot d'excuses, que tu porteras au proviseur.

— Oui, madame, répondit Fatou pétrifiée.

— Ne m'appelle pas madame ! tonna Mélina. Théo, va te recoucher. Je t'apporte ton petit déjeuner au lit.

— Chouette ! murmura Théo. J'adore ça !

— Flemmard, dit Fatou. Je repasserai tout à l'heure. T'inquiète pas, mon Théo.

— Mais je ne m'inquiète pas, dit Théo. Pourquoi ? Je devrais ?

Une mystérieuse maladie

Le docteur Delattre avait pris la tension de Théo, vérifié les réflexes de Théo, palpé les ganglions sous le cou, tâté les aisselles et les plis de l'aine et s'était arrêté un instant sur un bleu que Théo avait à la cuisse.

— Quand t'es-tu cogné ? avait-il demandé, le visage fermé.

Mais Théo, qui se cognait tout le temps, ne savait plus exactement ni où, ni quand. Ensuite le docteur avait examiné la peau sous toutes les coutures et trouvé sur le ventre un autre bleu sur lequel à nouveau il avait tiqué. Il l'avait ausculté, fait bouger les muscles, les membres, avait vérifié la souplesse du cou et puis s'était levé sans un mot, sans même dire au revoir. Du coup, Théo se posta derrière la porte pour entendre ce que le docteur allait dire à sa mère.

En sortant de la chambre de Théo, le docteur Delattre poussa un énorme soupir.

– Sans les analyses, on ne peut pas savoir, dit-il après un long silence. Vous allez appeler à ce numéro-là et faire venir le labo pour une prise de sang. Tout de suite.

– Voulez-vous dire que je ne peux pas l'y emmener ? demanda Mélina avec angoisse.

– Je préfère qu'il reste au lit. Avec les saignements de nez, il faut être prudent.

– Docteur, il y a quelque chose, n'est-ce pas ?

– Sans doute, éluda le docteur. Dès que j'ai les résultats je vous rappelle.

– Mais qu'est-ce que cela pourrait être ? gémit Mélina.

– Madame Fournay, cessez de vous torturer, et attendons demain. Au fait, vous n'avez pas cours aujourd'hui, vous ?

– Si, dans deux heures. Mais en attendant…

– En attendant, nourrissez-le bien, donnez-lui ce qu'il veut et fichez-lui la paix ! Ce ne devrait pas être bien grave !

Ravi, Théo partit se recoucher. Si ce n'était pas bien grave, il allait se taper une petite semaine tranquille au lit avec ses livres, son ordinateur et la télé. Maman allait lui apporter chaque matin un plateau avec du thé, des toasts et un œuf à la coque, et il ne serait plus obligé de s'arracher à ses rêves de la nuit. C'est ce qui arriva ce matin-là : Maman apporta le plateau, l'œuf, ses mouillettes et le thé, puis s'en fut au lycée et Théo se rendormit comme un bébé.

Évidemment, avant le départ de Maman, l'infirmière lui avait piqué le bras pour la prise de sang. Mais ce n'était pas cher payé pour ce jour de délices, et puis les piqûres, Théo connaissait.

Le lendemain, Théo entendit sa mère téléphoner au docteur Delattre puis fermer la porte. Que pouvait bien lui confier le médecin ?

Mélina réapparut, l'air triste.

– Habille-toi, Théo. On va à l'hôpital pour des examens complémentaires. On a rendez-vous en urgence.

L'hôpital ? En urgence ? Théo se sentit faiblir, mais ne

voulut rien montrer à sa mère. L'hôpital, ça sentait le roussi. Enfin, au pire, il avait un an d'avance en classe.

– Et c'est quoi, ces examens ? demanda-t-il d'une petite voix.

– Rien, mon chéri. On va te prendre un peu de moelle dans les os. C'est un peu pénible.

– De la moelle ? Mais dis donc, je ne suis pas un os de pot-au-feu ! plaisanta vaillamment Théo.

Panique à bord

Lorsque revinrent les résultats de l'hôpital, tout changea.

La famille était sens dessus dessous. Maman cachait ses larmes, Papa rentrait très tôt l'après-midi, Attie venait tout le temps dans la chambre de son frère et Irène pleurait. Quant à Fatou, elle ne riait plus du tout. Théo essaya bien de la taquiner sur ses nattes qui s'étaient à moitié défaites, mais Fatou se contentait d'un petit sourire triste à fendre le cœur. « Qu'est-ce que j'ai au juste ? » se demandait Théo.

Naturellement, personne ne lui disait rien. L'étrange, c'est qu'il n'était pas retourné à l'hôpital. Une semaine passa. Théo ne se sentait ni vraiment plus mal ni vraiment mieux. Il flottait dans un océan de faiblesse qui n'était pas désagréable. Quand Fatou lui demandait : « Alors, mon Théo, comment tu te sens aujourd'hui ? », il répondait invariablement : « Un peu fatigué, mais ça va aller. »

Plus question d'aller au lycée. Deux jours après le résultat de la ponction médullaire, Papa avait réglé le problème en un tournemain. Fatou apporterait les cours, Théo étudierait à la maison, il y rédigerait ses copies, les professeurs étaient d'accord pour les corriger, le proviseur aussi. Il n'y aurait pas de retard scolaire, pas de difficultés, disait Papa.

Il essayait bien de surveiller l'ensemble du dispositif, Papa. Il avait acheté une table adaptée pour travailler au lit, une superbe tablette avec de petits pieds qu'on posait sur les draps. Il avait offert à Théo un stylo qui glissait bien sur le papier... Oui, Papa s'occupait de tout. Mais Théo préférait ses chers livres aux manuels de mathématiques, et Fatou, qui le savait, ne semblait pas s'en indigner le moins du monde.

Un matin, elle lui apporta un collier auquel elle avait suspendu un scorpion de perles noires. « Un gri-gri de chez moi », avait-elle dit en accrochant le fil autour du cou de Théo. « C'est de la part de mon père. Porte-le pour me faire plaisir... Cela te protégera, mon Théo. » L'animal protecteur était drôle avec ses yeux en boutons blancs, et Théo le tripotait avec bonheur en songeant aux étranges divinités qui veillaient sur lui depuis la lointaine Afrique où Fatou était née.

Ce jour-là, Fatou avait souri. Mais depuis, plus du tout, et Théo se rongeait les sangs. Le pire, c'était Maman, avec son courage et ses yeux rouges à force de pleurer. Bien sûr, Théo ingurgitait des médicaments tous les jours, mais maintenant qu'il n'y avait plus ni boîtes ni notices, Théo ne pouvait rien apprendre. Le docteur passait souvent, pour examiner la peau, surveiller l'apparition des bleus et palper les ganglions. Maman lui apportait les comprimés et le verre d'eau et s'asseyait au bord du lit sans un mot. Un matin, il avait demandé s'il avait le sida, et Maman avait sursauté. Non, Théo n'avait pas le sida. Puis elle s'était enfuie brusquement, les larmes aux yeux.

Non, tout ce qu'il savait, c'est qu'il était malade et que peut-être, oui, peut-être même allait-il mourir. Mais cela, il ne le dirait à personne, et d'ailleurs ce n'était pas tout à fait sûr.

Chapitre 1

Une histoire à la Marthe

Une tante extravagante

La deuxième semaine, Théo retourna à l'hôpital. Salle d'attente, prise de sang, salle d'attente, scanner, salle d'attente, radiographie, échographie, salle d'attente… Ça n'en finissait plus. Théo avait si peur qu'il se laissait faire. Un objet, voilà ce qu'il était devenu. On l'étendait, on le branchait, on lui passait sur la poitrine une glu incolore et glacée, on le relevait, hop, on changeait de salle, et ainsi de suite. De temps en temps, Théo demandait s'il avait une maladie grave, mais on se contentait de lui sourire. Les infirmières étaient gentilles, et Maman si malheureuse que, pour ne pas trop céder à l'angoisse, Théo avait emporté sa Mythologie égyptienne.

– Mais comment peux-tu lire des choses aussi sérieuses, soupirait Maman. Pourquoi ne pas essayer un bon roman ? *Les Trois Mousquetaires*, non ?

– Bof, répondait Théo. Je l'ai déjà lu. Ça n'a même pas existé. Athos et Milady, ce ne sont pas des vrais.

– Justement ! Ce qui n'est pas vrai est plus intéressant ! Et puis, tes dieux d'Égypte, tu crois qu'ils ont existé, peut-être ?

– Ben oui, marmonnait Théo.

Puis il se replongeait dans un univers où les ibis étaient savants, les lionnes amoureuses et les vautours, des mères. Tout de même, à la fin du jour, il était épuisé. Ces gros instruments dans la pénombre, et ces silences…

Un soir, comme ils rentraient, Papa brandit un télégramme.

— Cette fois, nous y sommes ! s'écria-t-il. Elle sera là demain !

— Qui cela ? demanda Théo.

— Tante Marthe, répondit Maman. Elle vient de Tokyo.

— Demain ? Qu'est-ce qui lui prend ? demanda-t-il encore.

Pas de réponse. On le coucha, et on s'enferma dans le bureau. Il y avait anguille sous roche. Mais avec Tante Marthe, ce n'était pas surprenant.

Tante Marthe était une drôle de personne. A vingt ans, Marthe Fournay avait épousé un Japonais qu'elle avait rencontré sur les routes de Thaïlande, en parcourant le monde à bicyclette. Cinq ans plus tard, le Japonais était sorti de sa vie aussi bizarrement qu'il y était entré, et Tante Marthe était devenue en secondes noces la femme d'un riche banquier australien, qu'elle avait croisé en Californie entre Los Angeles et San Diego. Tante Marthe s'était installée à Sydney avec John Mac Carey, et on n'avait plus entendu parler d'elle, sauf pour les fêtes de fin d'année. Puis l'oncle John était mort dans un accident de voiture, et Tante Marthe s'était retrouvée à la tête d'une immense fortune. Par fidélité à l'oncle John, qu'elle adorait, elle avait juré de ne jamais se remarier, et puisqu'elle n'avait pas eu d'enfants, elle avait reporté son affection sur ses nièces et son neveu, qu'elle inondait de cadeaux venus du monde entier. Kimonos pour les filles, vitamines américaines, couteaux japonais spéciaux pour tranches de poisson cru, matriochkas, turquoises de Chine et, venues d'Indonésie, les épices… Tante Marthe était d'une inventivité inépuisable.

Il est vrai qu'elle voyageait sans cesse. Après son veuvage, elle avait tiré parti de ses études de langues orientales et s'était reconvertie dans l'étude des textiles traditionnels. Tante Marthe n'avait aucun besoin de travailler, mais elle aimait courir le monde, pour la plus grande joie de sa famille. Tante Marthe, dont la vie sentimentale semblait fort compliquée, avait des amis partout dont elle parlait avec une exquise simplicité, à la grande exaspération de sa belle-sœur Mélina qui la trouvait bêcheuse. Ronde, très vive, Tante Marthe s'habillait comme l'as de pique, adorait les bijoux, fumait le cigarillo et faisait du yoga.

C'était une excellente femme, mais Papa la jugeait un peu folle. « Oh, ce sont encore des histoires à la Marthe », disait-il quand une affaire lui semblait singulière. On la voyait rarement, mais elle téléphonait beaucoup, surtout quand elle arrivait. « J'arrive dans un mois. » Le lendemain : « Non, dans quinze jours, je viens de Katmandou. » Le lendemain : « Je serai là vendredi à 20 heures par l'avion de Toronto. » Et Tante Marthe débarquerait sans crier gare ? La dernière fois qu'elle avait fait ce coup-là, c'était pour la mort de grand-père.

Sûr, Tante Marthe avait appris la maladie de Théo.

Tante Marthe arrive

Drapée dans un châle indien qu'elle déroula avec majesté, Tante Marthe se posa lourdement dans un fauteuil.

– Mes enfants, je suis gelée, claironna-t-elle. Mélina, est-ce que cela t'ennuierait de me trouver de l'aspirine ? Irène, si tu faisais du thé, ma chérie ? Regarde dans le grand sac, tu trouveras un paquet qui vient du Japon, du thé vert. Attie, dans mon attaché-case, le sachet en satin rouge, c'est pour toi, mais tu vas regarder dans ta chambre. Et quant à toi, mon Théo…

Allongé sur le canapé du salon, Théo la fixa avec inquiétude. Ils étaient tous partis sans protester, même Irène qui détestait faire le thé. Tante Marthe poussa un gros soupir.

– Pour ton cadeau, nous verrons plus tard, dit-elle. Alors, tu nous fais des blagues, hein ? Tu es malade ? Dis-moi, c'est pour de vrai ou pour de rire ?

– Qu'est-ce que j'en sais ? répondit Théo en tortillant ses boucles.

Boudinée dans une tunique trop étroite, coiffée d'un bonnet népalais de feutre brodé, Tante Marthe était plus ridicule que jamais. Comme si elle lisait dans ses pensées, elle le regarda intensément et Théo se sentit coupable.

– Mais je t'assure, Tante Marthe, on ne m'a rien dit, rien du tout, bredouilla-t-il.

– Tu as bien une idée, tout de même, grogna-t-elle.

– Oui, murmura Théo.

– Alors ?

Le regard sévère, Tante Marthe ne le quittait pas des yeux. Brusquement, Théo se mit à sangloter.

– Mon pauvre enfant, soupira-t-elle en le prenant dans ses bras. Et tu t'imagines que je vais rester là sans rien faire ?

Théo ne s'arrêtait plus.

– Mon amour, chuchotait Tante Marthe, mon tout petit…

Soudain, elle le repoussa.

– Lève-toi, ordonna-t-elle.

– Je n'ai pas le droit ! hoqueta-t-il.

– Des clous, lança-t-elle. Allez ! Debout !

Galvanisé, Théo se redressa et demeura les bras ballants.

– Eh bien, tu vois, dit-elle satisfaite. Non ! Ne te recouche pas. Marche un peu… Voilà. Très bien. Maintenant, saute.

Décidément, Tante Marthe était folle. Sauter, quand il était malade, alité, condamné ? Et pourquoi pas, après tout ? Théo fit un petit saut minuscule.

– Bon. Ce n'est pas bien haut, mais c'est un saut, tout de même. Crois-tu que tu pourrais porter ce sac à dos ? dit-elle en désignant un bagage oublié.

Sans protester, Théo enfila les bretelles du sac noir. Il était un peu lourd, et Théo vacilla.

– Tu as un peu de mal, constata-t-elle. Logique, tu es au lit tout le temps. C'est bien ce que je pensais.

Que pensait donc Tante Marthe ? Et qu'avait-elle en tête ? Théo se sentit envahi d'une étrange excitation.

– Dis, Tante Marthe, tu m'as rapporté quelque chose ? dit-il en courant se blottir dans ses bras.

– Oui, mon garçon, dit-elle avec tendresse. Tu sauras tout à l'heure, au dîner. En attendant, va t'habiller. Je te préfère en jean.

– Tu ne m'as pas rapporté une cravate, au moins ? demanda Théo. Parce que ça, je déteste…

– Jeune idiot. Simplement, tu mettras un foulard autour du cou. J'aime bien.

Les surprises du premier dîner

Théo choisit une chemise rouge, un jean beige et un foulard noir. Cela faisait soleil, d'accord, mais Tante Marthe était capable d'apporter l'été en plein hiver. A tout hasard, puisqu'il était debout, il alluma *La Colère des dieux* sur son ordinateur et consulta la Pythie.

Avec son sourire de top model, elle lui fit payer cinq points pour le *hint* qui donnait la solution de l'énigme du jour. Théo paya et guetta la réponse : « Pas de chance… ricana la Pythie d'un air de chipie. Vous devez d'abord repasser par le Bois sacré… » Le Bois sacré ? Théo croyait pourtant avoir tout exploré… Il ferma l'ordinateur et se dirigea vers la cuisine. Maman tournait la salade.

– Qu'est-ce qu'on a pour ce soir ? demanda-t-il.

– Pourquoi, tu as faim, mon chéri ? Il y a du minestrone, des mezzés, et puis j'ai fait une tarte.

– Aux pommes ?

– Non, aux poires, avec de la meringue, murmura Mélina soucieuse. Ça ira ?

Dès l'instant qu'il n'y avait pas de viande rouge au menu, pour Théo, tout allait bien. Il rôda dans l'appartement, flâna du côté de la chambre d'Irène, mais, comme d'habitude, le nez sur le téléphone portatif, elle parlait à son chéri. Théo s'en fut poliment et alla taquiner Attie comme au bon vieux temps. Mais Attie se laissa faire sans répliquer. Restait le bureau de Papa.

– Comment, Théo, tu es debout ? Écoute, tu n'es pas sérieux, gronda Papa. Repose-toi… On t'appellera pour le dîner.

Découragé, Théo trottina jusqu'au salon et se recoucha sur le grand canapé. Le dîner fut sinistre. Maman parlait avec une gaieté forcée, Irène ne mangeait rien, Attie chipotait et Papa se taisait. Tante Marthe, elle, était intarissable. Au dessert, elle attaqua.

– Alors voilà, Théo, dit-elle en lançant un regard circulaire autour de la table. J'ai décidé de t'emmener faire le tour du monde.

Le tour du monde ! Mais elle était toquée, Tante Marthe !

— Ça va pas, la tête ? Et le bahut ? dit Théo d'une petite voix.

— Bah ! dit Tante Marthe. Le lycée, tu as bien le temps. Tandis que moi, je ne suis pas éternelle. Dis-moi si je me trompe : est-ce que tu n'as pas un an d'avance dans ta scolarité ?

Abasourdi, Théo regarda ses parents. Le nez dans leur assiette, ils ne bronchaient pas. Comme si elles avaient reçu un ordre invisible, Irène et Attie se levèrent de table et disparurent.

— Je suis malade, Tante Marthe, déclara Théo bravement. Je ne crois pas que…

— Justement ! s'écria-t-elle. Ces docteurs sont des ânes. Nous allons parcourir le monde en consultant des médecins de ma façon. Mais pas dans les hôpitaux. D'accord ?

Ça, c'était encore une histoire à la Marthe ! Pas dans les hôpitaux, mais où, alors ?

— Parce que tu sais, ce n'est pas n'importe quel tour du monde, mon Théo, enchaîna-t-elle. Ne compte pas sur moi pour faire du tourisme ! Tu ne verras pas la muraille de Chine, ni le Taj Mahal, ni les chutes du Niagara…

— Maman… gémit Théo. Dis-lui !

— Je ne vais pas t'enlever, coupa Tante Marthe. Tu ne t'imagines pas que tes parents ne m'ont pas donné leur accord, tout de même ! N'est-ce pas, Jérôme ?

Papa acquiesça sans mot dire. Mais qu'allait dire Maman ?

— Allons, Mélina, grogna Tante Marthe. Un peu de courage.

— C'est vrai, Théo, dit Maman en relevant la tête. Nous avons dit oui.

— Alors je suis guéri ? s'écria Théo ivre de joie.

— En tout cas nous téléphonerons tous les jours, dit Tante Marthe volubile. D'ailleurs, j'ai un portable que j'ai acheté à Tokyo, un modèle épatant, tu verras, on n'aura aucun problème…

– Et vous ferez des prises de sang à chaque étape, continua Maman. J'ai les noms de tous les hôpitaux, et…

– Ah, dit Théo.

– Partout, il y a d'excellents docteurs et puis vous
emporterez les médicaments, et…

– Ah, répéta Théo tristement.

Tante Marthe foudroya Mélina du regard.

– Je ne veux plus entendre parler d'hôpital et de médecine ! s'écria-t-elle. Allez, on débarrasse la table. Les
filles ! Venez nous aider !

Tante Marthe ne manquait pas d'autorité. Comme par
enchantement, Irène et Attie réapparurent, et en un clin
d'œil la table était vide.

– Jérôme, sors ton atlas, s'il te plaît, ordonna Tante
Marthe. Je vais vous montrer. Alors. On commence par…

– Est-ce qu'on verra les Pyramides ? coupa Théo soudain très excité.

– Ne va pas m'interrompre à chaque instant ! Attie, dans
mon sac, il y a des pastilles rouges collées sur du papier.

– Et le Kremlin ? demanda Théo.

– Tu t'intéresses à la momie de Lénine ? répondit Tante
Marthe en collant les pastilles avec application. Je te préviens, cela n'est pas dans mes idées.

Fasciné, Théo suivait l'apparition des points rouges sur
la carte du monde. Rome, Delphes, Louksor…

– J'ai pigé ! dit Théo. C'est un tour du monde d'antiquités.

– Pas du tout, dit Tante Marthe impassible. Regarde, là.

– Am-ti-srar, déchiffra Théo.

– Am-rit-sar, corrigea Tante Marthe. Je sais, c'est difficile à dire.

– C'est quoi ? demanda Théo.

– La ville sacrée des sikhs, intervint Papa. C'est au
Pendjab.

– Mais c'est qui, les sikhs ?

– Les fidèles d'une religion que tu ne connais pas, dit
Maman.

– Ah bon ? dit Théo. Ça m'épaterait. Avec les histoires
que ça fait au lycée… Le vendredi pour les musulmans, le

samedi pour les juifs, le dimanche pour les autres, avec ça que je ne connais pas les religions !

– Chiche, dit Tante Marthe avec un sourire. Vas-y, on t'écoute.

– Les juifs sont les plus vieux du monde, commença Théo. Ils prient le samedi dans une église qu'ils appellent synagogue, et ils ont été massacrés par les nazis pendant la guerre, on appelle ça la Shoah. Ils habitaient Jérusalem, et ils en ont été chassés. Après on leur a redonné leur pays, Israël, mais ils se battent tout le temps avec les musulmans.

– Si l'on veut, bougonna Tante Marthe. Quel est leur dieu ?

Théo demeura bouche bée.

– Bravo, ironisa-t-elle. Les juifs n'ont qu'un seul dieu qu'ils n'ont le droit de représenter sous aucun prétexte, ni même de nommer. Et d'un. Ils sont le peuple élu de Dieu, qui a conclu une alliance avec eux. Et de deux. Ils attendent le Messie qui reviendra à la fin des temps, et de trois. Continue…

– Attends, le Messie, c'est qui ? demanda Théo.

– Le sauveur du monde.

– Alors c'est Jésus ! s'écria Théo.

– Pas pour les juifs, figure-toi. Jésus est le Messie des chrétiens. Les juifs, eux, l'attendent encore.

– Mais pour les musulmans, c'est fastoche, répliqua Théo vexé. Leur dieu s'appelle Allah, il est grand et Mahomet est son prophète. Ils prient le vendredi à la mosquée, dans la direction de La Mecque, leur ville sainte, où les vrais musulmans vont en pèlerinage une fois dans leur vie. Alors ils deviennent des *hadjis*. Ils n'ont pas de prêtres, mais des marabouts.

– C'est mieux, concéda Tante Marthe. Mais d'où sors-tu les marabouts ? On ne les trouve qu'en Afrique !

– Ma copine Fatou m'a expliqué, répondit-il fièrement. Elle est sénégalaise et musulmane.

– Et les chrétiens, Théo ? demanda Tante Marthe.

– Eux, ils croient en Jésus-Christ qui a été crucifié par les Romains parce qu'on l'appelait « roi des juifs ». Jésus était le Fils de Dieu le Père, qui l'a envoyé sur terre pour racheter les péchés des autres. Les chrétiens vont à la messe le dimanche, ils avalent des hosties, ils s'embrassent à la fin et les prêtres portent de drôles de robes brodées.

– Admettons, soupira Tante Marthe. Quelle différence vois-tu entre le Dieu des juifs, celui des chrétiens et celui des musulmans ?

– A part que les juifs et les musulmans ont l'air de croire en un seul dieu, aucune idée, répondit-il perplexe. Parce que pour les chrétiens, ils sont deux, plus une colombe qui s'appelle le Saint… J'ai oublié. Le Saint-Père ?

– Le Saint-Esprit, corrigea Mélina. Tu n'as pas bien écouté Mamy Théano.

– Et les autres religions ? susurra Tante Marthe.

Les chrétiens, les juifs, les musulmans, il l'avait déjà dit. Les protestants, ah, et puis les orthodoxes puisque la famille était grecque, les bouddhistes, les animistes…

– Très bien, Théo ! dit son père.

– C'est Fatou, dit Théo. Elle m'a raconté les vieux dieux d'Afrique. Enfin, vieux, je ne veux pas dire…

– Ensuite ? coupa Tante Marthe.

– Ensuite ? Heu… Les Indiens ?

– Lesquels ? dit-elle. En Amérique ou en Inde ?

– En Amérique, répondit Théo sans hésiter. Parce que j'ai le CD *Sacred Spirits*. Et puis dans un épisode de *Texas Ranger*, le ranger allait dans une hutte de feu, il avait la vision d'un aigle et il trouvait le garçon blessé par les gangsters. D'ailleurs la religion indienne existe aussi de l'autre côté, en Inde. Ah mais !

– Il y a huit religions en Inde, dit doucement Tante Marthe. Tu vois que tu ne connais pas tout.

– Le zen ! lança triomphalement Théo. Irène dit tout le temps qu'elle est zen !

– Soit, admit Tante Marthe. Et au Brésil ?

Théo sécha. Sur la Chine, il finit par lâcher le maoïsme.

– Pas mal, dit Tante Marthe. Un peu dévalué, peut-être, mais ce n'est pas bête. Tu ne voulais pas dire « taoïsme », par hasard ?

Mais Théo ne connaissait pas le mot. Il se replongea dans la carte.

– Darjeeling ? demanda-t-il étonné. Je ne sais même pas où c'est ! En Birmanie ?

– Mais Marthe, les hôpitaux à Darjeeling… gémit Maman.

– Tu ne vas pas recommencer, Mélina. On est à six heures de route de Calcutta et deux heures par avion de Delhi. J'ai tout prévu.

Il se fit un silence autour de la table.

– Bon, dit Théo. J'ai compris. On va faire le tour du monde des religions. C'est ça ?

C'était ça.

Les mystères des préparatifs

Mais ce n'était pas seulement « ça ». Le lendemain, comme si la chose eut été conclue de toute éternité, commencèrent les préparatifs du départ. Or il se tramait là des choses tout à fait bizarres. Tante Marthe faisait des listes. Rien de plus normal. Liste des hôtels, des amis, des trains, des avions, des bateaux, bon.

Mais cette liste dont elle ne parlait qu'à ses nièces, hein ? Dès qu'il apparaissait, Irène cachait ses papiers et Attie rougissait ; forcément, avec sa peau de rousse. Pourquoi tant de mystères ? Théo essaya de cuisiner Fatou.

– Ah ça, mon Théo, c'est secret, dit-elle. J'ai juré.

– C'est pour ma maladie ? Des médicaments ?

– Sûrement pas, s'écria Fatou. C'est beaucoup plus amusant !

Plus amusant que la maladie ? Elle avait de drôles d'expressions, Fatou ! Comme si Théo pouvait s'amuser quand il se savait très malade, que peut-être il allait… Non. Non, il ne voulait pas penser à la mort. Ça faisait sûrement très mal, la mort, sans cela personne n'en aurait peur. Une énorme souffrance et ensuite… Théo était sûr qu'ensuite commençait un voyage venteux bourré d'épreuves et de complications. A en croire les Égyptiens et les Tibétains, la

34

vie après la mort n'avait rien d'une partie de plaisir…
L'angoisse lui serra le cœur. Le pire, c'était que Maman
ne supporterait pas. Et que peut-être Théo ne la reverrait
plus. Non ! La seule solution, c'était de ne pas mourir.

Un soir, alors qu'on le croyait couché et qu'il était
revenu prendre un yaourt dans le réfrigérateur, il surprit
une drôle de conversation dans la salle à manger.

– J'avais dit un scarabée, pas une tortue ! criait Tante
Marthe. C'était sur la liste ! Tu vas retourner au magasin !

– Bon, ça va, je te le trouverai, ton trésor. C'est pour
quelle étape, déjà ?

– Pour cacher sous…

Intrigué, Théo passa la tête dans le salon et Tante Marthe
n'acheva pas sa phrase.

– Veux-tu filer au lit, gringalet !

Théo avait passé longtemps à se demander pourquoi
diable Tante Marthe voulait cacher un scarabée. Il chercha
la fameuse liste, sans résultat. Simplement, il remarqua
qu'à ses valises Tante Marthe avait ajouté un gros sac fermé
au cadenas, ainsi qu'une cassette verrouillée. Bref, ça sentait le complot à plein nez. Des cadeaux ? Des surprises ?

Il restait environ un mois. Tante Marthe passait son
temps dans les agences de voyages. Le soir, elle revenait
très agitée : « Vous vous rendez compte ? Pas de liaison
aérienne entre Bagdogra et Jakarta… Il faut passer par
Calcutta ! C'est incroyable ! » Ou bien elle n'arrivait pas
à trouver de chambre dans l'hôtel de son choix, qui était
complet, ou qui était fermé, ou qui n'existait plus… A la
maison, elle téléphonait sur son portable dans des endroits
impossibles, en anglais, en allemand, baragouinant avec
des accents étranges et de grands éclats de voix.

– Mahantji, hurlait-elle au téléphone, *it's so good to hear
you… Yes, I am coming. No, in Paris for the time being.
Oh, you have an E mail in Vanarasi ? OK. OK. But I am
not alone. My nephew will be travelling with me. Yes…* et
là, curieusement, elle baissait le ton.

Quand elle avait terminé sa conversation avec l'interlo-
cuteur invisible à l'autre bout du monde, elle reposait le

combiné d'un air satisfait, et, à la cantonade, elle disait : « Mahantji est ravi. » Personne ne savait qui était Mahantji, mais Tante Marthe semblait si contente qu'on ne lui posait pas de questions. D'autant que le téléphone apportait chaque jour son lot d'inconnus ravis de sa venue, Mlle Oppenheimer, Mme Nasra, Rabbi Eliezer. « Bien ! soupirait-elle en feuilletant son carnet d'adresses. Alors pour le Brésil, Brutus Carneiro da Silva », et elle enchaînait.

Le père de Théo, qui avait des relations aux Affaires étrangères, s'occupa des visas de son fils, ce qui n'était pas une mince affaire. Mélina prit son courage à deux mains et rencontra le proviseur du lycée. M. Diop, le papa de Fatou, se chargea du parcours en Afrique. Théo, lui, apaisait son angoisse en consultant la Pythie sur son ordinateur.

La Pythie délivre un message

Elle n'était guère causante ces temps-ci, la rouquine. A toute vitesse, Théo enchaîna les premières épreuves, qu'il connaissait par cœur : donner un diamant à la mendiante, poser un gâteau sur l'autel, faire apparaître le serpent qui lui apprit le langage des animaux. Vite, le Héros courut vers le nord, évita soigneusement le royaume des Morts – Théo n'y tenait guère – avant de s'enfoncer dans un bois… Un drôle de bois sombre et touffu qui n'était jamais apparu sur l'écran.

Le Bois sacré !

La Pythie cligna de l'œil et posa un doigt sur ses lèvres. Puis elle lâcha son éternel message : « Ça va vous coûter cinq points… » OK, songea Théo. Allez, accouche, ma vieille. Clic sur la Pythie. Elle enchaîna : « Prenez une bague avec vous et rencontrez le roi… »

La Pythie disparut et fit place à un paysage de paradis, baigné de soleil et de fleurs, un rêve de campagne sous les oliviers grecs. Près d'un temple en ruine, une ombre voilée l'attendait. « Avez-vous la bague ? » demanda-t-elle d'une voix cassée. « Si vous avez la bague et si vous rencontrez le roi, vous ne mourrez pas et vous retrouverez votre famille. Sinon… »

Mais Théo n'avait pas la bague et l'écran sombra dans un noir infini. Fin du jeu. Pour une fois, Théo avait perdu. Il cliqua et recliqua, mais la Pythie ne clignait plus de l'œil, ne parlait plus de bague et l'ombre à la voix cassée ne réapparut pas.

Cela le tracassa énormément.

Noël à l'avance

Plus que deux jours. Fatou ne quittait plus la maison. Le dernier soir, on s'agita ferme dans la cuisine où Théo n'eut pas le droit d'entrer. Vingt minutes avant le dîner, Papa vint l'avertir : « Allez, fais-toi beau ! » Et Papa était en smoking, comme pour aller à l'opéra. Théo obtempéra : jean noir, tee-shirt frappé du plus beau des tigres, baskets blanches, et le scorpion de perles de Fatou.

Quand il ouvrit la porte de la salle à manger, on aurait dit Noël. Maman était en robe longue, la verte. Irène était en dame avec un bustier rouge, Attie en ballerine avec un drôle de tutu bleu, Tante Marthe portait une gandoura noire brodée de blanc, et Fatou… Ah ! Fatou. Elle avait revêtu le boubou préféré de Théo, le vermillon avec des cercles d'or. Sur la table, le couscous était prêt. Et dans un coin, un sapin décoré clignotait au-dessus d'une crèche… Déjà ?

— Mais ce n'est pas encore Noël ! s'écria-t-il.

— On a décidé d'anticiper, répondit Mélina. Ce soir, sapin et cadeaux.

— Ah, souffla Théo. Parce qu'à Noël je risque de ne plus… Je veux dire…

— Triple buse ! éclata Tante Marthe. A Noël on sera déjà en voyage, c'est tout !

— Ce sera où, Noël ? demanda Théo, méfiant.

— Tu verras, dit-elle, mystérieuse. Ensuite, il te faudra découvrir la prochaine étape de notre voyage. Tout seul comme un grand.

— Mais… Mais… bégaya Théo.

– Il n'y a pas de mais. Je t'ai vu jouer sur ton ordinateur à ce jeu américain, là, ce truc, comment l'appelles-tu ? Tu sais bien, avec la Pythie…

– *La Colère des dieux*, lâcha Théo. Et alors ?

– Alors tu vas jouer en vrai, dit Papa. Toi aussi, tu devras résoudre des énigmes.

– Dans chaque ville, tu devras trouver quelque chose, ou rencontrer quelqu'un, reprit Tante Marthe. C'est toi qui devineras notre prochaine destination.

– A l'aise, répliqua-t-il. Je sais déjà pour Rome, Louksor, Amritsar, Darjeeling et Delphes. Fallait pas me montrer !

– Ne me prends pas pour une imbécile, protesta-t-elle. Sur la carte, j'ai désigné des villes où nous n'irons pas forcément, et d'un. Il te faudra décrypter de véritables énigmes, et de deux. Tiens, si je te dis : « Va dans le cœur sacré de la ville à la pyramide », que me répondras-tu ?

– Le Caire, pardi !

– Eh bien, c'est Paris ! dit-elle triomphalement. Au Caire, il y a plusieurs pyramides, mais à Paris, il n'y en a qu'une, celle du Louvre… Et le Sacré-Cœur de Montmartre, tu n'y as pas pensé ? Tu vois que ce n'est pas si simple…

– Mais je ne sais rien ! s'effara Théo. Je vais me planter !

– Tu ne te planteras pas. J'ai là toute une valise de bouquins pour t'aider. Cela te fera du travail, je n'en disconviens pas. Mais là-dessus nous sommes d'accord tes parents et moi.

– Et si je sèche, alors on revient à la maison ? dit Théo d'une petite voix.

– Pas du tout. Si tu sèches, tu pourras téléphoner à Fatou. Elle te donnera les indices. Comme la rousse sur ton écran.

Fatou en pythie ! C'était la meilleure. Théo n'en revenait pas. Mais alors elle savait déjà tout… D'un bond, Théo courut l'embrasser.

– Ne compte pas sur moi pour te raconter des choses ! dit Fatou en reculant.

– Non, mais juste un petit câlin, allez, cinq points, murmura-t-il en l'entraînant dans sa chambre.

– Restez ! On n'a pas fini le dessert… s'exclama Mélina.

– Laisse-les, dit Jérôme. Ils ne vont pas se voir pendant longtemps. S'ils se revoient jamais…

La bague de Mélina

Au bout de cinq minutes, Jérôme alla chercher Théo et Fatou.

– Maintenant, les cadeaux de Théo, dit-il.

A genoux sous le grand sapin, Théo farfouilla dans la crèche. Il bouscula l'âne, renversa le bœuf, fit tomber les Rois mages, déplaça délicatement Marie et Joseph, et souleva l'Enfant Jésus. L'enveloppe était sous la paille. Un billet d'avion Paris-Tel-Aviv, classe Espace.

– C'est tout ? s'étonna-t-il.

– Qu'est-ce qu'il te faut ! marmonna Tante Marthe, vexée.

– Le reste est dans tes bagages, Théo, dit Papa. Tu découvriras tes cadeaux à Jérusalem. C'est la première épreuve.

– Ce n'est pas juste ! s'écria-t-il. Pourquoi ?

Et sans y penser, il se mit à pleurer. Mélina se précipita.

– Maman, sanglotait-il, je vais partir…

Des mots si simples, « Je vais partir ». Il y eut des larmes dans tous les yeux, car chacun comprenait l'autre sens de la phrase, celui auquel il était interdit de penser.

– Maman, gémissait Théo, Maman…

Et comme elle l'emmenait doucement vers sa chambre, il chuchota :

– Maman, s'il te plaît, donne-moi une de tes bagues. Juste une bague, n'importe laquelle…

Mélina s'arrêta.

– Une bague ?

– Une bague de toi, je t'en prie…

Perplexe, Mélina regarda ses mains, où brillait l'or d'une seule bague, son alliance.

– Celle-là ? murmura-t-elle. Oui, bien sûr.

Sans hésiter, elle la fit glisser de son doigt et la passa à l'index de son fils.

– Tu sais ce qu'elle représente, tu ne la perdras pas, Théo ?

— Juré, souffla Théo. Comme ça, je suis certain de revenir.

« Comme ça, j'ai la bague que voulait la Pythie », songea-t-il en refermant la main sur son trésor. L'alliance que Papa avait donnée à Maman était le plus sûr des talismans.

Le pourquoi du voyage demeurait toujours très énigmatique. Le pourquoi du voyage tenait sans doute à ces étranges médecins qui n'étaient pas dans des hôpitaux. Mais Tante Marthe n'allait pas se mettre à croire aux miracles ! C'était bel et bien une énorme histoire à la Marthe, ce voyage.

Tout ce que savait Théo, c'est qu'il n'était pas du tout guéri, qu'il était très malade et que du voyage on espérait beaucoup. Tout ce qu'il savait, c'est que partir pour partir, mieux valait voyager avec Tante Marthe que partir pour l'autre monde. Et ce qu'il savait encore, c'est qu'à Paris on pleurerait beaucoup pendant qu'il déchiffrerait les énigmes.

Il n'arrivait pas à dormir. Maintenant qu'il avait la bague, que dirait la Pythie sur l'ordinateur ? Comment éviter le royaume des Morts, comment ne pas tomber sur le gardien de l'Hadès, l'horrible squelette nommé Charon ?

Il frissonnait encore quand Tante Marthe entrebâilla la porte et passa la tête.

— Tante Marthe, dit-il d'une voix angoissée, je voudrais te demander quelque chose. Est-ce que je vais mourir ?

— Ça, c'est défendu, mon garçon, répondit Tante Marthe en caressant les cheveux bouclés.

Chapitre 2

L'an prochain à Jérusalem

Quel cruel départ ! A l'aéroport, Mélina avait eu du mal à retenir ses larmes ; Jérôme, qui la surveillait, la tenait par le bras pour affronter l'épreuve. Ce n'était pas la peine de faire craquer Théo ! Il faut dire qu'ils avaient du courage, le fils et la mère, murés dans le même silence, le poing sur la bouche pour ne pas éclater en sanglots… Par chance, Fatou sauva la situation.

– Tu me rapporteras les pochettes qu'on donne dans les avions, lança-t-elle à Théo en secouant ses nattes. Tu sais, les trucs avec des socquettes et des brosses à dents démontables ? Je les veux tous !

– Mmoui, murmura Théo en reniflant. Quoi d'autre ?

– Les savons miniatures, les shampoings des hôtels, les échantillons de parfum, ah ! Et puis les menus, s'il te plaît…

– Entendu. Je te téléphonerai souvent…

– Cela te coûtera cinq points ! Je suis ta Pythie maintenant… Viens me faire un bisou.

Dans l'avion, après les petits plats sur le plateau-repas, Tante Marthe se plongea dans ses journaux. Théo essaya tous les boutons des accoudoirs, alluma et éteignit la lampe du dessus, dérangea l'hôtesse par erreur, mit le siège en position allongée et se mit à somnoler. De temps en temps, sa tête glissait sur l'épaule de Tante Marthe, et il se réveillait d'un coup. « Dors, mon Théo », murmurait-elle. Mais l'angoisse le serrait si fort dans ses griffes que Théo ne pouvait même plus respirer. Il pensa à Jérusalem qu'on voyait souvent à la télé avec une coupole d'or dans le dos de l'« envoyé spécial en direct ». Et puis, au loin, des clochers très blancs, des toits roses si paisibles qu'on imaginait mal la violence là-dessous, les coups de feu, les bombes. Pourtant, l'envoyé spécial parlait toujours d'attentats et de processus de paix.

– Tante Marthe, c'est quoi, la coupole d'or qui domine Jérusalem ? demanda-t-il.

– Le Dôme du Rocher. L'un des grands sanctuaires des musulmans.

– Mais les juifs ont aussi leur synagogue à Jérusalem ! Alors elle est plus petite que la mosquée ?

– D'abord le Dôme du Rocher n'est pas une mosquée, ronchonna-t-elle, ensuite les juifs avaient construit à Jérusalem leur Temple, mais il est détruit depuis très longtemps. Écoute, ne commence pas avec tes questions, tu vas m'embrouiller !

– Dis-moi au moins pourquoi on commence par Jérusalem !

– Parmi toutes les villes du monde, murmura Tante Marthe avec gravité, Jérusalem est la plus sainte. La plus magnifique, la plus émouvante et la plus déchirée. Songe un peu ! C'est sur la montagne de Jérusalem que, au VIIIe siècle avant notre ère, le roi Salomon construisit le Temple du dieu unique, plusieurs fois détruit, plusieurs fois reconstruit avant d'être rasé par les Romains… C'est là, à Jérusalem, que Jésus entra pour dire la Bonne Parole, accompagné par ses fidèles qui brandissaient des palmes en son honneur car il était le Fils de Dieu fait homme, ce qui pouvait paraître abracadabrant. Là, dans la Ville sainte des juifs, il fut arrêté, jugé, crucifié sur une colline, et c'est à Jérusalem qu'il ressuscita… Enfin, c'est sur un haut rocher de Jérusalem que le prophète Mahomet s'éleva d'un bond de sa jument ailée jusqu'au ciel ! Cela te suffit-il, ma petite crevette ?

– Je ne sais même pas qui est le roi Salomon, dit-il piteusement. Ni que Mahomet chevauchait une jument ailée ! A quel point je ne sais rien, c'est dingue !

– Tu sais qui est Jésus, au moins !

– Dame ! Il est né dans une étable entre l'âne et le bœuf, sa mère était la Vierge Marie et son père Joseph le charpentier, sauf que son vrai père était Dieu. Le reste, facile, il est mort, il est ressuscité et puis il s'est barré au ciel.

– Barré ! s'indigna Tante Marthe. Jésus est monté au ciel, s'il te plaît. Ce jour-là s'appelle d'ailleurs l'Ascension.

– Si je comprends bien, ils sont deux à s'être envolés, constata Théo. Jésus et Mahomet. Et du côté des juifs ?

– Personne. Les juifs ont des ancêtres fondateurs, des rois, des prophètes, des héros, des martyrs et des chefs de guerre, mais aucun d'entre eux n'est monté au ciel. Rejoindre Dieu ? Impossible ! Puisqu'on n'a pas le droit de le regarder en face !

– Ah bon ? Mais alors, qu'est-ce qu'on fait ?

– On l'écoute. A Jérusalem, Dieu s'exprime en plusieurs langues. Dans l'hébreu des juifs, dans l'arabe du Coran, dans le latin, l'arménien et le grec des chrétiens… Parfois on a du mal à l'entendre, car les hommes sont durs d'oreille et bavardent trop. Souvent, à cause de la différence de leurs langues, ils ne se comprennent pas et s'entretuent. Connais-tu l'histoire de la tour de Babel ?

– Vaguement, dit-il. Les hommes s'étaient mis en tête de construire une tour qui monterait jusqu'au ciel, si haute que Dieu s'est fâché. Pourquoi cela ne lui plaisait pas, va savoir… En tout cas, il s'est débrouillé pour interdire les travaux.

– Il a tout simplement inventé les langues du monde. Jusque-là, les hommes parlaient le même langage, c'était simple, ils se comprenaient tous. Mais ils ont voulu rivaliser avec Dieu ! Alors Dieu les a punis. D'un coup, les langues. Vlan ! Quand ils reprirent leur construction géante, ils ne se comprenaient plus et tout s'arrêta.

– Alors Jérusalem, c'est la tour de Babel ? dit Théo.

– Mais aussi le centre du monde, le lieu de la création d'Adam notre père à tous, l'endroit où tous les vents, avant de souffler sur terre, viennent s'incliner devant la Divine Présence… Tu m'as souvent entendue dire que je ne croyais pas en Dieu, n'est-ce pas ? Eh bien, sur les hauteurs de Jérusalem, c'est différent. Ces trois religions qui chacune expriment leur amour pour Dieu avec force, ce souffle de grandeur qui plane sur les vieilles pierres, ces bouches qui prient ensemble et séparées…

– Ces mains qui posent des bombes et tirent à la mitraillette… ajouta Théo. Si Dieu existe, qu'est-ce qu'il fabrique ? Il ne pourrait pas les arrêter, non ?

– Il paraît que le monde n'est pas prêt. Si nous étions mûrs pour la paix, on nous dit que Dieu l'accorderait aussitôt.

– Ça ne mange pas de pain. S'il ne sait même pas faire la paix, comment prouve-t-on que Dieu existe ?

– Tu n'as pas fini de poser cette question ! Je te préviens, il n'y a pas de réponse…

– L'existence de Dieu, une question sans réponse ? s'esclaffa Théo. Tu veux rire ! Comment font les millions de gens sur la terre pour croire en Dieu ? Il doit bien y avoir une raison !

Tante Marthe poussa un gros soupir et se tut. L'appareil survolait la Méditerranée. Par le hublot, Théo apercevait des îles dont il ne connaissait pas les noms. Le ciel était d'un bleu léger, si proche, si paisible que Théo eut envie de s'y engloutir.

– Si Dieu existe, chuchota-t-il, je ne vois pas pourquoi je vais mourir. Ou alors c'est qu'il n'est pas doué, hein, Tante Marthe ?

Juifs, chrétiens et musulmans

L'avion allait se poser à l'aéroport de Lod, non loin de Tel-Aviv. Tante Marthe avait prévenu : les contrôles de sécurité étaient d'une rigueur absolue. Fouille intégrale des bagages.

Mais passé le contrôle de police, Tante Marthe avisa un jeune homme en complet-veston.

– Hou hou ! cria-t-elle en agitant la main.

– Chère Marthe, murmura le jeune homme en s'inclinant.

– Cher ami, comme c'est aimable à vous d'être venu nous prendre ! minauda Tante Marthe. Voici mon neveu Théo. Théo, le consul général de France à Jérusalem.

– B'jour, marmonna Théo qui se demandait comment un consul pouvait être aussi général.

La voiture officielle attendait avec le chauffeur. Tante Marthe s'affala sur la banquette ; Théo s'installa à l'avant. Le chauffeur démarra, cap sur Jérusalem.

– Toujours blindée, votre voiture, je pense ? demanda négligemment Tante Marthe.

Blindée, la voiture, comme dans les films ! Théo n'en croyait pas ses oreilles.

– Espérons qu'un jour ce sera superflu, dit le consul. Mais vous savez, depuis les derniers attentats, on reste très prudent. Les Palestiniens vivent dans une tension permanente, et les observants sont loin d'être calmés…

– C'est qui, les observants ? lâcha Théo aussi poliment qu'il le put.

– Théo ! On n'interrompt pas les grandes personnes ! s'écria Tante Marthe. Mais puisque je vous ai parlé de notre voyage, peut-être pourriez-vous lui répondre, cher ami…

– Diable, dit le consul. Je vais essayer. Ici, jeune homme, vous êtes dans l'État d'Israël. Dans leur grande majorité, les citoyens sont juifs, et le judaïsme est la religion du pays.

– Comme chez nous les catholiques, coupa Théo.

– Davantage, répondit le consul. En France, la Constitution de la République respecte toutes les religions à égalité, et la religion catholique est simplement la religion la plus pratiquée. Ici, en Israël, il n'y a pas de Constitution. Le judaïsme est la religion de l'État mais les autres religions sont parfaitement autorisées.

– Je ne comprends pas, l'interrompit Théo. Chez nous, la religion n'a rien à voir avec le gouvernement, non ? Alors, en Israël, ce n'est pas pareil ?

– Pas exactement, dit le consul. Les lois du judaïsme sont très strictement appliquées. Je vais vous donner un exemple. En France, on ne travaille pas le dimanche parce que c'est le jour de la résurrection du Christ pour les catholiques, mais aussi pour que chacun ait au moins un jour de repos.

– Le week-end, rétorqua Théo. C'est sacré !

– Mais en Israël, on cesse toute activité le vendredi à partir du coucher du soleil, jusqu'au samedi soir même heure. C'est le jour du Shabbat, avec lequel on ne plaisante pas… Les observants, c'est-à-dire les juifs très pratiquants, veulent appliquer les principes religieux selon lesquels, pendant la durée du Shabbat, le juif se consacre à la prière sans avoir le droit de faire du feu, d'allumer l'électricité, de cuisiner ou de prendre l'ascenseur. C'est extrêmement surveillé. Mais il faut ajouter que beaucoup d'Israéliens sont simplement laïques.

– Athées, alors ? dit Théo.

– Votre neveu est bien savant, ma chère Marthe, reprit le consul. Mais il y a une grande différence entre l'athéisme et la laïcité, jeune homme. « Athée » veut dire qu'on ne croit pas en Dieu, tandis que « laïque » signifie qu'on respecte les lois civiles de son pays et qu'on ne met pas la religion dans tout ce que l'on fait. On peut être catholique et laïque, juif et laïque, protestant et laïque…

– Musulmane et laïque, aussi ? demanda Théo.

– Théo a une petite amie sénégalaise, précisa Tante Marthe. Mais revenez donc aux observants.

– Le judaïsme est la religion de l'État d'Israël, mais tous les citoyens ne la pratiquent pas de la même manière. Certains se contentent de croire au Dieu des juifs et d'en suivre les commandements, d'autres seront athées, et d'autres enfin sont très pieux. Ce sont les observants. Leur idée est fort simple : tant qu'existera sur terre un seul juif qui ne respecte pas le repos du Shabbat, le Messie ne pourra pas venir délivrer le monde. Voilà pourquoi les observants exigent la stricte application des règles. Le plus souvent, on les reconnaît à leur barbe et aux calots ronds qu'ils portent sur la tête, une *kippa* tricotée.

– Qu'est-ce que c'est ? dit Théo.

– Selon la coutume, l'homme juif doit avoir la tête

couverte devant Dieu. Le plus souvent, ils portent la *kippa*, parfois des chapeaux noirs, ou bien des toques bordées de fourrure.

– Mais qu'est-ce que les observants observent de plus que les autres ?

– Leur religion dans sa forme la plus rigoureuse, mais surtout, beaucoup rêvent d'un Grand Israël, soupira le consul. Ils ne veulent pas des Palestiniens sur leurs terres. C'est un « observant » qui a tué Itzhak Rabin, par exemple, parce qu'il faisait la paix avec les Palestiniens.

– Qui sont tous musulmans terroristes, dit Théo. Ça, je sais.

– Tu dis n'importe quoi ! s'emporta Tante Marthe. Primo, les musulmans terroristes ne représentent pas l'ensemble des Palestiniens. Deuxio, ces musulmans extrémistes ressemblent comme des frères jumeaux aux observants de l'autre côté : ils ne veulent pas la paix. Enfin, Théo, s'il y a des Palestiniens musulmans, il y a également des Palestiniens chrétiens.

– Minute, dit Théo. Des Palestiniens chrétiens ? Attendez… Ici, au commencement, il y avait les juifs. D'accord ?

– Dépend quel commencement, grommela Tante Marthe. Au commencement étaient les Cananéens qui vénéraient, dans la vallée de Géhenne, des dieux et des déesses auxquels ils offraient des sacrifices pour faire tomber la pluie, arroser la terre, obtenir de bonnes récoltes. Certains affirment même qu'ils sacrifiaient leurs propres enfants…

– Quoi ! coupa Théo. Des enfants vivants ?

– Mais attention ! Tout le monde n'est pas de cet avis, dit-elle. Quoi qu'il en soit, les Cananéens adorateurs de statues conclurent une alliance avec le minuscule peuple des Hébreux qui adoraient un dieu unique dont il était interdit de prononcer le nom. On ne disait que ses initiales : « YHWH ».

– Oui ! s'exclama Théo. *« He who does not have a name » :* « Celui qui n'a pas de nom. » C'est dans le film. Quand un buisson se met à flamber devant les yeux de

Moïse. Ça, j'ai vu, avec Charlton Heston et Yul Brynner. *Les Dix Commandements*, Cecil B. De Mille, 1956.

– Quel puits de science ! dit le consul. Mais alors, Théo, vous savez tout…

– Non, parce que dans le film, à part que Dieu s'exprime à travers le feu, qu'il a une voix d'homme et qu'il est plus fort que les dieux d'Égypte, on ne sait pas trop ce qu'il veut.

– Comment vous répondre ? soupira le consul. En gros, il veut qu'on l'adore et lui seul, qu'on soit digne de lui et qu'on obéisse à ses commandements.

– Alors, continua Théo, les juifs ont dû drôlement désobéir, puisqu'ils se retrouvent esclaves en Égypte…

– Il leur est arrivé de désobéir, dit le consul. Dieu les a lourdement punis. Voyez-vous, les relations entre les juifs et Dieu ne sont pas dépourvues de violence. Dieu se fâche souvent contre son peuple…

– Mais Dieu leur donne un sacré coup de main, tout de même ! s'écria Théo. Au moment où Moïse décide de les sortir d'Égypte… Le bâton transformé en serpent, la pestilence verte qui descend du ciel et rampe dans les rues, une hallu ! Ensuite, ils sont revenus ici. C'est ça ?

– Revenus, repartis, revenus… dit le consul. Ils ont été déportés à Babylone par le roi Nabuchodonosor, ensuite chassés par les Romains après la chute du Temple…

– On le verra ? demanda Théo tout excité.

– Non, puisqu'il a été détruit à cette occasion. C'est alors, quand son Temple a été rasé, que le peuple juif, chassé de chez lui, est parti pour un très long exil, partout dans le monde. D'abord en Grèce et en Égypte, plus tard au Maghreb, en Espagne, en Italie, en Russie, en Pologne, en Inde, en Chine… Ensuite aux États-Unis d'Amérique du Nord, en Amérique du Sud, en Afrique, de siècle en siècle, vraiment partout. Et à travers les siècles ils n'ont cessé d'être persécutés, surtout entre 1933 et…

– Je sais, coupa Théo. On nous a raconté à l'école. La Shoah, pendant la dernière guerre. Comment le monde entier a laissé faire, je ne comprendrai jamais.

– Personne n'a encore compris, Théo, dit Tante Marthe.

– Enfin, poursuivit le consul, puisque cette terre avait été la leur, la communauté internationale a décidé de redonner aux juifs ce pays qui est devenu l'État d'Israël en 1948, à cause des millions d'entre eux massacrés par les nazis.

– On a rudement bien fait ! s'écria Théo.

– Sauf que les terres étaient peuplées de Palestiniens et que beaucoup d'entre eux sont partis en exil à leur tour… Il y eut des guerres, des répits, des révoltes, des camions-suicides, des pierres lancées par des gamins, de sanglantes émeutes et des négociations… Aujourd'hui, Israéliens et Palestiniens se sont engagés sur la voie de la paix, mais, des deux côtés, elle n'est pas facile à mettre en œuvre. Chez les Palestiniens, les extrémistes n'en veulent pas, et chez les juifs les partisans du Grand Israël, qu'ils soient laïques ou religieux, s'y opposent.

– Cela ne me dit pas pourquoi, dit Théo. Ils ne veulent pas partager ?

– Non, dit le consul. Pour les observants, ce pays n'appartient qu'aux juifs, comme il est écrit dans la Bible.

– Je ne vois toujours pas d'où sortent les Palestiniens chrétiens, dit Théo.

– Eh bien, réfléchis, bougonna Tante Marthe.

A toute allure, Théo chercha dans sa mémoire. Les chrétiens croient au Christ, et le Christ était né…

– J'ai trouvé ! s'écria-t-il. Le Christ est né en Palestine et mort à Jérusalem. La Palestine est aussi aux chrétiens.

– Aussi, dit Tante Marthe. Tout est dans ce petit mot « aussi ».

– D'autant qu'elle est aussi aux musulmans, enchaîna le consul pensif.

La voiture se dirigeait vers Jérusalem en longeant les collines. De temps en temps, passait une grosse Jeep avec des gens armés. Il faisait grand soleil sur les villages roses et les sommets pelés.

– Ville trois fois sainte, murmura le consul. Yeroushalayim, sainte pour les juifs. Jérusalem, sainte pour les chrétiens. Al Qods, sainte pour les musulmans.

– Sainte pour les juifs, je comprends, dit Théo. Pour les chrétiens, ça va. Mais pour les musulmans ?

– Patience, dit Tante Marthe.

– Il n'y aurait pas eu un peu les Croisades, par ici ? demanda-t-il avec hésitation.

– Absolument, acquiesça le consul. Du temps où les musulmans tenaient Jérusalem, des deux côtés on s'est beaucoup battu pour le tombeau du Christ, en effet. Lorsque, sous les ordres de Godefroi de Bouillon, les quinze mille croisés donnent l'assaut à Jérusalem afin de restaurer la chrétienté dans les Lieux saints, ils sanglotent de joie mais ils tuent tout le monde… C'était le 15 juillet 1099, une nuit terrible pour Jérusalem. Les croisés chrétiens massacrent les musulmans par dizaines de milliers, brûlent les juifs enfermés dans leurs synagogues et se lavent pieusement les mains dans le sang de leurs ennemis.

– C'est du propre, intervint Théo. Des chrétiens !

– Ah ! Mais ensuite ils revêtent des aubes bien propres et se rendent pieds nus sur les traces de Jésus ! Le règne des chrétiens dura jusqu'à ce que le grand chef musulman Saladin reprît Jérusalem en 1187. Mais, à la différence des croisés, il épargne les églises et autorise le retour des juifs… Que de batailles autour du tombeau du Christ !

– Bizarre, dit Théo. Parce que, logiquement, il n'y a rien dedans. Ou alors c'est que le Christ n'est pas ressuscité.

– C'est exactement ce que disent les juifs et les musulmans, reprit le consul. Qu'il n'était pas un dieu, mais un simple prophète comme on en avait vu quelques-uns auparavant. Un prophète, c'est déjà très bien à leurs yeux. Mais il n'y a pas que le tombeau du Christ à Jérusalem, vous savez. Il y a le Dôme du Rocher, l'un des endroits les plus sacrés pour les musulmans… Et le mur des Lamentations, où les juifs viennent pleurer devant ce qui reste de leur Temple détruit.

– J'ai vu à la télé, dit Théo. Ils mettent des bouts de papier dans le mur, avec des vœux.

– « L'an prochain à Jérusalem », annonça Tante Marthe

avec solennité. Tous les juifs en exil ont dit cette phrase le jour de la Pâque.

– Alors ils fêtent Pâques, eux aussi ? s'écria Théo. Qu'ils ne travaillent pas le samedi, je l'ai vu au lycée. Mais qu'ils fêtaient Pâques !

– Sauf que ce n'est pas la même… dit Tante Marthe.

Deux fêtes de Pâque et quelques messies

Ce n'était pas du tout la même Pâque.

Les juifs la célébraient en mémoire de la terrible nuit pendant laquelle ils étaient sortis d'Égypte, où ils avaient longtemps été réduits en esclavage par Pharaon.

Les chrétiens la fêtaient en souvenir du merveilleux jour pendant lequel Jésus, mort sur la croix trois jours auparavant, était ressuscité.

La Pâque juive consistait en un repas d'un genre particulier, où l'on mangeait debout un agneau mâle rôti au feu, avec des herbes amères et du pain sans levain.

– Le pain azyme, précisa Théo tout fier. Papa en rapporte à la maison.

Les Pâques chrétiennes, elles, célébraient un jour joyeux avec une messe magnifique ; tôt le matin, les cloches revenaient de Rome où elles étaient parties en signe de deuil, pendant trois jours.

– Oui, enfin, ce n'est qu'une coutume, rien de plus, dit Tante Marthe. Car il n'y a pas de cloches dans le Nouveau Testament.

Mais il fallut tout expliquer. Le consul déclara forfait et Tante Marthe s'y colla.

La nuit de la Pâque avait été terrible en Égypte, pas pour les juifs, mais pour les Égyptiens. Car pour obtenir le droit de quitter ce pays où les juifs connaissaient un sort épouvantable, Moïse avait maudit Pharaon et son Égypte sur laquelle s'étaient abattues toutes sortes de malédictions dont Théo se souvenait parfaitement, à cause du film : nuages de sauterelles, inondations de sang, épidémie funeste, et enfin, la dernière, la pire. Le jour venu,

51

dès les premiers rayons du soleil, les premiers-nés des Égyptiens moururent tous, même le fils de Pharaon. Voilà pourquoi les juifs célébraient le repas de Pâque en souvenir de la nuit qui avait précédé le jour de leur libération. On était prêt à partir, debout et en sandales. On n'avait pas eu le temps de faire lever la pâte pour le pain, voilà pourquoi il était cuit sans levain, ce qui donnait un pain sans mie ni croûte, très plat et très friable. Quant aux herbes, elles avaient l'amertume de l'esclavage qui s'achevait. Guidés par Moïse, les juifs étaient partis à l'aube. Ensuite, le pharaon avait voulu les rattraper.

– Je me souviens, dit Théo. Moïse a ouvert la mer en deux, les juifs sont passés entre les vagues et quand l'armée du Pharaon les a suivis, la mer s'est refermée. Bien fait pour lui.

Et le Christ était mort sur la croix à Jérusalem parce que les juifs le considéraient comme un imposteur dangereux pour le judaïsme. Il se prétendait fils de Dieu, et ça, c'était inadmissible, disaient les juifs. Personne n'était fils de Dieu. Dieu n'avait ni visage ni corps, ni famille. Pire, certains prenaient Jésus pour le Messie, le sauveur annoncé par Dieu à ses prophètes et qui viendrait apporter le salut sur la terre. Certes, quelques prophètes avaient bien prédit qu'un jour le Messie viendrait, mais pas ce jeune homme pauvre, pas un fils de charpentier, ce rien-du-tout qui décida de se proclamer Fils de Dieu ! Bref, les juifs avaient demandé aux Romains de les débarrasser de l'encombrant Jésus, fils de Marie et de Joseph le charpentier.

Les Romains occupaient la Palestine à l'époque. En théorie, ils ne se mêlaient pas d'affaires religieuses, sauf lorsque les prêtres juifs leur demandaient de rétablir l'ordre menacé. Or le clergé juif, avec Caïphe le grand prêtre à sa tête, accusait Jésus de semer le désordre dans le pays en se laissant nommer « roi des juifs », ce qui était tout à fait faux. Mais Caïphe avait un argument de poids : car à l'époque, le seul roi des juifs en exercice était… l'empereur Tibère, le Romain. En apparence, le gouverneur romain n'était pas convaincu de la culpabilité de l'accusé, un contestataire inoffensif. Pourtant, c'est bien le Romain qui condamna Jésus à la crucifixion. Mais il se lava solennellement les mains avant de prononcer la condamnation, histoire de ne pas endosser cette injustice.

– Ce type, c'est Ponce Pilate ? dit Théo. Papa dit souvent : « Moi, je m'en lave les mains, comme Ponce Pilate. »

Donc, pour raisons politiques, Jésus fut condamné à la crucifixion et ne se défendit pas. On le flagella en public, on le coiffa par dérision d'une couronne d'épines bien pointues, on lui fit porter sur le dos la poutre principale de la croix tout au long du chemin qui le conduisait au lieu dit « du crâne », le Golgotha, où il allait succomber. Suspendus par les mains, les pieds ligotés l'un sur l'autre, les condamnés étaient promis à une mort atroce et lente : on leur brisait les tibias, le corps n'était plus soutenu, les poumons s'affaissaient sous le poids, ils ne pouvaient plus respirer et mouraient d'asphyxie. Le « roi des juifs » eut droit à un traitement spécial : car si on ne lui brisa pas les jambes, on cloua sur le bois de la croix les poignets et les pieds, qui saignèrent. Sa tête aussi saignait, à cause des épines de la couronne. Flanqué de deux voleurs condamnés au même châtiment, Jésus mourut avant eux en poussant un cri terrible. Sauf qu'il ne resta pas mort très longtemps. Trois jours plus tard, sa tombe était ouverte, son linceul déroulé, et il apparaissait rayonnant à de pauvres femmes désolées qui pleuraient devant son tombeau. Pourtant, on aurait pu comprendre qu'il était Fils de Dieu : car à l'heure exacte de sa mort, après le cri épouvantable, le tonnerre avait frappé et la terre tremblé. Alors, le Christ était-il le Messie, oui ou non ?

Oui, dirent les chrétiens, oui, puisqu'il est ressuscité d'entre les morts. Non, disaient les juifs depuis ce jour précis. Non. Des messies, le peuple juif en vit passer bien d'autres après Jésus. Souvent, dans les communautés juives en exil, se levait un inspiré qui se prétendait le Messie, comme autrefois Jésus. Parfois, au XVIe siècle par exemple, leur destin s'achevait sur l'un des multiples bûchers dressés par l'Inquisition, au temps où l'Église catholique se livrait à une persécution forcenée contre les juifs. Mais quelquefois, certains rencontraient un franc succès, comme ce Sabbataï Zvi qui se proclama le Messie, qui devint au XVIIe siècle la lumière des juifs exilés en Europe et qui, par peur de la mort, finit par se convertir à la religion musulmane.

– Là, je suis paumé, dit Théo. Lui, le Messie, il s'est fait musulman ?

Tante Marthe admit qu'il y avait de quoi se paumer, en effet. Ce qu'il fallait comprendre, c'est qu'à force d'attendre éternellement le Messie, le peuple juif en suscitait de nombreux en son sein. Encore aujourd'hui, certains « observants » étaient convaincus que le Messie, le vrai de vrai, n'allait plus trop tarder. Dans les années quatre-vingt-dix, il avait failli débarquer par avion de New York sous la forme d'un très vieux et très saint rabbin américain du nom de Menachem Schneerson. A Jérusalem, un beau matin, les agences de presse avaient reçu l'annonce de l'arrivée du Messie en Israël par l'avion d'El Al en provenance de New York, le soir même ; sa maison était prête, l'événement serait considérable. Mais il n'était pas venu, et puis à quatre-vingt-douze ans il était mort à Brooklyn, USA. On aurait pu croire à l'extinction de la foi dans ce Messie des temps modernes… Eh bien, pas du tout ! Deux ans après sa disparition, ses fidèles allaient répétant que le Rabbi Schneerson n'était pas mort, qu'il allait réapparaître. En Israël même, d'autres soutenaient que le Messie – un autre encore – allait apparaître en Judée pour délivrer le monde entier.

– En Judée ? s'étonna Théo.

– Ceux-là veulent se séparer d'Israël et fonder leur propre petit État, la Judée, intervint le consul. Mais le plus surprenant, c'est le « syndrome de Jérusalem ». Figurez-vous, jeune homme, que, chaque année, on dénombre trois cents hurluberlus, juifs ou chrétiens, qui déambulent dans la Ville sainte pieds nus et en tunique en annonçant la fin des temps, car ils sont tous messies.

– Des fous ! s'écria Théo.

– C'est ce que leur crient les enfants en arabe : *Mejnoun !* Le fou ! Généralement, ils ne sont pas méchants, mais quand même, l'un d'eux incendia une illustre mosquée pour précipiter la fin des temps. Bref, il faut les avoir à l'œil…

Oui, reprit Tante Marthe, le peuple juif avait une longue habitude des messies. Mais d'autres peuples également : car aux États-Unis d'Amérique, il en surgissait également de temps en temps. Par exemple, raconta-t-elle, au XIXe siècle, un citoyen américain qui n'avait rien de juif, Joseph Smith, âgé de quatorze ans, déclara lui aussi qu'il avait eu une révélation. Dieu lui avait permis de découvrir dans l'État de New York un nouveau livre de la Bible, intitulé le Livre de Mormon, du nom de ce prophète inconnu qui l'aurait transcrit. De ce fait, après avoir dix ans plus tard fondé son mouvement, Joseph Smith était un nouveau Moïse, ou un nouveau Messie, on ne sait trop. Pour avoir défendu sa vision les armes à la main, Joseph Smith avait été lynché par une foule en furie lancée à l'assaut de la prison où il était enfermé. Après sa mort, son successeur avait organisé les mormons en une nouvelle religion, l'« Église de Jésus-Christ des saints des derniers jours ».

– Qu'est-ce que c'est que ça ? demanda Théo.

Le consul protesta : Tante Marthe n'avait pas le droit d'appeler « religion » une secte certes importante, mais qui n'était pas une religion véritable. Tante Marthe rétorqua qu'elle ne voyait aucune différence entre une secte et une religion, sauf à dire qu'une religion officielle n'était jamais qu'une secte qui avait réussi. Or les mormons se comptaient par millions, donc, aux États-Unis, ils représentaient une religion.

Le consul se fâcha : insinuait-elle par hasard que la religion chrétienne était une secte au départ, et qui aurait très bien réussi ? Oui, affirma résolument Tante Marthe. Le consul se renfrogna.

– Mais les sectes, c'est drôlement dangereux, intervint Théo. A la télé, on voit tout le temps des reportages… Leurs gourous sont des salauds ! Ils violent les femmes, ils se font servir comme des princes ! Ou alors ils se tuent et ils tuent les autres avec eux… Dans tous les cas, ils piquent les sous des gens ! Comment font-ils pour réussir, ces timbrés ?

– Généralement, ils ont d'étranges yeux magnétiques, expliqua Tante Marthe. Ils ont de l'éloquence, mais ils savent aussi se taire pour mieux fasciner leurs disciples. Ils attirent les malheureux instables comme le papier gluant attrape les mouches… Impossible de les détacher du gourou !

– Scotchés, en somme, dit Théo. Comme la drogue ?

– A peu près. Il est aussi difficile de sortir un fou de sa secte qu'un fou de sa drogue, car les adeptes ont besoin du gourou comme de la substance. Ça s'injecte aussi, la folie.

– Et ça tue, conclut-il. Beaucoup.

On ne pouvait pas dire que Théo avait tort, comme le prouvaient le massacre des davidiens à Waco, au Texas, les suicides collectifs du Temple solaire en Europe et au Canada dans les années quatre-vingt-dix, sans oublier, mais Théo était trop petit pour en avoir entendu parler, l'horrible tuerie de Guyana, en Amérique du Sud, où en 1978 un illuminé fit boire du jus d'orange empoisonné à des centaines de fidèles, dont certains étaient consentants.

– Pouah ! s'exclama Théo. C'est dégoûtant. Dis donc, si tes mormons sont de ce genre-là, alors les sectes, bonjour !

Non, les mormons n'étaient pas de ce genre, ils n'étaient aucunement dangereux. Tante Marthe et le consul finirent par s'accorder pour dire que l'ancienneté jouait aussi son rôle, et que, vu ses deux mille ans d'existence, le christianisme n'avait plus grand-chose à voir avec la secte qu'il avait été au départ. Quant aux mormons, il suffisait d'attendre un petit millénaire pour se faire une idée. En tout cas, fit observer Tante Marthe, les mormons avaient bâti une ville fameuse dans le monde entier, Salt Lake City.

La voiture approchait des faubourgs de Jérusalem, sur laquelle flottait la légère brume des grandes villes. Le consul regarda sa montre : dans un petit quart d'heure, on y serait. Juste à temps pour le déjeuner.

56

– Au fait, les catholiques ont aussi un repas, comme les juifs, dit Théo. Est-ce qu'ils ne mangeaient pas du pain, est-ce qu'ils ne buvaient pas du vin à la messe, au début ?

C'était tout à fait vrai. Sauf que, dit le consul, on ne pouvait pas comparer le repas de Pâque des juifs avec la messe des chrétiens, puisque ceux-ci la célébraient tous les dimanches en souvenir du dernier repas de Jésus. En fait, bien que Jésus l'eût célébré à Jérusalem le jour de la Pâque juive, rien n'était plus opposé que ces deux repas : le premier, celui des juifs, commémorait la fin d'un douloureux esclavage, tandis que le second, celui des catholiques, commémorait les derniers gestes de la vie du Messie, et donc le commencement d'une nouvelle histoire.

– A propos de repas, qu'est-ce qu'il y a pour le déjeuner ? demanda Théo en bâillant.

Au commencement était la confusion

Le grand portail s'ouvrit lentement sous les regards des caméras électroniques et la voiture entra dans le jardin du consulat. L'intendant vint prendre les bagages et avertit « monsieur le consul général » que sa réunion avait déjà commencé. Le consul se précipita.

La chambre de Théo était nichée au bout d'un escalier en colimaçon, et celle de Tante Marthe un peu plus bas. Brusquement, en montant les marches, Théo eut un étourdissement. L'intendant le porta jusqu'au lit. Tante Marthe était devenue pâle.

– Je vais lui apporter quelque chose de chaud, chuchota l'intendant. Souffrirait-il du mal de l'air, ce petit ?

Ou peut-être, dans la précipitation, avait-on oublié un médicament. De son sac, Tante Marthe sortit une liste qu'elle consulta soigneusement.

– Ces sacrés médicaments, dit-elle entre ses dents. Ah ! Le jour où nous en serons débarrassés ! Voilà. On en a oublié un, mon Théo. Allez, un verre d'eau, hop !

Hop. Théo avala sa gélule et ferma les yeux. Il ne se

sentait pas vraiment fatigué, mais la tête lui tournait énormément. Il aurait bien voulu consulter son amie la Pythie, mais il comprenait vaguement qu'à Jérusalem il n'y avait ni monstres, ni géants, ni dragons, ni oracle, qu'aucune épreuve issue des mythes grecs ne mettrait les juifs et les chrétiens d'accord, sans oublier les Palestiniens, chrétiens ou musulmans, qui n'étaient d'accord ni avec les uns ni avec les autres.

– Il dort, murmura Tante Marthe en refermant la porte derrière elle. Ne lui apportez rien, ne le dérangez pas.

Mais Théo, qui ne parvenait pas à s'endormir, se demanda ce qu'il était venu faire dans ce pays où l'on s'entretuait bien religieusement au nom de Dieu, comme si ce n'était pas le même. Car enfin, les juifs, les chrétiens et les musulmans parlaient tous d'un dieu unique. Alors ? Alors sans doute comprendrait-il demain. Ou plus tard, à supposer qu'il en ait le temps. Ou jamais.

Ah non ! Il n'allait pas déjà baisser les bras ! Courage ! Théo n'avait pas encore regardé ses bagages, où l'attendaient les cadeaux de Noël. Il se leva prudemment pour ouvrir le gros sac qui les renfermait tous, chacun avec leur étiquette… Le cadeau de son père était un appareil photo avec zoom intégré, très léger. Celui d'Attie un téléphone portable dernier cri. Irène un radio-réveil indiquant l'heure dans tous les coins du monde. Sa mère avait donné dans le cadeau utile, parka et bottillons fourrés. Quant à Fatou, qui ne faisait rien comme tout le monde, elle avait offert à Théo un minuscule rouleau de versets du Coran rangé dans un étui de cuir et suspendu à un cordon. Théo l'enfila aussitôt autour de son cou, par-dessus le premier collier de Fatou, le fameux gri-gri du Sénégal.

Dans le fond du sac aux cadeaux restait un carnet. L'étiquette portait une mention inattendue : « De la part de tous tes professeurs. » C'était un très joli carnet rouge, avec un stylo. Théo se dit qu'après tout, ce n'était pas une mauvaise idée et qu'un carnet était fait pour écrire. Ce qu'il fit : *JUIFS ET MUSULMANS = DIEU UNIQUE. LES CHRÉTIENS CROIENT QUE LE MESSIE EST JÉSUS, LES JUIFS L'ATTENDENT ENCORE.*

PÂQUE JUIVE = SOUVENIR DE LA SORTIE D'ÉGYPTE. PÂQUE CHRÉTIENNE = SOUVENIR DE LA RÉSURRECTION DE JÉSUS. JÉRUSALEM, VILLE SAINTE POUR LES JUIFS, LES CHRÉTIENS, LES MUSULMANS. Mais le Dieu des chrétiens, était-il unique, oui ou non ? Et les musulmans avaient-ils eux aussi une espèce de Pâque en souvenir d'un événement important ? Le voyage commençait par une telle confusion !

— L'an prochain à Jérusalem, marmonna Théo qui tombait de sommeil. Eh bien, pour le Jour de l'An, je ne sais pas. Mais ce qui est sûr, c'est que pour Noël nous y serons, à Jérusalem.

En quoi il se trompait, mais il ne le savait pas encore.

Les trois premiers guides de Théo

— Théo ! Tu as vu l'heure ? THÉO !

Quoi ? Avait-il laissé passer l'heure du réveil ? Il allait encore être en retard au lycée, sûrement… Vite, se mettre debout. Un pied hors du lit, un autre, ouvrir les yeux…

Mais ce n'était pas Maman à son chevet, c'était Tante Marthe, et Théo n'était pas à Paris rue de l'Abbé-Grégoire, mais à Jérusalem où l'attendait le déjeuner. Tante Marthe suggéra un brin de toilette : changer de chemise, un foulard, peigner les cheveux… Prendre aussi la parka, car il faisait assez froid.

— Va doucement dans l'escalier, dit Tante Marthe en soutenant son neveu. A droite… Tourne… Voilà.

Les marches débouchaient sur la terrasse, d'où l'on voyait les remparts de la ville, d'une blancheur de rêve. Suffoqué par la beauté du lieu, Théo s'arrêta net. On aurait dit une citadelle de chevaliers dans un conte de fées. Par-delà les remparts s'élevaient bulbes, tours et clochers, flanqués de longs cyprès sombres. L'air était transparent comme au premier jour et, sur l'herbe jaunie, les sentiers paraissaient appartenir à un temps révolu.

— N'est-ce pas que c'est beau ? dit une voix grave dans son dos. D'ici, vous voyez la muraille ottomane. Venez avec nous, cher enfant.

Ébloui par l'intensité de la lumière, Théo se retourna et vit trois hommes sur la terrasse. Trois vieux messieurs barbus qui lui souriaient gentiment.

– Voici notre Théo, dit Tante Marthe en le poussant vers eux. Mais d'abord, il faut qu'il se nourrisse. On nous a préparé un buffet. Qu'est-ce que tu préfères ? Salade de tomates et poulet froid, ou rosbif avec de la purée ?

– Mais on n'attend pas ton ami le général consul ? demanda Théo.

– Consul général ! Ce n'est pas comme chez les Romains ! s'écria Tante Marthe offusquée.

– Bah ! rétorqua Théo, chez les Romains, ils étaient généraux puis consuls, ensuite ils passaient empereurs, alors...

– Enfin, il nous a fait dire que sa réunion n'était pas terminée, dit Tante Marthe. Vas-y, sers-toi.

Poulet-salade.

L'assiette calée sur ses genoux, Théo dévora à belles dents en examinant les trois hommes. A y bien regarder, ils n'étaient pas tous aussi vieux ; c'était surtout l'effet de leurs trois barbes, une blanche sur un long manteau, une brune sur un complet gris, une blonde, assortie d'un petit rond fixé sur les cheveux, une *kippa*. Que faisaient-ils sur la terrasse ?

– Je me présente, dit l'homme à la barbe blonde. Rabbi Eliezer Zylberberg. Votre tante m'a demandé de vous montrer la Jérusalem des Hébreux.

– Moi, je suis le père Antoine Dubourg, dit l'homme en complet-veston. Nous visiterons aussi la Jérusalem des chrétiens.

– Et moi, je suis le cheikh Suleymane Al'Hajid, dit le troisième d'une voix un peu cassée. Je vous montrerai la Jérusalem des musulmans. Mais nous irons tous les trois ensemble, voulez-vous ?

– Alors, vous n'êtes pas fâchés les uns contre les autres ? s'écria Théo étonné. Je croyais... On m'avait dit...

– On vous avait dit qu'à Jérusalem, nous autres gens de Dieu, nous nous battons toujours ? soupira le cheikh. Nous sommes quelques-uns à refuser ces inepties. Longtemps, les juifs et les musulmans ont vécu ici en bonne intelligence. A l'époque de la domination des Turcs, les juifs vivaient en paix sur ces terres… Et lorsque, à la fin du XIXe siècle, ils ont commencé à revenir s'installer en Palestine, les Arabes ne les ont pas repoussés. L'islam sait être tolérant.

– Tu crois ? s'insurgea Théo. A Paris, ce n'est pas ce qu'on dit !

– Forcément, intervint Tante Marthe, avec les attentats… Ne demandez pas à Théo de tout comprendre à l'avance ! N'oubliez pas qu'il n'a eu aucune éducation religieuse, je vous l'ai dit et répété…

– Mais par où commencer ? s'écria le rabbin.

– Par ce qui nous unit, répliqua le cheikh. Vois-tu, mon cher enfant, nos trois religions ont en commun le Dieu unique, le Créateur. Nous ne l'appelons pas du même nom, c'est vrai. Pour les juifs, c'est Elohim…

– Adonaï, bougonna le rabbin. Adonaï Elohim.

– Ne compliquez pas, ronchonna le cheikh. Pour les chrétiens, c'est Dieu le Père et pour nous, musulmans, Allah. Nos trois livres sacrés commencent par la même histoire, celle d'Adam et d'Ève, le premier couple humain. Le Créateur leur avait précisé qu'ils pouvaient manger tous les fruits du jardin du Paradis, à l'exception d'un seul, le fruit de la connaissance du Bien et du Mal.

– Ça, c'est le coup de l'arbre et du serpent, dit Théo. Il ne fallait pas bouffer la pomme. Dieu ne voulait pas. Pourquoi ? Tu parles d'un péché, voler un fruit…

– Mais Théo ! s'écria Tante Marthe. Il y a péché lorsqu'on fait quelque chose d'interdit, c'est simple !

– Là-dessus, nous sommes d'accord, intervint le rabbin Eliezer. Quand Dieu ordonne, il doit être obéi.

– Ah bon ? s'étonna Théo. Pourquoi trois religions, alors ?

– Parce que, poursuivit le rabbin, nous autres juifs, nous ne croyons pas que Jésus soit le fils de Dieu.

– Nous non plus, reprit le cheikh. Prophète, oui. Mais fils de Dieu, non !

– Je ne comprends pas, dit Théo. Qu'est-ce qui vous sépare ?

Les trois messieurs se regardèrent en silence.

– Le plus simple, décida Tante Marthe, c'est que chacun de vous explique les principes de sa religion.

– Alors je commence, dit le rabbin. Car nous autres juifs, nous avons le privilège de l'ancienneté. Personne ne peut nous l'enlever ! Jésus et Mahomet sont venus après nous.

– Nous comptons les prophètes juifs parmi les nôtres ! protesta aussitôt le vieux cheikh.

– Taisez-vous, Suleymane, murmura Tante Marthe. Ce n'est pas votre tour.

L'Être qui dit la Loi

– Je disais donc que nous avons été les premiers à affirmer l'existence de Dieu, reprit le rabbin. Qu'est-ce que cela veut dire ? Eh bien, il est. Il est l'être même.

– L'être, quel drôle de nom pour un dieu ! s'étonna Théo.

– Parce que ce n'est pas un dieu, Théo, c'est Dieu tout court. Absolument Dieu. Il englobe le temps. Il est, comprends-tu ?

– Non, dit Théo.

– C'est compliqué, l'être. Nous autres hommes, quand nous voulons agir, il ne nous suffit pas de dire, oh que non ! Mais lorsque Dieu crée, il lui suffit de dire : « Soit la lumière » et la lumière est.

– Attends, dit Théo. Si je dis « Je suis Théo », je n'existe pas ?

– De quel Théo parles-tu ? demanda le rabbin. Celui de maintenant, l'enfant que tu fus à ta naissance ou celui que tu seras plus tard avec l'aide de l'Éternel ? Nous avons de l'être, mais nous ne sommes pas l'être même. Tu vois bien que tu n'es pas l'être, toi. Tu deviens, tu grandis, le temps te change, tandis que Dieu est tout le temps. L'Éternel !

– A condition d'y croire ! s'insurgea Théo.

– Même si tu n'y crois pas, cela n'empêchera pas

l'Éternel d'exister, répondit le rabbin. Mais c'est toi qui auras du mal à vivre. A quoi te raccrocher ? A tes parents ? Ils mourront un jour. A ton pays ? Il peut disparaître. A toi-même, alors ? Mais tu changeras. Qui te dira la loi ? Qui te dira ce qui est interdit ? T'autoriseras-tu à tuer quelqu'un, Théo ? Non, n'est-ce pas ? Sans doute imagines-tu que tu ne tueras pas simplement parce que c'est mal et que tu as bon cœur… Erreur ! Tu ne tueras pas car tel est le sixième des dix commandements de l'Éternel. Tu ne tueras pas car le judaïsme a transmis au monde les lois morales envers autrui. Et il en va ainsi des neuf autres qui constituent ainsi l'ensemble des dix commandements, le Décalogue, le cœur du judaïsme.

– Il me semble que j'aurais mis l'interdiction de tuer en premier, murmura Théo. Quels commandements viennent avant celui-ci ?

– Le premier consiste à n'aimer aucun autre dieu que l'Éternel. Le deuxième à ne se prosterner devant aucune idole, aucune image, rien de faux. Voilà pourquoi nous ne représentons pas l'Éternel, car toute image serait fausse au regard de l'Être.

– Mais on fait des portraits de Jésus !

– Je te rappelle qu'à nos yeux Jésus n'est pas Dieu, dit le rabbin. Le fait qu'on le représente en est une preuve, s'il en fallait une. Le portrait de Dieu ! Voyons, mon petit… On ne peut même pas dire le nom de l'Être… C'est le troisième commandement, vois-tu. Ne pas prononcer en vain le nom de l'Éternel. En fait, c'est la même raison, car si tu invoques sans cesse le nom de l'Être, tu finiras par tomber dans le n'importe quoi, le simulacre. Donc, ni image ni énonciation du nom de l'Éternel notre Dieu. Le quatrième… Ah ! Le quatrième est très important, Théo : « Souviens-toi du jour du Shabbat pour te sanctifier, six jours tu travailleras, mais le septième jour est celui de l'Éternel. » Je ne suis pas de ceux qui veulent interdire aux voitures de rouler le samedi, mais je connais le sens du septième jour.

– Moi aussi. Il faut se reposer, voilà !

– Non, mon petit, reprit-il doucement. Le septième jour est celui du vide. Tu t'arrêtes enfin. Tu ne fais rien. Ensuite seulement tu peux recommencer à faire. Car si tu fais tout le temps, dis-moi, est-ce une vie ? Le septième jour n'est pas le repos, c'est la fête du silence. L'alternance entre le monde et toi. Un creux nécessaire.

– Un peu comme le sommeil, alors ?

– Un sommeil très éveillé ! Car pendant le Shabbat, les juifs veillent... Plutôt que de sommeil, je parlerais de vacances, car le mot « vacance » signifie aussi vacuité. Le septième jour est celui des vacances réservées à l'Éternel. Un moment béni !

– Ça me plaît, les vacances. Et le cinquième commandement ?

– Tu l'aimeras, répondit le rabbin. « Honore ton père et ta mère pour que se prolonge ta propre vie sur la terre que te donne l'Éternel. » Ton avenir en dépend, petit. Honorer ses parents, c'est respecter leur vie, ne pas la critiquer, en garder la mémoire et ouvrir l'avenir à tes propres enfants...

– S'il suffit d'honorer ses parents pour prolonger sa vie, je ne risque rien, soupira Théo. Mais les toubibs n'ont pas l'air de cet avis, vois-tu.

– Les médecins ne connaissent pas les projets de l'Éternel ! répliqua le rabbin avec force. Lui seul commande... Et il commande bien. Il peut décider de te guérir.

– Chiche, dit Théo.

– Je l'implorerai ! Après l'honneur dû aux parents, vient le sixième commandement : « Tu ne tueras pas. » Car si tu n'acceptes pas l'affirmation de l'Éternel, si tu ne respectes pas les vacances de l'Être, si tu n'honores pas tes parents, tu ne seras pas en mesure de comprendre pourquoi il ne faut pas tuer. Tu n'es pas l'Éternel. Aucune vie ne t'appartient.

– C'est vrai, murmura Théo frappé. Je n'y avais pas pensé.

– Les quatre autres commandements interdisent de faire l'amour avec la femme d'un autre, de voler, de répondre de faux témoignages, de ne rien convoiter de ce qui est à l'autre. Comprends bien que, à partir du respect des parents, l'Éternel donne la loi de tes relations à autrui. Tu n'as pas le droit de lui faire du mal. Pas le droit d'introduire le faux dans la vérité de l'Être, ni la tricherie de l'adultère, ni le vol, ni le mensonge, ni l'envie : voilà pourquoi nous avons fondé la morale, nous autres juifs. C'est si vrai que nos rabbins affirment que, une fois énoncés, les dix commandements furent traduits simultanément en soixante-dix langues pour être compris du monde entier…

– Je ne savais pas, dit Théo. Il vous doit une fière chandelle, le monde !

– Il ne nous l'a pas vraiment rendue, dit le rabbin avec un petit sourire. Il nous a accusés de tous les maux. La Bible dit que nous sommes le peuple élu. Or cela fait des jaloux ! Peuple élu, c'est terrible, et les autres peuples ? Privés de l'Éternel, délaissés, mal aimés ? Ils ne se rendent pas compte à quel point c'est terrible pour nous aussi, les juifs ! Nous sommes toujours en faute envers l'Éternel… Sais-tu ce que signifie Israël ?

– L'État juif ?

– Soit, mais Israël est d'abord le nom donné à son peuple par l'Éternel. Le mot « Israël » vient de la contraction de deux racines en hébreu : le combat et Dieu. Le premier qui reçut ce nom s'appelait Jacob : une nuit, il rêva d'une échelle qui montait jusqu'au ciel, où des anges montaient et redescendaient… L'Éternel était à ses côtés et lui promit la possession du pays. Puis Jacob dut affronter son propre frère, Esaü.

– Son propre frère ? s'étonna Théo. Le peuple élu comporte des bagarres entre frères ?

– Depuis le commencement du monde, soupira le rabbin. Caïn, fils d'Adam et d'Ève, tua son frère Abel. Esaü et Jacob se battirent. Et toujours l'Éternel choisit son bien-aimé : ce fut Abel, ce fut Jacob. Pendant la nuit qui précéda le combat des deux frères, un ange descendit du ciel pour se battre avec Jacob et lui fit une blessure à la hanche… Or Jacob s'était défendu vaillamment. L'aube venue, alors que l'ange cherchait à s'échapper, Jacob lui demanda de le bénir. C'est après sa lutte avec l'ange que Jacob, blessé mais vainqueur, reçut le nom que lui donnait l'Éternel : Israël. « Car, lui dit l'ange, tu as combattu avec l'Éternel et tu as vaincu. » Jacob était l'élu de Dieu. Le lendemain, Esaü et Jacob se réconcilièrent. Mais le long combat d'Israël commençait. Car le peuple d'Israël combat sans cesse l'Éternel son Dieu.

— Cela ne me plaît pas, grogna Théo. Pourquoi se battre avec Dieu ?

— Parce que nous sommes des hommes, reprit le rabbin. Parce que les frères se disputent l'héritage. Parce que personne n'obéit aisément. Parce que, à la fin des fins, qu'il est difficile de suivre les commandements de l'Éternel ! Tous les commandements, les dix à la fois ? Mazette ! Nous avons du chemin à faire… Et il est si long, ce chemin, qu'il est plus simple de croire en un messie venu sur terre. Ouf ! Le Messie arrive, le Messie est là ! Terminée, la lutte ! Repos ! Or pas du tout. On n'en a jamais fini avec l'Éternel. En vérité, l'Éternel a voulu que son peuple soit exemplaire et montre le chemin aux hommes. Nous sommes le peuple élu, facile à dire ! Il faut tenir ce pari impossible… Nous sommes le modèle du monde, non, mais quelle difficulté, tu vois cela ? Ah ! Nous avons payé très cher cette responsabilité ! Mais nous résistons dur. Ce n'est pas pour rien que l'Éternel nous appelle « le peuple à la nuque raide »…

— Il n'est pas très gentil, l'Éternel, remarqua Théo.

— L'Éternel n'a ni qualités ni défauts ! L'Éternel est l'Être même !

— Ça ne va pas, ton truc, dit Théo. Dieu pique des colères, il se rabiboche, il pardonne, donc il a des qualités et des défauts. Il ressemble à un père, quoi !

— Telle est l'image que nous autres hommes nous projetons sur lui, précisa le rabbin. Oui, la Bible affirme que Dieu est grand, sage, triste, déçu, compatissant, tout-puissant et jaloux. Terrible dans sa colère et généreux dans sa bonté. Parfois, il s'adresse à lui-même une prière pour calmer sa colère et redevenir bon… Pas moyen de le voir autrement. Il faut bien que la Bible parle le langage des humains pour se faire comprendre. Mais les hommes sont libres d'écouter l'Éternel ou de lui rester sourds, Théo.

– Libres ? s'étonna-t-il. Avec les commandements ?

– Que fait Jacob ? Il se bat avec l'ange… Oui, l'homme est libre devant l'Éternel. C'est cela qui est intéressant ! L'Éternel lance un appel à l'homme, il le poursuit, l'interpelle, c'est à l'humanité de répondre ! Ou bien de se fâcher…

– Ça alors ! Parce qu'il y a des juifs qui se fâchent ?

– Il y en eut un, dit le rabbin. Il s'appelait Job. Il était si croyant que l'Éternel, pour voir, le mit à l'épreuve. Il le ruina, couvrit son corps d'ulcères répugnants, le réduisit à rien, et toujours, à grand-peine, le pauvre Job persistait à croire en l'Éternel en serrant les dents. Mais ses amis pensaient qu'il avait bien dû fauter quelque part, sinon, pourquoi ces punitions épouvantables ? Pas du tout, disait Job. Je n'ai rien fait de mal. Ce n'est pas juste. Je crois en l'Éternel mais je ne comprends pas…

– Drôlement patient, le mec, constata Théo.

– Oh non ! Job se révolte ! Qu'est-ce qu'il lui veut, l'Éternel son Dieu ? Pourquoi le persécuter ? En plus, l'Éternel le gronde… «Qui es-tu pour contester mes plans ? Où étais-tu quand je créais la terre ?» Et là, Job comprend. «Je me tais, répond-il. J'ai trop parlé. Je ne suis qu'un homme.» La crise est passée. Job retrouva la santé, la richesse et fut comblé de biens.

– C'est franchement dégueulasse ! dit Théo après un silence. J'espère que l'Éternel ne me fait pas le même coup.

– J'espère bien que si ! s'écria le rabbin. Comme ça, tu guériras…

Le Dieu sacrifié

– Bon ! coupa Tante Marthe fort à propos. Vous avez parlé longtemps, Eliezer. Maintenant, dans l'ordre chronologique d'apparition sur terre, c'est à vous, mon père.

– Notre nom de chrétiens vient du mot « Christ », commença le père Dubourg. *Chrestos* est en grec l'équivalent de *Machiah* en hébreu, et cela signifie « Celui qui a reçu l'onction ». Dans la religion juive, il s'agit du grand prêtre consacré en ayant la tête inondée d'huile sainte, le seul à pouvoir présenter l'offrande à l'Éternel dans son Temple. Or, aux yeux des juifs de son temps, Jésus n'est pas consacré. Il n'a pas reçu l'onction rituelle… Telle est la raison pour laquelle Jésus a contre lui le grand prêtre Caïphe, l'oint officiel du Seigneur.

– Le méchant, dit Théo.

– Non, répliqua l'ecclésiastique. Le gardien du Temple ne pouvait accepter un homme qui se disait Fils de Dieu et qui n'avait pas l'onction. Or il se trouve que Jésus la reçut dans de bien curieuses circonstances. Ce fut à Béthanie que Marie de Magdala, une femme qui avait péché, se glissa humblement aux pieds de Jésus pour les enduire d'une huile extrêmement coûteuse. Les disciples se récrièrent : quel gâchis ! Tant d'argent ruiné pour un geste d'amour ? Mais Jésus la laissa continuer, verser l'huile parfumée sur son corps, la répandre enfin sur sa tête en disant : « Elle prépare mon corps pour mon ensevelissement. »

– Comme on met de l'huile sur le cadavre avant de l'enterrer ? dit Théo.

– Oui ! Le Christ n'était pas encore condamné que déjà il songeait à sa mort ainsi qu'à sa glorieuse résurrection. Marie de Magdala, qui n'en savait rien, n'avait cependant pas hésité : d'instinct, elle avait oint la tête de Jésus de l'huile la plus chère, comme une servante celle d'un prince. Car l'humble pécheresse l'avait compris, Jésus était l'Oint du Seigneur…

– Quelque chose comme un roi, en somme ?

– Les grands prêtres d'Israël étaient à la fois rois et prêtres, en effet. L'huile de l'onction était à base d'olives pressées : voilà pourquoi les chrétiens appelèrent Jésus « l'Olive sainte », car il fut pressé sur la croix comme le fruit de l'olivier dans le pressoir, et l'huile devint son sang… Car Jésus était plus qu'un roi, Théo, il était Fils de Dieu ! Tout est là. Au lieu de présenter une offrande au Temple, il s'offrait lui-même en sacrifice, lui, le Dieu… Et c'est une simple pécheresse qui le désigne comme l'« Oint du Seigneur » au hasard d'une rencontre ! Quelle divine folie ! Pour la première fois, Dieu consentit à s'incarner en homme. Il devint père d'un fils qui mourut et ressuscita. Changement radical, mais suite logique de la Bible, puisque le peuple juif attendait le Messie.

— Et une fois débarqué sur terre, le Messie a envoyé promener le judaïsme ! dit Théo.

— Jésus n'a pas rompu avec le judaïsme, Théo. Jésus est né juif et n'a pas renié les dix commandements… Au contraire ! Il les a élargis. Le Christ a repris dans le Livre du Lévitique une formulation du dernier commandement – tu te souviens, ne pas voler, ne pas convoiter la femme d'autrui, ne pas faire de mal à l'autre. « Aime ton prochain comme toi-même. » Très important ! Cela signifie qu'il faut d'abord s'aimer soi-même pour aimer son prochain. Que l'égoïsme naturel chez les hommes, l'amour de soi, peut et doit s'appliquer à tous les hommes sans exception. Égalité parfaite entre soi et l'autre : ce qu'apporte Jésus, ce sont les commandements de Dieu au monde entier.

— Le modèle du monde, les juifs en parlaient déjà, observa Théo.

— Mais Jésus est Fils de Dieu ! L'Éternel est le Père qui envoie son fils sur la terre sous la forme d'un homme fait de chair, qui boit, mange, dort, souffre et meurt. L'Éternel n'est plus seulement la voix invisible qui commande : il se rapproche de ses créatures. Prodigieuse aventure ! Dieu descend parmi les hommes ! Le Verbe se fait chair !

— Le verbe ? Comme en grammaire ?

— Oui, comme en grammaire : car dans la phrase, le verbe désigne une action. Or justement, pour les juifs comme pour nous, chrétiens, le Verbe divin agit, puisqu'il crée. Mais avant la naissance du Christ, les hommes ne communiquaient avec Dieu qu'en tendant l'oreille… Dans la Bible, Dieu ordonne, se fâche, console, mais on ne le voit pas. Cela n'a pas suffi ; les hommes résistaient toujours. Alors le Verbe se fait chair : on peut le toucher, discuter avec lui, le suivre sur les chemins, partager ses repas, contempler son regard, voir son sang couler… Dieu s'est fait homme. Quel soulagement ! Et la naissance de Dieu, quelle histoire !

– A propos, dit Théo, si tu m'expliquais comment on fait pour naître d'une vierge ? Ça n'existe pas, ce truc-là !

– En effet, répondit le père Dubourg. Ça n'aurait pas dû exister. De Marie, on sait fort peu de choses. C'est une très jeune fille consacrée à Dieu selon la coutume que les juifs appellent le naziréat. On se voue pour un temps à Dieu, sans boire une goutte de vin ni manger de raisin ni couper ses cheveux. Marie habite Nazareth, qui peut-être n'a jamais existé, autant dire un village obscur, un trou perdu. Elle est la fiancée de Joseph le charpentier. Dieu a choisi la plus inconnue des juives. Normal ! Car le message de Jésus s'adresse aux pauvres et aux simples.

– D'accord, bougonna Théo, mais comment elle a pu faire un enfant sans homme ?

– C'est précisément ce qu'elle répond à l'ange Gabriel quand il lui annonce qu'elle va héberger l'enfant conçu par Dieu. « Comment cela se fera-t-il puisque je ne connais pas d'homme ? »

– Elle connaît Joseph ! répliqua Théo.

– Eh bien, hésita l'ecclésiastique, « connaître » veut dire dans le texte… Enfin… Coucher avec. Marie dit simplement qu'elle est vierge, comprends-tu ? La réponse de l'ange arrive comme un murmure. « Aussi celui qui va naître de toi est sacré. » A ce moment précis, Marie comprend que le souffle de l'ange a déjà passé dans son ventre. « Cela », mais c'est déjà fait ! Elle le croit sans hésitation. Elle chante sa joie puisqu'elle est l'élue de Dieu. Sais-tu quel âge elle a ? Quatorze ans…

– Tu ne me dis pas comment Dieu est entré en elle, protesta Théo.

– Je viens de te le dire ! rétorqua le père Dubourg agacé. Un souffle, un murmure, un silence… La voix de Dieu !

– Bon, alors Marie est Moïse en fille, c'est clair, conclut Théo. Elle entend Dieu. Dis donc, il ne demande pas souvent l'avis des gens, Dieu. Il choisit, il décide…

– Il choisit une vierge, Théo, pour racheter la faute d'une autre vierge, Ève. Irénée, l'un de ceux que nous appelons « les Pères de l'Église », de grands savants chrétiens, a écrit : « Il fallait qu'une vierge, en se faisant l'avocate d'une vierge, détruisît la désobéissance d'une vierge par l'obéissance d'une vierge. »

– Ouh là ! gémit Théo. Minute… La désobéissance d'une vierge, c'est Ève. L'obéissance, Marie. Mais pourquoi l'avocate ?

– Parce que Marie devient l'avocate de tous ceux qui ont péché. Toujours, elle intervient pour plaider auprès de son fils la cause des humains. Elle a toujours pitié. Parce qu'elle n'a pas douté un seul instant, Dieu lui accorde ses bienfaits. Marie a le pouvoir de défendre les hommes, de les avertir et de les consoler. Marie n'est pas morte comme tout le monde. Elle s'est endormie et son corps s'est élevé au ciel. Nous appelons son sommeil la « Dormition » et sa montée au ciel l'« Assomption », ce qui signifie « Élévation ».

– Donc elle n'est pas vraiment morte, dit Théo.

– Non, reprit le père Dubourg. Imagines-tu la décomposition du corps de la mère de Jésus ? Impossible ! Tellement impossible que, au XIVe siècle, les savants docteurs de l'Église affirmèrent que Marie elle-même n'avait pas été contaminée par le péché de notre mère Ève. Ses parents l'ont conçue immaculée… Dieu avait préparé la naissance de la Vierge élue.

– Dis-moi, si Jésus est Dieu lui aussi, ou je me trompe ou alors Marie est la fille de son fils ?

– Ma foi, oui, répondit le père Dubourg. C'est ce que dit saint Augustin.

– On n'a jamais vu ça, murmura Théo décontenancé. Et le pauvre Joseph là-dedans ?

– Ah ! Mais Joseph était de bonne famille ! Il descendait du roi David. Il le fallait, car la Bible annonçait que le Messie serait de la lignée de ce roi… En outre, Joseph est un excellent homme, un juif très pieux. A lui aussi l'ange a parlé. Lorsqu'il lui a dit : « Prends avec toi Marie, prends l'enfant et sa mère », Joseph a obéi sans discuter…

— Sauf qu'il n'était pas le vrai père de Jésus !

— Le père de Jésus, c'est Dieu. Nous croyons en un Dieu en trois personnes : le Père, le Fils et le Saint-Esprit.

— Je m'y attendais ! s'écria Théo. Qu'est-ce que c'est au juste, le Saint-Esprit ?

— Le souffle de Dieu, dit le père Dubourg. La voix de l'ange qui parle à Marie. Il y a le Père qui décide, le Fils qui sauve et le Saint-Esprit qui inspire : la Sainte-Trinité. Dieu en trois personnes dont l'une est le Dieu des juifs, l'autre son fils unique le Sauveur du monde, et la troisième l'inspiration qui surgit parmi nous.

— Finalement, qu'est-ce que Jésus a apporté aux hommes ? demanda Théo. Qu'il était l'un des nôtres ? Ce n'est pas suffisant !

— Non, répondit le père Dubourg. Jésus apporte l'espérance du salut, le partage entre tous que nous appelons charité, et la mémoire vive de son sacrifice, que nous célébrons au cours de la messe. Car pendant son dernier repas, Jésus a partagé le pain avec ses douze apôtres en disant : « Prenez et mangez-en tous, ceci est mon corps. » Il a fait de même pour le vin : « Ceci est mon sang. » Le Verbe s'est fait chair, mais il a fait bien davantage encore puisque la chair de Dieu s'incarne dans le pain et le vin.

— Mangez mon corps, buvez mon sang, ça fait cannibale, ce truc, lança Théo.

— Pas du tout ! s'indigna l'ecclésiastique. Jésus s'est sacrifié, mais la substance de son corps passe dans le pain et le vin ! Le sacrifice du corps de Jésus est le dernier, l'ultime… Ensuite, nous le commémorons avec le pain et le vin de la vie : « Mangez-en tous », nous a-t-il dit avant de mourir. Tous, tu m'entends, Théo ? Absorber le corps sacré de Jésus, c'est le prendre dans la bouche, le toucher de la langue, l'avaler, c'est une affaire qui se passe dans l'organisme. Le pain azyme consacré que nous appelons l'hostie n'est pas de la chair humaine, c'est le corps transformé de Dieu… Ce n'est pas cannibale, c'est un divin partage universel, voyons !

— Sacrément plus compliquée que la foi des juifs, la vôtre, conclut Théo. Tu as vu la quantité de miracles auxquels il faut croire ? Une vierge conçue sans péché, qui conçoit toute seule avec le Saint-Esprit, un Dieu fait homme, mort et ressuscité dont la chair devient pain et le sang devient vin… A quoi ça sert ?

— A rapprocher, dit le père Dubourg. Dieu et les hommes, ensuite les hommes entre eux. Parce que Dieu s'est rapproché des hommes, nous pouvons nous le représenter. Peindre des tableaux de sa naissance, de sa vie, de son supplice et de sa résurrection, sculpter son corps vivant ou mort, payer des acteurs pour jouer son rôle au cinéma et le restituer à nos yeux, humain et divin à la fois. Ce sacrifice répété sert à sauver du péché. A pardonner. A effacer d'un coup les souffrances passées du peuple d'Israël, à conclure un nouveau pacte d'espoir et de fraternité, une Nouvelle Alliance. Le sacrifice de Dieu sert à retourner au Paradis d'où il nous a chassés.

L'ultime révélation de Dieu

— A vous maintenant, mon cher Suleymane, dit Tante Marthe en bonne ordonnatrice des débats. Vous avez de la chance, vous aurez le dernier mot !

— *Inch' Allah*, répondit le cheikh tortillant sa barbe. Avec l'aide du Tout-Puissant. Enfin, vous avez raison, chère amie, car nous, musulmans, nous sommes les derniers pour de vrai. La première révélation de Dieu n'a pas converti le peuple des juifs à l'obéissance : vous l'avez souligné, Eliezer, les juifs persistent à se battre avec l'Éternel. Quand vint la révélation de Jésus, le sacrifice de sa vie n'a pas suffi non plus, puisque restent encore dans le monde trop d'hommes et de femmes qui ne croient pas au Dieu unique. N'est-ce pas, cher Antoine ? Voilà pourquoi le Tout-Puissant choisit Mahomet son Prophète pour sa dernière révélation, après laquelle aucune autre n'est possible. Car au Prophète le Tout-Puissant a révélé la totalité de sa loi.

– Qu'est-ce qui n'avait pas encore été dit ? demanda Théo. Je ne vois pas…

– Pour commencer, le Tout-Puissant n'oublie rien, Théo. Il récapitule. Lorsqu'il dicte à Mahomet le texte du Coran, il rappelle la lignée des prophètes, Adam, Abraham, Noé, Moïse, Jésus, qui tous ont transmis sa Parole. Ils sont aussi nos prophètes. Les dix commandements sont les nôtres. Nous non plus, nous ne représentons jamais le visage de Dieu, ni même celui des prophètes. Simplement, le Tout-Puissant a énoncé ses lois très clairement. A la place de « Tu n'adoreras que le Seigneur ton Dieu », voici que la Parole divine devient : « Il n'est d'autre Dieu que Dieu et Mahomet est son Prophète. » Cela signifie que la Révélation s'achève. Mahomet fut, est et sera le dernier des prophètes de Dieu.

– Qu'est-ce qu'il avait de particulier, ton Mahomet ?

– Notre prophète, le salut sur son nom, ne se disait pas fils de Dieu. Comment Dieu pourrait-il avoir un enfant ? Comme les juifs, nous pensons que Dieu est l'Éternel Créateur. Mais s'il est le Créateur, il est inengendré, pas vrai ?

– Inengendré… hésita Théo. Personne ne l'a engendré, lui ?

– Exactement. Personne n'engendre le Créateur qui n'engendre personne puisqu'il n'est soumis ni au temps, ni à la vie, ni à la mort. S'il engendrait, s'il était père, l'Éternel entrerait dans le temps ! Voilà qui est tout à fait incohérent ! Telle est la raison pour laquelle notre Prophète ne se dit pas fils de Dieu, mais élu. Choisi par Allah qui envoya l'ange Gabriel lui ordonner d'établir une religion parfaite et juste.

– OK, dit Théo. Mais encore ?

– Qui était-il ? Un homme très pauvre, né à La Mecque en 570 et qui, pour gagner sa vie, s'engagea au service d'une riche veuve, Khadidja. Après qu'il eût épousé la femme pour laquelle il travaillait, Dieu lui parla.

– Comme à Moïse, nota Théo.

– Oui. A cette époque, dans l'Arabie où il vivait, les hommes se battaient sauvagement et maltraitaient les femmes, qu'ils enlevaient et violaient. Ils adoraient plus de trois cents idoles de pierre ou d'argile, dieux et déesses des récoltes et de la terre, comme autrefois les Cananéens à l'époque de la naissance du judaïsme...

– Rien n'avait donc changé depuis tout ce temps ? demanda Théo.

– Hélas non, soupira le cheikh. Il fallait recommencer. Le Tout-Puissant décida d'en finir une bonne fois avec les adorateurs de statues. Il inspira cet homme qu'il avait choisi pour messager, éprouva son corps et son esprit pour lui donner la force de parler clairement. Au vrai, c'est un moine chrétien qui décela en lui les premiers signes de l'élection divine... Il était encore adolescent lorsque Bahira lui dit : « Tu es l'Envoyé de Dieu, le Prophète annoncé par ma Bible ! »

– Un coup de messie, un ! murmura Théo.

– Prophète, Théo, pas messie, rectifia doucement le vieil homme. Mahomet avait quarante ans lorsqu'il prit l'habitude de se retirer en solitaire sur le mont Hira, près de La Mecque. Au commencement de la Révélation, il connut des épreuves douloureuses, l'inspiration divine lui causa d'épouvantables souffrances... L'ange Gabriel, celui-là même qui avait annoncé le divin message à Marie, prenait possession de lui. Mahommet crut qu'il était en train de devenir fou, il avait la tête en feu, et seule son épouse le soutenait. Puis l'ange Gabriel lui dicta le Coran. Mais comment transmettre la Révélation qui passait à travers lui, l'homme simple ?

– C'est vrai, dit Théo. Moïse a eu des embêtements, Jésus en est mort, et Mahomet ?

– Le Prophète était juste et bon. Il avait le don du Tout-Puissant en lui, un cœur compatissant, une parole invincible qui touchait les pauvres gens... L'un des premiers convertis fut un esclave noir, Bilal, qui devint le premier appelant à la prière, celui que nous appelons « muezzin ». Les Bédouins commencèrent à suivre les enseignements de Mahomet, puis convertirent les incroyants à une vie décente, digne du Tout-Puissant. Guidé par lui, le Prophète triompha d'ennemis bien plus nombreux que ses propres fidèles, et fonda la communauté des croyants, l'« Umma ».

– L'Umma ? C'est de l'arabe ?

– Le Prophète vécut en Arabie. Il transcrivit donc la Révélation en arabe. La première Révélation s'était exprimée en hébreu, la deuxième en grec, et la dernière est en arabe. Mais attention ! L'arabe du Coran n'est pas simplement une langue comme les autres. L'inspiration du Tout-Puissant qui guida le Prophète s'exprime par la beauté… La langue du Coran vibre comme la musique, elle enveloppe dans sa splendeur, elle protège ! Voilà pourquoi le mot Coran signifie « Lecture à haute voix » ou « Récitation » : le texte de la Révélation habite la bouche du croyant. Il ne suffit pas de le lire, il faut le parler, le respirer…

– Bon, dit Théo. Je veux bien que, comme Jésus, Mahomet soit un prophète. Mais s'il reprend les enseignements de la Bible et de l'Évangile, qu'est-ce qu'il fait de plus ?

– Il faut d'abord comprendre que nous n'acceptons pas l'idée du Fils de Dieu, insista le vieil homme. C'est avec les juifs que nous débattons depuis tant de siècles. L'alliance qu'ils ont conclue avec l'Éternel est une guerre. Une guerre d'amour, certes, mais un combat quand même. Dans son ultime Révélation, le Tout-Puissant a voulu mettre fin à la guerre entre les hommes et lui. Il leur suffit d'admettre la vérité : « il n'est d'autre Dieu que Dieu et Mahomet est son Prophète » et la guerre s'arrête. Le croyant converti rentre alors dans l'Umma. Et l'Umma, Théo, c'est extraordinaire ! Égalité, justice, prière, simplicité, partage, communauté totale… Pas de clergé, pas de pape, pas d'Église, pas d'images, pas de statues… Chacun vit dans l'abandon à Dieu, ensemble avec son frère, son égal. Oui, la guerre s'achève entre les hommes et Dieu. Telle est la Révélation du Prophète.

– Plus de guerres ? s'écria Théo. Qu'est-ce qu'il te faut ! Les musulmans passent leur temps à se battre… Comment appellent-ils cela déjà… Le Djiquelque chose… Djibad ?

– Djihad, soupira le cheikh. La guerre sainte. Le Prophète fut contraint de défendre la Révélation par les armes au début, c'est vrai. Mais « Djihad » signifie effort, et il s'agit d'abord de l'effort sur soi-même. C'est à lui seul que le croyant doit faire la guerre pour respecter la loi divine. Le message de l'islam est celui de la paix définitive. Et quelle paix, Théo ! Douce, exaltante, profonde comme la nuit, lumineuse comme les étoiles, parfaite enfin… Oui, parfaite, je ne vois pas d'autre mot.

– Mais le monde, lui, ne l'est pas, rétorqua Théo. Vous non plus, vous n'avez pas réussi.

– La paix viendra, Théo, la paix pour tous…

– Alors pourquoi se battre entre chrétiens, juifs et musulmans ? s'exclama Théo. C'est complètement idiot !

Les trois hommes de Dieu échangèrent un sourire. Là-dessus, ils n'avaient aucun désaccord.

Guerres et paix

– Vous ne répondez pas, remarqua Tante Marthe.

– Parce que, dit le cheikh, les batailles qui nous opposent depuis tant de siècles sont querelles de terres et questions de pouvoir.

– Parce que, dit le rabbin, Dieu nous éprouve encore et nous fait avancer lentement sur le chemin de la paix.

– Parce que, dit l'ecclésiastique, les hommes ne savent pas partager ce qui leur appartient.

– Il n'y a qu'à leur dire ! s'indigna Théo.

– C'est ce que nous faisons, répondit-il. Mais ils n'écoutent pas toujours. Que faire de Jérusalem ? Les juifs la veulent pour eux seuls, les musulmans en revendiquent leur part, et les chrétiens cherchent à préserver le lieu du martyre de Jésus. Partager ? Ça se fera un jour. Quand ? Nous ne le savons pas, mais nous y travaillons.

– Voilà pourquoi nous sommes réunis pour te montrer les trois Jérusalem, ajouta le cheikh.

– Maintenant, il vous faut décider de notre emploi du

temps, intervint Tante Marthe. Qu'allez-vous montrer à Théo ?

Ils se mirent à discuter. Aux yeux du rabbin, la visite devait être chronologique. Les juifs avaient pour ainsi dire inauguré Jérusalem trois mille ans auparavant, et donc on commencerait par le mur d'Occident, seul reste du Temple de Jérusalem, et lieu des Lamentations de tous les juifs du monde. Le père Dubourg pensait qu'il était plus sage, vu la fatigue de Théo, de commencer par le Saint-Sépulcre...

– Le saint quoi ? dit Théo.

– Sépulcre, c'est un mot qui signifie tombeau, intervint Tante Marthe.

... le Saint-Sépulcre, tombeau du Christ, où s'étaient rassemblées toutes les branches de la chrétienté.

– Pas toutes, observa Tante Marthe. Les protestants n'y sont pas.

Le cheikh en profita pour faire remarquer suavement que Jérusalem était une ville arabe occupée par les Israéliens, et qu'en toute justice il fallait rendre grâce aux vrais protecteurs des lieux, les musulmans.

– Attention, vous autres, dit Tante Marthe. Je vous ai demandé de ne pas fatiguer mon Théo. Cela vous laisse à chacun une ou deux visites. Débrouillez-vous !

Le père Dubourg proposa le Saint-Sépulcre, le mont des Oliviers où Jésus avertit ses disciples de son sort et la Via Dolorosa, le chemin qu'il avait suivi pour se rendre au lieu de son supplice. Tante Marthe le somma de réduire.

Le rabbin leva les bras au ciel. Comment choisir entre le mur des Lamentations, le musée d'Israël, le mémorial de Yad Vashem, élevé à la mémoire des millions de juifs assassinés par les nazis, et le quartier religieux de Mea-Shearim ? On lui demandait là un exercice aux limites du possible ! Tante Marthe répliqua vertement que c'était à lui de décider.

Mais le vieux cheikh resta étrangement silencieux.

– Vous ne dites rien, Suleymane ? s'étonna Tante Marthe.

– Non, murmura-t-il. Ce n'est pas la peine.

– Mettez-vous d'accord, trancha-t-elle. Ou alors laissez Théo choisir.

Trois paires d'yeux brillants se tournèrent dans la direction de Théo. Mais Théo louchait surtout vers les desserts ruisselants de miel, purs délices rendus inaccessibles par les disputes des saints barbus.

– Alors ? dit Tante Marthe.

– Alors on va faire comme quand j'étais petit, répondit Théo. Parce que toutes ces salades, moi, ça me prend la tête. Bon. J'y vais.

Et pointant l'index dans la direction des barbus, il se mit à compter : « Pic et Pic et Colégram, Bourre et Bourre et Ratatam, Am-stram-gram. » Gram tombait sur le cheikh.

– C'est dit, on commence par vous, Suleymane, conclut Tante Marthe en éclatant de rire. Vous ne vous attendiez pas à ce traité de paix, je parie ?

Abraham sur le nombril du monde

Finalement, ils s'étaient tous les trois résignés. Le cheikh s'était contenté du Dôme du Rocher, le dominicain avait opté pour la visite du Saint-Sépulcre, et le rabbin, après avoir reçu de Tante Marthe l'assurance que Théo visiterait des synagogues à d'autres étapes du voyage, avait choisi à contrecœur le mur des Lamentations et le quartier de Mea-Shearim. On se mit donc en route pour le Dôme du Rocher, comme en avait décidé la comptine de Théo. Sur le vaste terre-plein qui dominait le mur des Lamentations, Théo aperçut l'or de la coupole et le brillant d'une autre couverte d'argent. Des femmes déambulaient en longues robes noires brodées de rose et de rouge, le visage strictement entouré de foulards, et des hommes coiffés d'un voile blanc tenu par un cercle de cuir se hâtaient avec majesté.

– Nous y voici, dit le cheikh lorsque la petite troupe arriva devant le sanctuaire au toit d'or. Là-bas, tu vois la mosquée El'Aqsa construite à peu près en même temps, au VIIe siècle. Nous nous trouvons sur le Dôme du Rocher, à l'endroit même où se dresse encore un fragment du mont Moriah. Ce lieu sacré s'appelle « le nombril du monde », la pierre qu'Allah choisit dans le jardin du Paradis pour en faire la fondation de l'univers. Les âmes de tous nos prophètes se situent dans un puits creusé sous le roc, et ils y prient toujours… Ces arches que tu aperçois entre le dôme et la mosquée serviront à suspendre les balances pour peser les âmes au moment de l'Événement final.

– Quel événement ? s'étonna Théo. Je croyais que l'islam n'attendait rien ?

– Tout de même si, murmura le cheikh. Nous attendons la fin du temps lui-même. Mais pour l'instant, parlons du commencement. Car c'est ici que s'est déroulé le sacrifice du prophète Ibrahim, que les juifs et les chrétiens appellent Abraham, le salut soit sur lui. Naturellement, mon petit, vous connaissez l'histoire, n'est-ce pas ?

– Euh, fit Théo. Pas vraiment.

– Ibrahim, commença le cheikh, était un grand prophète, le père de tous les croyants. Voici comment nous racontons l'histoire d'Ibrahim. Comme sa vieille épouse Sara n'avait pas d'enfant, elle poussa son mari à concevoir un fils avec la jeune Agar. Puis Sara eut un fils à son tour. Ibrahim avait donc deux fils : celui de sa femme Sara s'appelait Isaac, et celui d'Agar sa bien-aimée s'appelait Ismaël. Mais Sara, jalouse, demanda le renvoi d'Agar qu'Ibrahim accompagna avec Ismaël dans le désert où il la laissa sous la garde du Tout-Puissant. Les juifs se disent enfants d'Isaac, les musulmans ceux d'Ismaël, et voilà pourquoi Ibrahim est notre père à tous. Le patriarche des patriarches.

– Souviens-toi, Théo, murmura Tante Marthe. Voici quelques années, à Hébron, un fanatique juif sortit sa mitraillette et massacra les fidèles dans le lieu qu'on appelle « tombeau des Patriarches », où reposent Abraham et Sara son épouse, et même, dit-on, Adam et Ève endormis pour l'éternité… C'était le seul endroit du monde où juifs et musulmans pouvaient prier ensemble.

– C'est toujours vrai, dit le rabbin, mais sous la surveillance de nos soldats. Je ne prononcerai pas le nom de celui qui commit cette atrocité ! Le tombeau d'Abraham est le point de rencontre de nos religions. Car Dieu voulut mettre Abraham à l'épreuve : il lui ordonna de sacrifier son fils unique, Isaac…

– Mais il avait deux fils ! s'écria Théo.

– Enfin… dit le rabbin embarrassé. C'est-à-dire qu'Isaac était le fils légitime. Tandis que, d'après notre Bible, l'autre était le fils d'une servante, un bâtard, en somme. Mais cette distinction n'est pas valable pour tout le monde, j'en conviens. Pour nous autres juifs, Isaac est le fils unique. Sans cela, l'épreuve infligée par Dieu n'aurait pas la même importance. Isaac était né tardivement, alors que sa mère, Sara, avait presque cent ans…

– Cent ans ! s'exclama Théo. Vous rigolez !

– Sara aussi a beaucoup ri lorsque les anges lui annoncèrent qu'elle allait avoir un enfant à cet âge. Pourtant c'était vrai. Donc, Théo, imagine les souffrances de ce vieux père à qui Dieu commande de conduire son fils sur la montagne et, là, de lui trancher la gorge… Et Abraham obéit.

– C'est cela, votre Dieu ? dit Théo. Il est horrible !

– Il est exigeant, répondit le rabbin. C'est différent. Et puis tu sais qu'il est bon. La preuve ! Lorsque Abraham leva son couteau sur son fils qu'il avait ligoté, d'un geste, un ange arrêta son bras… Alors Abraham aperçut un bélier dont les cornes s'étaient emmêlées dans un buisson et, à la place de son fils, il sacrifia l'animal. Et Dieu lui dit : « Je sais maintenant que tu ne m'as pas refusé ton fils, ton unique. A cause de cela tes descendants seront aussi nombreux que les étoiles dans le ciel et les grains de sable sur le bord de la mer. » Cela s'est passé sous nos pieds.

– Vous oubliez de dire qu'Isaac s'était quand même inquiété de ce curieux sacrifice, reprit le père Dubourg. Son père avait emmené un âne, pour porter le bois, et le feu qui devait brûler le corps de la victime, normalement, un agneau. Mais pas d'agneau ! Isaac demanda où était l'agneau, sans deviner que l'agneau, c'était lui. Plus tard, lorsque le Christ apparut dans ce monde, il accepta d'être le véritable agneau, sacrifié pour de vrai sur la croix. L'Agneau de Dieu.

– Il ne me plaît toujours pas, votre Dieu, bougonna Théo. Pourquoi vouloir la mort d'un enfant ? Pourquoi vouloir sacrifier Jésus ? A quoi ça rime ?

– Souviens-toi de Job, dit le rabbin. Dieu nous met à l'épreuve. Exiger la mort d'un fils peut sembler monstrueux, mais puisque Isaac a survécu…

– Certes, mais pas Jésus, observa le père Dubourg. Il a su qu'il allait mourir et il a dit oui.

– A condition d'admettre qu'il était fils de Dieu, coupa le cheikh. A condition d'admettre que Sara était la préférée d'Ibrahim et Isaac son fils chéri. Ce n'est pas ce que nous pensons. Car, selon le Coran, c'est Ismaël qui fut épargné par le Tout-Puissant afin de procréer les innombrables générations futures… Nous aussi, les enfants d'Ismaël, descendants d'Ibrahim et d'Agar, nous sommes nombreux comme les étoiles au ciel. Et nous ne croyons pas qu'il soit nécessaire d'en passer par le sacrifice du fils de Dieu sur la croix. Jésus est un prophète dont nous reconnaissons la grandeur, le fils de Marie qui reçut le Verbe de Dieu, mais le Créateur ne peut pas engendrer un fils incarné sous la forme d'un homme. Impossible.

– A la fin des fins, qu'est-ce qui est vrai là-dedans ? s'exclama Théo. Abraham, Ibrahim, Jésus, Mahomet ?

Un long silence s'installa. Dans un fricotis d'ailes, quelques pigeons en profitèrent pour s'envoler bruyamment.

– Écoute-moi bien, Théo, intervint Tante Marthe avec un peu de brusquerie. C'est à mon tour de m'exprimer. Et laissez-moi parler, vous autres ! Vous ne serez pas d'accord, je sais. Pour moi, la religion n'est pas affaire de vérité. On croit, ou l'on ne croit pas. Par exemple, je ne crois pas en Dieu. En aucun dieu. Mais j'admets que les religions ont fait progresser l'humanité. Ce Dieu si cruel et qui ne te plaît pas a interdit, grâce au peuple juif, des pratiques plus barbares encore. Souviens-toi des

Cananéens… La grandeur du sacrifice d'Isaac tient précisément au fait qu'il ne meurt pas. Dieu fait apparaître un bélier pour le sacrifice. L'homme n'est plus un animal qu'on égorge sur un autel en l'honneur d'un dieu. Est-ce que cela n'est pas mieux ?

– Vu comme ça… dit Théo. D'accord. Mais vraiment, a-t-il fallu tant de temps pour en arriver là ?

– Oh oui, Théo ! s'écria le rabbin. Après des milliers d'années de barbarie, nous avons été les premiers à croire que Dieu avait créé l'homme à son image. A son image, c'est-à-dire que l'homme avait en lui une parcelle de divinité… Et c'est Abraham qui conclut le premier pacte entre l'homme et son Dieu en l'appelant désormais Adonaï Elohim, le Seigneur de l'Alliance. Avant l'Alliance, l'homme et l'animal avaient la même valeur pour le sacrifice. Après, c'est fini. La séparation entre l'homme et l'animal se trouve d'abord dans notre Bible.

– Le péché aussi vient de la Bible, dit Tante Marthe. Dieu n'a pas laissé l'homme au Paradis.

– Voilà pourquoi Dieu sacrifia son propre fils à l'humanité, pour racheter ce premier péché, ajouta le père Dubourg. Et non plus seulement pour un seul peuple élu, mais pour tous. Ce fut un progrès considérable.

– Quel besoin d'une affaire aussi sanglante ? soupira le cheikh de sa voix cassée. Pourquoi la crucifixion ? Pourquoi l'alliance entre les juifs et Dieu ne tient-elle pas du premier coup ? D'où viennent ces révoltes, ces soubresauts ? Le Prophète n'a-t-il pas énoncé la fin de l'histoire entre Dieu et les hommes ? La soumission au Tout-Puissant suffit…

– C'est toi qui le dis, grogna Théo.

– Eliezer et Antoine également ! s'écria le cheikh. Nous reconnaissons tous trois les commandements de Dieu ! La seule différence, c'est la suite de l'histoire des hommes… Pour Eliezer, c'est l'attente du Messie. Pour Antoine, c'est la crucifixion de Jésus. Pour nous, grâce au Prophète – béni soit son nom – tout est dit. Laisse-moi plutôt te raconter la vision du Prophète. Il se trouvait sur la terrasse de sa maison de La Mecque lorsque apparut sa jument Bourak, un animal ailé à tête de femme...

– Je vois, glissa Théo. Ailée comme le cheval Pégase. J'ai cela sur mon jeu vidéo.

– Me laisseras-tu finir, petit ? dit doucement le cheikh. Donc, la jument du Prophète apparut et l'emmena ici. Le Prophète attacha Bourak aux remparts, l'animal frappa le rocher du pied et bondit ! L'ange Gabriel enleva le Prophète jusqu'au septième ciel où, chemin faisant, il rencontra Adam, Noé, Joseph et Moïse avant de se trouver face à face avec le patriarche Ibrahim. Enfin il entendit Allah lui dicter les prières musulmanes et revint à La Mecque transformé par l'extase...

– Il y a bien des portraits de Mahomet en extase ? demanda Théo. J'aimerais les voir...

– Nous ne représentons jamais le visage du Prophète, précisa le cheikh. Quelquefois, on peut trouver de pieuses représentations populaires, mais sa tête est voilée de blanc. L'extase est trop près du Tout-Puissant pour être représentée... La vision du Prophète était d'inspiration divine. C'est à cause de cette sortie hors du temps, de ce bond du Prophète au-delà de la vie humaine que Jérusalem est la troisième ville sacrée de l'islam, après La Mecque où naquit le Prophète et Médine où il mourut. D'ailleurs qui construisit le dôme au-dessus du Rocher ? Le calife Abdel Malek en 685.

– Mais le roi Salomon avait construit le premier temple, dit le rabbin. A la même place.

– Et les croisés, dit le père Dubourg, avaient édifié une croix gigantesque ici même. Ainsi, Théo, nos trois religions se rencontrent au lieu du sacrifice d'Abraham, notre patriarche commun. Nous reconnaissons le même livre sacré, la Bible, dont le nom, en grec, signifie Livre. Voilà pourquoi on nous appelle les trois religions du Livre. Si l'on veut bien y réfléchir, au fond, c'est le même livre.

– Ah non ! C'est le Coran !

– Que faites-vous du Décalogue ?

Ils se querellaient à nouveau. Théo les trouva un tantinet

pénibles et s'éloigna pour contempler les remparts dorés par le soleil qui s'apprêtait à décliner en douceur. L'air vaporeux se mit à résonner de centaines de cloches qui se mêlaient à l'appel des muezzins, à la rumeur des prières. Jérusalem était une ville bien compliquée, que se disputaient ceux qui croyaient au Dieu unique, ceux qui croyaient au Prophète et ceux qui croyaient au Fils de Dieu.

— A quoi penses-tu ? dit Tante Marthe en lui posant les mains sur les épaules.

— A ce Dieu qui n'est pas fichu de les réconcilier, dit Théo.

Chapitre 3

Un mur et un tombeau

Lamentations sur l'Arche perdue

Le rabbin avait obtenu sans effort la priorité sur le père Dubourg, toujours au nom de l'histoire et de la chronologie. Pour commencer, les trois hommes de Dieu se rendraient au mur dit « des Lamentations ». A mesure qu'on approchait, Théo se sentit pris d'une étrange excitation. Depuis près de deux mille ans les juifs venaient pleurer devant ces larges pierres ancestrales, depuis tantôt vingt siècles ils se lamentaient sur leur Temple perdu... De loin, il entendit les graves murmures d'une prière venue du fond des âges. Le rabbin le guida vers la foule des fidèles habillés de noir. Théo frissonna.

– Alors le voilà, ce fameux mur, souffla-t-il. Il est bien plus grand qu'à la télé...

– Oui, murmura le rabbin. Il est immense, comme le chagrin des juifs. A l'aube, les pierres se couvrent de rosée, qui sont les larmes du peuple d'Israël chassé de sa terre sainte. Sur les dix mesures de souffrance que l'Éternel a imparties à l'univers, neuf sont pour Jérusalem... Mets ça sur la tête, Théo, c'est obligatoire.

– Une *kippa* ? Elle est rudement bien, dit Théo en posant la calotte de velours bleu sur ses boucles.

– Plaçons-nous dans la file de gauche, dit Rabbi Eliezer. Je crains qu'il ne faille attendre assez longtemps.

Devant eux, l'interminable file des hommes en noir balançait le haut du corps en lisant les prières à voix basse, ou chantait des mélopées lancinantes. Ils portaient sur la tête des chapeaux ronds en feutre noir, ou bien des calots tricotés, ou encore un curieux paquet de cuir, tenu avec des lacets de cuir… Certains portaient de longues boucles tombantes au-dessus des oreilles. En arrivant près de la haute muraille, ils posaient la main sur les moellons, y appuyaient le front et déposaient entre les pierres leurs petits rouleaux de papier, avec les messages écrits à l'intérieur.

Un peu plus loin sur la droite, les femmes formaient une autre file à l'écart ; beaucoup d'entre elles avaient les cheveux couverts par un foulard soigneusement serré. Parfois, elles se mettaient à pousser des cris déchirants. Tante Marthe resta sur le côté avec le père Dubourg et le cheikh Al'Hajid, non loin de l'endroit où arrivaient par fax les messages pour le Mur venus du monde entier, 02 62 12 22. Le Mur s'était grandement modernisé.

Le mur que les chrétiens appelaient « des Lamentations », et les juifs le mur Occidental, était le seul reste du troisième temple de Jérusalem. Le premier était celui du roi Salomon, roi d'Israël ; le deuxième celui qu'après sa destruction avait autorisé le roi Cyrus, roi des Perses ; et le troisième fut reconstruit par le roi de Judée qui voulait le rendre à sa splendeur première. Ce roi-là, qui s'appelait Hérode, avait été nommé par les Romains ; par la naissance, il n'était qu'à moitié juif, et les juifs ne l'aimaient guère.

Et puis ce dernier temple n'était pas comme le premier. Certes, il était splendide, couvert de plaques d'or si brillantes qu'elles éclaboussaient les regards, mais, dans le Saint des Saints, le Debir, le centre même du Temple, seul le vide indiquait la présence de Dieu. L'Arche d'Alliance, qui contenait le pacte avec Dieu, n'était plus dans le temple reconstruit par Hérode.

– La même arche qu'Indiana Jones va chercher dans *Les Aventuriers de l'Arche perdue* ? Celle qui contient des radiations atomiques ? demanda Théo.

C'est-à-dire… hésita le rabbin qui n'avait pas vu le

film. Des radiations atomiques, sûrement pas. L'Arche de l'Alliance entre l'Éternel et son peuple avait voyagé long-temps dans un chariot tiré par des bœufs blancs, et le Temple avait été construit par le roi Salomon pour l'abriter, peu après que les juifs se furent arrêtés à Jérusalem, à l'époque du roi David. Pour lui faire honneur, le roi David avait dansé devant l'Arche en jouant de la harpe. Cependant, malgré son éclatante victoire remportée à la fronde contre le géant Goliath, champion de l'ennemi, ce n'était pas le petit roi David qui avait construit le Temple de Jérusalem, car il s'était rendu coupable d'un tel péché que l'Éternel lui avait interdit cette joie.

— Et c'était quoi, son péché ? demanda Théo avec curio-sité.

— Il s'était amouraché d'une trop belle femme et avait fait tuer son mari par concupiscence, répondit le rabbin.

— Par quoi ?

— Concupiscence, répéta le rabbin ennuyé. Un désir interdit par les commandements. Avance donc dans la file !

— Il voulait coucher avec elle, je pense ? dit Théo.

Il pensait juste, mais le rabbin n'insista pas. Plutôt que s'occuper de la définition du mot « concupiscence », mieux valait s'intéresser à l'Arche d'Alliance dont le contenu suscitait toutes sortes de curiosités. Par exemple, pour les Romains comme pour les Grecs, chaque temple contenait la statue d'un dieu, un dieu par temple. Alors cette Arche qui n'était pas une statue, c'était bizarre…

— Mais qu'est-ce qu'il y avait vraiment dans l'Arche ? demanda Théo intrigué.

— Les commandements que l'Éternel a donnés à Moïse sur le mont Sinaï après la sortie d'Égypte, voilà tout.

— Donc rien que des mots ?

— La parole de l'Éternel ! Après qu'il l'eût dictée à Moïse sur le mont Sinaï, le peuple juif savait ce que l'Être voulait de lui.

— Mais je croyais que Dieu les avait gravés sur des tables de pierre, dit Théo, et puis qu'ensuite Moïse en colère les avait cassées parce que, en son absence, les

Hébreux s'étaient fabriqué un dieu-veau tout en or, semblable à une divinité égyptienne... Qu'est-ce qu'il était furax, Moïse !

Mais les tables de la Loi avaient été refaites, puis elles avaient disparu au moment de la destruction du Temple. Les commandements avaient été transcrits par la suite sur de longs rouleaux. Tout y était précisé : ce qu'on pouvait manger, ce qu'on ne devait pas manger, ce qu'on devait faire, et ce qu'on n'avait pas le droit de faire. La voix de l'Éternel avait parlé à Moïse avec une précision exhaustive, notamment sur le régime alimentaire, qui, selon le livre de la Bible intitulé le Lévitique, le Manuel des Prêtres, interdisait les animaux impurs, notamment le porc, le hibou, le caméléon, le gecko, la scolopendre, l'épervier, la cigogne et le lièvre...

– Le civet de lièvre, c'est impur ? dit Théo en s'arrêtant.

– Oui, bon, reprit le rabbin agacé, il n'est pas toujours facile de comprendre aujourd'hui le sens exact de cette diététique vieille de trois mille ans, je l'admets. Ne t'arrête donc pas si souvent ! Nous allons perdre notre tour... Vois-tu, quand l'Éternel s'exprime on ne discute pas. Il échange sa protection contre le respect des règles qu'il décide, point final. A l'époque où Moïse reçoit les commandements, le peuple juif avait donné assez de signes d'indiscipline pour qu'il soit devenu nécessaire de l'obliger à obéir...

Car, poursuivit le rabbin, ce n'était pas la première fois que l'Éternel concluait une alliance avec son peuple préféré. Après leur expulsion du Paradis, Adam et Ève avaient fait connaissance avec les duretés de la vie des mortels. Génération après génération, les hommes se dégradèrent si profondément que l'Éternel décida de les punir en leur infligeant le Déluge, une gigantesque inondation qui détruisit le monde. Mais, pour préserver sa Création, l'Éternel avait élu Noé, un homme juste. Il lui ordonna de construire un gigantesque bateau où s'entassèrent un couple de tous les animaux, ainsi que des spécimens des espèces vivantes. Ce navire sauvé des eaux s'appela l'Arche de Noé, et ce fut la première Arche de l'Alliance. Juchée sur le sommet du mont Ararat, elle échappa au désastre. Le Déluge cessa, le soleil revint et un vaste arc-en-ciel apparut, arche lumineuse entre l'Éternel et les hommes.

– Je m'y perds, dit Théo. Ça fait combien d'alliances ?

– Trois en tout, dit le rabbin. La première fut l'Arche de Noé, la deuxième se conclut avec Abraham qui accepta d'être circoncis à l'âge de cent ans, et la troisième fut l'Arche d'Alliance contenant les commandements dictés à Moïse.

– La circoncision, une alliance ? Alors ça !

La première alliance ne tint pas très longtemps. Il y eut d'autres fautes et d'autres sanctions. L'Éternel décida de trouver un deuxième homme juste : ce fut Abraham, capable d'accepter de sacrifier son fils, son unique. La deuxième alliance, conclue avec Abraham, exigea la circoncision des garçons, histoire de laisser sur le corps des juifs une trace ineffaçable, la marque de Dieu. Un bout de chair en moins, signe du manque chez l'homme parce qu'il n'est pas l'Être.

Les tribulations de la dernière alliance

Or même ce poinçon gravé dans la chair des fils d'Israël n'avait pas suffi à les faire obéir. Alors, après la punition de l'esclavage en Égypte, vint la troisième alliance ordonnée à Moïse sur le mont Sinaï dans le moindre détail.

Voilà pourquoi après la sortie d'Égypte, pendant la longue marche du retour à la terre promise par l'Éternel à son peuple, les Hébreux transportaient partout l'Arche qui contenait les commandements de Dieu. Sur son ordre, elle fut construite en bois d'acacia, plaquée d'or pur. Puis elle fut installée à Jérusalem : séparée du reste du Temple par un voile violet et rouge suspendu à quatre colonnes posées sur des socles d'argent, l'Arche était invisible aux fidèles. D'où la curiosité des non-juifs…

– Je comprends, dit Théo. On a envie de voir dans ces cas-là.

– S'ils s'étaient contentés d'être curieux, passe encore ! soupira le rabbin. Mais non ! Les souverains grecs, après

91

avoir conquis la Palestine, méprisaient si grandement notre religion que l'un d'eux installa dans le deuxième temple une statue de Zeus.

– Pourtant, en Grèce, Zeus était le roi des dieux, commenta Théo. Ce n'est pas mal ! De quoi se plaignaient-ils, les Hébreux ?

– Tu sais bien que pour les juifs n'existe qu'un seul Dieu, répondit patiemment le rabbin. Même le roi des dieux ne vaut rien comparé à l'Éternel… Les Hébreux ne supportèrent pas cette profanation et commencèrent une guerre pour reconquérir leur Temple et leur ville. Ils y parvinrent. Hélas ! Les Romains succédèrent aux Grecs, et c'est alors qu'ils donnèrent Jérusalem au roi Hérode.

– Le demi-juif ?

– Oui, ce mauvais homme qui voulut tuer tous les nouveau-nés juifs parce que les Rois mages lui avaient prédit que l'un d'eux deviendrait roi des juifs… Désigné par les Romains, le roi Hérode fut le premier persécuteur de Jésus.

– Je vois, dit Théo. Un vrai collabo comme en France sous Vichy !

– Certainement. Mais les Romains aussi étaient curieux. Pompée, grand général romain, voulut absolument pénétrer dans le troisième temple reconstruit par Hérode, pour y voir la fameuse Arche qui n'y était plus. Pompée ne vit que le vide.

– Bien fait pour lui, dit Théo. Ils ont dû se marrer, les juifs !

– Oh non ! protesta le rabbin. Le Romain était passé de l'autre côté du voile ! Sacrilège ! Les juifs ne pardonnèrent ni aux Romains ni à Hérode. Ils se révoltèrent. Jusqu'au jour où un autre général romain décida d'en finir avec ces rebelles exaltés. Le Temple fut détruit, à l'exception du mur. Et Jérusalem devint une ville romaine sous le nom de Aelia Capitolina. La cité sainte n'était plus qu'un amas de ruines, mais ce n'était pas suffisant ! L'empereur Hadrien en ordonna la destruction complète. Nous comptâmes six cent mille morts et les survivants furent contraints de partir pour l'exil.

— Et ils sont revenus après la guerre, dit Théo.

— Laquelle ? répondit le rabbin. Jérusalem en a vu tant… Certains juifs n'ont jamais quitté la Palestine. La plupart s'en allèrent puis durent pendant des siècles s'enfuir des pays où ils s'étaient réfugiés à mesure que l'Église chrétienne les poursuivait de ses persécutions. Afin de convertir les hérétiques, le moine Dominique fonda au Moyen Age l'ordre des Dominicains qui à son tour fonda l'Inquisition. Pour nous, le Fourneau de Fer !

— C'est qui, les hérétiques ?

— Dans le langage des chrétiens, l'hérétique était celui qui ne croyait pas à l'intégralité du christianisme, soupira le rabbin. Les hérétiques, eh bien, c'était nous les juifs, à cause de Jésus, bien sûr… – Attention ! A force de danser d'un pied sur l'autre tu vas finir par heurter quelqu'un, Théo ! – Oh ! Je sais que pour l'Inquisition nous n'étions pas les seuls hérétiques, mais nous étions particulièrement visés. L'Inquisition nous pourchassait, nous contrôlait, vérifiait nos origines juives, nous jugeait en son tribunal et nous faisait griller sur ses bûchers. Au mieux, on nous convertissait et nous pratiquions le Shabbat en secret. L'Église avait décidé de nous appeler les « Nouveaux Chrétiens », mais les foules trouvèrent un meilleur nom : « marranes ». Les cochons. Les porcs, nous, les juifs ! Quelle indignité !

— Les vaches ! Ou plutôt non, tiens, cochons eux-mêmes ! cria Théo.

— Ce n'était qu'un début, Théo… Depuis, on a fait pire. Cependant, l'exil n'a pas chassé tous les juifs à jamais. En 1492, lorsque le roi d'Espagne les força à choisir entre la conversion et l'expulsion, de nombreux juifs décidèrent de revenir en Palestine où l'Empire ottoman leur laissait la liberté du culte. Il n'y avait plus de Temple, presque plus de ville, mais c'était Jérusalem tout de même.

— Est-ce qu'il en reste encore ? demanda Théo.

— Des descendants des juifs revenus dès cette époque ? Certes oui ! La famille Eliachar, par exemple. Quatre siècles plus tard, après la longue agonie de Jérusalem, notre ville commença sa résurrection. Cela commença vers 1840 quand l'Empire ottoman accorda aux juifs les droits de sujets égaux aux autres, ainsi que la nomination d'un grand rabbin de Palestine : une première depuis la destruction du Temple… – Ne trépigne donc pas sur place ! Avance ! – Je te disais que les juifs revinrent, reconstruisirent, bâtirent des hôpitaux, des écoles, des quartiers, ils éditèrent des journaux, le monde entier s'en mêla…

– Mais l'État d'Israël n'existait pas ! dit Théo.

– Pas encore. C'est à la fin du XIXe siècle que survint l'étrange événement. Un certain Theodor Herzl, un juif athée, journaliste viennois, fut envoyé à Paris… – Avance encore un peu, Théo, nous arrivons… – Donc à Paris, Herzl suivit le procès du capitaine Dreyfus, accusé d'avoir trahi des secrets militaires parce qu'il était juif…

– Je sais, dit Théo. C'était faux.

– Bien sûr. Quand Herzl retourna à Vienne, il écrivit un livre appelé « l'État juif ». Pour lui, la seule façon d'éviter la persécution était d'avoir un État pour les Juifs. « Sion » est l'autre nom de Jérusalem ; Theodor Herzl fonda donc le « sionisme ». A son époque, les juifs viennois le prirent carrément pour un fou ! Mais à son enterrement vinrent en masse les pauvres juifs de Galicie et de Pologne… Herzl n'avait pas eu tort : l'État juif était possible. Les juifs revinrent de plus en plus nombreux à Jérusalem, jusqu'à la naissance de l'État d'Israël en 1948. Et le Mur où l'on se lamente sur le Temple perdu n'a cessé d'accueillir les regrets, les pleurs et les désirs… Le voici maintenant. Devant toi.

Le message du Mur

– C'est ton tour, conclut le rabbin. As-tu préparé un papier ?

– Non ! s'écria Théo confus. Je ne suis pas juif, moi !

– Ça ne fait rien, dit le rabbin. J'y ai pensé. J'ai demandé ta guérison.

Il posa les mains sur les pierres, y appuya le front en murmurant une prière, puis introduisit le rouleau dans l'un des trous et se baissa pieusement. Mais quand il se retourna, il avait un autre rouleau dans la main.

– Il se passe quelque chose d'inhabituel, chuchota-t-il. Quand j'ai déposé notre papier, j'en ai trouvé un autre sur le sol. Tiens, prends ce message. Il est pour toi.

– Pour moi ? s'étonna Théo. De la part du Mur ?

Vite, il déroula le papier. *Je suis mon propre père et je suis un oiseau immortel. Quand tu m'auras trouvé, tu connaîtras le pays où tu vas.* C'était tout.

Un message en français ? De la sorcellerie à l'état pur ! A moins que… Et si c'était le premier signe de la chasse au trésor ?

– Tante Marthe ! cria Théo. J'ai le premier message !

– Parfait, mon garçon, lança Tante Marthe de loin. Il ne te reste plus qu'à le comprendre. En attendant, il faut rentrer.

– Dites, Eliezer, quand vous avez parlé de la reconstruction du Temple par Hérode, vous n'avez pas oublié de mentionner que c'était l'époque de la naissance de l'Enfant Jésus ? demanda le père Dubourg en s'approchant.

– Si, fit le rabbin. Excusez-moi.

– A la veille de Noël ! Vous n'avez pas honte, Rabbi ? gronda le père Dubourg, mi-fâché, mi-rieur.

– Mais pourtant, monsieur Eliezer, intervint Théo, vous m'avez bien parlé de la prédiction des Rois mages et du massacre des nouveau-nés décidé par ce type ?

– C'est ma foi vrai, murmura le rabbin. J'avais oublié.

– Pendant que j'y suis, Eliezer, reprit le père Dubourg vexé, avez-vous parlé de la circoncision ?

– Évidemment, Antoine ! J'ai expliqué la deuxième alliance !

– Ouais, fit Théo. Pas besoin d'alliance avec Dieu pour être circoncis, je l'ai bien été, moi, quand j'étais petit. Papa m'a dit que j'avais autour du zizi une espèce de manchon trop étroit, qu'il fallait enlever.

– Tu sais, Théo, des marques sur le corps, tu en trouveras souvent dans les religions, observa Tante Marthe. Sais-tu que dans de nombreux pays on tranche un morceau du sexe des fillettes ?

– Fatou m'en a parlé ! Cette chose horrible, l'excision…
D'après elle, le Coran ne dit rien là-dessus. Il paraît que
c'est un truc que les hommes ont trouvé pour embêter les
femmes.

– Quelquefois, ils s'embêtent eux-mêmes, dit-elle. Dans
une tribu du Pacifique, les hommes se fendent la peau du
zizi pour se faire saigner chaque mois, comme les femmes.

– Abominables barbaries, ronchonna le rabbin. Nous
nous contentons d'un morceau de chair inutile. Et nous ne
sommes pas les seuls ; les musulmans pratiquent également
la circoncision, n'est-ce pas, Suleymane ?

– Oui, répondit-il. L'islam n'a pas renié les prescriptions des premiers prophètes, il les a complétées.

– Nous, chrétiens, intervint le père Dubourg, nous avons
renoncé aux effractions sanglantes sur le corps de nos
fidèles. Pour faire entrer un nouveau-né dans le royaume
de Dieu, il suffit de l'immerger dans l'eau, à l'exemple de
Jean le Baptiste, qui pratiqua la conversion en plongeant
ceux qui le voulaient dans la rivière du Jourdain. Vêtu de
peaux de bêtes et se nourrissant de sauterelles au miel, il
annonçait la venue de Jésus : « Je ne suis pas le Messie,
disait-il, car j'immerge dans l'eau, tandis que lui vous
immergera dans l'Esprit-Saint. » C'est la Nouvelle Alliance.

– Le baptême ! s'écria Théo. Mais pourquoi parles-tu
d'immerger ? C'est simplement de l'eau sur le front, et un
peu de sel sur la langue !

– Au commencement de l'Église, on immergeait le
corps entier. Puis le rite s'est simplifié. Aujourd'hui, on ne
met plus de sel sur la langue des nourrissons… Le baptême est plus fort ainsi : car c'est le symbole de l'entrée
dans le Royaume du Père.

– Oui-da, dit le rabbin. Symbolique, mais pas visible.
L'Éternel veut que le corps garde une trace ineffaçable de
l'Alliance. La vraie.

Théo récapitule

Allongé sur son lit, Théo lisait et relisait ce sacré papier trouvé dans la fente du Mur. Un oiseau qui serait son propre père ? Comme Marie la fille de son fils ? Franchement, Tante Marthe exagérait !

D'ailleurs, Jérusalem aussi exagérait. Pour mettre un peu d'ordre dans le fatras, Théo ouvrit son carnet. DIEU DES JUIFS = L'ÊTRE QUI DONNE LA LOI AU PEUPLE MODÈLE. DIEU DES CHRÉTIENS = DIEU LE PÈRE DONNE SON FILS JÉSUS EN SACRIFICE À TOUS LES PEUPLES PAR LE SOUFFLE DU SAINT-ESPRIT. DIEU DES MUSULMANS = LE TOUT-PUISSANT DONNE L'ÉGALITÉ À TOUS LES HOMMES PAR L'INTERMÉDIAIRE DE SON DERNIER PROPHÈTE, À CONDITION QU'ILS LUI SOIENT SOUMIS. C'était à peu près clair. Ensuite, cela se compliquait. JUIFS = PREMIÈRE RÉVÉLATION – EN ATTENTE DU MESSIE. CHRÉTIENS = DEUXIÈME RÉVÉLATION – LE MESSIE EST ARRIVÉ. MUSULMANS = FIN DE LA RÉVÉLATION. Passe encore. ALLIANCES DES JUIFS AVEC DIEU = 1) ARCHE DE NOÉ. 2) CIRCONCISION AVEC ABRAHAM. 3) ARCHE DE MOÏSE. 4) CHRÉTIENS : NOUVELLE ALLIANCE. Et l'État d'Israël là-dedans ? La quatrième alliance, peut-être ? Il restait encore tant de mystères inexpliqués ! Pourquoi le pape au Vatican ? Pourquoi les musulmans allaient-ils à La Mecque ? Et dire qu'ils adoraient tous le même Dieu !

… Où pouvait-on trouver un oiseau immortel ? Dans quel pays ? L'Inde ou la Grèce ?

Le méli-mélo des églises chrétiennes

Le lendemain, Tante Marthe le fit lever tôt. Si l'on voulait éviter les touristes qui se pressaient en masse à cause des vacances de Noël, il fallait partir de bonne heure. Où cela ?

– Aux Lieux saints, dit Tante Marthe. Enfin, c'est une façon de parler puisqu'à Jérusalem tout est saint. Tu verras, l'histoire des Lieux saints est nettement plus compliquée que celle des juifs.

C'était le tour du père Dubourg. La voiture s'arrêta non loin d'une petite place où se pressaient déjà les groupes de visiteurs. Tante Marthe prit le cheikh et le rabbin à part.

– Notre ami Antoine aura assez de mal à expliquer l'ensemble de la situation, leur dit-elle. Laissez-le seul avec Théo, pour une fois. Si vous vous en mêlez, je ne réponds de rien, vous savez comme il est, cœur d'or, mais…

– Mais soupe au lait, dit le rabbin. Ma chère Marthe, vous avez raison. Il vaut mieux profiter du soleil à l'extérieur.

– J'aurai quelque chose à dire à Théo à la sortie, murmura le cheikh.

Sous les yeux de Théo se dressait la basilique du Saint-Sépulcre, un bâtiment massif coiffé d'une large coupole de pierre. Sans l'immensité du mur, sans la grâce de l'or du Dôme du Rocher. Mais c'était là que Jésus s'était échappé vivant du domaine des morts.

– Donc on va voir le tombeau du Christ, dit Théo dès qu'ils passèrent le seuil de la porte.

– Pas exactement, répondit le père Dubourg. D'abord, on ne voit presque rien parce que, après la crucifixion de Jésus, il y eut ici un temple gréco-romain. Puis un empereur romain, Constantin, se convertit au christianisme en 313, et Jérusalem devint la capitale orientale de la nouvelle religion. La mère de l'empereur, sainte Hélène, y chercha le caveau, finit par le découvrir ainsi que les trois croix, celles de Jésus et de deux bandits qu'on avait crucifiés en même temps que lui. On détruisit le temple grec, on construisit une basilique, elle-même détruite par un calife quelques siècles plus tard…

– Donc celle-ci, c'est la deuxième, dit Théo en s'arrêtant dans le vestibule où résonnaient les prières et les pas des fidèles.

– Non, la troisième, construite par les croisés, et qui n'a pas cessé d'être aménagée. La basilique a connu bien des malheurs. Un incendie, un tremblement de terre… Sur le sol naturel, on a édifié des autels dans tous les coins, car les églises de la chrétienté se sont si bien partagé l'endroit que, la première fois, on a du mal à s'y retrouver. Regarde au-dessus de ta tête : vois-tu cette rangée de lampes suspendues à des œufs d'autruche ? Il y en a quatre pour l'Église grecque, quatre pour l'Église latine et trois pour l'Église arménienne.

– Tant d'églises pour un seul Christ ? s'écria Théo. Dites, c'est drôlement compliqué, votre histoire…

– Chut, fit l'ecclésiastique. Je suis là pour te l'expliquer, mais ne crie pas, nous sommes dans une église…

– Alors où est-il, ce tombeau ? chuchota Théo.

– Eh bien, le tombeau, c'est compliqué, répondit le père Dubourg, mais juste en face de toi, entre les chandeliers, regarde cette pierre rouge. Vois-tu cette dame qui a l'air de l'essuyer ? En réalité, elle recueille sur le linge l'eau bénite qu'on jette sur la dalle, sans doute pour soigner une plaie. C'est la pierre de l'Onction. L'ensemble de cet espace s'appelle Golgotha, le lieu de la crucifixion. Quant à la pierre rouge, c'est là que le corps du Christ a été embaumé. Mais les chrétiens orthodoxes, eux, pensent que c'est la pierre sur laquelle on a déposé le corps de Jésus pour y enlever les clous des mains et des pieds. Les catholiques ne sont pas de cet avis.

– Ne me dites pas que les chrétiens se disputent entre eux ! s'écria Théo.

– Ni plus ni moins que les juifs en Israël, rétorqua vertement le père Dubourg. Nous aussi, nous avons le droit d'avoir des différends !

– OK, OK, ne vous fâchez pas… Mais puisqu'ils croient tous en Jésus-Christ ?

– Comme tu vas l'apprendre, Théo, il existe plusieurs formes de christianisme. Ne parlons pas des protestants, qui n'ont rien à faire ici…

– Tiens ? s'étonna Théo. Pourquoi ?

– Parce que pour eux, Théo… Oh ! Tu comprendras plus tard, dit le père Dubourg agacé. Non, je te parle des Églises chrétiennes impliquées dans la protection du Saint-

Sépulcre, que tu vois devant toi avec ses chapelles, ses couvents, ses cloîtres et ses rotondes. C'est-à-dire l'Église latine, l'Église orthodoxe, l'Église éthiopienne, l'Église arménienne et…

– Ouh là ! s'exclama Théo. Ça va trop vite !

– D'accord. Je t'expliquerai en chemin.

Les coupoles bruissaient de prières et de chants. Sur la gauche du vestibule, envahi par une foule de touristes, se découvrait un enchevêtrement de cloisons et de colonnes, de parois brutes taillées dans le roc ou couvertes de marbre décoré. Théo pressa le pas.

– Ne va pas si vite, Théo, dit le père Dubourg. Le tombeau est ici.

Théo s'arrêta net.

– Je ne vois rien, chuchota-t-il en hochant la tête. Il y a trop de monde.

– Mais on ne le voit presque pas, je te l'ai dit, Théo. On y prie, voilà tout. Au moins, ici, tous les chrétiens peuvent s'accorder entre eux. Avançons. L'Église qu'on nomme latine fut la première historiquement, celle que fonda saint Pierre, le premier des apôtres. C'est la raison pour laquelle on l'appelle « apostolique », un adjectif qui vient du mot « apôtre », ce qui signifie « envoyé de Dieu ». Et comme saint Pierre fut mis en croix à Rome, notre Église est donc la sainte Église latine, apostolique et romaine. C'est la plus importante.

– Ah non ! protesta Théo. Ce n'est pas ce que me dit ma grand-mère ! Et l'Église orthodoxe, qu'est-ce que vous en faites, hein ?

– C'est vrai que cet enfant a des origines grecques, marmonna le père Dubourg. Ta grand-mère n'a pas tort, Théo. Car l'église orthodoxe fut la première à bâtir une basilique en l'honneur du tombeau du Christ, à l'époque de Byzance. C'est pourquoi le style de l'ensemble est d'allure plutôt byzantine. Théo, sais-tu ce que fut Byzance ?

– Oui, dit Théo. En classe, on m'a parlé de la chute de Byzance. 1543… Non, 1453, voilà. Les Turcs ont assiégé la ville comme les Serbes pour Sarajevo, mais ils ont fini par gagner, eux, pas comme les Serbes. La cata ! Sauf que je n'ai pas bien compris pourquoi.

– Parce que les chrétiens venaient de perdre la plus illustre de leurs capitales, celle de l'Orient, dit le dominicain. Mais bien avant la chute de Byzance, un malheureux divorce avait séparé les Églises du Christ. D'un côté, dans toute l'Europe, l'Église catholique obéissait au pape, et de l'autre, dans l'Empire byzantin, les chrétiens obéissaient, eux, au patriarche de Byzance. Aujourd'hui, la ville a gardé son nom turc, Istanbul. Mais je ne vais pas t'en parler, tu la verras.

– Parce que j'irai à Istanbul ? s'écria Théo les yeux brillants. Je n'avais pas vu cela sur l'atlas de Papa !

– En fait, Théo… Ce n'est pas ce que j'ai voulu dire, répondit le père Dubourg embarrassé.

– Si, si, j'ai bien entendu !

– Fiche-moi la paix, Théo. Oui, là, tu verras Istanbul. Mais ne dis rien à ta tante, surtout ! Je me ferais gronder…

– Je dirai que tu m'as parlé de Byzance, elle n'y verra que du feu…

– Mensonge par omission, mais enfin… Donc, tu as bien compris que, avant la chute de Byzance, les Églises chrétiennes s'étaient divisées sur le rôle du chef suprême : le pape pour les uns, le patriarche pour les autres. C'est ce qu'on appelle un schisme, un mot qui veut dire « séparation ». Le premier a séparé les catholiques des orthodoxes en 1054, et le deuxième, en 1439, a séparé les Églises catholiques d'Europe et celles d'Orient, même si celles-ci continuent d'obéir au pape.

– Quel panier de crabes, soupira Théo. Et sur quoi ne sont-ils pas d'accord cette fois ?

– Sur le mariage des prêtres, par exemple. Les Églises orientales l'autorisent.

– Comme les orthodoxes et les protestants, dit Théo. Ça fait même du grabuge, en France, que les curés n'aient pas le droit de se marier. Je me demande bien pourquoi on le leur interdit.

101

– Parce que… hésita le père Dubourg. Tu m'ennuies avec tes questions ! Pour ne pas se laisser distraire par les occupations familiales, voilà. Les catholiques latins et les orientaux ne sont pas non plus d'accord sur le baptême. Dès qu'un enfant est baptisé, il a le droit de communier. Tandis que chez nous il faut attendre l'âge de raison, pour que l'enfant puisse confirmer librement le choix de ses parents. Est-ce que ce n'est pas raisonnable ?

– Si, dit Théo. Mes parents n'ont même pas voulu nous baptiser, pour qu'on puisse décider tout seuls. Ça, c'est encore plus raisonnable.

– Bien, coupa l'ecclésiastique avec irritation. Nous arrivons au secteur gardé par l'Église arménienne. Elle n'est pas la seule Église catholique orientale, mais l'Arménie fut le premier pays à se convertir au catholicisme, voilà pourquoi ils ont l'honneur de participer à l'entretien du Saint-Sépulcre.

– Pour une fois, c'est clair, dit Théo. Et l'Église des Éthiopiens ?

– C'est une longue histoire.

Les enfants de Balkis et du roi Salomon

Eux aussi représentaient une très ancienne tradition, venue d'Afrique, au-delà des sources du Nil, en Éthiopie.

Car c'était peut-être en Éthiopie qu'avait vécu la reine de Saba, la fameuse Balkis, à qui un marchand éthiopien décrivit la grandeur du roi Salomon avec tant de détails admirables qu'elle prit la décision de lui rendre visite. C'était l'époque de la construction du Temple ; le roi des Hébreux faisait venir de loin les bois les plus précieux, les métaux les plus raffinés. Ce sage détenait les secrets les plus mystérieux du ciel et de la terre, les calculs les plus sacrés, les formules les plus magiques…

– Le roi Salomon, magicien ? s'étonna Théo.

Un mage très sage et très puissant. Comme tous les souverains, Salomon possédait un sceau, insigne du pouvoir et d'autorité sacrée. Le sceau de Salomon comprenait un premier triangle la pointe en haut, représentant le feu. L'autre, le triangle pointé vers le bas, représentait l'eau.

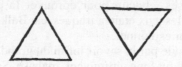

Lorsque le triangle du feu était tronqué par la base de l'autre, ce signe désignait l'air; et quand le triangle de l'eau était à son tour coupé à la base, alors on obtenait la signification « terre ».

Ainsi, en emboîtant l'un sur l'autre les deux triangles, on obtenait une étoile à six branches constituant l'ensemble des éléments de l'univers.

– Mais je la connais, l'étoile ! s'écria Théo. Elle est sur le drapeau bleu et blanc de l'État d'Israël !

Le sceau de Salomon, qu'on appelait aussi l'étoile de David, frappait en effet le drapeau israélien. Telle avait été la puissance du grand roi qu'il imprégnait encore la conscience du peuple juif... Il était même si puissant que, selon le Coran, il avait, disait-on, une huppe pour espionne : l'oiseau lui rapportait les informations venues de loin. Salomon expédia donc sa huppe Jaffour espionner

103

Balkis. La huppe ayant rendu un rapport enthousiaste sur la grâce et la sagesse de la reine de Saba, le roi choisit d'accepter la visite de Balkis. Balkis et Salomon rivalisèrent de ruses, chacun pour éprouver la puissance de l'autre. Mais les jeux étaient truqués, car Balkis n'avait pas de huppe pour espionne…

Enfin, éblouie par le savoir infini du grand roi, elle partit. Le voyage fut long, éprouvant, malaisé. Salomon reçut à bras ouverts la reine qui venait de si loin. Toutefois, comme il avait entendu dire que les femmes du royaume de Saba avaient des pieds de chèvre, il la fit entrer d'abord dans une salle recouverte d'eau, si bien qu'elle releva sa robe pour ne pas se mouiller. L'eau tranquille remplit son office de miroir… Balkis avait de charmants petits pieds, sans pelage ni sabot. Salomon décida de l'héberger dans son palais, mais elle, prudente, lui fit jurer qu'il ne la toucherait pas, car elle était vierge.

– M'est avis qu'elle ne le restera pas très longtemps, commenta Théo.

En retour, Salomon fit jurer à la reine qu'elle ne prendrait strictement rien sous son toit. Puis au banquet en son honneur, il servit à Balkis des plats si épicés que, la nuit suivante, elle mourait de soif. En tapinois, la reine se glissa jusqu'à une jarre remplie d'eau que, malicieusement, Salomon avait fait poser dans sa chambre. Elle but une gorgée… Et Salomon surgit. En prenant de l'eau dans la jarre, Balkis avait manqué à son serment : à son tour, le grand roi manqua au sien et entra dans le lit de la reine.

– Astucieux, dit Théo.

Enchantée, la huppe Jaffour s'égosilla toute la nuit… La rencontre des époux royaux tourna en amour fou, et il en naquit un enfant, Ménélik, qui devint le premier souverain d'Éthiopie. Lorsqu'il retourna dans son pays, le jeune homme s'empara, par ruse, de l'Arche d'Alliance dans le temple édifié par son père. On dit que Salomon s'en aperçut, entra dans une grande fureur puis s'apaisa, car son fils était digne de l'Arche qu'il avait dérobée. Voilà pourquoi, selon les Éthiopiens, l'Arche d'Alliance avait disparu du

Saint des Saints : désormais, elle se trouvait cachée en Éthiopie, où peut-être elle était encore.

— C'est pour ça qu'Indiana Jones se met en route ! s'écria Théo. Je comprends !

Arche ou pas, la reine Balkis s'était convertie au judaïsme qui s'implanta dans son pays. Quelques siècles plus tard arriva l'évêque Frumence, qui convertit les Éthiopiens au christianisme.

— Or, reprit le père Dubourg, comme ils avaient hérité de cette lointaine rencontre entre Balkis et le roi Salomon, les chrétiens d'Éthiopie se désignent eux-mêmes comme font les juifs : le peuple élu. Dans leur pays, existe une immense basilique creusée dans le roc…

— C'est une grotte ?

— Non, ils ont creusé, creusé, si bien que l'église est en contrebas d'une falaise. Les processions sont magnifiques… Si tu les voyais, Théo ! Protégés par des ombrelles de brocart, les prêtres portent des couronnes d'or et des chapes de velours brodées, et ils dansent la danse de David en s'accompagnant de sistres et de grands tambours…

— Je voudrais bien voir ça, murmura Théo.

— Quand tu seras guéri. Les chrétiens d'Éthiopie ont appelé cet endroit « Lalibela », en souvenir du nom d'un jeune prince martyrisé. Mais Lalibela, c'est aussi, disent-ils, la « nouvelle Jérusalem ». Car dans la tradition éthiopienne, le peuple d'Afrique descend du roi Salomon, et il est parvenu à éviter la destruction de sa Jérusalem. Les prêtres éthiopiens sont très impressionnants. Tu ne les verras pas ici dans toute leur majesté, mais viens, je vais te montrer leur couvent sur la terrasse.

Ils montèrent des escaliers de plus en plus étroits. Les dernières marches ouvraient sur une terrasse, et sur la terrasse, au fond, s'élevaient de petites cellules aux portes vertes, à l'ombre d'un grenadier.

— Nous y sommes, dit le dominicain. Vois-tu, les Éthiopiens sont parmi les plus vieux chrétiens du monde. Cette terrasse est un endroit très paisible, le seul peut-être à l'intérieur du Saint-Sépulcre. En Éthiopie, se trouvaient aussi il n'y a pas si longtemps de très vieilles communautés composées de juifs africains descendant des temps légendaires de la reine de Saba, peut-être venus d'Égypte aux temps de l'esclavage. On appelle ces juifs à peau noire les « falachas » ; ils sculptent des statues de prêtres qui tiennent la Thora dans les bras. Beaucoup ont émigré en Israël : certains rabbins exigèrent de les rééduquer, comme s'ils n'avaient pas été de véritables juifs. Nous, chrétiens, nous n'ennuyons pas nos Éthiopiens. Ils ont leurs rites, et nous les respectons.

A l'exception de moines de haute taille au visage ascétique, il n'y avait personne sur la terrasse. Pas un seul visiteur. Théo prit sa première photographie avec l'appareil automatique, cadeau de Papa.

– C'est beau, dit Théo. Est-ce qu'elle avait la peau noire elle aussi ?

– Qui cela ?

– La reine de Saba !

– Sans doute. Elle était très belle.

– Oui, murmura Théo rêveusement. Belle et noire comme mon amie Fatou. On redescend ? On a tout vu, je pense ?

– Tu ne m'as pas laissé terminer tout à l'heure. Il reste l'Église copte, celle des chrétiens d'Égypte. La plupart des coptes égyptiens sont orthodoxes, à l'exception d'une petite minorité catholique. Avec les chrétiens d'Éthiopie, ils forment ce qu'on appelle le rite d'Alexandrie. Alexandrie est en Égypte.

– L'Égypte, dit Théo rêveur. C'est drôle, j'ai l'impression que je pourrais y trouver mon oiseau.

– Ton oiseau immortel ? répondit le père Dubourg. Pourquoi pas ?

Embrouilles de Lieux saints

– Ah ! Les voilà ! s'écria le cheikh. C'était interminable !

– Je voudrais m'asseoir, murmura Théo. La foule, l'encens, et puis c'était si sombre et si compliqué…

– Je n'y peux rien, moi, s'ils sont si nombreux à garder

les Lieux saints, bougonna l'ecclésiastique. Et puis nous sommes montés sur la terrasse des Éthiopiens.

– A propos d'Éthiopie, dit le rabbin, il faut que je te dise, Théo, que…

– Les falachas ? dit Théo.

– Vous en avez parlé ? s'étonna le rabbin.

– Bien sûr, sourit le père Dubourg. Je n'oublie rien, moi.

– Pas même de dire à Théo qui garde la clef des Lieux saints ? demanda le cheikh avec un petit sourire.

– Ma foi, vous avez raison, Suleymane, dit le dominicain. Voilà, Théo : je ne t'ai pas dit que les clefs du Saint-Sépulcre sont aujourd'hui gardées par des musulmans.

– La grande famille des Nusseibah, dit le cheikh. Pour éviter les querelles entre les Églises chrétiennes, le calife Omar, celui qui bâtit la mosquée, leur a confié les clefs au VIIᵉ siècle. Et depuis tout ce temps, c'est un musulman qui ouvre les portes à 3 heures du matin et les referme à 5 heures du soir.

– Ça, c'est intéressant, dit Théo. Donc entre religions on peut s'arranger si l'on veut.

– Encore heureux ! s'exclama Tante Marthe. Notre ami Dubourg a dû te raconter les querelles dans la chrétienté, j'imagine ? Et tu as la tête farcie, n'est-ce pas ?

– Oui ! s'écria Théo. Obéir au pape, ne pas obéir au pape, marier ou ne pas marier les prêtres, faire communier les bébés ou attendre qu'ils soient plus vieux, franchement, ce n'est pas intéressant. Tout ça pour avoir le droit de garder de vieilles pierres embrouillées autour d'un tombeau où le Christ n'est même pas resté !

– Si c'est tout ce que tu retiens de mes leçons, Théo… explosa le père Dubourg. Ma chère Marthe, j'abandonne. Ce gamin a trop mauvais esprit !

– Mais non, mon ami, dit Tante Marthe en lui prenant le bras. Admettez que ce sont de vieilles batailles dépassées… Ne faites pas la tête.

– Dépassées, ces batailles ? s'écria le père Dubourg. Et pourquoi s'est-on battu en Yougoslavie ? Les Croates catholiques, les Serbes orthodoxes et les Bosniaques musulmans ?

– Je croyais qu'ils voulaient chacun leur pays, dit Théo. Est-ce vrai qu'ils se battaient aussi à cause de leur religion ?

– C'est en partie vrai, reprit-il. Si tu crois que cela m'amuse d'avoir à t'expliquer cette longue histoire entre nous… Je ne suis pas le seul, figure-toi ! Voici plus de trente ans qu'un pape a décidé de réconcilier les Églises du Christ !

– Jean-Paul II ? demanda Théo.

– Non, dit Tante Marthe. Celui-là s'appelait Jean XXIII. Il est mort bien avant ta naissance.

– Alors pourquoi vous fâchez-vous, monsieur Antoine ? dit Théo. Si vous êtes d'accord avec le pape…

– Bon, je me suis un peu échauffé, je l'avoue. Mais si l'on ne fait pas un peu d'histoire, alors on ne comprend plus rien au monde actuel ! Tu verras plus tard, Théo…

– Croyez-vous que j'aurai vraiment le temps de voir ? dit Théo d'une petite voix.

Il semblait soudain si fragile, il avait l'air si pitoyable que le père Dubourg se calma. Le cheikh se mit à tousser d'émotion et le rabbin s'approcha.

– C'est malin, murmura Tante Marthe. Antoine, vous êtes incorrigible. Regardez ce que vous avez fait !

– Théo aura toute la vie pour comprendre, j'en suis sûr, dit-il en le prenant dans ses bras. Dieu n'abandonnera pas cet enfant.

– Dieu, je ne sais pas, et d'un, trancha Tante Marthe. Mais nous avons rendez-vous à l'hôpital, et de deux. Enfin Théo n'est pas un enfant, je vous l'ai déjà dit, et de trois.

L'hôpital ? Déjà ? Après deux jours de voyage seulement ? Théo n'en revenait pas. Mais Marthe avait promis à Mélina d'aller faire une prise de sang et de lui rendre compte dès que possible. Pas moyen d'échapper.

Sarah l'infirmière

L'hôpital était exactement comme à Paris, sauf qu'on y parlait l'hébreu, la langue du pays. Au passage, en discutant avec une infirmière d'origine française arrivée en Israël à l'âge de douze ans, Théo apprit le sens du mot *aliya*, la montée, c'est-à-dire le retour en Terre promise, car tous les juifs du monde ont le droit de revenir chez eux et de devenir citoyens d'Israël. On « descendait » quand on quittait Jérusalem et on « montait » en y revenant.

– Sous conditions, précisa Tante Marthe. Depuis l'assassinat du Premier ministre Rabin par un juif extrémiste, la loi du retour ne s'applique plus sans précautions.

Ensuite, quand on était revenu, on apprenait l'hébreu et, à dix-huit ans, on partait faire son service militaire, même les filles. L'infirmière Sarah Benhamin avait porté l'uniforme. Théo aimait bien cette idée. Tout en lui racontant l'émotion du « retour » et l'apprentissage des armes, Sarah avait habilement piqué l'aiguille dans le bras de Théo et tirait la seringue avec douceur, pleine d'un beau sang bien rouge.

– Tu n'as pas l'air si malade, dit-elle en posant l'étiquette. Je parie que tu vas aller mieux.

Elle était si vive, si gaie que Théo se sentit plein d'espoir. Il prit une photo d'elle, en souvenir.

– Tu crois en Dieu, toi ? demanda-t-il à l'infirmière Sarah.

– Moi ? Alors là, juste ce qu'il faut ! s'écria-t-elle en riant. Heureusement qu'on ne nous pose pas la question au moment du retour ! Je vais te dire, Théo : ceux qui disent trop souvent qu'il faut respecter les commandements de l'Éternel, pour l'instant, je m'en méfie. Ils sont parfois violents. Ils nous empêchent de danser le rock et d'allumer l'électricité le jour du Shabbat… Ils veulent barrer les routes pour empêcher les voitures de rouler… On n'a pas le droit d'appuyer sur le bouton de l'ascenseur, sous prétexte que pendant le Shabbat il est interdit de faire des étincelles pour allumer le feu, non, mais tu te rends compte ! Du temps de la Bible, l'électricité n'existait pas !

– C'est vrai, ça, dit Théo. Ils sont débiles !

– Non ! Ils sont simplement intolérants. Ils nous font la vie dure à Jérusalem, tiens, va voir dans le quartier de Mea-Shearim, tu m'en diras des nouvelles ! Moi, je dis qu'on a le droit de croire en Dieu sans embêter les autres.

Bref, grâce à Sarah, la prise de sang fut un moment joyeux. Tante Marthe décida qu'on irait déjeuner au quartier des artistes, histoire de se changer les idées. « Tous les deux tout seuls ? » demanda Théo.

Seuls tous les deux. Théo essaya bien de cuisiner Tante Marthe à propos de l'oiseau mystérieux, mais rien à faire. Tout en s'empiffrant de pain oriental et de brochettes de mouton, Tante Marthe riait de bon cœur mais refusait d'aider Théo. Elle lui prêterait un bon dictionnaire, et voilà. Furieux, Théo se vengea sur la chair fragile d'un poisson grillé dont il écrabouilla les arêtes.

Tante Marthe ne céda pas davantage sur la suite de la journée. Sieste obligatoire. Non, pas de balade au mont des Oliviers, pas de tombe d'Hérode. Demain, peut-être. En attendant, au lit !

Les mystères du dictionnaire

Théo dormit longtemps. Quand il se réveilla, la nuit était tombée, et Tante Marthe lisait à la lueur d'une lampe, près du lit. Drapée dans un grand cachemire rouge, le visage à peine éclairé, elle était belle ainsi, immobile et sérieuse. Théo s'accouda sans bruit et la regarda tourner les pages. Soudain, elle ferma le livre et rencontra le regard de Théo.

– Voyez cette petite crevette, dit-elle. Tu m'espionnes, Théo ? Depuis quand es-tu réveillé ? Pas trop fatigué ?

– Ça va, dit Théo. Qu'est-ce que tu lis ?

– Un dictionnaire en édition de poche, pour voir s'il peut t'aider, dit-elle. Tiens, essaie.

Théo chercha « Oiseau » et commença à lire à voix haute :

– « Un bel oiseau. Un oiseau rare. Oiseaux domestiques. Oiseaux de passage. Oiseaux de volière. Oiseau de mauvais augure : oiseau considéré chez les anciens comme présageant quelque malheur… » Oiseau de mauvais augure ?

– Non, dit Tante Marthe. Ce n'est pas cela.

– « Aigle, le roi des oiseaux. L'oiseau de Junon, le paon. L'oiseau de Minerve, la chouette. L'oiseau de Vénus, la colombe, le pigeon. Oiseau-mouche, oiseau-abeille, oiseau-bourdon, oiseau de paradis… » Oiseau de Paradis ?

– Pas bête, mais ce n'est pas la réponse, dit-elle.

– « Oiseau de saint Luc, le bœuf. A vue d'oiseau. Petit à petit l'oiseau fait son nid. Oiseau : sorte de petite auge qui se met sur les épaules pour porter du mortier. » Sorte de petite auge ?

– Très drôle, dit Tante Marthe. Cherche autre chose.

C'était exactement comme dans *La Colère des dieux* : à chaque épreuve, le Héros devait fouiller dans son sac sur l'écran et en extraire le bon objet. Mais si l'on cliquait par erreur sur la lyre au lieu de l'épée, une drôle de voix sortait de l'ordinateur et avertissait gentiment : « Non. Pas cela. Cherche autre chose. »

Non ! Pas cela ! Cherche autre chose… « Immortalité : l'immortalité de l'âme. Durée perpétuelle dans le souvenir des hommes. En blason : immortalité, phénix sur son bûcher. »

– Que veut dire « en blason » ? demanda Théo.

– Un blason symbolise les armes d'une famille de la noblesse, répondit Tante Marthe. Ou d'une ville : par exemple, un bateau sur fond rouge et bleu pour la ville de Paris.

Découragé, Théo lança le dictionnaire sur le tapis.

– Pourquoi t'arrêter ? demanda-t-elle. Ce n'était pas sans intérêt…

Mais Théo plongea le nez dans l'oreiller. Assez !

– Dis-moi, vaillant héros, n'oublie pas qu'en cas de panne sèche tu peux appeler la Pythie, murmura Tante Marthe. En plus, ce serait gentil pour Fatou.

Fatou ! Il l'avait oubliée ! Théo attrapa son portable tout neuf et composa le numéro.

La Pythie au téléphone

– C'est toi, Théo ? Salut ! s'écria la voix aimée.

– B'jour, fit Théo inondé de joie. Ça va ?

– Et toi, mon Théo ? Ce n'est pas trop fatigant ?

– Moins que le bahut ! Est-ce qu'il fait froid à Paris ?

– Oh ! Eh ! Je ne suis pas la météo ! Parle-moi d'autre chose ! Tu n'aurais pas besoin de moi, par hasard ? dit la voix de Fatou avec un grand rire.

– Bien sûr que si ! Donne-moi un indice, s'il te plaît…

– Alors écoute. Fais gaffe, c'est long. Prends de quoi écrire, ça vaut mieux. *Pour renaître, j'allume mon propre bûcher en me frottant les ailes*. Je répète…

– Pas la peine. Merci, Fatou. Bon… Eh bien… Je t'embrasse…

– Moi aussi, murmura la voix. Très fort.

– Est-ce que tu as compris cette fois ? demanda Tante Marthe, l'œil pétillant de malice.

– Non, avoua Théo penaud. Rien du tout. Je ne connais pas cet oiseau-là.

– Bon ! dit-elle en se levant. En attendant, c'est demain Noël, et on va fêter cela sur la terrasse. Fais-toi beau, mais habille-toi chaudement. Je te promets une surprise.

Une surprise ?

Musiques dans la nuit

Sur la terrasse illuminée de lampions bleu blanc rouge, le consul l'attendait en compagnie de Tante Marthe. Bien sûr, Eliezer, Antoine et Suleymane étaient là. Mais aussi un groupe de musiciens qui lui souriaient en accordant leurs instruments.

– Bonsoir, jeune homme, dit le consul. Nous n'avons qu'un petit sapin et peu de cadeaux à t'offrir pour Noël. Voici le mien, ajouta-t-il en désignant les musiciens. Je te présente Elias, Ahmed, Amos et Jean.

Elias chantait en s'accompagnant à la guitare, Ahmed jouait de la flûte, Jean du tambourin et Amos pinçait les cordes d'une guitare au gros ventre rond. La voix d'Elias était chaude comme un soir d'été en Grèce, et si douce que Théo en eut les larmes aux yeux. C'était une musique étrangement sereine, scandée par le martèlement feutré du tambourin, les notes égrenées par Amos sur le manche du luth et bercée par la mélodie de la flûte. Le cheikh et le rabbin dodelinaient de la tête en mesure, la mélopée caressait les cœurs et les poitrines ; c'était le bonheur. Puis le bonheur s'arrêta.

– Qu'est-ce que c'était beau, dit Théo après un long silence.

– Ce sont des chansons d'amour, murmura le consul.

– Tiens, au fait, fit-il en se retournant vers les trois saints barbus, vous n'avez guère parlé d'amour, vous autres !

Ils se récrièrent aussitôt. Le père Dubourg rappela l'amour du Christ pour l'humanité entière, si grand qu'il avait accepté une mort cruelle pour sauver les hommes. Le cheikh parla de l'amour d'Allah le Miséricordieux, toujours prêt à pardonner à ses croyants fautifs en cas de repentir sincère. Il y ajouta l'amour de Mahomet pour ses épouses, qu'il n'avait jamais cherché à dissimuler, sans bannir ce que les chrétiens appelaient le « péché de chair ». Le rabbin, lui, demeurait silencieux.

– Pourquoi te tais-tu, monsieur Eliezer ? s'étonna Théo.

– Je songeais que le plus beau chant d'amour au monde se trouve dans notre Bible, répondit-il doucement. C'est le Cantique des Cantiques écrit par le roi Salomon, l'hymne des fiançailles, la merveille de l'amour entre l'homme et la femme.

– Dis-en un peu, supplia Théo.

– « Je suis noire, commença le rabbin à mi-voix, mais jolie, filles de Jérusalem… Ne faites pas attention si j'ai

113

bruni, c'est que le soleil m'a hâlée… Tel un pommier parmi les arbres du bois, tel est mon bien-aimé parmi les fils… Mon bien-aimé ressemble à une gazelle, au faon des biches… » Voilà ce que la jeune fille dit du fiancé qu'elle attend.

— Et lui ?

— « Que tu es belle, ma bien-aimée ! Qu'elles sont belles, tes caresses, ma sœur, ma fiancée, qu'elles sont bonnes, tes caresses, meilleures que le vin, et l'odeur de tes parfums, meilleure que tous les baumes ! C'est du miel que tes lèvres distillent, ô fiancée, du miel et du lait sous ta langue, et l'odeur de tes robes est comme l'odeur du Liban… »

— « C'est un jardin fermé, enchaîna Tante Marthe, ma sœur, ma fiancée, une source close, une fontaine scellée, tes conduits sont un paradis de grenades avec des fruits exquis, du henné avec du nard, du nard avec du crocus, de la cannelle et du cinnamome, avec tous les arbres d'encens… »

— Mais tu connais par cœur, tantine ! s'écria Théo, surpris.

— Vieux souvenirs, soupira-t-elle. Toi aussi, tu connaîtras par cœur le Cantique des Cantiques, un jour.

— Je suis sûr qu'il l'a écrit pour la reine de Saba, affirma Théo résolument.

— Qui ? s'étonna le père Dubourg.

— Le roi Salomon, cette idée ! Puisqu'ils se sont aimés.

— La Bible ne le dit pas ! protesta le rabbin.

— Je m'en fiche, trancha Théo. Belle et noire, comme Fatou, ma sœur, ma fiancée… Aucun doute, la fiancée, c'est Balkis !

— Soit, soupira le rabbin résigné.

— Juste un truc, reprit-il. C'est quoi, le nard ?

— Un parfum délicieux, répondit le rabbin.

— Et le cinnamome ?

— Une autre variété de cannelle.

— Et la fontaine scellée ?

— Chut… murmura Tante Marthe. Ne trouble pas la nuit.

Théo s'accouda au bord de la terrasse et regarda Jérusalem où scintillaient les lumières. On ne voyait ni le Dôme

114

du Rocher ni le Saint-Sépulcre ni le mur des Lamentations, mais la muraille édifiée par les Turcs baignait dans une lueur d'or. Deux mains légères s'appuyèrent sur les épaules de Théo.

– Comprends-tu maintenant pourquoi on s'est tant battu pour cette ville ? souffla une voix cassée à son oreille. Ne sois pas si sévère avec nous, Théo. Ici souffle l'esprit de Dieu, peu importe qu'il s'appelle Allah, Adonaï Elohim ou Jésus.

Chapitre 4

La nuit des Justes

— Tante Marthe ! cria Théo au pied du lit.

— Qu'est-ce que c'est… gémit Tante Marthe, la tête sous les draps. Quelle heure est-il ?

— L'heure de se lever, ma vieille ! s'écria Théo en éclatant de rire.

Stupéfaite, Tante Marthe se redressa en oubliant de rajuster l'épaulette de sa chemise de nuit. Debout, Théo ? Avant elle ? Et il l'appelait « sa vieille » ? De mémoire de famille Fournay, jamais Théo ne s'était réveillé tout seul. Tante Marthe en conclut que Théo allait mieux.

— Sois poli, maugréa-t-elle. Tu es tombé du lit, mon garçon ?

— Tout juste. Dehors, il y a un type avec le plateau du p'tit déj. Je le fais entrer ?

— Attends. Passe-moi ma robe de chambre, sur le fauteuil.

Le petit déjeuner donna lieu à une discussion interminable. Théo voulait aller à Bethléem, et Tante Marthe refusait obstinément.

— Pas question, disait-elle. Ce matin, nous allons à Mea-Shearim, puisque le Rabbi en a décidé ainsi.

— Je rêve ! Tu ne veux pas aller à Bethléem ? Bethléem, la ville où est né Jésus ? Pour Noël, est-ce que ce n'est pas une bonne idée ?

— Non ! s'écria Tante Marthe. Enfin, si… Mais ce n'est pas possible maintenant.

— Mais pourquoi ?

— Écoute, Théo, nos amis nous attendent, on ne peut pas

les planter là… répondit Tante Marthe embarrassée. Ce sont des gens importants !

– Oh, l'autre, dit Théo. Ils n'ont pas le téléphone, tes copains ?

– Tu m'embêtes ! éclata Tante Marthe. Puisque tu tiens absolument à le savoir, c'est ce soir que nous allons à Bethléem. Je ne voulais pas te le dire, mais tu es si casse-pieds que… Voilà.

Théo lui sauta au cou et manqua la renverser.

Un quartier réservé

Théo n'avait aucune idée de ce qu'il allait voir ce matin-là. Mea-Shearim, le nom lui rappelait vaguement quelque chose. Qui lui en avait dit du mal ? Ah ! C'était Sarah l'infirmière. Cela n'avait pas l'air folichon.

Pour l'occasion, Tante Marthe avait serré ses cheveux courts dans un foulard étroitement noué sous le menton, bien tiré sur le front. Ainsi attifée, elle avait l'air d'une musulmane, et d'une musulmane pas contente. Lorsque Théo la questionna sur cette étrange façon de se coiffer, elle répondit qu'aucune femme ne pouvait entrer dans ce quartier de Jérusalem sans se couvrir entièrement la tête.

– Alors c'est un quartier musulman, conclut Théo.

– Justement pas, dit Tante Marthe. On ne fait pas plus juif pratiquant que Mea-Shearim.

Allons bon, pensa Théo. Qu'est-ce que c'était encore que cette histoire à dormir debout ?

– Évidemment, murmura-t-elle, c'est un peu difficile à comprendre. Le rabbin, Théo ! Il t'expliquera.

On retrouva le rabbin et ses deux compères sous la pancarte qui signalait l'entrée dans le quartier religieux. En toutes lettres, il était indiqué que les femmes devaient se couvrir la tête décemment. Le rabbin vérifia la tenue de Tante Marthe et repoussa une mèche sous le foulard.

On aurait dit un village d'autrefois. Pourtant, les bâtiments de pierre blanche n'étaient pas très anciens, mais sans qu'on sût pourquoi, on se retrouvait tout à coup plongé au XVIIIe siècle. Les yeux écarquillés, Théo s'était arrêté pour examiner ce théâtre en plein air. Sous les longs caftans noirs, les hommes portaient des culottes arrêtées aux genoux, avec des bas blancs et des souliers. Ils portaient des chapeaux à larges bords, et ils étaient tous barbus. Ils avaient l'air pressés, ils marchaient vite, avec des regards profonds, sévères. Parfois, un enfant en culotte courte, les pieds chaussés d'escarpins à boucle, traversait la rue en courant. La plupart des femmes portaient une sorte de résille posée très bas sur le front, retenue par un bandeau de velours. Théo fut très surpris d'apercevoir une petite fille à la longue tresse dans le dos.

– Dites, monsieur Eliezer, je croyais que les filles n'avaient pas le droit de montrer leurs cheveux…

Le rabbin soupira. Dans ce quartier si particulier, commença-t-il en toussotant, vivaient des juifs très pieux qui avaient voulu conserver intactes les traditions du ghetto.

– Ghetto ? dit Théo.

– Ah oui, fit le rabbin. Tu ne sais pas… Je vais donc commencer par le commencement.

A partir des persécutions de l'Inquisition, les juifs d'Europe au XVe siècle furent presque partout parqués dans des quartiers spéciaux, qu'on appelait « ghettos », car, vers la fin du Moyen Age, le premier de ces quartiers s'était installé à Venise dans un endroit qui s'appelait ainsi.

– Remarque, ajouta le rabbin, au début les juifs préféraient vivre entre eux, pour garder leurs coutumes et ne pas se mélanger aux autres populations. Ensuite, cela a mal tourné.

Si mal tourné qu'ultérieurement, sur ordre des papes, ils n'eurent plus le droit de s'installer ailleurs que dans les quartiers qui leur étaient réservés, les fameux ghettos. Puis dans toute l'Europe catholique on les obligea à porter une marque pour les reconnaître. Quand on voulait les jeter en prison ou les brûler sur les bûchers, c'était très pratique. Une rouelle jaune, par exemple, ou un long bonnet.

– Ou une étoile, dit Théo.

L'étoile était une invention des nazis. Les ghettos étaient

donc les quartiers juifs, et Mea-Shearim était certainement le dernier ghetto préservé, quoique, naturellement, personne n'y forçât les habitants à suivre ces coutumes d'une autre époque. Il n'existait qu'un seul endroit au monde où l'on retrouvait l'atmosphère d'un ghetto en Europe et, bizarrement, cet endroit se trouvait à Jérusalem dans le quartier de Mea-Shearim, le quartier des Cent Portes, édifié à l'époque de la résurrection, en 1874.

Mais les conditions de vie y étaient bien meilleures qu'autrefois : heureusement. Car dans les temps anciens, souvent très misérables, les juifs d'Europe étaient entassés dans de pauvres maisons. Or en Pologne, au XVIIIe siècle, naquit dans les ghettos un puissant mouvement de juifs inspirés qui, pour se consoler du malheur de leur condition, cherchaient à connaître Dieu directement.

– Connaître Dieu… directement ? s'étonna Théo.

Oui. Jusque-là, les juifs étaient tenus de lire les textes sacrés du judaïsme. Les livres étaient l'intermédiaire entre le juif et l'Éternel. Ce n'était plus seulement la Bible, mais toutes sortes de livres qui s'étaient écrits pendant l'exil. Le Talmud, un ensemble de savants commentaires. Ou bien, à l'opposé, la Kabbale, d'inspiration mystérieuse…

– Ne lui infligez pas la Kabbale si tôt, protesta le père Dubourg. Il faudrait passer par tant d'influences croisées, on n'en finirait pas !

Bref. Dans la tradition juive, on lisait les livres, on les commentait, on les discutait à l'infini, et cela se passait ainsi depuis qu'on pleurait en exil sur Jérusalem, après la chute du Temple. Mais les juifs de Pologne, de Lituanie et de Russie n'étaient pas très friands de livres. Ils se contentaient de chanter et danser. Accompagnés par les fidèles qui chantaient en frappant dans leurs mains, les rabbins tournoyaient majestueusement jusqu'à perdre la tête et, là, ils rencontraient l'union directe avec Dieu. On les appelait les « Hassidim ». Ce fut un immense courant mystique.

– Mystique ? dit Théo. Alors, comme le New Age, avec des pierres et des fumées ?

Tante Marthe fit remarquer à Théo qu'il aurait intérêt

à retenir le mot « mystique », car il allait le rencontrer à chaque pas. Mystique, c'est celui qui peut communiquer directement avec Dieu.

– Épatant, dit Théo. Sans les rabbins, alors ?

Mais si… Les rabbins de Pologne enseignaient ces techniques de communication, justement. Tous étaient de grands maîtres dont on pouvait trouver les portraits ici même… Et le rabbin s'arrêta devant une boutique obscure, où sur les volets de bois étaient accrochés des posters. Et sur les posters se trouvaient les visages des maîtres du hassidisme, avec des turbans, des toques de fourrure, et souvent de longues barbes blanches.

– Bon, dit Théo. Mais dites, monsieur Eliezer, vous ne m'avez pas répondu. Je vous ai posé une question au sujet des cheveux des femmes, et vous m'avez baladé dans les ghettos d'Europe…

Le rabbin poussa un autre gros soupir. Eh bien, dans la tradition juive des ghettos d'Europe centrale existaient des règles très sévères pour les femmes. Lorsqu'elle est mariée, la femme doit se garder pour son mari, et pour lui seul. Pour leur éviter les tentations, s'installa peu à peu une coutume étrange qui consistait à raser les cheveux des épouses au lendemain des noces. Ensuite, pour sortir, elles portaient perruque.

– C'est pas vrai, dit Théo. Il délire, hein, Tante Marthe ?

Mais le rabbin ne délirait pas le moins du monde. Encore aujourd'hui, on rasait la tête des femmes dans certains coins de Jérusalem, et même en Europe, à Strasbourg, à Paris… Il ne fallait pas montrer ses vrais cheveux. D'ailleurs, ajouta-t-il, l'islam en faisait tout autant.

– C'est vrai, dit le cheikh. Sauf que nous ne rasons pas les têtes. Nous nous contentons de les couvrir, et encore, seulement en public, pas chez soi.

– Mais parfois, s'écria le rabbin, dans certains pays, vous leur mettez un masque de cuir sur le nez ! Ce n'est pas mieux !

La discussion tournait au vinaigre. Tante Marthe s'énerva un bon coup, décréta que ces vieilleries à propos des cheveux des femmes n'étaient pas dans les textes sacrés, ni dans la Bible ni dans le Coran, et qu'on n'était pas venu à Mea-Shearim pour faire l'inventaire des bêtises des religieux. Qu'allait en penser Théo ?

– Que si la religion, c'est ça, vous pouvez aller vous faire cuire un œuf ! cria Théo. Raser les cheveux des femmes ? Leur mettre du cuir sur le nez ? Ça va pas, la tête ? Le Cantique des Cantiques, c'était pour de rire, alors ?

– Voilà, constata tranquillement Tante Marthe. Je ne vous félicite pas ! Comment allez-vous lui expliquer la suite désormais ?

Les flammes bleues

Le cheikh et le rabbin se lancèrent des regards inquiets. Comment allaient-ils se rattraper, en effet ?

– Mon cher Eliezer, dit le cheikh, vous devriez évoquer le Baal-Chem, il me semble…

– Ah oui ! Le Baal-Chem ! Excellente idée, approuva le père Dubourg.

– Le Baal-Chem, conclut Tante Marthe. Il n'y a pas d'autre solution. Allons un peu plus loin. Il est mieux de marcher pour comprendre.

Drôle de nom, pensa Théo. Peut-être s'agissait-il de l'oiseau immortel de l'énigme, après tout. Le Bahalchème ?

– Le Baal-Chem, commença le rabbin en évitant soigneusement les trous du macadam, est le surnom qu'on donnait en Pologne…

Soudain il trébucha sur un caillou et faillit tomber. Le cheikh le rattrapa de justesse.

– Avant d'aller plus loin, il faut absolument répondre aux incertitudes de notre jeune ami, lui murmura-t-il à l'oreille en le relevant.

– C'est juste ! s'exclama le rabbin bien calé sur ses jambes. Théo, laisse-moi te dire cela. Il y a deux manières de faire connaissance avec les religions. La première consiste à s'arrêter à ce que l'on voit de ses yeux. Alors on voit le pire et l'on est dégoûté. L'autre manière consiste à essayer d'en savoir davantage, pour comprendre le grain de vérité qui se cache sous les excès comme un bijou sous un tas de paille. Mea-Shearim n'est pas seulement le quartier de l'intolérance. C'est ici qu'on comprend comment s'est gardée la foi juive en exil, comment la « Shekhina », c'est-à-dire la Présence de Dieu, est restée aux côtés des juifs malheureux. Sans la rigueur inspirée des Hassidim, notre culte n'aurait pas survécu dans toute sa vitalité. Oui, ils dansaient, ils chantaient pour connaître L'Éternel. Ainsi ont-ils préservé l'essentiel de notre religion, la foi exilée, la Shekhina. Car dans notre langage, la Shekhina est une très belle femme, voilée de noir, et qui pleure. Elle représente la part féminine de l'Éternel. Tu vois qu'il ne faut pas en rester aux apparences…

– Très bien, dit le cheikh. Continuez, Eliezer.

– Le Baal-Chem, poursuivit le rabbin, n'est autre que le fondateur du hassidisme, dont le nom complet, Baal-Chem-Tov, veut dire le Maître du Bon Nom. Il se faisait comprendre en chantant, ou bien il usait des pouvoirs surnaturels dont il avait reçu le don. Un jour de fête, les disciples du Baal-Chem-Tov dansèrent et burent tellement qu'ils firent sans arrêt monter du vin de la cave. La femme du rabbin en eut assez et dit à son mari que, bientôt, il n'allait plus rester de vin pour le Shabbat. « C'est vrai, dit le Maître en riant. Eh bien, dis-leur d'arrêter ! » La femme du rabbin entra dans la salle où se trémoussaient les disciples et qu'est-ce qu'elle vit ? Un anneau de hautes flammes bleues qui dansait au-dessus de leurs têtes. Alors, vite, elle se précipita elle-même à la cave pour remonter du vin. Le Maître avait suscité ce miracle pour faire comprendre que l'union avec Dieu ne devait pas être dérangée.

– Ils avaient donc le droit de boire du vin, dit Théo. En somme, ils étaient beurrés comme des petits Lu.

– L'extase est une ivresse et nous n'interdisons pas le vin. Un autre jour, le Baal-Chem eut une extase qui le fit trembler des pieds à la tête. Un disciple toucha les franges de son châle : elles tremblaient. Le disciple regarda l'eau dans la bassine sur la table : elle tremblait. L'extase est un tremblement divin et le Maître était ivre de Dieu sans avoir bu une goutte de vin.

– Ivre de Dieu, murmura Théo. Quelquefois, la musique me fait trembler aussi.

– Un autre jour encore, le Baal-Chem prenait son bain de purification dans le bâtiment réservé à cet effet, éclairé par une simple chandelle. Or il gelait si fort que des stalactites s'étaient formées à l'intérieur des murs. Le Baal-Chem barbota dans l'eau longtemps, très longtemps, et la chandelle diminuait, diminuait. « Maître ! La chandelle va s'éteindre ! » s'écria un disciple inquiet. « Idiot ! répondit le Baal-Chem. Tu n'as qu'à prendre une chandelle de glace au bord du toit ! Parle à la glace, et elle s'allumera ! » Le disciple obéit, car il faut toujours obéir au maître. Et la chandelle de glace brûla d'une belle flamme claire.

– Ce n'est pas vrai, hein ? dit Théo.

– Qui sait ? dit le rabbin en s'arrêtant devant une grande bâtisse aux fenêtres ouvertes. Tout dépend si tu crois ou non… Mais, tu l'as certainement remarqué, le Baal-Chem traitait son disciple d'idiot, car les maîtres ont le devoir d'être rudes avec leurs élèves. Tiens, approche-toi. Regarde par la fenêtre.

Théo se hissa sur la pointe des pieds. Sagement assis devant une table de bois, des petits écoliers se balançaient en ânonnant un texte, et leurs papillotes bouclées dansaient de chaque côté de leur tête d'un mouvement régulier.

– Une école, constata Théo. Mais c'est drôle, ils se balancent.

– De cette façon, le corps apprend en même temps, dit le rabbin. Discipline obligatoire. Regarde-les bien. Ici tu peux comprendre l'esprit de l'exil juif, préservé à travers les siècles. Dans le hassidisme, le corps jouait un rôle important. Les maîtres tournaient lentement, un bras levé et l'autre sur l'oreille : c'était leur façon de prier. On les appelait tous « Tsaddiq », ce qui veut dire « Juste » en hébreu.

– Comme Oskar Schindler le bon nazi ? dit Théo.

– Oui, Schindler était un Juste, c'est le même mot. On dit qu'il suffit de dix Justes pour sauver le monde entier. Mais à l'époque du hassidisme, les Justes étaient les maîtres juifs des rencontres avec le divin. Lorsqu'on est en exil, il faut bien trouver le moyen de protéger la foi de ses ancêtres, et c'est ce qu'ils faisaient avec leurs miracles, leurs contes, leur danse et leur ivresse. La Jérusalem où nous nous promenons aujourd'hui n'était qu'une petite ville lointaine à l'abandon, mais il leur restait la Jérusalem céleste, celle que chaque juif porte en lui, dans son corps. Alors, en faisant la fête, les Justes célébraient leur Jérusalem intérieure.

– Mais maintenant qu'ils l'ont retrouvée ? dit Théo.

– Ils n'ont pas retrouvé leur Jérusalem, Théo. Ils ont retrouvé une ville partagée dans un État moderne qui s'appelle Israël. Ils rêvent encore d'une Jérusalem de lumière et de foi où brillerait le Temple reconstruit dans une ville prête à accueillir le Messie. Souvent, certains n'admettent même pas l'existence de l'État d'Israël…

– Ils sont fous !

– Non ! s'écria le rabbin. Ce qui leur paraît impossible, c'est un gouvernement, des lois, une armée, des tribunaux que seuls les hommes ont décidé à la place de Dieu. Et ils en tirent les conséquences. Ce sont des gens qui refusent le service militaire et qui ne veulent même pas parler la langue officielle, l'hébreu.

– Qu'est-ce qu'ils parlent, alors ? s'étonna Théo.

– Le yiddish, la langue des juifs d'Europe, seule à pouvoir exprimer leur idéal. C'est pour cela qu'ils ont reconstitué le monde des Hassidim de Pologne, pour garder la Jérusalem intérieure qu'ils préfèrent à la vraie. Car ce monde hassidique, Théo, il est mort à Auschwitz. Il n'y a presque plus de juifs en Pologne, ils ont été massacrés.

– Est-ce que les seuls qui restent sont ici ? demanda Théo.

– Oh non ! intervint Tante Marthe. On les trouve aussi en Amérique et en Europe. La Jérusalem céleste n'est pas près de disparaître, et les danses enivrées des Hassidim non plus.

– Il existe d'autres juifs qui ont choisi de vivre dans le passé, ajouta le rabbin. Les samaritains, par exemple. Nous en verrons peut-être dans les rues, tu les reconnaîtras à leur turban et à leur grand manteau. Ils sont très singuliers. Quand la plupart des juifs partirent en exil après la toute première destruction du Temple, ils sont restés en Palestine où ils acceptèrent de se mélanger avec des occupants, à l'époque les Samaritains. Mais quand les juifs revinrent, ils refusèrent ceux qu'ils considéraient comme des traîtres.

– Je me souviens vaguement d'un bon Samaritain, dit Théo. Il est très méchant, mais Jésus le défend… C'est ça ?

– Les Samaritains n'étaient pas méchants, mais ils étaient mal vus à l'époque du Christ, à cause de leur collaboration avec l'occupant. Ils décidèrent alors de couper les liens avec les juifs, de construire leur propre temple sur le mont Guerizim où d'après eux Abraham avait accepté le sacrifice d'Isaac, et de ne se marier qu'entre eux. Mais ce type de mariage donne toujours le même résultat : de moins en moins d'enfants… Aujourd'hui, ils sont moins de mille en tout. Ils parlent un hébreu très ancien et ils ne reconnaissent qu'une partie de la Bible.

– Mais ils sont quoi, finalement ? demanda Théo.

– Depuis peu, réintégrés dans les institutions d'Israël. Que veux-tu, Théo, toutes les religions connaissent leurs dissidents. Est-ce vraiment mauvais ? Il y a de la richesse là-dedans…

– Nous connaissons cela, intervint le cheikh. Nous aussi nous avons nos miracles, nos inspirés et nos légendes. Nous avons des maîtres qui dansent et tourbillonnent jusqu'à l'extase, les derviches. On en voit beaucoup à Istanbul.

– Istanbul ! s'écria Théo. Ils ne s'appelleraient pas « oiseaux immortels », des fois ?

– Non, mon pauvre Théo, répondit le cheikh avec un petit rire. Istanbul n'est pas le pays de ton oiseau…

– Zut, dit Théo. Pourtant, j'aurais cru…

– Mais les derviches ne sont pas des oiseaux. Eh bien ! Le maître des derviches ressemble beaucoup au Baal-Chem de Pologne. Il était turc, il vivait au XIIe siècle et s'appelait le Maulana, ce qui signifie « Notre Maître ». Lui aussi racontait toutes sortes d'histoires, et lui non plus n'était pas tendre avec ses disciples. Car l'essentiel, c'est que le maître est l'exemple. Il incarne l'image du Tout-Puissant.

– D'ailleurs, dit le rabbin, à propos du Baal-Chem-Tov, on raconte une belle histoire. Au Paradis, toutes les âmes des hommes à venir étaient contenues dans le corps d'Adam. Lorsque apparut le serpent près de l'arbre de la connaissance, l'âme du Baal-Chem s'échappa du corps d'Adam et ne mangea pas le fruit maudit.

– Et Jésus non plus ? demanda Théo.

– Ah ! Ça, je ne sais pas, dit le rabbin.

– Et le père Dubourg, est-ce qu'il a des histoires comme ça ? dit Théo.

– Bien sûr, répondit l'ecclésiastique. Tous les saints sont des héros et tous ont leur légende. Saint Martin était un soldat romain qui partagea son manteau en deux pour en donner une partie à un pauvre tout nu… Sainte Agathe, martyre, eut les deux seins coupés. Saint Antoine fut un moine exposé à toutes les tentations et qui les surmonta, sainte Blandine fut dévorée par les lions dans une arène romaine, sainte Geneviève sauva Paris de l'invasion des barbares, sainte Cécile était musicienne… Aucune religion ne peut se passer de saints. C'est pourquoi, dans le christianisme, ils sont officiellement reconnus, c'est plus simple.

– Je vais te dire, Théo, intervint Tante Marthe. Il y a Dieu, qui n'est pas commode. Il peut être tendre et paternel, mais aussi furieux, sévère. Et pour s'en rapprocher, il vaut mieux suivre l'exemple d'hommes qui sont tout simplement généreux, inspirés et bons.

– Comme sœur Emmanuelle au Caire, dit Théo. Sauf que c'est une femme.

– Hommes ou femmes, ils ont mauvais caractère, poursuivit Tante Marthe, ils ne font pas bon ménage avec les politiques, ils disent leurs quatre vérités au président, au sultan, au grand prêtre, mais bon an mal an, ils consolent les pauvres gens.

– J'aime bien, dit Théo. Est-ce qu'il y a le portrait du Baal-Chem dans la boutique, là-bas ?

Il y était. Théo s'empara du rouleau de papier sur lequel le Maître le fixait avec un regard malicieux. On avait marché pendant une bonne heure, et Tante Marthe, inquiète pour son Théo, décida qu'il était temps de rentrer. Le trajet jusqu'à Bethléem n'était pas bien long, mais, à la veille de Noël, il était prudent de partir à l'avance et de déjeuner tôt.

La solution de la première énigme

En rentrant dans sa petite chambre perchée dans les hauteurs du consulat de France, Théo rêvait du Maître sautillant au milieu du cercle de ses disciples et s'imaginait parmi eux, buvant et dansant, avec aux pieds de lourdes bottes enneigées. Comme ce devait être bon de se laisser aller…

Il prit son carnet et ajouta quelques éléments. MYSTIQUE = QUI COMMUNIQUE AVEC DIEU EN DIRECT. GHETTO : QUARTIER OBLIGATOIRE POUR LES JUIFS D'EUROPE. HASSIDIM : MAÎTRES POLONAIS, RUSSES ET UKRAINIENS QUI PRÉFÈRENT LA DANSE ET L'IVRESSE À L'ÉTUDE DES LIVRES. BAAL-CHEM : UN TYPE FORMIDABLE ! SAINTS MUSULMANS = DERVICHES TOURBILLONNANTS. SAINTS CHRÉTIENS : CHARITABLES, COURAGEUX, MARTYRS. CHEVEUX DES FEMMES = PROBLÈMES…SAINT-SÉPULCRE = BAZAR ! ÉGLISES CATHOLIQUE, ARMÉNIENNE, ORTHODOXE, ÉTHIOPIENNE ET…

Il en manquait une. Et Théo n'avait toujours pas trouvé où se cachait l'oiseau qui se frottait les ailes pour allumer son bûcher. Juste comme il s'apprêtait à reprendre le dictionnaire, le téléphone sonna. C'était Maman.

– Est-ce que tu vas bien, mon chéri ? Tu n'es pas trop fatigué ? Comment était l'hôpital ? On ne t'a pas fait mal ? Tu prends bien tes médicaments ? Et…

– Arrête, Maman, soupira Théo. Ça va, là ! Tu me lâches la grappe ?

– Oh ! fit Mélina choquée. Je te passe ton père.

Après Papa, Irène, Attie, qui lui passa Fatou.

– Alors, tu as trouvé, Théo ?

– Je n'ai pas eu le temps, s'excusa-t-il. Est-ce que j'ai droit à deux indices ?

– Cela te coûtera cinq poi-ints, dit Fatou en imitant la voix de la Pythie du jeu vidéo. Cinq points en moins sur ton score glo-bal…

– M'en fous ! cria Théo. Accouche !

– *Ne me confonds pas avec l'oiseau écrivain*, déclara Fatou d'une voix inspirée. Voilà. Allez, je t'embrasse.

– Moi aussi, murmura Théo en raccrochant. Très fort.

Un oiseau écrivain… Cela lui rappelait vaguement quelque chose. Où Théo avait-il rencontré un dieu de l'Écriture sous la figure d'un oiseau ? En Égypte, bien sûr ! L'oiseau-écrivain était le dieu Thot à tête d'ibis. Si donc on pouvait confondre les deux oiseaux, c'est que l'immortel se trouvait en Égypte.

– Tante Marthe ! cria Théo en se précipitant dans l'autre chambre.

– Qu'est-ce qui se passe, mon garçon ?

– L'oiseau, c'est en Égypte, dis ?

– Bravo ! Il était temps… Nous partons bientôt pour Le Caire. Comment as-tu deviné ?

– C'est Fatou. Le deuxième indice, l'oiseau écrivain.

– Naturellement. Tu connais bien les dieux d'Égypte. Et le nom de l'oiseau immortel qui se frotte les ailes ?

– Ça, je ne sais pas, murmura Théo.

– Tu l'as lu dans le dictionnaire… Un oiseau, un bûcher…

– Le phénix ! cria Théo.

– Oui, Théo, le phénix, qui est son propre père et qui ne meurt jamais. Le phénix qui naît aux sources du Nil, allume son bûcher funèbre dans le delta et renaît de ses cendres.

– Et renaît de ses cendres, répéta tristement Théo. J'aimerais bien être cet oiseau-là.

Noël à Bethléem

Sur la route de Jérusalem à Bethléem, les voitures roulaient déjà au pas. Le consul avait décidé d'emmener Théo et Tante Marthe dans sa voiture blindée, cependant que les trois amis suivaient dans l'automobile du dominicain. Bientôt, apparurent les premiers barrages, avec des soldats armés de mitraillettes.

– La frontière, dit le consul. Nous sortons d'Israël pour entrer dans les territoires sous autorité palestinienne. Ça risque de prendre un peu de temps.

Véhicule diplomatique avec plaque spéciale, pas de fouille. Lentement, la voiture doubla la file et passa entre les chicanes posées sur la route. Dix kilomètres d'embouteillage avant d'arriver à Bethléem, où le père Dubourg avait arrangé un hébergement à la pension Saint-Joseph, chambres très simples, lits étroits, une table, un broc d'eau, une bassine, une chaise. On y passerait le reste de la nuit après la messe de Noël.

Sur la place de la Crèche, encastrée entre des murs sans recul, se dressait l'immense basilique au fronton d'ocre sombre, hérissée d'innombrables drapeaux palestiniens et de guirlandes de loupiotes qui couraient de maison en maison. La foule était déjà considérable ; de nombreuses équipes de télévision baladaient leur lourd matériel en heurtant les passants, jeunes gens barbus, touristes en tenue légère et femmes en noir. Le consul se fraya un passage pour s'assurer des places assises, à cause de Théo. En attendant, le reste de la troupe irait voir la grotte du Lait, où la Sainte Famille s'était, disait-on, réfugiée avant la fuite en Égypte. En fait, ce n'était plus une grotte, mais une chapelle toute simple.

– Attendez, dit Théo. Laissez-moi chercher. La Sainte Famille, vous voulez dire Joseph le charpentier, Marie et l'Enfant Jésus. Ils étaient sur le chemin de l'Égypte parce qu'un méchant voulait faire tuer tous les bébés.

– Le roi Hérode, dit le cheikh.

– Le même qui reconstruisit le Temple ? s'étonna Théo.

– Absolument, dit le père Dubourg. Le même qui donna l'ordre de massacrer les enfants juifs de moins de deux ans.

– Alors ils sont partis, et sur la route, Jésus est né ici.

– Pas du tout, Théo ! s'exclama Tante Marthe. Jésus est né dans la grotte de la Nativité, à l'intérieur de la basilique. Là où nous assistons à la messe de minuit… Si notre ami consul nous a trouvé des places !

M. le consul général fit merveille. Malgré la foule qui se pressait dans toutes les rues de Bethléem, il parvint à faire entrer son petit groupe jusque dans la basilique où s'étaient installés les autorités civiles et militaires, les corps constitués, les dignitaires religieux, sans oublier le président de l'Autorité palestinienne et madame, une chrétienne au beau visage lumineux sous une mantille de dentelle noire. Parce qu'il représentait la France, protectrice des Lieux saints, le consul général avait toujours la place d'honneur au premier rang. Devant le chœur ouvragé et les officiants en chasuble d'or rouge, l'autel, couvert de blanc, était très simple. Coiffé d'une calotte mauve, le patriarche latin célébra les vertus de la paix, la réconciliation entre chrétiens et musulmans, l'espoir de la Lumière et le symbole de la crèche au fond de la nef, où il irait porter à la fin de la messe la statue de l'Enfant Jésus dont les bras minuscules se tendaient vers un ciel invisible. Il faisait affreusement chaud, et les rumeurs de la foule au-dehors envahissaient la majestueuse cérémonie de la Nativité.

Toutes les télévisions du monde avaient envoyé leurs équipes pour filmer l'événement : la messe de minuit à Bethléem, ville sainte de la chrétienté et ville musulmane. Les joyeuses clameurs de la foule, les feux d'artifice dans la nuit, les étoiles au ciel rougeoyant, les pétards tirés par les enfants et l'intensité de la fête, tout cela était étourdissant. Et même s'il y avait loin de la simplicité de la Nativité originelle à cette foule turbulente, même si l'on ne pouvait pas comparer l'auge de paille, l'âne et le bœuf avec les fastes des églises de Bethléem, s'établissait un pont mystérieux entre l'aube des temps et l'aujourd'hui, l'apparition d'un enfant-dieu et la mémoire de sa naissance. Malgré son incrédulité, Tante Marthe alla jusqu'à essuyer une larme, et Théo, enthousiaste, voulut traîner encore dans les rues de la ville.

Enfin il fallut rentrer à la pension Saint-Joseph. Du coin de l'œil, Tante Marthe lorgnait son neveu, épiant les cernes sous les yeux. Mais à peine Théo s'était-il allongé, la tête encore éblouie des étoiles de Bethléem, que la porte s'ouvrit. Le cheikh entra.

Savoir renoncer aux « pourquoi »

– Chut ! fit-il mystérieux, le doigt sur les lèvres. Je sais qu'il est très tard, Théo. Mais tu as toujours du mal à t'endormir le soir, n'est-ce pas ?

– Comment le sais-tu ? s'étonna Théo en se redressant.

– Je t'ai bien observé, mon enfant, dit le cheikh. Quand tu cesseras de te tourmenter la nuit, tu auras fait la moitié du chemin. Puis-je m'asseoir un instant ?

Et sans attendre la réponse, il s'installa sur la chaise de bois.

– On t'a raconté tant de choses en deux jours, Théo... commença-t-il. Et on t'a si peu parlé de Dieu !

– Qu'est-ce qu'il te faut, soupira Théo.

– Si peu, et si mal, dit gravement le cheikh en dépliant sa gallabieh. Oublie les fureurs, oublie les guerres et les massacres, et vois ce qui nous unit. Nous n'avons qu'un seul Dieu, et il nous a parlé. Car qu'il parle à Abraham, Moïse, Jésus ou Mahomet, Dieu s'est adressé aux hommes à travers des messagers. Bien sûr, chacun a son caractère. Moïse avait ses colères, Jésus sa bonté, et Mahomet le sens de la justice...

– Mahomet, la justice ? coupa Théo.

– Je m'en doutais, soupira le cheikh. Dans ton pays, l'islam n'est pas compris, et puis mes deux amis avaient tant à te dire... J'ai préféré t'écouter. Et j'ai entendu ta révolte, qui ne t'aidera pas à t'endormir. Laisse-moi te reparler de Mahomet.

– Mais tu m'as déjà raconté !

– Mahomet ressemblait à ses prédécesseurs : il cherchait à unir Dieu et les hommes avec des règles simples. Moïse entendit Dieu lui dicter les tables de la Loi, Jésus prêcha la bonne nouvelle contenue dans les Évangiles et l'ange Gabriel dicta le Coran à Mahomet. Moïse apporta l'idée de loi, Jésus celle de charité, et Mahomet l'idée de la justice. Pour tous, Dieu est Amour.

– Pourquoi me parler de cela maintenant ? murmura Théo.

– Pour te réconcilier avec nous tous, mon enfant, dit le cheikh. Pour apaiser cette petite tête qui n'en finit pas de contredire. Oh ! Ne crois pas que je veuille t'empêcher de penser. Mais le mal qui te ronge peut s'en aller, Théo. Je ne te demande pas de croire en Dieu, cela ne te guérirait pas. Simplement, sache-le, toi aussi, tu es une parcelle de divinité. Le souffle est en toi comme en chacun de nous, Théo… Cherche la voie. Trouve le souffle.

– Je veux bien, moi, dit Théo. Mais pourquoi ?

– Il faut de temps en temps savoir renoncer au « pourquoi », dit le cheikh. Tu n'as plus l'âge des questions éternelles, tu n'as plus cinq ans ! Apaise-toi. Pour trouver le souffle, il faut s'abandonner. S'abandonner, Théo ! Sinon tu ne guériras pas.

– Tu crois ? murmura Théo effrayé.

– Quelque part dans le monde, l'un de nous te guérira, je le sais, dit le cheikh en haussant le ton. Ton mal partira là d'où il est venu, apporté par un mauvais génie. Mais si tu résistes avec des pourquoi, alors aucun d'entre nous ne pourra te sauver. Je te demande de croire au souffle, voilà tout.

– Au souffle ? s'étonna Théo. Qu'est-ce que cela veut dire ?

– Encore une question ! dit le cheikh avec autorité. Acceptes-tu pour une fois de m'obéir sans rien demander ?

– Oui, répondit Théo sans hésiter.

Alors, fermant les yeux, le cheikh posa ses mains sur la poitrine de Théo. Au bout d'un instant, une chaleur inconnue envahit le dos de Théo, la sensation d'une serviette chaude après un bain dans la mer, le soleil sur les plages de Grèce, la douceur de la joue de Fatou… Il s'endormit.

– Loué soit le Tout-Puissant, murmura le cheikh en se relevant. Nous te sauverons, Théo. N'oublie jamais.

Et il sortit sur la pointe des pieds, le cœur léger.

Chapitre 5

Une barque solaire et dix lentilles

Au revoir Jérusalem !

Ils étaient là tous les trois, le rabbin, le dominicain et le cheikh, devant les guichets des contrôles de police, à l'endroit où leurs routes allaient se séparer de celle de Théo. Il sortit son appareil, enclencha le flash… Éblouis, ils clignèrent des yeux avec un bel ensemble.

— Bon, eh bien, salut, Suleymane, dit Théo en serrant la main du vieil homme. Je voulais te dire… A propos du souffle… Je n'oublierai pas la nuit de Noël.

— Salut à toi, mon enfant, murmura le cheikh en s'inclinant. Que la bénédiction du Tout-Puissant te protège.

— Vous avez été vachement gentil, dit Théo au rabbin. Mais il y a encore des trucs que je n'ai pas bien compris.

— Oh, je sais ! Tu n'es même pas entré dans une synagogue ! Tu n'as pas assisté au Shabbat ! Je ne t'ai pas parlé du chandelier à sept branches, ni des Thoras, ni des couronnes, ni des *mezouzah*, ni…

— Assez, Rabbi ! gronda Tante Marthe. Ne lui compliquez pas les idées… D'autres finiront le travail commencé.

— Mais où cela ? demanda le rabbin soupçonneux. Seront-ils de bons juifs ?

— Ils seront dans la diaspora, ni pires ni meilleurs que vous, répondit fermement Tante Marthe.

— C'est quoi, la diaspora ? intervint Théo.

— On appelle ainsi, dit le rabbin, l'ensemble des juifs qui ne sont pas encore revenus en Israël.

– Ce sont, reprit Tante Marthe, ceux qui ont choisi de pratiquer le judaïsme dans leur propre pays. Diaspora signifie « dispersion ». Ces juifs-là ont été dispersés, mais ils veulent rester là où ils vivent, vois-tu. C'est leur droit !

– Ils reviendront, ronchonna le rabbin.

– En tout cas, je vous le promets, nous en rencontrerons en Europe, assura Tante Marthe. Et Théo assistera au Shabbat.

– Espérons, fit le rabbin. Toi aussi, tu reviendras, Théo, mais guéri ! Te souviens-tu des neuf dixièmes de part de souffrance attribués à Jérusalem ? Je ne t'ai pas tout dit. Jérusalem a également reçu les neuf dixièmes du bonheur de l'humanité… Lorsque j'étais petit et que nous vivions en exil, mon père soulevait le plateau de la Pâque au-dessus de ma tête en disant : « Cette année ici, fils de l'esclavage. L'an prochain à Jérusalem, fils de la liberté… » Au moment de ton retour à Jérusalem, l'an prochain, tu seras délivré de l'esclavage de ta maladie, mon petit.

– D'accord, murmura Tante Marthe avec angoisse. L'an prochain à Jérusalem, si tout va bien.

– Vous aussi, monsieur Antoine, vous avez été sympa, dit Théo. J'espère que vous n'êtes pas fâché ?

– Fâché, moi ? s'écria le père Dubourg. Allez, viens m'embrasser. Je prierai pour toi, mon fils.

C'était fini. Tante Marthe poussa son neveu vers le préposé aux passeports, le consul emboîta le pas. Quand il fut de l'autre côté, Théo se retourna.

– Surtout, restez bien amis tous les trois ! cria-t-il.

Puis il leur fit de grands signes avec les bras et disparut.

– Quel magnifique enfant, soupira le rabbin. Rebelle, mais si intelligent… Pourvu que notre amie parvienne à le guérir.

– Dieu seul le sait, dit le père Dubourg.

– *Inch' Allah*, murmura le cheikh. Il survivra, je vous le dis.

136

Amal l'Égyptienne

A travers la cohue des porteurs et des femmes voilées, Tante Marthe cherchait quelqu'un. Dans l'avion Tel-Aviv-Le Caire, lorsque Théo lui avait demandé qui les guiderait en Égypte, Tante Marthe avait ri. « Quelqu'un de formidable, avait-elle répondu pour finir. Je ne t'en dis pas plus. »

Donc, étourdi par une vague odeur de cambouis, l'œil égaré par les faux bas-reliefs plaqués sur du faux marbre jaune, Théo cherchait ce formidable inconnu. Un autre barbu ? Un autre consul ? Un professeur d'histoire égyptienne ? Soudain, Tante Marthe se mit à crier : « Amal ! Amal ! Par ici ! »

Mais Amal n'était pas barbu. Amal était une grande femme en tailleur vert vif, des boucles d'or très chic aux oreilles, de beaux cheveux blancs et des yeux noirs rayonnants. Amal n'était pas non plus consul de France. Amal était professeur de civilisation grecque à l'université al-Azhar. Une femme d'une tranquille énergie qui prit les choses en main sans élever la voix. Un vieux caddie rouillé pour caler les bagages, une livre pour le payer, douane, porteurs inutiles, 50 piastres, taxi.

– Nous allons directement à la maison, dit-elle. Théo pourra s'y reposer, *inch' Allah* ! Est-ce que tu aimes le carcadet ?

Elle lui parlait comme si elle l'avait connu tout petit, avec une tendre chaleur. Et d'ailleurs, elle avait passé son bras autour des épaules de Théo dont le corps se blottit spontanément contre les larges hanches.

– Je ne crois pas que Théo connaisse le carcadet, dit Tante Marthe.

Le carcadet se buvait, c'était du plus beau rouge et à base de plantes de Nubie. Exclusivité strictement égyptienne, de même que la *mollokheya* que Théo allait découvrir au repas du soir. La *mollokheya* ? Ah ! On ne pouvait

137

pas la décrire. Il fallait la goûter. Ce délice échappait à toute comparaison…

Intarissable, Amal ne se souciait pas des encombrements géants qui conduisaient, bon an mal an, à travers camions, voitures, bufflettes aux cornes rondes et petits ânes trottinant, vers le quartier de Zamalek, dans l'île de Gezira, rue du Brésil. Le taxi s'arrêta devant la villa d'Amal. Les klaxons de la ville s'étouffèrent, relayés par des oiseaux invisibles cachés dans les jasmins. Elle n'était pas neuve, la villa. La porte de bois laissait voir des traînées de peinture délavée et le carrelage blanc à cabochons bleus n'était plus de la première jeunesse. Mais dès l'entrée, Théo sentit une odeur insidieuse le prendre au cœur. La villa d'Amal avait le charme entêtant des vieilles maisons rassurantes.

Il courut à la recherche du bouquet. Dans le salon, les canapés de cuir avaient beaucoup vécu et les tapis s'effilochaient. Il était là sur la table, le bouquet de longues tiges raides couvertes de petits doigts blancs. Le parfum. Théo y plongea la tête et inspira si fort que le vieux canapé le recueillit à temps.

— Alors, qu'est-ce que tu en dis ? souffla Tante Marthe en s'affalant à son tour.

— Évidemment, ce n'est pas aussi beau que le consulat de France à Jérusalem, dit Amal.

— Bof, dit Théo. C'est quoi, ces fleurs ?

— Des tubéreuses, répondit Amal. Elles sentent comme des millions de jasmins.

Installation dans les chambres et repos obligé. Dans la chambre de Théo se dressait un immense lit adossé à un amalgame doré de branches et de fleurs. Théo se jeta sur le lit. Qu'il était dur ! Une vraie planche à clous.

— Allez, repose-toi bien, dit Tante Marthe.

Les deux amies redescendirent au salon et s'installèrent au creux des canapés. Amal alluma une bougie rouge et Tante Marthe un cigarillo. C'était la fin de l'après-midi, heure propice aux complots.

— Comme tu m'as manqué… commença Amal. Quand es-tu partie déjà ?

– Il n'y a pas si longtemps, tu sais, répondit Tante Marthe. Je ne serais pas revenue aussi vite si mon Théo…

– Comment va-t-il ? dit Amal à voix basse.

– A Jérusalem, les analyses n'étaient pas fameuses. Et pourtant… Je lui trouve un air plus vivant. La curiosité, les visites, les foules, toutes ces nouveautés… Il est très excité.

– Il ne faut pas le surcharger. Que veux-tu lui montrer ici ?

– Le trésor de Toutankhamon, il y tient. Pour le reste, peu de choses. Le quartier copte ?

– Une mosquée, aussi. Sinon il oubliera que l'Égypte est musulmane. Et peut-être la cité des Morts ?

– Non, dit fermement Tante Marthe. Ni cité des Morts, ni momies, ni visites dans le tréfonds des tombes dans la Vallée des Rois. Pas question d'approcher les défunts.

– *Yaani*… Pauvre enfant, je n'y pensais pas, dit Amal avec embarras. Dis-moi, qu'espères-tu au fond ?

– Le guérir. Autrefois, quand un adolescent tombait malade, il voyageait. Parfois, il en mourait. Mais parfois il guérissait grâce au mystérieux pouvoir du voyage. Et c'est ce que je veux.

– Mais tu m'avais parlé d'un tour du monde des religions !

– C'est la même chose, trancha Marthe en éteignant son cigarillo.

Les types sur des colonnes

Au dîner, Théo se sentit chez lui. Quand la *mollokheya* arriva sur la table, il la trouva si bonne qu'il en reprit trois assiettées et posa toutes sortes de questions. Quelle était la recette de la *mollokheya* ? On faisait frire de l'oignon et des gousses d'ail épluchées, on ajoutait du poivron, du riz et cette herbe si verte dont le nom était *mollokheya*, bien hachée. Et quand on atteignait le stade de la bouillie, on servait avec un poulet rôti. Ce qu'était la *mollokheya* au juste ? Mais une herbe ! Une herbe d'Égypte ! Une herbe, quoi !

– Il est toujours ainsi, dit Tante Marthe à son amie. Lorsque mon ami Dubourg est sorti de la visite du Saint-Sépulcre, il était exaspéré ! Et la différence entre l'Église arménienne et l'Église copte, et l'Église éthiopienne, et la reine de Saba…

– Je voyage pour apprendre, moi, grommela Théo. Alors je pose des questions.

– Mais sur l'Égypte antique il paraît que tu sais déjà tout, dit Amal.

– Il ne faut rien exagérer ! Je connais deux ou trois dieux. Hathor la vache, Sobek le crocodile, Sekhmet la lionne, Anubis le chacal, Thot l'ibis, Ra le soleil, Apis le taureau, Bastet la chatte, Knoum le bélier…

– Deux ou trois dieux ? dit Amal. Cela fait déjà neuf !

– Que des dieux animaux, dit Théo fièrement. Il y en a d'autres ! Touéris la dame hippopotame, Apopis le serpent…

– Même Apopis ? dit Amal étonnée. Là, tu m'étonnes. Mais tu n'as cité ni Isis, ni Osiris. Et ce sont les plus grands !

– Oui, mais ils n'ont pas de tête d'animal, répliqua Théo. Eux, c'est différent. Osiris avait un méchant frère qui le découpa en morceaux, et sa femme Isis les a cherchés partout. Elle a tout retrouvé, sauf le zizi.

– Théo ! s'offusqua Tante Marthe.

– Ben quoi, dit Théo, comment je devrais dire ? Le phallus ?

– Bon, dit Amal. Et ensuite, Théo ?

– Ensuite elle a fait un enfant toute seule, Horus. Il a une drôle de mèche qui lui sort du crâne rasé. Autrement il a une tête de faucon. Mais Osiris n'arrive toujours pas à ressusciter. Ça fait comme un Jésus pas fini.

– Pas mal, dit Tante Marthe. Et les pharaons ?

– Ramsès, Aménophis, Toutankhamon, Pepsi…

– Pépi ! corrigea l'Égyptienne en riant. Mais tu n'es pas ici pour apprendre le nom de tous les pharaons. Au Caire, tu verras des églises coptes…

– Encore ! s'écria Théo. Mais j'en ai déjà vu à Jérusalem !

– Copte signifie littéralement « égyptien », dit Amal. Et

tu n'as vu qu'une petite chapelle dans l'embrouillamini du Saint-Sépulcre… Sans les coptes, tu ne peux rien comprendre à la naissance du christianisme ! C'est ici, dans le désert, que les anachorètes se sont installés peu à peu, avant de constituer de véritables armées recrutées par les premiers évêques…

– Ce mot, là, anachorète… dit Théo. On dirait du grec !

– Oui, du verbe qui signifie en grec « se retirer ». Un anachorète est un moine solitaire dans un ermitage. Quelquefois, lorsqu'il vit au sommet d'une colonne de huit mètres dressée au milieu des sables, on l'appelle un « stylite ».

– Un type qui vit sur une colonne ? dit Théo. Et la bouffe ?

– La bouffe, comme tu dis, ils n'en mangent pas. Ils jeûnent. Ils prient. Ils méditent. D'autres tracent sur le sol un cercle de dix mètres dont ils décident de ne jamais sortir. D'autres encore logent dans le creux des arbres et ne passent la tête que pour manger.

– C'est des fous, décida Théo.

– Oui, mais des fous de Dieu, compléta Amal. Ils furent les premiers chrétiens de ce pays. Il y eut de grands saints parmi eux. Ensuite ils devinrent plus violents. Pour ôter jusqu'à la mémoire des anciens Égyptiens, ils martelèrent les bas-reliefs dans les temples. Ils livrèrent bataille à ce qu'ils appelaient le « paganisme ». Tout ce que l'antique Égypte avait produit de plus sacré, tout ce que la Grèce avait apporté à l'univers, ils voulaient le détruire.

– Racontez donc l'histoire d'Hypathie, suggéra Tante Marthe.

– La pauvre Hypathie ! Belle et savante, une philosophe extraordinaire. Mais elle était païenne… L'évêque chrétien ne l'aimait pas, car elle discutait superbement. Cela ne faisait de mal à personne, sauf qu'à cause d'elle la philosophie grecque marchait très bien et gênait les progrès du christianisme.

– Pourquoi ? demanda Théo.

– Parce que la philosophie grecque ne croyait pas à

l'affaire d'un dieu fait homme, mort sur la croix et ressuscité au troisième jour. Pour en finir, l'évêque lâcha une armée de moines aux trousses d'Hypathie… Ils la déchiquetèrent à coups de coquilles d'huîtres.

– Des fachos ! trancha Théo.

– A peu près. Le christianisme finit par gagner la partie. Un empereur romain du nom de Théodose publia un décret interdisant le paganisme et l'Église chrétienne copte régna en Égypte assez longtemps. Mais ensuite, il y eut des divisions dans les Églises, et…

– Ça, j'ai vu, dit Théo.

– Et quand l'islam conquit l'Égypte, les coptes perdirent la partie à leur tour.

– Bien fait, lâcha Théo. Il ne fallait pas s'attaquer aux autres.

– Mais les coptes sont importants, Théo ! dit Tante Marthe. Ils sont les seuls à conserver un peu de l'écriture des anciens Égyptiens, ils ont créé un art décoratif superbe d'où vient le style byzantin que tu as vu dans les églises grecques, et même les églises romanes de ton pays leur doivent quelque chose… Ils ne sont plus très nombreux aujourd'hui, mais ils jouent un grand rôle. Et les califes ont aussi beaucoup détruit… N'est-ce pas, Amal ?

– Oui, maugréa l'Égyptienne. Comme tout le monde.

– Au fait, Amal, vous êtes quoi, vous ? demanda Théo.

– Égyptienne. Musulmane, mais d'abord Égyptienne.

– Regarde-la, Théo, murmura Tante Marthe. Est-ce qu'elle ne ressemble pas aux figures de femmes sur les fresques que tu connais ?

– Si, dit Théo. Sans les boucles d'oreilles, avec un grand pectoral et pas de chemisier.

– Il a l'œil ! dit Amal.

Il l'avait, mais l'heure avançait. On décida de suivre le lendemain un parcours à l'envers : on commencerait par les coptes, puis on ferait un détour par la Bible, enfin on arriverait aux anciens Égyptiens.

Deux moitiés et trois éléments

– C'est l'entrée principale, dit Amal. Passé la porte cloutée, nous sommes dans le fort de la Chandelle. L'enceinte du vieux quartier copte.

– Très très ancien, jugea Théo en expert. On voit cela au premier coup d'œil.

– Moins ancien que les Pyramides, tout de même ! fit observer Amal. N'oublie pas que l'ancienne Égypte est la plus vieille civilisation du monde... Cinq mille ans ! Tandis qu'ici, pas tout à fait deux mille, puisque les chrétiens le construisirent. Allons voir les églises, la synagogue et la mosquée.

– Attends ! s'écria Théo. Tu m'expliques ?

– Quoi donc ? La synagogue et la mosquée ? Eh bien, si tu as vu Jérusalem, tu as pu constater que chaque bâtiment religieux avait été détruit, puis reconstruit, puis à nouveau détruit et ainsi de suite. C'est le cas de la synagogue Ben Ezra, qui fut construite sous les Romains, puis transformée en église, puis retransformée en synagogue au XIIe siècle. Quant à la mosquée, c'était la plus vieille de toute l'Égypte quand on l'a bâtie en briques cuites avant de la reconstruire au XVe.

– Comme à Jérusalem, dit Théo. Qu'est-ce qui reste de vrai ?

– Des pierres délabrées, des souvenirs, ces deux tours du temps des Romains, et des livres d'histoire, dit Amal avec un léger soupir. Mais il en va de même pour tous les monuments religieux, Théo. Les temples s'écroulent, les noms des dieux sont bannis, seuls les peuples demeurent.

– Mais les Pyramides, elles, sont toujours là, dit Théo. Et puis décidément, les bagarres entre chrétiens, c'est très ennuyeux !

Sans répondre, Amal entraîna Théo et Tante Marthe à travers les ruelles bordées de bougainvilliers. Ils entrèrent dans la première église, sur laquelle Théo ne voulut pas

143

s'attarder, parce qu'il en avait vu énormément en Grèce qui lui ressemblaient beaucoup. En sortant, il s'assit sur les marches d'un air boudeur.

– Ça ne m'intéresse pas, dit-il. Je veux voir les Pyramides.

– Pourtant, pendant leur fuite en Égypte, Joseph et Marie se sont arrêtés ici, dans la crypte, dit Amal. Ça ne te plaît pas ?

– Non ! s'écria Théo. Je veux voir les Pyramides !

– Mais l'histoire des coptes est si importante, si mouvementée, plaida l'Égyptienne. Tu ne te rends pas compte ! L'Égypte avait été l'une des premières grandes civilisations, puis elle avait accueilli sans mourir les Grecs et les Romains, elle était parvenue à en faire l'un des fleurons du monde antique, et voilà que l'Église chrétienne d'Égypte aurait pu devenir la plus importante du monde, maintenir un véritable empire d'Orient lorsque… Mais c'est trop compliqué.

– Ah ? fit Théo avec curiosité. Qu'est-ce qui s'est passé ?

– Cela va te paraître complètement idiot, dit Tante Marthe.

– Je ne suis pas si bête, grogna-t-il vexé.

– Personne n'a dit cela, Théo ! dit Amal. Bien. Tu es prêt ? Alors j'y vais. Tu sais que pour les chrétiens, Jésus est Dieu fait homme. Dans le monde d'aujourd'hui, chacun s'est habitué à cette vieille idée. Mais imagine, au début, le désordre dans les esprits… Dieu fait homme ? Quelle est la part de Dieu, quelle est la part de l'homme dans Jésus, hein ?

– Moitié-moitié ? dit Théo.

– Les théologiens se posaient des questions. Si la nature humaine est pleine de défauts, qu'est-ce qui l'emporte en Jésus ? La part de Dieu, ou celle de l'homme ? Jésus avait-il des défauts ou pas ? Ils échafaudèrent toutes sortes de théories. Selon les uns, l'homme est le mal, Dieu est le bien. C'est à peu près ta théorie, Jésus était moitié-moitié. Sauf qu'au bout de quelques siècles, de fil en aiguille, à force de séparer en Jésus la part mauvaise de l'homme et la bonne part de Dieu, certains chrétiens décidèrent de laisser mourir le mauvais pour libérer le bon. Donc ils se suicidaient en ne nourrissant plus leur corps, incarnation du mal. Ils s'appelaient les « cathares », ce qui signifie les purs.

– Encore la pureté ! dit Théo. Et c'était en Égypte ?

– Non, mais cette théorie est née pas loin d'ici au IIIe siècle dans le cerveau d'un certain Manès. On appelle cette forme de pensée le manichéisme, et l'Église catholique la considère comme une hérésie. Sais-tu ce qu'est une hérésie ?

– Un truc de secte ?

– Oui, mais officiellement condamnée par une assemblée de l'Église. Ici, les théories en présence opposaient ceux qui refusaient au Christ une nature divine sans aller jusqu'à détruire la mauvaise part corporelle, et ceux qui affirmaient que sa nature divine absorbait la nature humaine pour la diviniser.

– Minute, dit Théo. Il y a ceux qui veulent que le Christ soit juste un homme, donc pas entièrement bon, et ceux qui veulent qu'il soit Dieu, donc tout à fait bon, c'est cela ?

– Tout à fait. Les premiers s'appelaient les arianistes à cause de leur maître Arius, les seconds les monophysites, ce qui veut dire « nature unique ». Sans compter les nestoriens qui refusaient tout simplement l'unité du Christ et reprenaient la théorie de Manès. Pendant des siècles on s'est battu en Égypte autour de la nature de Jésus.

– Tu vois que cela paraît idiot, dit Tante Marthe.

– Pas tellement, dit Théo. Je n'y avais jamais pensé. Et les catholiques, que disent-ils ?

– Que c'est un mystère divin, répondit Amal. Le fond de ce mystère tient à la Sainte-Trinité. Dieu en trois personnes.

– Cela me rappelle qu'un jour, au théâtre, j'ai entendu une irrésistible définition de la Trinité ! s'écria Tante Marthe. C'était dans la bouche d'un personnage qui jouait le rôle de Jésus. Et il n'arrêtait pas de dire : « Le Vieux, le pigeon et moi », pour évoquer la Sainte-Trinité…

– N'empêche que le coup du pigeon, dit Théo, ce n'est pas si mal. Deux moitiés, c'est toujours compliqué, tandis qu'avec trois éléments on s'en tire, je trouve. Cela fait comme une famille avec les parents et l'enfant.

Les deux femmes échangèrent un regard surpris.

– Bon, déclara-t-il en s'étirant. Alors dis-moi de quel côté sont les coptes et puis on ira aux Pyramides.

Les coptes étaient restés monophysites et s'étaient fait condamner par l'Église, qui les avait réintégrés ensuite. Mais ce long combat avait épuisé l'Égypte, qui fut aisément conquise par les musulmans. Le destin des coptes fut assez tourmenté : tantôt persécutés, tantôt abandonnés, ils ne retrouvèrent leur place qu'avec la naissance de l'Égypte moderne, qui accordait l'égalité à tous ses citoyens, quelle que fût leur religion.

Restait encore la mosquée 'Amr, qui enchanta Théo, car celui qui passait dans l'étroit intervalle entre les deux piliers sacrés était considéré comme vertueux. Théo était si maigre qu'il passa.

– Puisque je suis vertueux, dit-il, c'est moi qui décide. ON VA AUX PYRAMIDES !

Il n'était plus question de résister. On reporta Toutankhamon au lendemain et il fut décidé d'aller déjeuner au Mena House Oberoi, illustre hôtel où avait habité Winston Churchill. L'illustre leader anglais qui résista aux nazis occupa le trajet entier au grand dam de Théo qui s'en fichait pas mal… A travers les immeubles modernes sur le bord de la route, il cherchait désespérément les trois fameuses silhouettes qui jouaient à cache-cache avec les constructions.

La barque solaire du pharaon Chéops

Soudain, elles étaient là, blanches sous le soleil de midi. Théo fut très surpris de les trouver petites, mais Amal assura qu'elles ne le seraient plus lorsque leurs ombres s'étendraient sur le sable du désert et qu'il en ferait le tour à dos de chameau. Il était presque une heure de l'après-midi quand ils arrivèrent au pied de la grande pyramide. Pour la voir, il fallait renverser la tête en arrière et mettre sa main en visière, à cause du soleil. Même ainsi, l'immense tombe était éblouissante... Et malgré les touristes qui parlaient dans toutes les langues de la terre, les vendeurs de cartes postales, les âniers qui lui poussaient le coude et les colporteurs d'amulettes, Théo se perdit dans la contemplation de la masse de pierre suspendue au-dessus de sa tête.

— Il n'a pas de chapeau, murmura Tante Marthe. C'est de la folie ! Je vais lui acheter quelque chose en vitesse.

— Ne reste pas trop longtemps sous le soleil, avertit Amal. Tu auras des vertiges.

Mais Théo ne répondait pas. Tante Marthe se disputa avec un marchand de chapeaux et revint triomphante en portant son trophée à bout de bras.

— Mets-moi ça, dit-elle en tendant l'objet à son neveu. Un peu vite, s'il te plaît !

Au moment où Tante Marthe s'apprêtait à le lui poser de force sur le front, Théo chancela et tomba dans ses bras. Tante Marthe commençait à s'affoler quand Amal flanqua une bonne gifle à Théo, qui reprit des couleurs.

— On rentre, décréta Tante Marthe. C'est ma faute, j'aurais dû penser au chapeau.

Rentrer ? Ce n'était pas l'avis d'Amal. Elle examina Théo, lui prit le pouls, regarda ses yeux et soupira, soulagée. De tels incidents n'étaient pas rares devant la Grande Pyramide et Théo n'avait pas eu le temps d'attraper une insolation.

— Mais pas de chameau, Théo, tu aurais le mal de mer, dit-elle. Quant à la visite de l'intérieur de la Pyramide, il vaut mieux l'oublier. On y suffoque et puis il faut marcher à moitié plié.

— Ça m'est bien égal, murmura Théo. Tout ce que je veux voir, moi, c'est la barque. Celle sur laquelle le pharaon navigue dans la nuit, avec son copain le soleil avant qu'il se lève.

Cela ne souffrait pas la discussion. A pas lents, ils

se dirigèrent tous les trois vers le flanc de la pyramide, là où se trouvait la barque de Chéops. Théo fixa l'immense nef de bois avec intensité.

— On l'a retrouvée en 1954, entièrement démontée dans une fosse recouverte, et on a mis du temps pour la remonter, dit Amal. Et l'on n'a pas encore ouvert l'autre fosse, où doit toujours attendre sa jumelle. Personne ne sait trop à quoi elle pouvait servir.

— Oh si ! dit Théo. Ou bien elle a servi pour les funérailles de Chéops, pour lui faire traverser la rive éternelle, ou bien elle est là pour sa traversée de la nuit, ou encore, mais pour le savoir il faudrait la remettre à flots sur le Nil, elle a vraiment transporté le corps du Pharaon et ensuite servi à des pèlerinages. Ce n'est pas compliqué !

— D'où sors-tu tout cela ? s'écria Tante Marthe.

— Du dictionnaire de civilisation égyptienne qui est dans la bibliothèque à Paris, répondit Théo. Par exemple, je voudrais bien comprendre comment ils se débrouillaient, les morts égyptiens, pour se balader la nuit, aller cultiver les champs sacrés, et bouffer dans leur tombe tout ce qu'on leur avait préparé…

— Eh bien ? dit Amal.

— Eh bien, moi je n'y arriverais pas, chuchota-t-il tristement. A tout prendre, quand je mourrai, je choisirai de naviguer la nuit, voilà.

— Cela suffit, Théo, murmura Tante Marthe. Allons-nous-en.

— Quel beau voyage ce doit être ! rêva Théo. Le soleil a quitté la terre, le serpent Apopis profite de la nuit pour essayer de le piquer, les vivants prient pour le faire revenir, et pendant ce temps-là, les morts l'accompagnent, chacun sur leur barque. Des millions et des millions d'amis pour veiller sur le soleil endormi…

— J'ai dit que cela suffisait ! éclata Tante Marthe.

— Viens, Théo, fit Amal en le prenant par la main. Tu verras d'autres barques. Tu verras le Nil et les felouques. Allez…

A regret, Théo quitta les lieux. Amal proposa de se rendre

à dos d'âne jusqu'au célèbre Sphinx de Gizeh, gardien de la pyramide. Théo avait envie d'en faire le tour, mais tout seul. Les deux femmes restèrent assises à l'écart.

— Il sait tout de l'Égypte, soupira Tante Marthe.

— *Maalech !* Cela m'étonnerait, dit Amal. Connaît-il sa maladie ?

— Non, dit Tante Marthe. Il se sait très malade.

— Alors il a deviné, dit Amal. Voilà pourquoi il s'intéressait à l'Égypte, le pays des morts.

— Comment faire, Amal ? murmura Tante Marthe.

— Lui montrer la vie dans l'ancienne Égypte, dit Amal avec force. Partir sur le Nil et faire confiance au fleuve. Quand il verra les femmes sur les berges et les fellahs dans les champs, il comprendra qu'elle n'est pas morte, notre Égypte.

Juché sur le dos de son âne qui trottinait allègrement, Théo revint un peu secoué, mais ravi. Ce n'était pas tant le grand Sphinx qui l'avait amusé, non, c'était l'âne avec son ânier. Plutôt blanc, l'air malin, l'œil humide, l'âne était astucieux et son ânier, stupide.

— Et le Sphinx ? dit Tante Marthe.

— Ce n'est jamais qu'un bête lion avec un nez cassé, lança Théo. Ce type qui se prend cent mille esclaves pour construire sa pyramide… Si les Égyptiens lui ont cherché des crosses, il ne l'a vraiment pas volé.

— De qui parles-tu donc ? demanda Tante Marthe.

— Mais de Kephren, voyons, dit Théo. Le pharaon qui s'est mis en portrait sur la gueule du Sphinx.

Théo découvre les Enfers

Quand ils retrouvèrent la villa de la rue du Brésil, Théo accepta à grand-peine d'aller se reposer. Dès qu'il fut dans sa chambre, Tante Marthe se rua sur le téléphone pour avancer les réservations du train Le Caire-Louksor, mais il était trop tard. Au dîner, on discuta donc de l'emploi du temps du lendemain. Le train partait à 19 h 40. Restait la matinée.

– On va voir Toutankhamon, dit Théo sur un ton aussi décidé que pour les Pyramides.

– C'est-à-dire… commença Tante Marthe en hésitant. Vois-tu, Théo, le musée est très fatigant.

– Je ne veux pas voir tout le musée, tantine, juste les deux étages de Toutankhamon.

– Et si tu nous disais ce qui t'attire là-dedans ? intervint Amal doucement.

– Ces objets qu'on a trouvés dans sa tombe, les lits, les tables, les tabourets, dit Théo. Et la chapelle d'or avec les quatre Isis… Ah ! Et puis le bouquet de fleurs séchées que sa femme a posé sur sa poitrine. Vous voyez, je connais !

– Ça, on avait compris, maugréa Tante Marthe. Et depuis quand t'intéresses-tu tant à l'Égypte ?

– Depuis Zorglub, répondit Théo. C'était en juin dernier, juste quand grand-père est mort. La prof d'histoire est partie accoucher, et on a eu un remplaçant avec une moustache et de gros sourcils noirs, alors on l'appelait Zorglub. Il n'aimait que l'Égypte.

– Et c'est Zorglub qui t'a raconté le voyage de la barque solaire ?

– Ben oui, dit Théo. Lui et le dictionnaire…

– *Yaani*… dit Amal. A t'entendre, on a l'impression que l'au-delà en Égypte antique est mille fois meilleur que la vie. On se promène en bateau, on mange, on cultive les champs, c'est vrai, mais seulement si l'on est une bonne âme. Parce que sinon… Est-ce que ton Zorglub t'a parlé des Enfers de l'ancienne Égypte ? Non, naturellement. Eh bien, si l'on a commis une injustice de son vivant, on est ébouillanté, écartelé, empalé, et pour finir anéanti.

– Je ne savais pas, murmura Théo. Enfin, moi, depuis que je suis passé entre les piliers, je suis vertueux, alors je ne risque rien.

– Une injustice, Théo, il suffit d'une seule injustice…

– Une seule ? Ouh là !

– Évidemment, comme le pharaon était divinisé, personne n'aurait eu l'idée de le condamner aux Enfers…

– Alors on va voir Toutankhamon ? s'écria Théo. Hourrah !

– Car bien entendu, tu connais son histoire ? dit Amal.

– Non, dit-il. Tout ce que je sais, c'est qu'il est mort très jeune. Je peux téléphoner à Fatou ?

– Sur ton portable ! cria Tante Marthe alors qu'il était déjà dans l'escalier.

Il n'avait pas dit un mot de sa famille depuis qu'il était arrivé en Égypte. Il n'avait pas passé un seul coup de téléphone, ni même prononcé le nom de son amie Fatou.

– Bravo, Amal, soupira Tante Marthe avec soulagement. Avec ta description des Enfers, tu lui auras remis les idées à l'endroit. Au moins, il ne rêvera plus aux délices de la mort en Égypte.

– Ce n'est pas suffisant, dit Amal. Il faudrait autre chose… Quand devons-nous transmettre le prochain message ?

– A Louksor, répondit Tante Marthe. Mais je ne sais pas encore très bien où, ni comment.

– Parfait ! s'écria l'Égyptienne. Alors laisse-moi faire. J'ai mon idée.

Les lentilles de la résurrection

Dès qu'il eut posé le pied dans la première salle du Musée égyptien, Théo se mit à marcher si vite que les deux femmes eurent du mal à le suivre.

– Attends, Théo ! cria Tante Marthe essoufflée.

– C'est pour ne pas m'arrêter partout ! lança Théo. Je me débrouille !

Pour se débrouiller, il se débrouillait, sans un regard pour les statues qui le dominaient de leurs grandes masses noires. Il ne s'arrêta qu'une fois, devant la porte qui s'ouvrait sur la salle des momies des pharaons, mais Amal lui barra le chemin.

– Les momies, non, Théo, s'interposa-t-elle avec une autorité inhabituelle.

– Mais je veux les voir !

151

– Elles sont affreuses, mon petit, dit-elle en le prenant par le cou. Ce n'est pas réjouissant. Et puis, ces pauvres morts qu'on a dérangés pour les mettre au musée…

– C'est vrai, dit Théo.

– Le pire, ce sont les touristes qui les lorgnent comme dans une salle de dissection. Tu serais très gêné.

– Sûrement, dit-il en reprenant sa course.

Au premier étage du trésor de Toutankhamon, Théo ralentit enfin. Il s'attarda longuement devant chaque vitrine, émerveillé.

– Exactement comme dans les livres, murmurait-il à chaque pas. C'est géant ! Zorglub avait raison…

Lorsqu'il entra dans les salles des trois sarcophages, son regard devint grave. Il se pencha pour contempler le fameux masque d'or au sourire juvénile, sans un mot. Il fallut l'arracher de force au jeune pharaon.

– J'aurais bien voulu voir son vrai visage, soupira-t-il en sortant. Où est sa momie ? En bas ?

– Non, répondit Amal. On l'a remis dans sa tombe dans la Vallée des Rois en face de Louksor, en grande céré-monie. Viens plutôt voir l'Osiris végétant. Tu sais de quoi il retourne, je pense.

Mais pour une fois, Théo séchait sur l'Égypte de ses rêves. Devant un caisson reproduisant la forme d'un corps humain plein d'herbes millénaires et jaunies, Amal lui expli-qua la nature de l'étrange jardinet qu'il avait sous les yeux.

– Le corps momifié d'Osiris, dit-elle, représente la terre d'Égypte. Chaque année, la crue du Nil la féconde, et les champs reverdissent. Chaque année, on plantait dans ces caisses à l'image du dieu des graines qui poussaient à l'époque des inondations. Et dans chaque tombe on plaçait un Osiris végétant, pour ne pas oublier que si la mort succède à la vie, à la mort succède toujours aussi la vie. Encore aujourd'hui, en Égypte, pendant l'hiver on enfonce des lentilles dans du coton pour les voir germer au prin-temps, et cela porte chance.

– On le fera avant de partir, dis ? demanda Théo. J'em-porterai la boîte avec moi, et…

Il s'arrêta, angoissé.

– Oui, continua l'Égyptienne, tu verras germer tes lentilles, *inch' Allah* ! Nous allons même les acheter tout de suite.

Théo les planta avant le déjeuner, dix graines roses dans une boîte ronde transparente soigneusement fermée par deux élastiques pour le voyage. Il fallait les arroser tous les jours, et ne fermer la boîte qu'en cas de nécessité.

Chapitre 6

L'archéologue et la cheikha

Tante Marthe détestait arriver au dernier moment. Un peu avant 16 heures, elle était sur le pied de guerre, houspillant Amal qui n'était pas prête. Au prix de gros efforts, Amal la persuada de ne partir qu'à 17 heures pour prendre le rapide de 19 h 40. D'après Tante Marthe, tout pouvait arriver, même un train égyptien démarrant avant l'heure prévue... Et même si de mémoire de pharaon cet événement ne s'était jamais vu, rien n'aurait empêché Tante Marthe de partir en avance.

Avec ses musiques douces diffusées dans chaque compartiment, son bar dansant et ses couchettes confortables, le train 86 méritait sa réputation. Tante Marthe, qui aimait ses aises, poussa un soupir de contentement. Amal avait emporté des cours à préparer pour la semaine suivante ; quant à Théo, il s'était déjà plongé dans son petit carnet, auquel il n'avait pas touché depuis l'arrivée en Égypte.

– Au fait, que t'a dit Fatou au téléphone ? dit Tante Marthe sans crier gare.

– Mmm, marmonna Théo sans lever le nez. Paraît qu'il neige à Paris.

– C'est tout ? Et la famille ?

– Rien à signaler, lâcha-t-il. Ah si ! Irène a la grippe.

– Et ta mère ?

– Tu me lâches un peu, dis ? s'énerva-t-il. Tu vois bien que j'écris !

– Oh, si monsieur écrit, alors... ironisa Tante Marthe.

Moïse et Joseph, deux juifs égyptiens

Monsieur Théo voulait avancer dans ses résumés. *JÉSUS = NATURE DIVINE ET NATURE HUMAINE. ARIANISTES = MOITIÉ-MOITIÉ. MONOPHYSITES = NATURE UNIQUE. NESTORIENS...* Il ne savait plus. Ah! *CATHARES = ESPÈCES DE FOUS QUI LAISSAIENT MOURIR LE MAUVAIS CORPS POUR LIBÉRER LE BON ESPRIT. COPTES = CHRÉTIENS D'ÉGYPTE. MOINES DANS LE DÉSERT = ASCÈTES. MOINES PERCHÉS = STYLITES. MOINES ASSASSINS DE LA JOLIE PHILOSOPHE. MOINES DESTRUCTEURS DE STATUES. MOINES BONS DÉCORATEURS. MOINES COPTES DU DÉBUT = MOITIÉ BONS MOITIÉ MAUVAIS. SYNAGOGUE BEN EZRA : ENDROIT OÙ MOÏSE A ÉTÉ RECUEILLI PAR LA FILLE DE PHARAON. MOSQUÉE AVEC PILIERS DE LA VERTU...*

– Ça va, Théo? dit Tante Marthe.

– La barbe!

Dans le wagon-restaurant, il resta silencieux. Amal et Tante Marthe jacassaient sur l'établissement du programme à Louksor, mais Théo n'écoutait pas.

– N'est-ce pas, Théo, que tu veux aller au son et lumière à Karnak? demandait Tante Marthe.

Ou encore :

– Nous louerons une felouque sur le Nil, veux-tu, Théo?

– Hein? Quoi? réagit Théo, sorti brutalement de ses pensées.

– Ma parole, on dirait que l'Égypte ne t'intéresse plus, finit par dire Amal.

– Si, mais c'est que je ne trouve pas la jointure entre l'Égypte ancienne et le judaïsme, répondit-il. Il me faudrait quelqu'un de juif et d'égyptien à la fois, ça n'existe pas!

– Comment, Théo! s'indigna Tante Marthe. Il en existe au moins deux, dont un que tu connais très bien!

– Un juif égyptien?

– Retourne l'ordre des choses, dit Amal. Un Égyptien juif.

156

– Un type qui serait né en Égypte et qui serait juif...
Moïse ! s'exclama Théo. Et l'autre ?

– L'autre s'appelle Joseph, commença Tante Marthe. Il
était le plus jeune des enfants de Jacob, et c'était un rêveur,
un garçon dans ton genre. Un beau jour, il raconta un de
ses rêves à ses frères, qui enragèrent. Car Joseph s'y voyait
debout devant eux, et eux, à plat ventre.

– Tu veux dire que Joseph rêvait de gerbes de blé dont
une seule restait debout, la sienne, corrigea l'Égyptienne.

– Enfin, je simplifie, admit Tante Marthe. Furieux, les
frères de Joseph décidèrent de le vendre comme esclave à
une caravane qui passait par là, dans le désert.

– Mais d'abord ils avaient voulu l'assassiner, reprit
doucement Amal. Ils l'avaient même jeté au fond d'un
puits qu'on peut voir à l'intérieur de la citadelle, au Caire.

– D'accord, mais je vais au plus vite, dit Tante Marthe
agacée. Bref, les frères de Joseph firent croire à leur
vieux père que son jeune fils avait été dévoré par une
bête sauvage. En fait, Joseph n'était pas mort. Les marchands le vendirent comme esclave, il eut toutes sortes
de malheurs et se retrouva en prison, mais il s'en sortit
si bien que, vite, il devint une sorte d'astrologue pour le
pharaon.

– C'est-à-dire qu'il interprétait à merveille les rêves des
autres, dit Amal. Cela lui donnait un pouvoir éclatant.

– A la fin, qui raconte ? éclata Tante Marthe. Toi ou
moi ? Puisque tu es si savante, vas-y !

– C'est tout simple, dit Amal sans se faire prier. A cause
de ce don des rêves et de son intelligence, Joseph fut élevé
au rang de grand vizir du pharaon. Il se maria avec une
Égyptienne dont il eut deux enfants. Puis, dans la lointaine
Palestine qui s'appelait alors pays de Canaan, une famine
frappa les Hébreux qui vinrent essayer de vendre quelques-
unes de leurs bêtes en Égypte, pour rapporter du blé.

– Et ils ont voulu le vendre à Joseph, je parie ! s'écria
Théo.

– Oui, mais ils ne le reconnurent pas, et ils étaient là
devant lui, à plat ventre, en train de proposer leurs mar-

chandises en mendiant… Le rêve de Joseph s'était réalisé.

— Après il s'est vengé, conclut Théo.

— Non, il ne s'est pas vengé. D'abord il les a nourris. Ensuite il leur a dit qui il était et leur a ordonné d'aller porter la nouvelle au vieux Jacob : son fils Joseph n'était pas mort. Jacob rejoignit son fils en Égypte, où il termina sa vie. Quelques années plus tard, quand les juifs persécutés sortirent enfin d'Égypte, ils emmenèrent la momie de Joseph avec eux.

— Il manque une bobine dans le film, dit Théo. Tu me parles de Jacob, et hop ! On se retrouve avec la momie de Joseph à la sortie d'Égypte… C'est bizarre, ton histoire ! Pourquoi avec Joseph tout va bien pour les juifs, et pourquoi ça se gâte ensuite ?

— Les juifs étaient devenus très riches et très nombreux, dit Amal. En fait, Joseph gouvernait l'Égypte avec un tel talent qu'il étendit les territoires de son maître. Nul n'était plus puissant que Joseph en Égypte : imagine, Théo ! Lorsque le vieux Jacob mourut, Joseph partit l'enterrer en Palestine, et toute la cour de Pharaon l'accompagna… Puis Joseph mourut à son tour, à l'âge de cent vingt ans. Enfin Pharaon mourut, d'autres lui succédèrent et le peuple juif connut une expansion démographique extraordi…

— Expansion démographique, c'est quand il naît beaucoup d'enfants ? demanda Théo.

— Oui, comme aujourd'hui en Inde ou bien ici. Mais un jour, survint un pharaon qui n'était pas comme le bon maître de Joseph. Pour restreindre l'influence de ces immigrés trop puissants, il ne s'encombra pas de précautions. D'abord il ordonna aux accoucheuses des juifs de tuer les fils des Hébreux à leur naissance, et comme les accoucheuses ne s'y résignaient pas, il donna l'ordre de massacrer tous les premiers-nés. Moïse survécut, caché par sa mère dans une nacelle et fut recueilli par la fille du mauvais pharaon. Ensuite, il apprit qu'il était né juif, et il libéra son peuple en retournant en Palesti…

— Ne te fatigue pas, coupa Théo. Moïse, c'est l'anti-Joseph. Un coup on va de la Palestine à l'Égypte, un coup

158

on va de l'Égypte à la Palestine. Et cela fait deux juifs égyptiens. Merci !

– Dis-moi, Amal, glissa Tante Marthe doucereuse, tu n'aurais pas oublié Mme Putiphar en chemin ?

– *Maalech !* Ce n'est pas essentiel, dit Amal.

– Tu trouves ? répliqua Tante Marthe. Écoute bien, Théo. Quand il fut vendu pour la première fois comme esclave, Joseph fut employé par un digne Égyptien du nom de Putiphar qui lui faisait confiance et le laissait diriger sa maison. Sa femme voulut coucher avec Joseph, qui refusa. Alors, de peur qu'il n'aille la dénoncer à son mari, Mme Putiphar accusa Joseph d'avoir voulu coucher avec elle et c'est ainsi que Joseph se retrouva en prison. N'est-ce pas que c'est essentiel, Théo ?

– Pas vraiment, dit-il. C'est comme à la télé dans les sit-com. Une de mes copines m'a fait le même coup pour me séparer de Fatou, mais ça n'a pas marché.

– Il n'y a plus d'enfants, soupira Tante Marthe. Mme Putiphar au lycée !

– Ma pauvre Marthe, tu devrais te recycler, dit Amal.

– On se calme, les filles ! intervint Théo. Vous n'allez quand même pas vous disputer comme les mecs dans leurs églises…

Les deux amies se turent. Théo n'aimait pas les conflits.

– Mange ton orange, bougonna Tante Marthe.

M. l'archéologue est en retard

Sur le quai de la gare de Louksor, les porteurs s'étaient emparés des nombreux bagages de Tante Marthe, des trois gros sacs de Théo et de la petite valise d'Amal, mais Amal se refusait à partir. L'ami archéologue qu'elle attendait de pied ferme était souvent en retard, mais il allait venir, elle en était sûre…

Une demi-heure plus tard, Amal se résigna à quitter les lieux. Son ami n'était plus très jeune, peut-être s'était-il tordu le pied dans les excavations de son chantier de fouilles à Karnak…

– Et si tu nous disais son nom ? suggéra Tante Marthe.

– Il est français, très compétent, un peu bizarre mais gentil, vous verrez. C'est un grand savant !

Bref, sur l'archéologue on pouvait tout savoir, excepté son nom qu'Amal oublia de donner. Entre-temps, le taxi était arrivé au Winter Palace où Tante Marthe avait ses habitudes, et qui avait du style, disait-elle. Dans le hall, devant l'escalier à double révolution, attendait le mystérieux archéologue. On ne pouvait pas le manquer : un vieil homme aux cheveux blancs coiffé d'un feutre mou poussiéreux, affublé d'un gilet court et de bottes légères, lunettes noires sur le nez, sorti d'une bande dessinée.

– Ah ! Tout de même ! s'écria-t-il d'un ton furibond quand il aperçut Amal. Savez-vous que j'ai failli attendre ?

Le temps de lui expliquer qu'on l'avait attendu à la gare, et le vieux monsieur se confondait en excuses en se lamentant sur sa légendaire distraction. Oui, cela lui revenait, le rendez-vous n'était pas à l'hôtel.

– Et ce charmant garçon, Théo, je crois ? Et il n'est pas trop fatigué ? Et pourra-t-il nous accompagner dans la visite des fouilles ? Et madame Mac Larey, la tante, n'est-ce pas, viendra aussi ? disait-il avec gaucherie en sautillant sur ses bottines.

– Et ceci, et cela, et puis quoi encore ? marmonna Tante Marthe en poussant Théo devant elle. Il ne s'est même pas présenté ! Je voudrais bien prendre une douche, moi. Nous montons dans nos chambres, Amal.

Une heure plus tard, le vieil archéologue s'efforçait de les entasser tous dans sa petite voiture, laquelle, encombrée de dossiers et d'objets en tout genre, ne pouvait à l'évidence contenir que lui seul. Amal proposa une calèche, qui fut acceptée d'enthousiasme, et les deux démarrèrent, la voiture avec des ratés, les chevaux sans trop se presser. Sur le fleuve, les voiles des felouques dressaient leurs ailes élégantes et, de l'autre côté, au pied des montagnes désertiques, se cachaient les tombes des nécropoles de Thèbes, l'antique capitale de l'empire d'Égypte. On ne les voyait pas, mais on savait qu'elles étaient là, loin de la calèche romantique qui longeait la corniche, ses allées d'arbres, ses hôtels et ses touristes du troisième âge. L'automobile et l'attelage passèrent sans s'arrêter devant le temple de Louksor et tournèrent brusquement vers la droite. Bientôt, on s'arrêta devant l'entrée des temples. On était arrivé à Karnak.

Le vieil archéologue était bavard. Pendant de longues minutes, il s'attarda sur l'édifice que l'on avait longé avant de tourner dans la ville, le centre franco-égyptien. Tante Marthe essaya vainement de découvrir l'identité du distrait qui voulut entreprendre la visite intégrale du site, malgré les protestations des dames. Non, on ne souhaitait pas examiner de près les socles des sphinx criocéphales au motif que des blocs de remploi dataient peut-être des Romains, non, on ne désirait pas connaître l'historique des portiques ni la politique des fouilles depuis l'ouverture du chantier...

– Mais je croyais... bredouillait le vieil homme déçu. Alors la grande salle hypostyle, sans transitions ?

Et plus vite que ça, pensait Tante Marthe en maudissant son amie Amal. Ce raseur allait tout gâcher, Théo allait se décourager... Mais Théo, très à l'aise, déambulait de pylône en pylône en caressant du doigt les jambes des dieux gravées depuis des millénaires. Théo flânait dans son Égypte. Devant l'étrange figure d'un dieu indéfiniment répété, il s'arrêta si longuement que Tante Marthe retourna sur ses pas.

– Qui c'est ? demanda-t-il en désignant le phallus raidi du dieu inconnu.

– Min, le dieu de la Fécondité, dit Tante Marthe. Les vieilles religions insistent toujours sur l'aspect sacré du sexe masculin.

– Je vois bien qu'il a un bras dressé, mais c'est drôle, de l'autre main, on dirait qu'il se touche...

– Allons, ne nous retarde pas, grogna-t-elle en l'entraînant. Regarde plutôt devant toi, comme c'est beau.

On la devinait à travers les ruines, l'illustre forêt de colonnes géantes de la grande salle hypostyle du temple de Karnak. Théo s'immobilisa au seuil de l'édifice. D'or et de sable, les colonnes étaient écrasantes et légères, si harmonieuses que les palmiers au fond semblaient avoir gardé une taille naine pour mieux les rehausser.

– Alors, Théo ? demanda Tante Marthe.

– On se sent un peu fourmi, dit-il après un silence. C'est le ciel, surtout, qui dérange. Ils ne devaient pas le voir, eux, quand ils venaient ici pour le dieu… Est-ce que c'est ici qu'on amenait les barques sacrées ?

L'archéologue dressa l'oreille : le garçon n'était pas trop ignorant. Bientôt, ils discutèrent comme de vieux amis. Larguées, les dames traînaient à l'arrière.

– Il va nous le fatiguer, s'inquiéta Tante Marthe.

– Ils ont l'air si contents ! dit Amal. Mon ami n'a pas souvent l'occasion de croiser des adolescents…

– Au fait, dit Tante Marthe, tu vas me dire le nom de cet original ou je ne fais plus un seul pas.

– Je ne te l'ai pas dit ? s'étonna l'Égyptienne. Il s'appelle Jean-Baptiste Laplace. Il est veuf.

– Parfait, répondit étourdiment Tante Marthe en reprenant sa marche. Mais où sont-ils passés ?

– Il ne s'agirait pas d'arriver après eux au lac sacré, murmura l'Égyptienne. Quelqu'un nous y attend.

Le message de la cheikha

Lorsque les deux dames les rejoignirent au lac sacré, Théo et M. Laplace parlementaient avec une étrange vieille en robe verte, assise devant l'immense scarabée de pierre. Amal se précipita.

– *Salaam aleikhum, cheikha*, dit-elle en portant sa main à son front. Pardonne notre retard. Voici Théo, dont je t'ai parlé.

– *Aleikhum salaam*, marmonna la vieille avec un léger sourire. Je vois cet enfant en effet. Est-ce le bon moment ?

Et sans attendre la réponse elle pointa l'index dans la direction d'un petit scarabée caché sous le grand. Théo se pencha et découvrit un papier sous l'animal fétiche. Un message enroulé autour d'une figurine en faïence bleue, et rédigé en hiéroglyphes.

– Voilà mon message ! s'exclama-t-il en s'installant par terre. Maintenant, il faut déchiffrer. Et si tu m'aidais, monsieur Jean-Baptiste ?

Amusé, l'archéologue ne se fit pas prier et s'assit à ses côtés. Pendant qu'ils travaillaient à leur savant déchiffrage, la vieille en robe verte prit Amal à l'écart.

– Viens ici, ma fille, lui dit-elle gravement. Il est très malade, ce petit. Tu ne m'as pas dérangée dans le seul but de lui remettre un message chiffré, n'est-ce pas ? Si tu m'as fait venir, c'est pour le guérir !

– Oui, cheikha, répondit humblement Amal. Je sais que tu le peux.

– Avec l'aide d'Allah ! soupira la vieille femme. J'essaierai. Mais il faudra payer les musiciens, et c'est beaucoup d'argent, tu sais. Et puis, il ne connaît rien à ces choses… Avec un des nôtres, je suis sûre du résultat. Mais avec ce petit étranger…

– Qui ne risque rien n'a rien, murmura Amal. Et de toute façon, on le dit condamné.

– C'est donc que les médecins de chez lui sont impuissants, dit la vieille. En ce cas… Ce soir, près de ma maison. A 7 heures.

Et elle disparut derrière un pilier. De loin, Tante Marthe avait suivi la conversation avec curiosité. Amal ne voulut rien lui dire et la supplia de lui faire confiance. On allait essayer un traitement propre à l'Égypte, et qui faisait merveille dans les banlieues pauvres du pays. Bien sûr, c'était étrange, voire un peu violent. Mais puisqu'on n'avait plus d'autres moyens pour soigner Théo…

– Je vois, soupira Tante Marthe. Pour te dire le vrai, je ne suis pas opposée à ces pratiques de guérison. J'imagine que ce sont des onguents, des massages ?

Amal refusa de répondre.

– Tout de même, reprit-elle, j'espère que tu ne vas pas me le tournebouler. Parce que s'il s'agit de magie…

– Tais-toi, coupa l'Égyptienne. Le voici.

Isis, Amon, Aton

– J'ai fini ! s'écria Théo. Voici le message en français : *Moi, j'ai vole jusqu'aux sept collines.* Mais je n'y comprends rien.

– Les sept collines, voyons, jeune homme, dit l'archéologue. Ce n'est pas bien malin. Les sept collines sont celles de...

– Voulez-vous bien vous taire ! s'exclama Tante Marthe. Théo doit trouver seul... A condition de bien faire attention à la façon dont il a trouvé le message !

– Sous le scarabée, réfléchit Théo, et... La figurine de faïence ! Je l'ai laissée là-bas !

Après avoir couru à toute allure de pylône en pilier, Théo cria de loin : « C'est Isis ! » Surmontée d'une immense coiffe à trois plumes, et tenant dans ses bras l'enfant Horus, la minuscule Isis de faïence bleue arborait un sourire énigmatique. Théo n'était pas plus avancé. Dans quelle ville aux sept collines s'était envolée la déesse égyptienne ? Mystère.

– S'il te plaît, aide-moi, supplia Théo en s'accrochant au vieil archéologue.

– Mais je n'ai pas le droit ! se récria le digne M. Laplace. Tout ce que je peux dire, c'est qu'Isis eut un culte dans cette ville dont tu cherches le nom. Seulement voilà, la déesse s'était emparée de toute l'Europe à cette époque...

– Elle n'y serait pas venue dans les bagages de Cléopâtre, des fois ? suggéra Théo.

– Eh bien... commença l'archéologue avec gêne. Ce n'est pas faux, mais...

– Alors la ville est Rome, trancha Théo. Cléopâtre s'y est rendue pour rejoindre son fiancé César. Même que sur ses genoux elle avait leur fils Césarion. Et ça, j'en suis certain !

Il avait trouvé. Tout seul. Après l'avoir félicité, M. Laplace l'entraîna dans une longue discussion sur les mérites comparés des dieux d'Égypte, car il ne fallait pas oublier que la famille d'Osiris avec sa femme Isis et leur enfant Horus n'avait été reconnue qu'assez tardivement, tandis que le grand dieu Amon, maître des temples de Karnak, était bien plus ancien et bien plus important qu'Osiris. D'ailleurs, lorsque le pharaon Aménophis, quatrième du nom, avait décidé d'adorer l'unique dieu du Soleil en lieu et place du vieil Amon, l'Égypte avait connu une véritable révolution.

— Laissez-le tranquille… dit Amal. Vous allez le fatiguer.

— Moi ? protesta Théo. Mais pas du tout ! Je veux tout savoir sur Aménophis IV !

En fait, ce drôle d'oiseau était plus connu sous le nom d'Akhenaton. Théo s'en souvenait vaguement : Akhenaton était le mari de Nefertiti, un pharaon avec un long visage, des bourrelets sur le ventre et des mains interminables. Sur les bas-reliefs, il y avait des filles très mignonnes, au menton allongé, tout à fait comme Fatou.

— Oui, grommela le vieux monsieur, c'est le style qu'on appelle amarnien, parce qu'il avait décidé de construire une nouvelle capitale loin d'ici, à Tell el-Amarna. On a beaucoup dit qu'il s'agissait du premier art réaliste, et qu'Akhenaton ne voulait rien dissimuler de ses imperfections. C'est très exagéré.

Et le dieu du Soleil s'appelait Aton. Toujours prête à mettre son grain de sel, Tante Marthe souligna qu'Akhenaton avait surtout inventé le monothéisme bien avant les Hébreux, les chrétiens et les musulmans. Il avait balayé d'un coup les innombrables dieux de l'Égypte au bénéfice du dieu Soleil, source de toutes choses.

— Oui, grogna le vieil archéologue. Mais le Soleil occupait déjà une place éminente dans la mythologie originelle. La création du monde en dépend, car le Soleil, né d'un œuf dont il perce la coquille, traverse sur son char le jour et disparaît la nuit, avant d'être rappelé par les prières des humains. Amon, le dieu de Karnak, est aussi une figure du Soleil.

— Dans ce cas, constata Théo, où est la révolution ?

– Bonne question, répondit M. Laplace. C'est que le nom d'Aton ne renvoie pas à une figure à corps humain : Aton est l'astre solaire sous la forme du disque rond. Et pour le coup, infliger aux Égyptiens l'adoration d'une image aussi peu humaine devenait une entreprise tyrannique… Donc, pour les sujets d'Akhenaton, j'insiste, une vraie révolution !

– Alors, si c'était une révolution, c'est qu'il y avait de l'injustice en Égypte ? Sinon, pourquoi Akhenaton aurait-il eu cette idée, hein ?

– Peut-être, admit l'archéologue réticent. Il est vrai que les prêtres du dieu Amon étaient immensément riches et l'on ne peut exclure qu'ils aient exploité le peuple égyptien, encore que ce vocabulaire soit bien anachronique… Admettons. En revanche, jeune homme, il n'est pas vrai qu'Akhenaton ait inventé le monothéisme, car le monothéisme n'est jamais absent de la pensée égyptienne. Non, la nouveauté avec lui, c'est l'adoration d'une abstraction. Pour le reste, on en a beaucoup rajouté…

– Tout de même, protesta Tante Marthe, Akhenaton était un révolutionnaire inspiré ! On lui doit une rupture radicale avec les vieux systèmes, un art nouveau… Sinon, pourquoi l'avoir banni après sa mort ? Après sa chute, Akhenaton fut maudit par les prêtres, son culte interdit, sa capitale détruite et sa momie dispersée !

– C'est certain, approuva M. Laplace. C'est sûrement le seul pharaon dont l'âme souffre dans les Enfers. Entre nous, il ne l'avait pas volé…

– Ma parole, vous lui en voulez personnellement ! s'écria Tante Marthe. Qu'est-ce qu'il vous a fait ?

– C'était un mauvais pharaon, bougonna l'archéologue. Sous son règne, l'empire allait à vau-l'eau… Il cassait toute l'administration, il perturbait les esprits, c'était l'anarchie ! Et puis il est trop à la mode aujourd'hui. On lui tresse des couronnes, on l'encense, et pendant ce temps-là on oublie l'humble grandeur de la religion quotidienne ! Un révolutionnaire, dans l'Égypte ancienne, je vous demande un peu…

Fort irritée, Tante Marthe fit observer que l'inventeur de la psychanalyse, Sigmund Freud en personne, avait forgé au XXᵉ siècle une hypothèse intéressante liée au pharaon Akhenaton et à son disciple principal, Moïse. Oui, le grand Moïse, sauveur des Hébreux, ne serait pas né juif, mais égyptien !

— Évidemment, dit Théo. Puisqu'il a été adopté par la fille de Pharaon...

Mais au lieu de faire naître Moïse au sein d'une pauvre famille d'esclaves, Freud avait déduit que le grand héros du peuple juif était vraiment de naissance égyptienne, et de noble famille. Ensuite il était devenu dignitaire du gouvernement d'Akhenaton, dont il avait voulu préserver l'héritage spirituel après la mort du pharaon maudit.

— En cachette, alors ? demanda Théo. Ça, c'est intéressant. Ne me dites pas qu'il s'est servi des juifs pour s'en tirer !

Justement si. Et puisque les Égyptiens ne voulaient plus du dieu Soleil, ce Moïse disciple d'Akhenaton avait rejoint le peuple juif qui refusait aussi d'adorer les multiples divinités égyptiennes à têtes d'animaux, comme le pharaon maudit. Moïse était devenu le guide du peuple persécuté, et c'est ainsi que, trahissant l'Égypte au nom du dieu unique, il aurait décidé de s'enfuir avec eux...

— Stupide, rétorqua le vieux monsieur. On n'a jamais rien trouvé de sérieux là-dessus.

— Je vous signale qu'après Freud un érudit israélien l'a démontré il n'y a pas dix ans ! lança Tante Marthe.

— Des ânes, bougonna-t-il. Ils ne sont pas égyptologues ! Voilà bien les sornettes engendrées par la légende d'Akhenaton !

— N'empêche qu'il a écrit de superbes hymnes à son dieu... murmura l'Égyptienne qui n'avait encore rien dit.

Cette fois, le vieil homme se tut. Personne ne pouvait contester la puissance lyrique des hymnes d'Akhenaton.

— Moi, ce que je comprends, conclut Théo en photographiant sa mine déconfite, c'est que tu n'aimes pas les révolutionnaires. Peut-être que tu es trop vieux...

167

Furieux, l'archéologue décréta qu'il allait les laisser rentrer seuls à l'hôtel.

– Quand nous reverrons-nous ? lui cria Tante Marthe pendant qu'il s'éloignait à grands pas.

– On verra ! lança-t-il.

– Nous embarquons demain pour notre croisière sur le Nil ! A 10 heures du matin à l'embarcadère ! cria-t-elle en mettant ses mains en porte-voix. Venez nous dire au revoir…

– Il a l'air fâché, dit Théo. J'y suis peut-être allé un peu fort.

La danse de Théo

On consacra l'après-midi à une promenade en bateau sur le Nil. Accoudé à la felouque, Théo observait les mains du batelier manœuvrant les immenses voiles blanches avec habileté. Vers 5 heures, alors que le dieu Soleil commençait à rejoindre la nuit, on rentra. A 6 heures, on partit pour une destination inconnue. Dans les faubourgs de Louksor, on s'arrêta devant une grande tente brodée de cercles blancs et de triangles cramoisis. Enveloppée dans un long voile, la mystérieuse femme en robe verte attendait ses visiteurs.

– *Salaam*, dit-elle en portant la main à son front. Bienvenue à toi, mon enfant. Cette cérémonie est la tienne.

– Chic, dit Théo. Est-ce qu'il y aura de la musique ?

– Beaucoup, répondit-elle. Et aussi de la danse. Mais toi aussi tu danseras, petite fiancée…

– Dites, je ne suis pas une fille ! protesta Théo.

– Fille ou garçon, ici, cela ne compte pas, rétorqua la cheikha en l'entraînant. Tu es malade, tu es la fiancée. Pour nos danses, c'est obligatoire.

– Faudra que j'apprenne vite, murmura Théo. Je ne sais pas danser.

Sous la tente, une dizaine d'hommes étendus sur des coussins fumaient leur narghileh, cependant qu'un petit groupe de femmes assises autour d'un brasero chauffaient devant les flammes la peau tendue des tambourins. La vieille femme qu'Amal appelait cheikha fit déchausser ses trois invités. Ensuite ils pouvaient s'installer sur le sol. Puis elle se mit à battre un gros tambour en chantant, suivie par les musiciens. Quand les cymbales et les tambourins furent lancés, la cheikha prit Théo par le bras et l'installa debout au centre de la tente.

— Laisse-toi faire, lui chuchota-t-elle à l'oreille. Surtout, n'aie pas peur.

Intrigué, Théo la vit prendre une coupe de terre cuite remplie de braises où elle versa des grains d'encens en récitant une prière. Elle passa la coupe sous les jambes de Théo, puis la promena sous les aisselles et les mains. Une chaleur délicieusement parfumée l'envahit. Une femme qui avait l'air mal en point se leva péniblement et se mit à danser à ses côtés dans un lent tourbillon… Théo eut du mal à garder les yeux ouverts. Soudain, le cou de la femme se mit à tourner d'avant en arrière avec violence, et la cheikha lui jeta sur la tête un long châle immaculé. Bientôt, à la surprise de Théo, la danseuse s'affaissa, les yeux révulsés.

— Qu'est-ce qu'elle a ? cria-t-il.

— Chut… murmura la cheikha. Elle n'est plus malade, regarde-la. Maintenant, elle sourit. Son cousin du monde souterrain est venu lui rendre visite pour la guérir. A toi maintenant, mon petit. Fais surgir ton cousin à toi ! Danse !

Paniqué, Théo se dandina de son mieux, guidé par les mains expertes de la cheikha qui lui pliaient les épaules pour les faire onduler. Puis il s'arrêta, épuisé.

— Son cousin ne veut pas sortir ! Les jambes de la fiancée ont besoin de sang, dit la cheikha. Levez le coq !

Tenu à bout de bras, le volatile effrayé battait des ailes avec fureur. Théo eut un mouvement de recul, mais la cheikha le tenait fermement. Lorsque le plus vieux des hommes rassemblés sous la tente trancha le cou de l'animal, Théo ferma les paupières… Une main lui passa un liquide chaud et gluant sur le front, les mains et le dessus des pieds… « Le sang du coq ! » se dit Théo terrorisé.

Brusquement, il se sentit happé par le vide et tomba.

— Il s'est évanoui ! hurla Tante Marthe. Arrêtez !

– Non, intervint Amal en la retenant. C'est nécessaire. Son cousin invisible est venu. Calme-toi…

Avec mille précautions, la cheikha avait pris Théo dans ses bras et l'allongeait sur les coussins. Il était d'une pâleur extrême, les yeux cernés de mauve, le front taché de sang. Tante Marthe était morte de peur.

– Quelle folie, murmura-t-elle. Vous allez le tuer !

– Mais non, soupira l'Égyptienne.

Nullement inquiète, la cheikha massait Théo qui n'avait pas repris connaissance. Puis elle l'aspergea d'eau de rose et lui fit respirer de l'encens. Autour d'eux, les musiciens frappaient sur la peau sourde des tambours dont le lourd battement tremblait de plus en plus fort. Le cœur serré, Tante Marthe guettait le réveil de Théo.

Lorsque enfin il rouvrit les paupières, un jeune garçon de son âge tournoyait avec grâce au centre de la tente, et sa lourde jupe papillonnait à la façon d'un grand disque solaire tremblant sous l'effet des nuages. Théo se redressa et sourit.

– Veux-tu aller danser avec lui ? demanda doucement la cheikha en l'aidant à se relever.

Cette fois, Théo trouva le rythme aussitôt. Les bras écartés, les joues roses, il tournait, tournait sans effort et souriait toujours, les yeux mi-clos, l'air heureux. Et c'était incroyable de le voir danser légèrement, comme si jamais la maladie ne l'avait effleuré de son aile… A chaque tournoiement, Tante Marthe frémissait d'angoisse. Où Théo trouvait-il cette nouvelle énergie ?

Soudain, la musique s'arrêta. Théo se retrouva les bras ballants, un peu ivre.

– Qu'est-ce qui m'a pris ? dit-il en se frottant les yeux. J'ai dansé, alors ? Pour de vrai ?

– C'est bien, mon petit, dit la cheikha. Maintenant, va remercier les musiciens. Va !

Des plateaux circulèrent de main en main, garnis de verres de thé. Accroupi au milieu des musiciens, Théo examinait les instruments abandonnés. Il semblait tout à fait remis de son malaise.

– Il a repris ses couleurs, constata Tante Marthe soulagée.

– Son cousin du monde souterrain est venu, murmura la cheikha. Le reste est entre les mains d'Allah.

– Serait-il déjà guéri ? demanda-t-elle.

– *Maalech !* dit la cheikha. Vous autres étrangers, vous ne croyez pas aux forces invisibles. Mais peut-être l'enfant a-t-il trouvé son chemin. Nous avons fait de notre mieux.

– Voici pour les musiciens et les danseurs, dit aussitôt Amal en sortant son porte-monnaie. Soyez remerciée de vos bienfaits, cheikha. Nous n'oublierons jamais.

Il fallut arracher Théo qui ne voulait plus s'en aller.

Lorsqu'ils furent tous trois dans la voiture, il posa mille questions. A quoi servait le tourbillon, pourquoi s'était-il évanoui si subitement ? Pourquoi la cheikha l'avait-il appelé « la fiancée », lui, un jeune garçon ?

– Doucement, Théo, dit Amal. Une chose après l'autre. Tu as été au centre de la cérémonie du Zâr. C'est un très ancien rite, destiné à guérir les malades en les purifiant des mauvais génies, les djinns.

– Ah, dit Théo. J'ai dans le corps un mauvais génie.

– Oui, reprit Amal avec prudence, parce que si l'on admet l'existence de ces djinns qui sont la cause des maladies, on peut soigner le corps autrement qu'avec des médicaments.

– D'accord, dit Théo. La dame était mon médecin d'un autre genre.

La cérémonie du Zâr venait du fond des âges, sans doute de l'Égypte ancienne, ou de l'Éthiopie, ou peut-être d'Afrique noire, on ne savait plus… Puis le rituel du Zâr s'était mêlé à la religion musulmane qui ne l'admettait guère mais qui fermait les yeux, car le rite guérissait souvent. On le pratiquait dans les bidonvilles d'Égypte où les jeunes gens sans emploi avaient toutes sortes de maladies, et pas assez d'argent pour consulter un docteur.

– C'est terrible ! dit Théo. Et la danse ?

Le tourbillon servait à étourdir l'esprit, de sorte que le corps laissait échapper son mal sans s'en apercevoir.

L'évanouissement était obligatoire, sinon le corps n'obéirait pas à la danse. La danse commandait tout.

– En un sens, ça vaut mieux que l'ecstasy, dit Théo. Mais peut-être que le sang du coq, c'est une drogue ?

Non, puisqu'on ne le buvait pas. Le sacrifice du coq était un lointain héritage des rites de l'Antiquité comme il s'en trouvait encore de nombreux exemples à travers le monde. Et, mâles ou femelles, les malades recevaient le nom de « fiancée » car la cérémonie en question relevait de l'autorité des femmes.

– Oh, l'autre ! fit Théo. Les musiciens sont tous des hommes…

Les musiciens sans doute, mais la cheikha était une femme, et c'est elle qui dirigeait les opérations. Quant au mot « Zâr », il signifiait tout à la fois « visite », « esprit » et « rituel ».

– Visite, murmura Théo laconique. Ça, j'ai vu.

Curieusement, Théo ne posa pas la moindre question sur son cousin du monde souterrain.

– Dis-nous la vérité, qu'as-tu ressenti, Théo ? demanda Tante Marthe.

– La trouille ! répondit-il. Quand j'ai vu les ailes du coq, ses plumes toutes hérissées… Là, j'ai eu vraiment peur. Mais après c'était comme un berceau, très doux… J'étais drôlement bien.

– Et le cousin ? dit Amal d'une voix douce.

– Il y avait quelqu'un, murmura Théo. Mais comme si c'était moi. Un cœur qui battait juste à côté de moi. Qu'est-ce que c'était bizarre… On aurait dit un jumeau.

Tante Marthe sursauta. Théo ignorait tout des conditions de sa naissance et ne connaissait pas l'existence de son jumeau mort-né. Pourvu qu'Amal n'allât pas devenir trop curieuse…

– Est-ce que tu as un frère jumeau, Théo ? demanda précisément l'Égyptienne.

– Voyons, Amal, ne dis pas n'importe quoi, coupa Tante Marthe avec nervosité. Il faudra nettoyer ce sang séché, Théo, tu en as partout.

172

A l'hôtel, un message les attendait. M. Laplace était passé les chercher pour les emmener au spectacle son et lumière puis, ne les voyant pas venir, il était parti. Théo décréta que dans le genre son et lumière, la cérémonie du Zâr valait bien le temple de Karnak illuminé.

Le bouquet de M. Laplace

Le lendemain matin, Tante Marthe et Théo embarquaient sur le *Tout-Ankh-Amon*, pour une croisière de cinq jours de Louksor à Assouan, d'où ils reprendraient l'avion pour la capitale. Théo avait superbement dormi. Amal repartait pour Le Caire où l'attendaient ses étudiants.

Dans une semaine, Tante Marthe et Théo reviendraient rue du Brésil. Naturellement, le vieux M. Laplace avait encore oublié l'heure. Jusqu'à la dernière minute, Théo l'attendit fébrilement.

– C'est triste, dit-il enfin. Tu l'embrasseras de ma part, Amal, et dis-lui que je blaguais, pour son âge… Il n'est pas si vieux que ça !

Amal les regarda monter à bord, Marthe coiffée de son ridicule couvre-chef de provenance tibétaine, Théo avec le chapeau de paille acheté au pied des Pyramides. Nul ne pouvait savoir si l'étrange cérémonie dont elle avait pris l'initiative donnerait des résultats, mais, à coup sûr, elle n'avait fait aucun mal. Le bateau s'éloignait du quai lorsque surgit M. Laplace, les bras couverts de fleurs qu'il avait achetées dans le souk.

– Ils sont déjà partis ? s'étonna-t-il. Je suis en retard ?

– D'une bonne heure, répondit Amal. Mon amie Marthe vous salue bien.

– Et le petit ? demanda vivement le vieil archéologue.

– Théo ? Il vous embrasse, et vous fait dire que finalement, vous n'êtes pas si vieux…

– Un enfant hors du commun, murmura le vieil homme ému. Une intelligence exceptionnelle ! Il fera un bon égyptologue, j'en suis sûr…

– *Inch' Allah*, soupira-t-elle.

– Que vais-je bien pouvoir faire de ces fleurs inutiles ? marmonna le vieil homme avec embarras. Je voulais les leur donner pour fêter le Nouvel An… Oh ! Tenez, ma chère amie, c'est pour vous.

Et d'un geste maladroit, il jeta la gerbe dans les bras de l'Égyptienne.

Chapitre 7

Sept collines, une pierre

Les crocodiles et les oiseaux

Quand ils revinrent de leur croisière sur le Nil, Amal les attendait sur le quai de la gare, très élégante dans une robe de soie noire et verte. Théo lui sauta au cou énergiquement.

– Mais dis-moi, tu as une mine superbe ! lui dit Amal. Tu as pris le soleil !

– Pas comme ma tante, répliqua Théo. Elle et le bain de soleil, ça fait deux !

– Tais-toi, asticot, dit Tante Marthe. Pour toi, c'est parfait, mais pour la peau des femmes, le bain de soleil est très nocif. Enfin, je crois que Théo est content. N'est-ce pas ?

– Oh oui ! s'écria-t-il. Surtout le réveillon de la Saint-Sylvestre sur le bateau, c'était géant !

Dans la voiture qui les conduisait rue du Brésil, Théo consentit à en dire davantage. Le plus beau temple était celui de Kom Ombo, à cause d'un puits rempli de momies de crocodiles sacrés. S'il avait vu une de ses déesses tant aimées ? Oui, une belle Sekhmet à tête de lionne, les mains sagement posées sur ses genoux. Et les pharaons d'Abou Simbel ? « Pour ça, ils sont très grands », répondit Théo sans conviction. Qu'avait-il préféré ?

– Les bords du Nil, répondit-il sans hésiter. Les femmes dans les champs ressemblaient à la princesse qui recueillit le bébé Moïse. Et puis ces oiseaux blancs nichés dans les buissons de papyrus ! Il paraît que ce ne sont pas de vrais ibis, mais ça ne fait rien, ils ont la même forme, alors…

Amal fut très satisfaite des réponses de Théo qui, hormis les crocodiles, ne parlait plus ni de momies ni de barque solaire. Une fois arrivé à destination, Théo s'isola dans sa chambre pour téléphoner à Fatou.

– Je trouve qu'il va mieux, dit Amal. J'ai hâte de connaître le résultat des prochaines analyses !

– Hélas, soupira Tante Marthe. Il a bien meilleure mine, mais il a eu un malaise sur le bateau.

– Au soleil ? Sur le pont ?

– Oui… Il a même saigné du nez.

– Cette fois, c'est une insolation ! Le soleil tape dur sur le fleuve. Ce genre d'incident est tout à fait banal…

– Dieu t'entende, dit Tante Marthe.

L'Égypte en jeu vidéo

Fatou allait bien. Maman allait bien, Papa aussi, la famille allait comme si de rien n'était et Théo se sentit délaissé. S'étaient-ils donné le mot pour ne pas l'inquiéter, ou bien se désintéressaient-ils de son sort ? Après tout, il était malade, quoi ! Et si jamais il guérissait, est-ce qu'on s'occuperait encore de lui avec la même attention ?

… Et s'il ne guérissait pas ? Si le cousin du monde souterrain dont il avait perçu la présence invisible allait lui lâcher la main ? S'il allait disparaître sitôt quittée l'Égypte ? Rome, c'était bien joli, mais en plein hiver, il y ferait froid… Tante Marthe avait certainement son idée, mais il aurait préféré demeurer en Égypte.

Pour son petit carnet, l'Égypte était commode. On pouvait même faire des croquis. Théo avait dessiné dix statues à têtes d'animaux. Horus-vautour, Sekhmet-lionne, Bastet-chatte, Anubis-chacal, Seth-crocodile, Thot-ibis. Au-dessus des dieux animaliers, il plaça Isis et Osiris avec un visage humain, les parents. Tout à fait dans le haut, il dessina un rond avec des rayons : le dieu unique d'Akhenaton. Il suffisait d'ajouter autour du soleil une étoile de David et le tour était joué. C'était un très joli dessin. *ÉGYPTE = ANIMAUX-HOMME. AKHENATON = DIEU SOLEIL, D'OÙ MOÏSE.*

Restait la mort. Théo esquissa la barque solaire. Mais lorsqu'il voulut tracer la forme de la momie, sa main retomba. « Non ! souffla une voix à son oreille. Ne fais pas cela, petit frère ! Ne dessine pas la figure du mort ! »

Surpris, Théo se retourna. Personne.

Un pendentif en forme d'œil

Le lendemain était jour des adieux. Les larmes aux yeux, Amal n'en finissait pas de serrer Théo sur son cœur. Il ne faudrait pas la laisser sans nouvelles, il faudrait téléphoner souvent, il faudrait…

– *Maalech !* lui dit Théo en l'embrassant. T'inquiète, Amal, on se reverra.

– Attends, s'écria l'Égyptienne en fouillant dans son sac à main. J'ai quelque chose pour toi, Théo.

C'était un pendentif, un œil à la prunelle noire sur un minuscule tesson de faïence très bleue. Amal insista pour l'attacher au cou de Théo, qui jamais, au grand jamais ne devrait s'en séparer. Cela lui faisait au cou trois colliers : le scorpion de perles et le petit Coran de Fatou, plus l'œil d'Amal.

– C'est un porte-bonheur, tu comprends, enfin… *Yaani !* Je ne sais pas comment te dire…

– *Maalech !* répéta Théo. Moi, je sais.

Passé les contrôles de police, il ne resta plus d'Amal qu'une main qui lançait des baisers. Théo comprit qu'à chaque étape il quitterait de nouveaux amis que peut-être il ne reverrait pas.

– Dis, Tante Marthe, il est sympa, ton type, à Rome ? demanda-t-il.

– Dom Levi ? Il est épatant, tu verras, répondit Tante Marthe. Il est cardinal à la Curie.

– Cardinal ? Encore un curé ? Tu es abonnée !

– Tais-toi, vermisseau ! tonna Tante Marthe. Dom Levi est quelqu'un de très bien, très ouvert, très moderne…

– Chez nous, on n'aime pas les curés, marmonna Théo. Papa dit…

– Ton père n'y connaît rien ! trancha Tante Marthe. A force de ne rien vouloir t'apprendre des religions, regarde où tu en es !

Décidément, entre le cardinal et la pluie, Rome ne serait pas une partie de plaisir. Dans l'avion, Théo bouda. Plongée dans la lecture des cours de la bourse, Tante Marthe ne s'en aperçut pas. Théo se consola en regardant par le hublot : à travers des langues de nuage apparaissaient des monts semblables à de gros rats, et sur les virgules des vagues, de minuscules bateaux traçaient des lignes blanches sur la mer.

Lorsque l'avion atterrit sur l'aéroport de Fiumicino, un tonnerre retentit dans la cabine : délivrés de l'angoisse de la barque volante, les Égyptiens applaudissaient à tout rompre.

Le cardinal et les païens

Petit, replet, Dom Ottavio Levi accueillit ses deux visiteurs avec une volubile efficacité. Il sauta au cou de Tante Marthe, embrassa Théo sur les deux joues, posa mille questions sans attendre les réponses et affirma que tout était parfaitement réglé, heure par heure. En deux temps trois mouvements le cardinal tourbillonnant avait expédié son affaire : valises embarquées, voiture toute prête, direction Piazza di Spagna pour l'hôtel Hassner. Et pendant que la limousine ecclésiastique roulait vers la capitale, Dom Levi débobinait le programme qu'il avait concocté.

– Nous allons commencer par les catacombes pour procéder selon l'ordre chronologique, *bambino*. Les tombes des premiers chrétiens, les basiliques souterraines, deux heures, *basta cosi*. Ensuite le cœur du monde chrétien : Saint-Pierre-de-Rome, le dais du Bernin, tu verras, c'est très beau. Puis le musée du Vatican, là, il faudra bien encore deux heures. Restent Saint-Jean-de-Latran, plus quelques autres églises in-dis-pen-sa-bles, n'est-ce pas, *bambino* ?

– Ne m'appelez pas *bambino*, dit Théo, je n'ai plus cinq ans.

– Qu'il est amusant, ce petit ! s'esclaffa le prélat. Est-ce que ton programme te plaît ?

– J'sais pas, murmura Théo sur la réserve. Je voudrais bien voir le Forum et le Capitole.

– Mmm, fit le cardinal. Cela n'a aucun rapport avec la chrétienté, *bambino* !

– Mais avant Saint-Pierre, il y avait les dieux de Rome, et d'abord je ne suis pas un *bambino*, grommela Théo.

– D'accord. Et tu connaîtrais les dieux romains, toi ?

– Pas tous, dit Théo. Je connais Jupiter parce que c'est Zeus chez les Grecs, Junon qui est Héra, sa femme, Diane qui est Artémis, la vierge, Vénus qui est Aphrodite, la déesse de l'Amour, Mercure qui est Hermès, le messager, et c'est tout. Dans mon bouquin de mythologie, ils parlent aussi des Lares, mais je n'ai pas très bien compris de quoi il retourne.

– Je vois, murmura le cardinal pensif. Tu es très calé pour ton âge. Les Lares sont les divinités protectrices du foyer. Mais tu sais, la religion romaine a connu plusieurs étapes. Au début, ce sont de petits dieux familiers, puis les grands dieux grecs envahissent la cité, ensuite, sous l'Empire, ce sont les cultes asiatiques et les mystères, tout un pandémonium…

– C'est quoi, un pandémonium ?

– Une fête de démons, *bambino* ! s'écria Dom Levi en riant. Hélas… Je peux te montrer des livres, mais de tout cela tu ne verras que des ruines. Il ne reste presque rien du culte de la grande Isis, ni de celui d'Astarté la Syrienne, ni de la déesse Cybèle couronnée de tours, ni surtout du Dieu des Thraces, Mithra, à qui l'on sacrifiait des taureaux vivants dont le sang rejaillissait sur les fidèles tapis sous une claie…

– Dégoûtant !

– Sais-tu que le christianisme lui doit beaucoup ? L'adoration de Mithra était un véritable culte de purification, dans lequel le taureau sacrifié assurait le salut du monde, comme Jésus-Christ mort sur la croix. A l'aube de la religion chrétienne, les grandes déesses nous ont aussi prêté main-forte : Isis parce qu'elle ressuscite Osiris, Astarté qui pleure Adonis, son amant, et le fait revenir à la vie… Elles ont fait progresser l'idée de résurrection dont Jésus est l'aboutissement.

– Mais vous êtes étrangement muet sur les rites précis de la déesse Astarté, intervint Tante Marthe.

– Oh ! Est-ce bien nécessaire ? protesta le cardinal effarouché.

– Pas de censure, dit-elle en clignant de l'œil dans la direction de Théo. Pourquoi voulez-vous priver mon neveu d'une si belle histoire ? Le bel Adonis avait été tué par un sanglier furieux qui l'avait mutilé. Alors, en souvenir de cette mort terrible, les prêtres coupaient un pin qu'ils portaient en procession en se lamentant dans les rues. Ensuite, pour rendre hommage à l'amant d'Astarté, drogués par la musique et la transe, les prêtres se castraient volontairement, Théo.

– Castrer ? s'exclama Théo horrifié. Comme les chats et les chiens ? Est-ce que cela veut dire qu'ils se coupaient le zizi ?

– Exactement, dit Dom Levi. Au moins, le christianisme a évité ces barbaries païennes. Avec leurs robes bariolées, leurs tambours et leurs sistres de métal, les processions des grandes déesses frappaient l'imagination, mais les rites étaient souvent sanglants et les mutilations fréquentes. Les vieux Romains détestaient ces mauvaises manières qu'ils trouvaient franchement vulgaires. Le christianisme est plus simple et plus humain. Nous nous contentons de sacrifier le pain, c'est-à-dire le corps du Christ, et le vin, c'est-à-dire son sang. Et nous le partageons dans un même repas.

– Seulement le pain, remarqua Théo. Le vin, c'est le prêtre qui le boit en douce, ça, j'ai vu ça une fois à la messe !

Dom Levi se mit à se ronger les ongles. Le *bambino* de son amie Marthe était un dur à cuire. Par chance, on arrivait à l'hôtel. On installa Théo dans une chambre aux rideaux rouges, on ferma les volets pour qu'il pût se reposer. La porte de la chambre qui communiquait avec celle de Tante Marthe fermait mal... Et ça discutait ferme de l'autre côté.

– Mais cet enfant en sait beaucoup trop pour son âge ! chuchotait Dom Levi. Avec les examens, la clinique, les radios... Je ne vois pas comment nous allons pouvoir visiter le Forum. Et le rendez-vous, avez-vous pensé au rendez-vous ? demanda-t-il soudain d'une voix forte. C'est après-demain ! Jamais nous n'aurons le temps ! Et quand ils seront là, il n'aura plus sa tête à lui !

– Chut... dit Tante Marthe. Il va nous entendre...

« Ils ? » Un rendez-vous ? Le cœur de Théo se mit à battre. De qui s'agissait-il ? Ses copains ? Une surprise ? Si seulement il faisait beau ! Un peu de soleil pour un *bambino* en perdition, s'il te plaît, madame Isis, rends-moi un peu la vie !

– ... Je vous assure, Marthe, dit encore le cardinal. Débarrassez-le tout de suite de cette épreuve. D'ailleurs, j'ai déjà retenu la clinique, car le scanner doit être réservé longtemps à l'avance.

– Bien, conclut Tante Marthe avec un gros soupir. Alors dans deux heures ici avec la voiture.

Théo se recroquevilla sur son lit. « Ils » étaient médecins, « ils » allaient encore lui faire une prise de sang et le sacrifier aux divinités médicales. De Rome, pour son premier jour, il ne verrait qu'une infirmière et des docteurs.

Les vestales et le culte du feu

Comme Théo était très docile, les examens se passèrent assez vite. En sortant de la clinique, Tante Marthe fit un détour par le joli temple rond de Vesta.

– Un des rares qui soient restés debout, commenta-t-elle. Vesta était la déesse du foyer, et ses prêtresses, les vestales, devaient rester vierges pour garder le feu sacré. C'est toujours très important, le feu. Car s'il s'éteint, partout au monde la vie est menacée. Les Indiens d'Amérique du Sud racontent que le jaguar donna aux premiers hommes ses yeux de feu en échange d'une épouse humaine. En Perse, aujourd'hui appelée Iran, la religion était entièrement consacrée au dieu du Feu. Et en Inde, vivent les communautés des derniers représentants de cette religion, si persécutés par l'islam qu'ils ont émigré là-bas : on les appelle les « parsis », les Perses, parce qu'ils sont venus de l'Iran, ou les zoroastriens, en souvenir de leur prophète Zoroastre, qu'on appelle aussi Zarathoustra.

— Quel drôle de nom, observa Théo. On dirait un héros de bande dessinée.

— Zarathoustra fut un très grand prophète ! Dès le VIe siècle avant le Christ, il se retira au désert, eut des visions et imposa aisément l'idée d'un dieu unique et bon, Ahura Mazda, ce qui veut dire « le Seigneur sage ». Voilà pourquoi la religion des zoroastriens porte également le nom de mazdéisme. Son principe est simple : deux armées se combattent, en blanc, les armées du Bien, en sombre, les armées du Mal. Vêtus de lin blanc, les combattants du Bien doivent s'abstenir de sacrifier les animaux, notamment le bœuf, dont Zoroastre devint le protecteur.

— Le bœuf ? Pourquoi ?

— Parce qu'il faut le laisser pâturer en paix et utiliser ce qu'il donne aux humains, répondit Tante Marthe. Tu verras la même chose en Inde avec les vaches. Sans doute le respect des mazdéens pour l'âme du bœuf est-il la raison pour laquelle ils se sont enfuis en Inde. Les parsis indiens qui vénèrent le feu sont des gens très bien, très moraux. Ils sont également très secrets. Par exemple, pour ne pas souiller la terre, ils n'enterrent pas leurs morts, et pour ne pas souiller le feu, ils ne les brûlent pas non plus. Ils se contentent de les exposer au sommet d'une tour, et là…

— Là quoi ?

— Les vautours les dévorent en un rien de temps, grommela Tante Marthe. Mais hormis les parsis eux-mêmes, personne n'a le droit d'assister à cette cérémonie.

— Je ne vois pas pourquoi, dit Théo. L'enterrement, c'est

pas beaucoup mieux. Pourrir sous la terre, merci bien ! Au moins, chez ces gens-là, les oiseaux s'envolent au ciel.

— Bref, coupa Tante Marthe, le culte du feu est l'un des plus anciens du monde. Tu connais l'histoire de Prométhée ?

— Le type qui se fait dévorer le foie par l'aigle de Zeus ?

— Puni pour avoir volé le feu aux dieux. Là où il y a de l'homme, il y a feu volé aux divinités. Voilà pourquoi les vestales gardaient si précieusement le feu, et voilà pourquoi elles restaient pures. Si l'une d'elles avait un amant, alors on l'enterrait vivante… Un jour, une vestale s'était laissé aimer par l'empereur en personne, mais quand la vérité fut connue, elle fut enterrée tout de même. On ne plaisantait pas avec les vestales !

— Est-ce qu'on fait cela aussi aux bonnes sœurs ? demanda Théo. Elles aussi, elles sont célibataires !

— On n'en est plus là, Théo ! Mais tu n'as pas tort de rapprocher les vestales et les nonnes. Les vestales étaient consacrées à la déesse du Foyer comme les religieuses à leur époux Jésus.

— Mais pourquoi elles n'ont pas le droit d'avoir des enfants, les vestales ? s'étonna Théo.

— On dit qu'un enfant prend tout l'amour de sa mère, murmura Tante Marthe. Vestales, nonnes, prêtresses sacrées, en les privant d'enfants on pense qu'elles distribueront mieux l'amour qu'elles auraient pu leur donner. Enfin, je ne suis pas la mieux placée pour parler d'amour maternel.

— C'est vrai, t'as pas d'enfants, toi, dit Théo compatissant. Et ça, à côté, qu'est-ce que c'est ?

Non loin du temple de Vesta, sculpté contre le roc, un monstre à la gueule ouverte grimaçait horriblement. Tante Marthe expliqua qu'autrefois ce gouffre béant, qu'on nommait la Bouche de la Vérité, servait de preuve contre les criminels. Il fallait y enfoncer la main, et si l'on avait menti, elle y restait coincée. La vieille superstition des Romains avait survécu, et l'on pouvait plonger la main dans le trou noir, à ses risques et périls. Théo avança un doigt, puis décida finalement que cette bouche ouverte lui donnait terriblement faim.

– Une bonne maladie ! dit Tante Marthe.

Aussitôt soignée dans la première trattoria venue, sur des nappes de papier à carreaux rouges et blancs. Théo engloutit son assiettée de spaghettis avec entrain, et entreprit de torturer Tante Marthe. C'était qui, ces « ils » mystérieux dont elle avait parlé avec le cardinal ?

– Tu m'embêtes, bougonna-t-elle. Tu veux toujours tout savoir ! On a tout le temps !

– Non, souffla Théo. Ça, ce n'est pas vrai. Je n'ai pas tout le temps. Va donc plonger la main dans la Bouche de la Vérité, menteuse !

Tante Marthe détourna la tête pour dissimuler les larmes qui lui montaient aux yeux.

Dans les rues, les Romains flânaient sous un ciel noir et rose. On n'avait pas envie d'aller au lit, on aurait voulu prolonger la vie de la nuit, acheter une glace à la fraise et marcher sans raison, regarder les pinceaux de lumière sur les monuments illuminés, mais ce n'était pas permis. Théo rêva de prêtres en tuniques blanches éclaboussées de sang, hurlant autour d'un pin coupé dont les aiguilles se balançaient au rythme des tambours. Voilée de noir, la déesse Astarté n'avait pas de visage, sauf celui de la mort, qui réveilla Théo. Dans la rue, résonnait un tam-tam africain égaré dans l'obscurité.

Les premiers chrétiens

Dom Ottavio réapparut le lendemain matin, soutane au vent.

– Alors, es-tu prêt pour les catacombes, *bambino* ? Sais-tu au moins ce dont il s'agit ?

– Ce sont des souterrains creusés sous la ville, affirma Théo. On en a aussi à Paris.

– Mais à Rome, ce sont les cimetières des premiers chrétiens. Il faut sortir de la ville car, dans l'Antiquité, son périmètre était interdit aux morts, qu'on enterrait au-dehors.

– Écoutez, pour ce qui est des cimetières, nous en avons soupé en Égypte, protesta Tante Marthe. Voyons plutôt les basiliques souterraines !

On roula jusqu'à apercevoir les cyprès et les pins parasols de la voie Appienne où l'herbe était rare et jaune. A travers le ciel gris, une trouée de soleil pâle éclairait les mausolées romains. Non loin de là, brillait l'emblème en latin de la trattoria Quo Vadis.

– Quel nom bizarre, dit Théo. Quo Vadis ?

– Ah ! Mais ce sont les mots que prononça saint Pierre ici même lorsqu'il vit Jésus lui apparaître sur la route, dit le cardinal.

– A cet endroit ?

– C'est ce que l'on dit. Il se prosterna devant son Seigneur et lui demanda : « *Quo Vadis, domine ?* » Où vas-tu, Seigneur ? Et Jésus répondit : « Je vais à Rome pour y être crucifié à ta place. » Alors l'apôtre retourna sur ses pas et s'en alla vers sa mort.

– Ça veut dire quoi, apôtre ?

– On appelle ainsi les douze premiers disciples du Christ, à l'exception de Judas qui le vendit aux Romains, et qui fut remplacé par Matthias.

– Quoi ! Il y en a un qui a trahi Jésus ?

– Certes, *bambino*. En l'embrassant. Tel était le signal pour les soldats romains. « Celui que j'embrasserai, c'est lui, Jésus ! » avait-il dit. Vendu par un baiser, pour de l'argent… Ensuite, pris de remords, Judas s'est pendu. Quant à Pierre, il ne trahit pas, mais trois fois de suite, il mentit. Il prétendit qu'il ne connaissait pas Jésus le moins du monde, la nuit même où son maître avait été arrêté.

– Et c'est un apôtre quand même ?

– Le plus grand ! Jésus connaissait la faiblesse du cœur des hommes. C'est la raison pour laquelle il choisit un faible pour l'inspirer. Lorsqu'il se sait menacé de mort, l'apôtre Pierre commence par retourner sur ses pas, mais il se reprend et décide de mourir comme le Christ.

– Gonflé, admira Théo. Et les catacombes, alors ?

– Les Romains incinéraient leurs défunts sur des bûchers,

mais les chrétiens croient à la résurrection des morts sous la forme de corps glorieux : ils doivent donc rester intacts, ce pourquoi on les enterre pour qu'ils ressuscitent tels qu'ils étaient, en mieux.

– Comment cela ? demanda Tante Marthe.

– Rayonnants, lumineux, transparents…

– Avec des ailes ? dit Théo.

– Qui sait ? dit le cardinal. En tout cas, avant les chrétiens, les juifs avaient leurs propres catacombes à Rome.

– Il y a donc eu aussi des juifs à Rome ? s'étonna Théo.

– Très nombreux, *bambino* ! Ils furent persécutés par de nombreux empereurs, Tibère, Néron… Beaucoup d'étrangers étaient venus à Rome, chacun avec leur religion. Parce qu'ils étaient venus du Moyen-Orient, les juifs appartenaient à la vaste catégorie des sectes asiatiques qui petit à petit grignotaient la religion romaine.

– L'Asie, c'est la Chine et le Japon, assura Théo. Ils se trompaient.

– Non, *bambino*, car les Romains n'en connaissaient pas l'existence. A leurs yeux, la Turquie d'aujourd'hui, la Syrie, l'Égypte, l'Irak et la Palestine étaient situés en Asie, et les religions asiatiques leur apparaissaient comme de vilaines superstitions. Mais ces cultes étrangers plaisaient beaucoup… Les empereurs défendirent longtemps l'antique religion romaine, puis, quand ils se virent submergés par la diffusion de ces sectes orientales, ils s'efforcèrent d'assimiler les religions nouvelles en acceptant d'être divinisés eux-mêmes. Ou alors d'épouser les grandes déesses venues d'ailleurs.

– Cela marchait plutôt bien, dit Tante Marthe. Et puis c'était commode.

– Sauf pour le christianisme, qui n'admettait pas la divinisation d'un homme puisque le seul homme-dieu, c'est Jésus. Les empereurs commencèrent donc à persécuter les chrétiens. Jusqu'au moment où le christianisme devint si répandu qu'au IVe siècle l'empereur Constantin le déclara religion officielle. Mais nous voici arrivés.

On descendait d'étroites marches, et l'on voyait le long

des murs des cavités creusées les unes au-dessus des autres, avec des inscriptions en latin que Dom Levi déchiffra obligeamment – « *Vivas in Deo :* Puisses-tu vivre en Dieu » – ou des symboles qu'il expliquait – « Ici, une ancre, symbole de la bonne arrivée au port du paradis, et là, un vase rempli d'eau, pour soulager de l'épreuve ». Théo frémit. L'épreuve de la mort… Allait-il devoir s'y soumettre bientôt ? Boire de l'eau pour ne pas avoir mal, c'était un peu juste… NE PLUS PENSER.

Par un vaste escalier, on arrivait à une crypte soutenue par deux blanches colonnes. Dom Levi s'avança jusqu'à une large plaque de marbre où l'on avait gravé des noms.

– La crypte des papes, chuchota-t-il. Neuf pontifes y sont enterrés, et presque tous sont des martyrs. Regarde le graffiti, gravé par un pèlerin. Il signifie en latin : « Jérusalem, cité ct orncmcnt dcs martyrs. »

– Encore Jérusalem ! s'écria Théo. Une à Jérusalem, une autre chez les Éthiopiens à Lalibela, et celle-ci, ça fait trois ! Alors les catacombes sont la Jérusalem des chrétiens ?

– Jérusalem n'est pas simplement une ville, *bambino*, c'est une idée. Jérusalem est le rassemblement des fidèles, juifs ou chrétiens. Il fallut beaucoup de temps pour séparer le judaïsme du christianisme : même provenance, même population, même origine… Les juifs et les chrétiens ont en commun la Bible et Jérusalem.

– Vous y allez fort ! s'insurgea Tante Marthe. Qui, sinon les chrétiens, a persécuté les juifs à travers les siècles ? Et l'Inquisition ?

– Et le pape du nazisme, qu'est-ce que vous en faites ? renchérit Théo acide. Papa m'a dit que, pendant la guerre, il n'avait pas levé le petit doigt pour sauver les juifs…

– C'est un jugement excessif, répondit le prélat embarrassé. Les prêtres allemands ont été admirables.

– Mais les papes, répliqua Tante Marthe, les papes ! Pour ceux qui sont enterrés sous cette dalle, je veux bien, mais par la suite ils n'ont pas tous été irréprochables ! Quand je pense au dogme de l'infaillibilité pontificale !

Car tiens-toi bien, Théo, le pape est infaillible, il ne commet jamais d'erreur sur les questions religieuses !

– Ma chère amie, vous influencez ce jeune homme, coupa Dom Levi furieux. D'ailleurs vous m'aviez dit qu'il n'avait aucune éducation religieuse, mais vous m'avez menti, Marthe. Il a bel et bien une éducation anticléricale !

– Vous me connaissez assez pour savoir que je partage ces positions, répliqua vivement Tante Marthe. A l'origine, les religions sont admirables, mais lorsqu'elles s'organisent en hiérarchies, alors apparaissent les clergés qui sont tous intolérants.

– C'est vrai, ça, dit Théo. Qu'est-ce que j'y peux, moi, si je n'aime pas les curés ?

– Théo ! cria Tante Marthe. Sois poli, s'il te plaît !

– Faudrait savoir, murmura-t-il. Bon, alors pardon, mon père.

– On dit « monsieur le cardinal » !

– Ah ! Laissez-le en paix ! s'énerva Dom Levi. Comment voulez-vous qu'il s'y retrouve ? Vous êtes la première à critiquer l'Église, et vous l'obligez à me donner mon titre ! C'est à n'y rien comprendre !

– Bien vu, appuya Théo. Maintenant, racontez-moi votre affaire de pape qui ne se trompe pas.

– Je vais t'expliquer. Le pape est la référence de tous les catholiques et il est infaillible, mais seulement lorsqu'il s'exprime solennellement au nom de Dieu sur la terre sur des sujets touchant à l'Église. Il faut bien quelqu'un pour arbitrer sur la vérité, tout de même ! Pour nous, c'est le Saint-Père, le pape. Autrement, ce n'est qu'un homme comme les autres. Or justement, à propos de l'antisémitisme et de l'Inquisition, Jean-Paul II, pape du XXᵉ siècle, a mis fin à l'antique querelle avec le peuple juif.

– Alors les autres papes avant lui s'étaient trompés, dit Théo.

– On peut le penser si l'on veut, admit le prélat à contre-cœur. L'Église est composée d'hommes, et les messages divins sont prisonniers de l'histoire humaine, je n'en disconviens pas. Mais enfin c'est fini : les juifs ne sont plus appelés « déicides », « tueurs de Dieu », et nous sommes retournés à des vues plus conformes aux origines. Les juifs ont précédé les chrétiens sur le bon chemin, voilà tout. Le jour où le pape Jean-Paul II s'est rendu solennellement à la synagogue de Rome fut un grand événement pour le monde entier.

– Soit, intervint Tante Marthe. Admettez tout de même que pendant des siècles l'Église a été antisémite.

– Disons que pour obéir à sa vocation universelle et convertir ceux qu'elle appelait les païens, l'Église n'a pas toujours utilisé les bons moyens…

– Oui, en brûlant les Indiens du Brésil pour vérifier s'ils avaient une âme…

– Et pendant ce temps-là, les Indiens, eux, noyaient leurs envahisseurs pour la même raison, rétorqua le cardinal. Tout ceci est bien ancien, chère amie.

– STOP ! cria Théo. On ne respire plus ici ! J'étouffe !

Tante Marthe et son cardinal se hâtèrent de remonter à l'extérieur. Théo s'assit par terre et s'intéressa aux évolutions d'une chèvre occupée à arracher quelques brins d'herbe. Une égarée, comme lui.

Langues de feu et langues des hommes

– Tu prends le frais, Théo ? demanda Tante Marthe mine de rien. Tu sais, Ottavio et moi, nous nous taquinons tout le temps…

– *E vero*, ajouta le prélat. Les disputes consolident l'amitié. Ne fais pas la tête !

– Vous me cassez les pieds tous les deux ! cria Théo. C'est déjà assez compliqué, vos trucs, alors si vous en rajoutez…

Penaude, Tante Marthe s'assit près de lui, cependant que le cardinal, armé d'un mouchoir, époussetait une pierre pour ne pas salir la pourpre de son habit. Le silence se fit.

– Bon, reprit Théo. Les juifs, les Indiens, vous les avez persécutés sans le faire exprès. Mais il y a quelque chose

que je ne comprends pas : pourquoi voulez-vous absolument les convertir ?

– Je te l'ai dit, *bambino* : parce que l'Église est universelle, ce qui veut dire qu'elle vaut pour le monde entier. Tu
connais le mot « catholique », mais en sais-tu le véritable
sens en grec ? Universel, précisément. Évidemment, tu as
entendu parler de la Pentecôte.

– Pentecôte ? répondit Théo. Un long week-end au mois
de mai.

– Bonté divine, murmura Dom Levi. Cet enfant ne sait
vraiment pas grand-chose. Pourtant, quelle belle histoire…
Après sa résurrection, Jésus avait été ravi au ciel. Cinquante
jours plus tard, les disciples se trouvaient réunis dans
une salle bien fermée quand retentit un coup de tonnerre
dans le ciel. Un vent d'une force incroyable entra dans la
maison, et des langues de feu vinrent se poser sur chacune
des têtes des douze apôtres.

– Cela me revient, c'est le coup du pigeon, murmura
Théo.

– Le Saint-Esprit, un pigeon ! s'indigna le cardinal. Une
colombe, je veux bien, mais un pigeon…

– C'est pas moi, c'est Tante Marthe.

– Ah ? fit le cardinal interloqué. Bon. Or c'était jour
de fête à Jérusalem, et les fidèles étaient venus de partout.
Il y avait là des Égyptiens, des Crétois, des Arabes, des
Romains, des Assyriens… Quand ils entendirent ce bruit
mystérieux, ils se précipitèrent avec curiosité… Alors les
apôtres sortirent de la maison et s'adressèrent à chacun
dans sa langue. C'était grand miracle que de les entendre
parler des langages dont quelques minutes plus tôt ils
n'avaient aucune idée !

– Sans blaguer, dit Théo. Ils avaient appris d'un coup
d'un seul ?

– Les langues de feu leur avaient inspiré le don des
langues, *bambino*. On crut qu'ils avaient trop bu, mais
Pierre fit remarquer qu'il n'était que 9 heures du matin, un
peu tôt pour l'ivresse. Ils n'étaient pas ivres, non : ils
avaient eu la révélation de la vocation universelle de la

Nouvelle Alliance. A compter de ce moment, ils furent capables de prêcher dans toutes les langues de la terre. Et c'est la raison pour laquelle la Pentecôte est la fête de l'universel.

— Le phénomène n'est pas unique, observa Tante Marthe. Il porte même un nom savant, la glossolalie. On voit de temps en temps dans les hôpitaux psychiatriques des malades affectés du même symptôme, et quand vous autres prélats torturiez les sorcières au XVIIe siècle, en Europe, elles aussi se mettaient à parler des langues inconnues.

— Peut-être, mais la chose demeure inexplicable pour l'esprit. Et tant qu'on n'aura pas d'explication scientifique, vous ne m'empêcherez pas de penser qu'il s'agit d'une inspiration divine. On y revient ces temps-ci. Le mouvement chrétien qu'on appelle le Renouveau charismatique renoue aujourd'hui même avec cette vieille tradition des premiers temps : pendant leurs réunions, il n'est pas rare que l'un ou l'autre commence à parler en langues… Est-ce que ce n'est pas le signe de l'universalité de l'Église chrétienne ?

— Ça m'intéresse, votre truc, la glossilila, dit Théo. Moi qui ai tant de mal avec mon allemand !

— Glossolalie, Théo ! corrigea Tante Marthe. N'espère pas en bénéficier si facilement !

— Pourquoi donc ? intervint Dom Ottavio. Le Christ n'a-t-il pas dit : « Laissez venir à moi les petits enfants » ?

— La barbe, grogna Théo. Tant pis ! Je ne parlerai pas l'hébreu, mais je sais parler le verlan, vous connaissez, monsieur le naldicar ?

— Hélas ! sourit le cardinal. Je ne suis qu'un pauvre prélat de la Curie romaine, un fonctionnaire de l'Église. Tout juste assez savant pour t'expliquer le sens universel de la Pentecôte. D'ailleurs, tiens, lorsque le pape Jean-Paul II voyage, il a l'habitude de baiser la terre sur laquelle il pose le pied dès qu'il sort de l'avion : c'est sa façon à lui de montrer que la terre est bénie où qu'elle soit.

— Je l'ai vu à la télé, lâcha Théo. Les dernières fois, il ne pouvait même plus se baisser, le pauvre.

— Mais il a continué à voyager, alors qu'il avait été

gravement blessé dans un attentat, tu te souviens certainement de sa papamobile avec des vitres pare-balles. Jean-Paul II a sillonné le monde, car le christianisme ne comporte aucune exclusive : tout le monde peut devenir chrétien. Il existe des religions fermées : si tu n'y es pas né, il te sera difficile d'y pénétrer. Et il existe des religions ouvertes à tous : c'est le cas du christianisme. Chacun peut s'y convertir, voilà pourquoi nous sommes universels.

Le prélat ajusta sa soutane. Sa démonstration avait été parfaite et le gamin semblait impressionné. Enfin !

Martyrs et conquérants

— Chacun peut s'il veut, mais pourquoi le forcer ? dit soudain Théo en fronçant le sourcil.

— Voilà autre chose ! s'exclama le cardinal. Tu n'en as donc jamais fini avec les questions, *bambino*… C'est une longue histoire. Est-ce que je dois la raconter aussi, ma chère amie ?

— Faites donc, Ottavio, dit Tante Marthe. Je suis curieuse de connaître votre réponse.

— Bien, se résigna Dom Levi. Au commencement, les chrétiens convertissaient par l'exemple. Quand les autres religions avaient des cultes mystérieux auxquels seuls les riches avaient accès, le christianisme était ouvert aux plus déshérités, les esclaves. Un homme était un homme, voilà tout. C'était convaincant. Ensuite les chrétiens montrèrent un tel courage devant les souffrances des persécutions qu'ils devinrent les martyrs, et chaque martyr entraînait de nouvelles conversions. Car le sens du mot « martyr » en grec n'est autre que « témoin » : en vérité, le martyr témoigne pour sa foi. Ce nouveau Dieu était donc bien puissant pour donner tant de force à ses fidèles… Les premiers chrétiens recherchaient le martyre, on avait parfois honte de mourir dans son lit !

— Moi, je préférerais mon lit aux lions affamés, murmura Théo.

— Moi aussi, admit le cardinal. C'est humain. Mais

l'Église repose sur ses premiers martyrs, les semeurs de graines. Ils sont devenus les saints du calendrier.

— Et on s'est arraché leurs reliques, ajouta Tante Marthe. Bouts de tissu, fragments d'os, dents jaunies, tout était bon pour la dévotion. Ne me dites pas que ce n'était pas du paganisme déguisé, Ottavio !

— Un peu, concéda le cardinal. Mais le vrai sens du martyre est ailleurs. Regardez le plus grand de nos martyrs, saint Pierre : il décida de se laisser crucifier la tête en bas, pour éviter de répéter le sacrifice de son maître.

— Et c'est pour cela qu'il est le plus grand des saints ?

— Pas seulement. Lorsqu'il l'avait rencontré, dès la première fois le Christ avait changé son nom de Simon en lui disant : « Tu es Pierre, et sur cette pierre je bâtirai mon Église. » C'est ce qui s'est passé : la plus grande basilique chrétienne s'est bâtie sur la tombe de Pierre, au Vatican. Et pourtant, Simon Pierre était lâche : quand le Christ avait été arrêté au mont des Oliviers, il s'était enfui...

— Menteur, trouillard... dit Théo. Tu parles d'un saint !

— Attends, *bambino*... Le vrai sens du martyre, c'est qu'un pauvre être humain peut souffrir et mourir au nom du Dieu vivant. Il fallait un bonhomme comme Pierre pour édifier l'Église universelle : quelqu'un qui pût représenter tous les autres, avec leurs défauts. Voilà pourquoi, lorsqu'il lui était apparu ressuscité sur le lac de Tibériade, Jésus lui avait dit : « Pais mes brebis. »

— Pour éviter la guerre des moutons, conclut Théo.

— Non, *bambino*, ce n'est pas « paix à mes brebis », mais « conduis mes brebis au pâturage ». Nourris-les. « Pais » est l'impératif du verbe « paître », conduire au pâturage.

— Comme dans « envoyer paître », dit Théo. Donc Jésus envoyait les apôtres aux pelotes.

— Votre langue française est décidément impossible, soupira le cardinal. Disons que Pierre devenait le berger général des chrétiens.

— Qui sont des moutons, insista Théo.

— Des animaux sans défense ! s'irrita Dom Levi. Si tu continues, Théo, je vais me fâcher !

– Tiens, vous m'avez appelé par mon nom, constata Théo. Il y a du progrès…

– Attention, *bambino*. Je n'ai pas la patience de Pierre, je te préviens ! Il est le Prince des apôtres, « Princeps », le premier d'entre eux. Grâce à lui, Rome a changé de sens. La Rome des Romains avait été la « ville aux sept collines », elle était désormais celle de la première pierre de l'Église.

– Pourquoi Rome, pourquoi pas Venise ou Tombouctou ? lâcha Théo. C'est juste un hasard !

– Les papes n'ont pas toujours vécu à Rome, *bambino*. Eux aussi ont été persécutés. Ils ont dû s'enfuir, quitter la Ville sainte… Au XIVᵉ siècle, pendant soixante-dix ans ils se sont réfugiés en Avignon. Au XIXᵉ siècle, un pape a même été pris en otage par Napoléon et emmené de force en France… Ne crois pas que cela s'est toujours passé tout seul !

– Alors votre histoire de pierre ne tient pas la route, trancha Théo.

– Mais l'Église selon Jésus n'est pas un bâtiment : c'est l'assemblée de tous les chrétiens du monde. Le premier d'entre eux mourut à Rome : Rome avait donc vocation à fonder l'Église du Christ. Ensuite, après les persécutions, le christianisme est devenu la religion de l'État romain. Désormais, il était puissant.

Il s'arrêta. Le tournant n'était pas facile à prendre.

– Ensuite, répéta-t-il, les conversions furent souvent militaires, et la guerre devint sainte. L'islam n'a pas procédé autrement, et le Coran parle de « Djihad », la guerre sainte, destinée à convertir les Infidèles. On conquiert des régions du globe, et si les conversions ne se font pas, eh bien, on les impose par la force.

– Mais pourquoi ? insista Théo.

– Parce qu'on est sûr d'avoir raison, évidemment, murmura le cardinal. L'histoire des religions est aussi l'histoire de l'intolérance, et notre religion n'y a pas échappé. Pas plus que le judaïsme à certaines époques, ou l'islam conquérant ! Nous avons traversé ce cycle-là nous aussi.

Le pire est résumé par la phrase d'un chef de guerre catholique chargé de réduire la rébellion des cathares. C'était une secte inspirée qui poussait la haine du monde jusqu'à préconiser le suicide, pour éviter le Mal…

— Je me souviens, dit Théo. Le père Dubourg m'en a parlé à Jérusalem.

— Bigre, fit le cardinal. Moi qui croyais t'apprendre quelque chose ! Eh bien, c'était une de ces sectes comme on en voit beaucoup aujourd'hui, dangereuse pour la vie humaine… De là à les traiter comme on l'a fait !

— Mais quoi exactement ? demanda Théo intrigué.

— Ce chef de guerre, qui s'appelait Armaud-Amaury, massacra indistinctement les populations du Sud-Ouest de la France dans lesquelles se trouvaient aussi des catholiques. Pour se justifier, il eut une phrase épouvantable : « Tuez-les tous, Dieu reconnaîtra les siens ! »

— Voilà pourquoi je suis du côté des religions minoritaires, conclut Tante Marthe. Lorsqu'une religion est dominante, elle est forcément injuste. Mais lorsqu'elle est minoritaire, elle protège les faibles.

— Marthe, vous êtes à Rome, au cœur de la puissance spirituelle de l'Église catholique et universelle, lança le cardinal. Consolez-vous : le christianisme n'est plus conquérant. L'heure est au dialogue entre les religions.

— Dieu fasse que vous ayez raison ! s'écria Tante Marthe. La bataille de la tolérance ne se mène pas les armes à la main.

Théo agaçait la chèvre avec une brindille et lorgnait l'animal diabolique au fond de ses yeux fendus.

— Il y en a qui paissent les brebis, et moi, je pais les biquettes, dit-il à la cantonade.

Chapitre 8

La gloire et les pauvres

On était déjà à demain, et « ils » étaient prévus pour le jour suivant. Théo rongeait son frein. Qui allait surgir pour lui remettre le prochain message ? Derrière quel pilier allaient se cacher les nouveaux sorciers de service ? La veille, au dîner, Dom Levi et Tante Marthe n'avaient pas arrêté de se disputer à propos de la politique, de la Mafia et naturellement des curés que Tante Marthe, pour énerver Ottavio, bouffait avec autant d'allégresse que ses raviolis aux truffes blanches. Théo s'était endormi à table et s'était retrouvé dans son lit.

Mais après que Tante Marthe eut doucement refermé la porte de sa chambre Théo avait sorti son téléphone de sous son oreiller. En vain. Les parents étaient de sortie : ils avaient dû aller au cinéma. Et il était trop tard pour téléphoner à Fatou, qui se couchait toujours avec les poules. Pas de chance. Pour couronner le tout, le lendemain matin, il pleuvait. Théo posa ses lentilles sur le balcon, au cas où. Nostalgique, il songea au grand soleil d'Égypte, puis se mit à rêver sur son jumeau perdu. Quand reviendrait-il ? Mystère. Sûr, sans soleil, le jumeau ne voudrait pas venir.

Un État pas comme les autres

Le petit déjeuner passa mal. Théo aurait voulu faire la grasse matinée, mais bernique ! Houspillé par une Tante Marthe en grande forme, il s'habilla sans entrain. Déjà, le cardinal attendait dans le hall de l'hôtel, il fallait se presser, ouste !

— Bien dormi, *bambino* ?

— Et toi, mon vieux ? répondit Théo du tac au tac.

— Pas mal, dit le cardinal. Tu n'es pas trop fatigué ?

— Ça peut aller, dit-il. On fait quoi aujourd'hui ?

— On quitte l'Italie, répondit le prélat avec majesté.

— Alors on prend l'avion ?

— Pas du tout. On va au Vatican. Car c'est un État, *bambino*. De quarante-quatre hectares, mais avec son gouvernement, son drapeau, sa monnaie, ses timbres, sa radio, son journal…

— *L'Osservatore Romano*, coupa Tante Marthe. L'organe officiel de la papauté. Mais comme État, le Vatican tient dans un mouchoir de poche !

— Ah ! Évidemment, il n'y a pas de poste-frontière. Mais quand on est au Vatican, on est dans un autre monde.

— Un monde où tu es ministre ? demanda Théo avec curiosité.

— Sous-ministre adjoint, allez, sans prétention.

— Et vous êtes combien d'habitants là-dedans ?

— Sept à huit cents, répondit le cardinal.

— Il n'y a pas de quoi pavoiser, conclut Théo.

— Mais nous avons nos lois, et nos coutumes. Et nous avons aussi nos élections, lorsque le pape disparaît.

— Alors si vous avez des élections, vous êtes une démocratie ! affirma Théo très sûr de lui.

— Pas tout à fait, intervint Tante Marthe. Racontez-lui comment se passe l'élection d'un pape.

— Tous les cardinaux du monde se réunissent dans un endroit soigneusement fermé, et ils y restent jusqu'à ce que le nouveau pape soit élu. C'est ce qu'on appelle un conclave. Cela peut durer très longtemps. Il est même arrivé au cours de l'histoire qu'on emmure les cardinaux pour les obliger à aller plus vite ! Car cette élection est une très grande affaire. Désigner le représentant du Christ, ce n'est pas une décision sans conséquence pour la Terre… A chaque vote, on allume un petit feu : si le vote n'est pas concluant, la fumée qui sortira du bâtiment sera noire, tandis que s'il est acquis, la fumée est blanche. Cela signifie que le pape est élu.

– On vérifie quand même un détail, dit Tante Marthe. On le palpe au bon endroit pour s'assurer qu'il est vraiment un homme.

– Quelle drôle d'idée ! dit Théo. Cela ne se voit pas ?

– Eh bien, grommela le cardinal, la légende veut qu'une fois, par erreur, on ait élu une femme, la papesse Jeanne. Mais je gage que ta chère tante va s'indigner : pourquoi pas de papesse, après tout ?

– Oui, après tout, pourquoi ? fit Théo. Et pourquoi les prêtres sont-ils toujours des hommes ? Pourquoi ne sont-ils pas mariés ?

– Nous y voilà ! soupira le cardinal. Aux commencements de l'Église, les prêtres vivaient souvent avec des femmes. Cela ne se passait pas très bien : ils négligeaient leur charge, ils avaient la tête ailleurs, et ce fut interdit. Qu'est-ce que tu veux que je te dise ? Le prêtre doit être disponible à tous, et s'il choisit une femme, forcément, il a une préférence… Voilà pourquoi les prêtres n'ont pas le droit de se marier.

– Que reste-t-il aux femmes dans le catholicisme, mon pauvre ami ? intervint Tante Marthe.

– Comment, Marthe ! Vous n'êtes pas sérieuse… Examinez de près le rôle des femmes dans la Bible ! Sans la vieille Sara, Abraham n'aurait pas été le premier patriarche ; sans l'admirable Rachel, Jacob n'aurait pas été le deuxième. Jésus n'aurait pas eu un corps sans Marie ! Je n'oublie pas les grandes héroïnes, Judith qui sauva son peuple en séduisant le chef ennemi pour mieux le décapiter, Esther qui épousa un roi païen et sut le convaincre de tolérance envers les juifs, et les petites, les obscures… Tenez, Ruth la Moabite et sa belle-mère Noémi. Voici une pauvre fille qui n'est pas juive, une païenne à qui la vieille mère de son mari défunt demande d'avoir un enfant pour assurer la descendance, car ses fils sont morts. Les deux femmes sont en exil, ruinées, affamées… Ruth ne sait que faire. Puis elle s'avise qu'un lointain parent de son beau-père disparu, le riche Booz, serait un père honorable pour le dessein de Noémi qui l'approuve.

— Ah, voilà ! dit Théo. Il fallait un mari !

— C'est une des histoires les plus touchantes de la Bible. Ruth se fait engager pour aider aux moissons dans les champs de Booz, qui remarque cette belle fille travailleuse. Il lui tend le pain du repas. Elle y est presque… Sauf qu'en travers du chemin se dresse la loi des juifs : car il est interdit d'épouser une païenne.

— Aïe, dit Théo. Ce n'est pas gagné !

— La vieille Noémi lui souffle la solution : il faut se glisser aux pieds de Booz pendant son sommeil et se donner à lui… Ruth obéit, attend la nuit et se glisse près du maître qui s'éveille, surpris : « Qui es-tu ? » Car il ne la voit pas dans l'obscurité. « Je suis Ruth, ta servante, répond-elle. Étends ton aile sur ta servante. » Et le juif Booz prendra Ruth pour épouse au mépris des lois religieuses, car il entend la prière de l'humilité.

— C'est-à-dire qu'il couche avec elle dans le noir, conclut Théo.

— N'est-ce pas sublime ? Au matin, il lui dit : « Maintenant, ma fille, sois sans crainte. Tout ce que tu diras, je le ferai pour toi, car tu es vertueuse. » Vertueuse, la païenne qui séduit son maître dans son sommeil ! Et la Bible célèbre la vertu de celle qui deviendra l'arrière-grand-mère du roi David ! Je trouve cela… Je ne peux pas te dire, Théo. Magnifique ! Enthousiasmant !

— Que d'exaltation, dit froidement Tante Marthe. Somme toute, les femmes ne sont bonnes qu'à faire des enfants.

— Mais les hommes ne les portent pas, eux ! s'échauffa le cardinal. Comment pouvez-vous rabaisser à ce point la maternité ? Elle donne la vie ! La maternité est divine !

— OK, dit Théo. Dans ce cas, il n'y a pas de raison d'interdire aux femmes d'être prêtres, non ?

Le cardinal se tut. A n'en pas douter, Tante Marthe se chargerait de la réponse. Elle allait fulminer contre la misogynie de l'Église, rappeler le mouvement en faveur de la prêtrise féminine, l'injustice faite à la première femme, l'Ève croqueuse de pommes, responsable des péchés du monde…

Tante Marthe remplit son office avec exactitude. Pendant un bon quart d'heure, elle fulmina. Le cardinal baissait la tête sous l'orage et Théo s'amusait beaucoup.

La plus grande église du monde

La voiture s'arrêta devant la colonnade du Bernin. Luisante sous la pluie, la place était presque déserte ; seuls quelques parapluies abritaient quelques religieuses qui piétinaient avec ferveur.

– J'aime cet endroit quand il est vide, observa Tante Marthe. On voit l'ampleur des colonnes, on est frappé par l'harmonie. Théo, tu as devant toi le cœur de l'Église catholique : la plus grande église du monde, bâtie sur le tombeau de saint Pierre.

– Et le pape, on le verra à la fenêtre ?

– Non, dit le cardinal. Il n'apparaît pas tous les jours ! Mais j'imagine que tu as dû le voir à la télévision le jour de Pâques, pour la bénédiction *urbi et orbi* ?

– Urbiquoi ? demanda Théo.

– C'est du latin : *urbs*, la ville, *orbs*, l'univers. La bénédiction du pape s'étend *urbi et orbi* : sur la ville et sur l'univers. Et le mot univers a donné « universel ». Ce jour-là, le pape, chef visible de toute l'Église, dit la bénédiction dans toutes les langues des chrétiens. Comme autrefois les apôtres le jour de la Pentecôte.

– Il y avait donc des chrétiens dans l'Égypte antique, affirma Théo.

– Bien sûr que non ! s'effaroucha Dom Levi. Le christianisme est né trois mille ans plus tard !

– Alors pourquoi l'obélisque au milieu de la place ?

– Tu remarques tout, *bambino*… L'obélisque était l'un des ornements du Cirque de l'empereur Néron, où fut crucifié saint Pierre. On l'a transporté ici, et on y a ajouté au sommet un morceau de la croix du Christ.

– De la récup, dit Théo. C'est joli, en tout cas. Si on entrait ?

Il ne put retenir un « oh » émerveillé en pénétrant dans

201

l'immensité de la basilique. Bruissante de touristes en goguette et de prélats en soutane, la nef semblait faite pour contenir un millier de mondes. Si hauts qu'ils donnaient le vertige, les plafonds mouvementés décrivaient des scènes indéchiffrables ; et lorsque l'œil de Théo eut parcouru l'ensemble, il s'arrêta sur le grand dais noir aux colonnes torsadées d'or, au fond.

– Ce n'est pas une église, murmura-t-il impressionné.

– Qu'est-ce que c'est, d'après toi ? demanda Tante Marthe.

– Je ne sais pas, dit-il. Une église, c'est simple et blanc, avec un autel, une croix, et des bouquets de fleurs posés devant. Et puis c'est calme, une église. Mais ça !

– Il y a du vrai, *bambino*, admit le cardinal. Tout est fait dans ce lieu pour exprimer la puissance et la splendeur de Dieu. Si tu voyais les cérémonies dans toute leur magnificence ! Le pape est assis sur son trône, entouré des cardinaux en grande tenue, les chœurs chantent des chants admirables, et on célèbre alors le souverain Dieu au sommet de sa gloire. Tu as raison, cette basilique n'est pas une église, c'est un chef-d'œuvre de la chrétienté. Michel-Ange, le plus puissant des artistes italiens de la Renaissance, en a tracé les plans, mais elle fut si longue à construire qu'il ne la vit pas. Les plus belles statues du monde sont ici, les plus grands peintres, les plus grands sculpteurs y sont représentés, et ce que tu vois là-bas, le dais pontifical, est l'une des merveilles du Vatican.

– J'aime pas, dit Théo. C'est trop grand.

– Bon ! Alors je vais te montrer autre chose, fit le cardinal en l'entraînant de force.

Et Théo découvrit, derrière une vitre épaisse, un groupe de marbre très blanc devant lequel s'amassaient les touristes.

– Michel-Ange a sculpté ces statues qui représentent Marie, la mère du Christ, et son fils qui vient de mourir, chuchota le cardinal. Regarde le visage de cette femme si belle, et qui souffre… Est-ce que ce n'est pas touchant ?

– On dirait qu'ils ont le même âge, murmura Théo.

– Marie était en effet très jeune lorsqu'elle reçut la visite de l'Ange qui lui annonça la bonne nouvelle. Si bien qu'à la mort de Jésus elle n'était pas vieille.

– Il a l'air très tranquille, lui, dans sa mort. Pourquoi sont-ils en cage ?

– Parce qu'il n'y a pas si longtemps, on a voulu les détruire. Il a fallu protéger l'œuvre de Michel-Ange. Autrefois, les barbares qui envahissaient Rome cassaient les statues chrétiennes. Eh bien ! Rien n'a changé. Quant à l'antique statue de saint Pierre, tu vas voir.

La tête du saint fixait fièrement l'horizon, mais l'un des pieds de bronze noir semblait avoir été laminé par un implacable rabot. Les fidèles l'avaient tellement embrassé, pendant tant de siècles, que le métal avait cédé sous la force des baisers. Théo trouva ce miracle épatant. Le cardinal poursuivit la visite. La statue de ceci, le monument de cela, la tombe de Machin, celle de Chose…

– Pas trop longtemps, avertit Tante Marthe. Il va se fatiguer.

– Bah ! Il est très vaillant ! lança le cardinal en tirant par la main son *bambino*.

Inquiète, Tante Marthe vit que Théo respirait très mal.

– Arrêtez, Ottavio ! cria-t-elle. L'enfant n'en peut plus ! Regardez, il chancelle, il va tomber, voyons !

Pris de remords, le prélat décida de porter Théo dans ses bras jusqu'aux jardins où l'on pourrait se reposer. Malgré ses protestations, il le prit par les épaules et hop ! Il l'emporta à bras-le-corps. Théo se débattit vainement.

– Cesse de gigoter, *bambino* ! s'écria Dom Levi. Tu es faible, et je suis assez fort pour te porter. Prends donc une leçon d'humilité…

Mais, quand Dom Levi voulut le remettre debout, Théo glissa sur le sol, évanoui. Tante Marthe se précipita. Le cardinal se remit à courir pour trouver du secours, et Marthe, le cœur battant, frotta les tempes de Théo avec un baume chinois qui ne la quittait pas, une substance jaune à l'odeur de camphre.

– Ne t'en va pas, mon Théo, murmurait-elle, ce n'est pas le moment… Reviens !

203

De longues secondes s'écoulèrent. Puis Théo entrouvrit les yeux, aperçut un rayon de soleil et cligna des paupières.

– Tiens, je ne suis pas mort ce coup-ci, dit-il.

– Mais Théo ! souffla Tante Marthe effarée. Cela t'arrive souvent ?

– Encore assez, murmura-t-il. J'ai l'habitude. C'est ma maladie, tu sais. Un jour, je ne me réveillerai plus.

– Je t'interdis…

– Tu n'es pas Dieu, répondit-il. Tu n'y peux rien.

– Je te jure que si, gronda-t-elle. Mais il faut quitter cet endroit. Où est donc Ottavio ?

Le cardinal revenait, flanqué de trois religieuses portant une bonbonne d'oxygène, et une civière sur laquelle on allongea Théo. Au poste de secours, un médecin l'examina, remarqua les taches bleues sur tout le corps, prit la tension en fronçant les sourcils et se releva en hochant la tête d'un air soucieux.

– Bon, murmura Théo les larmes aux yeux. Ça suffit. Je prendrais bien du thé avec des tartines, s'il vous plaît. Et puis ne faites pas ces têtes d'enterrement !

– Tu es un bon petit, *bambino*, dit le cardinal très ému. Vite, les tartines, le thé, *presto* !

Peu à peu, Théo reprit quelques couleurs. Il mâcha méthodiquement son pain beurré et but son thé à petites gorgées, comme un médicament. Le cardinal se tenait à l'écart et Tante Marthe ne décolérait pas.

– Je vous avais prévenu, Ottavio, maugréa-t-elle. Quel entêté vous faites !

– Mais ma chère…

– Taisez-vous et priez ! tonna-t-elle.

Le cardinal obtempéra et plongea dans une méditation douloureuse.

Messages pour Théo

Marthe voulait retourner à l'hôtel, mais Théo ne voulut rien entendre. Oui, il était d'aplomb ; oui, il pouvait marcher ; non, il n'avait pas sommeil ; non, il n'allait pas retomber évanoui. Mais il voulait absolument savoir qui « ils » étaient.

— Écoute, Théo, ils ne sont pas arrivés, dit Tante Marthe embarrassée. Ils ne vont pas tarder… Sois patient ! Et si nous allions plutôt chercher le prochain message ?

De guerre lasse, Théo accepta. Avec mille précautions, le cardinal le soutint par le bras en marchant à pas lents. On se dirigerait vers la fontaine des Papes, et l'on prendrait la voiture, si, si, pas question d'y couper. Même pour deux cents mètres.

Le message était dissimulé entre deux grandes tiares de pierre grise, juste au-dessus des bouches jumelles crachant leur eau claire. Le papier était un peu mouillé, si bien que deux mots s'étaient effacés. *Assis sur mon… sacré, je suis le danseur éternel. Viens au bord de mon fleuve, viens dans la plus vieille cité du monde! On m'y adore, et je… Viens!*

— Assis sur son derrière ? demanda Théo.

— Un postérieur sacré ? Tu n'y penses pas, Théo ! dit Tante Marthe.

— Alors un trône ? Un arbre ? Un tambour ?

Rien de tout cela. Tante Marthe admit que l'énigme s'était obscurcie et suggéra de recourir à la Pythie de service dès qu'on serait revenu à l'hôtel. Empressé, le cardinal fit monter Théo dans sa voiture.

— Dites, monsieur, ça sert à quoi, tout ce bastringue ? demanda Théo après un long silence.

— Tu ne me tutoies plus, *bambino* ? répondit Dom Levi tristement.

— Si vous voulez, fit Théo magnanime. Mais réponds-moi d'abord.

Le cardinal contempla ses mains avec application.

— Tu appelles « bastringue » la cité du Vatican, j'imagine, répondit-il d'une voix changée. A vrai dire, il m'arrive de me le demander à moi-même. Je sais qu'on y célèbre la gloire divine dans tout son éclat, mais qu'est-ce qu'un jeune esprit peut y comprendre ?

— Que c'est drôlement riche, dit Théo.

– Nous y sommes ! soupira Dom Ottavio. Connais-tu le message de Jésus-Christ ? Je parie que non.

– Si ! affirma Théo. Il était fils de Dieu, et il est mort pour sauver le monde, racheter les péchés et tout le toutim. Sa maman était vierge et son papa Joseph l'a adopté. Dans l'ensemble, c'est plutôt sympa.

– Si tu n'es pas trop fatigué, je te propose de rouler un peu dans la ville. Ça aussi, c'est sympa.

La voiture longea le Tibre jusqu'au château Saint-Ange où l'archange saint Michel terrassait son dragon pour l'éternité. Le cardinal ne donna pas un mot d'explication. Puis le chauffeur roula jusque dans les faubourgs, Dom Ottavio ne disait toujours rien. De temps à autre, Tante Marthe signalait à Théo les monuments et les églises. Brusquement, on se retrouva devant les pins et les cyprès, à l'endroit où commençaient les catacombes. La voiture s'arrêta.

– Vous n'allez pas nous faire redescendre, tout de même ! s'écria Tante Marthe.

Le cardinal se cala sur les coussins gris et sortit enfin de son mutisme.

– Pardonnez-moi de vous ramener ici, s'excusa-t-il, mais je ne connais pas de meilleur endroit pour parler à Théo du message de Notre Seigneur. Sur cette voie antique, on retrouve un peu de l'inspiration des premiers temps : on peut imaginer les troupeaux, les bergers, on serait presque à la campagne. Jésus était un homme des champs et des vallons, un homme qui connaissait le sable du désert et le retour des fleurs au printemps. Ce n'est pas dans la Jérusalem d'aujourd'hui qu'on peut retrouver sa trace…

– Sûrement pas ! dit Théo.

– C'est partout et nulle part, dès qu'on ressent la paix.

– Il n'apportait pas seulement la paix ! s'exclama Tante Marthe. Il exigeait beaucoup ! Il chassait les marchands qui vendaient sur le parvis du Temple leurs bimbeloteries sacrées !

– A coups de fouet, confirma Dom Ottavio. Mais c'est qu'il refusait la pompe et la gloire. Il voulait l'égalité entre les hommes : dans un temps où régnaient l'esclavage, l'injustice et l'inégalité, c'était une révolution ! Et pour signifier avec force cette égalité fondamentale, lui, Fils de Dieu, il inventa le baptême. Es-tu baptisé, Théo ?

– Non, répondit Théo. Les parents m'ont dit que je pourrai choisir quand je serai grand. Enfin, si je deviens grand.

– Ah, murmura le cardinal. Évidemment. Mais vois-tu, ce n'est pas en baptisant que Jésus inventa le baptême : c'est en demandant lui-même à être baptisé par Jean Baptiste. D'abord, l'eau purifie le péché, mais surtout, l'eau du baptême fait entrer chacun dans la communauté... Voilà pourquoi Jésus, tout Dieu qu'il fut, choisit d'être baptisé lui aussi.

– Pour montrer qu'il était égal ? demanda Théo.

– A peu près. Ensuite, pour renforcer le message, Jésus sauva les exclus, les maudits. Il n'en écarta aucun : ni la prostituée repentie, ni le Samaritain méprisé, ni la femme adultère, ni les pauvres, ni les infirmes. Il se contenta de les guérir ou de les consoler, en deux mots et un regard.

– Et il ressuscita un mort, ajouta Théo. J'ai oublié son nom.

– Lazare. Quand Jésus appela le cadavre de cet homme par son nom, il sortit de son tombeau alors qu'il y était enseveli depuis déjà trois jours. Jésus voulait vaincre la mort et il y parvint, preuve qu'il était bien le Fils de Dieu. L'égalité, la résurrection et la vie : voilà son message. Connais-tu les Béatitudes, Théo ?

– Euh... fit Théo hésitant. C'est quand on est heureux ?

– Justement. Jésus venait de choisir ses douze premiers disciples et il redescendait de la montagne où il avait prié son Père. On prie toujours mieux dans la montagne, tu constateras cela dans le monde entier, Théo. Les vrais inspirés sont souvent sur les cimes.

– Ah oui ! Moïse sur le mont Sinaï ! s'écria Théo.

– Moïse, ou bien le dieu Shiva en Inde, tant d'autres... Et au pied de la montagne, une foule l'attendait. Alors il leur parla du bonheur. Heureux les pauvres, heureux ceux qui ont faim, ceux qui pleurent, les détestés, les marginaux, les insultés à cause du Fils de l'homme. Car le royaume de Dieu vous appartient, leur dit-il.

— Attends, dit Théo. Le Fils de l'homme ? Mais je croyais qu'il était Fils de Dieu...

— Pas uniquement. Puisqu'il était né d'une femme, il était également un homme. Fils de l'homme, il connaissait les douleurs de la vie. Le bonheur appartiendrait donc aux plus malheureux de tous, et c'était l'essentiel du message.

— Ça me va, admit Théo. Mais il y a les guerres.

— Je vais y venir. Ensuite, Jésus parla de l'intelligence, ou du moins de la manière dont les hommes la conçoivent. Heureux les simples en esprit. Heureux les petits enfants. Quiconque se fera petit comme un enfant sera le plus grand dans le Royaume des cieux.

— Dis donc ! Est-ce que tu insinues que les enfants sont idiots ? dit Théo.

— Je n'ai jamais dit cela ! protesta le cardinal. Ah ! C'est à cause des simples en esprit ! Mais Théo, Jésus voulait parler de la simplicité en elle-même ! Un enfant va droit au but. Il pose des questions simples, il n'est pas rusé...

— Tu crois ? dit Théo.

— Toi, Théo, par exemple, tu es doué pour ton âge, mais ton esprit est direct. Tu n'hésites pas, tu questionnes...

— Alors, je ne t'embête pas ? demanda Théo avec un vague air de regret.

— Eh non ! s'écria le prélat. Malgré tous tes efforts, tu ne m'embêtes pas. Tu as un cœur pur, comme ceux des enfants. Comme les lys des champs ou les oiseaux du ciel. Au Moyen Age, en Italie, le petit saint François étendit dans son couvent d'Assise l'amour de Jésus aux animaux. Il parlait aux mésanges, aux merles, aux fauvettes, leur prêchait l'Évangile comme aux pauvres, comme aux enfants... Tu es un drôle d'oiseau, Théo, mais une âme simple.

— Ah bon, fit Théo gêné. Et qu'est-ce qu'il a dit encore, Jésus ?

— Il parla du malheur. Malheur aux riches, dit-il, malheur

aux ventres pleins, à ceux à qui l'on rend trop d'hommages.

– C'était le monde à l'envers ! dit Théo.

– Révolutionnaire ! Les puissants de l'époque l'avaient très bien compris : car ce sont les notables qui ont condamné Jésus. Il les gênait : il critiquait les prêtres, les marchands, le clergé, les institutions…

– Jésus, c'est comme Che Guevara, dit Théo. Ou bien le sous-commandant Marcos.

Le cardinal ne trouva rien à répondre. Dans son coin, Tante Marthe étouffa discrètement un rire.

Aimer ses ennemis

– J'ai fait une gaffe ? murmura Théo.

– Qu'en pensez-vous, Ottavio ? demanda Tante Marthe ironique.

– Non, *bambino*, tu n'as pas gaffé, reprit le cardinal. Certains rebelles qui défendent les pauvres les armes à la main retrouvent en effet le sens révolutionnaire de Jésus. Et certains prêtres les ont soutenus par compassion pour les déshérités. En Amérique latine, ils ont inventé une conception du catholicisme qui s'appelle la théologie de la Libération…

– Théologie, qu'est-ce que ça veut dire ?

– Discours sur Dieu. Depuis la naissance du judaïsme, les hommes n'ont pas cessé de discuter de Dieu ! Le pape est là pour mettre un peu d'ordre dans leurs débats. Avec les prêtres combattants, il s'est montré sévère : la paix avant tout. Car maintenant, parlons des guerres. Jésus ajouta qu'il fallait aimer ses ennemis, et si l'on te frappait sur la joue, tendre l'autre. Et ça, vois-tu, petit, à l'époque, c'était le contraire de la religion juive. Les juifs, eux, pratiquaient ce qu'on appelle la loi du talion : œil pour œil, dent pour dent. On rendait coup pour coup.

– C'est inexact ! intervint Tante Marthe. La véritable interprétation de la loi du talion, c'est surtout : « Ne fais pas à autrui ce que tu ne veux pas qu'on te fasse. Ne frappe pas si tu ne veux pas être frappé. » Vous avez de cette loi une vision bien réductrice !

– Soit, mais si la guerre répond à la guerre, comment la guerre finira-t-elle ? Jésus n'ignore pas l'existence des guerres. Il les appelle « les douleurs de l'enfantement ». Nation contre nation, royaume contre royaume, trahisons, faux prophètes, tremblement de terre et famines… Jésus prédit tout cela. Mais lorsque le royaume céleste aura gagné à travers le monde, alors les guerres cesseront, dit-il. Le message de Jésus est celui de la paix universelle. D'ailleurs au Vatican, nous avons nos propres diplomates : nous négocions souvent des paix, et ce n'est pas facile. A l'exception des gardes suisses, vieux reste de l'armée pontificale d'autrefois, nous n'avons pas de soldats parmi nous. Souvenez-vous de ce qu'en disait Staline après avoir gagné la Deuxième Guerre mondiale : « Le pape ? Combien de divisions ? » La réponse est simple. Aucune. Mais nous avons la force de l'esprit.

– En aimant ses ennemis ? murmura Théo sceptique. Et ça marche ?

– Jésus dit : aimez vos ennemis, faites du bien à ceux qui vous haïssent.

– Cela me rappelle une phrase de Roberto Rossellini, le cinéaste, dit Tante Marthe. « Si tu as un ennemi, emmerde-le d'amour. » C'est une assez jolie solution.

– Si l'on veut, concéda prudemment le cardinal. Il est vrai qu'aimer ceux qui vous aiment, dit Jésus, ça n'est pas bien compliqué. Tandis qu'aimer ses ennemis !

– Moi, je ne saurais pas, dit Théo. Et d'ailleurs, pour quoi faire ?

– Pour imiter Dieu le Père, qui pardonne. Pour ramener la paix. C'est mieux. Tu ne trouves pas ?

– Non, lança Théo. Un type qui vous fait du mal, il ne faut pas le rater.

– Un type qui te fait du mal, laisse-le faire. C'était la grande idée des martyrs, et on en trouve encore aujourd'hui. On voit des religieuses qui se font torturer, en Argentine, en Algérie, ou des moines secourables à tous et qui se font assassiner. Peut-être te souviens-tu des sept cierges qui brûlaient dans la cathédrale de Paris ? Sept flammes pour la vie de sept religieux kidnappés en Algérie. On apprit un jour qu'ils venaient d'avoir la gorge tranchée. Alors le cardinal Lustiger souffla les bougies une à une et rappela solennellement qu'il fallait aimer ses ennemis.

– Ce n'est pas juste, dit Théo.

– La justice, seul Dieu la connaît vraiment. Jésus, lui, parle de charité. Partager, donner aux autres, ne pas garder pour soi. Voilà pourquoi son message fut immédiatement si populaire : il s'adressait aux pauvres.

– Dis donc, tu te paies ma tête ! s'écria Théo. Après tous les trésors que tu m'as montrés tout à l'heure ? Et ta voiture, et ton beau costume, hein ?

– D'accord, dit le cardinal. Mais il faut bien éduquer les fidèles, et c'est le rôle de l'Église. Il faut organiser les dons aux pauvres, ordonner demande aussi de l'ordre, et l'ordre exige une hiérarchie.

– C'est faible, Ottavio, très faible, observa Tante Marthe.

– Mais nous avons supprimé toutes sortes d'ornements inutiles, nous avons ôté les plumets d'autruche sur la chaise du pape, nous avons simplifié le cérémonial ! Nous lavons les pieds des pauvres humblement… Même le pape !

– Une fois par an ! s'indigna Tante Marthe.

– Mais nous donnons énormément ! Nous avons d'innombrables œuvres de charité !

– Vous n'allez pas recommencer tous les deux, intervint Théo. Et puis c'est vrai, je connais des cathos qui s'occupent des mal logés.

– Ah ! triompha le cardinal.

Tante Marthe enchaîna sur les innombrables crises de l'Église catholique qui, à répétition, connaissait des rébellions pour avoir oublié le message des Évangiles. L'Église était trop riche, elle exploitait les pauvres au lieu de les secourir, elle étalait ses ors, ses monastères, elle se faisait haïr et parfois renverser.

Le cardinal rétorqua que les papes savaient revenir à la vérité du message, et que Jean XXIII, par exemple, avait profondément réformé l'Église catholique en plein xxᵉ siècle, ce n'était pas si vieux. Que d'ailleurs les fidèles avaient bien raison de secouer le vieil arbre et d'en couper les branches mortes, car élaguer un arbre lui fait donner des fruits. Et que tel était le sens de la mort et de la résurrection du Christ, qui, semblable à l'agneau du sacrifice, avait accepté de se laisser tuer.

– Agneau ou berger ? demanda Théo. Ce n'est pas pareil !

– Si, répondit le cardinal. Il est berger et agneau à la fois. Berger de Dieu, car il retrouve les brebis égarées, les malheureux à l'abandon, et agneau de Dieu, sacrifié à la place de tous les autres.

– Alors si Jésus est berger, toi, tu fais partie des chiens dans le troupeau ? dit Théo.

– Va pour le chien, dit le prélat. Un bon gros toutou bien nourri, comme tu vois. Je peux aboyer, mais je ne mords pas.

La nuit allait tomber. Le chauffeur mit la voiture en marche, et l'on repartit vers la ville. Lorsqu'on longea un terrain vague où jouaient des enfants à la lueur des lampadaires, Dom Ottavio fit remarquer que là se trouvaient les nouveaux déshérités du monde, ni à la campagne, ni en ville, mais dans l'entre-deux.

Théo s'était endormi en chemin. En le portant jusqu'à sa chambre, le cardinal lui trouva les joues roses et le teint reposé. Théo dormit jusqu'au dîner ; assis de chaque côté du lit, Tante Marthe et Dom Levi veillèrent sur son sommeil.

– Vraiment, vous le trouvez mieux ? demanda-t-elle. J'ai si peur !

– Si seulement vous saviez prier ! répondit le cardinal à voix basse.

– Mais je prie, Ottavio, à ma façon... murmura-t-elle.

« Ils » sont là...

Le bruit du bouton de la porte réveilla Théo qui cligna des yeux. Un rayon de soleil passait à travers le rideau, il faisait jour. Une chaise grinça : il y avait quelqu'un dans la chambre. Le petit déjeuner, déjà ? Comme il avait dormi !

Quelqu'un ? On aurait dit Maman ! Non. Impossible, elle était à Paris ! Il rêvait...

— Alors, mon chéri ? dit la voix de Papa.

Dressé sur son séant, Théo se réveilla d'un coup. Ce n'était pas un rêve ! Ils étaient là !

— Hourrah ! dit-il en les prenant par le cou. Alors « ils », c'était vous...

Chapitre 9

Aux images de Dieu

Retrouvailles

Pour une surprise, c'en était une. Assise sur le lit, Mélina couvrit son fils de baisers. La larme à l'œil, Jérôme lui tenait la main et la tapotait sans savoir quoi dire. Oui, ils étaient venus ; non, ils n'allaient pas rester longtemps, le temps d'un week-end. Dès le départ, leur visite avait été prévue : de Paris à Rome, un coup d'aile, deux heures de vol, rien de plus facile. Tandis qu'après…

— Après Rome ? dit Théo. Alors si vous ne pouvez pas voler jusqu'à moi, c'est qu'on va aller beaucoup plus loin.

Mélina soupira. Est-ce qu'il mangeait bien, au moins ? Et le sommeil ? N'était-il pas lassé des prises de sang à chaque étape ?

— T'as qu'à demander à Tante Marthe, bougonna-t-il.

Pour cacher son angoisse, Mélina suggéra de faire après le petit déjeuner le tour du pâté de maisons bien tranquillement, ensuite on reviendrait à l'hôtel pour se reposer.

— Ah non ! dit Théo. Le repos, j'en ai marre.

— D'accord, répondit Jérôme. On va faire du tourisme. Habille-toi !

Théo fila sous la douche.

— Jérôme, tu n'es pas raisonnable, dit Mélina.

— Les plaquettes ont remonté, coupa Jérôme. C'est inexplicable, mais les résultats sont là.

— Mais ils ont pu faire une erreur ! Les hôpitaux en Italie…

— Arrête ! Partout dans le monde, nous avons sélectionné les meilleurs. Préfères-tu le voir décliner dans un hôpital parisien ? Non ? Alors calme-toi.

– Où on va ? cria Théo ébouriffé en sortant de la salle de bains. J'aimerais bien prendre le petit déj !

Le premier bilan de Théo

Croissants, tartines, confitures, Théo engloutissait sous l'œil ravi de Mélina. Incontestablement, il y avait du mieux. Le moins que l'on pouvait dire, c'est que l'étrange thérapie de Tante Marthe commençait à porter ses fruits.

– Raconte-nous, mon garçon, lui dit-il. Qu'est-ce que tu as vu de plus intéressant ?

– Tout ! s'écria Théo. J'ai vu des mosquées et des églises, j'ai vu les rives du Nil, les ibis sur leurs pattes noires, les paysannes avec une cruche sur la tête, les papyrus et puis j'ai vu les Pyramides !

– Rien de bien religieux là-dedans, dit Papa. On dirait que tu te promènes en touriste.

– Alors là, tu te goures, dit Théo. Parce que le plus intéressant, ce sont les gens. Ce sont les amis de Tante Marthe, elle connaît plein de monde, Tante Marthe… Rabbi Eliezer, le père Antoine, le cheikh Suleymane, Amal qui est formidable, ce vieux tout bizarre qui fait de l'archéologie à Louksor et même ce cardinal rigolo qu'elle appelle par son prénom…

– Lesquels préfères-tu ? demanda Mélina. Amal ?

– Oh, ils sont tous très gentils, répondit Théo. Amal m'a appris des choses sur la mythologie égyptienne. Je l'aime bien. Mais les autres ne sont pas mal non plus, tu sais…

– Tu as sûrement fait ton choix, dit Papa. Je te connais.

– Bof, dit Théo. Pas vraiment. Ils sont tous très croyants, sauf Amal. Même l'archéologue, il est croyant à sa façon.

– Qu'est-ce que tu veux dire ?

– Il croit aux dieux égyptiens, pardi ! s'écria Théo. J'y crois bien, moi !

– Allons bon, dit Papa. Et les autres religions ?

– Elles sont toutes pareilles, dit Théo. Ils croient en

Dieu, ils veulent le bien de l'humanité, et ils se bagarrent tout le temps. Ils parlent de paix, et ils n'arrêtent pas de se chercher des poux dans la tête ! Tiens, les chrétiens. Vous saviez, vous, qu'il y avait tant d'espèces différentes ? Les Arméniens, les coptes, les Éthiopiens, les orthodoxes, ça n'en finit pas...

— Oui, hein, quelle pagaille ! dit Papa en riant.

— Pas tant que ça, reprit Théo. Au début, le christianisme rassemblait une poignée de gens, mais quand ils se sont installés un peu partout, alors ils ont commencé à se battre chacun pour leurs façons de vivre. C'est qu'ils avaient leurs traditions, ça se comprend. Alors pour mettre de l'ordre dans ce fatras, cela a pris du temps, forcément.

— Forcément, répéta Papa pensif. Et comment t'en es-tu tiré avec le judaïsme ?

— Oh ! fit Théo. J'aime bien Joseph, qui est doux, et Moïse, parce qu'il a tout le temps raison. Je vais la lire, leur Bible. Pleine d'histoires ! Celle de Ruth me plaît beaucoup, parce que Dieu se fait un drôle de croche-pied... Il interdit aux juifs d'épouser les païennes, mais il se débrouille pour que ça arrive quand même ! Dieu est très étrange. Tantôt furax, un peu comme toi quand tu t'énerves, tantôt nounours, comme toi quand tu m'embrasses. Les juifs ne le nomment pas, jamais, tant ils l'aiment. Ils sont censés lui obéir mais ce n'est pas de la tarte... N'empêche, ils encaissent comme des chefs, mais alors, ils peuvent être casse-pieds sur la vie quotidienne, à un point !

— J'imagine que tu n'es pas plus tendre pour l'islam, ajouta Mélina.

— Pourquoi ? dit Théo. Une fois, mon ami le cheikh est venu me voir la nuit dans ma chambre, je ne sais pas ce qu'il m'a fait exactement, mais j'ai dormi, dormi...

— Ah, fit Mélina préoccupée. Tu n'as donc pas encore rencontré d'intégristes musulmans. Eh bien, tu verras...

— Mélina ! intervint Jérôme. Laisse Théo juger.

— Ah, mais ça, c'est parce que Maman est grecque... dit Théo avec un grand sourire.

– D'où sors-tu cette idée, Théo ? demanda Papa surpris.

– Parce que, après la chute de Byzance, les musulmans turcs ont occupé la Grèce… marmonna Théo. Alors les orthodoxes ont résisté. Ce n'est pas cela ?

Jérôme et Mélina échangèrent un regard. Théo n'avait rien perdu de sa précocité.

– Pourquoi te farcir la tête, murmura Mélina d'une voix sourde. Est-ce que tu ne pourrais pas simplement profiter du voyage ?

– D'ailleurs les religions doivent toujours résister, poursuivit Théo qui n'avait pas entendu. C'est comme ça qu'elles deviennent fortes, j'ai bien vu. Sans grands malheurs, pas de religion. Il leur faut des mart…

– Si tu t'arrêtais de gamberger, Théo, coupa Papa.

– Je veux bien, moi, répliqua Théo, mais je n'y arrive pas… Ah ! Si. Une fois à Louksor, tiens, j'avais oublié…

Il s'arrêta. D'un seul coup revenait le souvenir confus de la danse de la cheikha et sa tête se mit à tourner délicieusement.

– Théo ! dit Maman. Sors de tes rêves !

Il ne répondit pas. Sang du coq, cou tranché, fumées, vertige… Les tambours résonnaient, l'odeur de rose et d'encens, le cousin du monde souterrain, la fiancée…

– Théo ! s'effraya Maman.

– Oui, dit-il d'une voix étouffée. Tu sais, Maman, je ne t'ai pas dit, mais j'ai un jumeau maintenant.

– Mon Dieu, murmura-t-elle, protégez-nous…

– Je l'ai senti, continua Théo. J'étais la fiancée, et je dansais avec lui… Mon jumeau du monde souterrain. A Louksor.

Mélina renversa sa tasse sur la nappe. Jérôme lui saisit la main et la serra de toutes ses forces.

– C'est bon, Théo, marmonna-t-il. Mais il ne faut pas trop y penser, mon petit.

– J'y pense pas, dit Théo. Simplement, il me fait du bien.

« Il faudra demander des explications à Marthe, songea Jérôme. Qu'est-ce qu'elle a bien pu manigancer ? »

Un dieu avec un cobra autour du cou

Tante Marthe avait pris son jour de congé pour affaires. « Vous irez vous promener avec Théo », avait-elle annoncé. Jérôme décida qu'on visiterait la villa d'Hadrien. Théo contempla force statues d'un œil morne.

– Superbe, tu ne trouves pas, Théo ? dit Papa en s'arrêtant devant les gisants étrusques.

– Si on veut, répondit Théo.

– Tu t'ennuies ?

– Un peu, dit Théo. Quand est-ce qu'on revoit Tante Marthe ?

Alors le Forum. Théo s'ennuyait toujours. Au Capitole, il écouta sans broncher les explications de Papa sur les oies, qui avertissaient les Romains du danger, sur la roche Tarpéienne, qui symbolisait la déchéance après la gloire sur les cabanes primitives de Romus et de Rémulus, les jumeaux fondateurs de Rome.

– Où elle est, Tante Marthe ? répéta-t-il en redescendant la colline.

– La barbe avec Marthe ! éclata Maman.

– C'est vrai, Théo, nous sommes venus de Paris pour te voir, dit Papa embarrassé. Occupe-toi un peu de nous !

– D'accord. Mais faudrait que je téléphone à Fatou. A moins que vous ne m'aidiez à déchiffrer le prochain message…

– Tu as bien le temps, dit Papa. Regarde autour de toi ! Nous sommes dans la Ville éternelle…

– Ça m'est bien égal, reprit Théo, obstiné. Je voudrais comprendre mon message.

Il fallut s'arrêter dans un café, s'installer à une table, déplier le papier et lire le message abîmé. *Assis sur mon… sacré, je suis le danseur éternel.*

Pour le premier mot manquant, Papa insinua qu'il pourrait s'agir d'un animal.

– Un cheval ? demanda Théo.

219

– Non, dit Papa. Cherche !

– Alors un âne ? Une vache ?

– Tu brûles !

– Un taureau, dit Théo. Zeus transformé en taureau ?
Mais il ne danse pas, Zeus !

Ce n'était pas Zeus, et la suite n'était pas plus claire.

*Viens au bord de mon fleuve, viens dans la plus vieille cité
du monde !*

– Des fleuves, il y en a partout, dit Théo. Le Nil, on l'a
vu, le Tibre à Rome, itou. La plus vieille cité du monde,
c'est Thèbes en Égypte. Est-ce qu'on retourne en Égypte ?

Mais ce n'était pas l'Égypte. Théo composa le numéro
de Fatou.

Troisième indice : serpent, trident

– C'est toi, Théo ? dit tendrement la voix lointaine.
Comment tu vas ?

– Bien, dit Théo. Sauf que j'ai un problème avec le troisième message. En plus, la pluie a effacé deux mots !

– C'est embêtant. Tu veux ton indice ?

– Dame, fit Théo. Je n'ai pas le choix.

– Attends… Message n° 3… Voilà. *J'ai un serpent autour
du cou, et je porte un trident à la main.*

– Oh, l'autre. Qui c'est celui-là ? Rien d'autre ?

– Si, dit la voix. *Regarder les images dans le dictionnaire de
mythologie.* Ça va aller ?

– Faudra bien, soupira Théo. Et toi, ça va ?

– Tu me manques, dit la voix. Je voudrais bien te voir.

– Moi aussi. Mais tu sais, je vais mieux.

– Je suis bien contente. Alors tu vas guérir ?

– Ça, j'aimerais savoir ! On verra bien.

– Je t'embrasse, murmura la voix. Comme toujours.

Clic ! Disparition de Fatou. Théo essuya une larme et
exigea de rentrer à l'hôtel pour consulter les livres. Dans le
dictionnaire, les dieux étaient assis sur des rocs, des
oiseaux, des trônes, perchés sur des branches, couchés sur
des nacelles, embrochés sur des lances, percés de flèches.

Autour du cou, ils n'avaient rien, excepté des colliers. Théo feuilletait les pages sans trouver le danseur au cou entouré d'un serpent. Assis sur un taureau, en plus !

Dépité, il refermait le livre quand Tante Marthe fit irruption.

— Alors, ma petite crevette, on sèche ? dit-elle en l'embrassant.

— Tante Marthe chérie… répondit-il en se blottissant dans ses bras. J'ai tant besoin de toi…

— Qu'est-ce que c'est que cette crise de tendresse, mon Théo, chuchota-t-elle en lui caressant la tête.

— Je vois qu'il s'est bien habitué à toi, dit Mélina avec un soupçon de jalousie.

— Allons, allons… grommela Tante Marthe, gênée. Fais un effort, Théo !

— Je ne trouve pas, dit-il piteusement. Aide-moi !

Tante Marthe rouvrit le livre et mit le doigt sur une page.

— Là, dit-elle. Regarde. Évidemment, l'image est petite. Voilà pourquoi tu ne l'avais pas vue.

C'était un dieu tout nu, avec une peau bleue et plein de bras. L'un tenait un trident, un autre un petit tambour, un troisième une flamme et un quatrième une sorte de hochet. Il riait, et il avait un serpent autour du cou. Un cobra tout sourire à la tête dressée.

— Il est drôle, dit Théo. C'est qui ? Shiv… Shiva. Mais il ne danse pas !

— Si, dit Tante Marthe. Il n'en a pas l'air, mais ses deux jambes dansent.

— Mais pourquoi il a quatre bras et seulement deux jambes ? demanda Théo.

— Ça commence, dit-elle. Les questions, toujours les questions ! A propos, il y en a une que tu ne poses pas, Théo. Tu ne demandes pas où nous allons.

— En Inde, répondit Théo sans hésiter. C'est marqué sur la page. Donc le fleuve est le Gange, et la ville, Bénarès, parce que je le savais au départ. Logique. Par exemple, il me manque toujours un mot dans le message. « On m'adore, et je… » Je quoi ?

– « Délivre », dit Papa. Le mot effacé veut dire délivrer. Tu comprendras plus tard, Théo. En attendant, cette fois il faut se reposer sans discussion !

La grande colère de Mélina

Sitôt la porte refermée, Mélina explosa. Sa belle-sœur avait manqué à son serment ! N'avait-elle pas juré de ne jamais raconter à Théo l'existence d'un jumeau mort à sa naissance ? Comment avait-elle pu…

– Mais, Mélina, je te jure… balbutia la pauvre femme en tremblant. Je ne lui ai rien dit !

Mélina ne la crut pas. Théo avait parlé de son jumeau. Mieux, il s'imaginait l'avoir rencontré ! Alors ?

– Alors je vous ai bien dit qu'à Louksor Théo avait assisté à une cérémonie du Zâr… répondit Tante Marthe.

– En effet, dit Papa. Tu as même ajouté que Théo en était sorti ragaillardi. Mais je ne vois pas le rapport.

– Eh bien… commença Tante Marthe en hésitant.

Le rapport n'était pas facile à expliquer, et la chose allait leur paraître incroyable. Marthe avait vu Théo s'évanouir sans crier gare, puis renaître en dansant…

– Renaître ? dit Mélina choquée. Mais il n'est pas mort !

Enfin, au sortir de la transe, Marthe l'avait distinctement entendu parler de son jumeau. Les faits étaient là.

– Théo en transe… dit Jérôme. Au fond, cela ne me surprend pas. Il est si rêveur.

– Oui, n'est-ce pas ? dit Marthe soulagée. En tout cas, d'après la cheikha, il a bel et bien rencontré son jumeau. Je me demande si vous ne devriez pas lui dire la vérité.

– Non ! cria Mélina. Il est trop fragile !

– Et si ce jumeau caché l'entraînait à votre insu dans le royaume souterrain ? murmura Tante Marthe. Les secrets de famille font parfois de tels dégâts…

– Et si la vérité allait le troubler davantage ? répondit Jérôme. Théo est gravement malade, tu sais bien.

– Je ne le sais que trop ! s'écria-t-elle. Et je suis la première à vouloir le protéger. Laissons faire.

– Cela vaut mieux, dit Mélina aussitôt. L'essentiel, c'est que les résultats soient en progrès, et je ne vois pas ce que mon enfant mort aurait à voir avec les analyses de sang…

Tante Marthe faillit dire que le jumeau mort-né n'y était sans doute pas pour rien, mais elle se retint. Marthe avait son idée sur la guérison de Théo, et la première étape avait rempli toutes ses espérances.

Le dieu dont la femme s'était enflammée

Dom Ottavio réapparut le lendemain. Et puisque les nouvelles étaient bonnes, il proposa une petite visite du musée du Vatican.

– Pas dans son intégralité, ajouta-t-il. J'ai compris la leçon ! Mais juste la partie ethnologique. Je pense que tu seras intéressé, *bambino*.

– A condition que tu ne me tiennes pas par la main. Et on s'arrête quand je veux, promis ?

Promis juré.

– Les bâtiments du Musée missionnaire ethnologique sont entièrement neufs, expliqua Dom Ottavio en entrant dans le hall d'une construction moderne. On y a regroupé les présents offerts aux papes ainsi que des collections assez rares. Tu vas rencontrer là les religions du monde entier, *bambino*. Un résumé de ton voyage, en somme.

– Mais dans tous ces pays, il y a des chrétiens, Théo, ajouta Tante Marthe. C'est pour cette raison que ce musée s'appelle « missionnaire » : tu vas voir les anciens dieux, que les prêtres catholiques ont voulu remplacer par le leur.

– Tous les dieux ramènent à un seul Dieu, murmura le cardinal. L'essentiel est la croyance en la divinité. Nous avons eu cent fois déjà cette discussion, Marthe. Laissez donc Théo découvrir ce qu'il veut.

Théo caressa deux lions chinois, longea la maquette du temple du Ciel de Pékin, s'arrêta un instant devant l'autel des ancêtres, jeta un regard sur les statues bouddhiques, traversa le secteur japonais d'un air indifférent…

– Tu vas trop vite, Théo ! cria Mélina.

– Je cherche quelqu'un, dit Théo en pressant le pas. Tibet… Non. Mongolie, sûrement pas. Indochine… Ah ! Voilà. Inde.

Et il pila net devant la statue d'un dieu au cou entouré d'un serpent, un grand cobra à la tête dressée. Il était bel et bien assis sur un taureau.

– C'est bien lui, dit-il. Mon dieu indien. Tiens, il n'est pas écrit pareil…

– Il y a plusieurs manières d'orthographier les noms de l'Inde, dit le cardinal. Civa avec un C, ou Shiva avec un S, c'est le même. Mais il n'est pas seulement indien : il appartient à l'hindouisme. Son taureau s'appelle Nandi.

– Le taureau a aussi un nom ?

– Nandi est divin, *bambino*. On l'adore aussi.

– Et la dame à côté de Shiva ?

– C'est sa femme Parvati, répondit Tante Marthe. Les dieux hindous sont rarement célibataires. Shiva avait été marié une première fois à une déesse nommée Sati ; mais son père reçut très mal son gendre divin, car Shiva est un dieu mal élevé, farouche et brutal. Sati fut si blessée dans son orgueil d'épouse qu'elle décida de brûler vive, histoire de se venger de son malotru de père.

– Et elle l'a fait ? demanda Mélina horrifiée. Ces mythes sont d'une cruauté !

– Elle s'enflamma, et la terre l'engloutit.

– Pauvre Shiva ! dit Théo. Il était tout seul…

– Non, car plus tard Sati se réincarna sous le nom de Parvati. Or depuis la disparition de sa femme, Shiva s'était plongé dans une méditation éternelle dont rien ne parvenait à le sortir. Pour reconquérir son époux, Sati devenue Parvati se livra à d'incroyables austérités : elle se percha sur une jambe pendant des millions d'années, les plantes se mirent à grimper sur son corps si bien qu'elle devint elle-même comme un arbre. A la fin, touché par cette femme qu'il n'avait pas reconnue, Shiva sortit de son extase et l'épousa.

– Attends, dit Théo. C'était la même ?

– Oui et non. Les hindous croient qu'une fois sortie du corps, l'âme se réincarne aussitôt dans un autre. L'âme ne change pas, mais le corps est différent.

– Ça, c'est intéressant, dit Théo. Combien de fois peut-on se réincarner ?

– Des millions de fois, répondit Tante Marthe. Jusqu'à ce que l'âme ait fait assez de chemin pour atteindre la perfection et se dissoudre enfin dans les airs. Car ne t'y trompe pas, Théo : l'idéal des hindous, c'est de mettre fin à la réincarnation. Or Shiva justement est le seul qui soit capable d'arrêter le cycle.

– Il délivre, reprit Théo. J'ai compris. « On m'adore, et je délivre. » Mais je n'ai pas envie d'être délivré, moi. Je préfère me réincarner.

Mélina frissonna, et Jérôme la prit par les épaules. Le cardinal toussota.

– On n'en est pas là, *bambino*… intervint-il. D'ailleurs les hindous ont un grand sens de la vie ! N'est-ce pas, ma chère Marthe ?

– Oh oui, soupira-t-elle. Shiva est tout à la fois le dieu de la Vie, de la Mort, de la Danse et de la Musique. C'est dire !

– J'ai vu des films où les Indiens se baignent dans le Gange à Bénarès, ça a l'air formidable ! s'écria Théo tout excité. Je pourrais me baigner aussi ?

– On verra, dit Tante Marthe. Je t'emmènerai voir mon ami le grand prêtre qui t'expliquera les rites mieux que moi.

– Mazette ! siffla le cardinal. Un grand prêtre ? Vous avez décidément des relations partout !

– Grand prêtre du temple du Singe divin, s'il vous plaît…

– Un singe divin ! dit Théo pensif. Alors en Inde, il y a des dieux qui ne sont pas des hommes ?

– En quantité, Théo ! répondit Tante Marthe. Ils peuvent être singes, vaches, taureaux, aigles, chevaux, ou bien pierres…

– N'est-ce pas exactement ce que vous appelez l'idolâtrie, monsieur le cardinal ? demanda Jérôme en riant.

Le cardinal haussa les épaules. Le christianisme était plus tolérant avec les dieux animaux que l'islam et le judaïsme : il admettait les représentations de Dieu.

– Les idoles se contentent d'anticiper la forme de l'homme, voilà tout, répondit-il après un léger silence. Avec le temps, l'humanité a découvert le Fils de l'homme, créé à l'image de Dieu. Le divin est présent partout… Il n'y a pas de quoi fouetter un chat.

– Justement, en Égypte, ils ont une déesse chatte, dit Théo. Donc l'Inde et l'Égypte, c'est pareil ? Chic alors !

Théo absout le cardinal

C'était le dernier jour à Rome. Théo utilisa son appareil photo et mitrailla ses parents, pour les emporter avec lui, leur dit-il. Même, il alla les réveiller dans leur lit en les éblouissant avec son flash au petit matin. A table, le cardinal, qui voulait à tout prix compléter l'apprentissage de Théo, essaya vainement de caser les paraboles de l'Évangile.

– Elles sont si belles, pourtant, plaida Dom Ottavio la fourchette à la main. Laisse-moi te raconter la parabole du figuier…

– C'est pas la saison des figues, répondit Théo la bouche pleine de spaghettis.

– Alors celle des vierges sages ? Non ? Celle des trois serviteurs…

– Une autre fois, dit Théo gentiment. Sinon, je vais m'embrouiller, tu comprends ?

– Il a raison, Ottavio. Nous verrons d'autres chrétiens ailleurs, fit remarquer Tante Marthe.

– Dommage, dit le cardinal. A Rome, c'est quand même mieux.

– Péché d'orgueil ! dit Jérôme en levant son verre avec ironie. Ce n'est pas bien, monsieur le cardinal…

– Dites, c'est moi qui confesse ! protesta le cardinal. Ne mélangez pas les rôles, monsieur le directeur de recherches !

– Je n'ai jamais compris ce que voulait dire confesser, dit Théo.

– Un chrétien peut se faire pardonner tous ses péchés, répondit Dom Ottavio avec empressement. Il lui suffit d'aller les raconter à un prêtre, qui lui donne l'absolution au nom de Dieu. « Absolution » signifie « solution totale ». Donc dissolution, effaçage.

– C'est pratique, dit Théo. Comme ça, on peut faire tout ce qu'on veut. Et toi, tu ne pèches jamais ?

– Bien sûr que si, dit le cardinal. Seulement j'ai le pouvoir de confesser, tandis que ton papa ne l'a pas. Que veux-tu, moi, je n'ai ni femme ni enfants, mais je peux donner l'absolution. On ne peut pas tout avoir.

– C'est triste, tout de même, dit Théo.

– Ai-je l'air triste, Théo ? demanda le cardinal. Sérieusement, dis-moi…

– Non, dit Théo. Tu es même très rigolo, au fond.

– Magnifique ! s'exclama le cardinal. Rigolo pour la plus grande gloire de Dieu !

– Les cardinaux comme vous, ça vous réconcilie avec l'Église, admit Jérôme. Moi qui n'aime pas les curés…

– J'avais compris, coupa le prélat. Votre fils me l'a assez répété. Eh bien, vous verrez qu'il finira croyant malgré vous.

– Chiche, dit Théo. Croyant en quoi, à ton avis ?

– Ça, je ne sais pas, répondit Dom Ottavio. Mais ce dont je suis sûr, c'est qu'à force de découvrir toutes les figures de Dieu, il s'en trouvera une pour t'agripper au passage.

– Si ça arrive, je te l'écrirai, conclut Théo.

Le cardinal règle le protocole

Les parents repartirent prendre leur avion pour Paris, Tante Marthe et Théo allaient s'envoler pour Delhi. A l'aéroport, Mélina pleura si fort que Théo se mit à sangloter. Jérôme et Tante Marthe n'osèrent pas les séparer. L'heure tournait.

Alors le cardinal sortit son grand mouchoir.

— Mouche-toi, ordonna-t-il à Théo d'un ton sans réplique.

Surpris, Théo s'arrêta net et se moucha bruyamment.

— Et vous aussi, madame, s'il vous plaît, dit-il en tendant l'objet à Mélina. Vous vous faites du mal avec toutes ces larmes. Un peu, ça va, mais il ne faut pas exagérer.

Mélina se moucha à son tour et cessa de pleurer.

— Parfait, dit le cardinal en repliant posément son mouchoir. Maintenant, vous allez vous embrasser bien gentiment. Là… Embrasse ton papa, *bambino*… Madame, partez avec votre mari, je vous prie. Et toi, Théo, viens par ici, avec ta tante.

Tout était en ordre.

— Vous faites un chef de protocole admirable, mon ami, murmura Tante Marthe. Vous avez réglé cela en un tournemain !

— Le Vatican est une bonne école, chuchota le cardinal. Nous sommes très calés en matière de cérémonial, vous savez…

— Maman ! cria Théo en courant rejoindre Mélina. Prends mes lentilles ! Elles germeront pour toi !

— Merci, mon chéri, murmura Mélina. Je les soignerai bien. Va, mon trésor…

Chapitre 10

L'Inde aux sept visages

Les angoisses de Tante Marthe

Sitôt installé dans l'avion, Théo s'assoupit. En habituée des long-courriers, Tante Marthe ôta ses souliers, allongea les jambes et ouvrit le *Herald Tribune*, mais le cœur n'y était pas. Et si cette aventure abrégeait les jours de son Théo ? Si elle se trompait du tout au tout, et si les médecins…

— Ne te laisse pas aller, ma fille, murmura-t-elle à voix basse. Ils ont déclaré forfait, ces grands spécialistes. Ils l'ont jugé perdu, mais ils sont incapables d'en donner la raison. Virus inconnu… Empoisonnement de type tropical véhiculé par les lignes aériennes… Allons donc ! J'ai raison…

Mais l'étape indienne ne serait pas facile. Le choc de l'immensité, la densité des foules, la proximité animale, l'étrangeté des dieux aux yeux impassibles, la ferveur d'un culte multiforme… Marthe récapitula point par point son dispositif. Se débrouiller pour faire admettre à Théo qu'on attendrait avant de voir Bénarès la dangereuse. Car sur les bords du grand fleuve, brûlaient les morts sur les bûchers… L'œil rivé sur le bleu du ciel, Marthe pensait aux langues de flamme dans la nuit, aux cendres dispersées dans l'eau.

— Il ne verra pas les bûchers, gronda-t-elle. Je sais bien, moi, le pourquoi de Bénarès pour mon Théo.

Mais elle avait beau le savoir, elle en tremblait d'avance. Ah ! Ce n'était pas en vain que la ville de Bénarès adorait

229

le dieu de la Destruction ! Sous quelle forme allait-il se manifester ? La mort, ou la vie ?

— Tu ferais mieux d'analyser les cours de la Bourse, ma fille, se répétait Marthe en regardant d'un œil distrait les chiffres de ses actions à Francfort ou Tokyo.

Les huit religions de l'Inde

Six heures de vol, repas, film, cris des bébés. Sorti de son sommeil, Théo lorgna les mères indiennes qui promenaient leurs rejetons avec une superbe arrogance et les longues filles aux nattes noires tressées de fils d'argent. D'étranges vieillards en complet trois-pièces, la tête coiffée d'un turban pointu sur le devant, achetaient en hors taxes des produits de beauté…

— Dis, Tante Marthe, chuchota Théo, pourquoi mettent-ils leur barbe dans un filet ?

— Parce que ce sont des sikhs, murmura-t-elle. Leur religion leur interdit de se couper le moindre poil. Sous le turban, ils ont un chignon bien noué ; et quand la barbe est longue, ils la replient, c'est plus commode. D'où le filet, comme pour des cheveux…

— Encore les cheveux ! s'exclama Théo. Qu'est-ce qu'ils ont tous à vouloir réglementer les poils, hein ?

— Mais cette fois, il ne s'agit pas des cheveux des femmes. Ce sont les hommes qui sont frappés d'interdit. Ils font ce serment en souvenir des persécutions dont ils ont été l'objet par le passé, et parce que leur maître leur a ordonné d'être constamment prêts à se défendre. Leurs cheveux sont ceux de guerriers. Et ce n'est pas un cas unique : on trouve le même mythe dans la Bible. Connais-tu l'histoire de Samson ?

— Le type à qui sa nana coupe les tifs pour l'affaiblir ?

— Le type, comme tu dis, était un nazir de Dieu. Comme tu t'en souviens, le nazir devait laisser sa tête échevelée, car le cheveu donne à l'homme la force de son Dieu. Or Samson tomba amoureux d'une ennemie des juifs, une femme de la tribu des philistins. Mal lui en prit : Dalila lui coupa les tresses pendant son sommeil. Plus de lien avec Dieu ! On le prit, on lui creva les yeux, on l'attacha aux colonnes du Temple. Seulement on l'y laissa longtemps, et les cheveux repoussèrent. Alors…

— Je sais ! s'écria Théo. Il retrouva ses forces et secoua les colonnes du Temple qui écrasa tout le monde.

— Vois-tu, souvent le cheveu relie le fidèle au divin. En Inde, c'est une touffe sur l'occiput du crâne rasé des brahmanes…

Théo admit qu'il y avait là un problème intéressant et s'intéressa à un moine bouddhiste en robe de bure pourpre. Puis à une Américaine à la peau claire coiffée d'un turban aussi immaculé que ses longs pantalons et son surplis. Puis aux bagues que portait à chaque doigt un gros Indien assoupi sur son siège. Décidément, le vol vers l'Inde n'était pas ordinaire.

— Quelle drôle de religion, lâcha-t-il faute de mieux.

— Laquelle ? demanda Tante Marthe.

— Celle de l'Inde…

— Dis donc, petite crevette, il me semble t'avoir déjà dit qu'il n'y avait pas qu'une seule religion en Inde ! s'indigna Tante Marthe.

— Ah oui, reprit Théo. Il y en a combien, déjà ?

— Au moins huit, dit Tante Marthe. L'hindouisme, le bouddhisme, le jaïnisme, l'islam, la religion des zoroastriens, le sikhisme, le christianisme et même le judaïsme.

— J'ai rien compris, geignit Théo. Répète un peu ?

Patiemment, Tante Marthe expliqua qu'aux origines était le brahmanisme…

— Tu ne l'avais pas dit, celui-là ! protesta Théo.

— C'est vrai, car il n'existe plus sous sa forme ancienne. Le brahmanisme avait tant vieilli qu'il s'est réformé au IIIᵉ siècle sous le nom d'hindouisme. Au jour d'aujourd'hui, plus de sept cents millions d'Indiens sont hindous.

— Ouh là, dit Théo. Ça fait du monde…

Avec l'Inde, il fallait s'habituer à changer d'échelle humaine. A elle seule, la ville de Calcutta comptait au moins deux fois plus d'habitants que l'Autriche entière, et les Indiens n'étaient pas loin de franchir le seuil du milliard d'êtres humains. Le moins peuplé des États de l'Inde l'était déjà plus que toute la France et…

– Arrête ! dit Théo. Tu me donnes le tournis.

Le tournis était inévitable. D'autant que l'hindouisme comprenait un million de dieux, certains avançaient même des chiffres plus importants, trois cent trente millions, bref, on ne savait plus. Mais il ne fallait pas s'affoler : on finissait par en identifier quelques-uns.

– J'en tiens deux, dit Théo. Shiva et Parvati.

Ce n'était pas si mal. Encore fallait-il comprendre le cœur de l'hindouisme : le respect de l'ordre cosmique, l'obéissance à son destin et, dominant tous les gestes de la vie, le devoir de pureté, fixé dès la naissance par les dieux pour chacun des hindous selon sa caste d'origine. Car la pureté n'était pas la même pour tous : la pyramide des « *varna* » propre à l'hindouisme répartissait les hindous en trois hautes castes – les brahmanes, les guerriers, les marchands – à quoi s'ajoutaient les castes de ceux qui les servaient. Les plus purs, les brahmanes, avaient seuls le droit de lire les textes sacrés et s'occupaient de leur rigoureuse application, les guerriers exerçaient le pouvoir politique et défendaient le territoire, les marchands prenaient en charge le commerce. Tous les membres des trois hautes castes étaient « deux fois nés », c'est-à-dire qu'à l'âge de huit ans ils avaient droit à une cérémonie initiatique, seconde naissance qui les transformait en pieux hindous. Eux seuls.

Sous les trois *varna* des deux fois nés se trouvaient les milliers d'autres castes, classées par degrés d'impureté croissante, jusqu'à la limite supportable pour les hommes. Mais il y avait les autres, tous les autres, en deçà de l'humanité. Au plus bas de la liste des exclus se trouvaient les plus impurs qui s'occupaient des morts : car lorsque l'âme s'était échappée, le cadavre demeurait, comble de l'impureté. Dans la conception traditionnelle, ceux-là étaient si « sales » que le système les sortait des castes : ils n'étaient classés nulle part. A l'époque coloniale, les Anglais les avaient appelés « intouchables » tant ils vivaient à l'écart des autres hindous. Le destin leur avait réservé la plus servile des existences, à laquelle ils ne pouvaient pas se dérober. Car la vie de chaque hindou était, en fonction de son rang de naissance, entièrement prévue selon l'ordre cosmique et le système des castes, garant de la pureté générale dont les deux fois nés prenaient le plus grand soin, surtout les premiers d'entre eux, les brahmanes, c'est-à-dire ceux qui possédaient la connaissance des textes sacrés.

Certes, pour protéger le savant équilibre entre les purs privilégiés et les impurs déclassés, les divinités hindoues étaient nombreuses : mais, comme l'avait expliqué M. Laplace, l'archéologue, à propos de la religion égyptienne, elles renvoyaient à une idée unique de la divinité, l'Absolu. Quelle que soit leur caste d'origine, les hindous appelaient l'Absolu le « Brahman », c'est-à-dire l'être pur, l'illimité, l'infini, le Tout, qui n'a pas de forme. Et chaque individu avait en soi son propre principe d'Absolu, l'*atman*, le « soi-même », l'âme individuelle appelée à rejoindre le Tout par la délivrance de la mort avant la prochaine réincarnation, avant la suprême liberté, sortir peut-être enfin de la vie tout court. Les brahmanes avaient hérité leur nom de l'Absolu, le Brahman, dont ils étaient les gardiens : ainsi, contrairement aux apparences, la caste des brahmanes, en accomplissant les rites, garantissait à tous la communion avec l'unique Absolu.

Il y avait plus : avant le brahmanisme, n'existait en Inde qu'une seule déesse, Aditi, la Mère, source de vie. Puis, disait-on, les brahmanes avaient pris l'Inde en main et la grande déesse disparut sous la multiple compagnie des dieux masculins. Bien entendu, les hindous respectaient l'ordre de la nature : à chaque dieu, sa déesse. Ils inventèrent des couples de dieux. Pour chaque dieu, son épouse, et pour chacune, sa fonction. Mais lorsqu'on questionnait un pieux hindou des villes, on voyait que l'image de la divinité unique n'avait pas disparu : car si le bon hindou décidait de consacrer sa vie aux dieux de son choix, son âme individuelle recherchait l'Absolu, comme dans le monde entier. Facilitant les tâches à l'intérieur de la société, les divinités hindoues symbolisaient chacune un élément de la vie : pour chaque activité existait un dieu, ou une déesse. Pour la richesse, la déesse Lakshmi ; pour les arts, la déesse Sarasvati ; pour le foyer et les affaires, le dieu Ganesh, et ainsi de suite…

– Pratique, dit Théo. Va falloir que je m'en trouve un.

Mais une fois épluchées les divinités hindoues, restaient les autres dieux.

– Le Bouddha ? dit Théo.

– Le Bouddha n'était pas un dieu ! s'écria Tante Marthe. Le Bouddha était un prince né d'une reine avant de renoncer au monde. Il a découvert la souffrance humaine sous… Enfin, Théo, sous deux figures effrayantes, la maladie et la vieillesse. Puis il avait croisé sur son chemin un moine au visage paisible. Alors il s'était retiré pour méditer jusqu'à la voie de la vérité. Ensuite, on pouvait constater que beaucoup s'étaient mis à l'adorer.

– Bon, dit Théo. Le Bouddha est donc devenu dieu.

Mais Tante Marthe se sentait coupable, car elle avait soigneusement passé sous silence la troisième figure de la souffrance, celle qui avait poussé le jeune prince Gautama sur la voie du renoncement : la vue d'un cadavre. Alors, plutôt que de ruminer ses remords, Tante Marthe raconta comment, à la même époque, naquit aussi en Inde, presque au même endroit, un autre jeune prince qui renonça au monde lui aussi et qui, sous le nom de Mahavira, fonda le jaïnisme, religion cousine du bouddhisme. Mais le plus frappant, c'était que ni l'un ni l'autre n'était de la caste la plus haute, celle des brahmanes garants de la pureté. Ils étaient tous les deux de celle des princes et guerriers, juste un cran en dessous. Voilà pourquoi, par souci d'égalité, Mahavira et le Bouddha inventèrent deux religions ouvertes à tous sans distinction de caste. C'était un grand progrès.

Le fondateur du jaïnisme, Mahavira, prêchait le respect absolu des espèces vivantes, auxquelles il était interdit de porter atteinte. Les jaïns étaient donc strictement végétariens, ne mangeaient ni œufs ni racines, et redoutaient par-dessus tout de tuer du vivant : au point de balayer la route devant eux pour ne pas écraser un insecte et de porter sur la bouche un carré de mousseline blanche de peur d'avaler par mégarde un être microscopique invisible.

— Remarque, c'est sympa, commenta Théo.

— Sympa, mais pas commode, répliqua Tante Marthe. En plus, ils se sont divisés en deux branches : ceux qui vivent vêtus de blanc, et ceux qui vivent vêtus d'espace, autant dire entièrement nus.

— Des nudistes ? dit Théo. Pourquoi pas ?

— Bien sûr… Mais les nudistes ne passent pas leur vie entière dans la nudité intégrale, tandis que les jaïns vêtus d'espace ne s'habillent jamais.

— Hindouisme, bouddhisme, jaïnisme, plus les trois que je connais, juifs, chrétiens, musulmans, ça fait six religions, compta Théo. Ceux de Zoroastre, tu m'en as déjà parlé, sept.

Il ne restait plus que le sikhisme, dont le dieu était adoré sous la forme d'un Livre vivant.

— Vivant ? dit Théo. Tu plaisantes !

Dans les temples sikhs, qu'on appelait *gouroudwara*, la Maison du Maître, Théo verrait le Livre-dieu de ses propres yeux. On ne comptait pas moins de dix-sept millions de sikhs en Inde, presque autant que de chrétiens, vingt millions. Les musulmans, eux, étaient près de cent vingt millions, les jaïns, quatre millions, les bouddhistes, cinq millions, et les zoroastriens, plus connus sous le nom de parsis, moins de cent mille. Quant aux juifs, ils n'étaient désormais plus que quelques milliers, une misère ; les autres avaient émigré en Israël.

— Évidemment, dit Théo. A cause des persécutions !

— Justement non. S'il est un pays où jamais, au grand jamais, les juifs n'ont été persécutés, ce pays est l'Inde, Théo. Les juifs de l'Inde ont émigré d'eux-mêmes, sans autre raison que de rejoindre à leur tour Jérusalem.

— Forcément ! A force d'entendre « l'an prochain à Jérusalem », ils doivent avoir envie d'y aller ! N'empêche, en Inde, on laisse les gens libres de faire ce qu'ils veulent !

— Oui et non, reprit Tante Marthe embarrassée. Entre hindous et musulmans, les choses ne sont pas simples ! Pour de sombres raisons de vache et de cochon éclatent de sanglantes émeutes… Ne me regarde pas comme ça, Théo, j'ai bien dit vache et cochon ! De temps en temps, par provocation, les hindous jettent une queue de porc par-dessus l'enceinte d'une mosquée, car dans l'islam, le porc est strictement interdit, comme dans la Bible… Du coup, les musulmans jettent un morceau de vache dans l'enceinte des temples hindous, car dans l'hindouisme la vache est sacrée…

– C'est vrai, ça ! dit Théo. On va en voir, des vaches ?

A coup sûr ! Deux cents millions de vaches sacrées ne passaient pas vraiment inaperçues. Mais elles ne ressemblaient guère à leurs cousines européennes : plutôt maigrichonnes, elles donnaient peu de lait.

– Mais qu'est-ce qu'on en fait, alors ? dit Théo.

On avait le droit de les traire, mais pour l'ensemble les vaches faisaient surtout ce qui leur passait par la tête. Brouter, vagabonder, traînasser, se coucher au beau milieu des voies ferrées, bref, elles étaient libres.

– C'est chouette, un pays comme ça, fit Théo, admiratif. Et les autres animaux ?

Presque tous étaient représentés sous la forme de dieux, à l'exception du chien, car le pauvre animal, chassé à coups de pied, était considéré comme la réincarnation de l'âme d'un voleur. On pouvait voir en Inde un singe divin, un taureau divin, un aigle-dieu, un dieu-cheval, un dieu-éléphant, et même des dieux sous la forme de milliers de rats… A Bikaner, on adorait ces charmants animaux dans un temple consacré aux âmes d'une basse caste qui avaient réussi à sauter jusqu'à l'étage du rongeur par miracle. La légende ne disait pas de quel étage des castes ils étaient partis…

– La puce ? suggéra Théo. Adorer les rats, c'est zarbi, quand même !

– Tu n'as pas fini de rencontrer du bizarre en Inde, répondit Tante Marthe pour prouver qu'elle savait son verlan.

– Et la dame tout en blanc, là-bas, avec son turban bizarre, qu'est-ce que c'est ?

– Oh, une Anglo-Saxonne, lâcha Tante Marthe négligemment. Elle doit appartenir à la secte des « filles de Brahma » qui ne fait aucun mal. Lorsqu'ils se sentent trop perdus, les Occidentaux adorent se déguiser l'âme : alors ils se précipitent en Inde, dans des lieux de retraite conçus à leur usage, avec extases collectives et dévotion effrénée, et les Indiens en tirent beaucoup d'argent. Ce sont d'excellents commerçants. Ils ont même trouvé un nom très amusant pour ce commerce d'un genre particulier : « Karma-Cola. »

– Karma-Cola ? Comme Coca-Cola ?

– Oui, sauf que le mot « karma », dans l'hindouisme, signifie quelque chose comme le destin individuel. Tu as déjà entendu ce mot-là, j'imagine ?

– Oui, dit Théo. Maman a une amie un peu cinglée qui parle tout le temps de son karma avec des airs... Ça fait rigoler Papa.

– Il a bien raison, dit Tante Marthe. Mais ça fait rigoler les Indiens de la même façon. Car on ne peut pas devenir hindou. On est né hindou ou pas, voilà. Alors les Occidentaux déguisés, évidemment...

– En quoi ça les dérange ? dit Théo.

– En rien, mais en Inde, chacun sait de quoi il retourne. A la rigueur, un Occidental pourrait se réincarner en hindou dans une vie ultérieure, ou bien il a pu l'être dans une vie antérieure, mais pour le présent, rien à faire !

– La réincarnation, dit Théo rêveur. Ça, c'est intéressant. On a donc plusieurs vies. Des milliers de vies...

– Meilleures si l'on est sage, et pires si on fait des bêtises, bougonna Tante Marthe. Ne commence pas, s'il te plaît !

– Mais j'ai rien fait ! geignit Théo. J'essaie juste de comprendre, et tous ces trucs, c'est galère !

Certes, tous ces trucs formaient une mosaïque compliquée, mais comme chaque religion avait ses rites et ses costumes, on s'y retrouvait assez bien. Encore fallait-il ajouter à la liste des huit religions l'immense population des animistes, répartis un peu partout en Inde, et qui, comme en Afrique, adoraient leurs innombrables divinités fétiches en toute sérénité.

– Et comment je vais faire avec mon carnet ? demanda Théo en se grattant la tête. Tu te rends compte, caser des millions et des millions de dieux !

Tante Marthe sourit. Théo n'allait pas tarder à comprendre qu'en Inde le classement dans son carnet était simplement impossible.

Ila, et quelques animaux

A 4 heures du matin, entre la passerelle et le couloir de l'aéroport, Théo reçut une bouffée d'air chaud à l'odeur de miel et de bitume. La foule se pressait derrière des barrières, chacun portant une pancarte avec des noms inscrits en capitales. Bousculée, Tante Marthe poussa son chariot en jurant : l'arrivée à Delhi était toujours chaotique.

– Marthe ! cria une voix de femme.

– Ah ! Elle est là, soupira Tante Marthe soulagée.

Une jeune femme en tunique-pantalon rose vif se précipita sur Marthe et se jeta dans ses bras. Puis elle regarda Théo avec un mélange d'émotion et de gaieté.

– Je te présente mon amie Ila, dit Tante Marthe.

Ila joignit les mains et s'inclina. Comme elle était belle ! Elle ressemblait à la déesse Héra de *La Colère des dieux*. Sur l'aile droite de son petit nez brillait un minuscule diamant en forme de marguerite. Ses yeux, ses boucles noires, ses dents très blanches, tout souriait en elle, même le grain de beauté qu'elle avait au coin des lèvres. Ravi, Théo joignit les mains à son tour.

– On dit « *namaskar* », enseigna Tante Marthe. Cela veut dire « bonjour ».

– *Namaskar*, répéta gravement Théo. Tu vas bien ?

– Très bien, répondit-elle poliment. Le *sardar* nous attend avec son taxi.

Le *sardar* était un jeune barbu aux cheveux longs et bouclés. Dans la voiture, Mme Ila expliqua à Théo que tous les sikhs avaient le titre de *sardar*, qu'ils conduisaient souvent les taxis et qu'elle les aimait beaucoup, parce qu'ils étaient dévoués.

– Dis, Tante Marthe, il n'a pas de turban, chuchota Théo. Ce n'est pas un vrai sikh !

– T'ai-je dit que le turban était obligatoire ? répondit vertement Tante Marthe. La barbe et les cheveux, oui. Le turban, non.

A peine visibles dans le brouillard de la nuit, des ombres emmitouflées cheminaient sur le bord des routes obscures. Soudain, le blanc arrière-train d'une vache apparut dans la lueur des phares et la voiture ralentit.

– Une vache sacrée ! s'écria Théo.

– Oui, et elle nous embête, grogna Tante Marthe. Est-ce qu'elle va se pousser à la fin ?

Le *sardar* manœuvra pour contourner l'animal, qui se mit à brouter un bout de papier journal abandonné. Dans la brume apparut une silhouette gigantesque, que Théo prit pour un camion. Un camion drôlement lent. Mais lorsque la voiture le doubla, Théo aperçut deux immenses oreilles et la trompe. Un éléphant qui transportait des brassées de feuillages.

– Bravo, Théo ! dit Ila. Quand on voit un éléphant, c'est très auspicieux.

– Cela porte bonheur, expliqua vite Tante Marthe. Ila utilise parfois des mots anglais. « *Auspicious* », en anglais, veut dire « qui porte chance ».

– Qu'est-ce qu'on va voir comme autres animaux ? demanda Théo tout excité.

Une armée de singes, deux ou trois chèvres à l'oreille tombante, un troupeau de moutons poussés par un berger et des files de voitures klaxonnant à qui mieux mieux. Il y avait aussi l'humanité. Partout s'allumaient des petits feux autour desquels se rassemblaient les gens. De longs filets de fumée s'élevaient à travers la cime des arbres ; l'air semblait infiniment bleu. La lumière devint rose sur la ville ; avant d'arriver à l'hôtel Taj Palace, Théo eut le temps d'apercevoir un vol de perroquets vert pomme, des milans planant à la recherche d'une rapine, et, très haut dans le ciel, le cercle des vautours étalant leurs grandes ailes sombres qu'achevaient des rémiges blanches.

La voiture s'arrêta au bas de l'escalier de marbre. Un guerrier barbu coiffé d'un turban à aigrette ouvrit solennellement la porte de la voiture. Ahuri, Théo se retrouva dans une chambre immense. Une coupe de fruits attendait sur la table, à côté d'un bouquet dont Théo reconnut l'odeur aussitôt.

— Des tubéreuses ! cria-t-il joyeux. J'ai faim !

Ila éplucha la banane et coupa en deux une papaye à chair rose en expliquant à Théo qu'il ne fallait jamais manger de fruits en Inde sans les peler. Quant à l'eau, il fallait faire très attention et ne boire que de l'eau minérale. Même pour se brosser les dents.

— Elle est si dangereuse, votre eau ? fit Théo.

En Inde, la question de l'eau était grave. Chez elle, Ila avait installé un système d'eau potable, mais si cher que seuls les gens aisés pouvaient se l'offrir.

— Et tu fais quoi comme métier ? demanda Théo, pratique.

Ila s'occupait de sa famille et écrivait des romans, ce qui ne rapportait pas beaucoup d'argent. Mais son mari, Sudhir, était pilote de ligne, et ça, c'était une situation intéressante. Ila commençait à parler de ses deux enfants lorsque Marthe décida qu'il fallait se coucher. Théo mit du temps à s'endormir. Tant d'animaux ! Tant d'humains différents !

Théo choisit le dieu-éléphant

Vers midi, Tante Marthe réveilla Théo qui dormait à poings fermés. Par la fenêtre, il repéra un dôme majestueux, flanqué de colonnades. Un temple hindou !

— Pas tout à fait, rectifia Tante Marthe. C'est le dôme du palais présidentiel, l'ancienne résidence des vice-rois de l'Empire britannique. Si c'est un temple, alors c'est celui de la démocratie indienne !

Mais les temples ? Le bras tendu, Marthe montra à son neveu de minuscules édifices en forme de poire, disséminés à travers les frondaisons de la ville-jardin. Les plus grands temples de l'Inde ne se trouvaient pas dans la capitale. Ni même à Bénarès. Ils étaient tous au Sud : d'immenses enfilades de cours et de bassins, majestueusement entourés d'énormes frontons sculptés. L'été, sur le sol surchauffé, on s'y brûlait la plante des pieds qu'il fallait déchausser...

– Déchausser ? murmura Théo.

En Inde, dans tous les lieux de culte, on pénétrait pieds nus, en signe de respect. Sans doute la coutume venait-elle de l'hindouisme, car le cuir, fabriqué à partir de la peau de la vache, était interdit dans l'enceinte du temple. Ensuite, quand les conquérants musulmans s'installèrent sur le territoire de l'Inde, on se déchaussa dans les mosquées, comme l'exige l'islam. Même dans les églises et les synagogues, on entrait pieds nus. Peut-être simplement pour ne pas souiller les espaces sacrés avec les saletés de la rue...

– Voilà pourquoi je t'ai fait emporter tant de socquettes, conclut Tante Marthe. Pour le trop chaud ou bien pour le mouillé. Quand le carreau d'un temple vient d'être lavé à grande eau, tu les apprécieras ! Maintenant, tes médicaments. Ensuite, on va manger chinois.

Le restaurant chinois était plein de dames en saris de toutes les couleurs, couvertes de bijoux, jusque dans les ailes du nez.

– Tante Marthe, pourquoi portent-elles un diamant dans le nez ? demanda soudain Théo.

– C'est comme une boucle d'oreille, sauf qu'on perce la narine. Ila dit que cela ne fait pas mal. Tu ne trouves pas cela joli ?

– Si, admit-il. On en rapportera un pour Maman.

L'après-midi fut consacré à la visite d'un musée pas comme les autres. C'était un grand village où, sur tout le pourtour, des artisans travaillaient en plein air, forgeant des figurines, sculptant des statues ou s'appliquant à peindre, avec un pinceau à trois poils, de fines miniatures.

– Il faut acquérir un dieu, décida Tante Marthe. Fais ton choix.

Théo hésita. Les petites statues n'étaient guère engageantes.

– Pourquoi les dieux ont tant de bras ? demanda-t-il.

– Simplement pour représenter le mouvement, répondit Tante Marthe. Et pour faire simultanément des actions qui sont contradictoires, créer d'un bras, détruire de l'autre, par exemple. Cela permet aussi de placer dans chacune des mains une arme, ou un symbole. Tiens, ton Shiva, le dieu de l'Ascèse et de la Danse : une main pour le trident, signe de la méditation, une autre pour le petit tambour à deux faces, symbole de la vibration créatrice, et les deux autres libres, pour l'équilibre. Regarde celle-ci qui vient du Bengale…

Juchée sur un lion, la déesse aux quatre bras tenait au bout de ses quarante doigts une hache, un coutelas, une lance, un harpon. Armée jusqu'au sourire, elle terrassait un démon à corps animal.

– Dis donc, elle est terrible, murmura Théo impressionné.

– Elle est dans son rôle, reprit Tante Marthe. Elle s'appelle Dourga, la Très Puissante. Les dieux l'ont créée pour détruire un démon-buffle qui dévastait la terre. Voilà pourquoi les Indiens l'appellent aussi « la Mère », car elle protège. Regarde l'autre déesse à ses côtés… Tu la vois ?

Les cheveux hérissés, les yeux exorbités, celle-ci tirait une langue énorme dans un hideux sourire. Les armes qu'elle avait dans ses huit mains dégoulinaient de sang, et elle piétinait allègrement un corps très blanc. La langue de la déesse était si bien tirée qu'elle descendait jusqu'au cou…

– Elle est répugnante, fit Théo en grimaçant.

– Kâli fait toujours cet effet, sourit Tante Marthe. Elle fut engendrée par les plus grands des dieux qui réunirent leurs efforts pour débarrasser la terre de ses démons. Kâli est la plus vénérée des déesses mères de l'Inde. Car toute mère a deux visages : un souriant, un furieux. Non ?

– Non, dit Théo. Je n'ai jamais vu Maman tirer la langue.

– Ah ! La langue tirée de Kâli est une étrange histoire.

Quand elle entra sur la scène du monde pour y détruire les démons illusoires, Kâli était si pressée qu'elle marcha par mégarde sur le corps de Shiva, l'un de ses créateurs. De surprise, elle tira la langue…

– Genre « sacré bon Dieu, qu'est-ce que j'ai fichu » ?

– Mais tu jures, Théo ! Dis donc ! Enfin c'est vrai, Kâli était ennuyée. Ensuite, quand elle comprit qu'un Shiva corporel n'était pas vraiment le dieu, elle repartit de plus belle en détruisant tout sur son passage… Si tu l'examines de près, tu verras Shiva sous ses pieds. Depuis lors, Kâli tire la langue pour l'éternité.

– Moi, si je tire la langue, elle ne va pas jusqu'au bout du menton ! dit Théo.

Et il tira un bout de langue sans résultat.

– Pour y parvenir, il faut être un yogi, dit Tante Marthe. Viens t'asseoir, c'est un peu long à expliquer.

Retirés du monde, les yogis pratiquaient une sorte de gymnastique qui les conduisait à l'extase. Leur technique était spectaculaire, mais toujours destinée à la méditation. En trois mille ans, ils avaient mis au point toutes sortes de recettes pour nettoyer le corps, l'empêcher de vieillir, le purifier entièrement, en absorbant de l'eau salée par les narines, en avalant un chiffon d'environ six mètres qu'ils ressortaient ensuite…

– Attends, dit Théo. C'est carrément impossible !

– Eh bien, si tu veux, tu prendras des leçons. Cela te fera le plus grand bien.

– Et la langue tirée dans tout ça ?

– La langue, c'est compliqué. Pour arriver à l'extase, il faut savoir suspendre son souffle très longtemps. Alors les yogis se bouchent carrément le fond de la gorge en retournant leur langue vers l'intérieur… Et pour y parvenir, ils coupent les petits muscles qui l'attachent à la mâchoire inférieure.

– C'est dingue ! s'écria Théo. Ils se coupent la langue ?

– Au contraire ! Ils la libèrent. Tout doucement, jour après jour, avec le tranchant d'une feuille sèche. Cela prend des années, mais ça marche. Kâli tire la langue parce qu'elle est une *yogini*, c'est-à-dire une déesse inspirée par le yoga. Est-ce clair ?

– Sais pas, bougonna Théo en se relevant. Dans le genre, j'ai jamais rien vu d'aussi tordu. Je ne veux ni de Dourga ni de Kâli. Trouve-moi autre chose !

Sans hésiter, Tante Marthe attrapa une drôle de statue. Un éléphant dodu, dont la trompe enroulée allait chatouiller le ventre.

– Il est marrant ! s'écria Théo.

– Je pensais bien qu'il te plairait.

Le dieu-éléphant s'appelait Ganesh. A l'origine, il avait été inventé par l'épouse de Shiva, Parvati, à la suite d'une scène de ménage. Pour se venger, elle s'était fabriqué un fils modelé dans de la glaise et l'avait placé à la porte de sa chambre pour barrer le chemin à son mari. Furieux, Shiva avait décapité l'enfant de glaise, d'un coup sec. Mais devant les sanglots de sa femme, il avait promis de recoller sur le corps de Ganesh la tête du premier être vivant qui passerait par là.

– Ce fut un éléphant ! s'écria Théo.

Naturellement. Ganesh se mit à grossir, à tel point qu'il fut obligé de s'asseoir. Il devint le dieu du Foyer, celui du Bonheur et des Enfants. Aussi, Ganesh raffolait du sucre et du lait. Une année – ce n'était pas si vieux – toutes les statues de Ganesh se mirent à boire le lait qu'on leur offrait. Pendant deux jours, des foules firent la queue devant les temples pour assister à ce miracle : le dieu-enfant buvait le lait !

– Papa dit qu'il ne faut pas croire aux miracles, dit Théo. Toutes les statues ? Même en bois ?

– Non, sourit Tante Marthe. Les Ganesh de bois ne buvaient pas.

– En marbre et en métal, ça colle, dit Théo. J'ai fait ça en physique. Tu approches un liquide, et au contact, il se fait absorber. Bête comme chou.

Bête comme chou. Au deuxième jour du miracle, un célèbre journaliste avait fait scandale dans son émission de télé matinale en invitant son voisin cordonnier, qui avait fait boire du lait sans effort à la forme en laiton sur laquelle il confectionnait ses chaussures… La démonstration était limpide, mais les partis religieux avaient porté plainte pour atteinte au sacré. Car en Inde le miracle faisait partie de la vie quotidienne, et Ganesh était le plus populaire de tous les dieux du panthéon indien.

– C'est vrai qu'il est sympa, admit Théo. Je le prends.

Le petit dieu était en laiton doré, avec un haut diadème et des pendants d'oreilles. Il n'avait qu'une seule défense à la bouche. Théo voulut le rendre au marchand, mais Tante Marthe l'arrêta : il ne s'agissait pas d'une malfaçon. Dans les temps très anciens, Ganesh avait donné l'autre défense à un poète, en guise de plume pour écrire la première des grandes épopées de son pays.

Le religiorama

Le deuxième jour, en compagnie d'Ila, Tante Marthe emmena Théo faire le tour des religions de l'Inde à travers la ville.

– Je t'ai préparé un circuit panoramique des religions, dit-elle. Mais attention ! On doit être rentré avant le coucher du soleil, 6 heures, dernier délai. Sinon, c'est fatigant.

Un, le temple hindou. Doucement, Ila entreprit de guider Théo. D'abord, se déchausser. Ensuite, faire sonner la cloche. Enfin, se prosterner devant chaque autel. Les fidèles pressés se déchaussaient en un clin d'œil, touchaient la cloche négligemment, mais, les mains jointes devant les autels, ils priaient avec une intense ferveur, en silence. Quelle dévotion ! Pourtant, ces dieux-là n'avaient rien de très impressionnant… Drapés de satin rouge et de guirlandes fraîches, ils avaient un visage de poupée, des regards d'émail noir, un sourire ravi. Ila les nomma un par un : ici, le dieu Ram, avec sa femme Sita ; là, le dieu Krishna, avec son amante Radha…

– Ce n'est pas sa femme ? demanda Théo.

Non. Chacun de leur côté, Radha et Krishna étaient mariés. Mais puisque Krishna était dieu, il en avait le

245

droit ; quant à la mortelle Radha, elle avait été divinisée en vitesse.

– Être dieu, c'est épatant, tout de même, commenta Théo.

Deux, la *gouroudwara* des sikhs. On n'y entrait pas comme dans un moulin : il fallait se déchausser et se laver les pieds. Théo ronchonna. Mais lorsqu'il déboucha sur les marches qui conduisaient au bassin sacré, il changea d'avis. Resplendissante sous le soleil, la blanche *gouroudwara* était peuplée de sikhs vêtus de bleu, le sabre au côté, et coiffés de turbans gigantesques où brillaient des croissants d'or. On y priait le Livre, en chantant. De longues files de pèlerins joyeux attendaient leur tour en papotant.

– Eh bien, voilà ! s'écria Théo. Ici, ça vit !

Ila sourit. Bien qu'elle fût hindoue, parmi les Indiens, les sikhs étaient ses préférés. Et pourtant, ils étaient guerriers… Elle jugea que ce paradoxe demandait une explication.

– Les sikhs se sont inspirés de l'islam et de l'hindouisme, commença-t-elle.

– Doucement, répondit Théo. Explique.

Ila raconta donc la merveilleuse histoire du maître Nanak, dont on ne savait pas s'il était né hindou ou musulman, si bien qu'à sa mort les deux communautés l'avaient revendiqué comme l'un des leurs, tant il était bon et généreux. Puisant dans l'hindouisme et dans l'islam en même temps, le maître Nanak avait imaginé une nouvelle religion dans laquelle il avait fusionné l'idéal de pureté, l'assistance aux déshérités et l'égalité de tous, qui ne faisait pas du tout partie de l'hindouisme, à cause du système des castes. Mais, sous prétexte que l'islam n'autorisait aucun apport religieux venu d'ailleurs, un empereur musulman les exécuta en masse.

– Encore ! s'exclama Théo.

Alors le septième maître rassembla ses derniers fidèles pour éprouver leur courage. Devant une grande tente, il demanda qu'on voulût bien se présenter à la mort : ceux qui s'offriraient volontairement seraient égorgés sur-le-champ. Il n'y en eut que six : d'anciens intouchables. Le maître les fit entrer dans la tente… Médusés, les autres entendirent le bruit sourd des corps qui tombaient et virent couler des ruisseaux de sang sur le sol. Mais quand le maître rouvrit les panneaux de la tente, les six courageux se tenaient debout, bien vivants : à leur place, gisaient six moutons décapités.

– Tiens, c'est Isaac multiplié par six, remarqua Théo.

Mais la suite était différente. Car le maître exigea que, désormais, les sikhs fissent preuve du même courage que les six volontaires, et qu'ils se tinssent toujours prêts au combat. Ils portaient donc toujours un poignard sur eux et, souvent, le sabre au côté, pour se défendre en cas d'attaque. Après quoi, le septième maître demanda aux sikhs de vénérer le dernier maître vivant, qui ne serait pas lui, mais un Livre. Le Grant Sahib, le Livre sacré des sikhs, que l'on psalmodiait chaque jour, et que chaque soir on fermait religieusement avant d'aller dormir. Les sikhs appartenaient donc aux religions monothéistes, dont ils avaient hérité le passage du sacrifice humain au Livre et au Dieu unique.

– Ça fait quatre religions monothéistes, et pas trois, conclut Théo.

– Plus quelques autres, persifla Tante Marthe. Dont deux que tu connais, la religion fondée par Akhenaton et celle prêchée par Zarathoustra. Et ce n'est pas fini…

Trois, la cité musulmane de Nizamuddin.

La voiture s'engagea dans la ruelle d'un bidonville misérable. Cette fois, quand elle descendit, Ila se plaça craintivement derrière le large dos de Tante Marthe.

– Ma parole, tu as peur ! lui lança Tante Marthe d'un air grondeur.

– No… on, murmura Ila embarrassée. Mais je suis hindoue, et « ils » le savent bien.

Haussant les épaules, Tante Marthe avança, la main en visière. Des grappes d'enfants s'agglutinaient devant des éventaires où l'on vendait des galettes grillées, des colliers de roses rouges et des écharpes légères, vert amande. Tante Marthe cherchait quelqu'un.

– Je l'avais averti pourtant, marmonna-t-elle. Où se cache-t-il ? Ah ! Le voici.

Maigre comme un coucou, un homme en tunique noire et en toque de fourrure synthétique lui serra la main avec émotion. Il fallut encore se déchausser.

– Je te préviens, Théo, souffla Tante Marthe en délaçant ses baskets, nous allons traverser un couloir désagréable. Souviens-toi : dans cette cité, il est interdit de donner aux mendiants. Laisse-toi guider par notre ami Nizami.

M. Nizami tendit obligeamment la main pour ouvrir le chemin. Dans l'étroit corridor, par familles entières, des malheureux tendaient la main : des enfants endormis étaient couverts de mouches, et les femmes, petites et décharnées, avaient l'air de mourir de faim. M. Nizami passa sans s'arrêter. Le cœur au bord des lèvres, Théo frémit d'angoisse. A gauche, puis à droite… Le long corridor s'ouvrait sur la clarté. Ébloui, Théo s'arrêta.

La cité soufie

Au milieu s'élevait le mausolée du saint nommé Niza-muddin. Collées contre les parois de marbre à l'extérieur, les femmes priaient à voix basse ; les hommes, eux, avaient le droit d'entrer pour se recueillir devant la longue tombe couverte de voiles verts aux franges d'or. Sur le côté étaient assis des gens bizarres, arborant des couvre-chefs où ils avaient cousu d'innombrables pièces de monnaies de cuivre, et qui bayaient aux corneilles en roulant des yeux en tous les sens. Au fond, adossés contre des murs si finement sculptés qu'on aurait dit de la dentelle, quelques vieillards majestueux égrenaient leur chapelet en silence. Le lieu était animé d'une vie turbulente, mais d'une parfaite sérénité.

– Nous sommes chez les soufis, Théo, annonça Tante Marthe. Ce sont des musulmans qui ont fait de l'amour de Dieu leur idéal, et de la tolérance leur loi. Leur islam n'est pas exclusif : il accepte sans distinction les amoureux de Dieu, pourvu qu'ils cherchent à le rencontrer directement.

Toutes les religions sont admises ici ; les hindous y viennent adorer le saint musulman, et là-bas, en haut des marches, on soigne les malades mentaux venus de l'Inde entière, quelle que soit leur religion.

– Des fous ? dit Théo troublé. Dans une église ?

– Une église ? s'indigna Tante Marthe. Ne vois-tu pas la petite mosquée, sur la droite ? Mais je te signale qu'au Moyen Age les fous trouvaient l'asile dans nos églises. Car à l'ombre de Dieu, les malades mentaux vivent paisiblement.

– Ceux-là ? demanda Théo en désignant les gens bizarres.

– Justement. On les appelle des fakirs, des fous de Dieu. Ce sont des illuminés qui ne sont pas méchants. On leur fiche la paix, et quand ils s'énervent, on les calme en chantant. D'ailleurs, notre ami Nizami me fait signe : c'est l'heure.

Et elle se laissa tomber sur la margelle entourant le mausolée. Intimidé, Théo s'assit sur une natte. L'heure de quoi ?

C'était le moment béni de l'arrivée des *kawwali*, les chanteurs soufis. Au son des tambours et d'un harmonium portatif, ils lançaient les strophes composées par le saint avec de grands gestes de la main. Les fous se mirent à sourire : le chant merveilleux apaisait les douleurs et tranquillisait l'âme. Ceux qui n'étaient pas fous écoutaient avec ravissement ; certains laissaient couler sans retenue des larmes de bonheur. Un vieil homme se mit à tourner la tête de droite et de gauche de plus en plus vite avec un sourire extatique. La joie s'exprimait à pleins poumons et rayonnait sur tous les visages.

– Regarde bien, Théo, chuchota Tante Marthe. Tous ces gens pratiquent ce qu'on appelle le *dikrh*, la respiration de l'amour divin. De l'Afrique noire à l'Indonésie en passant par le Maroc et le Moyen-Orient, tous les soufis du monde connaissent cette forme de prière. C'est une sorte de récitation rythmée par la musique, et qui répète inlassablement la même formule : « *la ilaha illa' llah* », il n'est pas d'autre dieu qu'Allah. Tu vois ce vieil homme ? Ses mouvements de cou lui font tourner la tête, et c'est là sa prière. On peut se couper le souffle à force de répéter la mélopée, on peut même tomber en transe sans difficulté…

– Avec la musique, c'est facile, assura Théo. Tu crois que dans la techno ils connaissent ce machin-là ? Parce que je trouve que ça y ressemble un peu.

– Je doute que dans la musique techno on psalmodie le nom d'Allah, répondit-elle prudemment. Mais il y a de l'idée, car il n'existe pas de religion sans musique.

– Ah ! triompha Théo. Je savais bien !

– Le chant des *kawwali* est simple et puissant. Leur voix jaillit de la sincérité du cœur, et, tu vois, ils sourient en chantant… Je ne connais pas de plus belle expression de l'amour de Dieu !

– Tu y crois donc, finalement ?

– Tiens, Théo, murmura Tante Marthe en lui glissant dans la main un billet de cent roupies. Va le donner aux musiciens !

– J'ose pas, souffla Théo.

Il traversa furtivement l'esplanade de marbre et posa le billet sur les plis de carton de l'harmonium. Les chanteurs le remercièrent avec un sourire si éclatant que Théo fondit d'allégresse.

– Eh bien, tu vois ! Ce n'était pas difficile…

– Oh non ! soupira Théo. Qu'est-ce qu'on est bien ici !

Les *kawwali* cessaient leur chant, et le muezzin appelait à la prière. Le soleil déclinait rapidement, et les hommes, rassemblés, prièrent debout devant le mausolée, d'une même voix. Si l'on voulait rentrer avant la nuit, il était grand temps de partir. M. Nizami serra encore longuement la main de Tante Marthe et, une main sur le cœur, s'inclina devant Ila qui rendit le salut.

– J'ai une question, dit Théo dans la voiture. Pourquoi est-il interdit de donner aux mendiants ?

– Parce que la famille Nizami recueille toutes les donations des fidèles, répondit Tante Marthe. Depuis le XIIIe siècle, leur charge est héréditaire, et les hommes de cette famille sont d'âge en âge les gestionnaires de la cité.

Ils s'en servent pour l'école, la consultation médicale, l'entretien du cimetière et la soupe populaire. Ils font cela très bien.

– Le cimetière ? L'école ? Où ça ? demanda Théo. Et la soupe populaire ? Je n'ai pas vu !

La soupe populaire commençait à la nuit tombée devant le mausolée ; l'école était dans le couloir, si sombre qu'on n'en distinguait pas l'entrée. Quant au cimetière, il était juste derrière les musiciens : la dentelle de marbre entourait quelques tombes vieilles de plusieurs siècles. La consultation était dans le fond du sanctuaire, nichée entre deux arbres et trois tombes. A Nizamuddin, la vie, la mort, l'amour et la musique s'entendaient à merveille.

Théo soupira. Un petit Occidental ne pouvait pas vivre à demeure dans une cité soufie du XIIIᵉ siècle. Dommage.

Un dîner en famille

Restait le troisième jour. Étourdi par l'arrivée en Inde, Théo n'avait pas soufflé mot de Bénarès. Ce jour-là, le troisième, on irait visiter la synagogue, une église et le temple des bahaïs. Mais la moisson fut maigre. Recluse dans une bâtisse en béton, la synagogue tenait dans un mouchoir de poche ; on était loin des splendeurs de Jérusalem. L'église était classique, de style européen, pas de quoi fouetter un chat. Quant à l'immense temple des bahaïs, il était presque neuf, en forme de lotus blanc, très propre, gardé par des milices de style militaire guidant les pèlerins au doigt et à l'œil. Au centre du grand sanctuaire, il n'y avait rien, à l'exception d'un tapis et d'un micro.

– Qu'est-ce que c'est, ce culte ? demanda Théo. Je ne vois pas de dieu !

Justement, il n'était pas visible.

Le fondateur des bahaïs, qu'on appelait le Bab, était né en Iran au XIXᵉ siècle. Tout jeune, il avait soulevé les foules en annonçant qu'il était un nouveau prophète de l'islam. Le Bab était doux ; il fut exécuté à Tabriz en 1850. Après sa mort, son disciple Bah'u'llah fonda la doctrine des bahaïs. Deux ans plus tard, les persécutions dont ils firent l'objet furent d'une cruauté inouïe : on leur déchira la peau, on y planta des mèches allumées, et comme le bourreau menaçait un père d'égorger devant lui ses deux fils s'il ne renonçait pas à sa foi, l'aîné, tendant le cou, exigea d'être exécuté le premier.

– Et qu'est-ce qu'ils avaient fait pour mériter ça ? demanda Théo horrifié.

Ils prêchaient une religion universelle ; aucune des religions existantes n'était privilégiée. Ils rêvaient d'une ligue des nations capable d'arbitrer entre elles, et d'une langue nouvelle unissant tous les hommes. Mais surtout, ils revendiquaient l'égalité entre les deux sexes : or l'islam rigoureux ne l'admet pas. Telle fut la raison de leur martyre. Ils parvinrent à se faire admettre en Iran jusqu'à la République islamique, puis, de nouveau menacés, ils émigrèrent en Inde et en Israël. Leurs lieux de réunion – qui n'était pas un culte – étaient d'une austérité exemplaire.

– Pas mal, admit Théo. Les pauvres gens…

Mais en quittant l'endroit, un zèbre en uniforme le poussa brutalement.

– C'est pas une raison pour embêter les gens avec des flics ! explosa Théo. J'en ai marre ! Quand partons-nous pour Béna… ?

– Ma chère Ila, coupa vivement Tante Marthe, nous dînons chez vous ce soir, n'est-ce pas ?

Ila fila surveiller sa cuisine. Le temps de rentrer à l'hôtel se changer et de sauter dans un taxi… Il était l'heure du souper. Depuis les années cinquante, la ville était divisée en quartiers rectilignes, les « colonies », et Ila habitait l'une d'elles. Quand elle ouvrit la porte, Théo ne la reconnut pas. Elle avait revêtu un sari de rêve, en mousseline rose ; au cou, elle avait un simple rang de perles noires miniatures ; aux oreilles, elle avait d'immenses pendants d'or, incrustés de rubis. Elle s'était fait les yeux, avait rougi ses lèvres souriantes…

– La déesse, c'est toi, lui dit Théo en lui sautant au cou.

— Le rose est ma couleur, répondit modestement Ila.

Elle l'entraîna dans la chambre de ses enfants, Pallavi, la fille, et Shiv, le garçon, tout juste l'âge de Théo. Bientôt, le nez sur l'ordinateur, Shiv et Théo jouèrent à des jeux japonais. Le mari d'Ila rentrait toujours très tard ; on ne l'attendrait pas pour dîner. Ila avait cuisiné avec amour les plats préférés de Tante Marthe : poulet blanc, curry d'agneau, galettes de maïs, tomates au yaourt. On se servait, et l'on dînait sur ses genoux. Pour le dessert, Ila avait acheté des losanges sucrés de lait caillé concentré, avec une enveloppe de papier d'argent. Théo avait entrepris de les démailloter avec soin quand Ila l'arrêta… En Inde, on mangeait aussi la feuille d'argent.

— Vous mangez du métal ?

— Seulement l'or et l'argent, précisa-t-elle. C'est une très ancienne tradition médicale indienne : l'or et l'argent sont des médicaments.

— Chez nous, intervint Tante Marthe, on appelle cela d'un nom savant, les oligo-éléments. En Occident, on les mange en pilules, mais ici nature. Goûte !

Théo y mit la dent : c'était si bon qu'il croqua la moitié du plat à lui tout seul. Quand il eut fini, il vit qu'Ila et Tante Marthe le regardaient avec attendrissement, comme s'il avait avalé, avec la feuille d'argent, un peu de vie. Le silence régnait, à peine interrompu par de brefs grognements du chien de la maison. Le cœur serré, Théo pensa à l'appartement de Paris et s'aperçut qu'il n'avait pas téléphoné depuis deux jours.

Chapitre 11

Mahantji

— Maman ?

— Ah ! Mon chéri… Nous étions sans nouvelles ! Est-ce que tu vas bien ?

— Mmoui… dit Théo évasif.

— Tu prends bien tes médicaments, au moins ? Tu n'es pas fatigué ? Tu te reposes bien ?

Et ainsi de suite. Puis Maman s'était tue et ça, c'était pire que tout. Théo l'entendait respirer faiblement, devinait le mouchoir à la main, la douleur qu'elle n'arrivait plus à cacher.

— Maman ? chuchota-t-il très bas. Je t'aime, tu sais…

— Oui, renifla-t-elle. Ne t'inquiète pas, je suis brave. Passe-moi ta tante.

Comme d'habitude, elles s'étaient querellées. Tante Marthe avait raccroché en soufflant comme un phoque et le téléphone avait aussitôt resonné. C'étaient les filles, un peu crispées, qui lui passèrent Papa. Mais avec lui les choses étaient toujours plus calmes. Tante Marthe raconta leurs deux premiers jours à Delhi, promit de téléphoner plus souvent, promit encore autre chose d'un air embêté et raccrocha de nouveau.

Quand l'orage fut passé, Théo appela sa Pythie préférée. Comme il n'avait aucune question à lui poser, il lui dit simplement qu'elle lui manquait. Que ce serait bien de revenir un jour en Inde avec elle. Qu'ils feraient cela plus tard, quand ils seraient grands. Fatou, elle, disait juste « oui ». Discrètement, Tante Marthe s'était éclipsée. Quand Théo eut raccroché, il revint les yeux pleins de larmes. Ce n'était pas le moment de lui annoncer les analyses médicales du lendemain.

« Et zut pour les analyses ! se dit Tante Marthe. Tant pis. On les fera en revenant. Pour si peu de temps… » Mieux valait laisser Théo s'endormir avec la voix de Fatou à l'oreille. Le lendemain, au lieu de l'emmener à l'hôpital, elle le laissa dormir tout son saoul, une bonne grasse matinée. L'avion pour Bénarès partait en fin d'après-midi, et Tante Marthe fit les bagages.

Le cockpit du captain Lumba

L'avion réservait à Théo une sacrée surprise. Dès que Théo, Tante Marthe et Ila eurent dûment attaché leur ceinture, juste après le décollage, le commandant de bord fit une annonce inhabituelle.

– *Good afternoon, ladies and gentlemen, welcome on Indian Airlines, I am captain Lumba, and I wish you a very good trip to Varanasi. Our flight will last one hour. Let me make a special wish for a guest of honour, the young Théo…*

Théo, qui jusque-là n'écoutait pas, sursauta. Le commandant de bord avait bien dit son nom ! Et « *guest of honour* », est-ce que cela ne voulait pas dire « invité de marque » ?

– Vas-y, chuchota Ila en détachant la ceinture de Théo.

Médusé, Théo obéit. La porte du cockpit s'entrouvrit, et le capitaine se retourna avec un large sourire. « *Hi, Théo*, dit-il. *Sit down.* »

Ce qui, même pour l'anglais approximatif de Théo, ne laissait pas le moindre doute : « Assieds-toi », lui avait dit le capitaine. Théo se cala sur le siège étroit derrière le capitaine qui lui expliqua en anglais toutes sortes de choses, d'où Théo comprit à peu près que les croix vertes sur l'écran de contrôle dessinaient le trajet de l'avion, que le ciel était clair – « *clear* » – mais que, sur Bénarès, il faudrait contourner des nuages – « *clouds* ». Enfin, quand l'avion amorça sa descente, le capitaine imposa le silence dans le cockpit, et Théo vit apparaître dans la brume du soir le plus merveilleux spectacle du ciel et de la terre : une cathédrale de lumière dessinée sur le sol, des milliers de lumignons rouges et blancs, le terrain d'atterrissage. Le capitaine donna des ordres brefs et l'avion se posa avec la légèreté d'un papillon.

Ila passa la tête, entra dans le cockpit et embrassa le capitaine, son mari, le fameux Sudhir. Lequel coiffa sa casquette d'un air martial et s'empara du sac de voyage de Tante Marthe avec la dernière énergie.

– Alors c'est ton mari ? chuchota Théo intimidé. Dis donc, qu'est-ce qu'il est bien !

– *I do think so…* Pardon ! Je trouve aussi, répondit Ila en rougissant.

Captain Lumba régla prestement les formalités d'arrivée, enfourna tout le monde dans deux taxis et, fouette cocher, en route pour Bénarès, qu'en Inde on appelait Varanasi. Dans la nuit, on ne voyait pas grand-chose : une vague campagne, quelques villages à peine éclairés, des vaches sur les routes et des ombres emmitouflées qui marchaient, comme toujours en Inde. Mais pas de fleuve. Situé dans un grand jardin, l'hôtel Taj sentait le renfermé, mais les chambres étaient accueillantes, et les gens très gentils. Simplement, par les fenêtres, on ne voyait toujours pas le fleuve. Le capitaine conduisit sa petite troupe au restaurant où il parla beaucoup avec Marthe, et toujours en anglais. Heureusement pour Théo, il y avait Ila.

Les quatre têtes du dieu Brahma

– Dis, Ila, je peux te poser une question ? lui demanda-t-il à l'oreille. De quelle caste tu es, toi ?

– Oh… fit Ila effarouchée. Je suis brahmane. Mais tu sais, les castes sont interdites aujourd'hui.

– T'es sûre ? A la télé, ils parlent de la guerre des castes en Inde…

– Bon, dit Ila gênée, d'accord. C'est un mauvais système, aboli par la Constitution de 1950, mais si ancien qu'il a laissé de très profondes traces. De leur vocation originelle, les brahmanes ont gardé l'éducation, voire

257

l'érudition : ils sont souvent professeurs, et, de fait, ce sont les brahmanes qui ont gouverné le pays depuis l'indépendance malgré l'interdiction des castes, par simple habitude. On ne change pas trois mille ans de tradition en cinquante ans ! Sauf que maintenant les basses castes ont envie de gouverner à leur tour, c'est normal…

— Mais où sont-elles, dans ton système ? demanda Théo.

Ah, voilà ! Pour bien comprendre, il fallait connaître le mythe fondateur. Le dieu de la Création, qui s'appelait Brahma, avait réparti les hommes d'après la constitution de son propre corps : pour sa bouche, les brahmanes ; pour ses bras, les chefs et les guerriers ; pour ses cuisses, les marchands. Et dans le reste, son ventre, ses jambes et ses pieds, le dieu avait fourré les basses castes.

— Dis donc, c'est pas bien, votre truc, dit Théo.

Pas bien du tout. Il y avait pire encore : en dessous du système des castes se trouvait l'énorme masse des intouchables. Comme leur nom l'indiquait et comme si l'impureté était contagieuse, ils n'avaient pas le droit de toucher un homme ou une femme des castes supérieures, pas le droit de partager leur nourriture, ni celui de cuisiner pour eux, ni celui de croiser leur regard… Ils n'avaient pas même le droit de projeter leur ombre sur l'ombre d'un brahmane. Ils n'avaient aucun droit.

— Ma tante m'a dit ça, dit Théo après un silence. Et ça existe encore ?

— Non, car l'Inde est devenue une démocratie fondée sur le principe de l'égalité. Mais dans certains villages reculés, les hautes castes, parfois… Ils sont conservateurs, que veux-tu ! Vaincre les vieilles habitudes est un long combat, qu'avait commencé le Mahatma Gandhi en son temps…

— J'ai vu le film ! s'écria Théo. Quel type formidable !

Le Mahatma s'était battu pour améliorer le sort des intouchables, auxquels il avait donné le nom d'« enfants de Dieu », *harijan*. Dans l'Inde de la fin du XXe siècle, les intouchables et les basses castes poussaient de toutes leurs forces réunies pour parvenir au pouvoir, et cela n'allait pas de soi. Sauf que le vice-président de la République indienne était précisément un homme de la plus basse caste, devenu un diplomate érudit…

— Bien vu, dit Théo. Le Mahatma aurait été content.

Ila n'omit pas d'ajouter que le créateur des castes, le dieu Brahma, était étrange : il avait quatre têtes. Selon la légende, les quatre têtes du dieu représentaient la décomposition du mouvement de ses yeux rapides lorsqu'il tomba amoureux de sa propre fille…

— La honte ! souffla Théo estomaqué. Et c'est celui-là le grand fabricateur du système ?

Le Créateur. Mais contrairement à tous les autres dieux, Brahma n'avait guère de temples en Inde. Tandis que les deux autres dieux maîtres du pays, eux, étaient adorés partout.

— C'est qui ? dit Théo en bâillant.

Vishnou, gardien du monde, et Shiva, dieu de la Mort. Mais à peine Ila commençait-elle à répondre que Théo posa la tête sur la table et s'endormit. Captain Lumba le prit dans ses bras et le porta dans son lit.

Le grand prêtre du singe divin

En s'éveillant, Tante Marthe pensa que le plus difficile serait ce jour-là. Pourvu que tout se passe comme prévu ! Du fond de son lit, Théo avait déjà crié : « Quand est-ce qu'on va voir le Gange ? »

— Mange d'abord tes toasts et tes œufs brouillés, avait répondu Marthe d'une voix légèrement étranglée.

Le taxi qui les conduisait vers le fleuve roula péniblement au milieu d'une marée de bicyclettes, dont la plupart tiraient de minuscules calèches où s'étalaient des dames grassouillettes en sari. Ila expliqua qu'on nommait ces véhicules des « rickshaws », et qu'autrefois, au lieu de pédaler sur leur vélo, les tireurs de rickshaws, dénommés « rickshaw-wallas », tiraient leurs passagers avec les bras, en courant à pied. La bicyclette était d'ailleurs sur le point de se voir elle-même dépassée par le rickshaw à moteur, voiture miniature à trois roues dont les pétarades laissaient échapper une fumée noire qui ne valait rien aux poumons. Submergé par le spectacle des vélocipèdes, Théo écouta le tintement des milliers de sonnettes qui, sur les bicyclettes, remplaçaient le klaxon. Ralenti par les hommes, les enfants et les vaches, le trajet vers le fleuve était interminable. Brusquement, alors qu'on apercevait au loin le reflet du soleil sur les eaux, la voiture tourna à droite avant de s'enfoncer dans une étroite ruelle déserte. Il fallait continuer à pied.

– Mets ton chapeau, Théo, dit Tante Marthe. Nous allons rendre visite à mon ami le grand prêtre. Mais quand nous serons devant lui, tu feras exactement comme moi. Promis ?

– Faire quoi au juste ?

– Lui toucher les pieds avec la main droite, répondit Tante Marthe.

– Mais je croyais qu'il suffisait de joindre les mains…

– Pour un homme de Dieu, il faut toucher les pieds, insista-t-elle. Il faut aussi lui donner son titre : tu l'appelleras Mahantji.

Un *mahant* était un grand prêtre, et *ji*, un suffixe de respect et d'affection. Pour tout le monde.

– Alors je pourrais t'appeler Marthe-ji ?

– Cela ne sonne pas très bien, bougonna Tante Marthe. Et vu la façon dont tu me traites, ce serait beaucoup trop respectueux !

On était arrivé sur une terrasse au bord de l'eau. Sous un banian géant se dressaient quatre temples immaculés, pas plus hauts que Théo, abritant les statues des dieux, et un petit taureau qu'il reconnut aussitôt.

– Nandi ! C'est Nandi ! s'écria-t-il en dansant d'un pied sur l'autre. Qu'il est mignon !

– Et là, devant toi, le Gange, murmura Tante Marthe en désignant le large fleuve qui miroitait sous le ciel pâle.

Ébloui par la blancheur des reflets, Théo, la main en visière, regarda les barques noires remplies de pèlerins qui chantaient. Au loin, un gros bateau aux voiles rapiécées descendait le cours du fleuve avec lenteur. La rive d'en face était déserte, grèves blondes et champs verts. A peine troublé par les cloches des temples qui résonnaient à travers la ville, l'air était d'un calme absolu. Soudain, Tante Marthe le poussa du coude. Théo se retourna : un vieil homme en tunique blanche le regardait avec des yeux d'un noir lumineux. Mahantji.

La leçon de respiration

Marthe se courba pour lui toucher les pieds, et Mahantji la releva aussitôt en protestant. Ila en fit autant, et cette fois Mahantji lui posa la main sur la tête pour la bénir. Mais lorsque Théo à son tour se baissa, selon la consigne, Mahantji le prit dans ses bras. Son visage était tout grêlé, sa moustache jaunie, et ses yeux rayonnaient d'une bonté extraordinaire.

– *So, you are the famous Théo, my dear boy*, dit-il d'une voix veloutée.

Mahantji recevait dans une grande pièce située au centre de sa maison. Il s'assit en tailleur sur une large estrade couverte d'une toile de coton blanc ; Marthe, Ila et Théo prirent place sur des banquettes. Un serviteur apporta du thé au lait et des biscuits, et tout le monde se taisait. Mahantji n'avait pas cessé de regarder Théo.

Il posa quantité de questions en anglais. Avec angoisse, Théo comprit confusément qu'il s'agissait de santé et de maladie, *disease*. L'air grave, Mahantji écoutait attentivement le long récit de Tante Marthe.

– ... *But for the time being, Mahantji*, acheva Tante Marthe, *you have to explain to him what is exactly your vision of hinduism.*

– Elle lui demande de t'expliquer sa vision de notre hindouisme, chuchota Ila en traduisant.

Le grand prêtre plongea ses yeux lumineux dans ceux de Théo, qui se tortilla sur la banquette. Puis, dépliant ses longues jambes, il entraîna Théo vers le fond de la pièce. Une porte, un couloir étroit : sur la paroi du fond, vêtu de léopard, dansait le dieu Shiva, sourire aux lèvres, jambes en l'air, particulièrement guilleret. Mahantji passa sans s'arrêter. A travers un obscur dédale de corridors, il guida Théo jusqu'à une terrasse miniature où, dans une petite niche à ras de terre, se trouvait une idole informe devant laquelle étaient posées deux sandales. Mahantji s'assit sur le rebord de la terrasse, et c'est alors que Théo s'aperçut qu'il avait un pied bot.

– *Sit here, my boy*, fit le grand prêtre en invitant Théo à le rejoindre.

Théo se jucha aux côtés de Mahantji. Juste au-dessus de sa tête était suspendue une cloche entre deux portants de pierre crue. En contrebas coulait le Gange, frémissant de mille chuchotements de prières. Des hommes passaient furtivement, touchaient les pieds de Mahantji, s'inclinaient devant la divinité informe et faisaient résonner la cloche d'un coup bref. A peine troublé par le léger tintement, le silence était peuplé de paix. Mahantji prit Théo par l'épaule et, l'attirant contre lui, l'enveloppa dans son grand châle blanc.

– *You will not understand what I am going to say, little boy, will you?* murmura-t-il à son oreille après un long silence.

– *Yes*, répondit bravement Théo. I am sûr that I can comprendre. Je fais english première langue at school!

– *Shanti-i,* dit gravement Mahantji en le serrant plus fort. *The meaning of shanti is peace.*

– *Meaning*, réfléchit Théo. *Meaning* veut dire « signification ». Et *peace* veut dire « paix ». La signification de *shanti* est paix. D'accord, mais c'est quoi, *shanti* ?

– *May your spirit be in peace for ever*, acheva Mahantji. *Do you understand ?*

– Oui, souffla Théo. Tu veux que mon esprit soit en paix pour toujours.

– *Now, take a breath…* dit Mahantji en respirant à pleins poumons.

Théo prit son souffle et respira. Un peu.

– *From here*, lui ordonna Mahantji en lui posant la main sur le ventre.

Alors Théo gonfla son ventre et ses poumons s'élargirent brusquement, si fort que les épaules lui firent mal.

– *Good*, sourit Mahantji. *Do it again.*

La deuxième fois, Théo sentit monter en lui une sensation d'épanouissement. La troisième fois, il éprouva un véritable bien-être. Et la quatrième fois, il se mit à tousser éperdument.

– *Very good*, fit Mahantji avec un bon sourire.

Puis il leva la main vers la cloche et la fit résonner à son tour.

– *Let's go*, dit-il en se levant avec autorité.

Lorsqu'ils revinrent dans la salle au bord du fleuve, Tante Marthe et Ila les attendaient anxieusement.

– Alors ? dit Tante Marthe. Qu'est-ce qu'il t'a dit ?

– Rien, répondit Théo. Il m'a juste donné une leçon de respiration. Ah, si ! Il a aussi parlé de paix. Cela a peut-être un rapport avec les castes et les dieux.

Ramayana

Le prochain rendez-vous avec Mahantji avait été fixé au coucher du soleil, dans son temple. En attendant, on rentrerait à l'hôtel pour le déjeuner et la sieste. A table, Théo posa mille questions. Qui était le dieu inconnu dans la petite niche, pourquoi Mahantji boitait-il, qu'est-ce que c'était, cette drôle de respiration par le ventre, quel était le dieu dont Mahantji avait la charge, le nom de l'arbre immense sous lequel se dressaient les trois temples blancs…

– Tu nous étourdis, mon garçon, fit Tante Marthe. Une chose après l'autre, s'il te plaît.

Le dieu dans la niche n'était pas un dieu, mais un homme, l'un des plus grands écrivains de l'Inde, Tulsidas, celui qui avait traduit des textes du sanscrit, la langue savante, en hindi, une langue populaire. Et comme il avait vécu à Bénarès, on avait édifié un autel où l'on adorait ses sandales.

Mahantji boitait de naissance, ce qui ne l'empêchait

pas de descendre chaque matin à l'aube les cent marches qui conduisaient au fleuve, et de les gravir ensuite en sens inverse. Au demeurant, ajouta Tante Marthe, depuis la Grèce antique et dans le monde entier, les grands inspirés étaient souvent infirmes : les borgnes et les boiteux étaient bénis des dieux. Mahantji ne faisait pas exception à la règle. Doté d'une volonté de fer, il domptait son pied bot comme il avait dompté sa voix cassée, rééduquée par la musique à force d'exercice.

C'était ainsi qu'il fallait également comprendre le sens de la leçon de respiration qu'il avait administrée à Théo. Car en Occident, on respirait avec le haut du corps, tandis qu'en Inde on pratiquait la respiration à partir du ventre, seule capable de permettre aux poumons de se remplir complètement d'oxygène. Depuis trois mille ans, les Indiens apprenaient d'abord à bien respirer : avec le souffle, on pouvait tout guérir. Théo songea au cheikh à Jérusalem.

Quant à l'arbre, c'était un pipal sacré, de la famille du figuier.

– Et le dieu de Mahantji, qui c'est ? demanda Théo.

Le dieu qu'adorait Mahantji n'était pas non plus tout à fait un dieu, mais un singe divin du nom de Hanuman. Et ça, c'était toute une histoire, qu'Ila voulut bien raconter. Il était une fois un roi qui avait trois fils et deux épouses. Comme toujours, la seconde épouse devint si jalouse des enfants de la première qu'elle exigea l'exil de l'aîné, le prince Ram. Jeune et beau, marié à la jolie Sita, le prince Ram obéit sagement à son père et partit dans la forêt, accompagné de ses deux frères. La seconde épouse avait gagné.

– Ça va s'arranger, bougonna Théo.

Oui, mais pas vite. Car attirée par un séduisant chamois d'or, Sita commit l'imprudence de quitter le refuge de leur ermitage. Fatale erreur ! En réalité, le bel animal était l'affreux roi des démons du Lanka, Ravana, brahmane fort savant et fort méchant qui s'était amouraché de la femme de Ram. Il l'enleva, et voilà le prince Ram parti à la recherche de son épouse envolée. Ce fut une interminable guerre : d'un côté, les démons, et, de l'autre, les trois frères, aidés par l'armée des singes.

– Ah ! Voilà le singe de Mahantji ! s'écria Théo.

Le grand singe Hanuman était généralissime des armées simiesques. Il transforma son corps en un pont gigantesque pour y faire passer les troupes ; il servit de messager en volant d'arbre en arbre pour visiter la belle emprisonnée ; bref, il fut si fervent, si dévoué qu'il devint à jamais le modèle du parfait dévot. Au XVIᵉ siècle avait été édifié à Bénarès le temple du singe divin Hanuman, dont l'arrière-arrière-arrière-arrière-grand-père de Mahantji avait reçu la garde en son temps. Mahantji adorait donc le dieu de la Dévotion.

– Mais un singe, tout de même… commenta Théo perplexe. Comment se débrouille-t-il avec cette figure-là ?

Sans problème, car c'était grâce à Hanuman que le prince Ram avait estourbi le démon Ravana à qui il avait repris sa femme. Le singe divin avait donc progressé de l'état animal à l'univers des hommes : souvent, on le représentait en train de s'ouvrir le torse où brillait, flamboyant d'un rouge lumineux, son cœur fidèle. Hanuman était adoré comme un bon serviteur de Ram. Après sa victoire, le prince Ram était rentré triomphalement dans son royaume retrouvé. Cette épopée s'appelait le Ramayana, que le grand Tulsidas avait traduit en hindi, et que chaque année, en octobre, on représentait dans l'Inde entière pendant quarante nuits. Joué par des adolescents déguisés – mais sans filles – le Ramayana suscitait une extrême ferveur qui s'achevait en apothéose par la mise à feu du démon Ravana, gigantesque figure de carton bourrée de feux d'artifice.

– C'est très beau ! assura Ila.

– Mais plein de fumée, ajouta Tante Marthe. Cela fait tousser.

Ensuite, l'histoire de Ram et de Sita avait plutôt mal tourné. Accusée par son mari d'avoir succombé à son démon séducteur, la malheureuse Sita avait dû subir l'épreuve du feu pour prouver son innocence. Ila affirmait qu'elle en était sortie intacte et que tout s'était bien terminé, mais Tante Marthe jurait avoir lu la version authentique dans laquelle Sita, révulsée par la monstruosité de l'accusation, avait fait appel à sa mère la terre, qui s'était entrouverte pour l'engloutir. En revanche, Ram s'était révélé à la fin comme un dieu, et non pas comme un prince : et cela, on en était sûr.

Car Ram était l'une des multiples émanations du dieu Vishnou, gardien de l'ordre de l'univers, qu'on représentait souvent endormi sur l'océan sous la garde d'un serpent à multiples têtes. De temps en temps, Vishnou descendait sur terre et s'incarnait : ces manifestations étaient appelées « avatars ». Il était ainsi devenu tortue, lion, sanglier, ou Ram, ou Bouddha, ou Krishna, et même, pour faire bonne mesure, certains y ajoutaient parfois Jésus.

– Krishna ? fit Théo. Comme les cinglés qui se baladent sur le boulevard Saint-Michel avec des cymbales en chantant « *Hare Krishna* » ?

Exactement. Sauf que les cinglés en question n'étaient que des déguisés occidentaux, alors que le vrai dieu Krishna était autrement important. Avec enthousiasme, la douce Ila raconta l'enfance de Krishna, ses farces et ses niches, l'amour de galopin qu'il avait été, tournant la tête à sa nourrice, puis aux onze mille bergères dont il était l'amant.

– Onze mille ? s'écria Théo estomaqué. Dis donc, quel homme !

Eh non, puisque Krishna était un dieu, capable de se démultiplier à l'infini : aucune des bergères n'était frustrée, car le dieu les caressait toutes sous onze mille formes divisées. Ensuite, après sa folle adolescence, Krishna était devenu le plus rusé de tous les dieux et le meilleur conseiller des hommes à qui il apprenait la bravoure, le sens du sacrifice et celui du devoir. Et quand les hommes lui résistaient, s'ils refusaient la bataille, il se dévoilait alors dans toute sa vérité : comme le prince Ram, Krishna était Vishnou, les étoiles et la mer, le commencement et la fin, les poulpes et les oiseaux, le fleuve et ses rivages, l'univers dans sa diversité… Alors, éblouis, les hommes accomplissaient leurs tâches et allaient jusqu'à s'entretuer sans discuter, pour respecter l'ordre du monde en oubliant leurs états d'âme. Le sermon du dieu Krishna à l'homme réticent s'appelait la Baghavad-Gita, et c'était ce texte que récitaient tous les hindous au lever du soleil, depuis trois mille ans.

– Moi, on ne m'aurait pas si facilement, grogna Théo. Non mais, et puis quoi encore ? Ou alors, je veux voir !

Tante Marthe objecta que, à propos de vision divine, il était temps d'aller voir à quoi ressemblait son lit pour la sieste, et Théo ne se fit pas prier. Il y avait loin de son ami Mahantji à toutes ces histoires de dieux batailleurs qui forçaient les hommes à obéir. Il rêva d'un singe à visage humain qui arrangeait son oreiller en lui souriant avec tendresse.

La bénédiction du singe divin

A 17 heures, Ila le réveilla en douceur. Il était temps d'aller rejoindre Mahantji dans son temple.

La majestueuse entrée donnait sur une série de cours encombrées de fidèles qui marchaient en tous sens. Au centre de chaque cour se dressaient de multiples petits temples où les prêtres, le cou entouré d'une écharpe jaune, prenaient les offrandes, les bénissaient et les présentaient aux dieux. A tous les dieux, parmi lesquels se trouvait le singe divin au souriant museau, pleurant d'attendrissement... La foule se pressait silencieusement contre les parois, effleurait les images, et les cloches résonnaient sans cesse au milieu d'un murmure venu de nulle part.

Soudain, Théo aperçut Mahantji, le plus grand de tous les prêtres : la tête haute, relevant les fidèles qui se prosternaient à ses pieds, il claudiqua jusqu'à Théo en joignant les mains à hauteur de son front. Puis il le souleva comme une plume et le confia à un prêtre qui le suivait comme son ombre. La petite troupe monta un long escalier qui donnait sur le toit du temple. On déposa délicatement Théo sur un matelas blanc, on l'adossa à des coussins ; Tante Marthe s'assit tant bien que mal, Ila croisa agilement les jambes. Mahantji fit apporter des tables minuscules, sur lesquelles on avait placé des repas de poupée : un peu de yoghourt, une boulette, une banane, une sucrerie.

– *Prasad*, expliqua Ila à voix basse. Les prêtres mangent uniquement la nourriture offerte par les fidèles et dont les dieux ont pris l'essence. Elle est bénie : mange, Théo !

– Dis, Tante Marthe, c'est comme l'hostie de la messe ? chuchota Théo en entamant sa boulette.

– Non, répondit-elle. Ce n'est ni la chair ni le sang d'un dieu ! Ce sont de simples offrandes consacrées.

– En tout cas, c'est fameux, fit Théo qui dévora tout en un clin d'œil.

Alors, quand le repas fut achevé, Mahantji commença à parler. Le dieu qu'il adorait avait l'apparence d'un singe, mais qu'était l'apparence donnée par les hommes aux dieux ? Pour Mahantji, toute figure de dieu était dieu, et tout homme contenait une parcelle de divinité. Mahantji aimait Hanuman parce que le singe divin représentait la compassion : voilà pourquoi il lui avait offert un sacrifice pour la guérison de Théo, et ce que Théo venait d'engloutir si joyeusement, c'était son offrande bénie par Hanuman. Mais Mahantji vénérait aussi les trois grands dieux de l'Inde : Vishnou d'où émanait Krishna, symbole du courage et de la passion printanière, Brahma, symbole de la création, et Shiva, maître de la vie et de la mort, symbole de la danse cosmique et de la méditation. Mahantji aimait tous les dieux parce qu'ils ne formaient qu'un seul dieu à eux tous. C'est pourquoi, disait-il en anglais, l'hindouisme était avant tout « *catholic* ». Théo sursauta. Catholique ? C'était à n'y plus rien comprendre.

Mais Mahantji expliqua en souriant qu'en anglais « *catholic* » voulait dire universel : tel était le vrai sens de ce mot venu du grec. Théo voulut dire qu'au Vatican le cardinal Ottavio avait mentionné lui aussi le mot « universel », mais il n'en eut pas le temps. Arrivés en tapinois, les musiciens commençaient à jouer. Accompagnées de légères mains effleurant deux petits tambours ronds, les cordes pincées se mirent à résonner dans la nuit. Une main posée sur ses genoux, Mahantji leva l'autre comme une aile, et sa voix brisée s'envola vers les étoiles. Les lumières du temple s'éteignirent une à une; seules brillaient les milliers de lampes à huile dans les cours. Le clair de lune éclaira les feuilles touffues des manguiers, Mahantji chantait et Théo sentit l'émotion monter.

Comme à Jérusalem devant les remparts de la ville, la nuit. Comme à Louksor après la danse de la fiancée. Et voilà qu'à nouveau Théo entendait la voix de son jumeau souterrain, une voix jeune et vive qui parlait de résurrection et de vie. Il était revenu ! Il le berçait si calmement...

– Théo s'est endormi, murmura Tante Marthe.

– C'est la bénédiction d'Hanuman, dit doucement Ila. Ne le réveillons pas, surtout.

Chapitre 12

Les leçons du fleuve

Le Gange à l'aurore

Quand on le porta jusqu'à la voiture, Théo émit un grognement sans se réveiller. Tante Marthe regarda sa montre : 21 heures. Le lendemain, petit déjeuner à 4 heures et lever du soleil sur le Gange.

L'aube n'était pas encore venue quand le taxi démarra à travers les rues désertes. A mesure qu'on approchait du fleuve, Bénarès s'éveillait : les femmes balayaient devant les portes, les marchands de légumes déchargeaient leurs paniers, les mendiants se mettaient en place, et les hindous marchaient vers le Gange pour les premières dévotions du jour. Le taxi s'arrêta devant une immense terrasse au bas de laquelle attendaient les barques et leurs bateliers. Ila en choisit un qu'elle avait l'air de connaître, non sans examiner l'allure du bateau et celle des rameurs. De l'autre côté du fleuve montait une blancheur laiteuse.

Le rivage était entièrement occupé par un gigantesque escalier composé de hautes marches où tout un peuple s'agitait. Debout dans l'eau, les mains jointes, hommes et femmes priaient en attendant le retour du soleil dont le crâne pourpre apparaissait à l'horizon. Ils s'immergeaient entièrement dans le fleuve sacré, une fois, deux fois, trois fois... Théo se mit à compter : douze fois. La douzième fois, ils laissaient couler l'eau de leurs deux mains levées en forme de cuillère. Puis ils remontaient se sécher. Le soleil devint boule rouge.

Alors les jeunes gens se savonnèrent avec énergie ; les femmes lavèrent leurs saris qu'elles étalaient ensuite sur le quai, tout du long ; les enfants, à qui le savon piquait les yeux, braillaient. Le soleil grandit jusqu'à l'orange.

Apparurent les marchands de thé, de galettes, d'images, de barbe à papa et de poudre de perlimpinpin. Sous de grands parasols de palmes rapiécées, de curieux personnages immobiles lisaient les textes sacrés moyennant monnaie. C'était un temple à ciel ouvert, une piscine sacrée, un lavoir collectif, un gigantesque marché, une foire aux merveilles, une cohue monumentale et toujours arrivaient les pèlerins pour se plonger dans le fleuve et prier. Enfin levé, le soleil éblouissait les eaux et le ciel était bleu. Plus loin sur le fleuve s'élevait une haute fumée blanche sur laquelle Théo ne posa pas de questions. Les bûchers.

– Et les hindous font cela tous les jours ? demanda-t-il.

Tous les jours que Dieu fait, pour ramener le soleil sur la terre, comme en Égypte. Pour maintenir l'ordre du monde à l'identique. Rien n'était plus important que la prière de l'aube en Inde, le premier acte de la vie. Ensuite, on allait travailler. Même les yogis, qui s'activaient. Tante Marthe proposa d'aller les voir de plus près. Naturellement, le batelier fit des histoires sur le prix de la course. Mais pendant que Tante Marthe discutait le coup, le plus jeune des rameurs, l'œil malin, glissa un papier roulé dans la main de Théo. Un message !

Théo s'assit sur une marche, déplia le papier et demeura stupéfait : il n'y comprenait rien. *Là-haut, ni allée ni venue ni durée ni mort ni renaissance. Suis la voie du milieu.*

Machinalement, il leva la tête. Là-haut, sur le toit des temples, poussaient de petits pipals nichés en squatters dans les vieilles sculptures, les vautours tournoyaient, les pigeons froufroutaient. La vie ailée allait et venait à foison. La réponse ne se trouvait nulle part dans le ciel de Bénarès. Théo fourra le message dans sa poche et suivit Tante Marthe qui cherchait son yogi.

– Voyons, grommela-t-elle en arpentant les marches, le rendez-vous était pourtant bien dans ce coin...

Mais sur la première plate-forme à gauche au bord du fleuve, seule une femme méditait face au soleil, une musulmane en tchador mauve. Pourchassée par les vendeurs de médailles, Tante Marthe continua sa route jusqu'à la deuxième plate-forme où l'attendait son yogi, vêtu d'un pagne, les jambes croisées dans la position du lotus. Il se contenta de joindre les mains sans un mot. Puis, toujours silencieux, il déplia ses jambes, enfila un méchant bonnet de laine, s'emmitoufla dans une couverture usée jusqu'à la corde et trottina derrière Tante Marthe. La leçon aurait lieu à l'hôtel, dans la chambre.

La démonstration du professeur Olibrius

– Mais j'ai rien demandé, moi, murmura Théo dans le couloir. Qu'est-ce qu'il va me faire, cet olibrius ?

– Tu peux m'appeler « olibrius » si tu veux, cela ne me dérange en aucune façon, répondit l'olibrius en excellent français. Ta tante s'est mis dans la tête que notre science pourrait te rendre service : mais tout dépend de toi, petit. Acceptes-tu ?

– Montre d'abord, répondit Théo. Ensuite on verra.

– Te montrer ? murmura le yogi. Soit.

Et il s'assit en lotus, le pied gauche appuyé sur l'aine droite, le pied droit sur l'aine gauche, mains posées sur les genoux, paumes vers le ciel, yeux fermés. Théo attendit la suite, mais rien. Le visage du yogi demeurait impénétrable. Au bout d'un temps interminable, il ouvrit les yeux et sourit.

– C'est tout ? s'exclama Théo.

– Notre pratique, dit le yogi, concerne la connaissance. Le mot « yoga » signifie « le joug », c'est-à-dire le morceau dur qui réunit entre eux les deux chevaux d'un char. Le char, c'est ton corps ; les chevaux, tes émotions ; le cocher, c'est ta pensée ; et les rênes, ton intelligence. Le yoga cherche à maintenir fermement l'attelage des chevaux sous le joug en les guidant par la pensée. Maintenant, toi qui voulais voir le yoga, dis-le-moi, qu'as-tu vu ?

– Un homme immobile, répondit Théo timidement.

– Bonne réponse, dit le yogi. L'immobilité s'acquiert au prix de longs exercices, tous destinés à obtenir le repos absolu de la pensée. Cela, tu ne pourras le voir. Mais je peux te montrer les postures grâce auxquelles on parvient à l'immobilité. Attention ! Ne te laisse pas prendre aux mirages de la gymnastique : ce que tu prendras pour acrobatie n'est rien qu'une façon d'atteindre la stabilité du corps. Es-tu prêt ?

– Oui, murmura Théo impressionné.

Le yogi commença. Debout sur une jambe, il passa l'autre derrière la tête sans effort et demeura perché comme un héron. Ensuite, dépliant le tout, il posa les mains sur les genoux et fit tourner son ventre à toute allure, si vite et si profondément que Théo effaré vit surgir les vertèbres à travers la peau de l'estomac. Le yogi enchaînait les figures sans se presser : la tête en bas, il fit le grand écart à l'horizontale, puis posa ses genoux sur le sol derrière la tête. Enfin, bras et jambes si entortillés que Théo n'y comprit absolument rien, il tira une langue énorme en roulant des yeux exorbités. Théo éclata de rire et reçut une bourrade dans les côtes. « Chut ! » lui dit Tante Marthe irritée.

Sans se déconcerter, le yogi s'allongea sur le sol et ferma les yeux.

– C'est la position de relaxation, la dernière, chuchota Ila à l'oreille de Théo.

– Et tu veux que j'apprenne tous ces trucs ? répondit Théo. Pour quoi faire ?

Revenu à la position du lotus, le yogi expliqua. Le principe était simple : la posture devait apprêter le corps au confort nécessaire à la méditation, mais sans effort. Or cette machinerie passagère que les hommes nommaient leur corps n'était pas préparée à l'immobilité, au contraire. Il fallait l'assouplir dans le seul but de l'apaiser, voire de le faire oublier. Chacune des positions du yoga agissait sur la colonne vertébrale ; mais le yoga agissait également sur tous les muscles, et même sur les organes internes. Par exemple, lorsqu'on avait la tête en bas, le sang descendait irriguer le cerveau, et la nuque, en reposant sur le sol, massait la glande thyroïde d'où dépendait la régulation de l'humeur.

– La bonne humeur ? demanda Théo.

La bonne et la mauvaise : il s'agissait de réglementer les passions. Faire tourner son ventre massait les intestins, le foie, la rate, assurant une digestion parfaite. Le yoga ne négligeait aucun muscle, aucun os, aucun organe. Pour le cœur, on apprenait à suspendre sa respiration, ce qui reposait le muscle cardiaque. On pouvait même, à l'aide d'exercices de la gorge et des cordes vocales, faire vibrer des sons dans la tête et, ainsi, entendre une musique interne qui permettait d'assurer le repos de l'esprit.

– Et la langue tirée, les gros yeux, c'est pour quoi ? demanda Théo.

Ah ! C'était une posture destinée à exercer les muscles de la langue et ceux des orbites autour des yeux, tout simplement. Celle-ci s'appelait « le lion » : car souvent, les postures du yoga imitaient de nombreux animaux. Joignant le geste à la parole, le yogi s'accroupit, les mains sur ses genoux, et marcha sans lever les talons : la corneille. Il s'allongea sur le ventre et, s'appuyant sur les bras, il releva tout le haut du corps : le cobra. Puis, aplati à genoux, il posa les mains bien à plat à côté des épaules et rentra la tête dans les épaules : la tortue. Depuis un peu plus de deux mille ans, les yogis reproduisaient la longue série des espèces animales qui, suivant les métamorphoses du dieu Vishnou, avaient abouti à l'espèce humaine.

– C'est marrant, dit Théo. Je ne vois toujours pas à quoi ça sert.

Le corps, dit le yogi, est sacré : « Entre dans le temple de ton corps », telle était la première formule de sa discipline. Le yoga était une prière du corps et de l'esprit dont le but ultime était d'accéder à la fusion avec l'univers. Alors l'esprit se dissolvait entièrement, le moi s'évanouissait et l'individu, ce mélange éphémère de matière et d'âme, n'existait plus.

– Ça veut dire que, si j'y arrive, je ne serai plus moi ? s'indigna Théo. Merci bien !

Les Occidentaux, reprit le yogi, n'admettaient pas qu'on pût avoir pour idéal la complète disparition de leur précieuse individualité. Mais pour les hindous, le corps n'était qu'un vêtement passager, que l'âme quitterait pour entrer dans un autre corps, un autre vêtement, jusqu'à ce qu'enfin délivrée de la pesanteur de la matière elle puisse rejoindre l'âme universelle dont elle avait été détachée.

– J'ai pigé, dit Théo. Tu vas te réincarner un beau jour. Mais dans l'immédiat, là, qu'est-ce que j'y gagne ?

Le repos de l'esprit, d'où dépendait la santé du corps. En exerçant quotidiennement l'art du souffle, les yogis parvenaient à si bien maîtriser le mouvement du rythme cardiaque qu'ils pouvaient en suspendre les battements, retrouver durablement le rythme d'un profond sommeil et demeurer enfouis sous la terre pendant de longs jours, comme morts. Sauf qu'ensuite ils revenaient à la vie.

– Tu fais ça, toi ? murmura Théo sidéré.

Non, le yogi de Tante Marthe n'était pas de ces cobayes humains qui passionnaient si fort les savants américains. Il n'aurait pas admis d'être enfermé dans un caisson, surveillé par une armée d'observateurs les yeux rivés sur leurs écrans de contrôle. Il se contentait de chercher la connaissance et de tenir serré l'attelage de ses deux chevaux, en pratiquant la non-violence, l'amour des autres, l'absence de colère et le détachement des biens de ce monde : c'était déjà beaucoup. Et il se proposait d'enseigner à Théo l'art du repos de l'âme.

– Dormir, quoi, bougonna Théo. Ça, je sais faire.

Il ne s'agissait pas du sommeil, encore que la plupart des gens ne connaissaient pas l'art de dormir. Le vrai repos était tout autre chose : un calme apaisé, un esprit flottant sur les eaux, la paix. Il s'agissait aussi d'éveiller en soi les énergies cachées qui renforçaient l'esprit et le corps tout ensemble. Car les yogis avaient du corps humain une conception singulière selon laquelle, le long de la colonne vertébrale, se trouvaient des cercles de rayonnement, les *chakra*, dont chacun contrôlait un étage de l'organisme. On pouvait éveiller un par un les cercles, et, si l'on arrivait au dernier d'entre eux, sur le sommet du crâne, à l'endroit précis de la fontanelle chez le nourrisson, on parvenait alors à l'éclosion du dernier des *chakra*, lotus aux mille pétales éblouissants de blancheur. L'exercice était extrêmement difficile, car il fallait éveiller une serpente intérieure lovée dans la région « sacrée » que l'anatomie occidentale appelait « sacrum »...

— Juste au-dessus des fesses ? dit Théo.

Au bas des reins, oui. A l'endroit où se trouvent logés les testicules chez le fœtus... Il s'agissait donc d'obliger la serpente, la *kundalini*, c'est-à-dire la « lovée », à se dresser jusqu'au cerveau. Bien sûr, on parlait généralement d'un « serpent ». Mais le reptile intérieur était une forme particulière d'énergie féminine toute-puissante, si bien que M. Olibrius préférait dire « serpente » plutôt que « serpent » ; c'était plus efficace. Aucune intervention sur terre du dieu Shiva ne pouvait se dispenser de la manifestation de l'énergie féminine, la *shakti*, qui gisait dans tous les corps, ceux des hommes compris. C'est elle en serpente qu'il fallait obliger à se dresser jusqu'au cerveau.

— Un serpent, dans les reins, réfléchit Théo. Ce ne serait pas un peu le sperme, des fois ?

Le yogi sourit : Théo avait vu juste. Mais dans la conception du yoga, le sperme existait également chez les femmes, car l'énergie féminine était également partagée entre les deux sexes. Parfois, dans certaines sectes, pour la démultiplier convenablement, on allait même jusqu'à pratiquer un long accouplement afin de faire remonter le sperme dans la tête.

— C'est pas vrai... murmura Théo suffoqué. Quand je vais raconter ça à ma Fatou !

Mais le yogi se hâta de rappeler que cette pratique était réservée à quelques adeptes dûment initiés et qu'elle exigeait de longues années de préparation. En revanche, le simple réveil de l'énergie intérieure était accessible au commun des mortels.

— Et tu y arrives, toi ? demanda Théo.

Le yogi confessa humblement qu'il comptait ces moments précieux sur les doigts de ses mains, mais que, le reste du temps, il se contentait d'adorer la divinité à travers son propre corps, de son mieux.

– Somme toute, le yoga est une religion pour soi tout seul, conclut Théo. Dieu, c'est nous. On doit même pouvoir se passer carrément de Dieu. Non ?

Non, dit le yogi, en Inde, on ne pouvait pas se dispenser de l'idée du divin. Mais un petit Occidental pouvait essayer sans y croire, assurément.

– OK, dit Théo. Pour la santé et le repos, je veux bien. Apprends-moi.

Théo et son gourou

Le yogi fit asseoir Théo en tailleur et lui demanda de poser son pied gauche sur la cuisse droite. Puis son pied droit sur la cuisse gauche. Puis baisser la tête, le cou bien droit, répéter avec lui une série de voyelles qui commençaient par « a » et s'achevaient par « om ». A-om. Sur le « om », il fallait fermer les lèvres et sourire : alors, dit le yogi, Théo devrait sentir vibrer ses lèvres.

– A-om, répéta Théo. Je ne sens rien. A-om…

– Le sourire, insista le yogi.

– A-au-om, chanta Théo en souriant. Ça vibre ! Tante Marthe, explique-moi ce que tu cherches avec ces singeries… Je ne suis pas hindou, moi !

Singeries, dit alors le yogi, le mot était bien trouvé. Car l'espèce humaine n'avait aucune prérogative dans l'ordre de l'univers, et la doctrine du yoga se contentait d'assimiler toutes les espèces vivantes, le singe, le lion, l'oiseau, l'insecte, et même le cobra mortellement dangereux.

– Si c'est écolo, ça va, admit Théo.

Exercices de respiration. Souffler très fort par les narines pour bien les nettoyer, arrêter la respiration, expirer. Inspirer par une narine en bouchant l'autre, suspendre la respiration, expirer en changeant de narine. Retenir le souffle en gonflant le ventre… Mais à cet instant, Théo grimaça.

Le yogi fronça les sourcils et lui palpa le ventre.

– Je sens un trouble dans le sang, dit-il, préoccupé. Les vents ne passent pas dans les bons canaux. Laissez-moi essayer mes pouvoirs.

Car les vrais yogis accédaient à des pouvoirs surnaturels qu'on appelait *siddhi*, dont certains parvenaient à guérir les maladies. Le yogi allongea Théo sur le sol et lui posa les deux mains sur le côté gauche.

— Sens-tu quelque chose, mon petit ?

— De la chaleur, répondit Théo.

— Bien, dit le yogi. Maintenant, tu vas faire exactement ce que je dis. Pieds écartés, mains le long du corps, les paumes vers le ciel. Ferme les yeux. Laisse la langue flotter dans le palais. Détends les orteils, les chevilles, les mollets…

Bientôt Théo se sentit lourd comme le plomb. Le yogi parlait à voix basse d'un jardinier qui curait les canaux d'un jardin, et d'un nénuphar qui, de bonheur, s'ouvrait en flottant sur les eaux. Léger comme une plume, Théo se sentit flotter à son tour. Quand son souffle fut devenu régulier, il s'endormit.

— L'enfant est fatigué, murmura le yogi. Très fatigué. Mais la mort s'est arrêtée en chemin.

— C'est étrange, intervint Tante Marthe. Pour le guérir, vous lui avez fait prendre la posture que vous appelez « le cadavre ». Comment expliquez-vous cela ?

Le yogi sourit : seule la position du cadavre permettait de maîtriser l'angoisse de la mort. Théo s'éveilla de lui-même, et le yogi prit soin de lui faire bouger les orteils avant de lui demander de se relever avec lenteur, pour éviter le vertige.

— Alors ? demanda Tante Marthe.

— Alors ça va, murmura Théo. Je me sens tout drôle. Ça fait comme quand Maman me donnait un bain quand j'étais enfant. C'est cool.

Le yogi récita la prière finale puis joignit les mains et s'inclina : la leçon était terminée. Il remit son bonnet, reprit sa couverture, s'enroula dignement et sortit.

— Maintenant, tu as un gourou, dit Ila qui n'avait pas prononcé un seul mot.

— Moi ? s'étonna Théo.

— Gourou signifie maître, continua-t-elle. Et tu as un maître.

279

– Mais je ne sais même pas son nom !

– Il s'appelle M. Kulkarni, dit Tante Marthe. Il est venu tout exprès de Bombay. Mais tu dois respectueusement l'appeler Gourou-ji.

– M. Kulkarni, murmura Théo. Alors j'ai un gourou… C'est la meilleure ! Je vais téléphoner à Fatou, qu'est-ce qu'elle va rigoler !

Un thé au beau milieu

Théo avait déjà attrapé son portable, lorsque Tante Marthe l'arrêta d'un geste.

– Avant d'appeler Fatou, si tu t'occupais de ton message ?

– Mon message… soupira Théo. Je n'y pensais plus. Si tu m'aidais un peu ?

– Ah non ! Ce n'est pas de jeu !

Théo farfouilla dans sa poche et déplia le papier. *Ni allée ni venue ni mort ni renaissance…*

– *Ni allée ni venue*, on dirait le yoga, lâcha-t-il. *Ni mort ni renaissance*, pareil, si j'ai bien compris. Mais ça ne me dit pas où est la prochaine ville.

– Tu oublies le milieu, ajouta Tante Marthe.

– Le milieu du lit ?

– La voie du milieu, insista-t-elle. La voie, Théo.

– Une route ? Un chemin ? Un sentier, une autoroute…

– Pas mal, dit Tante Marthe. Encore un effort !

– Tu m'embêtes ! s'écria Théo. Je préfère appeler Fatou, là !

Penaude, Tante Marthe admit que Théo n'avait pas tort, et qu'il aurait fallu attendre un peu avant de lui faire travailler les méninges. Trop tard ! Fatou était au bout du fil.

– Oui, oui, c'est bien moi, c'est Théo, criait-il. Tu m'entends mal ? Je suis très loin, tu sais… A Bénarès. Ah ! Tu as un écho ? Moi pas.

Il couvrit l'appareil de sa main.

– J'ai appris des trucs incroyables, chuchota-t-il. Si tu savais… Je dis « des trucs incroyables ». J'ai un gourou…

T'entends toujours pas ? Attends, je vais parler plus fort. JE DISAIS QUE J'AVAIS UN GOUROU. Ah bon ? Ça ne t'étonne pas ? Il m'a appris comment… Je dis : IL M'A APPRIS COMMENT RÉVEILLER UN SERPENT DANS TES REINS. Mais si, tu as un serpent. Je dis : TU AS UN SERPENT TOI AUSSI. Écoute, je te montrerai. Si je vais bien ? Je crois. Je dis : JE CROIS ! Ah ! Si tu pouvais me donner mon indice, ça m'arrangerait… Quoi ? Répète ? La voie est celle de quoi ? Du thé ? Tu es sûre ? D'accord. Je te fais des bisous partout. Je dis : JE TE FAIS DES BISOUS PARTOUT ! Oui. Moi aussi…

Essoufflé, il contempla son appareil avec fureur.

– C'est toujours comme ça quand on appelle de Bénarès, commenta Tante Marthe. As-tu ton indice ?

– Oui, dit Théo calmé. *La voie est celle du thé.* Alors là, je ne vois pas. Le milieu, le thé ?

– Regarde la carte, suggéra Tante Marthe. On ne sait jamais…

Il ouvrit son atlas, chercha du côté de la Chine, et arrêta son doigt sur Pékin.

– Ici, dit-il avec assurance. On y boit du thé, et c'est l'empire du Milieu. J'ai trouvé.

– Pas bête, admit-elle avec embarras. Mais ce n'est pas l'*empire* du Milieu, c'est la *Voie* du Milieu, Théo.

– Je ne sais pas, murmura-t-il découragé.

– Laisse tomber, dit-elle en lui ébouriffant les cheveux. Tu as jusqu'à ce soir. En attendant, déjeuner et sieste !

Mariages et liberté

A 17 heures, Tante Marthe réveilla Théo pour une promenade en barque au crépuscule. On longerait le fleuve jusqu'aux marches qui remontaient vers la maison de Mahantji, pour lui dire au revoir.

– Déjà ? s'étonna Théo. Mais je n'ai pas encore déchiffré mon message !

– Peut-être le Gange te soufflera-t-il la réponse… répondit-elle, mystérieuse.

Taxis, embouteillages, bicyclettes et rickshaws. Les femmes poussaient leurs enfants de côté pour éviter les roues des vélos hésitants, et les marchands de thé promenaient leur bouilloire portative avec entrain. Soudain, les longues files emmêlées ralentirent puis s'arrêtèrent.

– *Trafic-jam*, dit Ila. Un mariage, sans doute.

– C'est quoi, *trafic-jam* ? demanda Théo.

– Un embouteillage, en anglais, répondit-elle. Tiens, qu'est-ce que je disais… Un mariage !

Une clique de musiciens en uniforme déambulait en soufflant dans des ophicléides. Suivait un cheval blanc caparaçonné de velours rouge, chevauché par un jeune homme enturbanné, le visage voilé de guirlandes de Noël scintillantes, avec autour du cou un immense collier de papiers, un enfant devant lui. Des valets en livrée tenaient avec cérémonie des flambeaux de néon allumés. Ensuite venaient des femmes en sari de fête, dansant au son de la musique. Enfin, en queue de cortège, sur une camionnette, un pauvre diable pédalait furieusement sur une bicyclette.

– Un mariage, ça ? dit Théo. Où sont les mariés ?

En Inde, à cette étape, on ne voyait pas les mariés. Tout juste pouvait-on deviner les traits du fiancé dissimulés sous les guirlandes. Car c'était lui le héros de la fête, quittant le domicile paternel sur un étalon blanc. L'enfant était le plus jeune de sa famille…

– Et le collier ?

Le collier était composé de billets de banque, portebonheur pour la fortune. Quant au malheureux juché sur la camionnette, il alimentait en pédalant un minuscule groupe électrogène pour assurer l'éclairage des flambeaux au néon. Et tout cela n'était que la deuxième journée d'un mariage à l'indienne comme il s'en célébrait des milliers à la bonne saison.

– Mais où est la mariée ?

Tête basse, modeste, elle attendait pudiquement dans la maison de son père.

– En robe blanche ?

– Non, reprit Ila. En Inde, le blanc est la couleur du deuil. Le rouge, couleur de vie, est réservé au sari de mariée. Moi, j'avais un sari rose vif, et quantités de bijoux aux oreilles, au nez, sur la tête, sur les doigts, partout! Sudhir portait un turban qui l'embarrassait, c'était drôle… Mais quand le prêtre nous a noués l'un à l'autre avec un morceau de tissu, lorsque nous avons fait sept fois le tour de l'autel pour sceller notre union devant les dieux, nous étions très émus tous deux, tu sais…

– Comme tous les mariés du monde, intervint Tante Marthe. Sauf que Sudhir et toi vous vous aimiez déjà.

– Oui, répondit Ila en rougissant. Nous avions de la chance.

– De la chance? s'étonna Théo. Pour se marier quand on s'aime? Mais c'est normal!

Ila soupira. Non, en Inde, il n'était pas normal de se marier par amour. Selon la tradition, les parents décidaient ensemble du choix de la fiancée pour leur fils, en fonction de critères au nombre desquels il fallait compter avec la religion, la caste, la fortune, l'éducation… Souvent, les futurs ne s'étaient jamais vus et les mariages d'amour étaient exceptionnels.

– Alors en Inde, on ne peut pas choisir sa femme! s'indigna Théo.

En Inde, répondit Ila, la religion hindoue ne laissait pas le choix et ne connaissait même pas le sens de ce mot-là. Car chacun était prédestiné dès avant sa naissance pour accomplir son *dharma*, c'est-à-dire son devoir, en conformité avec l'ordre universel. Y déroger, choisir, c'était offenser les dieux. Et si l'on voulait par exemple s'échapper de sa caste d'origine, alors on pouvait se convertir à l'une des autres religions de l'Inde, toutes fondées sur l'égalité des hommes entre eux. Voilà pourquoi tant de musulmans provenaient des basses castes, qui s'étaient converties depuis des siècles pour retrouver leur dignité. Voilà comment, plus de dix ans après l'indépendance, le leader des intouchables, bouddhiste sincère, lança un mouvement de conversion au bouddhisme pour atteindre

l'égalité. Quant aux mariages, ils étaient encore si rigoureusement réglés selon les critères traditionnels que
le gouvernement, parfois, donnait des primes pour les
mariages mixtes, soit entre castes, soit entre religions.
Le combat pour l'égalité en Inde était bien loin d'être
achevé…

— Remarque, en France non plus, il n'est pas fini,
observa Théo rêveur.

L'embouteillage s'éclaircit, le taxi démarra : le cortège
était passé.

Les bûchers

Lorsqu'ils arrivèrent au bord du fleuve, le soleil avait
disparu. De faibles lumignons éclairaient les marches,
et les marchands repliaient leur éventaire. Les cloches et
les gongs retentirent pour la prière du soir et les pèlerins
remontèrent à la hâte, emmitouflés dans leurs longs châles
bruns. Le batelier attendait sur la rive, où, par nuées, des
petites filles proposaient aux chalands des barquettes de
feuilles cousues remplies de pétales de roses et plantées
de bougies minuscules. Tante Marthe en acheta trois, dont
une pour Théo, une pour Ila.

— Tiens, petite crevette, dit-elle en allumant les bougies
une à une. Lance ta barque à l'eau et fais un vœu. Si elle
descend le fleuve sans couler, ton vœu sera réalisé.

Théo obtempéra, Ila aussi. Les deux barquettes se
mirent à tournoyer, hésitèrent, puis, réduites à un point
lumineux, s'évanouirent dans la pénombre.

— A la grâce de Dieu, murmura Tante Marthe en lançant
la dernière.

Les trois barquettes étaient sauves.

— Ouf ! s'écria Théo. Alors j'épouserai Fatou.

A peine troublé par le léger clapotis des rames, le
silence avait envahi les eaux noires. La ville semblait dormir. Sauf les flammes qui dansaient au loin dans la nuit.

— Tiens, un incendie, remarqua Théo. C'est bizarre, au
bord de l'eau.

Les deux femmes se turent.

– A moins qu'il ne s'agisse des bûchers, dit Théo. Oui, j'en suis sûr. Ce sont les bûchers de crémation.

Le cœur serré, Tante Marthe attendit la suite. Mais Théo détourna la tête, se pencha et laissa traîner sa main dans l'eau comme si de rien n'était.

– T'inquiète pas, ma vieille, ajouta-t-il. J'avais bien remarqué la fumée l'autre jour. Tu ne voulais pas que je les voie, les bûchers, hein ? Eh bien, c'est loupé ! Et puis quoi ? C'est comme dans les films !

Ila lui serra la main et Théo se nicha contre son épaule.

– Elle me prend pour une mauviette, tu sais, murmura-t-il. Mais puisque après la mort on a une autre vie, alors…

– Alors tu es formidable, dit Ila en l'embrassant.

– Je sais, répondit-il. Vaudrait mieux que je sois un peu moins formidable, mais guéri.

Le bateau se rapprochait du rivage dans une obscurité presque totale. On était arrivé.

Mahantji délivre le message

A cet endroit, les marches étaient vraiment hautes. Théo grimpa comme une chèvre, et les deux femmes suivirent lentement.

– Ne va pas si vite ! gémit Tante Marthe en ahanant.

– Dis donc, c'est moi qui suis malade ! cria Théo du haut de l'escalier. Allez, ma vieille !

La vieille se hissait péniblement en s'arrêtant à chaque marche.

– Et quand je pense que j'ai fait du yoga, souffla-t-elle. Je suis trop grosse !

– Une vraie baleine, dit sobrement Théo en la tirant par le bras.

Drapé dans son châle blanc, Mahantji attendait sous le grand pipal. Le blanc des petits temples était devenu bleu et la lune commençait à laisser traîner sur les eaux un peu de sa lumière. Mahantji s'assit au bord de la terrasse et invita ses hôtes à le rejoindre. Ensuite, il posa à Ila quantité de questions auxquelles Théo ne comprit rien, car c'était en hindi. De temps à autre, Mahantji hochait la tête et ouvrait de grands yeux ; parfois, il éclatait de rire. Quand il s'assombrissait, Théo comprenait qu'il s'agissait de lui. Enfin, lançant un regard vers Théo, il posa une dernière question.

– Mahantji voudrait savoir comment tu te sens aujourd'hui, dit Ila. Il a prié pour toi.

– Dis-lui que ça a marché, répondit Théo, et que je vais bien. Sauf que je n'ai toujours pas déchiffré mon message, mais à part ça…

Ila traduisit. Mahantji sourit et proposa d'aider Théo.

– Il connaît la réponse ?

– Bien sûr, dit Ila. C'est lui qui l'a rédigé.

– La vache ! s'écria Théo.

Mahantji exigea une traduction fidèle, ce qui demanda quelques explications complémentaires. La vache ? Une insulte, en France ? Gêné, Théo bafouilla des excuses que Mahantji interrompit tout net. La première fois qu'il était venu à Paris, raconta-t-il, il n'avait vu que l'aéroport de Roissy. De cette brève étape en France, il n'avait retenu qu'une seule vision : celle de gens à peau sombre qui balayaient le sol. Plus tard, un de ses amis français décida de le faire changer d'idée et l'invita en Normandie. Mahantji avait découvert les routes bien tracées, les vertes prairies, les pommiers et les énormes vaches qui paissaient dans les champs. Il en était revenu si content qu'il avait déclaré tout de go : « Pour cette vie, il est désormais un peu tard, mais pour une prochaine fois, j'aimerais bien me réincarner en Français. » Et rien, pas même une vacherie, ne pourrait jamais modifier l'image de la France à ses yeux.

– Et qu'est-ce qui était le plus beau ? demanda Théo.

Mahantji désigna les reflets de la lune sur le Gange. Le plus beau, dit-il, c'étaient les reflets de la lune sur la mer devant le mont Saint-Michel. La Voie du Milieu.

Le temps était venu de l'explication du message. Depuis des millénaires, la philosophie hindoue cherchait le point de rencontre entre l'âme et son absolu. Pour y parvenir, certains philosophes avaient formulé une logique en forme de double négation, qu'on appelait « *Neti... Neti* ». Ni... ni, ni ceci, ni cela. Ni allée ni venue ni mort ni renaissance... A cette ascèse du renoncement s'ajoutaient les ascèses du corps, destinées à le dompter férocement. Un jour, un prince renonça à son palais et devint un parfait ascète. Puis, s'apercevant que ce n'était pas suffisant pour atteindre l'absolu, il comprit que l'excès ne valait rien, et qu'en tout il fallait pratiquer la Voie du Milieu.

– J'y suis, intervint Théo. C'est le Bouddha.

En effet. Restait à trouver le lieu du rendez-vous. Où pouvait-on trouver les temples bouddhistes ? Dans les montagnes, « là-haut ».

– Chic ! s'écria Théo. On va au Tibet !

Non, hélas, Théo n'irait pas à Lhassa. L'altitude y était dangereuse pour son état de santé, et les médecins s'y étaient opposés. Mais en Inde existait une ville bouddhiste située à deux mille cinq cents mètres dans les Himalayas, dans une région où l'on cultivait un thé de réputation mondiale. Il ne restait plus à Théo qu'à identifier ce fameux thé.

– Un thé de réputation mondiale ? murmura Théo. Je suis un expert, tu vas voir. Earl Grey ? Non, c'est de l'anglais. Ça ne colle pas. Orange Pekoe, mais est-ce que c'est une ville ?

Alors, puisque décidément le petit génie séchait comme le dernier des cancres, Mahantji finit par livrer le nom de la ville inconnue, entourée d'immenses jardins de thé : Darjeeling.

– Que je suis bête ! s'écria Théo en se frappant la tête. En plus, Tante Marthe m'en avait parlé ! On part quand ?

Oh ! Pas tout de suite, car il y faisait froid. On resterait un peu à Bénarès, on retournerait à Delhi pour les examens et de là, on prendrait l'avion pour Siliguri d'où l'on monterait en voiture jusque dans les montagnes. Et s'il fallait dire au revoir à Mahantji, c'est qu'il partait le lendemain pour un congrès mondial consacré à la propreté des fleuves. Car le grand prêtre était dans le civil ingénieur en dépollution des eaux, et le Gange comptait parmi les fleuves les plus pollués du monde. Depuis de longues années, Mahantji se battait comme un lion pour son fleuve sacré, sa mère dans laquelle se déversaient tous les jours les flots des eaux usées de la ville de Bénarès.

Selon la légende, le Gange était une déesse descendue des Himalayas pour arroser la terre desséchée. Mais la jeune Ganga était fort capricieuse : elle voulait inonder la terre en sautant, pour jouer. Les dieux s'inquiétèrent : elle allait tout gâcher. Shiva se campa donc sur le sol, à l'endroit où l'insupportable gamine allait sauter, et il l'emprisonna dans son chignon. Domptée, Ganga s'apaisa et devint la plus généreuse des mères. L'eau de la divine Ganga était pure par définition. Les pèlerins le croyaient dur comme fer : à leurs yeux, le Gange était la pureté même. Et Mahantji n'en finissait pas de leur expliquer que la purification religieuse n'allait pas forcément de pair avec la propreté de l'eau : il y avait pureté et pureté. La première était morale ; la seconde était scientifique. Grand prêtre, Mahantji protégeait la pureté de Ganga ; savant, il luttait durement pour la pureté du fleuve. Il suffirait de détourner les eaux usées…

Déçu, Théo contempla le sillage de la lune sur le fleuve. Se pouvait-il que ces eaux lumineuses fussent habitées par des milliers de bactéries ? Le Gange n'était-il qu'une dangereuse illusion ?

– *Maya*, soupira Mahantji comme s'il lisait dans ses pensées. Illusion.

Puis, après avoir expliqué à Théo que le monde entier n'était que *maya*, un voile d'apparences, il l'emmena devant le minuscule autel où l'on adorait les sandales du grand poète Tulsidas. C'était l'heure du dernier sacrifice, celui du soir. Un prêtre dessinait dans les airs un cercle de feu avec un rond de fer planté de torches allumées. Les reflets dansaient sur la pierre rougie, le prêtre fit résonner longuement des clochettes, Mahantji tenait Théo serré contre lui et le jeune garçon s'apaisa. Le fleuve était peut-être pollué, mais le ciel de Bénarès restait pur comme le cœur de Mahantji.

Chapitre 13

Démons et merveilles

Des campagnes aux bazars

Malgré le départ de Mahantji, le reste du séjour à Bénarès passa comme un rêve. Tante Marthe avait élaboré un programme en béton. Lever à 7 heures, réveil avec un *bed-tea*, coutume anglaise dûment préservée, un thé bien fort pour sortir des brumes du sommeil. A 7 heures et demie, leçon de yoga avec le professeur Olibrius ; à 8 heures et demie, douche et petit déjeuner ; à 9 heures, départ pour une promenade jusqu'à midi. Sieste obligée. En fin d'après-midi, balade dans les bazars de Bénarès.

Au bout de trois jours, Théo se tint les pieds en l'air et la relaxation commença à produire ses effets bénéfiques. En respiration, le garçon avait bien du mal, mais M. Kulkarni fut si persuasif qu'il parvint à lui apprendre la fameuse respiration par le ventre qui lui ouvrit les poumons et lui redressa les épaules. En moins d'une semaine, Théo devint accro à son gourou.

M. Kulkarni fit donc partie de toutes les expéditions, et comme il savait beaucoup de choses il raconta à Théo mille histoires extraordinaires. Ils partirent dans les verdoyantes campagnes avoisinantes pour faire le tour du vaste périmètre sacré qu'on appelait Kashi, le véritable nom de la ville de Bénarès. Kashi la lumineuse, Kashi la radieuse, Kashi la Ville Lumière était le cœur géographique de l'hindouisme : le vrai hindou se devait de parcourir à pied l'ensemble des étapes ponctuées d'autant de temples, en dormant dans de très anciens dortoirs pour pèlerins. Le sinueux pèlerinage traversait de petits villages où les paysans intrigués regardaient passer cet étrange attelage composé d'une vieille *mem-sahib* – comme disaient les Indiens à propos des Anglaises, à partir du mot anglais « *madam* », déformé en « *maam* », et « *sahib* », le maître –, d'une ravissante Indienne très à l'aise avec les étrangers, d'un yogi emmitouflé dans sa vieille couverture, armé d'un bâton pacifique, et d'un jeune garçon aux cheveux noirs et bouclés qui aurait ressemblé au dieu Krishna s'il n'avait eu les yeux verts. Mais avec les Occidentaux, les paysans de Bénarès s'étaient habitués à tout.

Partout les quatre compères pénétrèrent dans les petits temples, y firent résonner la cloche, partout M. Kulkarni priait avec une sincère ferveur, tantôt Dourga, tantôt Shiva, tantôt Ganesh. S'il ne parvenait pas à identifier le dieu du lieu, il adorait l'inconnu. Parfois, les temples se dressaient sur le bord de grands bassins par où l'on pouvait descendre dans l'eau ; les femmes s'y baignaient ou y lavaient le linge, les hommes y plongeaient avec des sauts carpés ; tous y priaient, mains jointes, comme dans le Gange. Car il n'était pas une rivière en Inde, pas un ruisseau, pas un bassin qui ne fût le lointain enfant de notre mère Ganga. Nécessaire à la vie et donc à la prière, l'eau tout entière était sacrée.

Mais ce que Théo préférait, c'était, au crépuscule, la balade dans les bazars. Les ruelles étaient si étroites que, lorsqu'une vache y courait toutes cornes dehors, on avait juste le temps de se garer contre le mur. Théo les trouva culottées et, comme les gamins de Bénarès, prit l'habitude de les gratifier au passage d'une bonne claque sur le derrière, ce qui ne leur faisait ni chaud ni froid. Chez un joaillier, Théo acheta un brillant de nez pour sa maman. Quant à Tante Marthe, elle se ruina chez son soyeux préféré qui lançait ses rouleaux de soie avec maestria dans un salon tendu de coton blanc, tout en offrant à la clientèle le *lassi*, yaourt étendu d'eau, dans un bol de terre cuite. Tout cela était délicieux, mais le meilleur, c'étaient les posters de dieux.

Souriants, joufflus, éclatants de santé, les dieux de l'Inde avaient les yeux noirs. Théo entreprit de les collectionner, en commençant par son dieu-éléphant. Puis il s'attaqua à Shiva, lorsqu'il eut repéré, emprisonnée dans le chignon du dieu à la peau bleue, la jolie petite tête de Ganga crachant l'eau du fleuve de sa bouche impuissante. Il y avait des Shiva en colère brandissant leur trident d'un air furibond, des Shiva méditant les yeux fermés sur fond d'Himalaya neigeux… Même, il en trouva un très étrange, partagé du haut en bas entre une moitié homme et une moitié femme. M. Kulkarni expliqua que le grand dieu, à la fois masculin et féminin, exprimait à travers cette image la part de l'autre sexe que chacun porte en soi.

– Alors j'aurais un peu de femme, moi ? s'étonna Théo. Je ne vois pas où…

– Mais est-ce qu'à Louksor, avant d'entrer dans la danse, la cheikha ne t'a pas appelé « la fiancée » ? rappela Tante Marthe.

Théo s'en souvint et se troubla : car, à cet instant précis, le jumeau souterrain se manifesta. C'était l'heure où les cloches commençaient à sonner. Traversé de reflets rougeoyants, le ciel de Bénarès s'assombrissait, et les oiseaux sifflaient à l'appel de la nuit. « Je suis là, petit frère, chuchota la douce voix invisible. Je ne te quitte pas… »

– Théo ! Tu rêves ? dit Tante Marthe.

Oui, il rêvait. Pour la première fois, Théo se demandait si ce fameux jumeau surgi des gouffres de la danse en Égypte ne serait pas plutôt une jumelle. Puis son œil se fixa sur un autre poster : Shiva s'y trouvait flanqué de Ganesh d'un côté et, de l'autre, d'un éblouissant jeune homme armé d'une lance.

– Tiens, un nouveau, dit-il. Qui c'est ?

Les deux gardiens de la porte

Alors M. Kulkarni s'assit, car l'explication serait longue.

Le jeune homme s'appelait Skanda, et c'était le fils de Shiva, qui n'en voulait pas. Un jour, les dieux eurent besoin d'un guerrier pour vaincre les démons et s'adressèrent à Shiva pour qu'il conçût un fils. Shiva se laissa convaincre, épousa Parvati, mais comme il était ascète, il s'unit avec elle pendant mille ans sans concevoir d'enfant.

– Comprends pas, dit Théo. Il s'unit avec elle pendant mille ans ? C'est quoi, ce truc ?

Comme M. Kulkarni toussait à fendre l'âme, Tante Marthe vint à son secours. Les ascètes, qui seuls ont le pouvoir de retenir leur semence pour la faire remonter jusqu'au cerveau, peuvent rester longtemps couchés avec une femme sans rien faire. Théo ne comprit pas davantage.

– Sans aller jusqu'au bout, chuchota Ila en rougissant.

– Ah ! s'écria Théo. Tu veux dire sans éjaculer ? Comme ça, c'est clair !

C'était limpide, mais les dieux, irrités, interrompirent le saint exercice. Distrait, Shiva se laissa aller... Et la semence tomba dans le feu, qui la confia à l'eau, qui la confia aux roseaux pour finalement donner naissance à Skanda, dont le nom signifiait « jet de semence ». A vrai dire, en amoureux de la déesse Ganga, le digne yogi préférait une version plus courte : en voyant Ganga sauter du ciel, le dieu la trouva si belle qu'il éjacula dans le fleuve, d'où naquit Skanda... Quoi qu'il en soit, Shiva avait donc deux enfants : Ganesh le gros et Skanda le beau.

– Il y en a combien, des histoires autour de Ganesh ? demanda Théo.

Plein ! D'autant que le dieu-éléphant avait beaucoup voyagé et se retrouvait en Chine et au Tibet sous la figure d'un enfant à gros ventre, en vêtements rouges, armé du trident de Shiva, mais dieu de la Cuisine. Au Japon, il était comme en Inde le dieu du Bonheur, mais aussi celui de la Richesse, un petit bonhomme debout sur deux sacs de riz. Mais toujours, Ganesh gardait une porte : celle de sa maman Parvati, celle des temples ou celle de la cuisine. De l'autre côté de la porte, Skanda veillait aussi. Pour toute porte, il y avait deux gardiens : Skanda le beau, né de la semence de son père, et Ganesh le goinfre, issu de l'intimité de sa mère. L'un sortait du feu paternel, l'autre de l'eau maternelle.

– Nous voilà presque en Chine, intervint Tante Marthe. Là-bas, deux principes règlent l'ordre de l'univers : le Yang soleil et mâle, le Yin ombre et femelle, tu verras.

– Encore une histoire de Ganesh, supplia Théo.

Alors celle de sa défense d'éléphant en moins. Certes, selon la version la plus connue, Ganesh se l'était arrachée pour la donner au premier écrivain, devenant ainsi le dieu des Gens de lettres. Mais selon un autre récit… Un jour qu'il chevauchait son rat, Ganesh croisa sur son chemin un serpent. Le rat prit peur, Ganesh tomba, son gros ventre éclata, les sucreries dont il s'était gavé roulèrent sur le sol et, pour éviter de les perdre, le dieu-éléphant se servit du serpent dont il se fit une ceinture. A ce spectacle, M. Lune (car, en Inde, la Lune était un dieu) éclata de rire. Mécontent, Ganesh coupa l'une de ses défenses et la lança contre M. Lune, qui devint noir et disparut. Depuis lors, la Lune disparaissait périodiquement.

– Je ne savais pas, murmura Ila, fascinée.

Un autre soir, comme Théo s'arrêtait devant un poster de Vishnou, M. Kulkarni expliqua pourquoi le dieu dormait sur l'océan, veillé par un serpent géant. Au commencement des temps, un terrible incendie dévora la terre, les enfers et le ciel : ce fut le premier sacrifice. Puis les nuages s'amassèrent et la pluie submergea l'univers. Alors Vishnou devint le gardien de toutes les créatures qui, faites de boue et de feu, allaient s'éveiller à la vie, et il s'endormit à jamais sur l'océan cosmique.

– Et l'océan est une mer de lait, conclut M. Kulkarni.

– Une mer de lait ! s'exclama Théo. Faudrait le dire à Nestlé !

– Non, parce que le lait est baratté, dit Tante Marthe.

– Alors c'est du beurre, trancha Théo.

Non plus, car en Inde, on se servait de beurre clarifié, le *ghee*, qu'on obtenait en faisant bouillir cinq fois le beurre pour le débarrasser de ses impuretés. Purifié, le *ghee* était si sacré qu'on en versait sur les corps au moment de la crémation.

– Quelle tambouille… fit Théo. Et le serpent géant ?

Le serpent ? Il appartenait à l'immense empire souterrain des Nagas, situé sous les eaux. Voilà pourquoi les cendres des morts devaient retourner au fleuve, et voilà pourquoi on jetait une poignée de leurs cendres dans le Gange : car après avoir sacrifié au feu avec la crémation, on sacrifiait ainsi à l'eau. Et selon la tradition, la victime qu'on offrait ainsi, c'était le cadavre en personne.

– D'accord, on brûle comme un petit rôti, bien arrosé de beurre, murmura Théo. Mais à tout prendre, c'est mieux que de pourrir sous la terre, je trouve.

M. Kulkarni s'insurgea, car ce qui arrivait au corps n'avait rien à voir avec l'âme immortelle, et c'était son métier d'éduquer l'âme pour mieux la préparer à la mort. Trouvant que la conversation dérivait vers des sujets qu'elle voulait éviter, Tante Marthe décida qu'il était temps désormais d'abandonner l'hindouisme à ses légendes faramineuses et de se tourner vers le Bouddha, qui n'avait rien à voir avec ces imageries.

La fabuleuse légende du Bouddha

Donc, le lendemain, on alla à Sarnath, à quelques kilomètres de la ville, car c'était là, au lieu nommé le « parc aux Gazelles », que le Bouddha avait prononcé son premier sermon, et qu'il avait pour la première fois mis en mouvement la Roue de la Loi. Celle du *dharma*.

Ce n'était qu'un vaste et beau jardin planté d'arbres immenses, où, non loin de quelques ruines indéchiffrables, se dressait un haut monument rond de briques cuites. Un peu déçu, Théo s'assit sous les ombrages : comment imaginer le Bouddha dans ce paysage paisible ?

Avec force détails, Tante Marthe expliqua que la Roue était le principal symbole du bouddhisme, l'emblème du cycle éternel des naissances et des réincarnations, dont il fallait sortir pour atteindre la sérénité. On la trouvait au beau milieu du drapeau de l'Inde moderne, en souvenir du premier souverain bouddhiste unificateur du pays, l'empereur Ashoka. Puis elle s'en prit au grand monument dressé parmi les arbres centenaires : le premier « stupa » du bouddhisme, qui recouvrait quelques ossements du Bouddha. Les stupas bouddhistes contenaient tous des reliques issues du premier Bouddha ou de ses successeurs. Théo bâilla. Ensuite, elle énuméra tous les noms successifs du fils du roi Shuddhodana et de la reine Maya : né Siddharta, ce qui signifie « Celui qui atteint le but », le bon archer, devenu Gautama, du nom de sa famille dans le clan des Shakya, puis Shakyamuni, ascète parmi le clan des Shakya, puis Bouddha, l'Éveillé. Théo faillit s'endormir.

— Si je ne t'intéresse pas, dis-le ! s'écria Tante Marthe exaspérée.

— Ben… fit Théo embêté. J'aimais mieux les histoires de M. Kulkarni.

— A vous, Gourou-ji, soupira Tante Marthe.

Docile, le très savant yogi se remit à l'ouvrage. Car si le prince Siddharta était né à Kapilavastu, dans un petit royaume dans le nord-est de l'Inde, peut-être bien en avril ou mai de l'an 558 avant Jésus-Christ, s'il était mort quatre-vingts ans plus tard, si l'on savait qu'il s'était marié à seize ans, qu'il avait quitté son palais à vingt-neuf, qu'il avait atteint l'Éveil en − 523 à moins que ce ne soit − 517…

— J'en ai assez des trucs de spécialistes, bougonna Théo. Qu'est-ce que cela me fait, 517 ou 523 ? Qui ça intéresse ? Des rats de bibliothèques ! Si encore, ils servaient de monture pour Ganesh, ils auraient une utilité !

Par bonheur, la légende en disait bien davantage. Car celui qui allait devenir le Bouddha avait choisi ses parents. Il était entré dans le flanc droit de sa mère sous la forme d'un éléphant blanc…

— Mais non, bougonna Tante Marthe. Si elle a vraiment existé, ce dont on n'est pas sûr, la reine Maya avait fait ce rêve, point final.

— Chut… dit Théo.

... Et il n'avait pas grandi dans la matrice de sa mère, mais dans une châsse de pierre précieuse. Il n'était pas né par les voies naturelles, mais était ressorti par là où il était entré. Sitôt né, l'enfant avait rugi comme un lion, proclamant haut et fort qu'il était le meilleur du monde, l'aîné du monde, et que celle-ci serait sa dernière naissance.

– Ridicule, coupa Tante Marthe. Rugir comme un lion ? C'est incompatible avec sa doctrine.

– Tais-toi donc ! s'écria Théo. C'est bien plus amusant que les différents noms du Bouddha !

Quand le futur Bouddha se rendit au temple pour la première fois, les statues des dieux se levèrent et se prosternèrent devant lui. Venu de l'Himalaya en volant à travers les airs, un vieux sage avait demandé à voir l'enfant prodigieux, l'avait pris dans ses bras et avait pleuré en comprenant qu'il ne vivrait pas assez longtemps pour suivre les futurs enseignements du nourrisson divin. Lorsque le roi lui demanda si son fils serait un grand souverain comme lui, le sage répondit que l'enfant serait le maître du monde. Sept jours plus tard, Maya mourut. Son père décida alors d'élever le bébé pour en faire un grand roi et l'enferma dans les plaisirs du palais. Le jeune prince épousa deux princesses et eut un fils. C'est alors qu'à vingt-neuf ans, grâce aux dieux vigilants, il sortit de sa prison dorée et aperçut dans les rues de la ville un malade, un vieillard et un mort...

– Tiens, remarqua Théo. Dis donc, Tante Marthe, tu l'avais oublié, le mort.

... Puis il croisa sur son chemin un moine au visage serein. Le prince comprit que, à l'abri du palais, il avait évité l'essence de la vie : la douleur. Mais il comprit aussi qu'avec la méditation il était possible de la surmonter et d'accéder à la sérénité. Et donc il s'échappa, de nuit, abandonnant ses femmes et son enfant. Là s'arrêtait la légende de la naissance du Bouddha.

– Ce n'est pas trop tôt, dit Tante Marthe.

– On dirait Jésus, dit Théo. Pas de papa puisqu'il entre dans le corps de sa mère par miracle, un mage qui vient de loin pour le voir, ça y ressemble.

Mais ensuite, rien n'était pareil. Le prince qui avait renoncé au monde commença par les exercices qui se pratiquaient de son temps : il devint yogi, en un an seulement. Puis il se retira pour six ans et entama de longs jeûnes. Il parvint à ne plus rien manger ; devenu squelettique, il fut si bien consumé par la flamme de son ascèse qu'il ressemblait à la poussière. Alors intervint un événement décisif : il comprit l'inutilité de la mortification et rompit son interminable jeûne en acceptant l'offrande de riz bouilli que lui tendait une femme. C'était une si grande révolution que ses premiers disciples, dépités, n'y comprirent rien et le quittèrent. Abandonner l'ascèse ? Cela ne se faisait pas !

Puisque le prince renonçant avait déjà tout connu – les plaisirs, les femmes, la paternité, le yoga et l'ascèse – il put alors passer à la méditation. Assis sous un grand pipal, il attendit d'avoir atteint ce que, déjà, il appelait « l'Éveil ». La Mort vint le tenter sous la forme de démons et de monstres, mais il résista. L'Amour vint à son tour, sous la figure de femmes nues. En fait, la même déesse, Mara, incarnait l'amour et la mort : elle se retira à l'aurore, vaincue. La première veille, il parcourut par l'esprit la totalité des mondes. La deuxième nuit, il pensa à toutes ses vies antérieures et à celles de tous les êtres humains. A la troisième veille, il comprit comment arrêter le cycle des naissances et des renaissances. Quand l'aube se leva, il était devenu l'Éveillé, le Bouddha. Il retrouva ses disciples, les conduisit à Sarnath, dans ce jardin, et leur exposa sa doctrine, fondée sur la compassion.

Satisfait, M. Kulkarni s'arrêta.

Tante Marthe enseigne le bouddhisme

– Sur la doctrine, c'est un peu court ! s'exclama Tante Marthe.

– Pourquoi ? dit Ila. C'est pourtant la vérité !

Toisant ses amis hindous du haut de sa ronde personne, Tante Marthe gronda contre cette conception étriquée. Le Bouddha avait délivré au monde une véritable philosophie, qui n'avait rien à voir avec une religion de dieux et de démons. Non, ce qu'avait découvert entre autres le Bouddha, les quatre nobles vérités, était infiniment plus sérieux que toutes ces sornettes.

– Écoute bien, Théo, dit-elle. C'est très simple. La première vérité, c'est que tout est souffrance.

– Je ne trouve pas, moi, murmura Théo.

– Si, parce que tout passe, insista-t-elle. Même le bonheur, même la joie obtenue par la méditation. Tout est, dit le Bouddha, impermanent. C'est-à-dire…

– Que cela ne dure pas, j'ai compris, dit Théo. Ensuite ?

– La deuxième vérité, c'est que l'origine de la souffrance se trouve dans le désir égoïste, que le Bouddha appelle « la soif d'être soi ». Même le désir d'extase en fait partie.

– D'accord, et comment on en sort ? dit Théo.

– Par la troisième vérité, justement. Pour abolir la souffrance de l'impermanence, il faut atteindre le Nirvana. C'est ce qu'on appelle le Nirvana. La dernière des quatre vérités décrit les chemins pour y parvenir.

– Dis toujours, marmonna Théo, sceptique.

– Eh bien ! C'est la Voie du Milieu. Éviter la poursuite du bonheur par la recherche des plaisirs, éviter pareillement la quête de la béatitude par l'ascétisme. En tout, il faut avoir la vue juste : juste au milieu. Ainsi, on atteint la sagesse, et c'est là seulement qu'intervient la compassion, non seulement pour tous les hommes, mais pour tous les êtres vivants. Car si l'ensemble de tout ce qui existe dans le monde est impermanent, si même les connaissances sont périssables, alors le soi n'existe plus, l'égoïsme n'a plus de place. Mais surtout, ce n'est pas dans une autre vie ou dans un autre ciel qu'on atteint l'état de Nirvana : c'est tout de suite, maintenant, au présent.

– Nirvana, c'est le nom d'un groupe rock, bougonna Théo. À part ça, je n'y comprends rien.

– Je vais t'expliquer, dit Tante Marthe. Au sortir de la contemplation, celui qui suit les voies du Bouddha peut dire : « Oh le Nirvana ! Destruction, calme, excellent échappatoire ! » Car le Bouddha parle expressément de « détruire la maison » : bien sûr, il ne s'agit pas de la démolir au bulldozer, mais il faut s'en détacher, la détruire dans son essence protectrice. Tout comme le corps, la maison est impermanente. En cela, le Bouddha n'a pas inventé : en effet, dans l'hindouisme, le cosmos, le corps humain et la maison obéissent au même ordre universel, rigoureusement défini pour chacun dès sa naissance. N'est-ce pas, Gourou-ji ?

— En effet, répondit le yogi.

— Donc, dit le Bouddha, plus de conditionnements. Et si l'on parvient à détruire l'idée de maison, de corps et de cosmos, alors les vieux tabous de l'hindouisme disparaissent. Et donc aussi plus de règles sociales, plus de castes. C'est bien vrai, Gourou-ji ?

M. Kulkarni, qui était brahmane, acquiesça sans protester.

— Tous les hommes ont donc désormais accès au calme, à l'excellent, tous peuvent échapper à la souffrance, et pas seulement les privilégiés. Comprends-tu ?

— Je crois que oui, dit Théo. En somme, le Bouddha a fait à l'hindouisme ce que Jésus a fait à la religion des juifs. Il l'a étendu à tout le monde.

— Bravo ! s'écria Tante Marthe. Tu sautes à pieds joints par-dessus la philosophie de l'impermanence, mais ce n'est pas mal visé.

— Vous n'avez rien dit du célèbre sourire du Bouddha, dit Ila.

— Allons le voir, répliqua Tante Marthe. C'est mieux.

Au sortir du jardin, dans le petit musée, se trouvait une statue du Bouddha en méditation. Mystérieux et paisible, son sourire étiré en disait aussi long que tous les discours de Tante Marthe. Théo caressa les deux pieds de pierre polie et se demanda comment on pouvait éteindre cette fameuse soif, qui à ses yeux à lui représentait la vie.

— Est-ce qu'on a le droit de manger, au moins ? dit-il timidement. J'ai un peu faim…

— Qui parle de jeûner ? répondit Tante Marthe. Pas d'ascèse excessive ! Où voudrais-tu aller ?

La mosquée du terrible empereur

Puis vint le dernier jour à Bénarès. Tante Marthe affirma qu'il ne fallait pas manquer la grande mosquée. Car pour un peu, on aurait oublié que Bénarès était depuis la nuit des temps un grand carrefour du commerce, que les musulmans y formaient une communauté importante, et que cette mosquée dominant la sainte cité avait elle aussi son histoire.

Immense, d'un rose majestueux, elle se dressait insolemment au-dessus des temples et du Gange. Mais on ne pouvait pas s'approcher : des barrières en interdisaient l'entrée.

– Ce doit être à cause des intégristes hindous, murmura Ila embarrassée. Ils veulent la raser pour purifier la ville.

– Comme ils ont déjà fait pour la mosquée d'Ayodhya en 1992, gronda Tante Marthe. C'est du propre !

– Qu'est-ce qu'on lui reproche, à cette mosquée ? demanda Théo.

A elle, pas grand-chose, mais à son constructeur, à peu près tout. Elle avait été édifiée par l'empereur Aurangzeb, l'un des enfants de Shah Jahan. Or, pendant son règne, Shah Jahan le tolérant avait dépensé des fortunes pour édifier le Taj Mahal, gigantesque tombeau pour son épouse défunte. Pour corriger les excès paternels, son successeur Aurangzeb devint un musulman rigoureux : il détruisit des temples hindous, organisa l'empire et construisit la fameuse mosquée en question avec les pierres des temples qu'il avait détruits… En Inde, il avait laissé le souvenir d'un souverain cruel, persécutant les hindous par tous les moyens. Aussi, les partis politiques extrémistes qui voulaient restaurer l'Hindoutva, la patrie hindoue, ne manquaient pas de vouloir aussi raser la mosquée d'Aurangzeb, bien qu'elle fît partie du prestigieux patrimoine national.

– Remarque bien, Théo, dit Tante Marthe, que si la mosquée de Bénarès est énorme, la tombe d'Aurangzeb est d'une grande simplicité. Un enclos, un drap blanc, avec un trou dans le milieu par où passe un plant de basilic, point final.

Théo s'approcha. Dans les niches sculptées, s'étaient installés de gros essaims de guêpes agressives. La mosquée était bien défendue.

Un Ganesh en carte postale

Au moment de se séparer de Théo, M. Kulkarni émit un bref sanglot. Théo lui sauta au cou, et le cher Gourou-ji l'embrassa, ce qui n'était pas son genre. Puis il s'en fut prendre le train qui le ramènerait à Bombay en trois jours. Le retour à Delhi ne fut pas vraiment gai. Pourtant, captain Lumba était venu chercher sa femme et ses amis aux commandes de l'avion d'Indian Airline, mais même le cockpit ne dérida pas Théo. D'abord on quittait Bénarès, ensuite il fallait se plier aux éternelles prises de sang.

Les analyses se révélèrent stationnaires. Ennuyée, Tante Marthe se décida à appeler Paris. Mélina allait s'affoler…

– Écoute, ma chérie, je te dis que c'est sta-tion-naire ! s'époumona Tante Marthe au téléphone. Ça veut dire que rien n'a changé, ni en bien, ni en mal… Revenir ? Pour quoi faire ? Mais si, il prend ses médicaments. À Bénarès ? L'eau ? On n'a bu que de l'eau minérale… L'eau du Gange ? Tu plaisantes ! Eh bien, si tu ne me crois pas, demande-le-lui !

Et elle passa le combiné à Théo.

– Maman ? Pas une seule goutte, c'est bien trop sale ! Ce que j'ai vu là-bas ? Ouh là ! Des tas de choses. J'ai fait du yoga ! Avec un prof, oui… Est-ce que tu sais que tu as un serpent dans le dos ? Non, je ne me paie pas ta tête… Arrêter le voyage ? Mais je veux continuer, moi ! Oui, je sais. Comment ça, pourquoi je sais ? Parce que Tante Marthe me l'a dit, pardi, que les analyses étaient stationnaires ! Et alors ? Ça veut dire que je ne vais pas plus mal qu'avant, non ? Et mes lentilles ? Toutes vertes, déjà ?

Mais oui, tu me manques. Oui, je pense à toi quand je me couche. Aussi quand je me lève. Je t'aime…

Il fit à l'appareil un bruit de baiser mouillé et raccrocha.

– Elle angoisse, dit-il. Qu'est-ce qu'on peut faire ?

– Lui envoyer une carte postale, répondit Tante Marthe.

Sitôt dit, sitôt fait. Théo choisit une carte de Ganesh sur laquelle le bébé éléphant au ventre rebondi trônait, plus rose que jamais ; il traça avec application son message : « Pour ma maman chérie, voici le dieu qui me protège. C'est le dieu du Foyer, avec une dent en moins pour l'écriture. » Au tour de Mélina de se casser la tête.

Chapitre 14

Foudres bénies

Histoires de deux véhicules

— Au fait, dit Théo en bouclant sa ceinture, puisque dans le jardin de Sarnath on était dans la Voie du Milieu, pourquoi aller à Darjeeling ? Pour acheter du thé ?

— Tu ne perds pas le nord ! s'esclaffa Tante Marthe. A Darjeeling, tu feras connaissance avec l'autre bouddhisme.

— Parce qu'il y en a deux ? s'étonna Théo.

— Le premier, dit Tante Marthe, porte le nom de « Petit Véhicule ». C'est celui que nous t'avons raconté sous les arbres à Sarnath. Le second, le « Grand Véhicule », a gagné peu à peu l'ensemble des pays de l'Himalaya…

— C'est-à-dire le Tibet, conclut Théo.

— Sans oublier, je te prie, le Népal, le Bhoutan et le Sikkim, où nous nous rendons.

— Mais le Sikkim est en Inde !

— Pas depuis très longtemps. C'est un vieux petit royaume annexé par l'Inde, dont l'ancienne capitale religieuse, Darjeeling, se trouve aujourd'hui dans le nord de l'État du Bengale occidental indien. Si tu veux bien me laisser finir, Théo… Des Himalayas, le bouddhisme a continué en Chine, puis au Japon. En voyage, il est devenu le Grand Véhicule.

— « Véhicule », dit Théo rêveur. Pour une religion, quel mot bizarre !

— Le « véhicule » est fait pour rouler sur la Voie du Milieu, répondit Tante Marthe. Et puis il a des roues. Tu te souviendras peut-être que le premier sermon du Bouddha à

Sarnath s'appelle la mise en mouvement de la Roue de la Loi ?

– Juste ! s'exclama-t-il. Je n'ai pas su pourquoi.

– Parce que, au cours de ses méditations, le Bouddha était parvenu à comprendre le cycle des naissances et des morts, un vrai cercle vicieux. Quant à la Loi, elle permet d'échapper à ce cercle de souffrances grâce à la Voie du Milieu. Ébranler la Roue de la Loi, c'est briser le cercle infernal par une autre roue, un cycle, certes, mais d'enseignements. Le premier cycle, tu le connais, concerne les quatre nobles vérités. Le deuxième est consacré à la vacuité pure. Tiens, Théo, c'est le contraire du judaïsme, vois-tu. Pour les juifs, Dieu est l'Être, il est plein. Eh bien, pour le Bouddha, c'est le contraire. Le réel n'est pas être, il est pur.

– Parce que l'Éternel des juifs n'est pas pur ?

– Si, répondit-elle. Mais pour le Bouddha, l'être est impermanence, souviens-toi. Une fois la soif de soi éteinte, la vacuité s'étend, le cœur est disponible à la compassion, les ténèbres disparaissent et c'est alors que le cycle final des enseignements ouvre la clarté lumineuse, c'est-à-dire l'Éveil. A Darjeeling, tu vas découvrir le Grand Véhicule.

– Qu'est-ce qui s'est passé entre le petit et le grand ?

– Oh ! La même chose que partout ailleurs dans l'histoire des religions, bougonna Tante Marthe. Une fois le Bouddha disparu, l'unité du mouvement s'éparpilla. Le Bouddha avait laissé une question sans réponse : était-il éveillé dès l'origine, ou bien s'était-il progressivement élevé à la condition d'éveillé ?

– Ça dépend, répondit Théo. Dans la légende, il est comme un dieu, mais dans la vie, non.

– Voilà exactement l'une des lignes de fracture. Certains inventèrent une solution : le Bouddha qu'on avait vu vivant n'était qu'un fantasme suscité par le vrai Bouddha.

– C'est pas de jeu ! protesta Théo. Lui qui ne voulait pas être dieu…

– Manqué, commenta-t-elle. Le Bouddha indiquait la voie d'un contact individuel avec le divin : mais les hommes ont éperdument besoin d'être guidés. Donc, les théologiens bouddhistes inventèrent de saints personnages capables, pour sauver l'humanité, de reculer indéfiniment leur accès à l'Éveil ultime. On les appelle les « bodhi-sattvas ». Ces apprentis Bouddha déjà très éveillés sont remplis d'un tel dévouement, d'une telle compassion qu'ils suscitent par leur grandeur une dévotion absolue. Ils ont un pouvoir quasi divin... Le Bouddha sublimé s'estompe dans l'inaccessible. Comprends-tu maintenant pourquoi ton gourou m'énervait avec ses légendes ?

— Tu es bouddhiste, toi ?

— Un peu, oui, confessa Tante Marthe. Parce que, juste-ment, c'est une philosophie qui peut se passer de Dieu. Chacun doit se débrouiller seul pour trouver le calme de l'esprit, et ça me plaît. Crois-moi, Théo, je ne suis pas la seule à m'acheminer vers la Voie du Milieu : de nos jours, tu verras des bouddhistes dans tous les coins du monde... Aux États-Unis, au Canada, en Suisse, en Allemagne...

— Mais pas en France, au moins ! s'exclama Théo en riant.

— Bien sûr que si ! Qu'est-ce que tu crois ? Que les Français sont imperméables à la compassion universelle ? Il existe de nombreux bouddhistes dans ton pays. Ils ont même obtenu un temps d'émission le dimanche matin dans les programmes religieux ! A mes yeux, c'est bon signe. Les bouddhistes n'embêtent personne, ils sont parfaitement tolérants... Évidemment, ils te paraîtront très bizarres au début. Leurs costumes, leurs moulins à prières, leurs prosternations, c'est singulier. Mais ça s'explique... Il faut dire qu'au Tibet le bouddhisme a croisé sur sa route une très ancienne religion, avec laquelle il a fallu trouver des compromis.

— Une très ancienne religion tibétaine, murmura Théo. Celle du Bardo Thödol, le Livre des Morts ?

— Ah ! J'oubliais, tu l'as lu, soupira-t-elle. Eh bien ! Ce livre ne dit pas grand-chose de la religion en question, qui s'appelait le « bon ».

— B-o-n ?

– Exact. En vieux tibétain, cela veut dire la religion des hommes, les « bonpos ». Je te préviens, l'histoire de la fusion entre le bon et le bouddhisme est curieuse.

Une corde et six petits singes

Si curieuse qu'à elle seule elle occupa les deux heures en plein ciel.

Aux commencements des temps, selon les mythes de l'ancienne religion tibétaine, les dieux d'en haut vivaient dans les montagnes, les dieux d'en bas dans les souterrains et les eaux, et les hommes se trouvaient au milieu. Le premier des rois du Tibet s'était uni à une divinité montagneuse, et de cette union naquirent les premiers hommes. Le jour, le roi restait sur terre, et, la nuit, il retournait au ciel grâce à une corde magique couleur de lumière qu'il portait sur le sommet du crâne.

– Tu m'as déjà parlé de la tresse de cheveux sur le crâne, remarqua Théo. A propos des sikhs, des brahmanes et de Samson le... le nadir.

– Nazir ! corrigea Tante Marthe.

Le principe de la corde qui relie l'homme à son ciel était en effet universel ; on le retrouvait jusque chez les Indiens du Brésil, et toujours se trouvait un maladroit pour couper la corde qui permettait de remonter au ciel. C'est ce qui arriva au sixième roi tibétain. Vaniteux comme un pou, il défia son palefrenier en duel mais refusa de lui transmettre ses pouvoirs divins. Comme ce n'était pas juste, le palefrenier se contenta de demander au roi de couper sa corde céleste. Par orgueil, le roi accepta. L'autre lança sur le champ de bataille cent bœufs armés d'épieux fixés aux cornes, tirant des chariots pleins de cendres. La confusion fut totale, et le palefrenier tua le souverain imprudent, qui devint le premier roi mort. Après lui, aucun roi ne put remonter par la corde céleste. Seuls les magiciens et les saints furent capables d'y parvenir. Tel était le mythe de l'ancienne religion du Tibet.

– Qu'est-ce qu'il en reste ? demanda Théo.

Il restait encore des bonpos, qui, pendant la cérémonie du mariage, attachaient une corde au crâne du fiancé, et il n'y avait pas si longtemps qu'à Lhassa, dans le palais du dalaï-lama, l'immense Potala, trois hommes se lançaient encore dans le vide pour descendre le long d'une corde du haut du toit. Puis, avec l'arrivée du bouddhisme, l'histoire du roi à la corde céleste changea du tout au tout, et l'origine des hommes également.

Aux commencements des temps, selon les enseignements bouddhistes, un grand singe voulut se convertir grâce aux leçons d'un saint bodhisattva au nom très compliqué, Avalokitesvara. Le saint l'expédia dans les neiges du Tibet, car plus on est près du ciel, mieux on se concentre. Pendant que le singe méditait sur la compassion, vint à passer une ogresse qui tomba follement amoureuse de lui et prit la forme d'une femme. Tenu par le vœu de chasteté, le singe refusa ses avances, mais l'ogresse le supplia si bien qu'il la laissa dormir à ses côtés. Ce n'était pas encore assez : comme le singe résistait, l'ogresse menaça de donner naissance à des monstres qui dévoreraient la race humaine. Ne sachant plus que faire, le singe vola vers le saint, qui lui ordonna d'épouser l'ogresse, par compassion. Le saint avait tout prévu.

Naquirent six petits singes que leur mère, fidèle à sa nature d'ogresse, voulut dévorer aussitôt. Leur père-singe les sauva, s'enfuit avec eux dans la forêt et les y abandonna. Trois ans plus tard, les six singes s'étaient multipliés : ils étaient cinq cents, et ils crevaient de faim. Le pauvre singe eut encore recours à son maître, qui grimpa sur une montagne sacrée d'où il sortit cinq espèces de grain, qu'il sema. Le singe y conduisit ses cinq cents petits, qui, à mesure qu'ils mangeaient le grain, perdirent leur poil et leur queue. Ils furent les premiers Tibétains.

— Donc les Tibétains d'aujourd'hui descendent tous du grand singe, conclut Théo.

— Mais tu le connais, dit Tante Marthe. C'est Hanuman en personne.

– Comme on se retrouve ! s'écria Théo. Et l'autre, là, Avaloquelque chose ?

– Avalokitesvara ? Pour convertir le Tibet au boud-dhisme, il s'était transporté sur le mont Potala, et il avait laissé s'échapper de sa paume un rayon de lumière qui s'était transformé en singe.

– Quelle embrouille, murmura Théo. Voilà l'ami Hanu-man né de la main d'un saint bouddhiste, et voilà une ogresse qui ne me dit rien de bon.

– C'est le cas de le dire, s'amusa Tante Marthe. Car l'ogresse provient de la religion bon. Et de la corde céleste il ne reste plus que le rayon de lumière. Tu vois comme tout s'est mélangé…

– De la bouillie pour les chats, décréta Théo. Je me demande ce que je vais voir à Darjeeling.

Une ville de brume

Pour commencer, Théo vit le minuscule aéroport de Sili-guri, où attendait une Ambassador ventripotente à peine rafraîchie par un petit ventilateur. On était déjà en mars, et il faisait très chaud. Mais Tante Marthe assura qu'en mon-tant vers Darjeeling on retrouverait un bon air pur, d'ailleurs plutôt frisquet.

La route allait en se tortillant à travers d'immenses éten-dues de bosquets ronds d'un vert éclatant où, coiffées de grands chapeaux de paille, des femmes faisaient la cueillette. Les jardins de thé.

– Voilà les buissons d'où sort ta boisson préférée, Théo, annonça Tante Marthe.

– Dis, on s'arrête ? supplia Théo. Je voudrais tant voir une feuille…

D'un coup d'ongle, les femmes détachaient prestement les bouquets de feuilles au sommet des théiers. Elles étaient d'un vert acidulé, fragiles. Théo en mordit une : le goût était amer et frais. Il y avait aussi loin de la feuille de thé aux brindilles noires que Théo infusait dans sa théière, que de l'illusion du réel à la pureté de la lumière du Bouddha… Tante Marthe promit qu'à Darjeeling on en achèterait un paquet. En attendant, on filait sur la ville à petite vitesse, en traversant de grandes masses nuageuses à ras de terre.

Théo s'endormit et se réveilla à l'arrivée. Quand il ouvrit l'œil, il aperçut une muraille de neige rosie par le soleil couchant.

– Les Himalayas ! s'écria-t-il fasciné. C'est pas vrai…

– C'est le moment où jamais de mettre ta parka et tes bottillons. Regarde la buée qui sort de ta bouche… Allez ! Plus vite que ça !

Enveloppée d'une brume à laquelle se mêlait la fumée des cuisines en plein air, la ville s'étageait interminablement sur un bon kilomètre de hauteur. L'air était gris. Dans le brouillard, des ombres trottinaient calmement ou se rassemblaient autour d'une bouilloire posée sur un petit feu. Au crépuscule, Darjeeling ressemblait à une ville de fantômes. Les Himalayas disparurent dans la profondeur de la nuit et Théo se sentit glacé. Heureusement, l'hôtel choisi par Tante Marthe était de style anglais, avec du feu dans la cheminée et de profonds fauteuils. Intarissable, la patronne évoquait les illustres voyageurs qu'avaient vu passer les vieux murs, dont la grande voyageuse Alexandra David-Néel, devenue une initiée tibétaine authentique.

– Au point qu'elle savait comment réchauffer son corps par un froid glacial, ajouta Tante Marthe.

– Ce n'est pas difficile, tiens, avec du feu, dit Théo.

– Oui, mais sans bois et sans allumette, répliqua-t-elle. C'est un exercice classique chez les yogis tibétains. Nus dans la neige, ils trempent un drap dans l'eau glacée, s'enveloppent dedans et le drap doit sécher sur leur peau. Le feu leur vient de l'intérieur, par la maîtrise de la respiration.

– Oh, l'autre, murmura Théo. Et tu voudrais que j'y croie ?

– Ça, c'est ton affaire, dit Tante Marthe. Alexandra David-Néel affirme qu'elle l'a fait. Et si tu allais réchauffer les draps de ton lit ?

Le temple tibétain

Le lendemain, on alla visiter un temple au sommet de la ville. Sur le bord de la route flottaient de légers bouts de tissu accrochés à des mâts de bambou, ou suspendus comme des banderoles sur un fil. Il y en avait de toutes les couleurs : roses, bleu pastel, vert d'eau. Parfois, gris de poussière, certains étaient déchiquetés.

– Ils mettent leurs mouchoirs à sécher devant leurs temples ? s'étonna Théo.

– Regarde-les de près, dit Tante Marthe. Ils sont imprimés. Ce ne sont pas des mouchoirs, mais les drapeaux de prière. On écrit une formule sacrée sur la toile, et le tissu flotte au vent jusqu'à sa disparition complète.

– C'est pour ça qu'ils sont en si mauvais état, dit Théo. Oh, regarde le beau rouge tout neuf !

– Quelqu'un aura demandé une faveur à la divinité, marmonna Tante Marthe.

– Quelle divinité ? demanda Théo.

– Va savoir, enchaîna-t-elle. Il y en a tant !

C'est ainsi que Théo apprit que le monde du bouddhisme tibétain était peuplé de divinités terribles et de démons. Les divinités étaient terribles mais paisibles au fond, et les démons multiples comme les illusions du monde. D'ailleurs, comme en signe de triomphe, les vainqueurs prenaient toujours l'apparence des vaincus, il était difficile de distinguer la bienfaisante divinité du démon qu'elle avait terrassé.

– Tu les verras sur les fresques des murs, assura Tante Marthe. Maintenant, il faut trouver mon ami le lama Gampo.

– Voilà autre chose, soupira Théo. Ma vieille a un ami lama…

– Lama signifie « maître », répliqua-t-elle. Les lamas professent la doctrine apprise dans les monastères.

Massif, inquiétant, coiffé d'or, chaulé de blanc et peinturluré de nuages roses à bord rouge, le temple se dressait devant eux. Ponctuée du son d'un tambour, une clochette insistante résonnait à l'intérieur : ti-ti-ti-poum-ti-ti-ti-ti-ti-poum… Un moinillon drapé de rouge sortit en trombe, avec un encensoir à la main, dont il donna un coup sur le dos d'un chien affalé. Un autre gamin le rabroua, ils se battirent en éclatant de rire. Brusquement, le temple rébarbatif prit des allures de cour de récréation. La main en visière, Tante Marthe cherchait son ami lama.

Il arrivait, tout sourire et se frottant les mains avec jubilation. Crâne rasé, en robe couleur prune et le torse barré de jaune vif, le lama Gampo portait de petites lunettes cerclées de fer sur le bout de son nez, qui tombèrent sur le sol quand il s'inclina devant Tante Marthe.

– Salut à toi, jeune homme, dit-il en les ramassant. Est-ce que tu vas bien ?

– Il parle français ? s'étonna Théo.

– Naturellement, répondit le lama Gampo. J'ai quitté le Tibet avec notre dalaï-lama quand il dut s'enfuir en exil en 1959. Il s'est réfugié en Inde à Dharamsala, et nous nous sommes dispersés dans le monde entier. Mon destin me conduisit en France, terre bénie, plus précisément à Asnières.

– 1959 ! s'écria Théo. Qu'est-ce que tu dois être vieux !

– Qui sait ? répondit le lama avec malice.

– Mais si tu vis à Asnières, que fais-tu ici ?

D'un geste, le lama désigna les Himalayas. Il fallait bien de temps en temps respirer l'air des neiges et sentir, de l'autre côté des cimes, l'approche du pays natal.

– Entrons, dit-il en rajustant ses lunettes.

Mais alors que Théo fonçait déjà dans le péristyle, le lama l'arrêta. Pour commencer, il était préférable de tourner les moulins à prières. A l'entrée du temple, il y en avait deux, immenses et jaunes, si lourds à manœuvrer que même en poussant de toutes ses forces Théo n'y parvint pas.

– D'abord tu te trompes de sens, dit le lama, ce n'est pas bien. Certains croient même que c'est néfaste. Toujours tourner dans le sens des aiguilles d'une montre.

Théo changea de sens, et, comme par magie, le moulin tourna.

– Ça y est ! s'écria-t-il. Au fait, à quoi ça sert ?

Le lama expliqua que, à l'intérieur du moulin, se trouvaient des rouleaux sur lesquels étaient écrites les prières. Il suffisait de tourner pieusement les moulins pour prier.

– Pratique, commenta Théo.

– Oui, mais il faut en tourner beaucoup, dit le lama. Et si on ne le fait pas d'un cœur sincère, cela ne compte pas. Ton cœur est-il pur et sincère ?

Perplexe, Théo contempla le bout de ses baskets. Savait-il seulement s'il était sincère ou non ?

– Sincèrement, je ne sais pas, avoua-t-il.

– Parfait, dit le lama. La conscience de l'ignorance est le commencement du doute, lequel conduit à la sagesse. Maintenant, tu peux regarder les fresques sur les murs.

D'abord, Théo ne vit qu'un fouillis tourmenté où grimaçaient d'affreuses figures noires ou rouges, les yeux exorbités, ferraillant entre eux sur fond de nuages orageux. Ils étaient si terribles que Théo mit un peu de temps à s'habituer. Dans un coin, on découpait des corps avec une énorme scie, d'autres tournaient sur un gril, d'autres encore avaient la langue transpercée.

– Dis donc, c'est l'Enfer ! s'écria Théo.

– Parce que ce sont les Enfers, murmura le lama. Ou plutôt, c'est la déroute des démons, qui frappe l'imagination. Dirige ton œil vers le centre, mon petit. Il y a plus de représentations paradisiaques que d'infernales, tu vas t'en apercevoir.

Théo aperçut une figure géométrique si compliquée qu'il fallait s'appliquer pour découvrir, dans les cercles tracés, des bouddhas en lotus et des divinités à huit bras. Enfin, quand il s'habitua, il s'avisa que l'une des images était simple : une femme de dos, peut-être une déesse, assise à califourchon sur les genoux d'un homme vu de face en position de lotus, l'enlaçait amoureusement de ses deux bras posés autour du cou.

– Là, il faut m'expliquer, dit-il posément. Les diables

qui se battent, les beaux machins en rond et en carré, et le porno.

Plus souriant que jamais, lama Gampo expliqua. Les scènes infernales représentaient la lutte éternelle des dieux contre les démons du cercle vicieux, la Roue des existences. On retrouvait les dieux assis en lotus au centre des cercles de cette figure traditionnelle qu'on appelait « mandala » : composée d'un carré enfermé dans un cercle, lui-même entouré de cercles à nouveau enfermés dans un carré, le mandala comprenait quatre portes, et son rond central, le plus petit, représentait l'univers cosmique dans lequel la sagesse suprême flottait dans un océan de joie. Le mandala était une vision du palais idéal de la divinité, que les bouddhistes appelaient « déité » : en son centre trônait le couple enlacé.

Pour comprendre le mandala et l'océan de joie, il fallait examiner de près la fresque que Théo trouvait pornographique. Certes, dit le lama, il s'agissait bien de l'union sexuelle entre l'homme et la femme, dans l'une des positions les plus connues au monde. Mais là n'était pas l'essentiel : car ce que symbolisait cette image sacrée était avant tout la fusion du dieu avec l'énergie féminine, la *shakti*. En montrant l'acte sexuel à l'état pur, l'image représentait en vérité l'accomplissement infini de la méditation. Aussi l'union divine du principe mâle avec le principe femelle était-elle l'objet parfait pour atteindre la concentration de l'esprit, d'où surgissait soudain, submergeant la conscience, l'océan de joie.

– Ce ne serait pas le coup de la serpente au bas du dos ? demanda Théo. Mon gourou m'a raconté un truc comme ça. Car ils sont unis pour l'éternité, comme Shiva et Parvati, je suppose ?

Ravi, le lama affirma que le savant Théo supposait bien en effet, sauf qu'il ne s'agissait plus de Shiva et de Parvati, mais du méditant uni avec sa propre partie féminine. Et c'était nettement plus compliqué : car si, dans la branche de l'hindouisme qui s'appelait tantrisme, on passait en effet par un véritable acte sexuel avec rétention de la semence, dans le bouddhisme tibétain, au contraire, le moine n'avait pas de partenaire. Car si le Bouddha prenait la forme d'un couple d'époux en train de faire l'amour, c'était pour représenter la complémentarité entre l'époux, la compassion, et l'épouse, la vacuité. Le moine parvenait à la méditation en se concentrant sur l'énergie féminine, source de l'illumination. A tout hasard, Théo prit une photo pour montrer l'union divine à Fatou : car somme toute, s'il avait bien compris, sa *shakti* à lui, c'était elle.

– Maintenant, nous pouvons pénétrer, dit poliment le lama.

Sur le plancher de lattes polies, une rangée de moinillons en robe prune ânonnaient des prières monocordes en tapant sur de grands tambourins qu'ils tenaient à la main, l'autre brandissant une baguette recourbée. De temps en temps, un moine trapu, armé d'un fouet, menaçait les enfants s'ils se trompaient et, parfois, les frappait légèrement. Au beau milieu du temple, un lama se livrait à un manège étrange : debout, il levait les mains jointes au-dessus de sa tête, les baissait à hauteur de la gorge, puis du cœur, enfin, il s'aplatissait sur une large planche de bois, puis se relevait à l'aide de moufles posées sur le sol et recommençait aussitôt.

– Qu'est-ce qu'ils marmonnent, les petits ? demanda Théo pour commencer.

– Les enseignements des bodhisattvas, répondit le lama. Mais la formule qui est la nôtre, tu l'entendras sur les routes dans la bouche de nos pèlerins : « *Om Mani Padme hoûng.* » Le Bouddha a donné au monde d'innombrables formules que nous appelons des « mantras » : celui-ci est connu de tous, tandis que ceux qu'apprennent nos futurs moines sont si difficiles que, parfois, ils se trompent.

– Ce n'est pas une raison pour les battre avec un fouet ! s'indigna Théo.

– Question de discipline, répondit le lama. D'abord cela soulage les crispations du dos des disciples, ensuite un maître doit toujours être un peu dur avec eux, c'est ainsi.

– Ça, on me l'a déjà sorti à Jérusalem, soupira Théo. Et celui qui fait sa gymnastique ?

– Ces prosternations sont fatigantes mais nécessaires, dit le lama Gampo. C'est le remède à l'orgueil. Faisons le tour.

Alors, dans la pénombre, Théo entrevit la géante statue d'une sorte de Bouddha souriant, doré, et qui tendait les mains. Autour du cou, il portait des écharpes de couleur, et sur les épaules un immense manteau de satin jaune. Devant lui, sur l'autel, se dressaient des chandeliers de marguerites coloriées qu'on aurait dit sculptées dans la cire.

– Le Bouddha, chuchota Théo ému.

– Non, c'est un bodhisattva, corrigea le lama. Mais tu peux le considérer comme le Bouddha si tu veux : car chacun des bodhisattvas est en marche vers l'Éveil.

Les fleurs sont bien jolies, dit Théo.

– Elles sont en beurre, dit Tante Marthe.

En beurre ? Théo n'en crut pas ses oreilles et s'approcha. Il effleura un pétale du bout de son index et goûta : on aurait dit du saindoux. Les rosaces étaient bel et bien sculptées dans le beurre.

– Mais ça va fondre ! cria-t-il.

– Chut... murmura Tante Marthe. Dans les Himalayas, on ne manque pas d'eau, mais on a froid. Ici, le gras est nécessaire à la vie, donc le beurre y est précieux comme l'eau en Inde. Et puis sous ces climats, le beurre ne fond pas.

Théo s'approcha. Le Bouddha le fixait de ses lourds yeux mi-clos. Sa bouche charnue esquissait un demi-sourire, fermé sur une éternité muette. Les moinillons élevèrent la voix, le fouet claqua, un gong résonna pesamment, faisant vibrer le bois du plancher. L'encens, le beurre, l'odeur grasse, les syllabes chantées sur une note, le regard appliqué des enfants, tout était d'une gravité profonde. Théo ne se sentit pas bien. La sourde rumeur des tambourins résonna si lourdement qu'il vit l'immense statue aux paupières étirées se pencher vers lui... La tête lui tourna, et il tomba sous le sourire d'or.

315

Lama Gampo le rattrapa de justesse. Affolée, Tante Marthe constata qu'il saignait du nez. Méthodique, le lama porta Théo au-dehors, lui renversa la tête, et, ramassant une poignée de neige au bord du toit, la lui frotta sur le nez.

– Voilà, dit-il calmement. Cela va s'arrêter. Sans doute l'altitude, il ne faut pas s'inquiéter.

– Vous savez bien qu'il est malade ! s'écria Tante Marthe. Et où trouver un hôpital ?

– Il y a mieux que l'hôpital, murmura le lama. Laissez-le se remettre et je vous y emmène.

L'étrange docteur de Darjeeling

– Raconte-moi ce qui t'est arrivé, mon enfant, demanda le lama dès qu'ils furent dans la voiture.

– Je ne sais pas, murmura Théo. Les démons, le sourire, la *shakti*, tout s'est brouillé d'un coup.

– Hmm, toussota le lama Gampo. Il n'y a pas que l'altitude.

– Certainement pas ! intervint Tante Marthe. Je vous ai déjà dit qu'il y avait dans vos fresques de quoi effrayer un régiment...

– Le monde des illusions du Soi est ainsi, effrayant, dit le lama. C'est pourquoi nous le représentons, pour apprivoiser la peur. Maintenant, de quelle peur s'agit-il au juste ? Théo devra trouver tout seul. Pour l'instant, soignons-le.

L'Ambassador s'arrêta devant une petite échoppe où l'on faisait la queue. D'autorité, le lama coupa la file en arguant de l'état de Théo, dont le nez encore couvert de sang fit merveille.

– Une urgence, docteur Lobsang, dit-il en poussant Théo dans la pièce sombre.

Assise sur un tabouret, une femme sans âge, en longue robe de laine drapée sous les seins, contempla Théo sans mot dire. Puis elle le fit asseoir en face d'elle et son beau visage se crispa. Ensuite, elle posa quantités de questions au lama, qui traduisit demandes et réponses. Dormait-il bien ? Faisait-il la sieste ? Bâillait-il souvent ? Avait-il des douleurs dans les hanches, des vertiges, des nausées ? Elle plia un à un les doigts dont les articulations craquèrent. Puis elle examina la langue et prononça une phrase que le lama répéta mot à mot.

— Elle dit que Théo est de tempérament *rLung*, celui de l'air. Le mal viendrait du foie. Elle va vérifier le diagnostic par l'examen du pouls.

Le docteur Lobsang ferma les yeux, se détendit, respira profondément, puis suspendit son souffle et posa sur les veines du poignet gauche de Théo l'index, le majeur et l'annulaire de sa main droite en appuyant avec une incroyable énergie. Les secondes passèrent, puis les minutes. Elle recommença de l'autre côté, avec trois doigts de sa main gauche sur le poignet droit de Théo. Le silence était total. Enfin, le docteur ouvrit les yeux et soupira. Puis elle tint un long discours au lama.

— C'est bien cela, confirma-t-il. Le mal est grave. Il ne vient ni de la nourriture, ni du climat, ni d'excès sexuels bien sûr, ni d'aucune calamité accidentelle. Le docteur Lobsang pense qu'il s'agit d'un très mauvais karma, et qu'un esprit souterrain ronge la santé de Théo, quelqu'un qu'il aurait tué dans sa dernière vie antérieure, sans doute.

— Naturellement, ironisa Théo bravement. J'ai une tête d'assassin, on voit ça tout de suite.

— Le pouls est vide avec des pauses anormales, enchaîna le lama Gampo. Cela signifie que la tension intérieure est extrême. Avec le majeur de la main gauche, le docteur Lobsang a détecté le chemin des canaux perturbés… Il faut agir au plus vite. Primo, éviter les nourritures amères et âcres, et restreindre le thé.

— Pour le thé, je n'y arriverai pas, nota Théo.

— Deuxio, poursuivit le lama, absorber du sucré, de l'acide et de l'astringent : la citronnade est parfaite pour cet usage. Pour ce qui est des médicaments, le docteur a ce qu'il faut sous la main : argent, salpêtre, fer, poudre de coquillage, fleur de crocus et graisse de foie de porc.

317

– Foie de porc au crocus argenté accompagné de métaux et de coquillages ? plaisanta Théo qui mourait de peur. J'achète la recette !

Déjà, le docteur ouvrait des boîtes et des paquets, d'où elle sortit minutieusement des morceaux de substances inconnues qu'elle pesa avec soin avant de les placer dans de nombreux petits sachets. Tante Marthe les prit et paya. Le docteur esquissa un sourire, tapota la joue de Théo et s'adressa de nouveau au lama.

– Elle dit qu'il faudra ajouter des massages à l'huile d'avocat, mais que si tu suis bien le traitement tu vas guérir à coup sûr, car la médecine tibétaine est la seule à pouvoir soigner ton mal.

Saisi d'angoisse, Théo s'efforça de remercier la dame tibétaine en lui tendant une main qui tremblait. Le docteur la prit avec précaution et l'effleura de ses lèvres à l'endroit de la bague de Maman. Ce n'était pas grand-chose, juste un petit baiser, assez pour rassurer Théo, surtout sur la bague… L'étau se desserra, et le docteur sourit.

– Qui est-ce ? demanda Tante Marthe quand ils furent sortis.

– Le docteur Lobsang Dorjé est l'une de nos plus grandes célébrités médicales, répondit lama Gampo. On vient de loin pour la consulter, savez-vous ?

– Comment a-t-elle pu trouver si vite ?

– Telle est la technique du diagnostic à la tibétaine, répondit-il sans hésiter. Si l'on suit le trajet des canaux en pressant à la place des deux poignets, on peut, en se concentrant suffisamment, localiser le mal et soigner les humeurs.

– Ah ! s'écria Tante Marthe, la concentration. Voilà pourquoi elle retenait son souffle…

– Oui, pour pouvoir sentir les différentes pulsations du malade, dit le lama. Ce sont de très anciennes pratiques venues de Chine.

– De la magie ! dit Théo.

– En effet, dit le lama avec un sourire. A condition de bien savoir que la magie n'a rien d'illogique. Sur le corps, l'esprit peut tout. Mais pour guérir, il est nécessaire de suivre le régime alimentaire et d'absorber les médicaments prescrits. Ah ! J'allais oublier. A mon avis, il serait préférable d'abandonner les autres traitements. Pour moi, le mal de Théo échappe à vos médicaments. Ce n'est qu'un conseil, rien de plus.

Un choix difficile

Abandonner les autres traitements ! Qu'allaient dire les parents de Théo ?

– Pour cela, je dois avoir l'autorisation de Paris, murmura Tante Marthe.

– Paris ? s'indigna le lama. Les médecins occidentaux n'ont rien pu faire, vous me l'avez assez répété !

– Mais ses parents, vous les oubliez…

– C'est ma foi vrai, dit le lama. Alors je vais prier pour qu'ils consentent.

Au téléphone, Mélina poussa des cris déchirants. On était en train de lui tuer son Théo ! Elle avait toujours su que ce voyage était une folie, que Théo n'y survivrait pas…

– Crois-tu vraiment qu'à Paris il vivra ? s'écria Tante Marthe, cruelle.

La maman de Théo sanglota. Embêtée, Tante Marthe la consola de son mieux et demanda son frère. Car avec Jérôme le scientifique tout espoir n'était pas perdu.

– Écoute, Jérôme, qu'est-ce qu'on risque ? Les analyses ne font aucun progrès. D'accord, elles n'empirent pas, mais rien ne bouge. Laisse-moi essayer…

– Te rends-tu compte de la gravité de la décision ? murmura Jérôme.

– Pourquoi crois-tu que je te téléphone de Darjeeling ? répondit Tante Marthe. Bien sûr, c'est grave.

Au bout du fil, il y eut un silence.

– Bien, souffla-t-il. Je crois que tu as raison. D'ailleurs les médecins français commencent à l'explorer, ta médecine tibétaine. Bon, eh bien, c'est d'accord. On arrête.

– Ouf, dit-elle. Je préfère.

– Attends… Mais au lieu de téléphoner une fois par semaine, tu téléphoneras tous les jours.

Marché conclu. Théo rangea ses gélules dans un sac et commença le traitement tibétain. Le fait est que, le jour suivant, Théo se sentit mieux. Pendant la nuit, il avait rêvé qu'il se fondait au creux d'une étrange figure où s'entrelaçaient des bras noirs et des jambes blanches, si étroitement qu'il s'éveilla en sursaut, tout surpris.

Un abbé, du thé, du beurre et la prière

Le lama remercia les déités paisibles pour avoir vaincu les démons de l'obscurité et fit tourner les moulins à prières.

– Tu sais quoi ? chuchota Théo à l'oreille de Tante Marthe. Il ressemble à Foudre Bénie…

– Foudre Bénie ? s'étonna-t-elle. De quoi parles-tu ?

– Le moine dans *Tintin au Tibet*, celui qui lévite et qui a des visions… Sans ses lunettes, le lama Gampo, c'est lui tout craché, je te jure ! Tu crois qu'il peut se soulever lui aussi ?

– Allons bon, soupira Tante Marthe. Tu ne vas pas lui demander ? Si ? Théo !

Trop tard… Théo avait couru vers le lama pour formuler sa requête, et le moine pouffa de rire.

– Excusez-le, dit-elle avec embarras. C'est à cause de Tintin.

– Il est tout excusé, sourit le lama Gampo. En France, on me fait le coup tous les jours. D'ailleurs, Théo, je suis sûr que tu ne connais pas le sens du mot « Darjeeling » : la ville de la foudre, précisément… Maintenant, allons rendre visite à notre abbé.

L'abbé vivait couché dans une minuscule cahute au toit de zinc. A vrai dire, il était si âgé qu'ils durent se contenter de sa bénédiction et d'un thé. Drapé dans sa robe usée, la barbiche rare, le crâne chauve et l'œil perdu dans ses rêves, l'abbé ne les vit pas arriver. Il poursuivit sa lecture, approchant de ses yeux fatigués de longues feuilles de papier écrites à la main, extraits de textes sacrés qu'il enveloppait ensuite dans du satin doré. Puis, après que le lama se fut prosterné devant lui, l'abbé leva les yeux, les plissa, émit un petit rire enfantin et fit un signe, un seul. Le lama courut aussitôt chercher ce qu'il demandait. C'était, dans une bouteille thermos agrémentée de fleurs et venue de Chine populaire, le fameux thé beurré.

– Pouah, dit Théo en grimaçant. On dirait du café au lait salé.

– Parce qu'il est salé, expliqua le lama. On y met de la chaux, tu vois le reflet orangé ?

– Je vois aussi des yeux, constata Théo.

– Ça, c'est le beurre, dit le lama.

– En fait, c'est un bouillon, conclut Théo.

– Parce que c'est un bouillon, dit le lama. C'est excellent contre le froid. Dans deux jours tu ne pourras plus t'en passer.

– Dis merci quand même, souffla Tante Marthe.

Ne sachant comment faire, Théo joignit les mains. Le visage du vieillard s'éclaira, et il bénit l'enfant d'une main tremblante. Ils partirent, Théo la main dans celle du lama, et Tante Marthe à la traîne, comme toujours.

– Je n'ai jamais vu quelqu'un d'aussi vieux, dit Théo quand ils s'éloignèrent.

– Parce qu'il est vieux, répliqua le lama. Il a plus de cent ans.

– Comment on fait, dis ? demanda Théo d'une voix qui tremblait d'angoisse. Moi, je ne suis pas sûr d'arriver à quinze ans !

– On ne boit pas d'alcool, on ne fume pas, on ne fait pas d'excès, on prie et on boit du thé beurré, répondit le lama d'un trait. Tu n'as qu'à essayer, tu verras.

– Le bouillon, si tu veux, mais prier, je ne sais pas, dit Théo.

– Mais si, dit le lama. Cela t'est arrivé devant le bodhisattva.

– Saigner du nez, c'est prier ?

– Non, murmura le lama, énigmatique. Juste avant.

Juste avant ? Que s'était-il passé ? La statue avait basculé, et...

– ... Et tu étais happé par le sourire, dit le lama. N'est-ce pas ?

– Oui, dit Théo. Si prier, c'est cela, alors je sais.

Le lama serra la main de Théo et se tut. Environné de paix, Théo respira à pleins poumons. Soudain, dans le silence, éclata la voix de Tante Marthe qui les avait rattrapés.

– Qu'est-ce que vous vous racontez tous les deux ? s'écria-t-elle. Vous n'allez pas me le transformer en mystique ?

– Pas besoin, dit le lama. Il l'est de naissance. Une vie antérieure, à n'en pas douter.

Le poignard-foudre

Le lendemain, le lama les guida jusqu'au camp des réfugiés tibétains, où régnait une besogneuse agitation. A l'entrée, on y vendait toutes sortes d'objets de prière que Théo voulut acheter. Des cymbales, faites d'un alliage de huit métaux qui donnait un son merveilleux ; des bols à musique, d'où surgissaient, lorsqu'on frottait le bord avec un bâton de bois, de singulières harmonies qui envahissaient l'air. Un petit moulin à prières, en cuivre, avec un manche sculpté sur lequel on le faisait pivoter...

– Ouvre-le donc, suggéra le lama. Tu verras les prières.

Théo obéit. A l'intérieur, enroulé sur le bout du manche, il découvrit un minuscule rouleau de papier.

– Déroule-le, ordonna le lama. Il faut le lire.

– Je ne lis pas le tibétain, bougonna Théo.

– Essaie...

Stupéfait, Théo déchiffra. *Caché au cœur de la plus grande ville de la plus grande île au milieu des îles, j'inspire la sagesse aux expatriés. Car je ne suis ni un dieu ni un saint : je suis le Sage affreusement laid.*

– C'est malin, dit-il en rougissant.

– Maintenant il faut réfléchir, dit le lama. Et cela, c'est comme prier : tu sais.

– Je croyais savoir, murmura Théo. Mais avec tout ça, je me méfie. Vos tours de magiciens, vos démons, vos déesses, vos sourires... Vous me faites perdre la tête !

– Très bien, dit le lama. C'est nécessaire. Toutefois, la pensée fait également partie de l'exercice. Tiens, je vais te faire un cadeau.

Et sur une étagère, il choisit un étrange poignard de bronze doré. La lame était à trois faces. Quant au manche... Surmonté d'une vilaine figure coiffée de têtes de mort, il était entièrement sculpté dans le genre dragon. En plus, il était très lourd.

– Merci, marmonna Théo en contemplant l'objet mystérieux.

– C'est un peu effrayant, n'cst-ce pas ? dit le lama. Laisse-moi t'cxpliquer.

Chez les moines tibétains comme chez les yogis de l'Inde, on méditait énormément sur la mort. Car puisqu'on était à peu près sûr de n'être pas parfait, on n'irait pas se dissoudre dans l'infini, on se réincarnerait à coup sûr, donc on allait mourir. Il n'y avait pas là matière à ressentir la peur. D'où l'abondance des têtes de mort dans les objets de prière. Parfois, on prenait même comme coupe, pour boire l'eau, la calotte d'un crâne découpée et doublée de métal.

– Un crâne pour de vrai ? s'épouvanta Théo.

Pour de vrai. Ainsi connaissait-on la nature de l'impermanence, dont le corps était l'une des manifestations les plus encombrantes. Voilà à quoi le crâne du lama Gampo serait peut-être réduit un jour à son tour : une coupe pour un autre lama. Cette pensée n'avait rien d'inquiétant ; au contraire, elle donnait corps à la vie, puisque les bodhisattvas s'efforçaient de guider les bouddhistes du Tibet sur le chemin de la sagesse. Plus on était conscient de la mort, mieux on se portait. On en attrapait la gaieté à coup sûr !

– En France, ajouta Tante Marthe, dans les siècles pas-

323

sés, les fervents catholiques méditaient également devant un vrai crâne. L'idée était la même : on reprenait un vieux thème de la Bible. « Vanité des vanités, tout n'est que vanité »...

– Ce n'est pas exactement notre doctrine, précisa le lama. Nous ne méditons pas dans la désespérance, au contraire ! La Voie du Milieu n'est pas la contemplation du néant. Certes, nous pouvons dire aussi « Illusion, tout n'est qu'illusion ». Mais nos grands maîtres, les très précieux, savent nous indiquer leur réincarnation, qui n'a rien d'illusoire. A leur mort, nous les embaumons et nous attendons un an avant d'enterrer leurs restes. Puis nous partons à la recherche de l'enfant dont le corps héberge l'âme de notre précieux disparu.

– Je sais ! s'écria Théo. Vous avez un système pour reconnaître le bon...

– Nous présentons aux enfants des objets familiers, jusqu'à ce que l'un d'eux s'empare spontanément du seul objet ayant appartenu au maître. Ce petit qui parfois marche à peine sera reconnu comme la nouvelle réincarnation, car la présence de nos très précieux n'a jamais cessé à travers les siècles. La mort n'est donc rien. Un crâne n'est qu'un habitacle passager.

– C'est pas mon truc, dit Théo en reposant l'objet.

– Attends, dit le lama.

Car il n'avait expliqué que la présence des têtes de mort. Le poignard ne servait pas à faire couler le sang, oh que non ! La compassion pour les êtres vivants s'y opposait. Fiché dans le sol, le poignard épinglait les démons souterrains. On l'appelait *phurbu*, « le poignard-foudre ». Pour plus de clarté, lama Gampo esquissa un dessin.

– Il y a cinq crânes humains, car les éléments, les passions vont par cinq, le chiffre de la sagesse. Le crâne vide, c'est l'homme sans la tricherie du Soi résumé dans la cervelle. Ce fichu cerveau qui n'arrête pas de penser...

— Tiens, le cheikh Suleymane m'a dit ça à Jérusalem ! s'écria Théo.

— Oui, hein, pas facile d'arrêter ses propres idées ! Elles sont illusion, Théo... Le plus important se trouve tout en haut : nous l'appelons le joyau. Le crâne, c'est l'apparence. Le réel, le joyau, la claire lumière.

— Tu me le donnes pour que j'arrête de me tracasser, chuchota Théo.

— Puisque tu m'as comparé à Foudre Bénie, j'ai pensé... murmura le lama timidement.

— C'est gentil, répondit Théo.

— Le poignard-foudre t'aidera à trouver la paix, j'en suis sûr.

— D'accord, dit Théo en s'emparant de son trésor. Mais pour le crâne, c'est non.

Le lama sourit. On ne vendait aucun crâne dans la boutique touristique à l'entrée du camp. On y faisait commerce d'objets sans danger, pour secourir les réfugiés venus du Tibet.

— L'exil, soupira le lama.

— Tiens, l'exil, comme dans le nouveau message, constata Théo.

Le plus laid des sages

A l'hôtel, Théo se mit à cogiter. Une île au milieu des îles... Un archipel. Il ouvrit son atlas : il y avait plein d'archipels. Le Japon correspondait parfaitement à la définition. Tokyo ?

— Il n'y a pas de communautés expatriées au Japon, dit Tante Marthe.

— Au fait, c'est quoi, des expatriés ?

— Ce sont des gens qui ont choisi de travailler ailleurs que dans leur propre patrie, dit-elle.

Alors l'Indonésie, décida Théo.

— Et ils sont quoi là-bas ?

– En majorité musulmans, répondit-elle. Beaucoup sont hindouistes. Auparavant, ils étaient tous animistes, comme dans une partie de l'Afrique. Mais d'autres sont venus faire du commerce, et ils sont restés.

– Alors on peut dire que ces commerçants sont des expatriés ?

On pouvait. D'où venaient-ils, ceux-là ?

– Cherche plutôt le Sage affreusement laid, dit Tante Marthe. Dans ton dictionnaire des religions.

Des dieux laids, il s'en trouvait partout. En Grèce, Héphaïstos le forgeron, hideux ; en Inde, Kâli, affreuse ; au Tibet, les démons, ridicules ; au Mexique, au Brésil, en Afrique… Tous plus horribles les uns que les autres.

– Mais le message ne parle pas d'un dieu, dit Tante Marthe. S'il s'agissait d'un homme ?

Théo feuilleta soigneusement. Socrate, mais pas d'exil. Jésus, mais il était beau. Puis il tomba sur la large figure d'un homme au crâne hérissé de poils, les yeux exorbités, avec deux dents proéminentes tombant sur la lèvre inférieure.

– Lui, il n'est pas vraiment pas beau, commenta Théo. Comment s'appelle-t-il ? Con-fu-cius ? Et il est quoi ? Ah ! Chinois. Est-ce qu'ils venaient de Chine, tes marchands ?

Tout juste. Ne restait plus qu'à identifier la plus grande ville de la plus grande île de l'archipel indonésien : Jakarta, dans l'île de Java.

– Bravo ! Tu as fait vite cette fois ! s'écria Tante Marthe.

– T'as vu ? dit Théo tout fier. Ça, c'est l'effet Foudre Bénie.

– Et tes nouveaux médicaments ?

– Mauvais comme tout, grimaça Théo. A Jakarta, est-ce qu'on verra aussi des docteurs ?

– Là où sont les Chinois, il y a toujours d'excellents médecins, assura Tante Marthe. Un peu comme ta doctoresse de Darjeeling.

– Pourquoi ne pas aller directement en Chine ? demanda Théo étonné. C'est plus simple !

Ce n'était pas si simple. D'abord, la plus ancienne religion de la Chine reposait sur l'espace et le temps et n'était pas facile à voir. Évidemment, on pouvait grimper les sept mille marches du grand sanctuaire de T'ai Chan, au sommet duquel, à 1 545 mètres de hauteur, il n'y avait rien, sinon les stèles où les souverains avaient laissé la trace de leur passage, et le vide infini. La grimpette sur l'« escalier du Ciel » était le plus important pèlerinage de la Chine, car c'était de là que les âmes s'envolaient pour naître à la vie terrestre. Mais Théo n'était pas capable d'un exercice aussi fatigant, qui prenait des heures et demandait à tous un effort considérable. Car dans ce cas, la prière, c'était l'effort.

– Admettons, dit Théo. Vraiment, il n'y a rien d'autre ?

Tante Marthe se tortilla dans son fauteuil. Si, il y avait quelques autres lieux sacrés. Seulement voilà, jamais elle n'obtiendrait son visa pour pénétrer en Chine populaire. Quelques années auparavant, à Pékin, elle s'était trouvée mêlée d'un peu trop près à des manifestations interdites, elle avait fait le coup de poing et elle était fichée...

– Grosse maline, dit Théo. Alors on est coincé...

Non, car les religions de la Chine avaient survécu en exil, et c'était à Jakarta qu'il les verrait commodément.

– Puisque tu le dis, soupira Théo. N'empêche que j'aurais aimé voir Pékin. Enfin, quand je serai grand, j'irai. Au fait, si on téléphonait à Paris ? Sinon, Papa va rouspéter...

Tante Marthe songea que c'était la première fois que Théo envisageait le futur en face d'elle.

Deux écharpes blanches

Avant de partir, Théo parcourut une à une les échoppes en bordure de la place centrale où s'ébattaient de petits chevaux robustes à la crinière blonde. Il cherchait du thé. Il voulait son thé ! Sur un éventaire, Tante Marthe avisa une sorte de cône brunâtre et le fourra dans la main de Théo.

– Drôle de truc, marmonna Théo en le reniflant. C'est vilain, et ça ne sent pas bon. Qu'est-ce que c'est ? Du tabac ?

– C'est ton thé, répondit Tante Marthe.

Incrédule, Théo lorgna l'objet. Les Tibétains tassaient les feuilles et fabriquaient des cônes de thé compact : et c'était cette substance brune qui produisait le bouillon pour l'accompagner de beurre. Drôle de thé.

– Mais du bon thé de Darjeeling, s'il te plaît… quémanda Théo.

Il n'y en avait pas. Le meilleur thé de l'Inde était destiné à l'exportation. Théo, dépité, jura qu'il trouverait bien autre chose en souvenir. A l'enseigne d'Hadjeet Mehta, dans une des boutiques de Kuryo, ce qui pour les touristes signifiait « curiosités », il acheta une peinture sur tissu représentant le couple d'époux enlacés au mépris de démons qui fendaient les airs alentour. Puis une déesse en bronze doré de petite taille : souriante, en position de lotus, couronnée d'un superbe diadème doré, elle s'appelait Tara et, au moins, elle avait l'air aimable. Aussi souriant que la déesse, M. Hadjeet Mehta, qui n'était pas bouddhiste mais hindou, s'efforça de faire comprendre que la Tara était en quelque sorte l'assistante féminine d'Avalokitesvara, car elle était née de ses larmes et l'aidait dans ses bonnes œuvres.

– Ça fait un peu infirmière, mais je la prends quand même, fit Théo. Et le grand, c'est le Bouddha ?

La statue était aussi haute que Théo, et Tante Marthe s'insurgea.

– Dis donc, tu penses au supplément de bagages ? se récria-t-elle. C'est trop lourd !

Il fallut renoncer. Mais le lama Gampo avait encore un cadeau pour Théo : au dernier moment, alors qu'il allait monter dans l'Ambassador au gros ventre, le moine lui tendit, posée sur ses mains tendues, une légère écharpe blanche.

– C'est notre salut à nous, dit le lama. Je ne te l'ai pas offerte à l'arrivée, parce qu'il m'arrive d'être distrait et que j'ai laissé tomber mes lunettes en te disant bonjour. Alors je me rattrape au départ.

– Tiens, Théo, souffla Tante Marthe en sortant de son sac une écharpe strictement identique. Donne-la à Foudre Bénie. C'est l'échange traditionnel des écharpes. A la tibétaine.

Avec cérémonie, Théo plaça l'écharpe sur ses mains et la tendit au moine qui la prit en s'inclinant.

– Tu vas me manquer, soupira-t-il. Qu'est-ce que je vais faire sans toi ?

– Eh bien ! Foudre Bénie viendra te visiter dans tes rêves, dit le lama avec un large sourire. Promis.

Chapitre 15

Entre ciel et terre

Une halte à Calcutta

Le voyage en direction de Jakarta n'était pas une petite affaire. Il fallait reprendre l'Ambassador, revenir à Siliguri, de là voler vers Calcutta d'où on prendrait un premier avion pour Bangkok, et là un second pour Jakarta. Prudente, Tante Marthe avait réservé une chambre dans le plus bel hôtel de Calcutta, pour la nuit.

Pour redescendre la montagne, Théo garda les yeux ouverts. Un petit train de poupée longeait la route, tiré par une locomotive bleu azur et bondé de gamins rieurs. Les sommets enneigés disparurent dans la brume, les temples et les stupas se firent rares ; au loin, un rayon argenté sinuait à travers la plaine, un fleuve aux multiples bras, le Brahmapoutre. L'air devint sec et la terre jaunie. Dans l'avion pour Calcutta, Théo s'endormit d'un coup.

— On descend ! cria Tante Marthe en le secouant.

— Où ça ? bredouilla Théo, ensommeillé.

— A Calcutta.

— Pas très rigolo, murmura Théo. Il paraît que c'est la plus misérable des villes.

— Eh bien, tu te trompes, mon garçon, répliqua-t-elle. Regarde donc l'aéroport au lieu de dire des bêtises.

Somptueux, moderne, orné de lampions de tissu rouge et bleu, le hall de l'aéroport de Calcutta étincelait de propreté. A la sortie, Tante Marthe chercha son taxi en écartant avec majesté les mendiants qui l'assaillaient. Certains étaient affreusement mutilés, le bras coupé, la cuisse tranchée net.

– Tu vois, chuchota Théo.

– Il y en avait autant à Bénarès ! tonna-t-elle.

– Mais Mahantji m'a dit que c'était une tradition religieuse…

– Oui, bougonna-t-elle. En Inde, on mendie. Pour ceux qui ont renoncé au monde, c'est même une obligation. Je ne te dis pas que ceux-là sont des renonçants, mais arrête de te faire des idées sur Calcutta ! Les mendiants, on en trouve toujours là où il y a des touristes. Nous avons une tête de tiroir-caisse… Que veux-tu, tu es habitué à la richesse !

– Moi ? protesta Théo. Mais je suis malade !

– Eux aussi, rétorqua-t-elle avec rudesse. Et ils n'ont pas de tante pour les guérir, figure-toi. Il en est ainsi pour la moitié du monde tandis que l'autre se goinfre tellement qu'elle se met au régime pour se faire maigrir !

– Alors donne-leur de l'argent ! s'indigna Théo.

– Au vieux qui ne mendie pas, là-bas, oui, dit-elle en sortant un billet. Mais les autres… Sais-tu que les mafieux sont capables de couper les bras d'un nouveau-né pour en faire un futur mendiant ? Sur ce point mes amis indiens sont catégoriques : pour ne pas les encourager, ne jamais donner aux mutilés de ce genre…

– On ne les attrape jamais, ces salauds ?

– Si, bougonna-t-elle. Mais pour un que l'on coffre, mille autres continuent… Allez, avance !

La route de l'aéroport était bordée d'étangs où plongeaient des enfants. Partout s'étalaient d'immenses panneaux de publicité CALCUTTA, CITY OF JOY, et, somme toute, ça avait l'air vrai. Comme partout en Inde, des files de passants marchaient à l'infini, mais les gens souriaient davantage qu'ailleurs.

On ne verrait rien d'autre de Calcutta. D'ailleurs, la ville entière vivait sous l'ombre de Dourga, la déesse au démon-buffle, quand ce n'était pas l'affreuse Kâli sa jumelle : puisqu'il les détestait toutes deux, Théo n'avait rien à regretter. Tante Marthe exigea de dîner chinois, histoire de changer, mais Théo s'insurgea : assez de Chine ! Pour le dernier soir en Inde…

332

De guerre lasse, elle céda. Bouillie de lentilles orange, pains chauds, lassi frais et riz blanc.

Majorités contre minorités

— Nous avons presque fait la moitié du chemin, Théo, remarqua Tante Marthe. Et si tu me donnais tes impressions ?

— Bof, soupira Théo. Il y a du pour et du contre. On massacre autour de Dieu, je trouve.

— Tant que ça ?

— Je te fais le compte des tueries. Un, les juifs ; deux, les bahaïs ; trois, les sikhs ; quatre, les musulmans indiens d'aujourd'hui ; cinq, les chrétiens martyrs ; six, les cathares ; sept, Hypatie… Et j'en ai sûrement oublié !

— Ne vois-tu pas se dégager une règle là-dedans ?

— Chaque fois qu'une religion nouvelle vient au monde ?

— Tu y es presque. A l'exception des musulmans de l'Inde contemporaine…

— Alors ils ne sont pas assez nombreux dans le pays où ils vivent, constata Théo. Le truc pour échapper aux persécutions, c'est d'être beaucoup.

— Exactement. Les religions minoritaires sont presque toujours l'objet de mauvais traitements. Mais, tu sais, ce n'est pas moins vrai pour les individus : si tu es trop différent, ça ira mal !

— Tu crois ? En classe, les profs me disent que je ne suis pas comme les autres, et on ne m'embête pas, pourtant !

— Eh bien ! En d'autres temps, on t'aurait peut-être brûlé comme sorcier… Chez nous, jusqu'au XVIIe siècle, il suffisait d'avoir un œil marron, l'autre bleu pour monter sur le bûcher. Ou bien, pour une femme, de porter une robe verte, la couleur du diable, pour être traînée devant le tribunal de l'Inquisition…

— En France ? s'étonna Théo.

— N'as-tu rien appris sur les guerres de religion ? La Saint-Barthélemy ? Le massacre des protestants ?

— Si, dit Théo. Mais c'est loin, tout ça.

– Nous n'en sommes plus là, admit Tante Marthe. Mais notre pays n'a pas échappé à la règle.

– Parce que les plus nombreux veulent toujours la peau des moins nombreux, assura Théo.

– Dis-moi cela proprement, petite crevette : pour parler des plus nombreux, on dit « la majorité » ; les moins nombreux constituent « les minorités ».

– La majorité en veut toujours à la minorité, répéta-t-il docilement. Et puis quand la minorité devient la majorité, ça recommence ! Ils se vengent en massacrant les perdants. T'as vu les chrétiens ? Don Ottavio me l'a bien expliqué : d'abord on fait les martyrs, et puis ensuite la guerre. On se fait les cathares, ensuite on part aux croisades…

– Jusqu'à ces dernières années, les hindous n'ont pourtant pas persécuté les autres, observa Tante Marthe. Les bouddhistes tibétains non plus. Qu'en penses-tu ?

– C'est vrai, dit Théo, frappé. Au fond, quels sont ceux qui ont fait la guerre ? Les chrétiens et les musulmans.

– Les juifs aussi, de temps en temps, observa Tante Marthe.

– Parce qu'ils avaient eu des martyrs, logique !

– Parce qu'ils sont monothéistes, Théo… Ils ne reconnaissent qu'un seul Dieu. Or, vois-tu, les monothéistes ne font généralement pas de compromis. Souviens-toi de Jérusalem… Chacun défend le sien et pas celui des autres, qu'il s'appelle Dieu le Père, Allah ou Adonaï Elohim. Tiens, en ce moment même, pour mieux mobiliser leurs troupes, les hindouistes extrémistes essaient de réduire le nombre des dieux hindous. Parmi des millions, ils ont choisi le Ram du Ramayana, qu'ils veulent transformer en dieu unique de la patrie hindoue…

– Tu es en train de me dire que ceux qui croient à des tas de dieux sont plus tolérants, murmura Théo. Je ne vois pas pourquoi !

Qu'est-ce que le syncrétisme ?

Tante Marthe se mit en devoir d'expliquer, avec exemples à la clef. Lorsque, au XVIᵉ siècle, les premiers missionnaires chrétiens se mirent à prêcher les hindous, ils leur proposèrent des équivalences entre leurs multiples dieux et les saintes figures du christianisme. Jésus, c'était Krishna...

– Sans ses onze mille nanas, j'imagine, dit Théo.

Évidemment. Quant à Marie, c'était une déesse mère qui terrassait le serpent sous ses pieds, comme Dourga terrassait le démon-buffle. Pour la Sainte-Trinité, ce fut un jeu d'enfant : car après quelques siècles, les hindous avaient regroupé Brahma, Vishnou et Shiva dans une trinité qu'ils appelaient la Trimurti. Et puisque la Sainte-Trinité comprenait un dieu barbu – le Père –, un beau jeune homme – le Fils – et une colombe – le Saint-Esprit –, les hindous en conclurent qu'il leur suffisait d'ajouter trois dieux groupés flanqués d'une déesse pour devenir chrétiens.

– Donc ils ont avalé le pigeon ! s'exclama Théo.

De même, sans les combattre ouvertement, le Grand Véhicule avait partout recousu les religions qu'il avait converties. Là, il avait casé les diables, ajouté ici les larmes des déesses, bref, patiemment tricoté le divin et ajusté le costume de pièces et de morceaux taillés sur mesure pour les pays traversés. Ce singulier processus s'appelait le syncrétisme, du grec qui signifiait à peu près « unir avec ». L'un des champions du syncrétisme avait été le Mahatma Gandhi, qui ne sortait pas sans ses trois livres sacrés : le Coran pour l'islam, l'Évangile pour le christianisme, et la Bhagavad-Gita pour l'hindouisme.

– La quoi ? demanda Théo. Connais pas.

Mais si. C'était le moment crucial où le dieu Krishna, pour forcer les hommes à se battre entre eux, se révélait à eux dans toute sa vérité divine.

– Ça me revient, bougonna Théo. Tout ça pour la guerre. Et le Mahatma s'en servait ? Encore, les Évangiles et le Coran, passe, mais la Bavardadjitta…

– Bhagavad-Gita ! rectifia Tante Marthe, agacée. Tu n'as qu'à dire Gita tout court.

La Gita n'était pas le seul texte sacré qui poussait les hommes à la tuerie : le Coran les incitait au Djihad et, dans les Évangiles, Jésus avait lancé des phrases qui faisaient froid dans le dos : « Ne croyez pas que je suis venu mettre la paix sur terre : je ne suis pas venu mettre la paix, mais le sabre… » Les hommes interprétaient dans le sens de la guerre. La foi en Dieu, quel que soit son nom, exigeait souvent des croyants un engagement de type militaire… Mais ce n'était pas l'essentiel.

Car Jésus parlait surtout d'amour, Mahomet de justice, et la Gita du rayonnement de la divinité. La guerre sainte du Coran était d'abord la guerre contre soi-même, pour lutter contre les injustices dont on se rendait coupable ; les apparentes menaces de Jésus-Christ incitaient les chrétiens au courage et la Gita éclairait les hindous sur la lumineuse vérité de l'Ordre du monde.

– Et pour le Mahatma ? s'obstina Théo.

A sa façon, Gandhi était un vrai guerrier ! Pacifique, certes, non violent, mais qui chaque matin ceignait ses reins pour un long combat contre lui-même et l'occupant. De la guerre, il avait pris le meilleur : la discipline et le courage. Et des textes sacrés il avait fait un syncrétisme de son cru : la justice, l'amour et la bravoure unis dans l'adoration de Dieu.

– De plus, pour réunifier entre eux les Indiens, c'était bien, ajouta Tante Marthe. Comprends-tu cette fois ?

– Somme toute, si on voulait, avec le syncrétisme on pourrait réunir tout le monde au lieu de se bouffer le nez, conclut-il.

A l'aube, réveillé par les rickshaw-wallas qui se disputaient sous les fenêtres, Théo regarda la ville où déjà les voitures s'agglutinaient. Au loin, se dressaient une sorte de temple grec et une église gothique incongrue.

– Encore le syncrétisme ! s'exclama Théo. Regarde, ma vieille, ils ont élevé une église à Dourga !

Mais l'église était la cathédrale de Calcutta, ville qui fut en son temps capitale de l'Empire des Indes britanniques. Quant au temple grec, c'était le monument à la reine Victoria. Rien n'était moins syncrétique que cet hymne au colonialisme triomphant dont les Indiens de Calcutta raffolaient, puisqu'il était fini.

Sacrifices : de l'homme à l'animal, de l'animal au pain

Dans l'avion pour Bangkok, Tante Marthe ronfla comme un sonneur. Théo sortit son petit carnet et décida, en l'honneur de l'Inde, d'y ajouter des dessins. Shiva et son trident, Krishna et sa bergère préférée, Dourga, ses armes et son lion, ainsi que les quatre têtes du dieu Brahma. Impossible de les combiner. Stimulé par l'esprit du syncrétisme, il essaya d'emboîter Horus, le dieu-chacal, avec Ganesh l'éléphant et Hanuman le singe, mais cela n'allait pas. Alors, remontant le fil de son voyage, il tomba sur le sacrifice d'Abraham.

C'était le seul point de départ pour un grand jeu des religions. De là venaient l'agneau immolé à la place d'Isaac, le Christ expirant sur la croix et l'incinération des cadavres au bord du Gange, où le corps s'offrait au feu en victime sacrificielle après la mort physique. Soudain, Théo frissonna : crucifixion et crémation relevaient donc du sacrifice humain ! Tandis qu'avec l'islam, le judaïsme et la religion des sikhs, on ne sacrifiait à Dieu que les bêtes. Il traça un arbre à deux branches : d'un côté, les corps sacrifiés, et, de l'autre, un livre d'où s'envolaient des lettres vers le ciel, entourées des fumées montant des animaux brûlés.

– Tante Marthe ! dit Théo en lui secouant le bras.

– Mmmm… marmonna-t-elle. On est arrivé ?

– Non, dit-il penaud. Dis, est-ce qu'il y a encore des sacrifices humains ?

– Quoi ! explosa-t-elle. C'est pour ça que tu me réveilles, petit monstre ?

– Oh, pardon, murmura-t-il.

Elle s'ébroua, tira une pochette, s'essuya le visage et commanda deux thés.

– Bon, souffla-t-elle. Qu'est-ce que c'est que cette histoire de sacrifices humains ?

Théo expliqua son arbre, et ses questions.

– Tu peux aller plus loin, dit-elle. Oublie les commencements et pense à ce qu'on sacrifie vraiment par la suite. Par exemple, dans le christianisme, à la place de la chair et du sang du Christ, on sacrifie le pain et le vin. Tout est là ! Quelle que soit la religion, elle substitue au sacrifice humain un sacrifice d'une autre nature.

Théo dressa la liste. CHRISTIANISME = PAIN + VIN. BOUDDHISME = BEURRE ET ENCENS. HINDOUISME = LAIT, FLEURS, FRUITS. JUDAÏSME, ISLAM, SIKHISME = RIEN, MAIS UN LIVRE.

– Pas mal, admit-elle. Cela dit, si aujourd'hui le rite a disparu, les commandements de l'Éternel ordonnaient aux prêtres juifs de sacrifier des taureaux et des volatiles. A la fin des années quatre-vingt-dix arriva dans l'État d'Israël une étrange histoire… Une vache entièrement rousse naquit. Or figure-toi que dans la Bible le liquide qui purifiait les prêtres était, selon la loi de l'Éternel, composé d'eau de source et des cendres d'une vache rousse. Des animaux roux sans poils d'une autre couleur, c'est si rare que depuis la fondation du Temple on n'en avait compté que sept ! Les rabbins en exil en avaient conclu que la huitième annoncerait l'arrivée du Messie…

– Rebelote ! dit Théo. Alors les rabbins d'Israël ont brûlé la vache moderne.

– Ils en ont gravement disputé et je ne sais plus ce qu'ils ont décidé. L'État d'Israël n'est plus comme dans l'ancien temps… Les juifs de la Bible n'étaient pas des chasseurs, mais des éleveurs de bétail. Or la vache compte pour le pasteur. Que peut-il offrir à Dieu sinon son bien le plus précieux, dis-moi ? Puisque ce n'est plus son fils, alors son taureau, géniteur du troupeau ! Voilà pourquoi les sacrifices animaux existent encore à travers le monde. Au Népal, les hindous tranchent le cou des buffles. A Calcutta, on offre encore à Kâli des chèvres décapitées. Normalement, en Inde, les sacrifices d'animaux sont interdits depuis les années cinquante.

– Si tard que ça ? s'exclama Théo.

– Oh ! Mais le sacrifice humain ne demande qu'à resurgir… Tu te demandais s'il en existait encore ? La réponse est oui. De temps en temps, la presse indienne signale des faits divers macabres : pour avoir un fils, un couple fait égorger sa fille par un prêtre…

– Maintenant ? s'exclama Théo. On les met en prison, au moins !

– Bien sûr. Mais il n'y a pas qu'en Inde : les sectes satanistes aux États-Unis ont eu les mêmes pratiques dans les années soixante… Si on y réfléchit, l'idée de sacrifier un être humain n'a pas entièrement disparu.

– Enfin, il n'y a plus de cannibales, soupira Théo.

– Tu crois cela ? Dans certaines tribus du Brésil, on mange le corps de l'ennemi pour s'approprier ses vertus. Tant qu'à faire, pour le vaincu, cimetière pour cimetière, l'estomac de son vainqueur n'est pas pire que la terre, tu ne trouves pas ?

– *Maalech*, murmura Théo. Alors contre le sacrifice humain, je ne vois que le judaïsme et l'islam. Eux, ils ont refusé tout net. Tandis que Jésus, ce n'est pas bien clair. Dieu le Père a quand même accepté de le laisser mourir pour racheter les péchés du monde…

– Curieux, remarqua-t-elle. Tu n'as sûrement pas lu Freud, mon garçon ?

– Le mec pour qui Moïse est égyptien ?

Le mec en question avait longtemps réfléchi sur le sacrifice humain et inventé une fable de son cru. Aux commencements des temps était une horde primitive dominée par un chef si puissant qu'il gardait toutes les femmes pour lui. Jaloux, les autres l'assassinèrent et le dévorèrent. Puis, rongés par le remords, ils vouèrent à leur victime un culte à celui qu'ils appelèrent désormais

339

« Père ». Selon Freud, l'origine de tous les dieux venait de ce premier sacrifice.

– Elle n'est pas gaie, la théorie de Freud, commenta Théo.

Patience… Ensuite, l'humanité avait évolué. Les premiers, les juifs interdirent tout sacrifice humain pour se placer sous l'autorité d'un Père invisible, invincible et donc immangeable. Mais le peuple hébreu échappa souvent aux commandements paternels. Là-dessus, Freud avait son explication : respecter la loi du Père invisible était si difficile, disait-il, si contraire au parricide des origines que les hébreux se rabattirent sur la statue du Veau d'Or, souvenir de leur esclavage en Égypte.

– La déesse Hathor ! s'écria Théo qui ne détestait pas exhiber ses talents d'égyptologue en herbe.

Il leur était donc plus facile d'adorer un animal mangeable qu'un dieu invisible. Mais c'était compter sans le délégué de Dieu. En redescendant du Sinaï, où Dieu lui avait dicté les dix commandements, Moïse verrouilla le couvercle de la marmite où bouillonnaient le remords, l'envie du sang et de multiples dieux. Le châtiment de l'Éternel fut terrible ! Moïse fit passer par le fil de l'épée trois mille de ses juifs infidèles, trois mille moururent de la peste et trois mille attrapèrent la lèpre… Le peuple hébreu ne recommença plus. Mais quand naquit le christianisme, racontait papy Freud, le sacrifice humain revint en force dans l'histoire de l'humanité. Cette fois, il ne s'agissait plus du Père de la horde primitive, mais d'un Fils. C'était Dieu en personne qui sacrifiait son enfant. Les humains trouvèrent l'idée plus tolérable, d'où le succès foudroyant de la nouvelle religion.

– Comment, plus tolérable ? demanda Théo.

– Parce que, d'après Freud, il est préférable de ne pas refouler entièrement le meurtre originel du Père, répondit Tante Marthe.

– Refouler, comme les flics ? s'étonna Théo.

– A peu près, dit-elle. Refouler, c'est repousser, contenir et, surtout, oublier. Or l'événement oublié finit toujours par faire des dégâts. On n'y pense jamais, on ne le connaît pas, et, un jour, le vieux secret explose au grand jour. On peut en tomber malade, on peut même en mourir, cela s'est vu. Quand les policiers refoulent les manifestants, la situation devient explosive à l'instant, n'est-ce pas ?

– OK, fit Théo. Alors les juifs refoulaient le meurtre de Dieu. Et les chrétiens, alors ?

– Déjà moins. Avec le sacrifice du Fils unique, le refoulement d'origine lâchait un peu de lest.

– Autant resacrifier des bébés vivants pendant qu'on y est ! s'indigna Théo. Il débloque, ton papy Freud !

Mais non… Car le génie du christianisme, c'était aussi d'avoir substitué le pain à la chair et le vin au sang. En Inde, après une obscure période de sacrifices humains suivie de siècles entiers pendant lesquels on sacrifiait des étalons, il s'était passé quelque chose d'approchant : une petite figurine humaine avait été enfermée dans l'autel, et cela suffisait. Le reste du sacrifice devint fleur, fruit, miel ou lait. Le tout était de trouver le bon substitut.

– Je préfère sans, trancha Théo. Le judaïsme et l'islam.

– Qui ne sont pas très tendres, ajouta Tante Marthe. Et s'il y avait un rapport ?

Mais comme on arrivait, la question resta en suspens.

Les routes du Ciel

De Bangkok à Jakarta, Théo n'arrêta pas de gribouiller. Cette fois, il était branché sur les affaires de cordes et de cheveux tressés. Sur son carnet, il dessina un sikh avec son chignon roulé dans un turban ; un roi tibétain avec une corde sur l'occiput ; un brahmane avec sa mèche ; enfin un Samson échevelé. Puis des ciseaux ouverts.

– Ajoute le Ciel, dit Tante Marthe, et les Enfers.

Docile, il rajouta des nuages rondouillards dans le ciel et des flammes sous ses bonshommes.

– Ton idée d'arbre n'est pas mauvaise, commenta Tante Marthe. Toutes les religions cherchent à relier le Ciel et la Terre. Avec un cheveu, une corde, une échelle, peu importe… Dans les mythes, il y a toujours un homme qui gravit les escaliers du Ciel à partir d'un arbre. Et toujours un crétin pour couper la voie au passage.

– Dis donc, la croix du Christ, c'est un arbre, observa Théo.

– Parfaitement. Et les minarets d'une mosquée pointent leur sommet vers l'en haut. Mais dans les deux cas, ce serait plutôt pour rétablir le contact avec Dieu.

– D'accord, mais les Enfers ?

– Il faut bien faire peur aux gens, sinon ils font n'importe quoi. Quand le Bouddha propose simplement la Voie du Milieu et la joie intérieure, les fresques des temples tibétains représentent la bataille entre les déités et les démons de l'illusion… Et si ce ne sont pas des supplices horribles, c'est le Sheol pour les juifs, un néant obscur, ou bien, pour les hindous, le malheur de la réincarnation. L'homme veut être puni.

– Eh bien, c'est gagné. Heureusement qu'il y a autre chose.

– Tiens donc, dit-elle. Quoi ?

– Je ne sais pas encore, souffla-t-il. De bons moments. Quelque chose comme un contact. Bizarre, mais rassurant.

– Veux-tu parler d'un contact avec Dieu ?

– Plutôt avec des gens qui y croient, répondit-il. Et qui me font du bien.

Tante Marthe se tut. Ce n'était pas le moment de titiller Théo sur ces contacts étranges qui pouvaient le guérir.

Chine, ou l'Ordre du monde

Rêveur, Théo tourna la page et dessina un arbre en forme de croix, au sommet de laquelle se dressait un enfant aux cheveux bouclés qui tendait les bras vers le soleil.

– Et les Chinois, comment font-ils ? demanda Théo en fermant son précieux carnet.

– Rien à voir, répondit-elle. Leur principe est l'Ordre absolu. Si tu t'y conformes, tout va bien. Mais si tu y déroges, cela ne va plus du tout.

– Bon, c'est comme les hindous.

– Oui et non. Tu ne trouveras guère de religion qui n'ait construit sa propre cosmologie, c'est-à-dire son explication de la naissance du monde. Tu connais celle du judaïsme et du christianisme…

– Attends… Dieu créa le Paradis, c'est cela ?

– Vraiment, tu ne sais pas grand-chose, soupira Tante Marthe. Au commencement étaient les ténèbres, la terre était vide et l'esprit de l'Éternel planait au-dessus des eaux. Il dit : « Soit la lumière ! », la lumière fut. Il l'appela « Jour » et la lumière « Nuit ». Puis il sépara le ciel et l'eau, nomma « la Sèche » et la terre fut, nomma les plantes, les astres et les animaux, enfin, il créa l'homme, l'endormit, extirpa du corps tout neuf une côte avec laquelle il créa la femme. Cela dura six jours, et le dernier jour Dieu se reposa…

– Je sais ! s'écria Théo. Il ne fit rien !

– Nous rencontrerons des peuples qui le croient même endormi pour toujours, dit-elle. Mais pour les hindous, c'est différent. La cosmologie vient d'un œuf primitif d'où le Créateur fait sortir des analogies : le monde, la maison et le corps ont la même construction. Les Chinois procèdent selon un principe comparable. Le monde est un vaste ensemble où les montagnes et le corps, les couleurs et l'orientation, les nourritures et le cycle des saisons, tout a été pensé comme une sorte de gigantesque Meccano auquel on n'échappe pas.

– Ça veut dire quoi ?

– Par exemple, le dos des montagnes est relié à la bosse des bossus par une relation invisible.

– Parce que les montagnes sont bossues ?

Exactement. Les Chinois avaient calculé l'ensemble des analogies. Le nord était l'hiver, l'eau, la quatrième note de la gamme et le chiffre 6. Le sud était l'été, le feu, la deuxième note de la gamme et le chiffre 7. L'est était le printemps, le bois, la cinquième note et le chiffre 8. L'ouest était l'automne, le métal, la cinquième note, et le chiffre 9, et au milieu, était le Centre, la terre, la première note et le chiffre 10, qu'on pouvait ramener à 1 + 0 = 1.

– Ah, je connais ! s'exclama Théo. Maman lit ça dans *Elle* : c'est la numérologie.

Certes, mais la numérologie coupée de son contexte n'était qu'une astrologie simplifiée… Il fallait aller plus loin pour comprendre le Meccano géant. Car, en Chine, l'espace et le temps formaient une totalité bien agencée : cyclique comme l'alternance des saisons, le temps s'apparentait au cercle, tandis que l'espace, lui, était du côté du carré. Du coup, la terre entière se divisait en carrés. Les murs des maisons, les remparts des villes, les champs et les rassemblements de fidèles se faisaient au carré, de sorte que le carré sacré représentait la totalité de l'Empire chinois, autant dire du monde entier. Quant au temps, il se réglait sur le rythme des travaux des champs : à la période d'intense activité pour biner et féconder la terre succédait la période de rassemblement des hommes pour les fêtes, la récolte et la célébration du sacré. Chaque année, la collectivité réunie recréait le temps à venir en criant : « Dix mille années ! Dix mille années ! » Car de même que sans les prières des hommes le soleil ne se levait pas en Égypte, sans les assemblées des Chinois au printemps, le temps mourait en chemin.

Mais, surtout, deux principes, le Yin et le Yang, se partageaient les deux cycles du temps : le premier commandait l'humide, le sombre, la Lune et le féminin, le second régissait le sec, le lumineux, le Soleil et le masculin.

– Il me semble qu'on a déjà parlé de ce truc-là, marmonna Théo. Une minute ! Ganesh était dans le coup et… J'y suis ! Skanda, le feu de papa, Ganesh, l'eau de maman.

– Tout juste, approuva Tante Marthe. Les deux se complètent, tu vas voir.

L'alternance de saisons sèche et humide dépendait de ces deux principes. Le Yang ensoleillé, séduit par l'obscurité du Yin, descendait sous la terre d'où il ressortait en frappant le sol du talon pour faire éclater les glaces et réveiller les sources. Ainsi le Yang et le Yin engendraient le total de la vie dans une communion parfaite. Cela formait même un fort beau dessin, que Tante Marthe traça sur le carnet :

— C'est joli, dit Théo. Et là, les deux points ?

Encastrés chacun dans l'autre principe, ils représentaient la part du Yin féminin dans le Yang masculin et celle du Yang mâle dans le Yin femelle.

— Voilà que ça recommence comme en Inde ! s'écria-t-il. Vrai, j'aurais du féminin en moi ?

Tante Marthe observa que les généticiens avaient récemment découvert l'existence de chromosomes de l'autre sexe chez tous les êtres humains, ce qui confirmait l'intuition des religions asiatiques.

— Ouais, dit Théo perplexe. Rabbi Eliezer parlait bien d'une dame voilée, la présence féminine de Dieu, non ?

Mais le rabbin n'avait pas trouvé cela dans la Bible. La Shekhina, la femme au voile, s'était rajoutée dans l'exil en guise de consolation.

— Je ne vois pas Confucius là-dedans, remarqua Théo.

Oh, lui, c'était simplement le Sage. Il ne fut pas à l'origine du principal culte de Chine. Car la religion chinoise s'appelait le tao, ce qui signifiait l'Ordre, ou le Chemin, ou la Voie.

Tao

C'était le tao qui avait énoncé les principes du Yin et du Yang : « un aspect Yin, un aspect Yang, c'est là le tao », disait le texte sacré. Le tao était le principe de leur alternance et de leur parfaite régulation. Le tao n'était en aucun cas un dieu : il ne créait pas. Il réglait. Pour rendre un culte au tao, c'est-à-dire à l'Ordre du monde, les taoïstes étaient simplement friands de temps et d'espace. Par exemple, ces sept mille marches qu'il fallait monter une à une pour parvenir, avec du temps, à l'espace infini. Mais certains taoïstes purs et durs préféraient la solitude des grottes et des sommets montagneux aux pèlerinages avec foules.

– Ils méditent, conclut Théo. Rien de bien original.

– Ils ne se contentent pas de méditer, répliqua Tante Marthe. Ils interprètent.

Car pour mieux déchiffrer les signes du Yin et du Yang, les philosophes taoïstes créèrent de savants systèmes de calcul et de divination mathématiques, fondements scientifiques d'une physique, d'une chimie et d'une médecine admirables. Mais ils avaient une drôle de manie : de même que les alchimistes cherchaient en Europe la pierre philosophale, source d'éternité, de même les taoïstes voulaient à tout prix trouver la voie philosophique du rajeunissement. Ces recettes de longue vie étaient assez singulières. D'abord, il fallait préserver les forces vitales que des démons, les Trois Vers, dévoraient sans relâche en les faisant sortir par les orifices du corps. Ensuite, il fallait se nourrir de rosée et de souffle cosmique : on respirait donc l'air de la lune, du soleil, des étoiles. Enfin, on pouvait aussi mettre en œuvre les pratiques dites de la chambre à coucher : on s'y accouplait en retenant la semence pour qu'elle s'en aille réparer le cerveau…

– Dis donc ! sursauta Théo. J'ai déjà entendu cela quelque part.

A quoi les taoïstes ajoutèrent la recherche des minerais fondamentaux qui leur assureraient l'immortalité pour de bon. L'or et le jade, parce qu'ils étaient Yang, protégeaient de la corruption. Et le cinabre apportait la régénération, à cause de sa couleur rouge sang.

– Cinabre ? Qu'est-ce que c'est ? demanda-t-il.

– Un minerai, du sulfure de mercure, répondit Tante Marthe. As-tu déjà vu du mercure, Théo ?

– Oui ! Un jour, j'ai cassé un vieux thermomètre, et le

mercure a filé comme un zèbre. Maman m'a dit que c'était du vif-argent...

– Avoue que c'était fascinant... C'est pour cette raison que le cinabre, d'où venait le mercure, intéressa les taoïstes. Un grand alchimiste chinois prescrivait dix pilules de cinabre et de miel prises pendant un an, après quoi, disait-il, les cheveux redevenaient noirs et les dents tombées repoussaient.

– Ils sont fous ces Chinois ! s'écria Théo. Plein de Japonais sont morts intoxiqués au mercure avec des déchets jetés dans la mer !

– A doses infinitésimales, le mercure n'est pas inutile. Il y en a dans le poisson, la volaille, et même les framboises...

– Qui sont rouges, constata Théo.

– Mais le cinabre n'est pas seulement un minerai rouge sang. En vertu de l'ordre du monde, dans une région secrète du cerveau elle-même reliée à une montagne fabuleuse de la mer de l'Ouest, se trouve le « champ de cinabre ». Les taoïstes pouvaient en susciter les effets en distillant la semence dans leur cerveau. Alors, disaient-ils, on pénétrait dans un état chaotique comparable à l'état paisible et bienheureux du monde avant sa création.

– Génial, mais tordu, dit Théo.

– Au point qu'avec ses recettes de magie le culte taoïste versa dans les orgies collectives, vois-tu...

– Orgies collectives ? En voilà du propre, dit-il à tout hasard.

Le Sage laid et le Sage caché

– A force, cela faisait désordre, acheva Tante Marthe.

Alors, vers le VIᵉ siècle avant Jésus-Christ, survint Confucius à qui il convenait de rendre son vrai nom : maître Kong K'iéou. Il ne cherchait aucunement l'immortalité ; il refusait la magie, l'obscurantisme, et il disait : « Scruter le mystère, opérer des merveilles, passer à la postérité comme un homme à recettes, c'est ce que je ne veux pas. »

347

Que voulait-il ? Le respect de l'Ordre. L'obéissance aux règles de la société, définies selon les lois du Cosmos et régies par le souverain. Il suffisait d'observer pour comprendre les signes du monde : or maître Kong était un observateur de génie. Il repérait les fossiles, le nom des animaux les plus inconnus, mais il ne disait pas : « Je sais », il disait : « On m'a appris que… » Car il n'inventait rien. Il interprétait la tradition venue du fond des âges. Aux hommes, il ne demandait qu'une seule chose : un ordre digne d'eux. Cela voulait dire le respect de soi, la bonne foi, la bonté et l'efficacité. « L'honnête homme, disait-il, cultive sa personne et, du coup, sait respecter autrui. »

— C'est tout ? dit Théo étonné.

Voilà exactement ce que lui dirent ses disciples. Alors il ajouta : « L'honnête homme cultive sa personne et donne aux autres la tranquillité. » Et comme ce n'était pas suffisant, il ajouta encore : « L'honnête homme cultive sa personne et donne la tranquillité au peuple entier. » Car si l'on respecte l'ordre des choses, la société se porte bien. Tel n'était pas du tout le propos du plus grand maître du tao, qui s'appelait Lao-tseu et qui, en bon taoïste, se souciait d'immortalité et de méditation solitaire.

— Inconnu au bataillon, dit Théo.

Auteur présumé du plus sacré des textes de la Chine, le Tao-tö-king, il aurait peut-être pu s'appeler Li, prénom Eul, mais on le nommait Tan.

— Ça fait quatre noms pour lui tout seul, observa Théo.

Mais il avait été divinisé sous la seule appellation de Lao-tseu. Comme maître Kong, il avait peut-être été archiviste à la cour de la très ancienne dynastie qui avait pris le pouvoir après la victoire du duc de Tchéou.

— Qui c'est, ce type au nom qui éternue ? demanda Théo.

Un duc qui devint plus tard un très grand roi ! Il mit fin au règne de tyrans monstrueux et fut le fondateur de la Chine. Lao-tseu vécut à ses côtés. Puis il partit vers l'ouest et dicta son célèbre livre. Ensuite, comme il connaissait les recettes de longue vie, il aurait vécu deux siècles entiers avant de s'évader du monde en abandonnant sa dépouille mortelle à la façon dont la cigale dépouille sa mue, ce pourquoi les cigales étaient sacrées elles aussi.

– Voilà pourquoi je n'ai jamais réussi à en attraper une en Provence ! dit Théo.

– Peut-être qu'en adorant les cigales invisibles les Provençaux sont un peu chinois, concéda Tante Marthe. Bon, je peux continuer ?

Car pour réconcilier les deux grands maîtres, celui de la méditation, Lao-tseu, avec celui de l'action, maître Kong, les Chinois avaient inventé une légende. Alors que Lao-tseu n'avait pas encore pris sa forme céleste, par deux fois, maître Kong lui rendit visite. La première fois, Lao-tseu fut très désagréable : « Débarrasse-toi de ton humeur arrogante, lui dit-il. Élimine tous ces désirs, cet air suffisant et le zèle qui déborde de ta personne : cela ne lui servira pas. C'est tout ce que j'ai à te dire. » Atterré, maître Kong s'en retourna vers ses disciples et leur dit qu'il avait beau connaître tous les animaux il s'en trouvait un qu'il ne connaissait pas : le dragon Lao-tseu, qui s'élevait au ciel sur le vent et les nuages.

La deuxième fois, maître Kong trouva Lao-tseu complètement inerte, comme un cadavre. Il attendit, puis Lao-tseu rouvrit les yeux. « Me suis-je trompé ? lui dit maître Kong. Vous étiez comme un morceau de bois desséché, vous aviez quitté ce monde, installé dans une solitude inaccessible… – Oui, répondit Lao-tseu, je suis allé m'ébattre à l'Origine de toutes choses. »

– Ce culot ! s'exclama Théo. Barboter dans l'origine des choses ! Je le trouve prétentieux, ton bonhomme… Et toi, lequel préfères-tu ?

Tante Marthe hésita. Maître Kong était peut-être trop discipliné pour son goût. Le méditatif Lao-tseu n'était pas sans grandeur, mais ses extases ne favorisaient pas la gestion des affaires humaines. « Il ne fait rien et pourtant il n'est rien qui ne soit fait », disaient les taoïstes à propos de Lao-tseu. A vrai dire, cela n'avait pas grande importance : car si l'on était sûr de l'existence de maître Kong, celle de Lao-tseu, qu'on nommait « le Sage caché », était imaginaire. Enfin, s'il fallait absolument choisir, Tante Marthe pencherait pour maître Kong.

– Un humaniste, conclut-elle. Un grand sage.

– Mais très laid, dit Théo. A part ça, on dirait le Bouddha.

Ah non ! Car le Bouddha ouvrait à tous la Voie du Milieu, sans distinction de castes. Tandis que maître Kong, lui, était un lettré de génie qui ne renonçait à rien du monde tel qu'il est, avec ses injustices, ses inégalités et ses punitions.

– Quand même, il parlait d'agir pendant la durée de la vie, sans chercher l'au-delà ? demanda Théo d'un air futé.

– Bien sûr, répondit Tante Marthe sans méfiance.

– Alors c'est pareil, affirma-t-il. C'est une façon de se tenir au milieu.

– Mais sans illumination ! s'insurgea Tante Marthe.

– T'inquiète, dit Théo. Je le laisse en paix, ton Bouddha.

L'énigmatique M. Sudharto

L'aéroport de Jakarta était le plus beau du monde. Fait de jolis pavillons coiffés de tuiles roses, entourés de jardins, il ressemblait à une succession de temples qu'on aurait fléchés pour les hommes : EXIT – LUGGAGE – SECURITY CHECK, en langue internationale. Théo se demanda quel zigoto les attendait à la sortie.

– Homme ou femme ? demanda-t-il.

– Homme, et chinois, répondit-elle. Donc il sera à l'heure.

Il le fut. M. Sudharto avait une quarantaine d'années ; petit, râblé, en complet-veston très chic, il secoua la main de Tante Marthe avec énergie.

– Je vous présente mon petit Théo, dit-elle en le poussant devant elle.

– C'est quoi, ton prénom ? dit Théo.

– En Indonésie, le prénom n'existe pas, répondit le monsieur très chic. Appelle-moi Sudharto… Après un si long voyage, tu dois être fatigué. Ma voiture est là. J'ai trouvé une suite au Borobodur Continental, chère Marthe. J'espère qu'elle conviendra.

Il fallut deux heures pour atteindre l'hôtel Borobodur : les embouteillages étaient épouvantables, et la pollution, terrifiante. A travers les vitres dûment fermées, Théo contempla les sages avenues plantées d'arbres, les gratte-ciel, les buildings, les places rondes où tournaient les voitures et aperçut au loin un dôme géant.

– Un temple ! s'écria-t-il. Il est chinois ?

– En Indonésie, commença M. Sudharto, la religion principale est l'islam. Ce que tu vois là-bas, c'est la grande mosquée Itkital. A elle seule, elle peut contenir douze mille fidèles, tantôt les hommes, tantôt les femmes. Séparément, bien sûr.

– Douze mille ! C'est la plus grande mosquée du monde !

– Sans doute. L'islam construit beaucoup en ce moment.

– Mais toi, tu n'es pas musulman ?

– Ne sommes-nous pas dans un pays qui respecte la liberté des cultes ? répondit M. Sudharto.

– Tu ennuies notre ami avec tes questions, intervint Tante Marthe.

– Pourquoi ? s'étonna Théo.

– Encore ! cria-t-elle. Arrête un peu !

Sans trop savoir pourquoi, Théo comprit qu'il était sur le point de faire une gaffe. D'ailleurs on arrivait à l'hôtel, une bâtisse majestueuse, entourée de cocotiers, de bananiers et de frangipaniers odorants. Les jardins Kirtamani étaient connus pour le foisonnement de leurs jasmins et pour la taille exceptionnelle de leurs palmiers du voyageur, dressant noblement leurs palmes alternées à trois mètres de hauteur.

– Dis-moi, qu'est-ce que j'ai fait de mal ? s'inquiéta Théo dès que M. Sudharto les eut installés dans leur chambre.

– Évidemment, tu ne peux pas savoir. Comme tous les Chinois d'Indonésie, mon ami Sudharto a changé son vrai nom. En réalité, il s'appelle Koon Taï-kwan. Les Chinois sont très prudents en Indonésie.

– Allons bon, soupira Théo. Ne me dis pas qu'ils sont persécutés !

– Cela arrive. En 1965, le Parti communiste indonésien prit un peu trop d'importance, au point que la rumeur courut qu'il préparait un coup d'État avec la complicité de Mao Zedong, le maître de la Chine communiste à l'époque. Alors les militaires arrêtèrent les communistes, il y eut un million de morts et les Chinois d'Indonésie payèrent le prix du sang.

– Ils étaient tous communistes ? demanda Théo.

Bien sûr que non ! Ils avaient beau être nés en Indonésie, s'y livrer au commerce depuis la nuit des temps, on les soupçonna de traîtrise et on les massacra pour la simple raison qu'ils étaient toujours des Chinois. Le soupçon courait toujours. Pour un oui, pour un non, on incendiait les boutiques des Chinois, parce qu'ils étaient industrieux, travailleurs et donc souvent plus riches que les autres, auxquels ils prêtaient de l'argent avec intérêt...

– ... Et ça n'est jamais bon, cela, dit Tante Marthe. Mon ami Sudharto est un gros industriel propriétaire d'une multinationale spécialisée dans le textile et le bois. Mais il a un avion privé dans un aéroclub, au cas où...

– Au cas où quoi ?

– S'il fallait s'enfuir en urgence, il est prêt...

– C'est à cause de leur religion ?

– Un peu, murmura Tante Marthe. Il vaut mieux être musulman par ici.

Chapitre 16

Les ancêtres et les immortels

Un cocktail au sang de serpent

Pas question d'y couper : dès l'arrivée à Jakarta, Théo irait à l'hôpital.

– Mais puisque la doctoresse de Darjeeling m'a soigné ! protesta Théo. Cela suffit…

Non, cela ne suffisait pas. Car depuis près d'un mois, Théo n'avait pas eu une seule analyse et Tante Marthe s'était engagée sous serment : on poursuivrait le traitement du docteur Lobsang Dorjé à condition de le contrôler par des prises de sang régulières. Théo se résigna. Coton désinfectant, aiguille, seringue, sang sombre dans les petits tubes étiquetés : M. Sudharto se chargeait d'expédier le tout dans un hôpital spécialisé à Singapour où se trouvaient les meilleurs équipements de la région. On aurait les résultats dans quelques jours.

– La barbe, dit Théo. Maman va encore se faire des cheveux.

– Ne t'inquiète pas, mon Théo, murmura Tante Marthe, à moitié rassurée.

– Mais je suis très tranquille, moi ! s'écria Théo. Je vais beaucoup mieux !

– Peut-être le garçon souhaiterait-il essayer autre chose ? suggéra M. Sudharto. Je connais une pagode dans mon quartier…

– Voilà la bonne idée ! s'exclama Tante Marthe.

Ce n'était pas très loin. Mais à cause de ces damnés embouteillages, il fallut presque une heure pour gagner le

353

quartier chinois. Venelles étroites, mototricycles rouges, marchands d'orchidées mauves ou de petits pâtés, chaudrons en plein air où mijotaient des plats étranges… Soudain, Théo tressaillit. Devant un éventaire, un homme dépouillait un serpent de sa peau et le corps de l'animal vivant se tordait dans tous les sens.

– T'as vu, Tante Marthe ? chuchota-t-il suffoqué.

– Quoi ? Ah ! Le serpent ! Le préparateur va lui trancher le cou, puis laisser couler le sang dans un verre. On rajoute du cognac, et on boit le tout. C'est très revigorant. Tu en veux ?

– Sûrement pas, hoqueta Théo.

– Préférerais-tu le pénis de tigre en sauce ou la patte d'ours grillée ? susurra Tante Marthe, taquine.

– Des spaghettis ! hurla Théo. A la sauce tomate !

– Voulez-vous des nouilles, jeune homme ? intervint M. Sudharto. Rien de plus facile.

Et il acheta un bol où s'étalaient des pâtes jaunes odorantes que Théo engloutit sans la moindre nausée. Ensuite on chemina jusqu'à une vaste place où se dressait l'entrée de la pagode, haute porte jaune et blanche aux toits recourbés à l'allure infiniment chinoise.

Divination dans la pagode

L'intérieur de la pagode était rouge. Les murs, les cierges géants, le socle des bougies allumées, tout était rouge sang de bœuf. Au fond, luisaient de bizarres statues dorées. Devant une vasque de sable où l'on avait planté des bâtonnets d'encens, une femme tenait un long tube rempli de lamelles de bambou. Elle le tourna au-dessus de l'encens allumé, le pencha vers l'avant, pas trop, et secoua doucement jusqu'à faire tomber une lamelle à terre. Alors elle s'en empara en vitesse et lut ce qui était écrit sur le bout noirci du bâton.

– C'est un jeu ? demanda Théo. Explique-moi comment on fait, Sudharto !

– On ne peut pas dire que cette dame s'exerce à un jeu,

commença M. Sudharto. Sans doute est-elle venue consulter. Peut-être un de ses fils a-t-il une situation en vue ? Ou alors, il pourrait être gravement malade… Enfin, elle est ici pour connaître la vérité.

— Qu'est-ce que c'est que cette affaire, murmura Théo. La vérité dans des bouts de bois ?

— Les Chinois, reprit Sudharto, ont élaboré de nombreux traités de divination. Le plus connu s'appelle le Yi-king. Il suffit de prendre le récipient sacré, comme ça… Je l'oriente dans la bonne direction. Je le tourne au-dessus de l'encens pour chasser les mauvais génies. Ensuite, si je le secoue, tu vois, l'un des signes sortira tout seul. Je ne le choisis pas… Après quoi, je le lis et je connaîtrai la réponse à la question que je me pose.

M. Sudharto s'écarta pour lire le message divinatoire qu'il avait ramassé sur le sol, et son visage s'illumina.

— Excellent, murmura-t-il. Les dieux ont fort bien parlé.

— Alors tu y crois ? s'exclama Théo.

— Pourquoi ne suivrais-je pas la tradition de mes ancêtres ? répondit Sudharto. Depuis des millénaires, ils ont procédé ainsi…

— Et si tu essayais, Théo ? dit Tante Marthe.

— Au fond, qu'est-ce que je risque, dit Théo. Je sais bien, moi, quelle question poser.

A son tour, il saisit le tube et le secoua si fort qu'un bâton jaillit. Alors, sautant dessus, il tenta de le lire, mais c'était écrit en chinois. Sudharto proposa ses services de traducteur.

— « Un temps d'affinement, un temps d'apaisement », lut-il.

— Je n'y comprends rien, dit Théo.

— Peut-être as-tu oublié de tourner le tube au-dessus de l'encens ? suggéra M. Sudharto.

— Juste, dit Théo. Je recommence !

Et malgré les protestations de Tante Marthe, Théo recommença. Orienter, ne pas oublier de tourner au-dessus de l'encens, secouer – cette fois lentement… Un second bâton glissa et tomba. M. Sudharto le prit des mains de Théo.

– Bien que recommencer ne soit pas conforme à nos coutumes, je respecte le vœu de notre jeune ami, s'excusa-t-il. Voici la traduction : « Le Yang appelle, le Yin répond. »

Théo se mit à réfléchir. Le Yang était soleil, et le Yin était lune ; le Yang était sec, le Yin humide ; le Yang était garçon… Et le Yin était fille.

– J'ai trouvé ! Le Yang, c'est moi. J'appelle Fatou au téléphone… Elle est Yin, elle répond. Donc, j'épouserai Fatou ! cria-t-il en sautant de joie.

– Tu vas un peu vite en besogne, intervint Tante Marthe.

– Pas du tout ! En plus, ça veut dire que je vais guérir, tu te rends compte ?

– Et le premier signe, Théo ? demanda M. Sudharto.

– Fastoche, répondit Théo. Le temps d'affinement, c'est mon voyage. Le temps d'apaisement, c'est quand je retournerai à Paris. Non ?

Vaincue, Tante Marthe embrassa Théo.

– Qu'est-ce que c'est chouette ! s'écria-t-il. Si c'est ça le tao, j'achète !

Des femmes se retournèrent d'un air courroucé. Un bonze haussa les sourcils. Quelques fidèles se rassemblèrent autour de Théo en le regardant de travers. M. Sudharto saisit Théo par le bras.

– Il est fort malheureux que tu ne puisses exprimer ton bonheur, mon petit, mais nous sommes dans un lieu de culte, et…

Gêné, Théo se mit la main sur la bouche, et, les mains croisées dans le dos, entreprit d'explorer la pagode enfumée.

– Les gros cierges, là… chuchota-t-il pour commencer.

– Ils sont faits pour durer l'année entière, murmura M. Sudharto. Ensuite on les renouvelle.

– Pour recréer le temps ? dit Théo. Et les statues ?

Mauvais esprits et bons génies

Elles ressemblaient tantôt à des divinités, tantôt à des démons. Mais en réalité, la même énergie les animait, celle des ancêtres. Les démons étaient des revenants ; on les appelait les « *kouei* ». M. Sudharto en énuméra quelques-uns.

– Le plus souvent, commença-t-il, ce sont des esprits qui se vengent sur les vivants, ou des animaux malfaisants réincarnés. On voit une belle jeune fille alors que c'est une âme errante gobeuse de cadavres, l'esprit d'un renard âgé de dix mille ans ; on la reconnaît au poil violet sur le sourcil gauche.

– Si elle se maquille, on peut se tromper, dit Théo.

– Je peux te parler aussi de l'esprit qui, sous la forme d'une hideuse vieille, pénètre la nuit dans le ventre des enfants et y chipe leur âme. Les esprits sont très friands de l'âme des vivants…

– Charmant, murmura Théo. Il y en a encore beaucoup ? Des hordes ! Certains n'étaient pas antipathiques : une vieille carpe devenait une jeune fille endeuillée pleurant au bord de l'eau sans faire aucun mal à personne… Parfois, ils étaient même bénéfiques : l'esprit des pièces d'or usées se promenait en adolescente aux pieds rouges tenant un flambeau à la main, et un jeune garçon, l'esprit des pièces d'argent, jouait avec un poisson le long des routes.

– Ça au moins, c'est pépère, fit Théo rassuré. Mais pour les mauvais esprits, comment tu fais ?

– Avec l'aide des forces divines, continua M. Sudharto, les hommes savent comment contrecarrer les desseins des esprits méchants : dans les temps très anciens, les savants taoïstes sortaient de leur propre corps de puissantes armées célestes, en dessinant un talisman avec du rouge vermillon sur un bout de tissu jaune qu'ils brûlaient avant d'ingurgiter les cendres. Et l'on danse toujours le fameux « pas de Yu ».

– Une danse inconnue ?

– Au contraire, très connue ! Pour combattre le déluge, le grand Yu parcourut l'univers. Mais à force de construire des barrages, Yu le Grand devint hémiplégique : le « pas de Yu » se danse donc à cloche-pied.

– Comme ça ? chuchota Théo en se dandinant sur une jambe.

357

– Mais tu n'es pas un prêtre taoïste ! protesta Tante Marthe.

– Qu'est-ce que cela fait ? dit Théo. J'ai bien le droit de chasser les revenants si je veux… Tiens, je la lancerai à la télé, la danse du vieux Yu, comme la lambada. Ça fera un malheur !

– Tu n'as aucun respect pour le sacré, soupira-t-elle.

– Et celle-là, si belle, c'est qui ?

Il s'approcha d'une statue au doux visage enveloppée par l'aile d'un oiseau géant ; autour de la déesse, dansaient ses suivantes d'or à la lueur des cierges.

– Ce n'est pas un revenant, j'en suis sûr, chuchota-t-il. Dis-moi qui elle est, Sudharto…

– La dame habillée de plumes, murmura M. Sudharto. C'est la Reine Mère d'Occident, la plus grande déesse de la Chine. Un jour, le roi Mou de Tchéou rencontra la Reine Mère d'Occident : tant il se plut en sa compagnie qu'il oublia de revenir dans son pays.

– C'est joli, ce que tu dis, admira Théo. On dirait un poème.

– La Reine Mère d'Occident ravit le cœur des Chinois, dit M. Sudharto avec émotion. Elle règne sur un palais de jade entouré d'un mur d'or : les immortels y habitent, les mâles dans l'aile droite, les femelles dans l'aile gauche. Aujourd'hui, elle est seule. Mais autrefois, la Reine avait un jumeau, le Vénérable Roi de l'Est : le même oiseau couvrait de son aile gauche le Roi de l'Est et de son aile droite la Reine Mère d'Occident. Avec le temps, les pèlerins ont oublié le Roi de l'Est. Seule reste la Reine.

– Mais dis donc, ils l'ont privée de son jumeau ! dit Théo. On n'a pas le droit de faire ces choses-là…

– D'autres pourraient te dire les pouvoirs du Vénérable Roi de l'Est, mais la Reine Mère d'Occident connaissait à coup sûr une recette de longue vie, des pêches miraculeuses. Voilà pourquoi, chez nous, la pêche est le symbole de l'immortalité…

– J'adore les pêches ! s'écria Théo. Alors je suis immortel…

– Hélas, mon petit… Seule la pêche miraculeuse y pourvoit, mais le pêcher de la Reine Mère d'Occident ne donne qu'un fruit tous les trois mille ans.

Dépité, Théo courut vers la lumière et se retrouva dehors, loin du rouge sang de bœuf.

Déjeuner chez M. Sudharto

Au port, de géantes barques bleues pointaient leur long museau immaculé au bord des quais. Depuis l'aube des bateaux, on en déchargeait des bois précieux à l'odeur entêtante.

– C'est une histoire intéressante, expliqua M. Sudharto. Ici, les premiers envahisseurs vinrent du Vietnam et de Chine, poussés par les vents de mousson jusque dans l'île dc Java. Ils y apportèrent chacun leur religion : le taoïsme, le confucianisme ct le bouddhisme. Ensuite, on découvrit dans les îles Moluques que poussaient des girofliers.

– L'arbre à giroflées ? demanda Théo.

– Non, intervint Tante Marthe. Le giroflier donne des clous de girofle. On les met dans le pot-au-feu, tu sais ? Ou dans la compote de pommes.

– Maman les pique dans les oranges, dit Théo. Quand elles sont sèches, cela scnt bon.

Telles étaient les épices, parfums de la vie. Au Moyen Age, très appréciée par l'Occident, la précieuse girofle navigua des Moluques à Java, de Java en Inde, et de l'Inde à Venise, en passant par des longues caravanes en plein désert d'Arabie. Mais au XVe siècle, la République de Venise s'était emparée de tout le commerce de la girofle grâce à ses puissants réseaux de transitaires musulmans, dont certains s'installèrent dans les îles d'Indonésie. Alors, un siècle plus tard, pour briser ce monopole insupportable, en finir avec la fortune de Venise et éviter les musulmans, les conquérants portugais prirent un autre chemin, firent le tour de l'Afrique, découvrirent le cap de Bonne-Espérance et débarquèrent à leur tour dans les îles lointaines d'Indo-

359

nésie : ils y apportèrent le christianisme. Or, puisque les vents de mousson se croisaient dans l'île de Bornéo, immobilisant les bateaux pour de longues saisons, chacun avait le temps de prêcher pour son dieu. Voilà comment tant de religions avaient pu survivre dans les mêmes îles d'Indonésie.

– Ça sent la girofle, je trouve, dit Théo en ouvrant ses narines.

– A moins que ce ne soit le goudron, répliqua Tante Marthe. Je doute qu'aujourd'hui on en soit encore à se battre pour le commerce des clous !

– Goudron ou girofle, j'ai faim, décréta Théo. Où est-ce qu'on peut manger ?

– Tout est prévu, jeune homme, intervint doucement M. Sudharto. J'ai l'honneur de vous recevoir dans ma maison.

On repartit à travers les venelles. L'air était rempli d'odeurs exquises qui titillèrent les papilles de Théo : raviolis qu'on faisait cuire à la vapeur, fumets des soupes où nageait de la citronnelle hachée, petits pâtés frits et brillants, tout semblait délicieux. Théo avait de plus en plus faim. Soudain, M. Sudharto tourna l'angle d'une rue et s'arrêta devant un grand mur percé d'une porte minuscule. Une fois qu'on l'avait franchie, on tombait sur un autre mur plus petit, qu'il fallait contourner en chicane, un coup dans un sens, un coup dans l'autre.

– Pardonnez ce circuit un peu compliqué, s'excusa M. Sudharto. Il interdit l'entrée aux mauvais esprits, car ils se déplacent toujours en ligne droite. Voici ma modeste demeure.

Modeste, la maison de M. Sudharto ? Il fallait traverser une cour carrée, autour de laquelle étaient disposées trois bâtisses ; au milieu, dans un bassin rond, nageaient des carpes dorées. Au fond de la cour, la maison principale attendait en vieille dame à la mise discrète. L'intérieur était sombre, peuplé d'immenses meubles d'un bois noir à marqueterie de nacre. C'était imposant, mais pas très gai. Théo entra comme dans une église et s'assit sur le bord des fesses dans un fauteuil rigide où l'on n'avait guère envie de se laisser aller.

– C'est drôlement bien, chez toi, glissa-t-il poliment.

M. Sudharto sourit. Lorsqu'on était richissime comme lui, il était plus prudent de ne pas faire étalage de sa fortune. La maison était restée ce qu'elle avait été depuis que ses ancêtres s'étaient installés, construite selon les règles de la cosmologie chinoise : trois pavillons sur le bord d'un carré où se trouvait au centre le cercle du bassin, peuplé de poissons sacrés porte-bonheur. Une maison ridée comme les vieilles gens qui trottinaient dans les enfilades obscures en marmonnant d'inaudibles prières.

– Rien n'a changé depuis ma dernière visite, dit Tante Marthe en enlevant son écharpe.

– Il me semble que vous n'aviez pas vu notre nouveau téléviseur, remarqua M. Sudharto. Nous avons une antenne parabolique entièrement neuve.

A côté du poste dernier cri, Théo remarqua un singulier attirail. Sur une table de nacre couverte d'un brocart jaune s'élevait une minuscule pagode dont les portes s'ouvraient sur un génie turquoise au ventre rebondi. Au sommet trônaient des photographies encadrées : un vieillard chauve à la mine sévère, une dame au chignon très strict, une autre, souriante, une fleur à la main, un jeune homme élégant et triste, l'épingle à la cravate. Enfin, devant la pagode miniature, se trouvait une petite vasque pleine de sable où fumaient les bâtons d'encens, juste à côté d'un présentoir en argent avec les fameux bouts de bois prédisant l'avenir.

– Tu as une pagode chez toi ? s'étonna-t-il.

– Mais non ! dit Tante Marthe. C'est l'autel des ancêtres, n'est-ce pas, cher ami ?

– Je crains que notre jeune ami n'ait raison, répondit-il embarrassé. Car l'autel des ancêtres est la réplique d'une véritable pagode, sauf qu'en effet nous y vénérons ceux qui nous ont précédé en ce monde. Telles sont nos coutumes, à nous autres Chinois.

– Coutumes ? s'exclama-t-elle. Pourquoi ne pas dire à Théo qu'il s'agit de confucianisme ?

– C'est-à-dire…

M. Sudharto commença un discours embrouillé d'où il ressortait que, certes, l'ancestral héritage provenait des préceptes de Confucius, du respect des ancêtres et de l'ordre social, mais que le génie turquoise, en revanche, était la déesse de la Lune, assise sur son crapaud. La Lune, le crapaud et la divination venaient de la tradition du tao.

– Donc tu syncrétises à la fois tao et Confucius, conclut Théo.

– Oh ! se récria M. Sudharto. Que les immortels me préservent de cette prétention… Je ne suis qu'un modeste serviteur des rites les plus coutumiers, voilà tout.

– Des immortels ? dit Théo. Alors vous avez aussi des dieux ?

On ne pouvait pas présenter ainsi les choses. Toutefois, en lisant les textes sacrés, force était de constater que le taoïsme des origines comprenait une longue généalogie d'êtres divins.

– Mon fils vous en dira plus long que moi, murmura-t-il. Man-li ! Veux-tu nous rejoindre au salon ?

Un jeune homme entra en coup de vent et, relevant ses jeans pour se mettre à l'aise, posa ses baskets sur la table basse.

– *Hello*, dit-il en tendant la main à Tante Marthe. Ça va ?

– Tiens-toi bien, je te prie, le reprit M. Sudharto.

Le jeune homme se redressa sur son siège et se tut.

– Man-li est étudiant en théologie comparée à l'université de Chicago, ajouta M. Sudharto après un silence. Mon fils, tu connais notre amie Mme Mac Larey, et voici son neveu Théo. Nos amis voudraient en savoir un peu plus sur les dieux de notre pays. Peux-tu les éclairer ?

Le Chaos, l'œuf, l'homme et les Souverains

Le jeune homme se mit à réfléchir et allongea ses jambes.

– Ne nous fais pas attendre, je te prie, dit M. Sudharto. Et remets-toi en place.

– Bien, père, répondit Man-li en repliant ses jambes interminables. Je cherchais comment clarifier nos nombreuses versions de l'origine du monde.

– Eh bien, clarifie, mon fils !

Man-li se gratta la tête et se lança. Aux commencements des temps régnait une brume informe et obscure. Puis le tao donna naissance à l'Un, qui se divisa en Deux. Deux donna naissance à Trois, lequel donna dix mille êtres, qui portent le Yin sur le dos et embrassent le Yang. Mais selon d'autres versions, deux divinités sortirent de la pénombre : l'une prit soin du ciel, et l'autre de la terre, qui devinrent le Père et la Mère de toutes les créatures.

– Minute, intervint Théo. Donc « Deux » est le chiffre des parents, et « Trois » celui de la famille.

Absolument. Il existait une autre façon de raconter la naissance du monde : le Souverain de l'océan du Sud rencontrait celui de l'océan du Nord chez le Souverain du centre, le Chaos, qui les recevait avec une infinie courtoisie. Voulant lui rendre la politesse, les deux souverains décidèrent de lui percer les ouvertures, qu'il n'avait pas, pour voir, entendre, manger et respirer.

– Attends, mais c'était quoi, ce roi ? Une boule ? demanda Théo.

Par définition, le Chaos était informe : il n'était ni vraiment rond ni vraiment carré, dépourvu du moindre contour. Percer des ouvertures dans le Chaos était une entreprise valeureuse… Hélas ! Au septième jour, le souverain Chaos en mourut et…

– Simplifie, Man-li, coupa M. Sudharto. Tu n'es pas encore professeur.

Bref, le Chaos ressemblait à un œuf cosmique d'où sortit le premier homme, Pan-kou. Lorsque, après dix-huit mille années, il mourut, ses yeux devinrent soleil et lune, sa tête une montagne, sa graisse les mers, ses cheveux et ses poils, arbres et plantes. Ses larmes avaient fait couler le fleuve Bleu et le fleuve Jaune, son souffle était le vent, et sa voix le tonnerre ; de sa pupille noire jaillissait la foudre, de son contentement le ciel clair et les nuages de sa colère.

– Donc, c'est l'homme qui crée le monde, conclut Théo. Sans Dieu.

Si, mais plus tard. On ne savait pas exactement à quelle période historique le premier homme, Pan-kou, et le sage du tao, Lao-tseu, avaient fusionné en une seule divinité. L'œil gauche du Sage caché devenait le soleil, l'œil droit la lune, ses cheveux les étoiles, son squelette les dragons, sa chair les quadrupèdes, ses intestins les serpents, son ventre les mers, ses poils les végétaux, et son cœur une montagne sainte. Enfin, un être mystérieux nommé l'Auguste Seigneur rompit la communication entre le Ciel et la Terre.

– Ça recommence, chuchota Théo à l'oreille de sa tante. Le crétin de service nous fait un court-circuit…

– Pas de messe basse sans curé, lui répondit-elle sur le même ton.

Tels étaient les mythes du tao. Mais on ne pouvait se dispenser de connaître la généalogie des grands rois, telle que maître Kong, qui n'aimait ni les dieux ni le surnaturel, l'avait établie. Les premiers, dit Man-li, furent les Trois Augustes, deux hommes et une femme. En observant les plumes des oiseaux, la variété de l'univers et les parties de son propre corps, le plus ancien, l'Auguste Roi au corps de serpent, inventa le livre des divinations. L'Auguste Femme, son épouse, avait en commun avec lui la même queue de serpent au bas du dos.

– Tiens, des dieux siamois, constata Théo.

– Chinois ! rectifia Man-li.

Quant au troisième des Augustes, le Divin Laboureur, il créa l'agriculture. Ensuite vinrent les Cinq Empereurs. Le premier, l'Empereur jaune, écrivit les traités de médecine, de sexualité, d'astrologie et d'art militaire. Le deuxième fut celui qui sépara le Ciel et la Terre ; le troisième, l'Empereur-corbeau, eut pour épouses la mère de dix soleils et la mère de douze lunes ; le quatrième régla le cycle des saisons, mais passa le gouvernement à un homme du peuple, Chouen, le plus vertueux d'entre tous.

– Ni à un dieu, ni à un riche, dit Théo. Je préfère !

Chouen n'était pas tout à fait un humain comme les

autres. Avant de le choisir, l'empereur l'avait soumis à de cruelles épreuves : Chouen dut passer par les flammes, échapper à une inondation, s'extraire de la terre dont il avait été recouvert, affronter l'ouragan, qui ne le troubla pas. La pire épreuve le conduisait à se faire assommer par ses propres parents. Chouen parvint à ne pas leur manquer de respect et fonda le culte des ancêtres. Ensuite, il chassa quatre démons par les quatre portes du monde, avant de laisser le pouvoir au cinquième empereur, le dernier, Yu, né d'une pierre, empereur du Sol.

– Le Grand Yu ? s'écria Théo. Qui danse à cloche-pied ?

Lui-même. Avec le Grand Yu s'arrêtait la sainte généalogie des Trois Augustes et des Cinq Empereurs. Ensuite vinrent les rois de perdition, d'affreux tyrans qui inventèrent supplices et orgies. L'un d'eux, furieux des remontrances d'un sage, le coupa en deux pour observer son cœur. Alors le duc de Tchéou leva une armée, lui trancha la tête et la suspendit à son étendard blanc. Ensuite, on rentrait dans l'histoire de la Chine.

– Ouf ! dit Théo. C'est aussi compliqué que les dieux de Mamy Théano !

Confuse, Tante Marthe expliqua que Théo était à moitié grec et que sa grand-mère l'avait bercé, petit, avec la mythologie de son pays d'origine. Poliment, M. Sudharto demanda si Théo acceptait d'en narrer quelques épisodes…

– C'est longuet, bâilla Théo. Et j'ai l'estomac dans les talons.

Horrifiée, Tante Marthe lui laboura le bras avec fureur.

– Tu me fais mal ! geignit-il. Qu'est-ce que j'ai fait ?

En riant, M. Sudharto convint qu'il était temps de se nourrir et invita ses hôtes à se lever. Le déjeuner était servi sur une table ronde, avec un plateau tournant à la mode chinoise.

Les surprises de la cuisine chinoise

– Dis, j'espère qu'on va pas bouffer du zizi de tigre, chuchota Théo à Tante Marthe.

– Rassure-toi, lui dit-elle. Je connais le menu.

Méduses caramélisées, translucides et craquantes ; grenouilles à l'ail et au persil ; soupe à l'œuf ; pattes de poulet sucrées cuites à la vapeur. Quand arriva l'omelette aux crabes et aux asperges, Théo demanda grâce.

– Veux-tu être poli ? gronda Tante Marthe. Goûte !

Avec ses baguettes, il ouvrit tristement l'omelette : un petit rouleau de bois s'y cachait.

– Cela se mange ? dit-il méfiant.

– Cela s'ouvre d'abord, sourit M. Sudharto.

Théo s'essuya les doigts et l'ouvrit : à l'intérieur se trouvait un minuscule feuillet de papier.

– Ne me dites pas que c'est le message suivant ! s'écriat-il.

– Si, répondit Tante Marthe. Comprends-tu pourquoi je connaissais le menu ?

Je suis le soleil, et je n'aime pas le cheval cru. Si tu veux me voir en mon sanctuaire, viens!

Du cheval cru ? Pour le soleil ? Dans quel pays se trouvait cette divinité bizarre ?

– C'est dur, hein ? susurra Tante Marthe, enchantée.

– Zéro pointé, répondit-il. J'y arriverai pas…

– Et si Man-li t'aidait ? proposa M. Sudharto.

– Je voudrais bien, dit Man-li. Seulement je ne vois pas, moi non plus.

– Alors peut-être pouvez-vous consulter les ancêtres ? dit M. Sudharto avec malice.

Les jeunes se levèrent, le grand et le petit. Avec cérémonie, Théo promena le présentoir au-dessus des bâtonnets d'encens, secoua l'objet, d'où glissa un bâton un peu trop préparé.

– « Alors je me retire, et le monde connaît la nuit », lut-il. Ce n'est pas un oracle !

– Cette fois, j'ai compris, soupira Man-li soulagé. Il s'agit de la plus ancienne déesse du…

– Voulez-vous bien vous taire ! gronda Tante Marthe.

– Il y a de la triche, dit Théo. On truque les oracles, et on ne veut pas laisser Man-li les interpréter… Puisque

c'est comme ça, je téléphone à Fatou. Mon portable ? Zut !
Je l'ai laissé à l'hôtel !

— Voulez-vous le mien ? glissa M. Sudharto en sortant
un petit appareil de sa poche.

Au pays des poissons en fête

— Fatou ? Oui, ça va. Sauf que je suis paumé pour le
message… Cela ne t'étonne pas ? Ben oui… Tu me donnes
l'indice, s'il te plaît ? *Les poissons célèbrent les enfants, et les
cerisiers le printemps.* Qu'est-ce que tu veux que je fasse
avec ça ? Tu ne pourrais pas m'en dire un peu plus sur
le cheval cru ? Écorché ? Ça me fait une belle jambe ! Tu
n'as rien d'autre à ajouter ? Tant pis. Oui, je t'embrasse.
Plutôt chaud. Non, je ne transpire pas. Oui… Toi aussi…
Très fort.

Perplexe, il raccrocha.

— Elle dit que le cheval est cru parce qu'il est écorché,
murmura-t-il. T'as pigé, Man-li ?

— Bien sûr, dit-il avec un sourire. Le frère de la déesse
avait jeté un cheval écorché dans sa grotte.

— Cela ne me donne pas le nom du pays !

— Tu peux trouver, mon garçon, dit Tante Marthe. Où
fête-t-on les enfants avec des poissons en étoffe ?

— Sais pas. Au Mexique ?

— Non, dit Man-li. Où fleurissent les plus beaux cerisiers
du monde ? Dans quel pays la vie s'arrête-t-elle pour qu'on
puisse les contempler ?

— Au Japon ! cria Théo.

— Tout de même, soupira Tante Marthe. Ce n'est pas
trop tôt !

— Et qui c'est, cette nana qui n'aime pas le cheval cru ?
demanda Théo, furieux d'avoir séché.

Elle s'appelait Amaterasu. Austère, chaste, elle vivait
dans une grotte en compagnie de ses suivantes qui lui tis-
saient quotidiennement un kimono couleur du temps.
Chaque matin, Amaterasu sortait illuminer la terre. Jusqu'au jour où son insupportable frère Susanoo, dieu de

la Lune et roi de l'Océan, jeta, pour lui faire une farce, un cheval écorché sur les métiers des tisserandes. Affolées, elles se bousculèrent, et l'une d'elles eut le sexe transpercé par sa propre navette. Elle en mourut. La déesse Amaterasu ne goûta pas la plaisanterie : elle n'aimait pas le cheval cru. Fâchée, elle se retira dans sa grotte, et la lumière disparut.

– Quel idiot, le frangin ! s'écria Théo. Ça a duré longtemps ?

Assez pour semer la panique jusque dans le ciel où vivaient les dieux et les déesses, qui n'y voyaient pas davantage que les humains. Consternés, ils se réunirent et inventèrent une ruse. Ils demandèrent à Uzume, la plus comique d'entre les déesses, de les distraire devant la grotte fermée à l'intérieur de laquelle boudait Amaterasu. Uzume n'y alla pas de main morte : relevant son vêtement, elle se mit à danser gaillardement, en exhibant son derrière et son sexe avec d'irrésistibles grimaces. Elle était si cocasse que les dieux éclatèrent d'un rire tonitruant... Curieuse, Amaterasu n'y tint plus : elle entrouvrit la pierre qui fermait la grotte, mais les dieux lui tendirent un miroir où elle vit une femme splendide. Surprise, elle s'avança. Alors les dieux l'attrapèrent par le bout de son kimono, et Amaterasu sortit de sa grotte à jamais. Le monde était sauvé.

– En voilà une belle histoire, admit Théo. Entre nous, elle avait raison d'être en colère.

– Il y a tant d'autres contes au Japon, ajouta Man-li. Vous avez de la chance...

Mais avant de rejoindre les îles japonaises, il fallait attendre les résultats des examens et, dans l'immédiat, se coucher pour la sieste. A regret, Théo quitta ses nouveaux amis. Dès que la porte fut fermée, M. Sudharto se dirigea vers l'autel, secoua le présentoir, consulta ses ancêtres sur la destinée de Théo et sourit. La réponse était bonne.

Des résultats surprenants

Cependant, quand les résultats arrivèrent de Singapour, ils n'étaient pas franchement meilleurs. Simplement stationnaires.

– Stationnaires, dit Tante Marthe à l'appareil. C'est très ennuyeux… Quels traitements ? Mais au fait…

Lâchant le combiné, elle faillit s'évanouir.

– Théo ! cria-t-elle. Tu sais quoi ? Les analyses sont stationnaires !

– Pas de quoi grimper aux rideaux, dit-il. C'est comme d'habitude.

– Non ! Car tu as arrêté les médicaments de chez nous et le nouveau traitement a marché ! La doctoresse de Darjeeling a réussi !

– Ben oui, répondit Théo. Ça t'étonne ?

Folle de joie, elle l'embrassa à l'étourdir et se mit à danser avec lui.

– Dis, Tante Marthe, fit-il en protégeant ses pieds, qu'est-ce que c'est que ce bruit bizarre au téléphone ?

– Mon Dieu ! J'ai oublié de raccrocher ! s'écria Tante Marthe.

Du coup, Théo en profita pour parler à ses parents.

Chapitre 17

Mères et filles du Japon

Tante Marthe est bloquée

Jérôme poussa un soupir de soulagement en écoutant sa sœur au téléphone. Bien sûr, les premiers résultats étaient encore moyens, mais la médecine tibétaine parvenait au même résultat que sa cousine occidentale, c'était déjà beaucoup. Le père de Théo exigea seulement qu'on restât encore une semaine à Jakarta, histoire de refaire des examens. Marthe protesta qu'on les ferait aussi bien à Tokyo, mais Jérôme ne voulut rien savoir, et elle dut s'incliner. La résolution de son frère était inébranlable.

– Il m'embête, ton père, bougonna-t-elle en raccrochant. Huit jours ! On va finir par louper la floraison des cerisiers japonais !

– Mais ici, on est bien, dit Théo. Comme ça, on pourra revoir mon copain Man-li. Parce que, au Japon, qui vas-tu encore me sortir de ton sac à malices, hein ?

– Elle te plaira, répondit Tante Marthe.

– Chic ! s'écria Théo. Une dame, pour changer un peu… Qu'est-ce qu'on fait ? Si on allait à la mosquée ?

On n'entrait pas si l'on n'était pas musulman, surtout Tante Marthe, bien que ce fût le jour des femmes ; mais on avait le droit de regarder en restant sur le seuil. Toutes de blanc vêtues, toutes de blanc voilées, elles se prosternaient en cadence dans un ordre impressionnant, douze mille à la fois, le visage entouré de dentelles brodées. L'islam indonésien n'était pas fanatique, mais les prescriptions du Coran y étaient strictement respectées.

– Tu m'as bien dit qu'il y avait aussi des tribus animistes ? demanda Théo en marchant dans la rue.

– Bien sûr ! répondit-elle. Parmi les plus étranges, à trois heures de Jakarta, se cachent les Badwi qui refusent l'islam, se vêtent de blanc, laissent certains des leurs approcher la civilisation moderne, mais seulement s'ils sont vêtus de bleu. Ceux-là sont capables d'envoyer un émissaire transmettre un talisman protecteur au président, puis de se retirer sans un mot. Sur leur territoire, on n'entre pas.

– Qu'est-ce qu'il y a comme mecs bizarres dans le monde… J'espère vivre assez longtemps pour les connaître tous !

– Alors tu seras ethnologue, affirma Tante Marthe.

– Je connais le mot, mais pas la chose. C'est quoi ?

– Tu devras identifier une tribu particulière et vivre avec ses membres à leur façon. En partageant leur vie, tu comprendras leur forme de pensée et leurs divinités.

– Mais c'est ce que nous faisons, à voyager de pays en pays ! s'étonna Théo.

– Nous avons vu des peuples, mais nous n'avons pas vu de tribus, et je crains fort que nous n'en voyions pas. Leur vie est trop rude pour ton état de santé. Ils sont si démunis…

– Pas de sanctuaire tao, pas de tribus, pas de marches à grimper, et de quoi veux-tu me priver encore ? éclata Théo.

– Tu n'as qu'à guérir, espèce de petit insolent !

Maoïsme et taoïsme

La semaine passa. Tante Marthe emmena Théo voir le Ramayana dans un théâtre d'ombres, où, une fois le premier charme passé, il s'ennuya à périr. Ensuite, ils virent des danseuses dorées, gracieuses comme des libellules mais que Théo trouva maniérées. Aux spectacles d'Indonésie, il préférait les discussions avec Man-li.

Un jour, en dégustant du bœuf cru mariné dans une sauce rouge, rare recette de l'île de Sumatra, Théo se sentit envahi d'un profond désir de Chine, la vraie. Celle des impératrices cruelles et du président Mao ; des millions de Chinois marchant dans les rues des cités ou cultivant les champs ; des opéras fabuleux et des buildings modernes ; des jeunes gens de Shanghai, des branchés de Pékin. Celle dont il rêvait et qu'il verrait un jour, quand il serait grand.

— Tu as été en Chine, toi ? demanda-t-il à Man-li.

— Un peu, répondit-il prudent.

— Qu'est-ce que tu as vu de votre religion ?

— Tout et rien, dit Man-li. Notre pays d'origine a connu de nombreux mouvements. Avec la première révolution de 1911, l'empire a disparu, et avec l'idée de l'empire, l'ordre du monde a changé. Mao est arrivé…

— Comme Zorro, dit Théo. La Longue Marche, je sais…

— Et la Grande Révolution culturelle prolétarienne du président Mao, tu connais ? intervint Tante Marthe d'un air bougon. Voilà ce qui a tué les religions en Chine !

— Révolution culturelle ? s'étonna Théo. Qu'est-ce qu'il a fait, Mao ? Il a mis tout le monde aux Beaux-Arts ?

— Penser que tu ne connais pas cette horreur… soupira-t-elle. Tant d'années ont-elles déjà passé pour que la mémoire se soit perdue en route ? Écoute.

Mao n'avait pas mis tout le monde aux Beaux-Arts. Dans les années précédant la Révolution culturelle, il avait lancé un plan de réforme économique radicale, le Grand Bond en avant, qui engendra de désastreuses famines. L'échec était patent. Un jour, en 1966, Mao réapparut pour lancer un vibrant appel aux jeunes de la Chine : « On a raison de se révolter », martela-t-il. Qu'ils se rebellent ! Qu'ils critiquent les responsables du Parti communiste ! Mobilisés sur son ordre, des milliers d'étudiants que Mao appela les « Gardes rouges » répondirent avec enthousiasme, brandissant le Petit Livre rouge, un recueil de citations de Mao. Les écoles et les universités fermèrent ; les étudiants commencèrent à sillonner la Chine pour critiquer les traîtres du Parti.

— Mais qui précisément ? s'étonna Théo.

Mao avait recommandé à ses Gardes rouges de lutter contre les quatre symboles du « vieux » : vieilles idées, vieilles coutumes, vieilles habitudes et vieilles traditions. Les Gardes rouges décidèrent d'extirper les superstitions de l'esprit des Chinois. Le maréchal Lin Piao, pourtant très proche de Mao, fut violemment critiqué pour avoir cité maître Kong, dont les Gardes rouges décidèrent qu'il était l'incarnation de la féodalité inégalitaire. Fous de joie à l'idée d'exercer eux-mêmes le pouvoir révolutionnaire, des jeunes gens sincères et enflammés détruisirent les temples, les musées, les statues, pillèrent les maisons particulières et ravagèrent tout ce qui venait du passé, puisque le président Mao, leur guide, les y encourageait. On promena dans les rues, coiffés de bonnet d'âne, les savants, les anciens propriétaires, les chercheurs, les écrivains, tous coupables de véhiculer l'antique savoir de la Chine. On les battit à mort. Pour la première fois en Chine, les enfants brisaient les liens sacrés qui les unissaient à leurs aînés.

Puis la guerre civile éclata entre les factions rivales des jeunes exaltés. Au bout de deux ans, Mao expédia ses Gardes rouges aux champs, avec les paysans. Pendant cette période de folie, combien de morts ? Des millions, disait-on. Enfin, après une période de terrible répression, en 1976, Mao mourut.

– Peut-être défigurez-vous la Révolution culturelle, objecta timidement Man-li. L'objectif du chef du Parti communiste chinois consistait à émouvoir son pays pour lui faire retrouver l'élan révolutionnaire. En s'adressant à la jeunesse, il pensait trouver des forces non corrompues. Qu'il y ait eu des dérives, cela ne fait pas de doute. Mais l'idée initiale n'était pas dépourvue d'intérêt.

– Comment ! s'indigna Tante Marthe. Confier la rééducation d'un peuple tout entier à des adolescents, leur donner le pouvoir de juger, d'épurer, mais c'est une aberration !

– Qu'est-ce que tu as contre les jeunes ? dit Théo.

– Rien, sauf quand ils ont les armes à la main. Sur ordre d'un vieux grand-père tyrannique, ils se sont retournés contre les leurs, pardi !

– Normal, commenta Théo.

– Oh, toi, ça suffit, hein ! Eux-mêmes s'en repentent aujourd'hui ! Ils s'étonnent d'avoir pris du plaisir à torturer les vieux, surtout les femmes… Et tu prétends détester les massacres des religions ? Mais le maoïsme était devenu une religion meurtrière, Théo !

– Ne pas respecter les ancêtres, c'était révolutionnaire, il est vrai, dit Man-li. Mais d'un autre côté, le confucianisme pèse parfois si lourd sur les jeunes gens…

– Est-ce une raison pour se livrer à de telles exactions, jeune homme ?

– Non, bien sûr, murmura Man-li. Le président Mao a fait quelques erreurs. A peu près 30 %.

– Et le voici absous ! conclut Tante Marthe en colère. Embaumé, déifié, il repose sur la fameuse place Tian-An-Men, et on le révère encore ! Son culte fut bel et bien celui d'une divinité… Deux fois par jour, quel que soit leur métier, les Chinois devaient danser en son honneur la danse de la Loyauté ! On l'appelait le Soleil rouge de tous les cœurs…

– Tu veux dire que le Soleil rouge a été un nouveau dieu de la Chine, dit Théo.

– Oui ! cria Tante Marthe virulente. Puissant, bénéfique, nourricier, mais violent comme un dieu, et comme lui, cruel ! Un empereur de perdition…

Tu charries, dit Théo. Pas étonnant qu'on t'ait virée de Chine populaire !

– Madame, vous ne connaissez pas les jeunes Chinois d'aujourd'hui, martela Man-li en tapant sur la table. La Chine est un grand pays, capable de digérer son histoire. Au nom de quoi jugez-vous ?

– Tout culte qui tue est mauvais. Et celui de Mao ne fait pas exception. Je veux bien que les Chinois soient désormais en adoration devant un dieu capitaliste…

– Excusez, coupa-t-il. Je ne vois pas à quel dieu vous faites allusion…

– Ne cherchez pas, répliqua Tante Marthe. L'argent !

– Madame Mac Larey, dit Man-li un peu pâle, permettez-moi de vous rappeler que les Chinois n'ont jamais été ennemis de la fortune. Mon père est riche et n'y voit aucun déshonneur.

– Pardon, murmura Tante Marthe en rougissant. Ce n'est pas ce que je voulais dire, Man-li…

– Mais vous l'avez dit quand même, lança-t-il. Vous êtes assez fortunée vous-même pour vous le permettre, en effet !

Tante Marthe se tut et baissa la tête.

– En tout cas, ce truc rouge est très bon, dit Théo pour faire diversion.

L'inutilité des fleurs de cerisiers

Man-li ne réapparut pas et Théo fit la tête. La semaine passa. Les résultats des nouvelles analyses n'avaient presque pas changé. Toutefois, les spécialistes de l'hôpital de Singapour avaient ajouté sur la fiche qu'ils étaient « encourageants ». Marthe se rua sur le téléphone et obtint son autorisation de sortie.

– Passe-moi Maman, dit Théo. Pourquoi c'est toujours toi qui annonces les bonnes nouvelles ?

– Tu as raison, mon grand. Tiens…

– Papa ? Oui, c'est pas mal. Tu me passes Maman ? Merci… Maman ! Tu es contente au moins ? Écoute, encourageants, c'est mieux que rien ! Relax, puisque je vais mieux… Et tes cours au lycée ? Ah bon ? Tu es en congé ? Tu n'es pas malade au moins ? Ah. Fatiguée. La tête qui tourne. Tu as vu le toubib ? Surmenage ? Je trouve qu'il a drôlement raison, tiens ! Alors vous partez pour le week-end ? A Bruges ? Mais c'est épatant ! Vous me rapporterez un cadeau ? Parce que moi, tu sais, je t'en rapporte une tonne ! Oui… Bien sûr, Maman. Je t'aime.

Quand il raccrocha, Théo était soucieux.

– Elle est en congé de maladie, dit-il. Elle aussi a la tête qui tourne. Il paraît que ce n'est rien, mais Papa l'emmène en week-end pour se reposer. Et tu sais où ? A Bruges, là où ils ont fait leur voyage de noces…

– Parfait, commenta Tante Marthe. Cela leur fera du bien.

– C'est fou ce que tu t'inquiètes pour elle ! Qu'est-ce qu'elle t'a fait, Maman ?

– Rien du tout ! Mais tu sais comme elle est nerveuse… Alors un peu d'intimité la guérira, voilà tout.

– Quand je pense qu'ils vont à Bruges.

– Et nous au Japon ! Ce n'est pas trop tôt…

– Dis donc, on dirait que tu l'aimes, ce pays, murmura Théo.

– Tu n'as aucune idée de la beauté des cerisiers en fleur. Il faut avoir vu cela une fois dans sa vie !

– C'est ça, dit Théo. Voir les cerisiers au Japon et mourir.

– Petit imbécile. Tu sais bien que tu vas guérir maintenant.

– Si seulement j'en étais sûr ! Depuis qu'on est à Jakarta, on s'est fâché avec Man-li, je m'embête et mon jumeau se tait. Ce n'est pas bon signe. Je ne me sens pas bien.

– Pourrais-tu m'expliquer une chose, mon chéri ? demanda-t-elle avec douceur. Quel rôle attribues-tu à ce fameux jumeau ?

– J'sais pas, chuchota-t-il. C'est comme s'il me guidait dans la nuit. Quand je vais mieux, il me parle. S'il ne me parle pas, les résultats ne bougent plus. Et ça fait des semaines qu'il ne m'a rien dit.

– Sans doute lui faut-il du silence ? hasarda Tante Marthe.

– Ben oui, dit Théo avec ennui.

– Il le trouvera au Japon. Car s'il est un pays qui pratique le culte du silence, c'est celui-là. Les cerisiers ne parlent pas, et devant les pétales blancs on se tait.

– Mais des cerisiers en fleur, j'en ai déjà vu, à la fin ! dit Théo agacé.

– Oui, mais là-bas il s'agit d'une cérémonie. Au Japon, tu verras, on sait écouter la nature.

– La nature, dit Théo tristement. Sûrement polluée !

L'âme de Théo se trouble

L'avion de Garuda Airlines portait l'emblème de l'aigle du dieu Vishnou, fièrement affiché sur la tête de l'appareil. Au vrai, l'aigle était un peu vieux, un tantinet poussif, au point que le vol Jakarta-Tokyo eut plusieurs heures de retard. La mélancolie de Théo n'avait pas disparu : il parcourut des revues en anglais, écouta du rock sans entrain, regarda le film en bâillant et s'assoupit. Marthe se demandait pourquoi, alors que la médecine tibétaine commençait à porter ses fruits, son neveu avait l'air si déprimé.

Qu'est-ce qui clochait ? Depuis le départ de Paris, Théo avait ingurgité avec passion les trois monothéismes à Jérusalem, le sens de la papauté au Vatican, l'Inde entière, les deux Véhicules, le taoïsme et Confucius... Son petit Théo si curieux de tout comprendre ! Serait-il lassé de l'aventure ? Elle le revit sauter de joie dans la pagode... Il semblait si gai, si vivant et soudain, fini ! La flamme paraissait éteinte. Comment apprécierait-il la profondeur des cérémonies japonaises et la sévérité des rites ?

– Je ne peux plus reculer, murmura-t-elle. Où trouver de la joie pour ma petite crevette ?

Dans son sommeil, Théo se mit à s'agiter. Des mots confus sortirent de sa bouche. « Me laisse pas ! Maman... Je suis si seul... » Tante Marthe comprit. Entre l'absence de sa mère et le jumeau disparu, Théo avait du vague à l'âme, et ce mal n'était pas guérissable avec des médicaments tibétains. Fallait-il faire venir la maman de Théo ? « Non. D'abord, on est au bout du monde. Ensuite, Mélina va s'affoler. Et puis, elle n'est pas prête. Non, décidément, il est trop tôt. Il faut tenir... » se dit Marthe.

Faire confiance au Japon. Laisser Théo découvrir le culte des forêts et des fleurs. Lui faire savourer le thé vert. Ah ! Le forcer aussi à reprendre chaque matin son yoga. Lui redresser le dos. Le nourrir de poisson cru, c'était plein de phosphore. A tout hasard, Marthe explora le sac de médicaments européens : il était là, prêt à servir au cas où. Brusquement, elle réalisa qu'elle-même était accablée d'angoisse.

— Il me scie le moral, murmura-t-elle. Même quand il dort.

Mlle Ashiko

Au milieu d'une foule de Japonais bardés d'appareils photographiques, Tante Marthe cherchait la demoiselle, qui n'était pas au rendez-vous. Fâchée, elle décida d'aller au service d'accueil lancer une annonce.

Théo pensa qu'il s'agirait encore d'une vieille fille très sage, très ridée, avec des yeux pleins de bonté. Un gros soupir lui échappa : les amis de Tante Marthe étaient tous adorables… Si seulement ils étaient un peu plus jeunes ! Quand d'aventure il s'en trouvait un sur le chemin, comme Man-li, Tante Marthe se disputait avec lui. Sans joie, Théo dévisagea les vieilles figures. Laquelle était-ce ?

— Salut ! fit une voix légère derrière son dos. Est-ce que je peux te déranger ?

Théo se retourna : une jeune Japonaise le regardait en souriant. Yeux rieurs, bouche ronde, cheveux jusqu'aux hanches, une masse noire et luisante… Minijupe, blouson rouge. Treize ans ? Quinze ans ?

— Salut, dit-il épanoui. Tu ne me déranges pas mais je viens d'arriver, je suis avec ma tante et on attend quelqu'un. Est-ce que tu habites Tokyo ?

— Non, Kyoto, répondit-elle. Moi aussi, j'attends quelqu'un. Une dame française comme toi. Elle devrait être avec un petit garçon, mais je ne le vois pas. Peut-être l'aurais-tu remarquée ?

— Comment est-elle, la dame ? s'empressa Théo en lui prenant la main. Je vais t'aider.

— Elle est toujours habillée avec des vêtements bizarres. D'habitude, elle porte un bonnet tibétain.

— C'est marrant ! s'écria Théo. Ma tante aussi. Ça fait deux vieilles dames bizarres dans l'aéroport. Tiens, la voilà, ma tante. Tu vois… Je ne t'ai pas raconté de salades : le bonnet !

En apercevant la jeune fille, le visage de Marthe s'éclaira.

– Vous, enfin ! s'exclama-t-elle. Que vous est-il arrivé ?

– Madame Mac Larey, je suis infiniment désolée, murmura l'adolescente en inclinant la tête. Mon taxi s'est fait coincer dans un embouteillage.

– Je vois que vous avez trouvé Théo, bougonna Tante Marthe en louchant sur leurs mains enlacées.

Bouche bée, Théo regarda tour à tour Tante Marthe et la jeune fille dont les yeux s'élargirent d'étonnement. Ainsi, l'amie japonaise, c'était elle !

– Alors c'est vous Théo ? murmura-t-elle. Enchantée…

– Moi de même, fit-il en lui lâchant la main.

– Je vous croyais plus jeune, dit-elle en rougissant. Mme Mac Larey parlait tout le temps de son « petit Théo »…

– Si on se disait « tu » comme avant ? s'écria-t-il. Comment t'appelles-tu ?

– Ah ! Vous vous êtes trouvés sans vous connaître ! s'esclaffa Tante Marthe. Mais c'est très bien, ça… Théo, voici Mlle Ashiko Okara, étudiante en français.

– Étudiante ? s'étonna Théo.

– Ashiko est très douée, précisa Tante Marthe. Elle n'a que seize ans.

Seize ans ! Un peu désappointé, Théo fit un pas en arrière.

– Nous devons avoir le même âge, je pense, murmura timidement Mlle Ashiko.

– Je n'ai que quatorze ans, chuchota-t-il, mortifié.

– Je pensais seize, répliqua la demoiselle. Tu es si grand…

– Grand, Théo ? s'insurgea Tante Marthe. Il est juste de ma taille ! Viens ici, mon Théo.

Et, le prenant par les épaules, elle l'installa à ses côtés : Théo la dépassait d'une tête. Ébahie, elle recommença : le doute n'était pas permis. Théo avait grandi.

– Par exemple, souffla-t-elle. Mais c'est fou ! Comment est-ce arrivé ?

– Les voyages forment la jeunesse, ma vieille, répondit Théo, enchanté.

– Je ne t'appellerai plus « petite crevette », mais « grande asperge », rétorqua-t-elle. Mes enfants, on s'en va !

Naturellement, l'hôtel était conforme aux goûts de Tante Marthe : vieillot, cossu et confortable. Excepté les peignoirs de bain et les pantoufles, rien n'y était japonais. Les lits n'étaient pas des futons, les cloisons n'étaient pas en papier et l'hôtel n'était pas en bois.

– Je croyais que les Japonais vivaient sur des nattes, à genoux, s'étonna Théo.

– Ça, c'est l'ancien style, répondit Tante Marthe. Tu aurais préféré les tatamis ? Ridicule ! Sais-tu comment les Japonais appellent les Occidentaux qui s'adonnent à ces traditions ? Les « tatamisés » !

– Mais qu'est-ce qu'il y a de japonais là-dedans ?

– La fleur unique dans le vase, dit-elle.

– Maman sait comment faire. Elle a pris des leçons d'ikana.

– Ikebana ! corrigea Tante Marthe. A force de vouloir tout retenir, tu vas trop vite, grande asperge.

– A propos, elle est vraiment sympa, ta copine.

– Je l'ai connue bébé, petite boule toute ronde, et la voilà jolie comme un cœur, tu ne trouves pas ?

– Oh oui, avoua Théo. Elle ressemble à Sophie Marceau. Et à part étudiante, qu'est-ce qu'elle fait dans la vie ?

– Surprise… répondit-elle. En attendant, prends tes machins tibétains et repose-toi !

Mais Théo ne trouva pas le sommeil. Voir les cerisiers avec Mlle Ashiko, c'était autre chose que la cité du Vatican avec le cardinal… Il rêva de pétales de cerisiers sur le noir de cheveux immensément longs, et d'une petite main un peu froide qu'il essayait de réchauffer.

La cruauté du poisson cru

En fin d'après-midi, Tante Marthe le réveilla : en s'étirant, Théo constata qu'il était presque l'heure de dîner.

– A 6 heures du soir ? ironisa-t-elle. Tu as encore oublié le décalage horaire…

– Zut, dit Théo en réglant sa montre. Je ferais mieux de me servir du réveil que m'a donné Irène ! 6 heures ! Ça fait drôlement long jusqu'au dîner. Qu'est-ce qu'on fait ?

– Flâner dans les rues jusqu'à un restaurant de poissons, ça te va ?

– Si c'est pour manger des sushis, je connais, bougonna Théo.

– Tu commences à m'énerver avec ta mauvaise humeur ! Et si je te dis que nous dînons avec Ashiko ?

– Dans ce cas, c'est différent, admit Théo. Mais je te préviens, j'ai horreur du poisson cru.

Dès qu'il fut dehors, Théo s'intéressa au contenu des boutiques de gadgets. Tante Marthe lui accorda un crédit limité pour satisfaire ses envies. Il s'attarda devant le dernier modèle de télévision miniature et finit par passer son chemin. Comme il commençait à crever de faim, il stationna longtemps devant la devanture d'un restaurant où s'étalaient des crevettes géantes d'un rose vernissé, de somptueuses rosaces de carottes et des bols remplis de calamars découpés en forme d'étoile.

– Ça te fait saliver ? demanda Tante Marthe. Eh bien, c'est du toc. Ces mets appétissants sont en plastique.

Faute de pouvoir manger pour de vrai, Théo fit ses emplettes en simili : légumes, crustacés, plus un verre de Coca-Cola avec ses glaçons, de quoi faire des farces à ses sœurs. Quant à Tante Marthe, elle acheta sur le trottoir un kimono bleu pâle orné de grands oiseaux violets ainsi qu'une lourde bouilloire de fonte noire.

– Dis donc, le supplément de bagages ! persifla Théo.

– C'est pour ta mère, rétorqua-t-elle vertement.

– Le kimono bleu, il est moche, murmura Théo. Tu me laisses en choisir un pour elle ?

Tante Marthe n'eut pas le temps de dire ouf. En un tour-nemain, Théo s'était emparé d'un kimono brodé de légères fleurs d'or vieilli, d'une blancheur discrète. Avec un gros soupir, roulant son vilain kimono comme un sac poubelle, Tante Marthe héla un taxi.

– On ne va plus à pied ? s'étonna Théo.

– Il m'arrive aussi d'être un peu lasse, murmura-t-elle les larmes aux yeux.

Pauvre Tante Marthe… Théo eut un élan de tendresse et lui embrassa la main doucement. Elle se moucha bruyamment.

– Enfin, dit-elle, tu n'as pas contesté la bouilloire.

Théo ne répondit pas. Mélina avait déjà la même et il détestait le poisson cru. Heureusement que Mlle Ashiko serait là !

Elle les attendait, très écolière en robe bleu marine égayée d'un sage col blanc.

– Tu ne portes jamais le kimono ? demanda Théo avec un air de regret.

– Si, répondit Tante Marthe à la place de la jeune fille. Des kimonos d'un genre particulier, tu verras. Ne sois pas trop pressé… Et choisis ton menu.

– Poisson grillé, décida Théo.

Il n'y en avait pas. A peine découpés sur la planchette où leurs morceaux gigotaient encore, les animaux de la mer se dégustaient tout crus. Le cœur au bord des lèvres, Théo vit Mlle Ashiko dévorer un poulpe dont les tranches frémissaient de façon inquiétante. Bientôt, pour éviter de vomir, il fut obligé de sortir dans la rue. Les néons de couleurs éblouissaient, les clients entraient et sortaient des bars illuminés, des ivrognes gueulaient dans le lointain et l'estomac de Théo criait famine.

– Ça ne va pas, Théo ? murmura la voix d'Ashiko. Rentre avec moi…

– Non. Manger des poissons vivants, jamais !

– Et les manger cuits, c'est mieux ? gronda la rude voix de Tante Marthe.

– M'en fiche ! cria Théo. Je ne peux pas voir ça, j'ai mal au cœur et je suis mort de faim !

Ashiko prit les choses en main, trouva un autre restaurant, commanda le menu. Quelques instants plus tard, le visage débarbouillé à la serviette chaude, Théo regardait avec jubilation mijoter de fines tranches de bœuf dans un vaste récipient de fonte chauffé par des flammes bleues.

On attrapait un morceau avec des baguettes avant de le plonger dans un œuf cru battu.

– Ce que vous êtes cruels, vous autres Japonais, dit-il après avoir englouti la première bouchée. La viande cuite, au moins, c'est humain !

– Cru ou cuit, tu manges du vivant, que je sache ! grogna Tante Marthe.

– Je comprends ce qu'il veut dire, intervint Ashiko avec embarras.

– Par exemple ! se récria Tante Marthe. Vous, qui défendez les rites les plus traditionnels, vous vous permettez ce jugement critique ? Ce n'est pas très japonais !

– Pendant de longs siècles, notre civilisation fut dominée par les principes des guerriers, répondit-elle. Vous savez que leur code d'honneur n'était pas exempt de cruauté.

– Ah ! Vous pensez au *seppuku*. Tu connais ce rite de mort, Théo. En Europe, on l'appelle hara-kiri.

– Papa a gardé de vieilles collections d'un journal qui s'appelait *Hara-kiri*, dit Théo. Mais le rite de mort au Japon, connais pas.

Histoire d'une fille, d'un garçon et d'un sabre divin

C'était le dernier acte du guerrier japonais. S'il avait manqué à l'honneur, s'il avait été vaincu, s'il avait trahi, ou s'il prenait fantaisie à son maître de lui en donner l'ordre, il se suicidait selon un rite immuable : vêtu de blanc devant ses amis assemblés, il s'ouvrait l'abdomen de long en large avec un poignard à manche court. Dans les temps très anciens, le plus digne des assistants, choisi par ses soins, lui tranchait la tête afin d'abréger ses souffrances.

– C'est ça, hara-kiri ? s'écria Théo surpris.

– *Seppuku*, corrigea Mlle Ashiko. Cela n'existe presque plus.

– Mais vous célébrez chaque année les quarante-sept courageux qui décidèrent de venger leur maître et, une fois leur devoir accompli, s'ouvrirent le ventre un par un, dit Tante Marthe.

– Les quarante-sept rônin ? sourit Ashiko. Ils incarnent le devoir de fidélité. Le sort de ces rônin n'était pas enviable : soit leur maître était mort, soit il n'avait plus les moyens de les payer, si bien que dans tous les cas ils erraient lamentablement avec leur sabre inutile. Les quarante-sept s'étaient donné une tâche précise. Nous les révérons pour leur ténacité et leur sens de l'honneur, pas pour le *seppuku*.

– Voire, insista-t-elle. Le grand écrivain Mishima s'est suicidé ainsi il n'y a pas si longtemps. Et quelle mort ! Écoute ça, Théo. D'abord il a pénétré dans le bureau du chef d'état-major des armées japonaises, qu'il a ligoté proprement. Ensuite, devant les caméras de télévision, il a déploré la dégénérescence des antiques valeurs du Japon qu'il allait montrer dans toute leur grandeur. Et, son discours fini, il s'est ouvert le ventre. Son ami lui coupa la tête, et puis en fit autant. C'était dans les années soixante-dix...

– Mishima vivait dans un passé révolu, répliqua Ashiko. Nous autres, jeunes générations, nous vivons dans la modernité.

– Depuis quand ? demanda Théo.

– Voyons, tu n'as pas oublié la bombe atomique sur Hiroshima, intervint Tante Marthe.

– Non, mais c'était quelle date, déjà ? gémit Théo.

En 1945, pour mettre fin à la Seconde Guerre mondiale, les Américains essayèrent cette nouvelle arme sur le Japon. Depuis le début du conflit, le Japon avait fait alliance avec l'Allemagne nazie et l'Italie fasciste. Les deux autres pays avaient déjà capitulé, mais le Japon envoyait chaque jour des kamikazes sur les bateaux ennemis.

– Kamikaze, je connais, affirma Théo. Cela veut dire « suicidé ».

– Pas tout à fait, précisa Mlle Ashiko. « Kamikaze » veut dire « vent divin ». Mais il est vrai que les pilotes se suicidaient en faisant exploser leurs avions sur leur cible.

– Sacré courage, commenta Théo.

Tel était justement le sens du code d'honneur des samouraïs. Depuis le XIXe siècle, l'empereur était dieu, descendant direct de la déesse Amaterasu. Puisque sa nature était divine, tous les Japonais lui devaient de sacrifier leur vie. Lorsque, après la bombe d'Hiroshima, l'empereur décida de se rendre, certains soldats refusèrent l'inacceptable et se battirent seuls dans des îles du Pacifique, pendant des années. Car à leurs yeux l'empereur-dieu ne pouvait pas déchoir et son peuple ne pouvait pas l'abandonner.

– Encore du sacrifice humain dans l'air, jugea Théo. Qu'est-ce que la gentille Amaterasu vient faire dans cette guerre ? Je croyais qu'après être sortie de sa grotte elle avait illuminé le monde !

Certes, mais Amaterasu était la fille d'un couple de dieux fondateurs dont la triste histoire marquait l'âme des Japonais. Le dieu père du Japon s'appelait Izanagi, la déesse mère Izanami. A l'époque où la Terre n'existait pas encore, la communauté des dieux les poussa sur un pont d'arc-en-ciel pour créer le Japon. Le jeune Izanagi était si beau que la déesse Izanami s'arrêta au sommet des couleurs transparentes et lui dit : « Veux-tu m'épouser ? » Ils s'unirent, mais, à leur grande surprise, leurs premiers enfants furent des créatures monstrueuses – méduses, poulpes et autres êtres gluants. C'était raté.

Désespérées, les deux divinités remontèrent dans le monde céleste d'où les dieux les renvoyèrent sur l'arc-en-ciel, avec prière de bien vouloir s'y prendre conformément aux ordres de la nature. Alors, au milieu du pont, le dieu Izanagi s'arrêta et dit à la déesse : « Veux-tu m'épouser ? » Et puisque cette fois le masculin avait joué son rôle auprès du féminin, Izanami donna naissance aux plus superbes des enfants : les îles japonaises.

– Jusque-là, ce n'est pas trop triste, dit Théo.

Mais, en accouchant de son dernier né, Izanami mourut. Fou de douleur, Izanagi décida d'aller la chercher aux Enfers. Par miracle, il obtint le droit de la ramener au monde des vivants, mais en aucun cas il ne devait se retourner. Hélas ! Izanagi désobéit. Alors sa bien-aimée se transforma en un cadavre décomposé lancé à sa poursuite pour le dévorer vivant. Le dieu parvint à s'échapper en lui lançant un peigne arraché de son chignon, et il ne revit jamais Izanami.

– Cela me rappelle une histoire de Mamy Théano, murmura Théo. En Grèce, la femme s'appelait Eurydice, et lui, je ne sais plus.

Lui, c'était Orphée le magicien, poète et musicien. Mais si Orphée était devenu l'un des inspirateurs d'un puissant courant mystique, il n'eut pas de descendance. Piquée par un serpent au venin mortel, Eurydice n'avait pas eu le temps d'enfanter. Tandis qu'Izanami figurait une mère adorable capable de se métamorphoser en ogresse au fond des Enfers. Mère suprême et terrible, Izanami avait accouché de la nature entière sous sa forme divine : le Japon. Selon la religion shinto, la fille d'Izanami, la déesse Amaterasu, avait confié au premier empereur du Japon le sabre de son frère Susanoo, insigne de la divinité. Car Susanoo, dieu violent, représentait la face nocturne de l'univers, tandis qu'Amaterasu symbolisait la part de la lumière. En recevant des mains de la déesse le sabre de Susanoo, l'empereur-dieu héritait des deux principes masculin et féminin.

– Bon, dit Théo. C'est un truc pour garder le pouvoir.

Ashiko protesta… D'après les historiens des religions, la grotte où s'était retirée la déesse Amaterasu témoignait probablement d'une époque reculée pendant laquelle les Japonais enterraient leurs morts dans des grottes. Le retour de la fille d'Izanami n'était donc pas seulement celui de la lumière, c'était aussi le signe d'une survie après la mort. Comme le soleil, les morts disparaissaient et réapparaissaient, souvent sous forme de fantômes plaintifs qu'il fallait apaiser. Détenteur du sabre divin, l'empereur garantissait donc également l'immortalité des Japonais.

– J'ai une question, dit Théo. Cela veut dire quoi, shinto ?

La voie des dieux. La religion shinto des origines, la plus ancienne religion du Japon, vénérait les divinités sous leurs formes les plus simples : soleil, vent, rochers, montagnes, la fleur éclose, le bois, les nuages. Et les divinités naturelles, que le shinto appelait les « *kami* », rayonnaient partout sur terre, accessibles à l'adoration des hommes. Il suffisait de peu pour les satisfaire : un cordon ceint autour du vêtement, une banderole, une prière. Longtemps, le shinto avait été la plus simple de toutes les religions : une relation extatique avec la nature du Japon, volcanique, menaçante, verdoyante et paisible, brumeuse, neigeuse, tropicale au sud, glaciale au nord.

– Le shinto a été cela ? demanda Théo soupçonneux. Cela veut dire qu'il a changé...

Oui, car il avait été enfoui sous d'épaisses couches de religions venues d'ailleurs : le confucianisme chinois et le bouddhisme du Grand Véhicule. Le shinto n'avait pas disparu, non, il survivait fort bien, mais il s'était adapté aux nouvelles religions. De ce magma en fusion sortit le shinto-bouddhisme...

– Un coup de syncrétisme, et on repart ! s'écria Théo.

Comme partout ailleurs, le bouddhisme n'eut aucun mal à se greffer sur une religion qui se contentait d'adorer les divinités naturelles sans réelle philosophie. Les premiers moines bouddhistes commencèrent par réciter leurs prières dans les sanctuaires shinto en l'honneur de celles qu'on appelait les « divinités à la Lumière adoucie » : personne n'y fit objection. Puis ils inventèrent nombre de légendes dans lesquelles les divinités shinto expliquaient comment elles étaient en réalité des bodhisattvas. Certaines contradictions n'étaient pas faciles à résoudre : par exemple, comment concilier la compassion pour les êtres vivants avec les poissons morts qu'on offrait aux divinités à la Lumière adoucie ?

– Bonne question, observa Théo.

Alors, à un saint moine qui ne parvenait pas à répondre, les divinités expliquèrent qu'elles prenaient sur elles la faute des humains qui agissaient sans réfléchir. Au demeurant, les divinités veillaient soigneusement à rassembler les vieux poissons parvenus au terme de leur existence poissonnière, de sorte que les hommes les capturaient par la volonté divine. De ce fait, ils entraient dans la voie du Bouddha.

– Ils sont malins, ces bouddhistes, dit Théo.

Pas assez malins toutefois pour éviter les conflits entre eux. Pendant très longtemps, les bouddhistes se divisèrent en sectes belliqueuses : le fameux code d'honneur des guerriers en était issu. Après des siècles de sanglants conflits, l'empereur reprit le pouvoir et officialisa le shinto. Désormais, le culte de la nation japonaise ne ferait plus qu'un avec celui de l'empereur. Car, grâce au sabre du dieu Susanoo, il était révéré comme le descendant direct du Soleil, incontestable et, de fait, incontesté jusqu'en 1945.

– L'empereur du Japon n'est donc plus un dieu, conclut Théo. J'ai vu à la télé qu'on le traitait pourtant avec toutes sortes de salamalecs...

La reddition du Japon, obtenue par le général américain MacArthur, exigeait expressément que l'empereur renonçât à la divinité, mais la ferveur restait intense dans l'âme japonaise. On respectait l'empereur, même s'il n'était plus qu'un souverain comme les autres, à la tête d'une démocratie parlementaire. L'adoption de la démocratie avait été compliquée, parce que le mot « liberté » n'avait aucun sens dans l'ancien Japon, pas plus que le mot « individu ». Auparavant, toute la société vivait au nom du dieu-empereur, lui-même incarnation du Japon. L'idée d'une décision libre n'avait pas sa place dans un système où seuls comptaient le pays et son dieu. Le général MacArthur avait également exigé le droit de vote pour les femmes, et ce fut un scandale plus grand encore. Les filles d'Izanami pourraient voter ? Alors le Japon serait de nouveau soumis à la désastreuse initiative de la déesse mal élevée sur le pont d'arc-en-ciel ! C'en serait donc fini du règne absolu des hommes... Le vieux Japon s'écroulerait !

– Mais il ne s'est pas écroulé, dit tranquillement Ashiko. C'est pour cela que je comprenais la cruauté dont tu parlais, Théo. Les vieilles traditions misogynes sont encore vivaces...

– Tant mieux ! s'exclama Tante Marthe étourdiment. D'ailleurs, pourquoi tenez-vous si fort vous-même à la préservation du shinto, ma chère petite ?

– Parce qu'il s'accorde à la nature. Les *kami* signifient le respect des êtres vivants dans un pays si étroit que nous sommes contraints de nous entasser sur les côtes... Que deviendrions-nous sans les arbres et les plantes ? Où seraient l'oxygène et la vie ? Voyez nos villes de béton et de verre, elles ne respirent plus... La nature est-elle vraiment remplie de divinités ? Je ne sais pas, mais je pratique son culte avec passion.

– Tu n'es donc pas bouddhiste, conclut Théo.

– Pour certaines choses, si, dit-elle. Le culte de la fleur ou la cérémonie du thé. Lorsqu'il ne s'applique pas à l'art de la guerre, le zen me convient.

Théo ouvrit de grands yeux. Le zen ? La guerre ? Le thé ? Quel rapport ?

Première leçon de zen

– Attends, murmura-t-il. Pour moi, « zen », ça veut dire « cool ». Au lycée, on dit qu'il faut être zen quand on vient d'avoir une mauvaise note. Quand on a des ennuis, en somme. La guerre n'est pas zen !

– L'ancien Japon avait perfectionné les règles du combat au plus haut point, répondit Tante Marthe, et c'est là qu'intervient le zen. Je crois que tu ne sais pas ce que c'est. C'est la pensée du vide. La non-pensée de la pensée.

– Comprends pas, fit Théo. La non-pensée ?

– Si tu penses que tu penses, tu penses encore, pas vrai ? lui dit-elle. Tu l'apprendras en terminale, en étudiant la philosophie de Descartes : lorsque je pense que je pense, je suis. Pour le zen, c'est l'inverse : pour accomplir l'acte parfait, il faut atteindre le vide de la pensée.

– Je pense que je prends ce bol, et je le prends, rétorqua Théo en joignant le geste à la parole. C'est un acte parfait, point final.

– Non, car tu as renversé quelques gouttes de thé, ironisa

Tante Marthe. Pour l'acte parfait, tu devrais ne plus penser au bol, et ta main devrait le prendre toute seule, sans toi.

Théo ferma les yeux, se concentra, tendit une main hésitante et renversa le bol entier. Ashiko se mit à rire.

— Essaie donc pour voir ! s'écria-t-il furieux.

— Le cadre ne s'y prête pas, répondit Ashiko. Il faut être dans une pièce calme et sans bruit.

— De toute façon, je ne vois pas le rapport entre le bol de thé et la guerre, bougonna-t-il en essuyant sa manche.

— Parlez-lui donc du tir à l'arc, dit Tante Marthe. Il va adorer…

L'art de la guerre hérité de la tradition zen consistait à s'oublier soi-même pour mieux épouser les mouvements de l'ennemi. Et le tir à l'arc n'était jamais mieux ajusté qu'au moment où la flèche partait seule à la suite d'un geste parfait, c'est-à-dire accompli en état de vide. Si l'on visait attentivement, on serait trop tendu pour atteindre la cible ; si au contraire on ne faisait plus qu'un avec la flèche, si l'esprit lâchait prise, alors l'arc et la flèche toucheraient le but. Pour y parvenir, il fallait s'abandonner entièrement.

— J'ai pigé, dit Théo. C'est ce qu'on apprend aux athlètes pour se détendre pendant l'effort. J'ai entendu ça pendant les Jeux olympiques.

— Le zen a traversé les frontières, dit Ashiko d'un air un peu triste. Il sert désormais à tout dans votre monde : à relaxer les hommes d'affaires, à détendre les sportifs, à adoucir les mœurs… Même ici, il devient commercial.

— Allons, mon enfant, dit Tante Marthe. Vous qui êtes pacifiste, vous n'allez pas regretter l'art de la guerre !

— Pour moi, le zen offre le meilleur de lui-même avec la cérémonie du thé, répondit-elle.

— Ça, c'est chouette, dit Théo. Vous buvez du thé avec cérémonie ?

— C'est peu dire, grommela Tante Marthe. Attends d'avoir vu pour t'enthousiasmer ; on en reparlera…

— Pourquoi, madame Mac Larey ? s'étonna Ashiko. Vous n'avez pas apprécié la dernière fois que nous avons partagé ce moment ?

– Si, oh si ! Disons que c'était un peu long…

– Madame Mac Larey, vous n'avez pas encore atteint l'esprit du zen. Vous passez beaucoup de votre temps en angoisse, je le vois bien.

– Cool, tantine ! s'écria Théo. Sois zen !

– Tu m'embêtes, répondit-elle. Avec un asticot tel que toi, je ne vois pas comment atteindre la pensée vide !

– Je suis sûre que Théo y parviendra, continua Ashiko. Il faut une intelligence acérée et une simple confiance en l'autre. Il a ces qualités.

– Autant me traiter d'idiote et de méfiante, maugréa Tante Marthe. Je connais les principes du zen, mais je veux penser à l'aise, voilà tout.

– Mais Tante Marthe, Ashiko n'est pas la première à me parler d'abandon, objecta Théo. Le cheikh à Jérusalem me l'avait dit. Mon olibrius de Bénarès, ce cher vieux gourou, me le répétait tous les jours… Et ton ami lama Gampo, est-ce qu'il ne m'a pas parlé de la prière au moment où j'ai tourné de l'œil devant le Bouddha ?

– Tu t'es évanoui en face du Bouddha ? dit Ashiko surprise. Vous voyez, madame Mac Larey !

– Théo réagit bien à l'Asie, c'est vrai, bougonna Tante Marthe. Mais nous sommes loin d'avoir terminé le parcours !

– Vous n'aimez pas l'abandon, dit Ashiko.

– Non ! cria Tante Marthe. Je veux être libre, moi !

– Quelle plus grande liberté que de s'abandonner soi-même ? questionna Ashiko.

– Se contrôler, petite. Chez nous, on a le culte de la maîtrise de soi. On s'efforce de penser clairement. Au fait, pourquoi étudiez-vous le français, s'il vous plaît ?

– Pour trouver un emploi, répondit Ashiko. Et aussi parce que je connais un peu la France, où l'on choisit son mari. Tandis qu'ici ce n'est pas le cas…

– Et elle veut choisir librement son mari ! ricana Tante Marthe. Quelle contradiction ! Pour le mari, prière de ne pas s'abandonner au choix des parents ! Où est-il, votre fameux abandon ?

Ashiko rougit et baissa la tête.

– T'inquiète pas, dit Théo en lui prenant la main. Elle est brusque, mais pas méchante. Elle veut toujours avoir raison. Moi, je comprends ce que tu dis.

– Vraiment? murmura Ashiko, les yeux fermés.

– Tu veux choisir ton bonheur et t'abandonner ensuite, chuchota Théo. Allez, regarde-moi.

Doucement, elle releva la tête et croisa son regard avec hésitation.

– Mieux que ça, insista Théo. N'y pense pas!

Ashiko fixa sur lui un regard radieux.

– Tu vois, Tante Marthe, c'est ça, le zen, dit Théo, ravi.

– Sale petit dragueur, marmonna-t-elle entre ses dents. Allez, les amoureux, je suis fatiguée, on rentre.

Gênée, Ashiko retira vivement sa main. Théo rougit à son tour. Dragueur, lui? Quand il voulait juste voler au secours d'une jeune fille embarrassée?

Chapitre 18

Fleur, femmes, thé

Le secret d'Ashiko

Sur le chemin du retour, Tante Marthe n'ouvrit pas la bouche ; et sitôt dans leur chambre, elle fila dans la salle de bains en claquant la porte. Théo se déshabilla prestement, se glissa sous ses draps et fit semblant de dormir. Le visage fermé, Tante Marthe réapparut dans un pyjama en soie noire, la tête coiffée d'une charlotte en dentelle rose. Théo ne put s'empêcher de pouffer.

— Tu es insupportable ! cria-t-elle en tapant sur son oreiller. Si tu continues, je te préviens, on rentre !

— Mais que… quoi ? bafouilla Théo médusé.

— Pourquoi ? Parce que tu as changé ! Tu étais tendre avec moi, et te voici teigneux… Tu me fais la guerre et tu flirtes avec une gamine !

— Qu'est-ce que tu vas chercher ? Tout ça parce qu'on est jeunes tous les deux !

— Tu recommences ! Depuis l'Indonésie, tu me fais sentir que je suis vieille…

— Tu tiens vachement bien le coup, tu sais… dit-il sans malice. Mais Ashiko a mon âge, pas vrai ?

— Elle a deux ans de plus que toi, Théo. C'est presque une adulte. Pas toi.

— On a les mêmes idées, murmura Théo. On est juste copains.

— Fais attention à elle, dit Tante Marthe en changeant de ton.

— Quoi ? Elle est malade, elle aussi ?

– Non, mais… toussota Tante Marthe. Je ne devrais pas t'en parler. Enfin, si tu me jures de garder le secret…

L'histoire d'Ashiko témoignait de celle du Japon. Protégés par une colline, les grand-parents d'Ashiko avaient survécu à l'explosion atomique sur la ville de Nagasaki, la seconde, qui avait fait trente-neuf mille morts. Tante Marthe les avait rencontrés lors de la commémoration pacifiste annuelle à Hiroshima. Parce qu'elle partageait leur horreur de la guerre, Tante Marthe était devenue l'amie des Okara, qui chérissaient leur fils unique, Hiro. A vingt ans, comme nombre de Japonais de sa génération, il partit étudier dans une université américaine où il tomba amoureux d'une Française qu'il épousa. La jeune Mme Okara se retrouva enceinte, et Ashiko naquit.

– Elle est donc à moitié française ? s'étonna Théo. Je ne l'aurais pas deviné…

– Attends la suite, répondit Tante Marthe.

Malgré l'enfant qui venait de naître, le mariage fut un désastre : la Française voulait travailler, le Japonais n'acceptait pas. Après un divorce mouvementé, Hiro rentra dans son pays avec la petite Ashiko, et ses parents le remarièrent à la mode traditionnelle, sans le consulter. La seconde Mme Okara éleva Ashiko comme sa propre enfant. Ashiko était devenue une vraie fille du Japon. Mlle Ashiko n'appartenait pas à la catégorie des jeunes Japonaises délurées qui se teignaient les cheveux en rouge et se faisaient de l'argent de poche en appelant le Téléphone Club pour une prostitution en règle… Au contraire, Ashiko en rajoutait sur la fidélité aux valeurs japonaises. Son cas était d'autant plus singulier qu'elle ignorait tout de sa vraie mère et ne connaissait pas la secrète raison pour laquelle elle avait choisi d'étudier le français.

– Mais c'est curieux, je la trouve changée, dit Tante Marthe. Jamais je ne l'ai entendue critiquer la rigueur du Japon. Elle autrefois si soumise, si traditionnelle…

– Je ferai gaffe, promis, murmura Théo troublé.

– A moi aussi ? demanda-t-elle d'un air bourru.

– Sûr ! On fait la paix ?

En guise de réponse, elle lui ébouriffa les cheveux.

Un étrange théâtre

Le lendemain, Théo multiplia les efforts. Il servit son petit déjeuner au lit à Tante Marthe, prit ses médecines tibétaines sans qu'elle eût à le lui rappeler, lui apporta ses bottines, son tonique et sa crème de jour…

– N'en fais pas trop, je pourrais m'habituer, dit-elle. Tu ferais mieux de te préparer à la journée d'aujourd'hui.

– Pourquoi, on va voir un temple ?

– En un sens, oui. On va au théâtre…

– Si c'est en japonais, je n'y comprendrai pouic, dit-il.

Eh bien, va pour pouic. Car la pièce qu'on allait voir était chantée en japonais. Il s'agissait de la forme la plus ancienne de la représentation au Japon, le théâtre nô.

– Mais on achète ses places et on s'assied ? demanda Théo.

– On peut même suivre le texte sur un livret si l'on veut, comme à la messe, répondit-elle en riant.

– Et qu'est-ce que ça raconte, le nô ? dit Théo, intéressé.

– Des histoires de fantômes.

– Avec des draps et des chaînes ? J'adore !

Savoir s'il adorerait ce genre de fantômes était une autre affaire. La première fois qu'elle avait vu du nô, Tante Marthe s'était prodigieusement ennuyée. Vers la fin, dans un demi-sommeil, elle s'était laissé entraîner par l'atmosphère poétique de l'étrange spectacle. Elle y était retournée le lendemain pour une journée entière pendant laquelle on alternait plusieurs nô et de grossières farces populaires, les *kyôgen*, qui faisaient rire aux larmes les spectateurs japonais. Les *kyôgen* n'amusaient pas Tante Marthe, mais elle se prit de passion pour la magie du nô. De là à enfiévrer Théo du premier coup…

Tante Marthe avait invité Ashiko pour une séance d'explications préliminaires. Ils se retrouvèrent dans un salon de l'hôtel, autour d'un thé vert délicieux que Théo but en s'appliquant, le petit doigt en l'air.

– Pourquoi fais-tu ces manières ? s'étonna Tante Marthe.

– Je croyais qu'il fallait boire le thé avec cérémonie, dit-il. C'est pas comme ça ?

– Absolument pas ! Laisse ton doigt tranquille, et écoute Ashiko.

– D'abord, commença Ashiko, le décor est très simple, toujours le même : au fond, un grand pin, un pont, quelques roseaux, et sur le côté quelques musiciens vêtus de noir et gris. La scène est tout en bois : ce dispositif rappelle les sanctuaires shintoïstes, en bois eux aussi.

– C'est important ? demanda Théo.

– Oui, car on les démolit pour les reconstruire tous les vingt ans. Le propre de nos sanctuaires, c'est qu'ils ne sont pas éternels… Nous honorons nos divinités en renouvelant leurs autels. Comme dans la nature, rien ne doit subsister de l'ancien ; à chaque saison, chaque époque, tout change.

– Il n'y a pas de vieux monuments au Japon ? s'étonna-t-il.

– Si, des temples bouddhistes, des palais, des demeures… Mais aucun sanctuaire shinto. Le décor du nô y ressemble : immuable mais refait à neuf constamment. Les récits du nô sont censés se dérouler en plein air. L'action se déroule au bord d'un fleuve ou d'une route, ou encore sur un bac, car souvent il faut traverser l'eau. Les personnages sont répartis en trois groupes : celui qui raconte, celui qui commente, celui qui souffre. Le narrateur raconte l'histoire ; le chœur l'accompagne, comme dans les tragédies grecques. Mais le vrai héros, celui qui souffre, porte un masque de bois, sans aucun trou pour la bouche.

– Et s'il n'a pas de place pour ses lèvres, comment fait-il pour dire son texte ? s'écria Théo.

– Il incarne toujours le malheur, répondit-elle. Nécessairement, à cause du masque, il s'exprime avec une voix étouffée, ce qui donne l'impression de la souffrance. La voix des acteurs de nô possède une sonorité très singulière : le souffle vient du ventre, comme un cri sauvage. Le personnage principal ne s'exprime pas dans un langage humain…

– Est-ce que c'est une divinité ? demanda Théo.

– Il s'agit d'un homme ou d'une femme, mais si douloureux que sa plainte semble venir d'un autre monde. Le héros du nô est quasi sacré, il délire, il gémit, il pleure… Ah ! Que je te dise une chose importante. Pour pleurer, l'acteur porte le bout de sa longue manche à ses yeux, c'est tout. Parfois, il se met à danser, comme autrefois les Japonais devant les divinités shinto.

– Et puis ? dit Théo, attentif.

– Et puis rien, sourit-elle. Le narrateur est plein de compassion pour le héros qui pleure, le chœur aussi, le héros danse et s'en va tristement dans l'obscurité.

– Pas terrible. Raconte ce qu'on va voir aujourd'hui.

C'était l'histoire d'une malheureuse folle que les gens regardaient comme une bête curieuse. Le narrateur, un passeur qui s'apprêtait à la transporter sur le fleuve, avait entendu parler de cette femme errante qui gesticulait le long des rives. Une fois embarquée, la folle lui expliquait qu'elle recherchait son fils enlevé par des marchands d'hommes, et soudain le narrateur se souvenait d'un enfant abandonné sur ce rivage. Avant de mourir d'épuisement, le pauvre petit avait supplié les gens qui le soignaient d'élever un tertre à sa mémoire et d'y planter un saule. La folle se mettait à pleurer : c'était son fils disparu. Le narrateur la conduisait sur la tombe, la mère appelait son enfant et il apparaissait. Ils se tendaient la main, mais l'enfant retournait dans le tertre, et la mère demeurait seule, à genoux.

– Ce n'est pas folichon, dit Théo.

– Mais si tu t'ennuies, mon Théo, on s'en va ! s'empressa de dire Tante Marthe.

– Elle est bien, l'actrice qui joue la mère ? demanda-t-il.

– Seuls les hommes sont autorisés à pratiquer l'art du nô, précisa Ashiko. Mais, dans le rôle de la mère, cet acteur est parfait.

– Un travelo ! s'écria Théo.

– Tu n'y penseras même pas, affirma Ashiko.

– Dites-moi, Ashiko, n'avez-vous pas oublié un élément du nô ? demanda Tante Marthe.

– Si, admit-elle. Théo, quand tu entendras les mots « *Namu Amida-butsu* », sache qu'il s'agit de la prière bouddhiste que les Japonais récitent constamment.

– Alors, c'est shinto ou bouddhiste, ce machin ? dit-il.

– Les deux, comme toujours au Japon, acheva-t-elle.

L'enfant fantôme

Le théâtre était plein comme un œuf et les spectateurs armés du fameux livret. Il n'y avait pas de rideau. Soigneusement dessiné sur une toile de fond, le pin étendait ses branches au-dessus du pont de bois, et l'on vint poser sur le devant de la scène une armature de bambou couverte d'un voile vert et surmontée d'une branche maigrelette.

– Le tertre et le saule, dit Ashiko.

– Dis donc, pour le décor, ils ne se fatiguent pas, commenta Théo.

L'orchestre fit son entrée, salua et se mit en place sur le côté. Un tambour résonna, suivi d'une flûte suraiguë, accompagnée d'un chant rauque et solennel.

– On dirait qu'ils miaulent, chuchota Théo à l'oreille d'Ashiko.

Mais Ashiko ne riait pas. Concentrée, elle écoutait le prélude du nô. La longue incantation se poursuivit longtemps devant le grand pin sombre. Puis le passeur entra et enfin la mère, coiffée d'un large chapeau avec, à la main, un rameau de bambou.

– La branchette de bambou signifie la folie, murmura Ashiko. Maintenant, regarde.

Le masque du personnage était un visage ovale, éblouissant de blancheur, griffé de minces sourcils et d'une fine bouche rouge. L'acteur était immense et ses mains étaient fortes : comment imaginer une femme ? Mal à l'aise, Théo se cala sur son siège. C'était un guignol pour adultes, il allait s'embêter comme un rat…:

Mais la figure hiératique pivota lentement sur les talons, se tourna vers la salle et se mit à parler. En entendant le son qui venait des entrailles, Théo frissonna. La malheureuse folle souffrait à en mourir. Aucun sanglot, aucune larme au monde n'aurait pu atteindre la profondeur de ce cri inhumain, si tragique et si tendre que Théo en eut les larmes aux yeux. Sans rien comprendre, il suivit les lents mouvements, écouta le gémissement douloureux et s'abandonna. Bientôt, la tête lui tourna délicieusement. Les miaulements se rapprochaient, les tambours pressaient, la mère s'emparait d'une cloche dont le son tintait à l'infini, et soudain l'enfant mort aux cheveux bouclés apparut, psalmodiant « *Namu Amida-butsu, Namu Amida-butsu, Namu Amida-butsu* »...

Théo eut un éblouissement. Le petit mort lui parlait. « Mon frère ! chantait l'enfant fantôme de sa voix d'outre monde, je suis né avec toi, et je vis dans ta vie... Dis-le à Maman ! *Namu-Amida-Butsu...* »

Effrayé, Théo plongea son visage dans ses mains et regarda la scène entre ses doigts. Comme par magie, la blanche silhouette de l'enfant disparaissait à l'intérieur du tertre, et la mère sortit de scène en pleurant, le bout de sa manche effleurant ses yeux.

– Réveille-toi, Théo... murmura Tante Marthe. C'est fini !

– Je crois qu'il ne dort pas, dit Ashiko. Il est très pâle.

– Théo ? Réponds-moi ! s'affola Tante Marthe. Est-ce que tout va bien ?

– Non, gémit Théo. Je me sens tout étourdi...

– Vite, allez chercher le médecin de service, dit-elle à Ashiko. Mon petit... Étends-toi. Est-ce que tu t'es encore évanoui ?

– Mmm, fit Théo plaintif. La tête me tourne... Où est Ashiko ?

– Un vertige, je n'aime pas cela, dit Tante Marthe. Ah ! Voilà le docteur.

Le médecin l'étendit sur un banc, prit le pouls, écouta le cœur, brancha l'électrocardiographe, examina la peau, palpa l'abdomen et se releva satisfait. Puis il sortit un sucre de sa poche et le fourra dans la bouche de Théo.

– Pas d'inquiétude, dit Ashiko à Tante Marthe. Juste un peu d'hypoglycémie.

– Rien d'autre ? s'étonna Tante Marthe.

– Rien du tout, madame Mac Larey, affirma-t-elle. Je vous le jure.

– Mais vous l'aviez prévenu ?

– Je lui avais tout raconté, répondit Ashiko. Mais ce n'est pas la maladie de Théo, simplement un manque de sucre dans le sang.

– Tu entends cela, mon grand ? s'écria Tante Marthe.

– Houmf, fit-il en suçant son morceau de sucre. Ai... u... on... u... eau.

– On ne parle pas la bouche pleine ! dit-elle. Allez, croque... Répète !

– J'ai vu mon jumeau, répondit-il en retrouvant sa langue. L'enfant sur la scène, c'était lui. Il m'a parlé !

Ashiko regarda Tante Marthe avec stupéfaction. Mme Mac Larey n'avait pas l'air de s'énerver. Au contraire...

– Tu ne l'avais encore jamais aperçu, n'est-ce pas ? murmura-t-elle en prenant son neveu dans ses bras.

– Non, chuchota-t-il. Il a les mêmes cheveux que moi ! Je suis content...

– Tu as raison, fit-elle. Reste un peu étendu, il veillera sur toi.

Doucement, elle s'éloigna sur la pointe des pieds. Ashiko la prit à part.

– Madame Mac Larey, il n'y avait pas d'enfant sur la scène, dit-elle à voix basse. Dans ce nô, la mère est supposée être seule à le voir, mais le spectateur, lui, ne peut que l'entendre...

– Je sais, coupa Tante Marthe.

– L'avez-vous vu, vous ?

– Bien sûr que non ! Je ne suis pas folle.

– Alors comment Théo peut-il avoir vu apparaître un enfant ?

– Il n'a pas vu un enfant, il a vu son jumeau du monde

souterrain, soupira Tante Marthe. Théo a un fantôme dans sa vie, voyez-vous.

— Une hallucination ? s'inquiéta-t-elle.

— Possible, répondit Tante Marthe évasive. Mais je n'en suis pas sûre.

— Est-ce que par hasard vous croiriez aux fantômes, madame Mac Larey ?

— Pourquoi, pas vous ? questionna Tante Marthe en la regardant droit dans les yeux.

L'art de la fleur

Une fois sucré, Théo se redressa, vif comme un gardon. Après ses étourdissements, Théo se portait toujours comme un charme. Tante Marthe l'avait remarqué : plus il allait profond dans la perte de soi, plus il avait faim. On s'en alla dans un petit troquet déjeuner de soupes exquises où nageaient des marguerites découpées dans des navets.

— En tout cas, le nô ne m'a pas ennuyé, dit-il en s'essuyant les babines. Comment apprend-on ce drôle de chant ?

— A partir du ventre, répondit Tante Marthe. Comme le « om » du yoga.

— Ah oui ! s'écria-t-il.

Et aussitôt, il essaya, en baissant le menton sur son cou. « A-o-ou-u-m-mi-a-o-u-hi... »

— C'est entre le matou en chaleur et la porte qui grince, constata Tante Marthe.

— Le nô est un art difficile, expliqua Ashiko. Il faut une longue pratique pour faire venir les sons du fond du corps. Sur scène, on doit renoncer à sa voix naturelle...

— Comme dans l'opéra, dit Tante Marthe. Ces gosiers-là ne sont pas donnés à tout le monde.

— Ce n'est pas seulement une question de don, mais aussi de méditation. Les acteurs mettent parfois trente ans pour atteindre l'art de la fleur...

— Toujours la fleur ! dit Théo.

Entre la fleur et le nô, le rapport n'était pas facile à comprendre. Lorsque, au XVe siècle, naquit ce théâtre singulier, il y avait beau temps que le bouddhisme et le shintô s'étaient mélangés. Le shinto se retrouvait dans les gesticulations du *kyôgen*, proches des *kagura*, danses grotesques réservées aux divinités, comme celle qu'avait dansée la déesse Uzume pour attirer Amaterasu hors de sa grotte. Mais le maître du nô, le grand Zeami, s'était sans doute inspiré du zen pour décrire la nature de son art...

– Tout ça, c'est bien joli, et la fleur ? insista Théo.

On y venait. Selon Zeami, l'art du nô devait atteindre la légèreté de la fleur en ce qu'elle a d'éphémère. Les gestes de la main, le jeu des lumières sur le masque de bois, le mouvement du cou, la lenteur des pas, tout devait concourir à susciter l'émotion d'une fleur éclose sur le point de se faner. Aussi, le meilleur moment de l'acteur était-il atteint dans sa maturité, quand il n'avait plus l'élan de la jeunesse et qu'il n'était pas encore voûté par le grand âge. Ce parfait moment était celui du vide, le temps de la non-interprétation : à l'acteur bienheureux qui montait sur la scène après de longues années d'exercice, il suffisait d'apparaître et d'éviter toute expression. Moins il chercherait à éprouver des émotions, plus profonde serait l'émotion du spectateur : car la fleur ne s'exprime pas, elle fleurit et se fane. Telle était l'essence du nô.

– Un truc pour ma tantine, bâilla Théo. Juste avant le grand âge...

– Théo ! cria-t-elle. Tu avais promis !

Vite, Ashiko s'empressa d'ajouter que souvent le personnage principal avait au bout des doigts un éventail qu'il dépliait pour équilibrer la danse : alors, l'image de la fleur prenait un sens poétique. En vidant son esprit, l'acteur retrouvait le mouvement de la tige, le naturel des feuilles et l'éventail prenait l'allure des pétales. Immenses, les éventails de nô étaient parmi les plus beaux du Japon. Les masques étaient également très prisés ; et si Théo voulait, on pourrait en acheter un du type qui lui avait tant plu...

– Sais pas, ronronna Théo à moitié endormi. C'était... la voix...

Et il s'affala sur la table.

– Cette fois, il dort pour de bon, murmura Tante Marthe.
L'émotion a été trop forte.

– A cause du fantôme ? demanda Ashiko. Est-ce la
cause de sa maladie ?

– Sans doute, répondit-elle. Théo souffre d'un secret
inconnu, et ces secrets-là sont nocifs.

– Je le sais, dit Ashiko en rougissant.

– Tant mieux, jeta Tante Marthe sans faire attention.
Appelez-nous un taxi, ma petite.

Dans la voiture, Théo ronfla comme un sonneur. Songeuse, Tante Marthe regardait les fleurs des premiers cerisiers. Perdus dans la ville, ils avaient l'air aussi artificiels
que le verre de Coca-Cola acheté par Théo.

Conversation entre Tante Marthe et Mélina

Théo dormit jusqu'à la fin du jour. Marthe essaya d'en
faire autant, mais ses pensées lui trottaient dans la tête. Ce
jumeau, tout de même ! Si Théo commençait à le voir
apparaître, la situation devenait critique. Marthe en conclut
qu'elle devait avertir Mélina. Résolument, elle tira le fil du
téléphone et s'enferma dans la salle de bains. Cette fois,
elle allait aborder le fond des choses.

– C'est Marthe, commença-t-elle. Non... Ne t'inquiète
pas, il dort. Comment ? Mais comme chaque après-midi,
voyons ! Oui, mais je dois te dire quelque chose d'important. Il faut que tu m'écoutes avec la plus grande attention.
Mélina, je te jure qu'il ne s'agit pas de sa maladie. Sur
quoi ?

Elle lâcha le combiné et réfléchit.

– Mélina ? Je te le jure sur la tête de Théo, est-ce que
ça te va ? Bon, alors écoute. Théo continue à parler de son
jumeau. S'il te plaît, ma chérie, ne hurle pas... Ne va pas
t'imaginer que je le lui ai dit ! Comment le sait-il ? Mais il
ne sait rien, justement !

Mélina sanglotait si fort que Marthe écarta le combiné.

– Ma chérie, je t'en prie, supplia-t-elle. Dans certaines
conditions, Théo entend son jumeau lui parler... Oui, c'est

lui qui l'appelle ainsi. Son jumeau du monde souterrain. Oui, je suis très surprise moi aussi… Dans quelles conditions? Eh bien, il faut du calme, parfois le son d'une cloche, ou bien de la musique… Non, je n'ai pas d'explication. Mais aujourd'hui, il l'a vu. Oui, tu as bien entendu, vu, v-u! Non, pas en réalité. Sur la scène d'un théâtre. Oh, une histoire de mère à la recherche de son fils mort. Pourquoi? Mais c'est un très beau nô! L'empêcher? Théo n'a plus dix ans! Mélina, s'il te plaît…

Agacée, Marthe soupira en tenant l'appareil à distance.

— Tu te calmes, oui ou non? rugit-elle. Je n'ai pas fini… Visiblement, son jumeau le rend heureux. Il dort mieux. En rêve? Non. Comme une voix intérieure. Bien sûr, essentiel. Attends… Je suis sûre qu'il va t'en parler. Je voulais t'en avertir. Essaie de ne pas pleurer, cela le troublerait. Voilà. Tu as compris. Lui dire la vérité? Ah ça, je ne sais pas, ma chérie. Parles-en avec Jérôme… Moi? Pas question. S'il devine tout seul? Alors c'est différent. C'est ça, rappelle-moi. Je t'embrasse aussi.

Soulagée, Tante Marthe se laissa tomber sur le rebord de la baignoire. Pour la première fois, Mélina avait accepté de l'écouter.

— Avec un peu de chance, elle finira par lâcher son secret…

— Qui ça? dit Théo en entrebâillant la porte. Quel secret?

— C'est toi! fit-elle, penaude. Tu es réveillé! Je… Enfin, je parlais avec la maman d'Ashiko.

— Parce que tu la connais?

— Vaguement, mentit-elle.

— Tu voudrais qu'Ashiko connaisse sa vraie mère?

— Cela vaudrait mieux. Les secrets de famille font toujours des dégâts. On les traîne honteusement pendant des années, et quand ils éclatent, ils blessent comme un obus…

— Heureusement que chez nous il n'y en a aucun! dit Théo.

— En es-tu si sûr, mon grand? dit-elle imprudemment.

— Il me semble… marmonna Théo, déconcerté. Ou alors… Non, je dois me tromper.

– A quoi pensais-tu ? demanda-t-elle, inquiète.

– A mon jumeau, répondit-il d'un trait. Je me demande d'où il sort, celui-là. Va falloir que j'en parle à Maman.

– On verra plus tard ! dit-elle fermement. Prépare-toi pour le dîner. Il faut se coucher tôt : on prend le train pour Kyoto.

– Avec Ashiko ?

– Plus que jamais, répondit-elle. C'est sa ville.

Prêtresses et chamans

Le train à grande vitesse, le célèbre Shinkansen, filait à telle allure qu'à travers les fenêtres les maisons avaient l'air de frissonner. Et comme une pluie fine ruisselait sur les vitres, les arbres divaguaient. Ashiko expliqua à Théo l'importance de la pluie au Japon, mais il n'écouta pas. Le front collé sur le verre, il regardait les villes infinies et les montagnes grises.

– Et quand est-ce qu'on les verra, les cerisiers ? demanda-t-il.

– Pas tout de suite, répondit Ashiko. Bien sûr, à Kyoto, nous avons de très beaux cerisiers. Mais tu les verras surtout sur les berges du lac, du côté d'Hakone.

– Et qu'est-ce qu'on va faire à Kyoto ?

– Comprendre la voie du thé, dit-elle.

– Et qu'est-ce qu'il a de particulier, le thé ?

– Et ceci, et cela, dis donc, tu fatigues ! coupa Tante Marthe. Qu'est-ce qui te prend ?

– J'aime pas la pluie, bougonna-t-il.

– Au Japon, personne n'y peut rien, il pleut, dit Tante Marthe.

– Ce ne sera pas long, dit Ashiko. A Kyoto, il fait toujours beau. Et tu seras surpris ! Parce que pour Hakone, Mme Mac Larey a réservé dans une maison japonaise, une de ces auberges qu'on appelle *ryô-kan*…

– Avec des murs en papier et des tatamis ?

– Et de grandes cuves pour s'y baigner nu avec les autres clients, ajouta Tante Marthe.

– Oh, fit Théo effarouché. Avec Ashiko aussi ?

– Ne rêve pas, répondit Tante Marthe. Tout nu avec les hommes dans un bain de vapeur.

– C'est pas drôle, dit Théo. Pourquoi veut-on toujours séparer les hommes et les femmes ?

– Les hommes en décident, dit Tante Marthe. Apparemment, les femmes sont dangereuses à leurs yeux. Tiens, pense à Kâli… Voilà l'image de la femme pour les Bengalis : dégoulinante de sang, armée de pied en cap, et pourtant ils l'adorent !

– Ce n'est pas mieux ici, enchaîna Ashiko. La femme se transforme en fantôme, rôde sur les chemins pour assassiner les passants, c'est une renarde qui prend la forme d'une belle pour déchirer la gorge de ses maris… Penser qu'aux origines nous avions des prêtresses !

– Ah bon ? dit Théo intéressé. Des femmes prêtres ?

– Dans le culte shinto, seules les femmes avaient le droit d'être habitées par l'esprit des divinités, continuat-elle. Elles étaient magiciennes, elles s'exprimaient à travers des transes de possession, elles parlaient au nom des *kami*…

– Transes de possession ? dit Théo. Alors des sorcières ?

– Tu parles de sorcières à cause du mot « possession », comme dans *L'Exorciste*, n'est-ce pas ? intervint Tante Marthe.

– Oui, avec des choses vertes qui sortent de la bouche et des voix d'outre-tombe, c'est marrant !

– Eh bien, oublie la verdure dégoulinante et garde les voix d'outre-tombe. Toutes les anciennes religions connaissaient le rôle prophétique des femmes : d'ailleurs, n'as-tu pas été à Delphes ? As-tu oublié qui y célébrait le culte ?

– La Pythie ! s'écria Théo. Une folle sur un chaudron !

– Folle, comme tu y vas ! répliqua Tante Marthe. Longtemps, on a pensé que la Pythie était droguée par la fumée des feuilles de laurier… En fait, ce n'est pas certain. Mais ce qui est sûr, en revanche, c'est que la Pythie parlait au nom du dieu. Une prophétesse, la plus importante de l'Antiquité grecque !

– Et il y en aurait d'autres ? s'étonna Théo.

– En Afrique, elles existent encore, dit-elle. En Inde, on les appelle « les Mères », et ici, au Japon, le shinto était célébré par des femmes chamanes…

– Chamanes ? dit Ashiko. Je ne connais pas ce mot.

– Moi si, intervint Théo. Ce sont les sorciers en Amérique.

– Non ! s'écria Tante Marthe. La théorie du chamanisme est née de l'observation des Yakoutes…

– Des quoi ? s'exclamèrent en chœur Ashiko et Théo.

Les Yakoutes étaient une peuplade de Sibérie orientale, où les sorciers, qu'on appelait « chamans », étaient dotés d'un étrange statut. Dans le peuple yakoute, on était prédisposé au chamanisme si l'on avait une légère anomalie : les yeux qui louchent, une boiterie, ou simplement un tempérament rêveur. Chez les Romains, les épileptiques étaient considérés comme des inspirés, car leur crise venait du dieu : pour asseoir son pouvoir, le grand César se servit peut-être de ses propres crises…

– Banco ! s'écria Théo. Dans le film, Elizabeth Taylor lui fourre un bâton de bois dans le bec pour l'empêcher de se couper la langue…

Oui, mais dans *Cléopâtre*, rien n'était expliqué sur cette divine maladie qu'en Europe, pendant des siècles, on appela le « haut mal » avec une crainte sacrée. Les épileptiques pouvaient devenir chamans. Il suffisait d'un évanouissement, ou d'un rêve… Ensuite, pour accomplir son destin, le futur chaman absorbait des breuvages d'herbes qui le faisaient voyager : il descendait aux Enfers, où les forces occultes dépeçaient son squelette et lui changeaient les os un par un. Le chaman revenait de son lointain voyage avec un squelette de fer et des pouvoirs surnaturels : alors, à l'aide de danses rituelles effrayantes où se retrouvaient les images des esprits souterrains, il pouvait prédire l'avenir et guérir les malades en crachant par la bouche le mal pernicieux sous la forme d'une substance qui, dès lors qu'elle était sortie, n'affectait plus le corps du patient.

– Non ? fit Théo. Ça fonctionne ?

Parfaitement. Les patients guérissaient tant leur foi était forte. Le chamanisme des Yakoutes n'était pas un cas unique : et les ethnologues avaient pris l'habitude d'appeler « chaman » celui ou celle qui effectuait le long voyage aux Enfers sous l'effet de substances mystérieuses. La Pythie était chamane, les prêtresses shinto également.

– Mais vous disiez qu'au Japon seules les femmes sont des chamanes, observa Ashiko.

Homme ou femme, c'était sans importance. Car dans les contrées obscures n'existaient ni le bien ni le mal, ni l'homme ni la femme. Le chaman revenait transfiguré : quel que soit son sexe, il ou elle n'était plus ni homme ni femme. Voilà pourquoi les chamans hommes pouvaient s'exprimer avec des voix féminines, tandis que les chamanes, elles, savaient parler avec des voix de basse, semblables à celle d'un dieu comme Apollon. Le chamanisme passait par la transmutation des sexes, parce que les chamans n'appartenaient plus tout à fait à l'humanité. Grâce au voyage, ils étaient devenus des êtres surnaturels, intermédiaires entre l'homme et le dieu. D'où leur pouvoir de faire surgir les esprits, ou d'entraîner dans de furieuses danses les malades pour un court voyage dans le monde souterrain.

– A propos, intervint Théo. La cheikha de Louksor, ce ne serait pas une chamane, des fois ?

– Qu'est-ce que tu en penses ? demanda Tante Marthe.

– Voyons, réfléchit-il. Oui, je crois. Il y avait des fumées, de la danse, un monde souterrain, mon jumeau… Mais elle m'a appelé « la fiancée » ! Alors le chaman, ce serait moi aussi ?

– Pourquoi pas ? répondit-elle. Après tout, tu fais un sacré voyage, mon grand…

– Et moi ? intervint Ashiko. Est-ce qu'en accomplissant le rite…

– Chut ! coupa Tante Marthe. Ne gâchez pas la surprise !

Théo regarda fixement la jeune fille, qui baissa les yeux en rougissant. Rien n'était si joli que le rose des joues de Mlle Ashiko lorsqu'elle dissimulait ses pensées.

Malentendu sous un cerisier

L'hôtel de Kyoto n'était pas encore la maison traditionnelle avec les tatamis : c'était le Mikayo, entouré de pelouses plantées de saules mélancoliques et de grands pins. Mais sur le côté, un arbre lançait ses bouquets neigeux vers le ciel.

– Jamais je n'ai vu quelque chose d'aussi beau ! s'écria Théo.

– Un cerisier... dit Tante Marthe.

– Cet arbre géant, un cerisier ? s'étonna Théo. Chez nous, ils sont bien plus petits !

– Je t'avais prévenu, mais tu ne voulais pas me croire, soupira Tante Marthe. La splendeur des arbres en fleurs au Japon...

– C'est vrai, admit Théo. Je vais prendre une photo pour Maman.

D'un geste, il ajusta son autofocus : clic ! L'arbre immaculé était fixé pour toujours.

– S'il vous plaît... souffla Mlle Ashiko. Il vaudrait mieux...

– Voilà, fit-il satisfait en brandissant son appareil. Cette fois, je l'ai bien cadré. Je t'enverrai un double, Ashiko.

– Merci, Théo, dit-elle d'une petite voix. La photographie, c'est bien, mais...

– Tu n'es pas contente ? s'étonna-t-il.

– Si ! s'écria-t-elle avec un sourire crispé. Je suis très touchée. Mais...

– Je t'ai fait de la peine, Ashiko ? dit-il en la prenant par le cou. Dis-moi pourquoi, je t'en prie.

– Nous autres, Japonais, nous respectons la chute des pétales des fleurs de cerisier, murmura-t-elle précipitamment.

– Ah bon ? dit Théo surpris. Je ne vois pas le problème.

411

— Il n'y en a aucun, dit Ashiko en baissant la tête. Peut-être pourrais-tu simplement regarder les fleurs qui s'en vont...

Docile, Théo obéit sans broncher. Un vent léger dispersait les rosaces épanouies, dont les pétales blancs tourbillonnaient lentement dans le ciel.

— Voilà, dit-il sans conviction. Alors ?

— Comme les jours de notre vie s'envole la fleur du cerisier, murmura Ashiko. C'est un moment éphémère, merveilleux. Ne sens-tu pas la présence divine ? La fleur éclôt, elle rayonne de blancheur, l'instant d'après, elle n'est plus. Pétale après pétale, elle se meurt, le vent la chasse comme nous...

Stupéfait, Théo regarda son amie, dont les yeux élargis semblaient fixer l'infini. Doucement, il posa un baiser sur sa joue.

— La fleur de cerisier, c'est toi, Ashiko, dit-il à voix basse. Pourquoi parles-tu de mourir ? C'est triste !

— Il faut aimer le présent, souffla-t-elle. Le photographier, c'est le trahir un peu. Absorbe-toi dans la splendeur de la fleur, Théo...

— Mais puisque je te dis que c'est toi, la fleur ! s'énerva Théo.

— Théo, arrête ! intervint Tante Marthe. Ashiko essaie de te dire une chose importante... Ici, la beauté est dans ce qui s'en va. Rien ne dure...

— Vu, bougonna Théo en lâchant Ashiko. En somme, je suis prié de comprendre que nous allons vieillir. Toi, Ashiko, tu auras des rides comme Tante Marthe, et moi je marcherai avec une canne...

— Tu es odieux, rétorqua Tante Marthe en apercevant des larmes dans les yeux d'Ashiko. Tu la fais pleurer.

— Moi ? dit Théo abasourdi. Tu pleures pour de vrai, Ashiko ? Attends... Je les contemple, les pétales. Je ne vois plus qu'eux. On dirait des papillons blancs. Est-ce que c'est mieux ?

— Très bien, dit Ashiko en essuyant ses larmes. Les cerisiers sont si importants à nos yeux.

– La prochaine fois, je fermerai mon clapet, marmonna Théo.

– Tu n'en es pas capable, trancha Tante Marthe.

– Si ! affirma Ashiko vivement.

– Ah ! Tu vois ? triompha Théo. Elle au moins, elle me connaît !

– Pas du tout, répliqua Tante Marthe. En digne fille du Japon, elle honore son invité. Au fait, à quelle heure avons-nous rendez-vous pour la cérémonie ?

– Mme Aseki nous attend dans deux heures, répondit Ashiko.

– Deux heures seulement ! s'écria Tante Marthe. Défaire les bagages, prendre un bain, se changer… Pressons, mes enfants !

Les quatre vertus du thé

Dès que le groom eut refermé la porte, Tante Marthe prit sa douche, revêtit son affreux kimono bleu et obligea Théo à enfiler son plus beau pantalon, le jean noir, avec un blazer bleu marine qu'elle extirpa de son sac.

– Cette horreur ? s'exclama Théo. Non !

– Ne discute pas, je te prie, dit-elle d'un ton sans réplique. Pour la cérémonie du thé, il faut s'habiller correctement.

– Je vais avoir l'air d'un singe savant… geignit-il.

– Un vrai petit Hanuman, conclut-elle en l'embrassant. Descendons : Ashiko nous attend.

Elle aussi portait un kimono. Mais à la différence de celui de Tante Marthe dont les oiseaux absurdes souli-gnaient les rondeurs, le kimono lie-de-vin de Mlle Ashiko la rendait plus fine encore. Ses longs cheveux sombres attachés par un lien de soie rouge et son visage maquillé de blanc lui conféraient l'allure mystérieuse d'une divinité de la jeunesse. Théo lui fit la révérence.

– Je n'oserai plus vous embrasser dans le cou, made-moiselle, murmura-t-il.

– Vous ne devriez pas hésiter, monsieur, répondit-elle

avec grâce. Cependant je crois que vous devez prendre votre leçon de thé.

D'abord, il lui faudrait rester absolument silencieux. Ensuite, imiter ce que ferait Ashiko, point par point. Enfin, et c'était le plus difficile, même s'il avait mal aux articulations, il devrait rester assis sur les genoux jusqu'à la fin.

– Pendant combien de temps ? demanda Théo.

– Deux petites heures, répondit Ashiko.

– Deux heures pour boire du thé ! s'écria Théo. Comment vous faites ?

Là se trouvait le grand mystère de la cérémonie du thé. Le maître de thé accueillait les invités, puis, pendant que l'eau chauffait dans la bouilloire, il nettoyait le bol et y mettait la poudre avant de faire infuser le thé.

– Je fais pareil en dix minutes, dit Théo.

– Dont combien pour nettoyer le bol ? demanda Tante Marthe.

– Je ne sais pas, moi, dit-il déconcerté, dix secondes…

– Il faut au moins vingt minutes au maître de thé, glissa-t-elle.

– Est-ce qu'il fait tout au ralenti ? s'effara Théo.

C'était à peu près cela. Le premier à s'exprimer clairement sur l'art de préparer le thé fut le grand maître Sen Rikyu, qui vécut au XVIᵉ siècle. « Le thé, disait-il simplement, n'est rien d'autre que cela : faire chauffer de l'eau, préparer le thé, et le boire convenablement. »

– On est d'accord, grommela Théo. Pas de quoi fouetter un chat.

Et pourtant, maître Rikyu paya le thé de sa vie… Il était au service du gouverneur du pays, le Taïko Hideyoshi, qui lui accordait sa protection et le respect qu'on doit aux grands maîtres de thé. Qu'arriva-t-il exactement ? On ne sait. Toujours était-il que maître Rikyu déplut à son seigneur et que dans sa fureur le Taïko brandit son sabre de guerrier avant de se reprendre et d'exiler le serviteur déchu. Le maître de thé s'exila. Puis il reçut l'ordre de se suicider… Or, au moment précis où le Taïko se déclarait prêt à lui accorder son pardon, maître Rikyu s'ouvrit paisiblement le ventre, en affirmant que la mort serait le plus grand cadeau que pouvait lui donner son seigneur.

– Se suicider pour une tasse de thé ! s'écria Théo. Quelle idiotie !

Les maîtres de thé dépendaient presque entièrement des seigneurs qui les employaient. Tantôt ils étaient révérés, tantôt rejetés… Ils coûtaient cher. Maître Rikyu était à n'en pas douter le plus grand des artistes en matière de thé, et ce seul fait le rendait vulnérable. Il y avait deux façons de comprendre sa décision : ou bien il avait obéi au code d'honneur des guerriers ou bien, plus vraisemblablement, il avait considéré le *seppuku* comme l'aboutissement d'une longue vie de méditation dont l'objet unique était le sens divin du thé auquel il sacrifiait sa vie, l'âme apaisée. Car, souligna Ashiko, la cérémonie du thé participait d'une religion singulière, que certains philosophes japonais contemporains appelaient le « théisme ».

– Décidément, on fait du religieux avec tout, dit Théo.

Choquée, Ashiko estima qu'il était fâcheux pour des esprits éclairés de se méprendre sur l'art du thé : certes, il suffisait de faire chauffer l'eau et de boire convenablement. Mais seul un long apprentissage permettait d'atteindre la perfection. La cérémonie du thé exigeait quatre vertus : l'harmonie, le respect, la pureté et la sérénité. Chacune de ses vertus possédait tout à la fois un sens matériel et immatériel. L'harmonie résidait dans l'art de l'environnement de la salle de thé, mais aussi dans la relation entre les participants à la cérémonie. Le respect ne s'adressait pas seulement aux invités, mais à chacun des objets de la cérémonie : le bol, la louche, la spatule de bois. La pureté concernait l'aspect des instruments, parfaitement nettoyés, mais surtout la pureté du cœur, la simplicité de l'esprit. Enfin, la sérénité était la résultante des trois premières vertus : lorsqu'on y accédait, on s'oubliait soi-même et l'on atteignait le vide.

– S'il y a du vide, c'est un truc zen, dit Théo. Mais pourquoi en deux heures ?

Deux heures pour un invité, dix ans pour approcher

de loin l'esprit du thé, toute une vie pour la perfection…
En pratiquant avec assiduité, on découvrait ses propres
handicaps : un corps pesant, des doigts malhabiles, des
mains maladroites, les objets qui échappent, le bol qui se
renverse…

– Comme moi l'autre jour, murmura Théo. Au fait,
pourquoi le bol ? Il n'y en a qu'un seul ?

Bien sûr, puisque la cérémonie reposait sur l'harmonie
des cœurs. Le bol passait de main en main, pour partager
le thé.

– Vois-tu, mon grand, intervint Tante Marthe, nous
sommes en face du grand secret des religions : le partage.
Ainsi partage-t-on le pain et le vin à la messe, ainsi le jour
de leur Pâque, les juifs partagent-ils l'agneau et les herbes
amères, et pendant le Ramadan les musulmans partagent
le repas du soir à la fin d'une journée de jeûne. Boire ou
manger relève du sacré.

– Moi, le thé, c'est Maman qui me l'apporte au lit, dit
Théo.

Chapitre 19

La mélancolie des cerisiers

La leçon de Mme Aseki

L'heure était enfin venue de se rendre chez Mme Aseki. Avec la nuit, le froid s'était abattu sur Kyoto. Théo s'emmitoufla dans son anorak et se demanda quand on allait dîner. Ashiko arrêta le taxi devant une allée obscure où luisaient des lanternes sourdes. Le chemin de dalles circulait à travers un jardin balayé avec soin, où seuls quelques pétales sur le gazon signalaient la présence d'un cerisier. Niché au fond du jardin, le pavillon de bois ressemblait à une maison de poupée. Dans l'antichambre, Ashiko défit son manteau, et les deux autres l'imitèrent. Ensuite, on se purifiait les mains et la bouche en puisant l'eau avec une louche de bambou léger. Enfin, il était décent de se réchauffer pendant quelques instants. Tante Marthe s'assit sur une banquette de bois en écartant les jambes avec un soupir d'aise, Théo contempla le bout de ses chaussettes et Ashiko ferma les yeux.

— Bon, fit Théo au bout d'une minute. Si on y allait ?

— Tiens-toi tranquille, murmura Tante Marthe. C'est à Ashiko de décider.

Légèrement engourdi, Théo commençait à se laisser aller lorsque Ashiko se releva et s'approcha d'une porte basse. Si basse qu'il fallait se plier pour entrer.

— Attention, Théo, courbe-toi… souffla-t-elle.

— Aïe ! cria-t-il en se cognant. C'est malin !

— C'est la porte d'Humilité… Je t'avais prévenu !

La salle de thé comprenait quatre tatamis plus un petit

espace. Au fond, suspendu au mur, un rouleau représentait une grue au long bec et, sur une table noire, reposait un lys à peine éclos. Ashiko prit Théo par la main pour lui faire admirer l'étagère avec, en bas, un pot d'eau froide en porcelaine, en haut, une boîte de laque rouge dans laquelle se trouvait la précieuse poudre de thé vert.

– Je peux regarder ? demanda Théo.

– Tu ne devrais pas, mais enfin… répondit Ashiko qui souleva le couvercle avec précaution.

Épaisse, la poudre était d'un vert éclatant ; on aurait dit de la peinture pour volets. Théo plongea l'index dans le pot et goûta. La poudre était amère.

– Sais-tu que tu commets une grande impolitesse, Théo ? fit remarquer Ashiko. Seul le maître a le pouvoir de disposer du thé…

– J'aime expérimenter, s'exclama Théo avec aplomb.

– Chut… Viens écouter la bouilloire de fonte. Dedans, Mme Aseki a posé des galets polis pour que l'eau se mette à chanter, tu entends ?

– Mais où est-elle, Mme Aseki ? demanda-t-il, intrigué.

– Là, dit Ashiko en désignant une paroi coulissante. Sois sûr qu'elle ne perd pas un seul de tes mouvements.

Comme par enchantement, la paroi s'ouvrit, et le maître de thé parut en s'inclinant profondément, les mains sur les genoux. Mme Aseki sourit, et mille rides plissèrent autour de ses yeux bienveillants. Puis, avec une lenteur calculée, le corps droit, elle se mit à genoux. Ses invités en firent autant. Dans un parfait silence, la cérémonie commençait.

Déplier un chiffon, le plonger dans l'eau froide, nettoyer le bol et replier le chiffon mouillé en le prenant par le milieu. Essuyer le bol avec un autre chiffon de soie noire, le replier, faire tourner le grand bol de céramique mordorée pour en montrer les reflets. Ouvrir en douceur la boîte de laque rouge, prendre la spatule de bois légère comme une plume et déposer la poudre verte au fond du bol. Soulever le couvercle de la bouilloire, le poser sans bruit sur un socle de porcelaine. Puiser l'eau bouillante dans la bouilloire de fonte et verser sur la poudre, délicatement.

Prendre le fouet de bambou aux lanières finement ciselées et fouetter la poudre mouillée... Une mousse apparut au sommet du bol. Le thé était prêt.

Précis, légers comme les ailes d'un oiseau en vol, les gestes de Mme Aseki s'étaient enchaînés avec un tel naturel qu'on n'imaginait plus préparer le thé autrement. Tante Marthe jeta un regard furtif sur sa montre : trente minutes avaient passé comme un rêve, trente minutes pendant lesquelles Théo n'avait pas dit un mot. Immobile, les mains sur les genoux, il semblait fasciné. Tante Marthe changea de position, et ses genoux craquèrent douloureusement. Alors Mme Aseki posa le bol sur une serviette blanche. Tante Marthe y trempa prudemment les lèvres et passa le bol à Théo.

Il y plongea le nez si goulûment qu'il grimaça, à cause de l'amertume. Il avait bu si vite que la mousse lui verdissait le menton... Ashiko ne put se retenir de pouffer. Théo la foudroya du regard et lui passa le bol. Ashiko fit tourner le bol, admira la beauté de l'écume et la dégusta en silence. La première partie était terminée.

Servi dans des bols individuels, le second thé contenait une boisson dont l'écume s'était disséminée dans l'eau. Le goût avait changé au point qu'une étrange saveur sucrée envahissait le palais. Enchanté, Théo tendit la main pour reprendre du thé, et Mme Aseki voulut bien consentir. Ensuite, elle servit à chacun un repas miniature sur un plateau laqué noir : neuf carottes en forme de fleur, trois œufs durs décorés de fleurs de navet cru, une crevette enroulée. Suivirent un bol rouge où fumait une soupe, puis une assiette dorée avec, servi sur un éventail blanc, des œufs de poisson sur canapé, enfin trois gâteaux blancs, le tout accompagné d'une étrange bouteille en forme de samouraï remplie d'alcool de saké. Le temps de la conversation était venu, et Mme Aseki questionna Théo.

Avait-il apprécié ce moment ?

– Sans aucun doute, madame Aseki, murmura Théo. Vos gestes étaient très harmonieux. Surtout quand vous avez tendu la main pour saisir la louche de bois.

Avait-il été satisfait du goût du thé ?

– Oh oui ! dit-il. Je ne connaissais pas le goût de la poudre de thé, mais c'est vraiment vivant. On croirait boire la forêt…

Avait-il compris le sens de la cérémonie ?

– Si c'est ce que je crois, on y trouve la paix, répondit-il aussitôt. Enfin, cela m'est arrivé. Est-ce que j'ai compris ?

Mme Aseki le gratifia d'un bon sourire : le jeune garçon était digne de la voie du thé. Mme Aseki remercia Ashiko de lui avoir amené un invité si doué ; Ashiko baissa les yeux modestement. Tante Marthe avait écouté Théo avec stupeur : l'impertinent s'était plié au rite… Les mots lui étaient venus comme si de toute éternité il avait été promis au destin de disciple d'un maître de thé ! Quand elle avait si mal aux genoux ! Ce n'était pas juste…

– Cet enfant possède l'esprit du thé, enchaînait Mme Aseki. Pour un petit Occidental, c'est extrêmement rare. Voudriez-vous me le laisser quelque temps, madame Mac Larey ? Il pourrait se perfectionner…

– C'est que… marmonna Tante Marthe, confuse.

– Ma tante hésite à vous dire que je suis malade, dit tranquillement Théo. Mais quand je serai guéri, je reviendrai avec joie suivre vos leçons.

– Il m'ôte les mots de la bouche, dit Tante Marthe. Peut-être serait-il temps de…

– … En souvenir de ce moment de bonheur partagé, coupa vivement Mme Aseki, permettez-moi de lui offrir cet éventail.

Et elle tira de sa manche un éventail plié, qu'elle tendit à Théo en inclinant le buste. Il salua, le prit, le déplia…

– Oh non… murmura-t-il. Un message !

– En effet, dit Mme Aseki. Mais pour trouver la solution, l'esprit du thé ne vous quittera pas. Ne soyez pas déçu… Car si vous n'aviez pas adhéré à nos rites, je n'aurais pu vous remettre l'éventail, ni le message. Vous pouvez le lire si vous voulez.

Sous le marteau, fauché par le petit instrument du temps, je survis sous mon nom, dont deux lettres dans la ville où je t'attends.

– Je n'ai pas envie d'y penser maintenant, dit Théo en repliant l'éventail. Je crois que je ne pourrai pas.

– C'est bien, répondit Mme Aseki. La vie du thé l'emporte sur l'illusion de la pensée. N'est-ce pas, Ashiko ?

– Oui, madame, dit Ashiko. La première fois que vous m'avez autorisé à préparer le thé, je n'avais pas compris. Je voulais contrôler mes gestes, et mes mains tremblaient si fort que j'ai répandu la poudre sur le tatami…

– C'est qu'il est nécessaire de s'oublier soi-même, dit gravement Mme Aseki. Le meilleur thé se prépare avec le cœur.

– Vous n'en manquez pas, intervint Tante Marthe. Je vous suis très reconnaissante d'avoir bien voulu vous prêter à cette initiation.

– C'est mon métier, soupira Mme Aseki. Aujourd'hui, les maîtres de thé sont obligés de faire payer la cérémonie. Mais j'ai choisi de vivre la voie du thé. Et je suis heureuse d'avoir apporté un peu de paix ce soir.

Les deux heures s'étaient écoulées : il était temps de prendre congé. Mme Aseki s'inclina jusqu'au sol avant de se retirer derrière la paroi coulissante. Les invités partirent dans un profond silence.

– Franchement, Théo, tu m'épates, commença Tante Marthe en trottinant sur les dalles de bois. Comment as-tu fait pour pénétrer dans ce monde si éloigné de toi ?

– En me taisant, soupira Théo. Et j'aimerais continuer encore un peu, s'il te plaît.

La surprise de Tante Marthe

Selon Tante Marthe, le lendemain serait un très grand jour : on assisterait à un rite shinto au milieu d'un jardin. Certes, il ne fallait pas s'attendre à la pureté des origines, car la spectaculaire reconstitution appâtait les touristes par sa splendeur. Néanmoins, le rite était très surprenant.

– Sur-pre-nant, insista-t-elle. Dépêche-toi un peu !

– Toujours cavaler… Quand apprendras-tu la lenteur ?

– Décidément, on t'a changé en route !

– C'est Ashiko, murmura-t-il. Ou le thé, c'est pareil. Elle y sera ?

– Ça, je te le promets, répondit Tante Marthe en riant sous cape.

Mais la ponctuelle Ashiko n'était pas au rendez-vous. Devant un majestueux portique rouge, une rangée de prêtres avait déjà pris place. Leurs robes assorties au portique traînaient largement derrière eux. Parfaitement immobiles, coiffés de cônes noirs, ils ressemblaient à des statues.

– Qu'est-ce qu'ils attendent ? demanda Théo.

– Les prêtresses, souffla Tante Marthe.

Elles arrivaient en jupe rouge, drapées dans des surplis blancs, leurs noirs cheveux attachés dans le dos. Au son d'étranges flûtes et de tambours profonds, elles se mirent en ligne et dansèrent avec lenteur. Alors, venue du fond, entra la dernière prêtresse. Ses vêtements étaient si lourds qu'elle avançait à petits pas : un kimono vieux rose sur un autre brodé d'or, dissimulant un autre kimono dont on n'apercevait que le bas, brocarts, soieries, rubans… Enfin, sur ses talons flottait un voile blanc.

– Mais combien de kimonos porte-t-elle ? demanda Théo.

– Douze, répondit Tante Marthe. Tous anciens, s'il te plaît. Regarde sa coiffure. Vois-tu ces curieux liens qui descendent jusqu'aux genoux ?

– Le problème, c'est qu'avec ces bidules on ne voit pas son visage, murmura Théo.

L'imposante prêtresse aux douze kimonos s'était arrêtée dans sa marche. D'un air modeste, elle redressa son cou gracieux… Et Théo, suffoqué, reconnut Ashiko.

– Je rêve ! s'écria-t-il.

– Ne t'avais-je pas dit que tu serais surpris ? répondit Tante Marthe avec malice.

– Alors Ashiko est prêtresse !

– Si l'on veut. En fait, comme beaucoup d'étudiantes, elle se fait un peu d'argent de poche en participant à ces cérémonies, voilà tout. Mais tu la connais, elle ne fait rien sans s'engager à fond. Je suis prête à parier qu'elle y croit de tout son cœur…

– Je ne vais plus oser lui parler, murmura Théo. Déjà, en kimono, elle m'impressionnait, mais avec douze sur le dos !

Lorsque le rite s'acheva, Ashiko partit à reculons, les épaules pliant sous le poids de ses kimonos. Quelques instants plus tard, elle reparut en minijupe et tee-shirt, les cheveux nattés.

– Ouf ! dit-elle en secouant la tête. Quel poids ! J'ai cru que j'allais tomber cette fois…

– Tu fais cela souvent ?

– Une ou deux fois par an, répondit-elle. Cela fait plaisir à mon père, et à moi aussi.

– Même si vous agissez en actrice plus qu'en prêtresse ? objecta Tante Marthe. Il s'agit d'un spectacle…

– Oh ! Je le sais parfaitement ! se récria-t-elle. Je n'ignore pas que le shinto est devenu religion officielle en 1868 simplement parce que le souverain voulait diviniser son pouvoir. Je sais aussi que, par décret, il a chassé le boud-dhisme des temples, interdit l'assimilation des *kami* aux Bouddhas et banni les prêtres catholiques en même temps.

– Vous êtes bien informée, remarqua Tante Marthe. Cela ne vous gêne pas d'adhérer à une religion aussi xéno-phobe, au support d'un nationalisme aussi dangereux ?

– Mon shinto à moi n'est pas de cette sorte, vous le savez bien. Ces vêtements me rappellent les fastes de cette ville quand elle était la capitale du Japon. Elle ne s'appelait pas encore Kyoto, mais Heian-Kyo, ce qui veut dire « la capitale de la paix et de la tranquillité ».

– Les kimonos que vous portiez datent de cette époque, n'est-ce pas ? intervint Tante Marthe.

– De vraies pièces de musée ! s'écria la jeune fille. C'est un honneur de les porter…

– Tu étais vraiment la déesse du Japon, affirma Théo.

Elle éclata de rire en secouant sa natte. Puis son regard devint triste et elle baissa la tête.

– Longtemps, en souvenir du monde disparu, j'ai pré-féré vivre dans cette ville, murmura-t-elle. Mais c'est fini, je crois.

– Comment cela ? s'indigna Tante Marthe.

– Je ne renie pas le culte de la nature, et j'aime la sérénité de la cérémonie d'hier soir, dit-elle. Mais les femmes ne sont pas libres dans mon pays.

– Est-ce que par hasard votre père voudrait vous marier ?

– Il en parle déjà, soupira-t-elle.

– Qu'est-ce que tu vas faire ? dit Théo en lui prenant la main.

– M'en aller. C'est pourquoi j'apprends le français.

– Et tu ne feras plus la prêtresse, conclut Théo avec un air de regret. Tu ne porteras plus le kimono, tu ne prépareras plus le thé…

– Si, pourquoi ? fit-elle étonnée. On trouve bien du thé vert à Paris ? C'est là que je veux vivre.

– Renégate, soupira Tante Marthe. Vous ne couperez pas vos cheveux, au moins ?

– Non, répondit-elle. Le Japon ne me quittera pas tout à fait.

– Nous accompagnerez-vous jusqu'aux temples d'Ise ? demanda Tante Marthe.

– Cela va sans dire, dit Ashiko. Je ne vais tout de même pas abandonner Théo !

En voiture

Les temples d'Ise étaient les plus grands sanctuaires shinto du Japon. Ils n'étaient pas très loin de Kyoto, à quelques heures de voiture tout au plus. Sur le chemin, Tante Marthe pressa Théo de s'occuper de son message qu'il semblait avoir complètement oublié.

– Ça m'embête, grogna-t-il. Regarde la nature, c'est si beau…

– Écoute, Théo, je sais que tu t'es tatamisé en un clin d'œil, mais nous n'allons pas rester ici très longtemps, insista-t-elle.

– Ce soir, dans mon lit, promis.

– Tes promesses, tu t'assois dessus. J'ai dit tout de suite !

— Mme Mac Larey a raison, intervint Ashiko. Si tu veux, je peux t'aider…

— *Sous le marteau, fauché par le petit instrument du temps, je survis sous mon nom, dont deux lettres dans la ville*, répéta Théo en déchiffrant le message froissé. Dans quelle ville trouve-t-on un marteau ?

— Et une faux, ajouta Ashiko. L'instrument du temps.

— Une horloge ? s'interrogea Théo. J'ai vu cela sur de vieux beffrois du Moyen Age. Un squelette sort avec une faux, et il frappe…

— Mais pas avec un marteau, remarqua Tante Marthe. Et puis ce personnage dit qu'il a été fauché lui-même.

— C'est donc qu'il est mort, déduisit Ashiko. Comment survivrait-il dans ce cas ?

— Ah ! Telle est la question ! dit Tante Marthe. N'imaginez pas trouver si aisément !

— Deux lettres dans la ville, murmura Théo. Pas Mao ? Non, ça fait trois lettres. Alors qui ?

— Sous un marteau, réfléchit Ashiko. Dans quelle religion trouve-t-on un marteau ? Nous n'avons pas cela chez nous…

— Tu n'as qu'à appeler Fatou, Théo, dit Tante Marthe.

— Qui est-ce ? demanda Ashiko.

— Une copine de lycée, lâcha Théo en rougissant. Quand je ne trouve pas, j'ai le droit de lui téléphoner pour qu'elle me donne un indice.

— Fais-le sur ton portable, insista Tante Marthe. On arrête la voiture et hop !

— Non, dit Théo avec embarras. D'ailleurs à cette heure-ci elle dort.

— Dis donc, quand nous étions en Inde, tu ne t'es pas gêné pour la réveiller, ta chérie ! s'écria Tante Marthe.

— Sa chérie ? murmura Ashiko.

— C'est rien, grogna Théo. Elle débloque. Suffit que je parle à une fille pour qu'elle imagine Dieu sait quoi.

Feignant la bouderie, Marthe se cala au fond de la voiture et lorgna les jeunes gens du coin de l'œil. Peut-être débloquait-elle, mais ils étaient en train de tomber amoureux, ces deux-là. Elle fit semblant de s'endormir et les vit qui se tenaient la main. Pauvre Fatou !

Le voile d'Amaterasu

Ils en étaient presque venus à se caresser en douce lorsque la voiture approcha de Yamada, où se trouvaient les temples d'Ise. Tante Marthe pria rudement Ashiko de donner les explications nécessaires.

– Depuis l'année 690, entama Ashiko, comme je vous l'ai dit, ces sanctuaires sont détruits et reconstruits à côté tous les vingt ans. Cette tradition s'appelle le « *sengu* » : aux origines, elle était destinée à purifier le lieu de ses souillures pour mieux régénérer le monde, notamment quand le souverain décédait. La dernière fois qu'on les a reconstruits, c'était, en 1993, le soixante et unième *sengu*. Mais il paraît que le coût est si faramineux qu'on ne le fera plus.

– Je sais que vous avez la tête ailleurs, mais j'aimerais que vous ne récitiez pas le guide, bougonna Tante Marthe.

– Pardonnez-moi, madame Mac Larey, rougit Ashiko. Je ne sais pas quoi dire.

– Qu'il est interdit de soulever le voile du sanctuaire, dit-elle. Que le vicomte Mori, en 1889, a osé le lever du bout de sa canne et que six mois plus tard il fut assassiné par un instituteur fanatique. Le meurtrier mourut, mais le Japon respecte sa mémoire. Et surtout, vous pourriez dire que le sanctuaire d'Ise est celui de la déesse Amaterasu…

– Seul l'empereur a le droit d'y pénétrer, ajouta vivement Ashiko. Tu feras bien attention, Théo. N'essaie pas de photographier ! Les gardes t'arrêteraient.

– Mais qu'est-ce qu'il y a à l'intérieur ? demanda Théo.

– Deux symboles, dit Tante Marthe. Le miroir de la déesse, que lui tendit Uzume au sortir de la grotte, et le sabre sacré de son frère Susanoo. Les emblèmes de la vie éternelle du Japon.

– Tu les as vus ?

– Non, j'ai lu des livres, répondit Tante Marthe. Tu ne

426

verras rien d'autre que d'immenses constructions de bois, toutes neuves, mais très belles, très simples. Mais tu pourras jeter des pièces de monnaie sous le voile, et même un message si tu veux.

– Si j'y mettais mon message ? suggéra Théo. La déesse pourrait m'aider... Est-ce qu'elle répond ?

– Voyons cela, dit Tante Marthe.

Au-delà d'un pont se dressait un premier portique, flanqué d'un camphrier de six mètres de haut, un géant. Non loin de là se trouvait l'enceinte du sanctuaire principal, en bois brut coiffé d'un toit de chaume, à peine plus haut que le grand camphrier. Au-dessus des palissades pointaient les toits à double pente et les perches de l'angle du pignon lancées vers le ciel. Un bassin attendait les pèlerins.

– Il faut d'abord se purifier, dit Ashiko. On se lave les mains et la bouche. Prends la louche de bambou, mais n'ouvre pas les lèvres, l'eau est pleine de terre...

Vaguement dégoûté, Théo fit ses ablutions et s'essuya du revers de sa manche.

– Maintenant, ôte ton blouson, murmura-t-elle en enlevant le sien. C'est la coutume. Nous allons saluer la déesse sans soulever le voile qui la sépare des humains.

Sur les degrés du temple, les pèlerins à genoux touchaient la pierre de leur front. Ashiko s'approcha et se prosterna à son tour. Immobiles, Tante Marthe et Théo regardaient frémir le voile mystérieux. Puis la jeune fille se releva et rejoignit ses compagnons.

– Voilà. Il n'y a rien d'autre. Le shinto est une religion sans livre et sans statue, sans image et sans texte.

– On dirait une grande cabane, dit Théo. Au fond, c'est mieux.

– Mieux que quoi ? demanda Tante Marthe.

– Mieux qu'un bataclan plein de trucs et de machins, répondit-il. A Jérusalem aussi, il y avait un voile pour dissimuler le vide.

– Allons à l'autre sanctuaire, proposa Tante Marthe.

Six kilomètres séparaient le sanctuaire d'Amaterasu de

celui de l'Alternance. Six kilomètres que les deux jeunes gens parcoururent en courant tandis que Tante Marthe ahanait à l'arrière. A bout de souffle, ils s'arrêtèrent sous un cèdre géant. Vide de pèlerins, l'endroit était miraculeusement désert.

– C'est bon d'être un peu seuls, dit Théo en lui prenant les mains.

– Et Mme Mac Larey ? demanda Ashiko en se retournant.

– Bah ! Elle finira par nous rejoindre, répondit-il avec insouciance. Et si on continuait ?

Au loin, Tante Marthe poussait des cris à fendre l'âme.

– Pauvre tantine ! Comme elle peine à marcher…

– Ce n'est pas bien, Théo, soupira Ashiko. Nous devrions…

Par-delà les palissades, les toits du deuxième sanctuaire étaient identiques au premier. Mais Théo ne jeta pas un regard sur le temple de l'Alternance. Il courut derrière un arbre et prit la jeune fille dans ses bras.

– Nous ne devrions pas. … répéta Ashiko en se débattant faiblement.

– Quoi donc ? murmura-t-il en lui fermant la bouche.

Ashiko s'abandonna, Théo ferma les yeux. Il avait soulevé le voile de la déesse, il avait embrassé Ashiko… Mais pourquoi se tortillait-elle à présent comme un ver ?

– Mme Mac Larey, souffla-t-elle en se dégageant. Juste derrière nous.

Les yeux exorbités, Tante Marthe n'avait plus de voix pour crier. Menaçante, elle brandit le poing dans leur direction et se laissa tomber sur le sol.

– Tante Marthe ! cria Théo. Tu ne t'es rien cassé ?

– Espèce de petit chenapan, murmura-t-elle, essoufflée.

– C'est ma faute, madame Mac Larey, dit Ashiko en s'agenouillant près d'elle. Je n'aurais pas dû le laisser faire…

– Non, c'est moi ! renchérit Théo.

– Je me fiche de vos embrouilles. Aidez-moi plutôt à me relever.

Les jeunes gens hissèrent Tante Marthe sur ses pieds et l'époussetèrent avec empressement.

— Mes souliers. Enlevez la poussière… Voilà. Maintenant, écoutez-moi tous les deux. Ashiko, je pourrais tout raconter à votre père… Oh, pas de mine contrite… Si, si, je pourrais parfaitement ! Je ne le ferai pas si vous me promettez de vous tenir tranquille. Quant à toi, Théo, si tu fais encore une seule sottise, j'arrête le voyage. J'ai dit !

— Hugh, murmura Théo insolemment.

Vlan ! La gifle partit. Écarlate, Théo se toucha la joue d'un air incrédule.

— Non mais des fois, gronda-t-elle en croisant les bras. Je ne sais ce qui me retient de vous en faire autant, Ashiko. Que vous vous embrassiez dans mon dos, passe encore. Mais que vous me laissiez tomber en courant trop vite pour mes pauvres jambes, c'est inadmissible !

Les jeunes gens jurèrent que jamais plus…

— Je vous connais, beaux masques ! Vous n'êtes pas sérieux…

— Nous sommes très mal élevés tous les deux, madame Mac Larey, soupira Ashiko.

— Péché avoué est à moitié pardonné, dit-elle, magnanime. J'ai vu des amulettes en chemin et je t'en ai acheté une, Théo. Attention ! Tu ne l'auras qu'après avoir déchiffré ton message.

— Bien, ma tante, répondit Théo dompté.

V. I. O., dit L.

Le soir même, Théo compulsa ses dictionnaires sans trouver la ville dont l'emblème était un marteau. Le personnage qui survivait par-delà la mort demeurait inconnu. Quant aux deux lettres, elles avaient tout d'un casse-tête chinois.

— Téléphone donc à Fatou, glissa Tante Marthe.

— Tu crois que je peux ? dit Théo honteux.

— Je parie que tu n'oseras pas…

Mis au défi, Théo composa le numéro.

– Fatou ? C'est moi… Je sais. J'ai pas eu le temps…
Je t'assure, on n'arrête pas de courir d'un coin à l'autre.
Bien sûr que je pense à toi. Dis donc, j'aurai besoin du
prochain indice… Ah ça, tu peux le dire ! Bon, alors tu me
le donnes ? Quoi, ma voix ? Elle est comme d'habitude,
ma voix ! Dépêche-toi un peu ! Moi, te maltraiter ? Pas
du tout ! Je suis un peu énervé, c'est vrai, mais c'est rien…
Ça suffit ! Je t'ordonne de me donner mon indice… Fatou !

Théo contempla le combiné avec stupeur.

– Elle a raccroché, murmura-t-il.

– Les filles devinent ces choses-là, mon grand…
Rappelle-la vite !

– C'est qu'elle a l'air fâchée !

– Justement, dit-elle. Ne tarde pas !

– Fatou ? Pardonne-moi… Oui, je suis fatigué. Très. Non,
rien de grave. Il fait froid et il pleut… Le Japon ? Pas mal.
Est-ce que tu veux bien me donner mon indice, s'il te plaît ?
Les deux premières lettres de mon nom propre sont dans la ville…
Tu vas trop vite ! Attends… *mais la troisième est la seconde du
nom de cette ville. Quant à mon surnom, il commence par elle…*
Tu as décidé de m'embêter ou quoi ? Qu'est-ce que tu as
dans la tête ! Rester au Japon, moi ? Quelquefois tu as de
ces idées… Je ne sais pas, dans deux ou trois mois… Oui,
c'est long. Mais oui. Moi aussi. Encore plus. Très fort.

Il raccrocha doucement, troublé.

– Laquelle préfères-tu, Théo ? dit Tante Marthe sévèrement.

– La barbe ! s'écria-t-il. Fatou a de la peine…

– Et Ashiko aussi, ajouta Tante Marthe. Dans une
semaine, elle ne te verra plus.

– Une semaine… murmura Théo. Quelle poisse !

– Voilà un Théo qui apprend à souffrir, dit-elle. Occupe-
toi plutôt de ton message.

En rechignant, Théo se remit à sa table. Les trois premières lettres de la ville… Dans le mot « ville », peut-
être ? Ça donnerait V. I. L. Le dictionnaire… à V, rien.

– Fausse piste, commenta Tante Marthe. Tu devrais
penser davantage au petit instrument.

– Une petite faux ? Une faucille ?

– Bravo ! Le marteau, la faucille…

– Un pays communiste ! s'écria Théo. Non, il n'y en a plus. A moins que… V. I. L. ? Vaclav Havel ?

– Il n'y a ni I ni L, observa Tante Marthe. Cherche dans le surnom.

– Pour ça, il doit être rare, puisque c'est féminin !

– Pourquoi cela ? fit-elle surprise.

– Parce que Fatou me l'a dit. La seconde lettre de mon surnom commence par elle…

– Elle ? Ah ! J'y suis… C'est complètement idiot ! Comme Fatou t'a donné l'indice au téléphone, tu auras écrit « elle », au lieu de la lettre *l*. Ce n'est pas « elle », le pronom féminin, mais la lettre *l* comme lambin…

Lampedusa, La Palice, La Pérouse, Laurel, Lépine, non… Lénine ! Vladimir Ilitch Oulianov, dit Lénine. V. I. O., dit L.

– Il manque la ville, observa Tante Marthe.

– Évident, dit-il. Moscou. O, comme la seconde lettre de la ville de Moscou. OU, pareil : Moscou.

– Chose promise, chose due, conclut-elle en sortant un papier de sa poche. Voici ton amulette. Il est écrit en japonais : « La première vertu de l'homme, c'est la fidélité. »

– Oh, l'autre, murmura Théo. Tu l'as fait écrire tout exprès, je parie.

– Peut-être, mon grand… Mais peut-être que non. Suppose que ce soit un message des dieux, hein ?

Théo a des remords

Le retour à Tokyo fut morne. Ashiko évitait Théo et Théo se rongeait les ongles. Drapée dans sa dignité, Tante Marthe ne desserra pas les dents. Le trajet parut interminable. Le lendemain, jour d'hôpital, ne fut pas franchement gai. Trois jours pour les résultats, trois jours pendant lesquels Ashiko ne donna pas signe de vie. Morfondu, Théo se laissa traîner dans les musées. Rien ne lui plaisait. Il mangeait à peine, dormait mal et se réveillait les traits tirés. Prise de pitié, Tante Marthe autorisa un coup de fil.

— Faut pas, marmonna-t-il. Je ne veux pas faire de mal à Fatou. Et puis tu as raison : à quoi bon ?

— Alors réagis, nom d'un chien ! Ne te laisse pas aller ! Pense à ton jumeau… Tu crois qu'il est fier de toi ?

— Il s'est tu, dit Théo. Je crois qu'il n'aime pas Ashiko.

— Toi, tu as des remords, s'attendrit-elle. Eh bien ! Vous aurez droit à une belle promenade sur un lac, tu lui feras des adieux touchants, c'est très bien, les adieux, tu verras…

Rien à faire. Théo resta dans sa chambre et regarda la télévision, affalé sur le canapé. Marthe comptait les heures. Enfin, après deux jours de cafard, les résultats arrivèrent. Pour la première fois, ils étaient en légers progrès.

— Magnifique, Théo ! Tu vas guérir ! s'écria Tante Marthe.

— Ouais, dit-il sans joie. Et après ?

— Reprends-toi. Sinon, tu vas retomber dans ta maladie !

— C'est peut-être mieux… soupira-t-il.

— Suffit, dit-elle résolument. Nous partons avec Ashiko demain, pour Hakone. Tu vas me faire le plaisir de ne pas gâcher vos derniers jours. En attendant, attrape le téléphone et appelle ta mère. Tout de suite !

— J'ai pas envie, murmura-t-il.

— Où est passé l'esprit du thé ? Sois zen !

Théo décrocha l'appareil avec un gros soupir. Les nouvelles étaient excellentes, mais la voix de son fils si triste que Mélina s'inquiéta.

— Mais Maman, je te jure qu'il n'y a rien, répétait-il appliqué. Avec Tante Marthe ? Cela arrive. Non, pas de vraies disputes. Tiens, hier, j'ai couru un peu vite, elle traînait loin derrière et elle était furax ! Pourquoi ris-tu ? Tu trouves ça drôle ? Eh bien, pas elle ! Elle m'a même retourné une de ces tartes ! Après ? Après, elle m'a embrassé. Tu vois que ce n'est pas bien grave… Dis donc, au fait, Maman, j'ai vu mon jumeau. Tu n'es pas étonnée ? Qu'est-ce que tu veux dire ? Il y a une hérédité dans la famille ? Que c'est intéressant ! Tu penses que je rêve d'avoir des petits frères ? Non, dis-moi tout de suite… Maman ?

Théo posa le combiné. Maman avait raccroché, elle aussi.

– Eh bien ? murmura Tante Marthe.

– Maman ne va pas fort, dit-il. Quand elle coupe le téléphone, c'est qu'elle va se mettre à pleurer. Les résultats sont bons, pourtant !

– Sans doute était-elle très émue, mon Théo, répondit Tante Marthe. Je ne vois pas d'autre explication.

– Sûrement, fit-il perplexe. Quand même, je me pose des questions.

– Arrête ! Tu n'es pas content d'aller à Moscou ? Les basiliques avec leurs bulbes dorés, les popes dans leurs dalmatiques merveilleuses, les chants polyphoniques…

– Et la momie de Lénine, ajouta Théo.

– D'accord, soupira-t-elle. Après tout, il est bon de faire connaissance avec les derniers dieux créés par l'humanité.

Adieux sur le lac d'Ashi

Deux jours plus tard, ils partirent pour la région d'Hakone en compagnie d'Ashiko. Lisse et souriante, elle embrassa Théo sur les deux joues comme si de rien n'était. Théo reprit des couleurs et lui prit la main. Tante Marthe avait réservé des chambres dans un *ryô-kan* au bord du lac d'Ashi, d'où l'on pouvait, si le ciel n'était pas couvert, apercevoir les neiges éternelles du légendaire Fuji-Yama.

Théo découvrit avec ravissement les parois de papier coulissant sur le côté, les futons posés à ras du sol, et il courut en chaussettes sur ses chers tatamis. Les serveuses en kimono glissaient silencieusement, de copieuses marmites permettaient d'échapper au poisson cru, on pouvait se promener en peignoir japonais, bref, ce fut un enchantement. Mais quand vint le coucher, ce fut une autre histoire.

– Dis donc, il est un peu dur, le lit, marmonna-t-il au bout de cinq minutes.

– Veux-tu un oreiller japonais ? demanda Tante Marthe avec un sourire. Je t'en fais venir un.

Théo reçut des mains d'une serveuse un parallélépipède de porcelaine imprimé de fleurettes bleues.

— C'est quoi, ce bazar ? interrogea-t-il sa tante.

— Ton oreiller, répondit-elle avec le plus grand sérieux. Cela peut te paraître étrange, mais les vrais Japonais ne peuvent s'en passer. Essaie !

Théo posa le cube sous son cou et se tint coi. Mais quand il voulut se mettre en chien de fusil, il grimaça de douleur.

— Ça fait mal ! gémit-il.

— Bonne leçon. Voilà ce qui arrive quand on veut se tatamiser. On n'échappe pas à son éducation, mon grand... Ton oreiller à toi, c'est un coussin bien tendre que tu peux façonner à ta guise. Ici, c'est une discipline pour le cou.

— Alors on ne dort pas partout de la même façon ?

— Tu vois bien que non. Et tu auras du mal à trouver des habitudes universelles...

— Tout de même, faire pipi, pour les garçons, c'est pareil, répliqua-t-il avec assurance.

— Eh non ! Tantôt debout, tantôt accroupi...

— Alors l'accouchement ?

— Non plus... Il y a des régions où les femmes accouchent en se cramponnant aux branches des arbres, d'autres où elles sont allongées, d'autres encore où elles se tiennent debout...

— Tu n'empêcheras pas qu'on respire avec la poitrine ! s'écria-t-il.

— Que t'a appris M. Kulkarni ? A respirer à partir du ventre, que je sache !

— C'est vrai, murmura Théo, frappé. Il ne reste plus que la mort.

— Même pas, dit-elle. Les yogis savent décider de s'arrêter de vivre en quittant leur corps en extase.

— Et penser ?

— Exact, admit-elle. La pensée n'est pas goupillée de la même façon partout au monde, sa maîtrise n'est pas du même genre en Europe et en Asie, elle se contrôle ou se relâche, mais elle est universelle. Maintenant, avec ou sans oreiller japonais, dors !

Le lendemain était le dernier jour au Japon. Pour l'occasion, le ciel avait semé dans le bleu quelques légers nuages, ombres passagères sur les cerisiers des collines. Un étrange navire attendait les passagers. Un trois-mâts irréel aux flancs écarlates, orné d'une poupe d'or.

– On dirait le bateau de Peter Pan ! s'écria Théo. Est-ce qu'il est de la période Heian, lui aussi ?

– D'inspiration Disneyland, répondit Tante Marthe. J'offre la croisière, mais vous irez seuls. Je préfère vous attendre tranquillement. Filez vite !

– Je vois, murmura Théo. Tu viens, Ashiko ?

Tel était donc le lieu choisi par Tante Marthe pour leur dernier rendez-vous. Le navire de Peter Pan se mit en route sur les eaux. Les deux jeunes gens montèrent sur le pont sous prétexte de contempler les cimes du Fuji-Yama.

– Les cerisiers sont plus beaux que jamais, dit Théo.

– Très beaux.

– La lumière aussi est belle, ajouta-t-il.

– Très. Théo, il faut que je te dise…

– Moi aussi, coupa-t-il. Tu sais…

– Oui, lança-t-elle. Mais toi, tu ne sais pas tout…

– Toi non plus, dit-il vivement. A propos de Fatou, tu te souviens ? J'ai juste un peu menti. Fatou n'est pas une copine de lycée. C'est ma chérie.

– J'avais compris, murmura-t-elle. Moi aussi, j'ai un amoureux.

– Pas possible ! s'exclama-t-il. Un Japonais ?

– Un Français, dit-elle en rougissant. Il est secrétaire d'ambassade. Mon père ne le sait pas, mais Olivier m'a transmis une lettre de ma mère. Ma vraie mère.

– Alors tu connais la vérité ! Est-ce que tu vas la voir ?

– Je ne sais pas encore, répondit-elle. Quand j'ai appris la nouvelle, j'ai beaucoup pleuré. J'aime tellement ma mère japonaise, tu comprends… Olivier a voulu me consoler, et…

– Et il a réussi, conclut Théo. Que vas-tu faire ?

– Partir, souffla-t-elle. Olivier dit qu'il veut m'épouser.

– Ouh là ! gémit Théo. C'est sérieux ?

– Très ! fit-elle, farouche.

— Et moi là-dedans ?

— Tu étais si gentil, si français, et puis tu es malade, j'ai cru… dit-elle avec gêne. Il n'est rien arrivé. Toi, tu as ta Fatou, et moi mon Olivier.

— Ouais, grogna-t-il. Il y a quand même un baiser.

— Oh ça, on peut recommencer si tu veux !

Et elle se hissa sur la pointe des pieds en lui tendant ses lèvres. Théo la prit dans ses bras et l'embrassa.

— Voilà, murmura-t-elle en s'écartant. Comme la fleur de cerisier. Elle s'envole… Mais son souvenir est éternel.

Tante Marthe les vit revenir la main dans la main, un peu tristes, un peu gais. Le soir en se couchant, Théo pleura.

— Alors, ces adieux ? fit Tante Marthe, mine de rien.

— Fiche-moi la paix !

— Je vais te raconter une histoire zen, commença-t-elle. Un jour, un moine alla rendre visite à un maître et lui dit : « Je suis venu sans rien sur moi. » Sais-tu ce que le maître répondit ? « Alors posez-le. »

— Mais puisqu'il n'avait rien !

— Si, justement. Venir sans rien sur soi, c'est avoir l'idée qu'on pourrait avoir quelque chose. Le moine n'a rien compris. Il s'est mis en colère. Alors calmement le maître lui a dit : « Je vous en prie, reprenez-le et rentrez chez vous. » Pose ton rien d'aujourd'hui, mon Théo. Car tu n'as rien perdu.

— Si, les cerisiers, murmura-t-il. Cette fois, j'ai compris le sens de la chute des pétales.

Chapitre 20

La religion de la souffrance

Théo craque

A 2 heures du matin, les sanglots de Théo réveillèrent Tante Marthe.

— Tu ne vas pas pleurer jusqu'à l'aube, mon Théo… lâcha-t-elle en allumant la lumière. Je vais te donner un calmant !

— Ça va passer… gémit-il.

— Tu crois cela… Ce genre de souffrance ne disparaît pas si facilement.

— Mais je ne souffre pas ! cria-t-il. Je craque juste un peu…

— Pour une simple amourette ? Tu en verras d'autres dans la vie !

— Les sermons, ça va.

— Vois-tu, je trouve que c'est bien de souffrir un peu, dit-elle tranquillement. Est-ce que tu as déjà souffert, Théo ?

— Pas comme ça, geignit-il.

— Quand tu as quitté ta mère à Rome, est-ce que tu ne pleurais pas à chaudes larmes ? Les séparations font toujours souffrir, mon grand. Elles creusent un vide à l'intérieur, et pour en comprendre les bienfaits, il faut du temps.

— Les bienfaits de la souffrance ? Et puis quoi encore ?

— Évidemment, c'est difficile à croire. Tu vas connaître la tristesse et puis, un beau matin, le calme s'installera. Pour commencer, tu n'auras pas d'appétit, tu ne verras ni les arbres ni les fleurs jusqu'au jour où, sans savoir pourquoi, tu t'éveilleras remis à neuf. Tu regarderas autour de toi et tu t'apercevras que la vie continue et que, après avoir passé l'épreuve, tu es plus fort qu'avant.

– Ne me ressors pas le coup du Bouddha !

– Mais non, soupira-t-elle. Je te parle de banalités auxquelles personne n'échappe.

– Et toi alors ? demanda-t-il agressif. Qu'est-ce que tu en sais ?

– Devine. J'ai perdu un mari que j'aimais.

– C'est la première fois que tu parles de lui, dit-il, ému. Tu as eu du chagrin ?

– Oh, Théo… Quelle question ! Dire que je suis là comme une idiote à vouloir te consoler…

Du coup, Théo éclata en pleurs si furieux qu'elle dut le prendre dans ses bras et le bercer longtemps. Il s'endormit ainsi, hoquetant comme un bébé à force d'avoir pleuré. Tante Marthe détacha ses bras et lui posa la tête sur l'oreiller.

– Enfin ce cerveau agité commence à céder au cœur, murmura-t-elle.

Au réveil, Théo avait les yeux comme des pommes cuites et l'air fier d'une victime allant au sacrifice. Tante Marthe le laissa tranquille. Elle fit les valises sans un mot et alluma la télévision à tout hasard. De la fenêtre, Théo regardait passer la foule en cherchant la silhouette d'Ashiko. Puis, faute de mieux, il finit par s'asseoir devant le poste.

– C'est quoi ? dit-elle mine de rien.

– Un navet. Un truc français avec des sous-titres en japonais.

– Un film avec qui ?

– Une vieille actrice, Bardot. Qu'est-ce qu'elle est tarte avec sa choucroute !

– Moi aussi, j'ai porté la choucroute, murmura-t-elle, attendrie.

Théo ne releva pas et baissa la tête avec un gros soupir. Tante Marthe appela la réception et commença à faire descendre les bagages, ce qui finissait par demander du temps. Théo ne bougeait pas.

438

– Allez, grande asperge, on s'en va, dit-elle en le prenant par l'épaule.

– On ne pourrait pas rester encore un peu, dis ?

– Et notre rendez-vous à Moscou ? Si tu savais comme c'est compliqué là-bas !

– On va geler, bougonna-t-il. Ça sera triste !

– Tout à fait ce qu'il faut, lâcha-t-elle. Tu me sembles d'humeur à comprendre la Sainte Russie.

Salade russo-soviétique

Dans l'avion, Théo retrouva l'appétit. Certes, il n'était pas bavard. Mais il mangeait. Prudemment, Tante Marthe lança un premier hameçon.

– Que connais-tu de la Russie, au juste ? demanda-t-elle.

– Je n'ai pas envie de parler.

– Tête de mule ! Pour me faire plaisir… Allez, que sais-tu du pays où nous allons atterrir ?

– Qu'il s'appelait l'Union soviétique, répondit-il à contrecœur. Qu'il était totalitaire à cause d'un affreux nommé Staline. Qu'il y a une étoile rouge sur une espèce de forteresse à Moscou, parce que les correspondants de télé parlent toujours devant. Le Kremlin.

– Bon. Et la chute du mur de Berlin ?

– J'sais plus. J'étais trop petit. Les parents avaient le nez collé à la télé et les gens ramassaient des bouts de béton en rigolant.

– Et avant Staline ?

– Avant, il y avait les tsars, comme Lénine, dit-il avec assurance.

– Aïe ! s'écria-t-elle. Sais-tu que Lénine est celui qui a fait la Révolution en Russie en 1917 ?

– Juste avant la fin de la guerre, répondit-il. La Russie allait mal… Il a fait fusiller le tsar pour prendre le pouvoir en se servant des ouvriers qu'il avait appelés à l'insurrection. Et il a appelé ça communisme, mais à la fin les Russes étaient toujours aussi malheureux. Le prof a dit que Lénine était le premier tsar communiste. Moi, je ne sais pas, mais Lénine m'a tout l'air d'un fameux tyran !

– Eh bien, quand tu veux, tu parles, dit-elle. As-tu la moindre idée de ce qu'était le communisme russe ?

– Une saleté, un Goulag ! s'écria-t-il. C'était plein de camps de concentration, les gens n'étaient pas libres, quand ils disaient ce qu'ils pensaient on les fourrait à l'asile psychiatrique. Mais Papa, lui, dit que c'est plein de pauvres aujourd'hui.

– Il n'a pas tort. Et côté religion ?

– Aucune idée. A la télé, il y a des prêtres avec des espèces de mitres, attends, des patriarches. Ce sont des variétés de chrétiens, pas vrai ?

– Mais tu connais leur nom, Théo. Les orthodoxes.

– Ah non ! s'écria-t-il. Les orthodoxes sont grecs.

– Ou russes, insista-t-elle. Rappelle-toi Jérusalem. La visite du Saint-Sépulcre…

– De tout ce qu'on a vu, c'était le plus compliqué ! gémit-il. Il y avait quatre ou cinq églises qui se bouffaient le nez à l'intérieur…

– Le père Dubourg t'avait parlé d'un schisme entre chrétiens, souviens-toi. Ce fut l'un des premiers, celui qui sépara l'Église d'Occident et les Églises d'Orient. L'Église d'Occident obéit au pape, et les Églises d'Orient à leurs patriarches.

– Parce qu'il y a plusieurs Églises d'Orient ?

– Les orthodoxes grecs, les coptes, les syriaques…

– Syriaques, connais pas.

– Rien d'étonnant ! On en trouve surtout au Liban et en Inde. Les syriaques se distinguent des autres par la langue de leur culte. Certains moments de leurs messes se prononcent en araméen, une ancienne langue de Palestine, peut-être celle que parlait Jésus.

– Ces trucs-là me gonflent, soupira Théo. Qu'est-ce qu'ils ont de particulier, les orthodoxes russes ?

– La Russie entière. Ce n'est pas rien.

– Je ne comprends pas. On va voir la Russie ou la religion russe ?

– Elles sont inséparables, répondit Tante Marthe. Pendant soixante-dix ans, les gouvernements communistes se sont acharnés à séparer les deux... Ils ont traqué les popes et combattu la religion russe. Mais dès que leur empire s'est effondré, le grand mythe russe a ressuscité d'un coup.

– N'empêche, s'ils sont chrétiens, ils croient en Jésus comme les autres...

– Oui, mais pour eux la terre russe est une mère qui souffre comme le Christ pendant la Passion. L'essentiel, c'est de souffrir.

– Comme ton Bouddha chéri ? « Tout est souffrance... »

– Ne fais pas l'idiot ! Ce n'est que la première des quatre vérités. Avec les trois autres, le Bouddha a montré comment se délivrer de la souffrance. Tandis qu'en Russie on la vénère...

– Génial, ironisa Théo. Qu'est-ce qu'on fait pour souffrir ?

– Ce n'est pas compliqué. Il suffit de laisser faire la vie. Mais les fidèles russes vont parfois plus loin. Se jeter dans le feu, par exemple.

– Ne me dis pas qu'on va voir ça ! cria-t-il.

La mort rouge

Non, à Moscou Théo ne verrait aucun suicide de ce genre. Mais c'était arrivé en Russie. Au XVIIᵉ siècle, alors que s'achevait en France le règne du Roi-Soleil, des milliers de fidèles s'étaient enfermés dans des isbas de bois auxquelles ils avaient mis le feu. Hommes, femmes, enfants, tous préféraient mourir dans les flammes plutôt que de renoncer à leur foi.

– Des martyrs persécutés, dit Théo.

En un sens. Mais l'étrange, dans ce cas précis, c'était la nature du persécuteur. Poussé par ses nobles ou de simples popes, le très pieux tsar Alexis voulait réformer l'Église russe où se passaient toutes sortes d'excentricités. Pour ce faire, il avait fait appel à l'archevêque de Novgorod, le patriarche Nicone, qui exigea du tsar une complète obéissance.

Nicone avait été choisi parce que, en bon patriarche russe, il s'opposait aux patriarches grecs. Car la hiérarchie russe se gardait farouchement de deux autres Églises : l'Église catholique à cause du pape, et l'Église orthodoxe grecque, la grande rivale, héritière de Byzance avec laquelle la Russie avait rompu depuis un bon siècle.

Et voici que Nicone se mit à trahir son camp ! Il aligna les rituels russes sur quelques-uns des rites grecs. Les fidèles se révoltèrent. Leur Église, c'était celle des petits et des humbles, celle du peuple russe autonome, animé par sa propre ferveur. Et le véritable tyran, c'était leur patriarche orthodoxe, le réformateur du culte.

– Bon, dit Théo. Qu'est-ce qu'il avait changé de si grave ?

A dater de la réforme, il faudrait dire trois fois « alléluia » au lieu de deux, supprimer un mot dans la prière du « Je crois en Dieu », bref, des bricoles. Parmi ces choses insignifiantes, le patriarche Nicone changea le signe de croix.

– Parce qu'il y a plusieurs manières de faire le signe de croix ? s'étonna Théo. On le fait avec la main, c'est tout bête !

Mais avec quels doigts de la main ? Jusque-là, les Russes se signaient avec deux doigts. Le patriarche réformateur décréta que, désormais, les Russes se signeraient avec trois doigts, l'index, le majeur et l'annulaire réunis, comme les Grecs. Il fallait donc ajouter l'annulaire... Et la rébellion contre le pouvoir de ceux qu'on nomma les « Vieux Croyants » commença, conduite par un saint homme inspiré, Avvakum, l'un des humbles prêtres qui avaient cependant espéré la réforme. Appuyée par les marchands et les nobles, qu'on appelait les boyards, elle dura longtemps et se termina par les suicides collectifs dans les flammes, « la mort rouge ». Vêtus de blanc, les fidèles entraient dans la fournaise avec un cierge allumé dans la main.

– Mourir pour un doigt en plus dans le signe de croix, c'est fort ! dit Théo.

442

Mais l'annulaire en plus de la réforme du patriarche contenait dans la chair de ses phalanges toute l'identité de l'Église russe. Son culte populaire s'était forgé dans les villages, avec la sincérité du cœur. Ce décret tombé d'en haut sema la tempête parce qu'il était brutalement imposé. En se révoltant, les Vieux Croyants ne protégeaient pas que leur signe de croix : ils voulaient garder intacte une foi profondément reliée à la vie de leur terre. D'un coup, un pouvoir central autoritaire décidait à leur place. Ils se battirent, ils brûlèrent. Vingt mille morts en vingt ans.

— Et un massacre, un ! commenta Théo. Qu'est-ce que c'était bien, le Japon... Au moins, les guerriers se trucidaient tout seuls ! Tandis qu'ici, pour un doigt de la main, on crève...

Tous n'étaient pas morts. Les Vieux Croyants avaient réussi à préserver leur signe de croix, symbole de leur liberté face au gouvernement. Ils étaient encore trois millions en Russie et n'étaient toujours pas soumis à l'orthodoxie officielle. Car, après la violente réforme de l'Église russe, Nicone avait été chassé. Trop tard... Un nouveau tsar arriva sur le trône. Pierre le Grand, homme à l'esprit militaire, formé à l'idéal prussien, qui voulait moderniser son pays et le rapprocher de l'Occident, ne fit aucune concession à l'Église. Il ne nomma plus de patriarche et l'Église russe fut entièrement soumise à l'État.

— Qu'est-ce que cela fait ? dit Théo.

— Comment, qu'est-ce que cela fait ? s'indigna Tante Marthe. Sais-tu qu'en France la séparation de l'Église et de l'État faillit déclencher la guerre civile ?

— Le massacre des protestants ?

— Petit ignorant ! Au début de notre siècle, en 1905... Avant cette date, l'Église catholique avait un pouvoir considérable, notamment sur l'enseignement de la nation. Les républicains, en bons héritiers de la Révolution française, décidèrent une fois pour toutes de couper le cordon ombilical entre le clergé et l'État, qui jusque-là payait les prêtres.

– Ah bon, dit Théo. Si on les paie, quelle différence ?

– Mais le catholicisme serait la religion officielle, et que fais-tu des minorités, hein ? Avant 1905, tu aurais eu droit au catéchisme obligatoire à l'école, et ta Fatou aussi !

– Et alors ? On se serait bien marrés tous les deux, répondit Théo avec humeur.

– Veux-tu christianiser Fatou ? Et que préférais-tu en Israël, les laïcs ou les observants ?

– Les laïcs, admit-il. Mais ça n'empêche pas d'enseigner les religions à l'école !

– Si tu mets les religions au pluriel, parfaitement d'accord, dit-elle. On doit apprendre l'histoire des religions au lycée. Mais sans en oublier aucune !

– Remarque, si c'était le cas, tu n'aurais pas eu besoin de m'emmener en voyage, dit Théo.

– Si on en savait plus sur les religions, l'intégrisme ne serait pas en train de mettre le feu au monde. Et les sectes ne tueraient plus autant d'innocents.

– Comme ces maboules qui allaient brûler dans leur isba, bâilla Théo. Tes histoires de fous, j'en ai par-dessus la tête. Chaque fois qu'on arrive quelque part, tu m'en sors une…

– C'est vrai que j'ai un peu l'impression de radoter. Que veux-tu, le scénario est si fréquent ! Figure-toi que les massacres religieux constituent le problème le plus…

– J'ai envie de dormir, gémit Théo.

– Bon. Tu l'as bien mérité.

Les maisons à pattes de poulet

Mais au moment où Tante Marthe ferma les yeux, Théo la secoua par le bras.

– J'y arrive pas ! chuchota-t-il.

– Tu m'embêtes. Force-toi un peu.

– Je ne peux pas, fit-il d'une petite voix. J'ai peur…

– Peur ? dit-elle en se redressant. Mais de quoi ?

– Est-ce qu'il n'y a pas des sorcières en Russie ? Quand j'étais petit, Maman me lisait des contes russes avec des maisons montées sur des pattes de poule, et des vilaines bonnes femmes qui torturaient les enfants…

— Voici du nouveau. Toi qui n'as eu peur ni des démons tibétains ni des divinités indiennes, voilà que tu flanches à propos de poulets enchantés ? As-tu peur des fées ?

— Non, mais les Russes, c'est différent.

— Pas du tout. Chez nous, les fées et les lutins nous viennent des dieux romains, et chez les Russes, les *babaïagas* et leurs maisons à pattes de poule sont un lointain héritage des vieilles croyances écrasées par l'orthodoxie. Il vaut mieux qu'elles aient survécu ! C'est charmant…

— Tu parles ! frémit Théo. J'en avais des cauchemars…

— Parce que ta mère ne t'a pas lu les légendes des *roussalkas*, les divinités des forêts. Comme beaucoup d'autres plaines dans le monde, la Russie a été souvent envahie. A force d'être traversée par des conquérants, une région se laisse pénétrer par leurs croyances… Les Russes ont longtemps été occupés par les Mongols. Ils en ont gardé quelques légendes magnifiques où le Bien triomphe du Mal. Car que faire du Mal, s'il te plaît ?

— Le combattre. Pour une fois, c'est simple.

— Et dans l'espoir de le déraciner, on commence par lui donner un visage. Le diable, les sorciers, les hérétiques, les juifs, les musulmans, la liste des « mauvais » est interminable. Mais, pour incarner le Mal, on peut aussi puiser dans le répertoire du passé, se contenter de revenants, ou de divinités ressuscitées, les bonnes comme les méchantes. Il n'existe pas de pays sans ses fées bienveillantes et ses sorcières maléfiques, ses bons et ses mauvais génies, ses saints et ses loups-garous. Car avant d'être chrétienne, la Russie était animiste, et cela ne meurt jamais tout à fait.

— Alors on est tous un peu africains ?

— Tous, affirma-t-elle. Disons plutôt polythéistes, avec ta permission. Polythéiste désigne celui qui a plusieurs dieux.

— Toujours des mots compliqués ! soupira-t-il. Tu ne pourrais pas me trouver une religion un peu simple, je ne sais pas, moi, avec juste trois ou quatre dieux sympa, sans démons ?

– Désolée, nous n'avons pas l'article en magasin. Mais si tu comprends bien la religion de la souffrance en Russie, tu verras que ce n'est pas bien sorcier.

– Tu y reviens…

– Je te promets que tu ne toucheras aucune patte de poulet en Russie, dit-elle avec une feinte gravité. Mais je te promets également que tu verras des pattes de poulet ailleurs.

– Dis donc ! Ça sent le message !

– C'est un peu tôt, sourit-elle. Nous ne sommes même pas arrivés !

– Ce pays ne me plaira pas, grogna-t-il.

– Tiens donc. Dis plutôt que tu aurais voulu rester au Japon !

– Même pas. Ashiko a un amoureux…

– Voilà donc la raison de ce grand désespoir ! Je te parie que tu aimeras la Russie. C'est le début du printemps, les saules se couvrent de bourgeons duveteux…

– Quand on a vu les cerisiers en fleur, les saules, ça craint !

– C'est à peu près ce que tu disais des cerisiers japonais, avant Ashiko, constata-t-elle.

Alexei Ephraïmovitch

Massif, l'aéroport de Moscou dépassait en sévérité toutes les craintes de Théo. Au milieu d'une bousculade insensée, les voyageurs récupéraient leurs bagages sous l'œil indifférent des douaniers, tandis que Tante Marthe vérifiait ses valises une à une.

– Dieu sait que je détestais l'Union soviétique, grommela-t-elle, mais au moins, en ce temps-là, les bagages n'étaient pas saccagés !

– Par qui ? s'étonna Théo.

– Quand l'ordre s'effondre, tout est possible, décréta-t-elle, sentencieuse. On faisait le pied de grue au contrôle des passeports, on devait laisser fouiller les douaniers, c'était tatillon, policier, mais sans pillage... Remarque, j'ai tout fermé à clef.

— Tu as bien des copains à Moscou ? s'inquiéta Théo.

— Oui, là-bas, dit-elle en désignant l'espace derrière les vitres. Surveille les bagages ! Je vais les chercher.

Elle ne tarda pas à revenir en compagnie d'une dame brune au visage de chat.

— Je n'ai pas réussi à faire passer Aliocha, soupira Tante Marthe essoufflée, mais voici Irina, sa femme.

— *Grüss Gott !* s'écria la jolie dame en plissant les yeux d'un air ému. *Théo, mein Kind... Ich bin so glücklich !*

— C'est du russe ? demanda Théo surpris.

— Irina a appris l'allemand en Autriche, expliqua Tante Marthe. Elle dit qu'elle est très heureuse de te voir.

— *Ich itou*, répondit Théo en s'inclinant. Comment on va faire ?

— Aliocha, son mari, parle un français parfait, dit-elle. Aliocha...

— *Aliocha, mein Mann*, coupa la dame en pointant son index sur sa poitrine. *Und ich, seine Frau.*

— C'est cela, dit Tante Marthe en les poussant tous les deux. Allons vite retrouver le mari...

Long comme un jour sans pain et la mèche tombante, Aliocha sauta au cou de Tante Marthe avec effusion.

— Martha Grigorievna, *dorogaïa*... Je suis si content ! murmura-t-il, la larme à l'œil.

— Cher Aliocha... dit Tante Marthe en le serrant dans ses bras.

— Quelle émotion ! fit-il en sortant son mouchoir pour s'essuyer les yeux.

— Qu'est-ce qu'il a à pleurer comme ça ? Une conjonctivite ? chuchota Théo.

— Chut... lui souffla-t-elle. Je t'expliquerai.

— Et notre Théo ? dit Aliocha en penchant vers lui sa mèche blonde. Va-t-il bien ? Nous avons préparé souper pour lui, chez nous. Aussi un bon petit lit chaud.

— Pour la voiture ? demanda Tante Marthe.

– J'ai celle de Vladimir Ivanovitch, répondit Aliocha en brandissant les clefs. Évidemment, pour les bagages, peut-être il faudra un taxi…

On enfourna les bagages avec Irina dans le taxi, et Tante Marthe monta dans la vieille guimbarde de Vladimir avec Aliocha et Théo.

– On va où ? demanda Théo en lorgnant d'un œil sombre les immeubles défilant dans le brouillard.

– Dans notre appartement, répondit Aliocha. Tante Marthe prendra la chambre du fond, et toi, le lit dans mon bureau.

– Alors on ne va pas à l'hôtel ?

– Laisser mes amis à l'hôtel ! s'indigna-t-il. Quand elle vient à Moscou, Martha Grigorievna loge chez nous !

– Mais pourquoi il t'appelle tout le temps comme ça ? demanda Théo.

– En Russie, on désigne les gens par leur prénom accompagné du prénom de leur père, répondit Tante Marthe. Ton grand-père s'appelait Georges, ce qui fait Grigor en russe, ce qui devient pour moi « Grigorievna », fille de Grigor.

– Et moi je suis Théo Jéromovitch, c'est ça ?

– Fiodor Yeremeïevitch, rectifia Aliocha.

– C'est sympa, dit-il. Toi, c'est comment ?

– Alexei Ephraïmovitch. Mais nous préférons les surnoms. Appelle-moi plutôt Aliocha. Quant à ma femme, ne l'appelle surtout pas Irina Borissevna, elle serait fâchée !

– Ah bon ? fit Théo interloqué. C'est pas bien, Boris ?

– Chut… répéta Tante Marthe. Je te dirai…

Lassé de ces mystères, Théo contempla les forteresses dressées dans le lointain sous le ciel rouge. Sur les bas-côtés de la route, survivaient des moraines blanches, mais dans les rues, les passants pataugeaient dans la boue neigeuse. A peine éclairé par les dernières lueurs du soleil, le ciel pâlissait lentement.

– Nous avons de la chance, il fait beau, lança Aliocha. Un superbe printemps s'annonce…

– Avec toute cette gadoue ! s'écria Théo étourdiment.

– Il faut bien que la neige fonde, s'excusa Aliocha. La boue, nous l'appelons la *raspoutitza*. C'est le signal du dégel, les cœurs s'ouvrent après l'hiver, la vie renaît…

– Jusqu'à quelle température êtes-vous descendus cette année ? intervint Tante Marthe.

– Moins quinze, dit-il. Ce n'était pas très froid.

– Et là, il fait combien ? demanda craintivement Théo.

– Moins deux degrés, répondit-il. Et le soleil est magni-fique !

– C'est les sports d'hiver, quoi, conclut Théo en rajustant frileusement son anorak.

Mais l'appartement d'Aliocha était d'une chaleur exquise et le lit de Théo confortable, avec un dessus-de-lit de velours brun. Les murs étaient couverts de livres ; dans le corridor traînaient une guitare et un violon. Tout de guingois, les couloirs conduisaient à des recoins secrets où s'entassaient des sacs en quantité, et sur tous les meubles se dressait une fleur fraîche. Théo se sentit à l'aise. C'était une vraie maison, avec de vraies personnes et de vrais instruments de musique. Sur les dossiers des fauteuils, les napperons de dentelle donnaient à la salle à manger un air de conte de fées. Lorsque Irina apporta un plateau fleuri où trônait la théière, Théo sauta de joie.

– *Tchaï, oder Kirschenkonfitüre mit Wasser ?* demanda-t-elle.

– Je préfère le thé, répondit Théo méfiant. *Kirschen*, ce sont bien les cerises ?

– Tu devrais essayer, c'est très bon, intervint Tante Marthe. C'est de la confiture de griottes délayée dans de l'eau.

– A vrai dire, je grignoterais bien quelque chose, murmura Théo.

Aliocha s'éclipsa et revint avec dans chaque main une assiette de poissons fumés entourés de cornichons géants. Après trois tours dans la cuisine, la table s'était garnie de pain, de charcuterie et d'œufs durs farcis. Un silence paisible envahit la salle à manger, puis Irina se lança dans de grands discours mâtinés de russe et d'allemand qu'elle agrémentait de gracieux gestes d'oiseau. Marthe lui donnait la réplique de son mieux, et Aliocha caressa la tête de Théo en souriant.

– Laisse-les converser, chuchota-t-il. Elles savent se comprendre. Mange !

Théo ne se le fit pas dire deux fois. La pièce n'était pas très éclairée, mais les lumières des lampes diffusaient un bien-être singulier. A travers les fenêtres doubles, la nuit laissait entrevoir les lumignons accrochés au ciel ; la maison d'Aliocha semblait à l'abri des périls. Les délicieux gazouillis d'Irina sonnaient comme une musique, et Aliocha prit la main de Théo dont la tête dodelinait gentiment.

– Le petit a sommeil, murmura-t-il. Je vais coucher lui.

Avec des gestes tendres, il ouvrit le lit et aida Théo à se déshabiller. Quand Théo se fut glissé sous les draps avec un soupir d'aise, Irina pointa son museau de chat et lui posa un baiser sur les cheveux avant de s'éloigner sur la pointe des pieds. Théo sombra dans une béatitude ouatée. La grande ville menaçante s'éclipsa.

Pas touche à la *doucha*

Au matin, des grondements terrifiants réveillèrent Théo au moment où Tante Marthe s'asseyait sur le bord de son lit.

– Qu'est-ce qui se passe ? Un tremblement de terre ?

– Ce n'est que la tuyauterie de l'immeuble… Avec ces vieux bâtiments staliniens, on n'est jamais à l'abri de ces inconvénients.

– A propos, dit-il tout à trac, pourquoi m'as-tu fait taire hier à l'aéroport ? Deux fois ! Quand je t'ai demandé si Aliocha était malade…

– Eh bien, voilà : il ne faut pas freiner l'émotion des retrouvailles à la russe. Ici, quand on se revoit, on pleure, c'est normal.

– Ça alors, murmura Théo. Alors ils ne connaissent pas la joie ?

– Mais c'est la joie, Théo ! Les larmes russes expriment

le contentement, la nostalgie, la souffrance ou la béatitude. C'est le signe de l'âme, un état entre plaisir et peine. En russe, on dit *doucha*, « l'âme ». C'est chaud, enveloppant, agréable. En France, nous avons la tendresse sèche. Mes amis russes, eux, ont la tendresse humide. Aliocha se porte à merveille : la preuve, ce sont ses larmes…

— J'aurais du mal à en faire autant, dit-il avec perplexité. Qu'est-ce qu'il fait dans la vie ?

— Il enseigne l'histoire de la musique à l'université. Quant à Irina, elle est traductrice.

— L'autre fois, c'était justement à propos d'elle et d'un prénom… Boris ! Il ne fallait pas prononcer ce mot-là.

— Ça, c'était politique, sourit Tante Marthe. En matière de gouvernement russe, Irina a des passions forcenées suivies de déceptions violentes. Elle s'était engagée dans la défense de son Boris chéri avant de le maudire avec le même excès.

— On dirait Maman, s'attendrit Théo. Tu te rappelles, quand elle a cassé les assiettes pendant les élections ?

— Souviens-toi surtout que, pendant presque un siècle, les Russes n'ont pas pu discuter librement. La police mettait des micros partout, et si tu protestais, on t'expédiait chez les psychiatres qui diagnostiquaient une absence de comportement social. On t'abrutissait de médicaments.

— Et les psychanalystes, ils servaient à quoi ? demanda Théo.

— Strictement interdit. Freud n'était pas traduit. Science pour petits-bourgeois, au feu ! Les textes prohibés circulaient clandestinement, de la main à la main… Il fallait se taire.

— J'ai jamais connu ça. Fermer sa gueule, moi, je ne saurais pas.

— Dieu te garde de faire connaissance avec la dictature. On vit très mal. Alors, quand on découvre qu'on peut parler sans risque, on se laisse emporter, c'est formidable !

— Ce n'est pas mon avis, dit Théo en faisant la moue. J'aime pas les bagarres. Déjà dans chaque pays tu dégotes un massacre, alors la politique en plus !

– Mais la démocratie exige la discussion, Théo. Toi qui passes ton temps à contredire !

– Oui, mais moi, je ne casse rien, dit-il fièrement. Au lycée, je m'échine à réconcilier les copains, et même je prends des gnons au passage !

– Ça ne m'étonne pas, murmura-t-elle, songeuse. Maintenant prends tes pilules, avale ton petit déjeuner et habille-toi. Ensuite, téléphone à ta mère, sans oublier de préciser que l'appartement est bien chauffé, que tu mets ton anorak, tes bottillons, bref, rassure-la. Ensuite on ira au Kremlin.

– Chic ! s'exclama Théo. Je vais voir une momie moderne !

– Tu nous casses les pieds avec tes obsessions. Je te préviens, il faut faire la queue.

– Comme au musée du Caire devant la salle des momies, mais cette fois, j'irai ! décréta-t-il en sautant à bas du lit.

Les souffre-passion

Or, à propos de la momie, Aliocha ne l'entendait pas de cette oreille. Le corps embaumé de Lénine n'était qu'une dépouille, symbole de la tyrannie qui avait écrasé son pays depuis 1917.

– Mais puisque je vous dis que Théo veut simplement voir une momie ! s'époumona Tante Marthe, excédée.

– Oh, cela n'est pas possible, répétait Aliocha, choqué. Vous savez comme ma famille a souffert... Je ne peux accepter.

– Cela ne prendra pas longtemps, intervint Théo. Je te promets de ne pas l'aimer, là !

– C'est offense à l'âme de mon père, dit gravement Aliocha. A cause des communistes, il a fait vingt ans de Goulag, et quand il est rentré chez nous, il était vieillard...

– Je sais, Aliocha chéri, dit Tante Marthe en le prenant par le cou. Mais le petit est curieux de toutes les religions, comprenez-vous ?

– Le communisme, religion ? s'offusqua-t-il. Quelle atrocité !

– Laisse tomber, ma vieille, murmura Théo. Pour ton père, Aliocha, je ne savais pas. Pardonne-moi.

On commencerait donc par les églises du Kremlin, dont les bulbes dorés resplendissaient sous le ciel bleu. C'était ici, sur ce large parvis, qu'en grande pompe le patriarche couronnait les tsars du lourd fardeau de la Russie, qui condamnait le souverain désigné à la souffrance du pouvoir. Au point que le nouveau tsar hésitait parfois devant ce redoutable honneur. Pressenti par les boyards, le futur souverain se retirait dans un monastère, refusait la couronne et ne cédait qu'à la ferveur des foules venues le supplier d'accepter. Bien sûr, on aurait pu croire à des simagrées, mais dans ce mouvement de retrait se dissimulait une vérité d'ordre divin.

Sous le manteau brodé, la chapka, les fourrures, le tsar devenait le Père du peuple, tantôt terrible et tantôt généreux, père Fouettard ou tendre père, selon les circonstances. Ce rôle était si pénible qu'il arrivait au tsar de renoncer au monde et de se faire moine. Au XVIe siècle, le tsar Ivan le Terrible, qui portait bien son nom, décida, un beau jour qu'on lui reprochait sa rigueur, d'abandonner son trône. Il partit dans un monastère, troqua ses ors et ses brocarts contre la noire robe monastique pour se consacrer aux mortifications. Le peuple, qui la veille l'accusait de tous les maux, mendia son retour à genoux. Le tsar Ivan se fit beaucoup prier et revint à Moscou avec un pouvoir raffermi dont il se servit avec une cruauté légendaire tout en protégeant son pays, qui en avait besoin.

Car la charge de la Russie forçait le tsar à souffrir. Quand il châtiait, il souffrait. Quand il échouait, il souffrait. Victime de la Russie, il souffrait pour avoir le droit de punir. Le tsar passait son temps à s'accabler lui-même d'épithètes injurieuses : il se disait esclave, indigne, pécheur, incapable, mais de cet accablement il tirait sa puissance, et le devoir de tuer si nécessaire. La longue histoire des tsars passait par une série de crimes et d'assassinats sanglants, dont le sort qu'avait réservé Lénine au dernier de la dynastie des Romanov, le tsar Nicolas II, n'était qu'un aboutissement logique. Sacrifié avec toute sa famille, le dernier tsar couronné avait payé cher le fait d'être le souverain consacré. Le Père était enfin mort. Bientôt, après la mort de Lénine, Staline accepterait d'être appelé « le Petit Père des peuples » : le peuple était passé au pluriel à cause de la diversité des régions de l'Empire soviétique, mais le Père était revenu en force.

– Attends, je n'y suis plus, intervint Théo. On tue le tsar, ou c'est lui qui tue ?

Là se trouvait le cœur de la question. Plusieurs des tsars de la Russie avaient tué leur propre fils. Ivan le Terrible, Pierre le Grand avaient souffert le martyre, mais n'avaient pas reculé devant les exigences du pouvoir : ils avaient fait exécuter leur héritier, faible d'esprit ou rebelle. Alors le tsar souffrait comme Dieu le Père acceptant de laisser mourir son fils sur la croix. Le tsar incarnait Dieu et prenait sur lui l'ensemble des péchés de son peuple. Et son héritier, le tsarévitch, était par définition voué à la Passion du Christ.

– Quelles familles ! s'écria Théo.

– Les rois de France n'étaient pas mal non plus, rappela Tante Marthe.

Mais les autres souverains du monde n'avaient pas l'obligation de la souffrance. Tandis qu'en Russie le double martyre du père et du fils appartenait aux profondeurs de la mystique russe. Car les premiers saints de la Russie avaient été deux jeunes princes assassinés, Boris et Gleb. Bien que l'assassin eût été leur frère et non leur père, l'histoire criminelle des tsars s'enracina dans la sainteté des deux princes martyrs, qui se laissèrent égorger sans résistance, en véritables agneaux de Dieu. Aussitôt, le peuple russe s'enflamma d'une immense ferveur : les princes mis à mort revivaient la Passion du Christ. On inventa pour eux un mot qui n'existe nulle part ailleurs : les souffre-passion. Si bien que lorsque les tsars exécutaient leur propre fils, le tsarévitch, ils en faisaient un saint, que le peuple vénérait à l'égal du Fils de Dieu, ce qui n'était en vérité pas très conforme à la religion orthodoxe.

– Les droits de l'enfant, ils s'asseyaient dessus, gronda Théo avec irritation. Tes tsars sont carrément des infanticides !

Des Hérode, murmurait le peuple, comme le roi qui fit tuer tous les premiers-nés de Palestine pour empêcher la victoire de Jésus le Messie. Un malheureux tsar dut même au XVIe siècle endosser le meurtre d'un jeune prince, crime dont il était innocent. Le tsar Boris Godounov souffrit puisque c'était son métier, puis il en mourut de remords. A ce culte singulier s'ajoutait un phénomène complémentaire : car bizarrement, si les tsarévitchs mouraient assassinés, ils ressuscitaient souvent.

– En vrai ? s'écria Théo. Pas possible !

Non, justement. Mais le peuple croyait à leur résurrection : puisqu'ils avaient souffert la Passion du Christ, pourquoi ne revivraient-ils pas ? Alors on entendait parler d'étranges princes apparus aux frontières, miraculeusement épargnés par le ciel, et qui marchaient sur Moscou pour punir le tsar coupable. L'un d'eux y parvint pour de bon. Personne ne sut qui il était, d'où il venait, et quelle était sa véritable histoire, et pourtant, l'impératrice le reconnut pour son fils ressuscité, qu'elle avait vu pourtant mourir sous ses yeux. Il fut couronné au Kremlin sous le nom de tsar Dimitri… C'était le successeur du malheureux Boris Godounov, foudroyé pour un crime qu'il n'avait pas commis. Ce fut aussi le premier d'une longue série d'imposteurs qui, tous, se faisaient passer pour des princes ressuscités et que le peuple suivait aveuglément.

Car la force de l'enfant martyr, c'était son innocence. Le Christ avait dit : « N'empêchez pas les petits enfants de venir à moi, car c'est à leurs pareils qu'appartient le royaume de Dieu. » Dans sa naïveté, l'enfant savait manifester la vérité cachée. Le tsarévitch ressuscité disait nécessairement la vérité… La sainteté des princes assassinés s'était ensuite étendue au peuple tout entier : les faibles, les vieux, les femmes et les enfants avaient vocation à devenir souffre-passion, mais, en contrepartie, eux seuls pouvaient s'exprimer librement.

– C'est aussi mon avis, dit Théo. Pas besoin de souffrir pour autant !

Eh bien, si. De cette souffrance des faibles naquit l'une des plus étranges figures de la religion russe : le fol en Christ, le *jurodstvo*. Fou, ce personnage ne l'était pas nécessairement. Il pouvait décider de jouer au fou. Pour cela, il s'attifait d'un accoutrement spectaculaire : en guenilles, à moitié nu – même en hiver –, avec de pesantes chaînes autour du cou ou, parfois, une couronne d'épines sur le crâne comme le Christ humilié. Cliquetant, misérable, le fol en Christ se traînait sur les places publiques pour y prédire au peuple prospérité ou catastrophes. Les passants se moquaient de lui, lui jetaient des cailloux, mais personne n'osait mettre à mort le fol en Christ.

Car il était le seul à jeter la vérité à la face du tsar, le seul à dénoncer les abus de pouvoir. Devant Ivan le Terrible, un *jurodstvo* n'avait pas hésité à présenter de la viande crue arrosée de sang frais, histoire de lui rappeler ses crimes. Un autre avait accusé Boris Godounov d'infanticide. Bien qu'il fût innocent, le tsar Boris lui avait simplement demandé de prier pour lui, car personne ne pouvait mettre en doute la parole d'un fol en Christ. Sous condition de porter des haillons et de supporter sur la peau le grand froid de l'hiver russe, ce bouffon sacré jouissait de l'impunité.

– Je suppose qu'ils ont disparu avec le régime soviétique, dit Tante Marthe.

– Tu t'imagines un type tout nu avec des chaînes ici ? s'esclaffa Théo. Les flics le conduiraient tout droit à l'hôpital…

– Tourne donc la tête sur côté droit, sourit Aliocha.

Théo n'en crut pas ses yeux. Blottie contre les marches de la basilique, une vieille femme en guenilles arborait, suspendue à de lourdes chaînes au cou, une chaussure décatie, tout en brandissant un étendard brodé d'une faucille, d'un marteau et d'une croix. Elle ne disait rien, elle ne criait pas, elle se contentait d'être là et d'attendre le puissant du jour.

– Incroyable ! s'écria Tante Marthe. Voici les fols en Christ de retour !

– La ferveur populaire ne connaît pas de limites, dit Aliocha. On reconstruit des églises partout dans Moscou. Juste derrière Kremlin, cathédrale Saint-Sauveur avait été rasée par les communistes et transformée en piscine. La voici rebâtie à l'identique.

– Que signifie cette bannière qu'elle porte à la main ? demanda-t-elle. L'emblème du Parti communiste et la croix ? On croit rêver !

– Dans son esprit dérangé, le Christ descendit sur Terre pour sauver le monde et Parti communiste pour sauver le peuple. Le Parti a perdu, mais Christ est revenu. Quel est le vieux monde, quel est le nouveau ? La femme ne sait plus…

– Elle a perdu la mémoire ? demanda Théo.

– Non, répondit Aliocha. Simplement, ces vieilles n'ont plus aucun repère. Pendant la Seconde Guerre mondiale, mon pays a sacrifié des millions de soldats pour résister à l'envahisseur nazi. Staline gagna la guerre, Staline devint Père du peuple. Il l'asservit, mais le nourrit. Pas de liberté, mais travail assuré, pension de retraite, soins gratuits…

– C'est vrai, dit Tante Marthe. A quel prix !

– Terrible. Quand le régime soviétique s'aplatit comme château de cartes, ces femmes avaient atteint la vieillesse. En quelques mois, leur monde a disparu… Le Parti, renversé, les pensions, impayées, la spéculation, au sommet. Les gens âgés sont pauvres. Ils en perdent la tête… Alors la croix, le marteau et la faucille se mélangent. C'est protestation.

– Au fond, ce sont des croyantes, murmura Tante Marthe. Le vieux passé revient sous sa forme la plus russe.

– Croyantes ou pas, elles vomissent la démocratie, précisa doucement Aliocha. Je ne les aime pas.

– Pauvres vieilles, dit Théo.

– Eh bien, tu voulais comprendre la souffrance en Russie ? s'exclama Tante Marthe. Te voilà servi !

– Il n'y a pas que souffrance dans la religion russe, dit Aliocha. Il y a l'adoration de la beauté. Les chants et les icônes, le regard du Christ, les anges, vous allez voir…

– Je ne vous savais pas revenu à l'Église ! s'étonna Tante Marthe.

– Nos opéras en sont pleins, notre musique est si mystique, s'excusa Aliocha.

– On entre ? demanda Théo.

– Attends le monastère de la Trinité-Saint-Serge, dit-il. La foi s'y découvre mieux qu'au Kremlin. Trop de touristes.

Le musée de l'Athéisme

– Fort bien, dit Tante Marthe. Laissez Théo voir son Lénine, puisque nous sommes à côté.

– Sans moi ! s'écria Aliocha. Je vous attendrai sur le seuil de nouvelle église, de l'autre côté de la place Rouge.

– Quelle nouvelle église ? demanda Tante Marthe. Je ne la connais pas !

– C'est que vous n'êtes pas venue depuis longtemps. Voyez sur côté droit…

Posée contre un immeuble verdâtre, la minuscule église arborait ses arcades roses, ses clochers disparates et ses bulbes neufs. Par files entières, les passants entraient et sortaient sans désemparer.

– D'où sort-elle cette église ? s'écria-t-elle, stupéfaite.

– De terre, répondit en souriant Aliocha. De liberté. Elle a surgi quand a ressuscité la Russie. Elle ne désemplit pas…

– A ce point ? s'étonna Tante Marthe.

– Comprenez, Martha Grigorievna, dit-il. A partir de 1930, l'Église russe persécutée a vécu clandestine, comme celle des premiers chrétiens, de sorte qu'elle s'appela naturellement l'Église des Catacombes. La ligue des Sans-Dieu massacrait le clergé, les fidèles… Entre 1918 et 1938, quarante mille prêtres et six cents évêques assassinés !

– Je ne connaissais pas ces chiffres, murmura-t-elle.

– Tout pour transformer le peuple russe en peuple

athée ! Savez-vous que sous le communisme, à Léningrad, les soviétiques avaient désaffecté la plus belle des églises de la ville, pour un musée de la Religion et de l'Athéisme ?

— Je m'en souviens fort bien, répliqua-t-elle. Je l'ai vu dans les années soixante. Avec des tableaux représentant les popes vicieux, violents, la barbe déchaînée. C'était du plus haut ridicule…

— Eh bien, le résultat, c'est la ferveur russe ! Débarrassée de la propagande communiste, Notre-Dame de Kazan a été rendue au culte orthodoxe et la ville à son nom, Saint-Pétersbourg. Parfois, dans nos églises autrefois transformées en entrepôts, on a installé des icônes en contreplaqué, tant on était pressé…

— Mais sur la place Rouge, on a fait mieux, observa Tante Marthe.

— On dirait une charlotte à la fraise, commenta Théo, acide.

Aliocha lui caressa les cheveux et s'éloigna en silence.

— Tu l'as vexé, observa Tante Marthe.

— Qu'est-ce qu'il est susceptible, bougonna Théo. Ils sont comme ça, les Russes ?

— Ils sont sensibles, répondit Tante Marthe. A côté d'eux, nous sommes des brutaux. Aliocha n'est pas dévot, mais il aime son pays, voilà tout.

— Bon, on va voir le vieux ? dit Théo.

La momie de Lénine

Devant le mausolée de marbre sombre, les soldats montaient la garde avec ennui. Quelques rares visiteurs entraient d'un pas pressé. On ne se bousculait pas pour voir la momie de Lénine.

— Quand je pense à ce qu'on voyait ici auparavant ! s'exclama Tante Marthe. Une queue interminable, des couples de mariés en costume sombre et robe blanche venus en pèlerinage… Quel changement !

— On dirait qu'ils ne l'aiment plus, constata Théo flegmatique. Pourquoi le laissent-ils ici ?

459

– Ils ont ôté la momie de Staline et l'ont enterrée discrètement. Lénine, c'est différent. Il a fait la Révolution, il a incarné l'espoir... Pourquoi gardons-nous à Paris le tombeau de Napoléon, hein ?

– C'est qu'il y avait sans doute de l'idée, conclut Théo. Napoléon non plus n'était pas mal au début. Bon, on y va ?

Mais Théo fut déçu. Jaune, terne, le visage de Lénine n'exprimait rien, pas même la mort. Théo resta longtemps devant le petit corps allongé, à la recherche d'un mystère dont ne demeurait aucune trace.

– Et dire que devant lui tremblait toute la Russie, soupira-t-il. Pourquoi veut-on garder ce vieux machin ?

– Pour la même raison que les chrétiens se partageaient le corps de leurs saints après leur mort, je pense... Tout le monde n'est pas d'accord pour le garder ici, mais personne n'arrive à prendre la décision de l'enlever. Le goût de la relique est bien mystérieux ! On veut se convaincre que le corps n'est plus périssable.

– Et si c'était vrai ?

– Le christianisme a inventé bien mieux que les momies : nous ressusciterons au Jugement dernier, avec un corps intact et glorieux. Chair comprise. Voilà qui règle le problème !

– Mais lui, là, grommela-t-il en désignant Lénine, il n'était pas chrétien ?

– Non, justement. Mao non plus. Les momies des fondateurs du communisme prouvent qu'il s'agit d'une vraie religion, née en Russie. Naturellement !

– Pourquoi naturellement ? demanda Théo.

– Eh bien, en 1918, un an après l'arrivée de Lénine au pouvoir, un grand poète russe écrivit un curieux poème à la gloire de la Révolution. En plein vent, sous la neige, marchent douze soldats misérables, casquette sur la tête, cigarette au bec, armés de fusils. Ce sont les révolutionnaires, qui ne veulent plus de la Sainte Russie, « la Russie au gros derrière », disent-ils, celle des isbas. Ils tirent sur les passants, sanglotent de remords et entraînent le vieux monde derrière eux. Sais-tu qui conduit la troupe ?

– Lénine ! s'écria Théo.

– Jésus-Christ, coiffé d'une couronne de roses et brandissant un drapeau taché de sang. Car celui qui délivre, en Russie, c'est Jésus. Par le sang et le feu, possible. Mais, à leur manière, les Russes ont compris la révolte de Jésus contre l'injustice de ce monde, que le Père divin laisse faire.

– Je sentais bien qu'il y avait de l'idée chez Lénine, dit Théo.

– A peu près la même que celle de Jésus. L'égalité pour tous, plus de riches et de pauvres, un bonheur idéal, un paradis sur terre… Mais le paradis se gagne à coups de fusil.

– Il s'appelait comment, ton poète ?

– Alexandre Blok. Son poème ne lui a pas réussi. Il a eu le temps de voir les premiers dérapages de sa chère révolution, puis il est mort en écrivant : « Elle m'a quand même dévoré, cette immonde, nasillarde, natale mère Russie, comme une truie son petit cochon. »

– Tu sais cela par cœur ! s'étonna Théo.

– Oh oui ! répondit-elle. Je me méfie beaucoup des mères natales. Tiens, je connais un grand mystique hindou qui chantait les louanges de la Terreur en France, puisque le devoir de la mère Révolution, c'est de dévorer ses enfants…

– Épatant ! s'écria Théo. Maman me fera cuire aux petits oignons.

– Sacrifice humain ! dit-elle en le menaçant du doigt. Tu vois qu'il n'est jamais très loin…

– Mais ce pauvre Lénine, ce n'était pas un ogre, grogna-t-il. Il s'est juste trompé…

– Voyez-vous ça ! Et les millions de morts du Goulag ? Je t'accorde que Lénine était un homme austère. Il ne roulait pas en carrosse, il ne menait pas la vie d'un roi. Mais que de crimes ! Idées splendides, moyens policiers. Massacres, intolérance, soixante-dix ans de dictature.

– Alors, c'est que les Russes aiment vraiment souffrir, conclut Théo.

— Souffrir en Christ, reprit-elle. Ce n'est pas pareil.

— Faut dire que pour garder ce débris aux yeux fermés… murmura Théo avec un dernier regard à Lénine.

— Un peu de respect pour les morts, gronda-t-elle. Ce n'est pas sa faute si on lui refuse une tombe.

Chapitre 21

La Terre-Mère et le don des larmes

Tante Marthe est fatiguée

Après le déjeuner qu'Aliocha avait préparé avec amour, Théo réclama la sieste.

— Tu te sens mal ? s'inquiéta Tante Marthe.

— Non, murmura Théo. J'aimerais bien lire un bouquin tranquille. L'hôpital, c'est pour quand ?

— On n'ira pas, dit-elle. Les salaires ont été réduits, et cela n'améliore pas les soins. On les fera à… Enfin, tu verras.

— Tu as failli le dire ! s'écria-t-il. Et le prochain message ?

— Demain, répondit-elle. Ton père ne veut pas que nous nous attardions ici. Tu n'auras pas longtemps pour trouver la clef du mystère !

— Alors un bon livre et dodo ! bâilla Théo.

Mais le temps de trouver un roman pour Théo, il s'était déjà endormi. Irina et Aliocha prenaient le thé dans la salle à manger. Marthe les rejoignit et se laissa tomber sur une chaise en gémissant.

— *Dorogaïa Martha Grigorievna, welch' eine traurige Sache…* dit Irina en lui caressant la main.

— Hein ? tressaillit Tante Marthe. Ah ! J'y suis. Non, Irina, la chose n'est pas triste. Je suis convaincue que Théo s'achemine vers sa guérison. Mais de temps en temps, je fatigue un peu…

— Comment savez-vous qu'il guérit ? demanda Aliocha.

— C'est sa résistance au voyage qui me donne de l'espoir,

répliqua-t-elle. Je suis vannée, moi, tandis que lui ! Depuis deux mois, le traitement tibétain semble avoir freiné la progression du mal.

— Nous connaissons ces méthodes en Russie, dit Aliocha. Nos savants ont beaucoup travaillé sur l'hypnotisme qui guérit souvent mieux que chirurgie. Se pourrait-il que Théo souffre de l'âme et non du corps ?

— Je n'en sais rien, soupira-t-elle. Ses rencontres avec des thérapeutes orientaux ont provoqué une amélioration, mais de là à conclure qu'ils l'ont guéri…

— Nous devions aller voir les icônes au musée, dit Aliocha en regardant sa montre. Laissons-le dormir.

— Avec votre permission, je vais en faire autant. C'est étrange, quand Théo dort, je suis prise de véritables crises de sommeil…

— C'est sympathie au sens grec, conclut Aliocha. Vous êtes comme sa mère !

— Halte-là ! Voici un piège dans lequel je ne veux pas tomber. Mélina est assez jeune pour avoir d'autres enfants, et c'est très bien ainsi. Non, je ne suis pas sa mère. Disons que je suis ce que les Grecs appelaient « psychopompe » : quelqu'un pour guider l'âme…

— Vous voulez le conduire à Dieu, je crois, dit Aliocha.

— Alors là, pas du tout ! Qu'il se débrouille ! D'ailleurs, Théo est moins attiré par les religions que par les mystiques.

— *Du bist also ein bisschen mystisch*, glissa Irina en souriant.

— Mystique, moi ? protesta Tante Marthe. J'avoue que je m'intéresse à la chose, sans plus. Il est tout de même incroyable que l'homme se réfugie toujours en Dieu ! Et comme je ne comprends pas, j'explore.

— Exactement ce que font les mystiques, assura Aliocha.

— C'est-à-dire… hésita-t-elle. Oh ! Et puis vous m'ennuyez avec vos insinuations. Je vais me reposer, là !

Irina et son mari échangèrent un regard amusé. Quand elle se sentait acculée, leur amie Marthe boudait.

Le dégel de la Mère humide

Vers 10 heures du soir, Irina tira Théo du sommeil avec un bouillon chaud qu'il avala à petits coups avant de se rendormir comme une masse. Quant à Tante Marthe, elle avait émergé à l'heure du dîner, mais ne s'était guère montrée plus loquace. Le lendemain, on se rendit en voiture jusqu'au monastère de Saint-Serge.

– Saint-Serge, bougonna Tante Marthe en se calant sur la banquette arrière. Pourquoi avoir changé de nom ? C'était joli, Zagorsk !

– Mais ce n'était pas nom d'origine, ma chère, dit Aliocha d'un ton pincé. La ville où s'élève le monastère avait été débaptisée par les soviétiques. Zagorsk était un révolutionnaire. A la place de saint Serge ! On a bien fait de revenir au passé.

– Baptiser, débaptiser, quelle furie ! s'exclama-t-elle. Chaque génération voit changer le nom de sa rue, c'est à donner le tournis !

– T'aurais préféré garder les panneaux en allemand à Paris après la guerre ? grogna Théo, sarcastique.

– Théo comprend vite, dit Aliocha. C'est comme si nous sortions d'occupation militaire.

Tante Marthe tourna la tête sans répliquer. A mesure qu'on s'éloignait de la ville et que disparaissaient les immeubles gris, la neige lumineuse apparaissait sur la plaine et les toits des maisons. Avec ravissement, Tante Marthe retrouva la blancheur écorchée des bouleaux, leur air triste. Comme par hasard, Irina se mit à chanter un air mélancolique, à l'unisson d'un printemps qui tardait à venir.

– Comme c'est beau, le dégel, soupira Aliocha. Chez nous, rien n'est plus important. Après le long assoupissement du froid, l'âme s'éveille.

– Mais je connais cette musique, murmura Tante Marthe. Qu'est-ce que c'est déjà ?

– C'est une mélodie de *Kitège*, opéra de Rimski-Korsakov, répondit Aliocha. Rôle de Fevronia, dernier acte, quand elle s'engloutit dans la glace. Sublime libération…

– En mourant gelée ? s'insurgea Théo. Drôle de façon de se libérer !

– Il faut connaître la légende, dit Aliocha. Fevronia est une paysanne qui vit dans la forêt, si pure et si bonne que le prince de Kitège l'épouse en grande cérémonie. Mais, le jour des noces, les Tartares menacent la ville. Protégée par un sortilège divin, Kitège devient invisible et les habitants de la ville sont sauvés. Sauf Fevronia, qu'un misérable a enlevée. Battue, torturée, la jeune fille ne perd rien de sa bonté. Quand pour finir elle se laisse glisser sous un étang gelé, elle retrouve Kitège invisible dont elle sera la reine.

– D'accord, mais elle est morte, constata Théo.

– Non ! Fevronia est le symbole du dégel. C'est au printemps que le prince la découvre, entourée d'animaux et de fleurs. Et quand elle disparaît, c'est la fin de l'hiver, puisque la glace a cédé. Fevronia, c'est la terre russe, gelée l'hiver, verte au printemps, tournée vers l'idéal de la Cité céleste.

– Comme la Jérusalem des juifs en exil, dit Tante Marthe. Dans un autre temps, un autre monde, l'an prochain…

– Théo ne sait pas qu'après la chute de Byzance Moscou s'est désignée comme troisième Rome, poursuivit Aliocha. La première était celle de saint Pierre, la deuxième Constantinople, et la troisième Moscou.

– Est-ce qu'il y en a d'autres encore ? demanda Théo.

– On ne peut pas l'exclure, dit Tante Marthe. Car la Rome des chrétiens subit le même sort que Jérusalem : fonder une cité, c'est souvent voler un peu de Jérusalem. Comme la ville trois fois sainte, Rome s'est trois fois déplacée.

– Construire une ville, quand même, dit Théo, c'est énorme ! On n'a pas le temps de s'occuper de Dieu…

– Lourde erreur ! Les rites de fondation des villes s'appuient toujours sur le divin. Souviens-toi des cités chinoises, un carré dans un cercle, dans la conformité au Tao... Avant de décider d'un lieu, on trace un sillon sacré, on cherche une source miraculeuse, un signe surnaturel, au besoin on l'invente. Combien de remparts édifiés sur le corps d'une vierge sacrifiée !

— A elle seule, la terre russe est sacrifice, murmura Aliocha. Elle est mère qui pleure sur le champ de bataille en contemplant ses enfants massacrés. Avant le christianisme, existait une divinité païenne, Mère Terre-Humide, qui n'accepta de se laisser creuser que le jour où Dieu lui parla : « Ne pleure pas, lui dit-il. Tu nourriras les hommes, mais tu les mangeras tous aussi. » Nous avons gardé cette déesse nourricière. Notre terre ! Nous nous prosternons pour la toucher, nous la baisons avec respect. Nous la supplions de pardonner...

— Vous n'êtes pas les seuls, observa Tante Marthe. Savez-vous comment se suicidaient les esclaves noirs déportés au Brésil ? En mangeant de la terre, de désespoir d'avoir perdu la leur.

— Nous ne la mangeons pas ! s'offusqua-t-il. Nous autres Russes, nous confondons terre et Mère de Dieu. L'inonder de larmes est une sainte action...

— Curieux système d'irrigation !

— Laisse-le donc continuer, intervint Théo.

— Tu peux parler, toi, bougonna-t-elle. Ça t'intéresse, la Terre-Mère ?

— Beaucoup, dit Théo. Maman aussi pleure souvent, même quand elle est gaie. Mamy Théano dit que c'est la Grèce qui ressort.

— Mamy Théano est la grand-mère grecque de Théo, précisa Tante Marthe. Voilà qui le rend sensible à la Russie.

— Peut-être sommes-nous plus païens que les Grecs, dit Aliocha. Chez nous, Terre-Mère dévore l'envahisseur, Napoléon, Hitler... Elle nous défend.

467

L'adoration de la beauté

Lorsqu'il aperçut les coupoles bleues étoilées d'or, Théo ne put retenir un cri d'admiration. Scintillantes, leurs immenses croix éblouissaient l'azur. Le monastère de la Trinité-Saint-Serge semblait accueillir sur sa colline l'humanité entière. Théo pénétra dans l'enceinte à pas lents. Les allées bordées de buissons enneigés conduisaient aux églises où entraient de vieilles femmes en fichu, de très jeunes filles rieuses et des jeunes gens au visage grave. Des popes bien vêtus, tripotant leur croix pectorale avec componction, circulaient à travers la foule des fidèles qui leur baisaient la main et leur donnaient des images à bénir.

— Incroyable, murmura Tante Marthe. La dernière fois que je suis venue ici, je n'ai vu que deux ou trois *babouchkas*.

— C'est quoi, *babouchka* ? demanda Théo.

— Ce sont vieilles mères, répondit Aliocha. Elles sont très respectables. Avançons.

Ce fut difficile, tant l'église était pleine. En se frayant un chemin, Théo entendit des voix multiples et mystérieuses, murmure profond et pitoyable. Puis il vit les milliers de cierges brûlant dans la pénombre et sa poitrine se dilata.

— D'où elle vient, la musique ?

— Ce sont les fidèles qui chantent à plusieurs voix, murmura Aliocha.

— On dirait les anges, dit Théo ébloui.

Devant la foule qui priait en se frappant la poitrine, Théo aperçut un immense panneau couvert du haut en bas de longues figures auréolées : même regard noir, mêmes visages tristes aux yeux remplis de larmes… Les anges et les saints semblaient pleurer sur les fidèles.

— Les icônes, chuchota Aliocha. Vois-tu le Christ ? C'est le plus grand.

— Il me fait les gros yeux, murmura Théo fasciné.

– Christ est le maître de tout, « Pantocrator » en grec. Vrai visage de l'homme contemplé par Dieu. Face d'amour qui souffre en attendant qu'on se reconnaisse en lui. Fixer le regard du Christ, c'est se fondre dans sa souffrance et sa divinité.

– Ça me fait un drôle d'effet, dit Théo en frissonnant. Comme quand j'ai la fièvre…

– Normal, chuchota Aliocha. Contempler les icônes, écouter les chants, voir les lumières, respirer l'encens, c'est regarder la beauté. Alors tous les sens sont émus par le mystère de la Trinité : le Père n'est pas là, mais le Fils nous regarde avec amour, et la Mère qui pleure, c'est toi. Nous appelons cela la « douloureuse joie ».

– Quel truc, murmura Théo en reniflant. Cela donne envie de pleurer…

– Ne retiens pas, dit Aliocha. Laisse couler tes larmes, elles font du bien.

– Mais pourquoi ? Je ne fais pas exprès, c'est plus fort que moi…

– Laisse aller… répéta-t-il. C'est cela, la joie.

Quand la liturgie s'acheva, de grosses larmes ruisselaient sur le visage radieux de Théo.

– Prends ça, marmonna Tante Marthe en tendant son mouchoir. Tu as la morve au nez.

La source des pleurs et le second baptême

Sur le parvis régnait une agitation de fourmis. Dans une atmosphère de kermesse, les fidèles se pressaient autour des échoppes pour acheter de minuscules icônes et des croix. Assis à l'écart, un jeune homme au nez ensanglanté se tenait la tête en geignant.

– Qu'est-ce qu'il a ? s'inquiéta Théo. Il a reçu des coups ?

– On voit beaucoup de jeunes amochés le dimanche, répondit Aliocha. Le samedi, ils boivent. Dans la nuit, ils se battent. Le lendemain, pendant la liturgie, ils viennent prier avant de recommencer le samedi suivant…

Pris de pitié, Théo recommença à pleurnicher.

– Tu exagères, Théo, intervint Tante Marthe. Pour te mettre dans des états pareils, tu as perdu la tête !

– Martha Grigorievna, ces états qui vous scandalisent ne viennent pas de la tête, mais du cœur, dit Aliocha contrarié. La foi russe exige de se passer du cerveau…

– J'oubliais, maugréa-t-elle. Comment appelez-vous cela déjà ? Le cerveau dans le cœur ?

– Il faut, pendant la prière, que l'esprit descende du cerveau dans le cœur, corrigea-t-il. La tête s'occupe de l'intelligence, mais le cœur est source des émotions. Or l'intelligence ne sait pas prier. La prière ne consiste pas en une concentration de l'esprit sur les mots : il suffit de répéter comme un enfant, avec des bégaiements, des balbutiements, et la source jaillit du cœur.

– C'est puéril ! Sais-tu jusqu'à quelles extravagances vont les moines orthodoxes, Théo ? Ils se plient en deux à se couper le souffle, fixent leur nombril avec intensité et répètent inlassablement la prière de Jésus jusqu'à perdre conscience !

– Simple technique d'extase parmi d'autres ! protesta Aliocha. D'abord, les moines à l'origine de ces pratiques étaient grecs, ensuite, leur but, en se coupant le souffle, était d'obtenir la descente du cerveau jusqu'au cœur.

– A quoi sert le nombril, alors ? demanda Théo.

– Il est au milieu du ventre, à l'endroit où nous avons été séparés de notre mère. Une fois le cordon coupé, comment rétablir le contact ? Le nombril est centre du ventre comme il est centre du monde. Pour accéder à l'extase, il suffit de rythmer ensemble souffle et prière.

– Comme dans le yoga ! s'écria Théo. C'est vrai, Tante Marthe, ce n'est pas différent du « Om » d'Olibrius !

– Sauf que les yogis ne pleurent pas, rétorqua-t-elle. Ils sourient. Je n'aime pas ces pleurnicheries.

– Vous n'y entendez rien, Martha Grigorievna, dit Aliocha courroucé. Je vais vous expliquer le don des larmes. Comme les prophètes d'Israël n'avaient cessé de le clamer, le monde appartenait à la douleur, dont le Christ supplicié était l'incarnation suprême. Voilà pourquoi l'homme russe était constamment affligé d'une tristesse inspirée par Dieu.

– Air connu, dit Théo. Tout est souffrance !

Mais la tristesse humaine pouvait se transformer grâce au don des larmes. Si l'on se contentait d'austérités charnelles dans son coin, on restait stérile. En revanche, si l'on sortait de la mélancolie solitaire, alors on pouvait s'abandonner au goût délicieux des pleurs. Pleurer n'était pas accordé à tout un chacun : le don des larmes était une grâce réservée aux cœurs purs. En Russie, les saints hommes avaient le pouvoir de susciter les larmes, ce qui leur permettait de guérir les fidèles. On les appelait les *startsy*, les moines-prophètes ; au singulier, un *starets*.

A plusieurs reprises, la Russie avait connu de très fameux *startsy*. Au XVe siècle quand les troubles politiques secouaient le pays, au XIXe siècle pendant que l'Église russe était asservie à l'État, enfin sous le joug des soviétiques à l'époque des persécutions. Lorsque le peuple russe n'avait plus de recours, apparaissaient les moines-prophètes pour apaiser ses craintes et nourrir sa ferveur. Ils n'étaient pas mariés comme les popes, ils partaient au désert à l'exemple du Christ et de Moïse…

– Au désert dans la neige ? s'étonna Théo.

Neige ou sable, le principe du désert résidait dans le vide solitaire. Le *starets* s'isolait dans un ermitage où, bientôt, il attirait les foules par la bonté de son regard lumineux. Il était l'objet d'une vénération populaire : mieux qu'un dignitaire, plus qu'un pope, davantage qu'un tsar, son cœur simple rassemblait les Russes dans une communion collective. Et il savait faire couler les pleurs de joie seuls capables d'irriguer la sécheresse de l'esprit enfin descendu vers le cœur.

– J'appelle cela de la sensiblerie, grogna Tante Marthe. Pleurer sans arrêt, quelle faiblesse !

Faiblesse ? Oui, par nature l'homme était faible et pécheur. Mais il ne fallait pas pleurer continuellement, car les larmes qui ne s'arrêtaient pas signifiaient une cruelle

471

indifférence. Les vraies larmes étaient instantanées, à la façon d'un second baptême inondant le cœur de l'homme en prière. Elles lavaient le cœur de ses impuretés, le soulageaient et le rendaient heureux.

– N'est-ce pas, Théo, que tes larmes t'ont fait du bien ? conclut Aliocha.

– Plutôt, oui, répondit Théo. Mais ça coupe les jambes… Je suis vanné.

– Voilà ! cria Tante Marthe. Vous me l'avez complètement tourneboulé, Alexei Ephraïmovitch… Dans son état ! C'est intelligent !

Surpris de la colère de sa tante, Théo se moucha très fort.

La ville aux trois noms

– Doucement… Il ne faut rien exagérer ! C'est juste que les émotions, ça creuse. Je mangerais bien quelque chose…

– Veux-tu des *pirojkis* ? dit Aliocha empressé. On en trouve près des boutiques de souvenirs, à la porte du monastère.

– Ce sont des petits pâtés fourrés à la viande, précisa Tante Marthe. Ça te va ?

Théo s'empiffra de *pirojkis* accompagnés de Coca-Cola tout en lorgnant les objets pour touristes, poupées couronnées de bleuets et d'épis, matriochkas géantes à l'image des tsars, châles fleuris à franges noires.

– Et si tu achetais une matriochka ? suggéra Tante Marthe. Celle-ci, par exemple, avec ses bonnes joues et ses yeux bleus…

– Bof, fit-il. Tu m'en as déjà rapporté trois. Des châles, un pour Maman, un pour Attie, un pour Irène.

– D'accord, mais je t'offre la matriochka, insista-t-elle. Tu es prié de l'ouvrir tout de suite.

– Je parie qu'un message est caché dedans, grogna Théo en soulevant les poupées démontables. Gagné !

Parce que je réunis deux continents, on m'a souvent conquise et j'ai changé trois fois de nom. Si tu me trouves, tu pourras dire adieu à la raison…

Impassible, Théo glissa le message dans sa poche et entreprit de choisir les châles pour la famille.

— As-tu déjà deviné ? s'étonna Tante Marthe.

— Qu'est-ce que tu es pressée ! dit-il en tâtant les étoffes. Il n'y a pas le feu…

— Si, répondit-elle. Nous partons dès demain, je t'avais prévenu… Un seul jour pour trouver !

— Alors dans la voiture, concéda-t-il. Tu paies les châles ?

A cet instant, ébranlant l'espace, les premières cloches délivrèrent leurs sons puissants et graves, bientôt rejointes par les petites sonnant à toute volée. Le ciel entier tintait. Émerveillé, Théo s'immobilisa, ses châles à la main.

— Les cloches russes sont êtres vivants, dit Aliocha. Quand naquit l'Église russe, fondre une cloche était œuvre sacrée, car le son de la cloche fait résonner la voix de Dieu.

— Je n'ai jamais rien entendu d'aussi beau, dit Théo.

Il fallut l'arracher aux splendeurs de Saint-Serge et le fourrer dans la voiture de force. En rechignant, il sortit le papier de sa poche.

— Bon, soupira-t-il. « Entre deux continents », il me faudrait la carte. « On m'a souvent conquise »… Ça, banal, passons. « J'ai changé trois fois de nom », comment savoir ? Mais la fin, c'est le bouquet ! « Dire adieu à la raison » ?

— Je reconnais que ce n'est pas facile, admit Tante Marthe.

— Entre deux continents, il y a Mexico, dit Aliocha. Ou Tanger. Ou le détroit de Behring, entre la Russie et l'Amérique…

— On ne souffle pas ! prévint-elle.

— Entre la Grèce et la Turquie, attendez… Istanbul !

— Tu aurais pu sécher un peu, dit Tante Marthe dépitée. Et les trois noms de la ville ?

— Tu n'es jamais contente, répliqua-t-il. Tantôt je vais trop vite, tantôt trop lentement. Tu veux que je te donne les trois noms ? Constantinople, Byzance, Istanbul, na !

Maintenant que j'ai fait mes devoirs, je peux roupiller un brin ?

Et, se nichant contre l'épaule d'Aliocha, Théo s'endormit.

– Depuis que nous avons quitté le Japon, il pleure très souvent, murmura Tante Marthe. Son chagrin d'amour…

– Il est si attachant, dit Aliocha. Vous verrez que ces dernières larmes auront guéri son âme.

Petit pigeon

Pour le soir des adieux, Irina s'était mise en quatre. Espadon fumé, vodka, bortsch de betteraves rouges, glace à l'orange. Sur la table, elle avait posé des bougies ; la salle à manger était plus chaleureuse que jamais.

– A ta santé, *galoubtchik* ! dit Aliocha en levant son verre de vodka.

Théo en fit autant et but d'un trait.

– Aïe… gémit-il d'une voix étranglée. C'est drôlement fort ! J'en reprendrai un verre ou deux. Ça fait chaud partout…

– *Otchin etwas Bortsch ?* susurra Irina. *Das ist sehr gut !*

– *Stratvoutié, Irina, ich habe genug*, répondit Tante Marthe.

– Quand vous aurez fini de causer patagon ! s'énerva Théo. Moi, je vais téléphoner à Maman.

Le téléphone était dans le couloir. De loin, Marthe entendit la conversation habituelle. Tout allait bien, il n'avait pas attrapé froid, ils feraient les prochains examens à Istanbul, sa drôle de voix, c'était la vodka, il n'en avait bu que deux verres, très fort, oh oui, c'était très très beau, la Russie, et Fatou ? Elle allait bien aussi ? Non ? Ah…

– Demain, j'appelle Fatou, dit-il en revenant. Je vais faire semblant de lui demander un indice.

– As-tu besoin de ce prétexte ? dit Tante Marthe. Tu n'as qu'à téléphoner maintenant !

– Faut que je me prépare, souffla-t-il. Et puis j'ai trop bu.

Mélancolique, il se dirigea vers sa chambre en titubant. Irina vint lui poser un baiser sur la joue, suivie d'Aliocha qui s'assit sur le bord du lit en lui tenant la main.

– Dis, Aliocha, comment tu m'appelais tout à l'heure ? Galou quelque chose…

– *Galoubtchik*, dit Aliocha. En russe, « petit pigeon ».

– C'est joli, bâilla Théo pompette. Pigeon vole !

Chapitre 22

Islam : l'abandon à Dieu

Théo ment

Au matin, Théo se dirigea en tâtonnant vers le téléphone. Il composa le numéro à l'aveuglette…

– Fatou ? C'est mooi… Oui, je bâille. Je viens juste de me réveiller, et tu vois, je t'appelle. Ah, c'est la nuit ? Oh, pardon. Comment, si longtemps ? T'es sûre ? Je ne t'ai pas appelée depuis trois semaines ? Ça fait long. C'est pour ça que tu as l'air si triste ? Faut pas, voyons ! T'oublier ? Avec tes deux pendentifs autour du cou ? Je t'ai avec moi tout le temps. Bon, donne-moi mon indice. *Adieu à la raison en voyant ceux qui tournent.* Ça ne me dit rien. Comme ça je vais te rappeler plus tard, pour l'autre indice. Quand ? Après le petit déjeuner. Le Japon ? Sympa. Avec qui ? Une dame. Encore une vieille, oui. Bien sûr que je t'aime.

– Menteur, dit Tante Marthe dans son dos.

– Faut bien, soupira Théo. D'ailleurs elle va déjà mieux.

Revigoré par un thé noir, rassasié de croissants et bourré de confitures, Théo se demandait comment sortir de la situation. Déchiffrer le sens de l'indice, rappeler Fatou, la remercier, lui dire que, sans elle, il n'aurait jamais trouvé, que sans sa Pythie d'amour il n'avancerait pas… Que le sens du voyage, c'était le retour à Paris. Qu'il l'aimait, très fort.

Trouver « ceux qui tournent ».

– On va voir des danseurs à Istanbul ? demanda-t-il.

– En quelque sorte, répondit Tante Marthe. Je vais t'aider : ils sont en robe blanche.

– Et ils tournent, dit Théo songeur. Qu'est-ce que c'est que ce bazar ? Tous les danseurs tournent !

– Pas sur eux-mêmes, et pas tout le temps, dit-elle. Tu ne devineras pas. Ce sont les derviches tourneurs. Allez, appelle ta chérie…

De l'amour au fanatisme

A l'aéroport, comme prévu, les adieux firent couler des larmes. Serrés l'un contre l'autre, Irina et Aliocha agitèrent la main le plus longtemps possible. Maussade, Tante Marthe surveillait les bagages et Théo rêvait à Fatou. Dans l'avion, il feuilleta distraitement le magazine de la compagnie Turkish Airways et s'arrêta sur une photographie.

– C'est vraiment plein de mosquées, Istanbul, constata-t-il.

– Les plus nombreuses, les plus belles du monde, confirma Tante Marthe. Le meilleur endroit pour te faire connaître l'islam.

– Mais ce n'est pas La Mecque, le meilleur endroit ?

– Si. Malheureusement, les non-musulmans n'y sont admis sous aucun prétexte. Comment voudrais-tu que nous nous y rendions, toi et moi ? Nous n'avons aucune chance !

– On ne pourrait pas faire semblant ?

– Impossible. Dès qu'on arrive aux environs de La Mecque, on peut lire sur les pancartes : STOP. RESTRICTED AREA. MOSLIMS ONLY PERMITTED. Aire réservée aux musulmans… Je les ai vues de mes yeux ! Et puis c'est dangereux. Chaque année, pendant le grand pèlerinage, des fidèles meurent étouffés par la foule, c'est effrayant !

– C'est pas vrai, dit Théo. Quelle vilaine religion !

– Mais non… En Inde, pendant les pèlerinages sur le Gange, sur les douze millions de pèlerins, plusieurs centaines meurent chaque fois. Phénomènes de masse, sans rapport avec le contenu religieux. L'islam n'y est pour rien.

– Je demande à voir, répondit-il méfiant. Je ne suis pas sûr que tous les musulmans soient comme mon cheikh de Jérusalem.

– Tous les hindous ne sont pas Mahantji non plus ! Pas de religion sans fanatiques. Mais pas de fanatisme sans tolérance : c'est la règle.

– Seulement voilà, tu ne connais que les tolérants. Je vois les meilleurs, jamais les pires.

– Les pires ne te parleraient pas. Ils n'admettraient en aucun cas qu'on veuille comprendre toutes les religions à la fois. La leur, c'est la vraie, point final.

– Pourquoi les intégristes ne sont-ils pas tolérants, à la fin des fins ? C'est énervant !

– Mais logique, vois-tu… Les fanatiques naissent sur le terreau de la misère. Prends les pauvres dans les banlieues misérables, où tu veux dans le monde, à Bombay, au Caire, par exemple. Ils viennent de leur village parce qu'ils n'ont plus rien. La dernière sécheresse a fait mourir leur bétail, et les semences n'ont pas germé. Sans travail, sans nourriture, ils ont quitté la campagne pour trouver un emploi… Illusion. Les voilà piégés, ils ont tout perdu, leur village, leurs troupeaux, leurs arbres et leurs champs, tout sauf leur religion.

– A quoi ça peut bien leur servir, je me le demande.

– A reconstituer autour d'eux un monde à peu près cohérent. Au temple, à la mosquée, on se retrouve en communauté. Chez soi, on peut installer les petits objets du culte, un tapis, un portrait, une calligraphie, des dieux. Et puis viennent les religieux qui prennent soin des pauvres, car les mouvements intégristes pratiquent l'assistance aux pauvres avec une remarquable assiduité.

– Ah bon ? Ils font aussi le bien ?

– Il faut le voir en face, la réponse est oui, dit-elle. Seulement, c'est rarement gratuit. Les malheureux sont économiquement dépendants des religieux, et voilà comment trop souvent naissent les fanatismes.

– Donc les chefs religieux manipulent, conclut Théo.

– Pas si simple. Ce que les religieux voient clairement, c'est que la pauvreté s'installe autour des villes. En 2020, nous serons six milliards d'hommes sur la Terre dont la moitié entassée dans les mégapoles. Trois milliards !

– Tant que ça ? dit Théo effaré. Qu'est-ce qu'on peut faire ?

– Personne n'en sait rien. Chez les pauvres des bidonvilles, la religion est là, toute prête à consoler les déshérités. Elle réchauffe le cœur, elle suscite l'espoir… Comprends-tu ?

– Je comprends que de gros malins en profitent, bougonna Théo.

– Même pas, dit-elle. Vouloir rétablir la justice, cela peut se comprendre.

– La bombe à la main ? s'indigna Théo.

– Je ne t'ai jamais dit que j'approuvais. J'essaie de trouver les causes. Sinon, c'est la guerre !

– La guerre au nom de l'amour de Dieu, c'est horrible, dit Théo. Quand on aime, on ne veut pas faire mourir l'autre, que je sache !

– Voire… Connais-tu la légende de Tristan et Iseut ? Ils s'aimèrent tellement qu'ils en moururent tous deux…

– Ils n'avaient qu'à se marier.

– Ils ne pouvaient pas ! Iseut était mariée à l'oncle de Tristan…

– Alors tant pis pour eux. La tante et le neveu, cela ne se fait pas. T'imagines toi et moi ? Ils n'avaient qu'à pas s'aimer.

– Ils essayèrent ! L'amour est parfois mortel, Théo. Il arrive que des mères étouffent leur enfant d'amour et qu'il en meure. L'amour, c'est si souvent la guerre…

– Ce n'est pas mon avis, dit-il. L'amour, c'est la paix. Ou alors c'est du toc.

– Voyons un peu. Suppose qu'au retour Fatou ne t'aime plus. Est-ce que tu n'essaierais pas de la forcer ?

– C'est pas possible, répondit-il en rougissant. Nous deux, c'est pour de vrai. On se dispute, mais on ne se bat pas.

– La dispute, murmura-t-elle. Méfie-toi. Voilà le début de la guerre. C'est avec des disputes que Byzance se déchira. Ce sont les disputes qui séparent les religions entre elles. On cause gravement entre soi, on discute… Un

480

jour, on se querelle, on se sépare, on s'arme et l'on se bat. Au nom de Dieu et de l'amour.

— Quelle galère ! C'est bien simple, je ne te crois pas.

— A ta guise, soupira-t-elle. L'histoire d'Istanbul t'éclairera peut-être.

Nasra la musulmane

Bagages, porteurs… Les arrivées se ressemblaient. Comme au Caire, les femmes d'Istanbul étaient tantôt voilées, tantôt pas. Dans la bousculade, Tante Marthe cherchait leur prochain guide.

— Aide-moi, Théo. Elle a la peau foncée, les yeux très noirs…

— Pas trop jeune ? s'inquiéta Théo.

— Entre deux âges. Tu ne peux pas la manquer, elle est superbe.

— Celle-ci ? demanda Théo en désignant une grosse dame au visage rieur.

— Nasra est mince comme un fil ! s'offusqua-t-elle. Une gazelle ! Tiens, regarde, je ne t'ai pas menti…

C'était vrai. Nasra coupait le souffle. Yeux de biche, sourire mi-clos, voile de mousseline, longs pendants d'émeraude aux oreilles, elle semblait sortie d'une miniature. Bouche bée, Théo la contempla sans bouger d'un iota.

— *Hello !* lança-t-elle d'une voix un peu rauque. Ta tante m'a beaucoup parlé de toi. Tu m'embrasses ?

Il ne se le fit pas dire deux fois. En plus, elle sentait bon, et elle avait, à l'aile du nez, un minuscule brillant enchâssé.

— Tu es indienne, murmura-t-il blotti contre son cou. Je le vois à ton petit diamant.

— Je suis pakistanaise, corrigea-t-elle en souriant.

— C'est quelle religion, dans ton pays ? murmura Théo intimidé.

— Je te le dirai plus tard, répondit-elle. On ne va pas s'éterniser dans cette cohue.

Malgré sa taille fluette, Nasra ne manquait pas d'autorité. Aux porteurs, elle lança des ordres comme un vrai capitaine. Dûment secoué, le chauffeur du taxi démarra sans discuter. Portefaix, voitures, ânons, embouteillages, klaxons. Mais, en haut des collines, les minarets flottaient dans la poussière d'or. La voiture longea des marchés, des mosquées, des maisons de bois aux balcons ouvragés, des immeubles de béton, des boutiques, des échoppes, mais partout s'imposait la présence de la mer. Tante Marthe et Théo logeraient dans l'appartement de Nasra, septième étage avec terrasse et vue sur la Corne d'Or.

Nasra aimait les sofas et les tubéreuses. Elle défit son voile, envoya promener ses escarpins, secoua ses bracelets sertis de diamants et s'assit gracieusement sur le tapis. Silencieuse, une femme en noir apporta le café sucré. Nasra la remercia en arabe et la fit asseoir.

— Un diamant dans le nez, des tubéreuses et tu n'es pas indienne ! s'exclama Théo.

— Le Pakistan et l'Inde sont nés en 1947 du partage d'un seul pays qui s'appelait « les Indes », dit Tante Marthe. Au nord-ouest de l'Inde, là est le Pakistan, dont les habitants sont en majorité musulmans, comme Nasra.

— Donc tu parlais la langue musulmane de ton pays à l'instant, constata Théo.

— Chez moi, on parle ourdou, dit Nasra. A Istanbul, on parle turc, et je parlais arabe avec mon amie Mariam qui est palestinienne. Il n'y a pas de langue musulmane.

— Tout de même, Nasra, le Coran est écrit en arabe littéraire, intervint Tante Marthe.

— Dieu parle au cœur des croyants en leur langue, dit Nasra, sentencieuse. Il parla à Moïse en hébreu, à Jésus en araméen, et à Mahomet en arabe. Pour moi, la langue compte moins que l'amour de Dieu. Veux-tu goûter ces gâteaux, Théo ? Fais attention, ils sont bourrés de miel.

— Des *baklavas* ! dit Théo enchanté. Le miel a goût de paradis.

— Ne perdons pas trop de temps, Nasra, intervint Tante Marthe.

Le Coran

La jeune femme replia ses jambes sous ses genoux.

— Allons-y, dit-elle. Alors, il paraît que je dois t'expliquer le Coran ?

— Première nouvelle, s'étonna-t-il. Le cheikh m'a raconté à Jérusalem. Allah, Mahomet, Abraham… Je sais déjà tout !

— Voyons cela, sourit-elle. Te rappelles-tu ce que signifie Coran ?

De surprise, Théo ouvrit la bouche et le miel coula sur son menton.

— Notre ami Suleymane m'avait bien prévenue que tu risquais d'oublier, observa-t-elle. Oui, lui et moi, nous nous connaissons, figure-toi, et même assez bien. Il te l'a dit pourtant : Coran signifie « RÉCITATION ». Sais-tu au moins qui est Iblis dans notre livre ?

Pas de réponse.

— Je vais te le dire. Lorsque le Créateur modela Adam dans la glaise, il ordonna à tous ses anges de se prosterner devant sa créature. Un seul refusa, Iblis. « Je ne me prosternerai pas, dit-il, parce que je suis meilleur que lui. Tu m'as créé de feu, et lui, d'argile. » Aussitôt, le Créateur le déchut : « Sors d'ici ! Sois maudit jusqu'au jour du Jugement ! »

— Pourtant, il avait raison, cet ange, dit Théo.

— Non, car il contestait son Seigneur. Cependant, Iblis demanda au Créateur un délai, pour séduire les hommes. La réponse d'Allah est très mystérieuse : « Tu es de ceux à qui un délai est accordé », lui dit-il en acceptant sa supplique. Si bien que le Créateur laissa à l'ange déchu le pouvoir d'entraîner les hommes vers l'Enfer. Iblis, le premier infidèle, s'appelle aussi Satan.

— Bon, c'est le diable !

— Mais Iblis a conclu un accord avec Dieu, ce qui n'est pas le cas du diable chez les chrétiens. C'est au croyant de décider de choisir entre Iblis et le Prophète, car le Coran l'avertit : s'il ne respecte pas la parole de Mahomet, alors, quand viendra l'Heure, l'attendront la fournaise et la poix bouillante.

– Comme d'habitude.

– Non, davantage. Le Coran insiste très longuement sur les supplices de l'Enfer. Mais il s'attarde aussi sur les plaisirs infinis du Paradis, jardins fabuleux pleins de fleuves de lait et de miel, où tous les désirs sont satisfaits. De jeunes garçons en satin vert versent des nectars délicieux, les houris dansent pour ravir les sens…

– Les houris ?

– Des créatures célestes, des jeunes filles aux yeux cernés de khôl, intervint Tante Marthe. Ce sont les compagnes des croyants, éternellement vierges…

– Je vois qu'au Paradis d'Allah, on s'éclate, commenta Théo. Mieux que chez les chrétiens où on ne fait rien.

– Ce sont des images, Théo, reprit Nasra. Elles sont là pour faire rêver. Car, pour éviter l'Enfer et gagner son Paradis, la méthode est simple. Il suffit de respecter à la lettre les cinq piliers de l'islam. Un, attester qu'il n'y a de Dieu que Dieu et que Mahomet est son prophète. Cette profession de foi s'appelle la « Chahada », c'est-à-dire le témoignage. Deux, pratiquer les prières. Trois, payer chaque année la dîme de l'aumône obligatoire pour les riches.

– La dîme ? s'étonna Théo. J'ai appris en histoire que sous l'Ancien Régime, les prêtres la prélevaient sur les récoltes des paysans…

– Dans l'islam, il n'y a pas de prêtre. Le croyant la donne au Seigneur son Dieu, intervint Tante Marthe. Une cotisation à répartir entre les pauvres. Il me semble qu'il existe aussi une aumône volontaire, n'est-ce pas, Nasra ?

– Elle est recommandée. Le quatrième pilier consiste à jeûner pendant le mois de Ramadan. De l'aube au coucher du soleil, le jeûne est absolu. Pas une miette de pain, pas une goutte d'eau. On n'a même pas le droit d'avaler sa salive…

– La vache ! s'exclama Théo. C'est rude !

– L'effort fait partie du Ramadan, admit Nasra. Mais on fait la fête le soir, en famille. Quant au cinquième pilier, c'est l'obligation de faire le pèlerinage à La Mecque si l'on a les moyens. Comme tu vois, les principes sont simples. S'y ajoutent d'autres prescriptions plus détaillées, aussi nombreuses que celles édictées par Moïse pour les juifs.

– Ce sont souvent les mêmes, remarqua Tante Marthe. Interdit sur le porc, sur les animaux qui ne sont pas saignés selon le rite, circoncision…

– A quoi s'ajoute souvent par erreur l'excision des filles ! s'indigna Nasra. Quand je pense qu'il s'agit d'une coutume africaine et que nos traditionalistes en font des préceptes musulmans. Le Prophète rejette l'excision, lui !

– Ne vous étouffez pas, ma chérie, sourit Tante Marthe. Pour le vin, c'est le Prophète qui l'interdit et lui seul, pas de doute.

– Il y est venu peu à peu, précisa-t-elle. Au début, il célébra la douceur du vin comme un bienfait de Dieu. Mais devant les désordres causés par l'ivresse des premiers croyants, il se comporta en chef d'État. Tenez, exactement comme Gorbatchev quand il arriva au pouvoir en Union soviétique dans les années quatre-vingt : sa première décision fut d'interdire l'alcool. Mais le Prophète est plus sévère encore sur les jeux d'argent, vaines et dangereuses idoles…

– Vous n'empêcherez pas qu'à l'exception du vin, sur les tabous alimentaires, le Coran ressemble beaucoup à la Bible, insista Tante Marthe.

– Je n'en disconviens pas ! Le Prophète ne cesse de rappeler qu'avant lui Allah a envoyé ses messagers aux hommes. Voilà pourquoi le Créateur envoya un dernier message respectueux de ceux qui vinrent avant lui. Le Prophète envoya des émissaires aux juifs et aux chrétiens, mais, malgré les révélations précédentes, ils n'ont pas voulu écouter. C'est ce que dit le Coran.

– C'est donc vrai, ce que disait Suleymane, plus aucun messager ne viendra ? demanda Théo.

– Attention, prévint Nasra. Si l'on s'en tient au Coran, aucun. Mais il existe de nombreux commentaires, les « Hadith », qui constituent la tradition du Prophète, la « Sunna ». Or, selon l'un des Hadith, quelqu'un viendra, le Mahdî, ce qui signifie le Bien Guidé, qui aurait la même fonction que le Messie des Hébreux. En général, les croyants ne l'espèrent pas comme les juifs, ils ne croient pas à son incarnation comme les chrétiens, ils n'attendent que l'Événement final. Alors les croyants seront récompensés et les infidèles iront en enfer.

– Parlons un peu des infidèles, justement, intervint Tante Marthe. Car, selon le Coran, la lutte contre les infidèles est quand même une obligation !

– Vous voulez parler du Djihad, la guerre sainte ? répondit Nasra. Savez-vous que le mot signifie avant tout « Lutte sur le chemin de Dieu », « Effort dans un but précis » ?

– Effort sur soi, dit Théo. Tu vois que je n'ai pas tout oublié.

– Je te félicite, Théo ! Tu comprends mieux que ta tante… De plus, les infidèles ne sont pas tous les non-musulmans !

– Oh ! Je sais, reprit Tante Marthe. Vous allez me dire que les fidèles des autres religions du Livre, juifs et chrétiens, sont tolérés par l'islam pourvu qu'ils paient des impôts particuliers. Vous me citerez en exemple Soliman, le sultan de l'Empire turc qui accueillit à bras ouverts les juifs chassés d'Europe après le décret d'expulsion des rois très catholiques en 1492. Je connais tout cela. N'empêche que si vous êtes animiste, bouddhiste ou hindou, vous serez obligé de vous convertir à l'islam sous peine de mort !

– Hélas ! On en a fait souvent le sixième pilier de l'islam. Le Djihad serait la porte du Paradis… Je préfère la version du grand philosophe al-Ghazali : « On peut être guerrier au Djihad sans quitter son foyer. »

– Un peu facile, Nasra. Parlez donc à Théo des prescriptions coraniques sur les femmes. Elles font tant de bruit !

– Oui, je n'aurais pas dû me dévoiler devant toi, Théo, dit Nasra en riant. Car tu n'es ni mon père ni mon frère ni un membre de ma famille, et tu n'es plus un petit garçon. Maintenant, réfléchis. Il faut se replacer à l'époque qui précède la révélation : le « temps de l'ignorance ». C'est aux hommes, tous violents et brutaux, que s'adresse Mahomet en premier lieu. Il leur interdit de répudier leur femme à propos de tout et de rien. Il leur enjoint, s'ils divorcent, de la dédommager matériellement, leur demande d'être bons avec elle et, s'ils la battent, de ne pas exagérer… Cela donne une idée de la situation des femmes en Arabie quand le Prophète annonça la Parole ! A la naissance, les Bédouins enterraient leurs filles vivantes si cela leur chantait…

– D'accord, dit Tante Marthe. Ensuite le Prophète s'adresse aux femmes.

– C'est vrai, admit-elle. Mais si l'on regarde de près, le Coran est plutôt raisonnable. Les femmes doivent être vertueuses, bonnes épouses, bonnes mères, mener une vie décente, ramener leur voile sur leurs seins et se dévoiler en famille. Je ne vois là rien de scandaleux. Préfères-tu voir les femmes nues dans les défilés de haute couture à Paris ?

– C'est joli, une femme nue, osa Théo.

– Est-ce que ta mère se promène les seins nus dans les rues de Paris ? rétorqua vertement la jeune femme. Cela m'étonnerait. La vérité, c'est qu'il y a de l'exagération des deux côtés.

– Dites plutôt à Théo d'où vient l'exagération musulmane, demanda Tante Marthe.

– Les musulmans n'ont ni pape ni patriarche pour décider de l'application du Coran. La communauté des croyants, en arabe l'Umma, n'a pas de chef infaillible… Alors, depuis des siècles, les savants docteurs musulmans ont ajouté leurs commentaires : les femmes ne doivent pas seulement se voiler la poitrine, mais la tête et le visage. Tu trouves cela en petite note dans certaines traductions du Coran en français. Mais, dans le Livre lui-même, rien de tel.

– Pourquoi t'es-tu dévoilée devant moi, alors ? s'étonna Théo.

– Moi, je m'adapte. Quand je vais voir mes amis en Inde, je ne porte pas de voile. En Europe non plus. Mais si je séjourne dans un pays où je pourrais choquer, je mets un voile sur la tête. Je ne suis pas intégriste, Théo.

– Je m'en serais douté, dit-il. Et ton mari a plusieurs femmes ?

– Non, dit-elle. Le fait d'avoir plusieurs femmes s'appelle la polygamie, différente de la monogamie, système dans lequel on n'a le droit d'avoir qu'une seule épouse. Aux temps du Prophète, la polygamie était la règle des Bédouins. Le Prophète lui-même a épousé douze femmes, mais seulement après la mort de la première. Le Prophète a donc été longtemps monogame… Pourquoi a-t-il changé ensuite ? Sans doute parce que le fait d'avoir plusieurs épouses était le privilège des chefs importants. Mais, pour l'époque, le Prophète a édicté des lois rigoureuses sur la polygamie : le nombre des épouses est strictement limité à quatre, et encore, seulement si le croyant a les moyens de les entretenir. Le Coran ordonne aux hommes d'honorer régulièrement leurs femmes, de la façon la plus équitable : une nuit chacune.

– Je vois d'ici la tête de Maman si Papa lui infligeait un truc pareil ! s'écria Théo.

– Elle n'accepterait pas, dit Nasra. Et elle aurait raison ! Oh ! Je sais qu'il se trouve encore aujourd'hui de savants commentateurs musulmans pour justifier la polygamie en affirmant qu'elle correspond à la sécurité sociale en France, qu'elle constitue une solide protection pour les femmes qui, sans cela, vivraient dans la solitude et la misère… Cela signifie qu'elles n'ont pas le droit d'être indépendantes financièrement, et donc qu'elles ne peuvent pas travailler ! Cela ne me va pas. Je travaille, moi. Je gagne ma vie. D'ailleurs mon mari n'est pas musulman, il est chrétien.

– Hérétique ! tonna Tante Marthe. Infidèle ! Selon le Coran, un musulman peut épouser une juive ou une chrétienne, mais pas l'inverse !

– Parce que les commentateurs du Coran n'ont pas évolué, soupira Nasra. Les prescriptions sur les femmes sont restées celles du temps de Mahomet. D'ailleurs, selon les pays, elles se sont plus ou moins adaptées. On interdit ici l'éducation des filles, alors qu'elle est possible ailleurs. Les gouvernements imposent la monogamie ou pas. Allah est unique, mais les croyants sont divisés.

– Eux aussi ? s'étonna Théo.

Les multiples branches de l'islam

Comme les autres. Après la mort du Prophète…

– Ne me dis pas ! s'écria Théo. Je vais poursuivre à ta place. Ses successeurs se firent la guerre pour récupérer le pouvoir.

Naturellement. Qui allait gouverner la communauté musulmane ? Qui serait le calife, Commandeur des croyants ? Le 8 juin 632, la nuit même de la mort du Prophète, que sa femme Aïcha « la bien-aimée » pleurait encore, trois partis s'affrontèrent. Celui des gens de Médine, celui des compagnons du Prophète et celui de son plus proche héritier, Ali, son gendre et cousin. Ce dernier parti se trouva aussitôt un nom : le « Parti » tout court, *al-shyia*. Quelques années plus tard, un autre parti fit sécession parce que Ali leur semblait trop faible pour diriger la communauté des croyants : ceux-là s'appelèrent eux-mêmes les « karijites ». Un peu plus tard, l'un d'eux poignarda Ali, et son fils Hussein fut sauvagement massacré au cours d'une bataille entre partis rivaux.

Pour la première fois, des musulmans tuaient le petit-fils du Prophète en personne ! Alors les musulmans se séparèrent en deux branches irréconciliables, celle de la tradition du Prophète, la Sunna, qui désignait son chef avec le consensus unanime de la communauté, et celle de l'héritier légitime assassiné, celle du Parti, *al-shyia*. Par la suite, ceux de la Sunna devinrent les « sunnites », et ceux du Parti, les « chiites ».

Les califes sunnites demandèrent aux savants de fixer

les règles de l'islam, avec comme priorité la paix et la solidarité entre les croyants. Le sunnisme était devenu largement majoritaire dans le monde musulman. Mais le schisme sanglant n'en avait pas moins partagé l'islam en deux : les sunnites, pour qui Hussein n'était qu'un chef de guerre mort à la guerre, et les chiites, pour qui l'héritier légitime du Prophète était devenu un saint martyr. Les chiites célébraient chaque année le cruel martyre d'Hussein en revivant ses plaies et ses blessures au cours de processions impressionnantes. Pour faire couler leur sang comme celui d'Hussein supplicié, ils se flagellaient ; parfois, ils se tailladaient les chairs.

– Voilà autre chose, bougonna Théo. J'espère qu'ils ne continuent pas !

Si. Surtout dans les pays dont la misère suscite des ferveurs extrêmes, qui permettent, en exprimant la souffrance, de l'expulser pour un temps… Mais l'histoire des chiites ne s'arrêtait pas avec la passion d'Hussein. Au commencement, ils avaient leurs imams, leurs chefs. Puis de la branche chiite originaire se détachèrent plusieurs branches secondaires, toutes surgies au difficile moment de la mort des imams qui posait chaque fois la question redoutée : quel serait le vrai descendant du Prophète ? Certains, après la disparition du septième imam, choisirent contre les autres de soutenir un imam nommé Ismaïl, qui mourut avant son père. Problème : que faire de la succession ? Devant cette situation inextricable, les « ismaïliens » décidèrent qu'Ismaïl n'était pas mort et qu'il reviendrait un jour.

– Une sorte de Messie, observa Théo.

… Dont les ismaïliens attendaient avec ferveur la Grande Résurrection. Un jour, en 1090, elle fut solennellement proclamée par l'imam Hasan, en plein jeûne du Ramadan, en un lieu situé aujourd'hui en Iran. La scène fut étonnante. Sur la grande place de la forteresse d'Alamût, l'imam Hasan fit construire une estrade qui tournait le dos à La Mecque et s'adressa aux populations des mondes, djinns, hommes et anges, pour leur annoncer l'existence du « Résurrecteur » incarné en sa personne. Puis il fit rompre le jeûne et célébrer une fête, transgressant par deux fois les piliers de l'islam : une première fois en tournant le trône dans la direction opposée à La Mecque, une seconde fois en rompant le Ramadan. L'imam Hasan était devenu maître de vérité, seul détenteur de la transmission de la doctrine.

– Décidément, aucune religion ne résiste à la tentation, commenta Théo. C'est tellement bon d'être le seul !

Les ismaïliens se dissocièrent donc radicalement de la branche principale. L'Occident les connaissait surtout sous le nom d'« Assassins » car, pendant un épisode tourmenté de leur longue histoire, une secte née de la Résurrection d'Alamût avait érigé le terrorisme au rang d'action sacrée. On a cru que les « Assassins » agissaient sous l'influence du « haschich » et que leur appellation provenait des effets de la substance paradisiaque, mais, selon d'autres avis, le mot d'assassin vient peut-être du mot arabe *hashishi* qui signifie « sectaire ».

– Ce ne seraient pas eux les inspirateurs des terroristes, des fois ? suggéra Théo.

La violence collective des ismaïliens s'expliquait par l'imminence de la Résurrection : ces musulmans d'un genre nouveau se comportaient en fidèles pressés par la hâte d'agir, l'urgence d'un monde à investir. Leur doctrine comportait une partie publique, fondée sur une histoire cyclique divisée en sept ères, chacune annoncée par un prophète, le *nâtiq*, et incarnée dans un « homme fondamental », puis dans un imam maître de la vérité cachée. Car l'autre partie de la doctrine était secrète : c'était le sens secret du Coran, qui serait révélé au dernier jour, mais que les initiés pouvaient déchiffrer de leur vivant. Après mille péripéties, les ismaïliens se réfugièrent au XIXe siècle à Bombay, en Inde, sous l'autorité de leur chef, nommé Agha Khan.

– Dis-moi, Tante Marthe, tu les as oubliés, en Inde, les ismaïliens ! s'écria Théo.

Tante Marthe protesta que, pour singuliers qu'ils fussent, les ismaïliens n'en étaient pas moins musulmans, et que d'ailleurs ils n'avaient pas été les seuls à s'inventer des prophètes de leur cru. Pareille aventure arriva aux chiites lorsqu'ils furent confrontés de nouveau à un insoluble problème de généalogie : car le onzième imam mourut sans descendance. Qui serait le douzième ?

– Un Livre sacré, comme pour les sikhs ? proposa Théo.

Non, dit Nasra. Les chiites se mirent à attendre leur douzième imam. Il était simplement caché aux yeux des hommes. Parfois, il circulait anonymement parmi eux, mais personne ne connaissait son visage. Un jour, il reviendrait à la face du monde…

– Et de deux, constata Théo.

Davantage encore ! Car la secte des druzes attendait pour sa part le retour de l'imam al-Darazi, étrange personnage qui disparut un jour de son palais. Les druzes avaient leur propre livre, les Lettres de la Sagesse, appelées également Épîtres des Frères de pureté ; leurs coutumes restaient infiniment secrètes. Mais les chiites n'avaient ni l'impatience activiste des ismaïliens ni le goût de l'obscurité des druzes.

– Il faut le savoir, Théo, l'histoire de l'islam est surprenante, soupira Nasra. Sur la longue absence du douzième imam des chiites s'est développée leur théologie inspirée fondée sur le Dieu unique, la révélation de Mahomet et la légitimité des descendants d'Ali, gendre et cousin du Prophète, que le douzième imam viendra, disent-ils, réincarner un jour. A cause du chiffre « douze », on les appelle parfois les « duodécimains ». Leur foi est plus radicale que celle des sunnites, et leurs espoirs, plus fous… Car pour guider l'humanité sur la voie du salut, les chiites croient dans l'existence de ces saints imams au cœur pur, chefs religieux suprêmes, toujours descendants lointains d'Hussein le martyr. L'obéissance aux imams est une obligation sacrée…

– Ça ne me plaît pas, dit Théo. L'obéissance aveugle, ça sent toujours le roussi !

– Nuance un peu ton jugement, je te prie, répliqua

Nasra. En Iran, l'attente du douzième imam a suscité une espérance d'égalité révolutionnaire, aboutie en 1979 avec la Révolution islamique lorsque l'ayatollah Khomeyni est revenu en avion et que, au mépris de la théologie chiite, la foule de Téhéran s'est mise à crier : « L'Imam est venu ! »

— Je veux bien, dit Théo, mais tout ça, c'est messianisme et compagnie. Je croyais que Mahomet était le dernier Prophète...

— Telle est précisément la position des sunnites, qui respectent d'une part l'intégralité du Coran et d'autre part la tradition des Hadith. Le Coran contient en effet la « Charia », la loi coranique. Mais l'intégralité du Coran est une affaire de taille, puisque nous n'avons aucun pape infaillible pour décider de ses applications pratiques...

— Vu comme ça, c'est pas mal, le pape, dit Théo rêveur. A part que les femmes ne sont pas toujours mieux traitées par l'Église catholique...

Nasra fit observer que, dans l'islam du XXe siècle, existaient deux courants qui n'avaient rien à voir avec les schismes précédents. Le premier courant voulait à tout prix appliquer le Coran à la lettre et respecter la Charia dans les moindres détails. Les partisans de cette politique religieuse étaient passés de l'intégralité du Coran à l'intégrisme : tout ou rien ! Au contraire, le second courant, appelé réformiste, affirmait que le Prophète avait été capable d'adapter son message à la société de son époque : donc, rien n'interdisait de moderniser le Coran pour l'ajuster aux temps modernes.

— On ne les entend pas beaucoup, dis donc ! s'exclama Théo.

— Parce qu'ils ne posent pas de bombes et se contentent de publier leurs livres ! A mon sens, on a grand tort de ne pas les écouter, car ils tentent de mettre fin aux divisions des musulmans... Souvent, ils ont d'énormes difficultés avec les intégristes : car, pour ceux-là, rien n'est plus dangereux que la modernisation du Coran. Enfin, Théo, il faut que je te dise qu'il existe une dernière branche de l'islam, aussi ancienne que le Coran, et qui a traversé l'histoire de la religion musulmane sans provoquer le moindre schisme.

– Écoute de toutes tes oreilles, Théo… glissa Tante Marthe. Car Nasra a gardé le meilleur pour la fin.

Ces musulmans-là vivaient pour l'amour d'Allah, de lui seul. A leurs yeux, toutes les religions aimaient Dieu : c'est pourquoi la dernière branche était celle de la tolérance. Les croyants de cet islam ne convertissaient pas les infidèles par la force, pas plus que par les sermons et commentaires, non. Ils n'attendaient aucun imam, ils ne parlaient pas de résurrection. Simplement, ils apprenaient comment trouver l'amour divin, en direct.

– En direct ? s'écria Théo. Ce sont des mystiques, comme les soufis de Nizamuddin !

La dernière branche de l'islam était en effet le soufisme. Mais le propre du soufisme étant de laisser chacun libre d'exprimer l'amour de Dieu à sa façon, il prenait des formes très diverses. En Inde, Théo avait écouté le chant des *kawwali*. Mais en Turquie, par exemple, les soufis avaient découvert deux autres façons de communiquer avec Dieu : la danse, ou bien parfois le hurlement sacré. Les soufis à travers le monde n'avaient en commun que l'amour de Dieu, la tolérance, et le « Dhikr », la récitation du nom d'Allah.

– Mais toi, où te situer là-dedans ? demanda Théo.

– Dans la dernière branche, répondit-elle. Je suis soufie.

– Non seulement soufie, mais derviche, ajouta Tante Marthe.

– Tu tournes ? s'écria Théo estomaqué. Montre !

– Il ne s'agit pas d'un exercice de cirque, rétorqua sévèrement la jeune femme. Tourner, c'est aimer Dieu. Il te reste encore tant de choses à comprendre de l'islam, Théo. Quelle magnifique religion ! Le pur amour, l'égalité et la justice…

– Sauf que les hommes sont plus égaux que les femmes, dit Théo obstiné.

– Les femmes n'avaient pas le droit d'être derviches, et pourtant je le suis devenue, dit Nasra. L'islam sait changer quand il veut.

Le pèlerinage à La Mecque

– Et le grand pèlerinage à La Mecque, tu l'as fait? demanda Théo.

– Pas encore, expliqua Nasra embarrassée.

Pour elle, c'était compliqué. Le pèlerinage n'était obligatoire qu'une seule fois dans le cours d'une vie, car le Prophète en personne ne l'avait pratiqué que deux fois. Sur ce point, il s'était montré mesuré, comme à son ordinaire. Quelqu'un lui avait demandé : « Faut-il faire le pèlerinage chaque année ? » Le Prophète n'avait pas répondu. Trois fois de suite, l'homme répéta la question. Enfin le Prophète s'exprima : « Si je dis oui, cela deviendra obligatoire, et vous ne pourrez pas le faire. » Voilà pourquoi seuls les croyants qui avaient les moyens financiers avaient l'obligation de se rendre à La Mecque. Nasra ne manquait pas d'argent, mais elle ne pouvait pas s'y rendre avec son mari chrétien, et les savants commentateurs se disputaient pour savoir si une femme peut accomplir le pèlerinage sans être accompagnée d'un parent. Nasra n'était pas très sûre d'être autorisée à entrer sur le territoire de La Mecque, dont les souverains gardaient jalousement les Lieux saints… En revanche, son père était un *hadji*, titre réservé aux pèlerins à leur retour. Il avait fait le grand pèlerinage, suivi l'intégralité du parcours, il avait tout fait comme il le fallait, il en avait même parlé à sa fille, qui attendait un moment favorable.

– Alors ce doit être sacrément difficile, observa Théo.

– Pas tellement, mais réglé comme du papier à musique ! Il suffit de suivre les quatre piliers du pèlerinage de La Mecque.

– Encore des piliers !

– L'islam bâtit, dit-elle. Je vais te dire ce que m'a raconté mon père. Le pilier du premier jour s'appelle la sacralisation, l'« Ihram ». C'est l'acte initial, le vrai départ. Le futur pèlerin est déjà arrivé en Arabie Saoudite : c'est là, dans des endroits strictement définis par le Prophète selon la provenance géographique des fidèles, qu'on déclare solennellement son intention de pèleriner. Alors, en signe d'égalité entre les pèlerins, on troque ses vêtements contre deux simples pièces d'étoffe blanche, l'une serrée autour des hanches, l'autre drapée sur les épaules, les mêmes pour tous. On prie, ensuite on se coupe les ongles et l'on se parfume, car toutes ces opérations sont interdites après la sacralisation.

– Et ton père, il est venu par l'Égypte ou l'Irak ?

– Patience, dit Nasra. Autrefois, de longues caravanes sillonnaient les déserts depuis le bout du monde, et les musulmans du Kansu, en Chine, mettaient jusqu'à trois ans pour aller à La Mecque. Aujourd'hui, le nombre de pèlerins s'élève au moins à deux millions de fidèles pendant le mois sacré réservé au pèlerinage annuel. Mon père est arrivé en avion et il s'était changé dans la cabine quand il a débarqué à l'aéroport de Djeddah. Il a été surpris : La Mecque est une ville hérissée de buildings et de minarets surgissant entre les montagnes désertiques… Plus rien d'une ville ancienne. Mais il m'a dit que dans la plaine se dressent par milliers des tentes blanches, sans compter les hôtels et les auberges. L'affluence est telle que le gouvernement d'Arabie Saoudite, dont c'est le devoir sacré, se trouve confronté aux dangers d'une foule de plus en plus compacte… Parfois, ça tourne mal ! Enfin, pour mon père, tout s'est bien passé.

– Il a eu de la chance, dit Tante Marthe. Quand vous irez seule, soyez prudente !

– Si je décide d'y aller, dit Nasra. Je ne suis pas très sûre d'avoir envie d'obéir aux instructions des imams ! Mon père était enthousiaste, mais mon père est un homme, alors évidemment… Enfin, il a beaucoup apprécié son deuxième jour de pèlerin. On se rend à Arafat, ce qui signifie en arabe : « connaissance ». C'est à cet endroit qu'Adam et Ève se sont retrouvés après leur expulsion du Paradis : car Adam avait été jeté sur Terre en Inde, et Ève au Yémen. En souvenir de leur rencontre, les descendants d'Adam et

Ève doivent se tourner vers leur Créateur pour lui demander pardon, secours et aide dans l'avenir. Tel est le sens du deuxième pilier du pèlerinage à La Mecque. Ce qui est magnifique, c'est que les *hadjis* du monde entier se retrouvent au lieu des retrouvailles des ancêtres de l'humanité... D'après mon père, Arafat est une sorte de Babel où se parlent toutes les langues ! De là, au matin du troisième jour, il est allé à Mouzdalifa ramasser soixante-dix cailloux.

— Pourquoi tant de cailloux ? s'étonna Théo. Cela ne se mange pas !

— Non, mais cela se jette. Le lendemain, non loin de La Mecque, à Mina, le croyant doit lapider les *« cheytanes »*, trois stèles arrondies, symboles d'Iblis le Satan, sept fois de suite. Là, Adam a chassé Iblis à coups de pierre, à moins que ce ne soient Ibrahim et son fils Ismaël. Toujours est-il que mon père a chassé le Satan à son tour... Le même jour, il a sacrifié un mouton, s'est rasé la tête, et il n'était plus en état de sacralisation. Alors seulement il s'est rendu à La Mecque pour faire sept fois le « Tawaf », le tour de la Kaaba, où est encastrée la « Pierre noire », représentation de la main droite de Dieu sur la terre.

— Tu as sûrement vu des photos de la Kaaba, Théo, dit Tante Marthe.

— Cela ne me dit rien, réfléchit-il. Une pierre noire ? En forme de quoi ?

— Je vais t'expliquer, dit Nasra. La Kaaba est une haute construction recouverte d'une tenture noire brodée d'or. Mais la Pierre noire ne mesure que 30 centimètres de diamètre : trois simples morceaux de roche aux reflets rouges. Lancée par l'ange Gabriel, la Pierre a été recueillie par le prophète Ibrahim et son fils Ismaël au moment où ils construisaient la Kaaba. On n'adore pas la Pierre noire, on ne se prosterne pas en face d'elle, ce serait idolâtre... On tourne autour d'elle dans le sens contraire des aiguilles d'une montre, en récitant des prières. Mon père a baisé la pierre, posé ses mains sur la main droite de Dieu en signe d'engagement définitif... C'est ainsi qu'il a accompli le Tawaf, le cœur du pèlerinage, son troisième pilier.

– Ouf ! dit Théo. J'espère que c'est presque fini !

– Presque, Théo ! Reste le dernier pilier. Faire la navette entre le mont Safa et le mont Marwa, à pied, sept fois de suite, en sautillant au milieu de chaque parcours.

– A quoi ça rime ? En voilà une drôle d'histoire !

– Tu ne crois pas si bien dire, mon chéri… glissa Nasra affectueusement. L'histoire qui donna naissance à ce rite est étrange, mais si émouvante ! Cela se passe au moment où Ibrahim conduit sa femme Agar en plein désert. A cet endroit précis, après qu'Ibrahim a laissé Agar et son fils Ismaël à la garde du Tout-Puissant, la pauvre mère court entre ces deux collines chercher de l'eau pour le bébé assoiffé. Il va mourir, le petit… Par miracle, l'eau jaillit !

– *Of course*, dit Théo. Sinon les descendants d'Ismaël ne seraient pas là pour faire le pèlerinage.

– On a conservé l'eau qui sauva l'enfant au puits sacré de Zemzem, et c'est en souvenir de la folle course d'Agar que le croyant doit imiter son parcours. Tu t'en doutes, il y a beau temps que le circuit sacré ne se trouve plus en plein désert. Le mont Safa est recouvert par un dôme. Enfin, après avoir parcouru sept fois le chemin, mon père est retourné à Mina pour trois nuits en lapidant chaque jour sept fois les *cheytanes* avec les fameux cailloux.

– Dans ce cas, il en faut en effet beaucoup, remarqua Théo. Vaut mieux se munir d'un gros sac.

– Ensuite mon père est allé jusqu'à Médine, deuxième ville sainte de l'islam. Le pèlerin s'y lave, s'y parfume et va prier à la sainte mosquée du Prophète, un somptueux édifice au sol couvert de tapis rouges à motifs gris, qui a beaucoup impressionné mon père… Il a prié sur la tombe du Prophète, puis au cimetière de ses dix mille compagnons, de ses enfants et de ses épouses.

– C'est terminé, cette fois ?

– Oui ! Mon père affirme que ces prescriptions ont l'air rigides, mais l'essentiel à ses yeux réside dans les quatre piliers : le moment de la sacralisation, les sept tours autour de la Pierre noire, les sept navettes entre les deux monts, et la prière sur le site d'Arafat. Ainsi, grâce à la solennité de la sacralisation, honore-t-on tout à la fois Adam et Ève, Agar et son fils Ismaël, ainsi que le signe de la main droite de Dieu sur la terre. Je répète ce qu'il m'a dit.

— Le pèlerinage à La Mecque est fichtrement compliqué, soupira Théo.

— Pas plus qu'un autre ! intervint Tante Marthe. Chez les chrétiens, on doit souvent monter d'immenses escaliers à genoux… Les hindous n'ont pas leur pareil pour obliger les fidèles à marcher pendant de longs jours. En Chine…

— Grimper les sept mille marches du sanctuaire, coupa Théo. Toujours fatiguer le corps. Je me demande bien pourquoi.

— Pour obliger l'esprit à s'effacer devant Dieu, répondit Nasra avec un sourire. Toi qui ne savais pas le sens du mot « Coran », connais-tu seulement celui du mot « islam » ?

— Tiens, au fait, c'est vrai, je ne le sais pas, dit Théo.

— Le sens du mot « islam » en arabe est d'une clarté absolue : *islam* signifie « ABANDON ». Le Créateur demande l'obéissance, ce pourquoi *islam* veut dire aussi « soumission ». L'islam n'est pas la seule religion dans ce cas… Tous les rites du monde sont contraignants pour le corps. Sais-tu que la fatigue est l'un des meilleurs moyens pour atteindre l'extase ? Pas besoin d'être chrétien, bouddhiste ou musulman pour y parvenir. Athlètes, alpinistes, marcheurs, tous connaissent ce phénomène. Au bout de l'épuisement vient l'illumination : le corps échappe à la souffrance, l'esprit se tend, s'évanouit, et soudain l'éclair jaillit. Je te montrerai comment on peut se fatiguer en tournant.

— Chez nous, quand on est fatigué, on se repose. Qu'est-ce que c'est que ces recettes de fous ?

— L'Occident a perdu le chemin de l'esprit, dit Nasra gravement. Tout confort, pas d'effort, une vie rétrécie. Après cela, étonnez-vous que tant de jeunes se perdent dans les sectes !

— Au fait, j'ai une question, reprit Théo troublé. Si je m'évanouis et que je danse ensuite sans m'en rendre compte, est-ce ce que tu appelles le chemin de l'esprit ?

– Sans aucun doute, répondit-elle. J'imagine que tu penses à la danse de la cheikha à Louksor.

– C'est pas de jeu, elle sait déjà tout ! protesta Théo. Je suis fliqué !

– Plains-toi, grogna Tante Marthe. Qui d'autre possède à travers le monde plus d'anges gardiens que toi ?

Istanbul

Théo demeura silencieux. L'air perdait sa vive lumière et le ciel au-delà des fenêtres était rose. L'islam s'était rapproché, à la façon d'une forme effrayante dans un ciel d'orage qui, vu de près, n'était qu'un gros nuage avant la pluie. Les préceptes du Coran apparaissaient si simples qu'il était impossible d'imaginer tant de violence explosive, tant de sang répandu à cause d'eux. Lassé de réfléchir, il s'accouda sur la terrasse. Portés par la rumeur de la ville, montaient les sirènes des tankers, les mugissements des vapeurs, les klaxons, parfois le faible cri d'une mouette, comme une flûte étouffée par un immense orchestre. Un peuple de bateaux habitait le Bosphore, cargos, voiliers, barques de pêche, caïques, navires de croisière aux fanions frétillants. De l'autre côté du détroit, Istanbul recevait les saluts sonores avec une majestueuse indifférence, en sultane. Ses collines sentaient la légende, ses mosquées respiraient l'épopée. La vieille ville aux trois noms sombrait dans un sommeil sans angoisse. Ici, personne ne priait pour le retour du soleil. Plus puissante que lui, Istanbul se couchait sur son passé. Demain, elle accueillerait les hommages de l'aube.

– Ailleurs, l'islam est plus austère, murmura la voix de Tante Marthe. Comme celle des juifs, c'est une religion née dans le désert. L'eau change tout ; elle adoucit. Mais ne t'y trompe pas. Ces coupoles si lumineuses dans l'obscurité ont vu des sauvageries inouïes s'accomplir au nom de Dieu. N'oublie pas qu'avant ces harmonieuses mosquées Istanbul s'appelait Byzance, et que Byzance a disparu.

– C'est beau, n'est-ce pas ? souffla Nasra en posant ses mains sur le cou de Théo.

– Oui, lui dit-il tout bas. Tante Marthe ne sait pas se taire. Avec elle, il faut toujours apprendre…

Chapitre 23

L'amour fou

La visite de lama Gampo

Le lendemain, Théo s'éveilla dans un état de grande excitation. Lama Gampo lui était apparu en rêve ! En un premier temps, le lama riait en brandissant une feuille sur laquelle étaient écrits des chiffres incompréhensibles. Ensuite il avait grandi énormément et il s'était transformé en statue du Bouddha. Pour finir, mais ce n'était pas très clair, lui et Papa avaient pris par la main la maman de Théo qui avait beaucoup de mal à se lever. Pourtant, c'était un rêve heureux sans l'ombre d'un malaise...

– Eh bien, c'est fait ! conclut Tante Marthe. Ne t'avait-il pas promis de venir te visiter dans tes rêves ?

Perplexe, Théo décida d'appeler sa mère pour savoir si elle allait bien.

– M'man ? Comment vas-tu ? Moins fatiguée ? C'était bien, le voyage de noces ? Je parle de Bruges, voyons ! Formidable ? Bon... Dis donc, tu n'as pas mal aux jambes, des fois ? Un peu ? Pourquoi ? Gonflées ? Fais attention ! Comment j'ai deviné ? Tu ne vas pas me croire... Mon ami lama me l'a montré en rêve. Si ! La preuve, c'est qu'il avait raison... S'il m'a fait voir autre chose ? Je crois qu'il m'a annoncé une bonne nouvelle, enfin, j'interprète. Tu dis qu'il a raison ? Tant mieux. Au fait, Maman, pour le jumeau, tu peux me préciser cette affaire d'hérédité ? Non, mais attends... Dis-le tout de suite, enfin ! Oui, je suis curieux, c'est comme ça ! Ben oui, je vais bien. Moi aussi, je t'embrasse. Je t'aime...

– Apparemment, elle ne va pas trop mal, conclut Tante Marthe rassurée.

– Elle a quand même les jambes lourdes, murmura Théo. Comment a-t-il fait pour savoir, le lama ?

– Je ne connais pas encore le lama Gampo, soupira Nasra qui les écoutait avec la plus grande attention. Il me semble doté de grands pouvoirs surnaturels. Nous connaissons cela, nous autres soufis : nos saints savent apparaître en deux endroits du monde en même temps.

– Oh, l'autre, répondit Théo. J'achète pas la magie !

– Bon, admit-elle sans broncher. Ce sera pour une autre fois. En attendant, il n'est que temps d'aller rencontrer l'islam en ses lieux.

– Mais en commençant par Sainte-Sophie, s'il vous plaît, intervint Tante Marthe. Cette mosquée a beau être désaffectée, je veux faire respirer à Théo un peu d'air byzantin.

L'icône entre la croix et le croissant

De l'extérieur, ce n'était pas la plus belle des mosquées d'Istanbul. Sainte-Sophie avait l'allure d'un lourd animal écrasé. C'était à l'intérieur qu'éclatait la beauté des mosaïques. Peuplé d'anges aux grands yeux, le dôme massif s'élevait sur leurs ailes tandis que, sur le mur frontal, de longues figures en dalmatique flottaient sur un fond d'or vieilli.

– Superbe mosquée, apprécia Théo.

Mais Nasra ne l'entendait pas de cette oreille. Sainte-Sophie n'était pas une simple mosquée. Construite une première fois par l'empereur Constantin, celui qui imposa le christianisme dans tout l'Empire romain et donna son premier nom à la ville de Constantinople, Sainte-Sophie ne célébrait pas le culte de la sainte martyre dont elle semblait porter le nom. *Hagia Sophia*, en grec, c'était tout autre chose : la suprême sagesse, figure féminine de l'âme divine, mi-femme, mi-ange. Hagia Sophia avait été la plus grande basilique de l'Église orientale. Écroulée, rebâtie, incendiée, elle avait été reconstruite une fois pour toutes, sur ordre de l'empereur Justinien, par dix mille ouvriers, en 537. L'empereur, qui ne se prenait pas pour n'importe qui, s'écria en entrant dans sa basilique achevée : « Gloire à Dieu qui m'a jugé digne d'accomplir pareille œuvre. Je t'ai vaincu, ô Salomon… »

– Ouh là ! Pas très prudent, le mec, dit Théo.

D'autant moins prudent que, vingt ans plus tard, un tremblement de terre détruisit la coupole. Tous les vingt ans, la basilique croulait à cause des séismes. Chaque fois reconstruite et chaque fois plus belle, joyau de l'Empire chrétien d'Orient, Hagia Sophia exaltait l'image de l'ordre impérial de Dieu sur le centre du monde, Constantinople. Le principe de Byzance était simple. Au sommet de la hiérarchie régnait l'empereur, reflet de Dieu sur terre, qu'on adorait dans son irréelle magnificence tant le cérémonial était beau. « Le Christ a donné aux empereurs terrestres le pouvoir sur tous », écrivaient les chroniqueurs de l'époque. « Il est omnipotent, et le seigneur d'ici-bas est l'image de l'Omnipotent. » Personne n'avait le droit de critiquer l'empereur de Byzance ; en face de lui, on gardait le silence et on se prosternait.

– Le contraire de la démocratie, en somme, dit Théo.

Rien n'était en effet plus autocratique que la pyramide du pouvoir religieux byzantin. Mais peu de régimes fondés sur le religieux se concentrèrent sur la beauté de l'art avec une telle passion. Peindre des icônes, édifier des églises, assembler des mosaïques, c'était tout à la fois célébrer l'empereur et Dieu.

Mais l'islam progressait autour de l'Empire byzantin, et l'interdiction musulmane de la représentation de Dieu traversait les frontières en grignotant peu à peu le culte de Byzance. Il arriva qu'un premier empereur, Léon III, jugea très excessive la ferveur populaire qui rassemblait les foules autour des icônes à travers l'empire. La Bible n'interdisait-elle pas l'idolâtrie ? Fallait-il représenter le Christ sous la forme d'un agneau ou d'une simple croix ? Cet empereur scrupuleux déposa la grande icône qui représentait le Christ à l'entrée principale de son palais : à la place, il fit dresser la croix. Un vaste mouvement de destruction des icônes commença dans tout l'Empire byzantin, divisant les croyants en « briseurs d'images », les iconoclastes, et « adorateurs d'images », les traditionnels.

– Les iconoclastes étaient tout simplement des brutes, intervint Tante Marthe. Ils ont détruit tant d'œuvres d'art !

Nasra n'était pas de cet avis. En remplaçant les portraits par la croix, les empereurs iconoclastes ajustaient l'orthodoxie byzantine à la pression de l'islam. Symbole d'unité entre tous les chrétiens, la croix s'opposait au croissant de l'islam plus sûrement que les superbes icônes de Byzance : déjà, sur les monnaies qui circulaient au-delà de ses frontières, la croix avait remplacé le visage du Christ. Vainement... Après des années de batailles rangées entre briseurs et adorateurs d'images, l'icône gagna contre la croix. A l'entrée du palais, on replaça un grand portrait du Christ, et l'on frappa les monnaies de son buste auréolé. La révolution culturelle des iconoclastes avait perdu la partie.

Rayonnante d'une gloire unique, Sainte-Sophie protégeait le monde occidental des incessantes attaques musulmanes. A l'ombre de la basilique, l'empereur divin ne courait aucun risque. Jusqu'à ce jour d'apocalypse de l'an 1453, qui vit le conquérant turc pénétrer dans Hagia Sophia, à cheval.

– Il n'aimait pas les orthodoxes, conclut Théo.

Mehmet le Conquérant était un fervent musulman. Le sultan s'était juré de prendre la capitale du christianisme oriental à tout prix. Protégée par de puissants remparts et des renforts venus des pays chrétiens, la ville résistait. Le siège fut interminable. Le terrible canon « Chahi », le Redoutable, fondu à Andrinople et tiré par quatre cents buffles, explosa sous le choc de ses propres boulets, mais le sultan ne désarma pas. Un signe l'encouragea : un vieux cheikh soufi rêva qu'un célèbre compagnon du Prophète, Eyüp El Ensari, qui l'avait protégé pendant son séjour à Médine, était enseveli sous les murs de Constantinople. Dans ce songe prémonitoire, le cheikh et le sultan se trouvaient côte à côte en présence de Mahomet, qui relevait le châle rouge sur son visage et disait : « Je te confie, ô Mehmet, le drapeau d'Eyüp El Ensari. » Alors le châle rouge se transforma en étendard vert, cependant qu'à Byzance les icônes de la Vierge se brisaient à grand fracas.

Le sultan fit creuser le sol et la tombe du saint apparut. Alors, pour attaquer Byzance de l'autre côté de la mer, le sultan fit haler ses navires par-dessus les collines sur d'immenses glissières de bois. Traînée par des milliers de manœuvres, la flotte du Conquérant passa de l'autre côté, à l'endroit où la ville était vulnérable. Constantinople tomba. Le dernier empereur de Byzance succomba dans la bataille, et seule sa chausse impériale brodée d'or permit d'identifier ses restes. A ses troupes, Mehmet avait promis un droit de pillage illimité. Constantinople une fois dévastée, le sultan entra dans Sainte-Sophie au milieu des cadavres.

Le lendemain, le croissant remplaçait la croix, la basilique devenait mosquée, et Constantinople s'appelait Istanbul. On recouvrit les anges et les saints de crépi blanc, on installa le nom d'Allah, le culte changea et de Dieu et de signes. Sainte-Sophie demeura mosquée jusqu'en 1935, date à laquelle Atatürk, le père de la Turquie moderne, ardent laïc, décida de la désaffecter et d'ôter le crépi sur les mosaïques de Byzance. Sainte-Sophie devint un musée.

– Parfois, dit Nasra, on parle de restaurer le culte musulman dans l'illustre basilique ; mais l'on hésite, car dans la ville d'Istanbul nul monument n'offre pareil symbole du passage de l'Orient chrétien à l'islam.

– Et toi, qu'est-ce que tu en penses ? demanda Théo.

– Il n'est d'autre Dieu que Dieu, répondit Nasra. Le reste ne m'intéresse pas. Telle qu'elle est, même désaffectée, j'y trouve l'amour divin. J'aime à voir tout ensemble le nom d'Allah et les anges byzantins, le croissant et la croix.

Cinq fois par jour

Théo resta songeur. Quelle différence entre le visage du Christ et le symbole de la croix ? Quel mystère se cachait là-dessous ?

507

– J'ai une question, Nasra, dit-il. Pourquoi l'islam interdit-il les images ?

– Pour la même raison que le judaïsme, répondit-elle. Parce que le Créateur inengendré ne saurait être représenté. Le Dieu des juifs ne s'est jamais montré, il s'est fait entendre, c'est différent. Dans la Bible, la représentation de Dieu est strictement prohibée. Pour nous également. Dieu est au-dessus de l'humanité. Mais si tu lui donnes le visage du Christ, alors il devient homme.

– Justement ! s'écria Théo. C'est bien plus facile de se retrouver dans le regard malheureux du Christ !

– Si tu crois qu'il est le Fils de Dieu fait homme, oui. Mais si tu ne l'admets pas, c'est une offense à Dieu. Pis encore, c'est le retour à l'âge de l'ignorance, à l'adoration des idoles et des pierres sacrées...

– Au fait, tu ne m'as pas donné la signification du croissant, ma douce, glissa Théo. Je veux bien que l'islam n'adore aucune image de Dieu, mais c'est quoi, ce morceau de lune ?

– Eh bien, tu vas voir. Le prophète s'irritait si fort contre l'adoration du soleil en pratique chez les polythéistes qu'il choisit la lune pour symbole de l'islam. Sans doute aussi le croissant permet-il de ne pas confondre la lune avec le soleil.

– Ce que je crois, moi, c'est qu'il est difficile de prier dans le vide, bougonna Théo.

– Mais si, dit Nasra. Viens voir comme c'est simple, de l'autre côté de l'esplanade, à la Mosquée bleue. L'art musulman de l'arabesque y exprime l'ouverture de la joie divine...

Géante, flanquée de six élégants minarets, surmontée de coupoles engendrant d'autres coupoles jusqu'au sommet doré, la Mosquée bleue devait son surnom à la clarté d'azur des innombrables fleurs de céramique sur ses murs. Autant la pénombre de Sainte-Sophie parlait de son passé sanglant, autant la Mosquée bleue respirait l'allégresse. Elle n'était pas désaffectée ; aux heures des prières, des mollahs en barraient l'accès aux touristes. Nasra parlementa avec eux, et l'on attendit au milieu des pigeons l'appel du muezzin, signal de la prière de la mi-temps du jour.

Bientôt un haut-parleur crachotant résonna de paroles grésillantes lancées aux quatre coins de la place. « *Allah o akbar…* »

— Qu'est-ce qu'il dit ? demanda Théo.

— Allah est grand, dit Nasra, il n'est d'autre Dieu que Dieu et Mahomet est l'Envoyé de Dieu… La profession de foi.

— Des mots que tu as entendus dans la bouche des chanteurs de Nizamuddin, reprit Tante Marthe.

— Mais eux, ils chantaient bien, dit-il.

Nasra poussa un grand soupir : comme elle était pure autrefois, la voix du muezzin sans sonorisation électronique… Devant les fontaines, les fidèles commençaient leurs préparatifs. Chacun se rinçait le visage et les mains jusqu'aux coudes, se passait ensuite la main sur la tête avant de terminer par un lavage des pieds jusqu'aux chevilles.

— On dirait qu'ils se récurent, dit Théo. Ils font ça chaque fois ?

— Les ablutions sont obligatoires avant chaque prière, répondit Nasra. Il faut se laver des impuretés pour prier Dieu. Mais si l'on est en voyage et qu'il n'y a pas d'eau, on a le droit d'utiliser le sable, pourvu qu'il soit propre.

— Pas très hygiénique, remarqua Théo.

— C'est que l'impureté n'est pas seulement matérielle, elle est morale. Évidemment, à force de se laver cinq fois par jour, les musulmans ont été propres avant les chrétiens…

— Cinq fois par jour ! s'étonna Théo.

— La prière du matin, quand le ciel prend une couleur de rose, une, dit Nasra en comptant sur ses doigts. La prière médiane, celle-ci, à midi, deux. La prière de l'après-midi, entre 3 et 5 heures, trois. La prière du crépuscule, au coucher du soleil, quatre. Enfin celle de la nuit, avant l'aube, tu vois, cela fait cinq.

– Et quand on travaille, on fait comment ? protesta-t-il.

– On s'isole, on déplie un tout petit tapis orienté dans la direction de La Mecque, on s'assure qu'aucun animal ne traverse l'espace de la prière et voilà. Ce n'est pas très long. Entrons discrètement et demeurons sur le côté, au fond.

Comme à Jakarta, les fidèles accomplissaient les mêmes gestes avec une discipline impressionnante, sous la direction de l'imam debout devant une niche. Toucher les épaules avec les mains ouvertes, passer la main gauche dans la droite, et dire la prière. Courber le dos jusqu'à ce que les paumes atteignent les genoux, prier. Se relever, et réciter l'oraison. Se prosterner complètement, le front sur le sol, se redresser à genoux, prier.

– Mais pourquoi tous ensemble ? chuchota Théo.

– Attends que nous soyons dehors, murmura Tante Marthe, sinon nous allons avoir des ennuis.

Sagement, Théo contempla les rangées de dos pliés sous la lumière bleue en l'honneur du Dieu invisible et unique. Enfin, après un dernier murmure, ils se relevèrent et le désordre de la vie reprit son cours. La prière était terminée.

– Alors, je peux y aller ? chuchota Théo.

– Je t'écoute ! dit Nasra.

– Où est la direction de La Mecque dans la mosquée ?

– Simple comme bonjour, répondit-elle. La niche devant laquelle se tient l'imam est là pour ça.

– Pourquoi prient-ils tous de la même façon ? Dans les églises, il y a ceux qui s'agenouillent, ceux qui restent assis, ceux qui communient, ceux qui ne communient pas...

– Mais tout le monde doit baisser la tête au moment où le prêtre, après la consécration, élève l'hostie représentant le corps du Christ. Dans l'islam, nous prions ensemble pour exprimer la voix de la communauté des croyants, c'est exactement la même chose.

– Ouais, dit-il peu convaincu. Cinq fois par jour, tu n'as pas le temps d'oublier.

– Exactement ! Les prières ne permettent pas au croyant d'oublier qu'il appartient à la communauté. C'est exprès !

– On ne peut donc pas prier tout seul ?

– Bien sûr que si… Pendant la nuit, on peut. En voyage, on y est contraint. Et chaque fois qu'on le désire, c'est possible. Mais, selon le Coran, la meilleure prière reste celle qu'on fait à la mosquée, au milieu des croyants.

– Et tu le fais, toi ? Je ne t'ai pas vue te prosterner !

– J'ai d'autres façons de prier, répondit-elle évasive.

– Parce que tu es soufie, conclut Théo. Vous avez vos trucs à vous !

– Mes trucs, tu les verras ce soir, rétorqua-t-elle. Pour l'instant, ta tante m'a demandé de vous conduire à la clinique pour tes examens.

L'éther

Le médecin rondouillard qui accueillit Théo était on ne peut plus gentil, mais, comme il parlait tout le temps, il piqua Théo de travers et il fallut recommencer. La salle carrelée de blanc sentait fortement l'éther ; Théo serra les dents. Entre le troisième et le quatrième essai, le docteur s'aperçut qu'il n'avait pas rebouché un flacon et s'excusa mille fois. Enfin, il se tut, s'appliqua et enfonça l'aiguille sans douceur dans la veine.

– Le salaud, grommela Théo quand ce fut fini. J'ai un de ces hématomes !

– Il est un peu bavard, mais très sérieux, intervint Nasra. Avec lui, je suis sûre des résultats. Tiens, prends ton ordonnance.

– Une ordonnance ? s'étonna Théo. J'ai mes médicaments à moi !

– Lis toujours, c'est en français, proposa-t-elle. Peut-être découvriras-tu des médications inconnues…

– On a dit qu'on changerait pas le traitement, répondit il, buté.

– Tu n'es vraiment pas curieux, insista Tante Marthe.

Théo lut l'ordonnance. Sous le nom et l'adresse de la clinique, le message était bref et brutal : *Va là d'où nous sommes venus quand les tiens nous ont déportés par millions.*

– C'est pas le médecin bavard qui a écrit ce truc, dit-il en pâlissant. C'est un message ?

– Bien sûr, répondit Tante Marthe. Il te choque ?

– Il n'est pas sympa, murmura Théo. Les miens ont déporté des gens ? Des Français ?

– A toi de trouver, dit Nasra. Je t'assure que le message ne ment pas.

– Pas les immigrés, puisqu'ils viennent d'eux-mêmes, réfléchit Théo. Les bagnes, mais ils n'y étaient pas des millions… Des millions, vraiment ?

– Plus que cela encore, affirma Tante Marthe. Cette histoire, tu la connais.

Théo lisait et relisait la troublante énigme. Où et quand des Français avaient-ils déporté des gens en telle quantité ? Brusquement, la vérité lui sauta à la gorge. Les esclaves africains ! Les bateaux négriers des armateurs français ! L'Afrique de Fatou… Il baissa la tête.

– Je vois que tu as compris, observa Tante Marthe. Il te reste à découvrir dans quelle Afrique nous nous rendons.

– Le Sénégal, murmura-t-il. Fatou m'a parlé d'une île où l'on embarquait les esclaves enchaînés.

– Nous y sommes, dit-elle. Ou plutôt, nous y serons dans quelques jours.

Pour dissiper le violent effet du message, Nasra décida qu'on irait déjeuner dans un restaurant surplombant le Petit Bazar d'Istanbul, le plus chic. Les banquettes étaient de carreaux bleus et jaunes, l'atmosphère joyeuse et la vue sur le port animé, agréable, mais Théo ne desserrait pas les dents. Nasra commanda de l'espadon grillé servi sur une planche, et Théo chipota. Le serveur s'inquiéta, apporta toutes sortes de mets à grignoter, en vain.

– J'ai pas faim, et mon bras me fait mal, grogna-t-il.

– Ce ne serait pas plutôt le message ? demanda Tante Marthe. J'avoue qu'il est rude. Non ? Enfin, dis quelque chose ! Tu n'es pas fatigué, au moins ?

Pas de réponse. Théo était de plus en plus pâle. Soudain, il courut vers les toilettes et vomit. Calmement, Nasra lui soutint le front et lui essuya le menton. Dans son coin, Tante

Marthe se rongeait les sangs. Un autre malaise de Théo !

— Là, dit Nasra en le forçant à s'asseoir. Tu as eu une grosse émotion tout à l'heure. Il faut boire de l'eau, beaucoup d'eau. As-tu du sucre dans ta poche ? Suce-le. Voilà.

— Je voudrais du thé, murmura Théo. Du vrai thé comme à la maison.

Ce ne fut pas une petite affaire. Nasra négocia avec le patron, en vain. Il n'y avait pas d'Earl Grey au bazar d'Istanbul. Enfin, Théo avala une boisson qui ressemblait vaguement à du thé. Il fut hâtivement décidé de rentrer chez Nasra pour le reste de l'après-midi. Théo s'endormit sans demander son reste.

— Dire qu'il n'a pas eu un seul malaise depuis le Japon, soupira Tante Marthe. Que peut-il bien avoir ?

— Ne cherchez pas, répondit Nasra vivement. L'odeur d'éther ! Ce damné médecin avait laissé un flacon ouvert. J'ai failli m'évanouir sur place…

— Vous croyez ? J'ai si peur !

— Je le sais, ma chérie, dit Nasra caressante. Mais les vomissements ne font pas partie des symptômes, que je sache.

— C'est vrai, admit-elle. Et s'il me faisait une hépatite ?

— Il aurait de la fièvre, répliqua Nasra. Son front était glacé, comme celui de tout enfant qui vomit. Vomir est nécessaire, vous savez ! On expulse le mal, on se purifie… Pour moi, Théo a eu raison. L'éther et le message, c'était trop.

— J'espère qu'il sera rétabli pour ce soir, soupira Tante Marthe. La danse des derviches peut le rendre malade !

— Laissez-le libre, répondit Nasra. Ne le traitez plus comme un mourant. Il a aussi le droit de fabriquer ses petits malaises.

Le manteau de laine

Nasra avait raison : vers la fin du jour, Théo se réveilla affamé. La jeune femme lui servit du vrai thé et l'obligea à manger une assiette de riz blanc.

– Si j'ai bien compris, ce soir, on sort ? demanda-t-il.

On sortait. On allait dans un *tekké*, ainsi s'appelait l'enclos où tournaient les derviches. Les invités prenaient place dans une tribune dressée devant un parquet sur lequel le maître ordonnerait les mouvements rituels. Car la danse des derviches était une cérémonie religieuse.

– Derviche, ça veut dire quelque chose ? demanda Théo.

– Disciple. Tout derviche est soumis à un cheikh, un maître.

– Le but du tournis, c'est quoi ? dit-il. Le vertige ?

Non. La danse des derviches n'avait rien d'une valse étourdissante, au contraire. Lorsqu'elle prenait fin, le derviche ne titubait pas. Il fallait de longues années pour savoir tourner correctement, et cette pratique elle-même existait depuis de longs siècles.

– Montre-moi, s'il te plaît, supplia Théo. Juste un peu.

Nasra se releva et posa l'un de ses pieds nus sur l'autre. Puis elle leva un bras, la paume vers le ciel, étendit l'autre bras, la paume vers la terre. Ensuite, elle pivota sur ses deux pieds croisés et se mit à tourner lentement sur elle-même.

– Je ne peux pas aller plus loin, soupira-t-elle en s'arrêtant. Car, avant de tourner, il nous faut la musique. Mon maître n'est pas présent, je ne suis pas en état de prière. Ce que je peux te raconter, c'est pourquoi nous posons un pied sur l'autre.

L'histoire remontait au XIIIe siècle, lorsque le fondateur de la secte des derviches, Djeladdeddine Roumi, qu'on appelait le Maulana, notre Maître, avait rassemblé autour de lui de fervents disciples réunis par le divin amour. Parmi eux se trouvait un cuisinier. Un jour, alors que tournaient les derviches, le cuisinier fut pris d'un tel amour pour son maître qu'il oublia ses fourneaux et se brûla cruellement le pied en laissant tomber un plat brûlant. Pour ne pas troubler la prière, il se contenta de poser l'autre pied sur le pied brûlé. Alors, ému d'un pareil sacrifice, le Maître décida de l'honorer : et c'était en mémoire du simple cuisinier que les derviches commençaient leur danse en posant l'un de leurs pieds sur l'autre.

— Attends, dit Théo. On aime Dieu, ou le maître ?

C'était une question de fond. Car les soufis cherchaient l'amour divin à travers la personne d'un maître vivant. Pas de prière sans maître pour apprendre l'esprit soufi, pas de soufi sans son maître. Le maître n'était qu'un vecteur orienté dans la direction de Dieu. On lui devait obéissance, surtout lorsqu'il prononçait des paroles contraires au bon sens et à la raison. Car à travers les mots singuliers du maître passaient les messages de Dieu.

— Bizarre, constata Théo. Il y a de l'absurde comme dans le zen, de l'amour comme chez les Russes, de la soumission puisque c'est l'islam...

— Et un abandon absolu comme dans le yoga, reprit Nasra. Nous disons que le disciple se trouve entre les mains du maître comme un cadavre entre les mains du fossoyeur. Tu as pris des leçons de yoga, je crois ? Rappelle-toi la dernière posture : ne s'appelle-t-elle pas « le cadavre » ?

Comme les ismaïliens et les chiites, les soufis trouvaient en d'autres hommes un guide spirituel pour pratiquer l'islam, mais ils n'attendaient aucune résurrection, aucun imam. Le maître était toujours le descendant d'une longue série de maîtres qui s'étaient transmis le pouvoir de guider les soufis, formant depuis l'aube de l'islam une chaîne rayonnante des lumières divines. Car seuls ces inspirés savaient rassembler en chacun la part extérieure de Dieu, simples reflets terrestres, et sa part intérieure, par-delà l'apparence. Les soufis se retiraient du monde, et vivaient en état de pauvreté...

— A te voir, on dirait pas, grogna Théo en désignant les somptueux bracelets de Nasra.

Oui, bon, il ne fallait rien exagérer. En tout cas, dans les cérémonies, la mise était des plus sobres, et le soufi devait se couvrir d'un simple manteau. Dans le soufisme, rien n'était plus important que le manteau. Cousu de bric et de broc, il était fait de laine, *souf* en arabe, d'où venait le nom

« soufi », celui qui porte un manteau de laine, comme autrefois Moïse sur le mont Sinaï.

– Ah ! Ce manteau… dit Nasra. Dans l'un des plus célèbres commentaires du Coran, il est écrit que le Prophète en extase entra au Paradis. L'ange Gabriel lui en ouvrit la porte et le Prophète aperçut un coffret. Pour connaître le contenu du coffret, Mahomet demanda la permission de Dieu : alors il y trouva la pauvreté spirituelle, et un manteau. « Voici les deux choses que j'ai choisies pour toi et ton peuple, dit la voix du Créateur. Je ne les donne qu'à ceux que J'aime, et je n'ai rien créé qui me soit plus cher. » Le Prophète revint sur terre et donna le manteau à son gendre et cousin Ali, qui le transmit à ses descendants.

– Et tu le portes, toi ? demanda Théo.

– Avant la cérémonie, oui ! C'est obligatoire. Un simple manteau de laine brune comme la terre. Tu le verras sur le dos des derviches. Sur la tête, ils portent une très haute toque bombée, symbole de la tombe qu'ils n'oublient jamais. Mais leurs vêtements sont blancs, couleur du pèlerinage à La Mecque… Car, contrairement à ce qu'on dit de nous, malgré les singularités qui nous ont valu tant de persécutions, nous autres soufis, nous sommes de vrais musulmans. Nous aimons Dieu et nous nous abandonnons à Lui… Mais, par principe, nous pensons que seule la part extérieure de Dieu diffère selon les pays et les peuples : quant à la part intérieure, c'est la même pour tous, universelle en sa lumière ! Il suffit de s'abandonner au maître qui conduira l'âme à son centre véritable, loin des embarras de l'apparence…

Avec un soupçon d'énervement, Tante Marthe fit remarquer que la relation entre maître et disciple se retrouvait partout dans le monde. Théo se fâcha tout rouge.

– Faudrait savoir ! s'exclama-t-il. On fait le tour des religions, oui ou non ? Si tu les mélanges, comment je vais m'en tirer, moi ?

– Sans te laisser prendre à tous les prêchi-prêcha, grommela-t-elle entre ses dents.

– Vous êtes un peu trop athée, intervint Nasra gentiment. La doctrine soufie vous agace, je le vois, ce n'est pas une raison pour en dégoûter les autres.

— Bien dit, conclut Théo. Je peux poser des questions ?

Par-delà le « je » et le « toi »

Nasra lui décocha le plus beau des sourires.

— Qu'est-ce que c'est, le centre de l'âme ?

— Je vais te répondre en vers, dit-elle. Écoute ce poème du soufi Shabistari :

> « Je » et « toi » sont le voile
> Que l'Enfer entre eux a tissé.
> Quand ce voile devant vous est levé, il ne subsiste rien
> Des sectes et des credos qui nous ont enchaînés.
> Toute l'autorité des lois ne peut porter
> Que sur ton « je » lié à ton corps et ton âme.
> Quand le « je » et le « toi » ne restent plus entre nous
>   deux
> Que sont mosquée, temple du Feu ou synagogue ?

— Pas mal, admit-il. Mais c'est quand, le moment où le « je » et le « toi » ne restent plus entre deux personnes ?

— Le moment de l'amour, répondit-elle. Lorsque deux personnes s'aiment si fort qu'elles ne forment plus qu'un. C'est ce qui arriva au Maître fondateur de l'ordre des derviches, le Maulana. Dans sa jeunesse, il n'était qu'un théologien musulman très classique quand il rencontra un vagabond énigmatique nommé Shams de Tabriz. Venu de nulle part, ivre de Dieu, Shams trouvait l'extase au son de la flûte de roseau, en dansant. Le futur Maulana tomba éperdument amoureux du derviche de Tabriz. Un jour, Shams disparut. Le Maulana le chercha comme on cherche Dieu. Mais, sans doute assassiné par des rivaux, Shams ne réapparut pas. Le Maulana n'a pas de mots assez forts pour décrire l'amour qui le lie à cet homme : une fusion divine, et qui conduit vers Dieu.

— Homosexuel, alors ? observa Théo.

517

– Peu importe. Cet amour-là ne s'embarrasse pas de sexe. La plus grande soufie de l'islam était une femme iranienne.

– En Iran ? s'étonna Tante Marthe d'un ton pincé. Quelle surprise !

– Encore l'ignorance ! Rabia fut au IXe siècle la plus grande sainte du monde musulman. Toute sa vie, elle vécut dans la pauvreté, brûlée par l'amour divin. Les sultans venaient la visiter de loin, les savants l'admiraient, elle les regardait à peine. Un jour, elle ne sentit pas qu'une écharde lui perçait l'œil. Aucune souffrance…

– Nous avons de ces saintes dans le christianisme, grommela Tante Marthe. Ce n'est pas propre à l'islam.

– L'amour des soufis n'exclut aucune religion, vous dis-je ! s'écria Nasra avec agacement.

– L'amour divin, d'accord, mais entre un homme et une femme ? demanda Théo.

– Pourquoi serait-il interdit ? Connais-tu la plus belle histoire d'amour de tout l'islam ?

– Chic, il y en a une ? s'exclama Théo. Raconte !

– Deux enfants s'aimaient d'amour tendre, commença Nasra. Mais, selon la coutume, la fillette, qui s'appelait Leila, fut mariée très tôt par son père à un autre homme. Le jeune garçon aurait dû s'effacer.

– Pourquoi ?

– Parce que, dans la société arabe, le père avait tout pouvoir sur ses filles. Son choix n'était pas discutable, et l'amour hors mariage est interdit. Sais-tu que, selon la loi islamique, l'adultère peut être puni de mort ?

– Comment, « peut » ? s'indigna Théo. J'ai vu des photos de lapidation ! On tue les amoureux pour de vrai !

– Pas dans tous les pays musulmans ! Tu comprends tout de même pourquoi notre jeune homme aurait mieux fait de se résigner. Mais non ! Au mépris de la société, il s'acharna. Il tournait autour de la maison de Leila en chantant son amour avec un tel désespoir que bientôt, pour tous, il apparut qu'il avait l'esprit dérangé. Le jeune homme devint donc « Mejnoun », le Fou.

– Les gamins de Jérusalem crient cela aux fous qui se prennent pour le Messie, dit Théo.

– Eh bien ! Mejnoun cherchait Leila comme son Messie… Mejnoun errait dans le désert en criant aux étoiles l'amour de Leila. Il en mourut. Elle aussi. La rigide société arabe s'inclina devant la force d'un amour qui ne devait rien au sexe, et tout à la divine flamme de la folie sacrée. L'histoire de Mejnoun et Leila se récite encore à travers l'islam arabe. Voilà ce qu'est l'amour.

– Tant qu'à faire, je préfère Roméo, dit Théo. Au moins, il couche avec Juliette.

– Mais Roméo ne se souciait pas du divin, tandis que les soufis s'occupent ardemment de l'amour de Dieu, quel qu'il soit. Hatif Isfahani, un soufi de Perse, tomba amoureux d'une chrétienne avec qui il se rendait à l'église. « Ô toi qui tiens captive mon âme en son filet, lui dit-il pendant la messe, chacun de mes cheveux reste accroché à ta ceinture ! Combien de temps encore voudras-tu imposer à Celui qui est Un la honte de la Trinité ? Comment peut-on nommer le seul vrai Dieu et Père et Esprit-Saint et Fils ? »

– Je te le demande, dit Théo. La chrétienne n'a rien répondu, je parie ?

– Si ! Avec un doux sourire et comme en un sirop, dit le poète. Écoute… « Si tu sais le secret de l'Unité divine, ne pose pas sur nous le fer des infidèles. L'éternelle beauté en trois miroirs projette un pur rayon, éblouissant, de Sa lumière. » Alors la cloche de l'église se mit à sonner, et le poète conclut : « Son chant nous disait : "Il est Un, et Il n'est rien que Lui. Il n'est pas d'autre Dieu." »

– Donc il a eu le dernier mot, dit Théo.

– Mais elle avait répondu et il avait compris, répliqua Nasra avec un sourire. C'est cela, notre tolérance.

– Eh bien ! Théo en sait assez pour voir danser les derviches, intervint Tante Marthe en se levant.

– Pas encore, dit Nasra. Deux précisions. La cérémonie que tu verras s'appelle le « Sama ». A la lettre, le mot est intraduisible. Nommons-le « audition », ou « écoute », si

tu veux. On entre dans le Sama, on peut être saisi par lui…
Certains derviches en état de Sama déchirent leurs vêtements en sanglotant. En Irak, d'autres se roulent dans les
braises, les mangent brûlantes encore, se percent les bras et
les joues sans faire couler une goutte de sang.

— On ne va pas voir ça, hein, Tante Marthe ? murmura
Théo.

— Justement non, dit Nasra. Notre Sama à nous n'a rien
de ces transes déchaînées. Nous nous mettons à l'écoute
de la flûte divine, et c'est elle qui nous guide, enchaînés
dans un cercle au centre de nous-mêmes. Nous formons
la ronde autour de l'astre central, figure invisible de Dieu.
Voilà pourquoi les derviches tournent sur eux-mêmes
comme les planètes dans le vide sidéral. S'ils ont une
paume en l'air et l'autre vers la terre, c'est que leur corps
est l'axe qui relie les deux mondes.

— Tiens, dit Théo. Des rétablisseurs de circuit…

— Comme un métal conducteur d'électricité, conclut-
elle. L'autre point que je veux préciser, c'est le sens des
chants qui préludent à la danse : « Dis adieu à la raison,
adieu, adieu, adieu… »

— Ah ! Mon message est complet, dit Théo. Dire adieu à
la raison, vraiment, je ne comprenais pas. Encore un truc
où il faut perdre la tête !

— Au contraire ! Il faut la trouver…

La ronde des planètes

Il était temps d'aller rencontrer les derviches. Emmitou-
flée dans son manteau soufi, Nasra se taisait. Tante Marthe
et Théo n'osèrent pas troubler son silence. Devant le *tekké*,
des gens en file entraient sans faire de bruit et s'installaient
à la tribune, derrière le balcon de bois sculpté. Nasra avait
bien prévenu : ce n'était pas « son » *tekké*, car son maître à
elle n'était pas là. Elle ne tournerait pas, elle participerait
par la vue et le cœur.

Pieds nus et bras croisés, leur surplis brun sur le dos, les
derviches entrèrent en procession. Le maître se tenait

debout en manteau de laine couleur terre. Le son doux d'une flûte troublante résonna… Et le visage de Nasra s'illumina.

— Le *ney*, murmura-t-elle. La flûte de roseau indispensable au derviche. Elle se plaint de la séparation…

Viole légère, coups sourds des timbales, tintement retenu des cymbales, le Sama commençait. Le Maître se mit au centre du parquet. Un par un, les derviches ôtèrent leur manteau, puis défilèrent devant le Maître pour se placer dans son orbite. Les épaules se déployèrent… Ensemble les danseurs croisèrent les pieds, levèrent une paume vers le ciel, baissèrent l'autre vers le sol et se mirent à tourner lentement. Les larges jupes blanches devinrent corolles, l'adieu à la raison s'accéléra… Les hommes n'étaient plus hommes, mais astres rayonnant autour d'un soleil absent, fleurs de cerisiers vouées à la disparition, bougies sur les eaux du fleuve, sourire de Bouddha, lumière passagère. Étourdie, Tante Marthe ferma les yeux. Théo, lui, n'en perdait pas une miette. Le regard rivé sur le lent tournoiement, il écoutait la voix jumelle qui lui parlait de l'intérieur, apaisante, réconciliée.

La flûte s'apaisa à son tour et les corolles se refermèrent. Nasra ne bougeait pas. Tante Marthe rouvrit les yeux et vit le regard flou de Théo.

— Eh ! murmura-t-elle en secouant Nasra. Regardez dans quel état est Théo…

— Ne le touchez pas, répondit-elle sans s'émouvoir. Il faut le temps de revenir à la raison.

Les derviches sortirent un à un. Sur le parquet vide, rien ne restait de la ronde des astres. Théo ébouriffa ses cheveux et sortit de son rêve avec le plus grand naturel.

— Où étais-tu passé ? demanda Tante Marthe.

— J'étais ici, dit-il. Au centre. Ce n'est pas compliqué.

— Et ton jumeau aussi, je pense ? dit-elle.

— Enfin ! s'écria-t-il heureux. Il était temps qu'il revienne…

— Nous sommes tous doubles, dit Nasra. Nous avons tous une face extérieure, et l'autre.

Chapitre 24

Le livre ou la parole ?

Le travail des mystiques

Théo se coucha sans mot dire. Tante Marthe se glissa sous les draps, éteignit la lumière et s'apprêtait à dormir…

— Je peux te parler un peu, dis ?

— Va, mon garçon. Veux-tu que j'allume ?

— Non ! Je préfère dans le noir. Nasra, c'est une mystique ?

— Sans doute, puisqu'elle est derviche. Pourquoi cette question ?

— Parce qu'elle a dit qu'elle travaillait. C'est quoi, son métier ?

— Nasra fait partie du haut commissariat des réfugiés, dont le siège est à Genève. C'est un département de l'Organisation des Nations unies, qui prend soin des réfugiés à travers le monde.

— Il y a du boulot, constata Théo. Mais qu'est-ce qu'elle fait à Istanbul ?

— Quand elle est en congé, Nasra vient rejoindre son cheikh. Mais son téléphone portable ne quitte pas son sac à main… Le reste du temps, elle est en mission perpétuelle.

— Donc, on peut être mystique et travailler, dit Théo songeur. Je croyais qu'il fallait se couper du monde.

— Pas dans l'islam. L'idée de Communauté des croyants ne permet guère l'isolement. La meilleure prière est collective, tu l'as vu. D'autres religions partagent la prière entre ceux qui sont « dans le monde » et ceux qui s'en retirent. Certains moines chrétiens se cloîtrent dans leur couvent et s'interdisent la parole. Il en va de même pour quelques ordres de femmes, celles qu'on appelait « nonnes », mais qui préfèrent être appelées « religieuses »... Cela leur va mieux. Dans la tradition chrétienne, on les appelle « contemplatifs », parce qu'ils n'ont qu'une seule occupation : prier.

— Pas très utile, remarqua Théo. On laisse les autres bosser...

— Ce n'est pas leur avis ! La prière des contemplatifs s'élève en leur nom autant qu'en celui des « actifs ». C'est une autre conception de la communauté : à chacun son travail envers Dieu. Regarde les hindous : quand ils ont fini d'élever leurs enfants, ils ont le droit de quitter leur famille et de devenir « renonçants » en errant sur les routes... Les bouddhistes ont leurs monastères, et les taoïstes le goût de la retraite solitaire. Nasra, c'est différent. Elle a deux formes de travail. Ici, à Istanbul, elle tourne en l'honneur de Dieu, ailleurs, elle est une épouse musulmane au travail.

— Qu'est-ce qu'il fait, son mari ?

— C'est un industriel suisse, un bon garçon qui lui laisse sa liberté. Quand elle s'échappe pour revenir à son maître, il ne l'accompagne jamais.

— Dis donc, il n'est pas jaloux, ce type !

— Il connaît sa femme. Imagines-tu Nasra infidèle ? Impossible !

— Moi, je trouve qu'elle le trompe avec Dieu, décréta-t-il. T'as vu ses yeux à la sortie du *tekké* ?

— Dans ce cas, ce sont des millions d'épouses très pieuses qui trompent leur mari avec Dieu... Tu préfères les vraies religieuses, à ce que j'entends !

— Oui, affirma-t-il. Au moins, elles sont mariées avec Dieu légalement. Et moi, est-ce que je suis mystique ?

— Toi... Tu es un drôle d'oiseau. Je t'ai vu partir si souvent comme en songe ! Seulement, es-tu dans ton état normal ?

— Va savoir. J'aime bien quand je m'en vais. A propos, je ne t'ai pas dit la meilleure ! Mon jumeau est une jumelle !

– Qu'est-ce que tu en sais ? s'exclama-t-elle en se redressant sur son lit.

– J'en sais que tout à l'heure elle me l'a soufflé à l'intérieur, dit-il paisiblement. Il paraît que je dois demander son nom de fille à Maman. A mon avis, Maman me cache quelque chose, tu ne crois pas ? Une petite cousine morte, peut-être ?

– De la bla… gue, dit-elle prise d'une quinte de toux. C'est… ta maladie.

– Chiche que je suis guéri, dit Théo. N'empêche, je poserai la question à Maman.

Tante Marthe se recoucha en claironnant qu'elle avait sommeil, ce en quoi elle mentait comme une arracheuse de dents. Théo essaya de relancer la conversation, mais elle fit semblant de ronfler.

La révélation

Le lendemain, Nasra reçut un appel du docteur bavard. Les résultats étaient époustouflants : le mal avait brusquement régressé… Nasra embrassa Théo au mépris de la loi musulmane et fila dans la cuisine préparer de quoi fêter dignement la nouvelle.

– Tu vois, j'avais raison, observa Théo. C'est pour ça que Foudre Bénie avait l'air si content ! La feuille de mon rêve, c'était celle des analyses…

– Arrête un peu, bougonna Tante Marthe. Téléphone plutôt à ta mère vite fait !

Au téléphone, Théo faisait le brave mais n'en menait pas large car, comme de juste, Mélina pleurait à n'en plus finir. Soudain, Marthe dressa l'oreille.

– … Alors, tu me réponds ? demandait Théo. Ah bon ! Tu la connais ? C'est qui ? Ma jumelle ? Ça, je le sais, merci… Une vraie ? Qu'est-ce que tu veux dire ? Attends… Répète… Ah… D'accord. Non, ce n'est pas grave du tout. Pourquoi tu ne me l'as pas dit avant ? Ma pauvre Maman. Mais non, je ne suis pas fâché. Non, tu n'as pas eu tort, arrête ! Tu n'y es pour rien ! T'as qu'à m'en faire une autre ! Une autre quoi ? Une petite sœur, tiens, cette idée…

Quand il raccrocha le combiné, Théo était un peu pâlot. Il vint s'asseoir à côté de Tante Marthe et se blottit contre son cou.

– Ma jumelle, elle est morte à la naissance, juste après moi, murmura-t-il. Tu le savais ?

– J'ignorais que c'était une fille, avoua Tante Marthe. Alors, elle a fini par te le dire ? C'est bien. Comme ça, tu sais pourquoi tu as une jumelle à l'intérieur.

– Mais si elle me parle, c'est qu'elle n'est pas morte. Enfin, pas tout à fait.

– Tu n'as pas l'air surpris…

– Je ne suis pas si bête. Simplement, je voudrais bien comprendre comment ça fonctionne, ce machin. Des morts qui viennent habiter dans ton corps ?

– En Afrique, on voit cela partout, répondit-elle. Il n'est pas impossible que les Africains aient raison.

– Tu crois qu'elle va rester avec moi toute la vie ? s'inquiéta Théo. C'est pas qu'elle me dérange, mais quand même !

– Elle s'en ira quand tu seras guéri, assura Tante Marthe. Je te parie qu'elle est venue t'aider.

– Possible. Hier soir, on aurait dit qu'elle connaissait les résultats. Elle était si tranquille !

– Assez rêvé, mon grand, coupa-t-elle. Ne va pas trop traîner dans le royaume des morts. Cela t'a mené loin !

– Bof ! J'ai vu du pays, et partout on s'occupe des morts, sauf chez nous. Mamy Théano, elle, va tout le temps au cimetière. Nous, jamais. Et si c'était pas bien ?

– Attends l'Afrique. Là-bas, ils ne trouveraient pas cela bien du tout, répondit-elle en souriant.

Mais si à Istanbul l'annonce des bons résultats n'avait pas provoqué la révolution, rue de l'Abbé-Grégoire, c'était une autre histoire. Jérôme rappela du labo dix minutes plus tard, exigea qu'on lui lût en entier la feuille de résultats, qu'on lui donnât le numéro du docteur bavard, émit des doutes sur la fiabilité des analyses et suggéra de tout recommencer, à la fureur de Théo qui décrivit les hématomes laissés par les piqûres du docteur bavard avec un tel lyrisme que son père battit en retraite. A l'heure du déjeuner, les filles téléphonèrent parce qu'elles étaient contentes. Le temps de visiter l'illustre Sérail des sultans et c'était le tour de Fatou qui n'avait rien à dire, mais qui riait, heureuse.

– Qu'est-ce qu'ils ont tous ? s'étonna Théo. Ils sont devenus fous !

– Laisse-leur le temps de s'habituer, conseilla Tante Marthe. Ce sont des incroyants !

– Sauf Fatou ! protesta Théo. J'ai toujours ses gris-gris…

– Des gris-gris ? dit Nasra. Je vois à ton cou un gri-gri et un Coran, ce n'est pas pareil. L'islam te protège, Théo !

– Minute, papillon… J'aime pas qu'on m'embobine. D'accord, tu es la plus belle des houris du Paradis d'Allah. C'est pas une raison pour m'emballer comme un paquet !

– Méfiant avec ça ! s'écria Nasra en riant.

Le reste de la semaine passa en promenades délicieuses. Nasra emmena ses amis au sanctuaire d'Eyüp El Ensari, où les croyants se collaient contre les parois de la tombe du saint, comme ceux de Nizamuddin contre celles du leur. Les pigeons picoraient les grains de sucre échappés des offrandes, et Théo acheta une somptueuse calligraphie du nom d'Allah, en lettres d'or sur fond noir. On loua un caïque qui longea les rives où se dressaient les vieilles maisons de plaisance aux balcons dominant les eaux. Les cimetières étaient poétiques, les mosquées, accueillantes, et l'espadon, exquis. Après d'interminables discussions avec le docteur bavard, Jérôme s'était calmé. Pour un peu, il aurait décidé que le voyage pouvait s'arrêter là, puisque Théo était guéri. Tante Marthe le rappela à l'ordre rudement. S'il rentrait tout de suite, Théo retomberait malade et cela, elle en était sûre.

Querelle sur l'islam noir

Quelques jours plus tard, Tante Marthe annonça qu'on partait pour l'Afrique noire.

– Vous voulez dire l'islam africain, rectifia Nasra. Le Sénégal est un pays musulman.

– La plus ancienne démocratie d'Afrique, reprit Tante Marthe. Absolument laïque.

– Dont tous les citoyens sont musulmans, dit Nasra.

– Non, répondit Tante Marthe. Vous oubliez les chrétiens et les animistes.

– J'entends bien, dit-elle. Vous n'empêcherez pas que la majorité des Sénégalais soient non seulement musulmans, mais soufis.

– Encore ! s'écria Théo. Des soufis africains ?

– Oui, dit Nasra.

– Non ! cria Tante Marthe.

Entre les deux amies, ce fut une sacrée bataille. Nasra affirmait que les musulmans du Sénégal étaient d'authentiques soufis, Tante Marthe que, de soufis, ils n'avaient que le nom.

Nasra affirmait que les cheikhs du Sénégal avaient hérité de la tradition de l'amour de Dieu, Tante Marthe répliquait qu'à l'amour ils avaient substitué l'obéissance des disciples. Le ton monta.

– Ho, les filles, ça suffit ! s'exclama Théo. Je suis assez grand pour me faire mon idée ! Taisez-vous, sinon…

Douchées, les deux femmes se regardèrent en chiens de faïence.

– C'est vrai, quoi, murmura Théo. Pour le dernier soir, vous n'allez pas devenir intégristes, tout de même !

La crise retomba. Prise de remords, Nasra courut sur ses petits pieds nus et embrassa Tante Marthe pour se faire pardonner.

– Vous allez me manquer, roucoula-t-elle en tendant la main à Théo. Nous étions si bien tous les trois.

– Tu as remarqué, Tante Marthe ? dit Théo ravi. Ils disent tous la même chose !

– Petit vaniteux, marmonna-t-elle. Va faire les valises, maintenant que tu es guéri.

– Tu es ma houri aux yeux cernés de khôl, souffla-t-il à l'oreille de Nasra, qui se débattit en riant.

Le départ d'Istanbul ressemblait à tous les autres. Une silhouette menue agitait un foulard à l'aéroport avant de disparaître sous les ailes de l'avion. Pour une fois, Tante Marthe essuya une larme. Théo, lui, contempla une dernière fois la mer de Marmara.

Arachide et prière

En sortant sur la passerelle de l'avion qui venait d'atterrir à Dakar, Théo reçut une bouffée chaude.

– Mets ton chapeau, ordonna Tante Marthe. Le soleil tape aussi fort qu'en Égypte. Avance un peu… Nous allons manquer le rendez-vous.

– Homme ou femme ? demanda Théo.

– Homme. Quelqu'un que tu connais bien.

Pour une bonne surprise, c'en était une. Le « rendezvous » n'était autre que M. Abdoulaye Diop, le papa de Fatou, en complet-veston et cravate malgré la chaleur.

– Ça va bien ? dit-il en soulevant Théo comme une plume. Tes parents m'ont dit de bien veiller sur toi. Et vous, Marthe, ça va ?

– Très bien, merci, répondit Tante Marthe. Et votre famille ?

– Ça va, répéta M. Diop avec un sourire. On prend les valises, et on va chez moi. Tout le monde vous attend.

Dans les rues de Dakar, déambulaient les hommes en caftan et les femmes en boubou, l'épaule ronde à découvert et le turban glorieux. Assises sur le trottoir, des dames grillaient l'arachide en roulant les graines dans le sable brûlant au fond d'un chaudron. Des marchands proposaient des arrosoirs en plastique, des sandales fluorescentes, des sachets de pommes, des moustiquaires et des briquets. A chaque carrefour, un enfant mendiait en roulant des yeux attendrissants. M. Diop détournait la tête ; Tante Marthe se mit à ronchonner.

– Tu vois, Théo, commença-t-elle, ces petits mendiants s'appellent des *talibés*…

– Ce qui signifie « étudiant », enchaîna vite Abdoulaye Diop.

– Oui, comme le mot *taliban* en Afghanistan… Vous n'allez pas me dire que ces enfants étudient en mendiant dans les rues ! Quelle honte !

– Non, ils n'étudient guère, soupira Abdoulaye Diop. Mais je vous dis, moi, que la tradition de nos confréries soufies ne se résume pas à quelques gamins égarés.

– Curieux, intervint Théo. A Istanbul, ma tante et son amie Nasra ont déjà eu cette discussion. Vous pouvez m'expliquer, Abdoulaye ?

– Bien sûr, répondit-il. Voilà : quatre confréries soufies se partagent le Sénégal…

– Une confrérie, dit Théo, j'en ai vu une à la télé. Ce sont des gens déguisés Moyen Age qui se réunissent pour boire du vin. Ça n'a pas l'air de coller !

Cela ne collait pas. Comme son nom l'indiquait, une confrérie rassemblait un ensemble de frères qui avaient adhéré à une foi commune. Si l'on pouvait à la rigueur communier dans le culte du vin français, la foi de l'islam réunissait en confréries autrement plus sérieuses de multiples croyants dans le monde. Dans les régions musulmanes d'Afrique, existaient des confréries soufies réunissant chacune d'innombrables fidèles autour d'un maître. Tel était le cas du Sénégal, pays où l'islam soufi avait unifié d'innombrables peuples, parmi lesquels les Peuls, les Toucouleurs, les Lebou, les Mandingues, et enfin les Wolofs qui constituaient la masse des fidèles.

La plus ancienne confrérie, la Quadiriyya, venait en droite ligne de Bagdad et d'une école soufie du XIIe siècle. La deuxième, celle des illustres et très respectés « tijianes », s'était répandue en Afrique sahélienne à partir du Maghreb sous l'égide d'un cheikh né en Algérie et mort à Fès, au XVIIIe siècle. Au XXe siècle, le plus grand maître spirituel de la confrérie des tijianes avait été Tierno Bokar le Malien, le « Sage de Bandiagara » à la pensée lumineuse. La troisième confrérie du Sénégal, celle des « layènes », s'inscrivait dans le sillage d'un nouveau prophète africain,

Seydina Laye, envoyé par Dieu à la race noire, au XIXe siècle. Mais la dernière, ah, c'était autre chose ! Elle devait son existence à un Africain d'exception. Ahmadou Bamba avait été le fondateur de la confrérie des mourides, dont l'appellation, « mouride », signifiait « aspirant en religion ».

Tante Marthe protesta. Certes, les quatre vénérables califes des quatre confréries exerçaient une influence considérable, respectée par le pouvoir démocratique, mais si leur spiritualité personnelle n'était pas contestable, celle du solide encadrement des fidèles par la hiérarchie subalterne n'était pas toujours de la même qualité… Quant aux mourides, il ne fallait pas oublier que le fondateur de la confrérie avait été l'un des premiers à se révolter contre la France coloniale, qui l'avait déporté au Gabon pour raisons politiques : là était l'essentiel.

Erreur ! répliqua Abdoulaye. Le cheikh Ahmadou Bamba ne se souciait pas de lutter contre l'emprise du colonisateur. Ce grand maître n'avait qu'un seul but, l'élévation de la foi des fidèles. Sur son lit de mort, son père, un homme très pieux, lui avait confié le sort de ses frères musulmans : le jeune homme devint donc théologien au sein de la très ancienne confrérie Quadiriyya. Mais il n'était attiré que par la méditation. Il disparaissait dans les forêts, il cherchait : quelque part dans le pays l'attendait un endroit sacré. Un jour, guidé par une lumière insolite, il se mit en marche et s'arrêta sous un baobab, à l'endroit où le rayon lumineux s'était immobilisé. A l'ombre de l'arbre, il comprit qu'il était arrivé au centre de son âme. Il eut « sa » révélation, et rit de contentement. Son rire éclata si puissamment que les paysans l'entendirent à trente kilomètres à la ronde… Ce jour-là lui naquit un fils qui s'appelait Mohammed.

Tout cela était bel et bon, répliqua Tante Marthe, mais personne ne pouvait nier l'existence des faux marabouts, ces charlatans qui couraient les rues de Dakar. Un jour, l'un de ses amis sénégalais lui avait montré un spectacle édifiant. Un faux marabout en grand boubou de cérémonie arrivait au bout d'une rue, cependant que ses trois compères, à l'autre bout, se prosternaient dès qu'ils l'apercevaient : « Voici le grand marabout ! » murmuraient-ils. Les gens s'arrêtaient. Le marabout commençait alors un long discours : il n'avait pas besoin d'argent, il ne demandait rien, d'ailleurs il était assez riche pour avoir déjà trois femmes, son seul but était donc de venir en aide à qui voudrait.

– Sympa, le mec, dit Théo. Qu'est-ce que tu lui reproches ?

Ah ! Voilà ! Le marabout précisait qu'il n'accepterait que huit personnes, pas une de plus. Les gens se précipitaient. Le marabout en choisissait huit qu'il faisait approcher très près de lui : à chacun d'eux, il demandait de l'argent pour sa bénédiction, cinq cents francs CFA par doigt de main et de pied… Les élus payaient. Puis, comme l'ami de Tante Marthe observait le manège d'un œil narquois, le marabout le désigna d'office : « Pour toi, je vais faire une prière spéciale », dit-il. Il l'entraîna dans un recoin et lui glissa deux mille francs CFA pour le faire taire.

Abdoulaye haussa les épaules. Des histoires comme ça, il en connaissait des tas ! D'accord, il existait des truands, mais personne ne pouvait les confondre avec les marabouts des confréries. Dotés d'un prestige considérable, ces vrais marabouts étaient très respectés et ne reconnaissaient qu'une seule autorité suprême : leur calife. Ils ne pratiquaient aucune arnaque, ils géraient les disciples, veillaient sur leur éducation et collectaient l'argent des fidèles au bénéfice de la communauté. Aucun Sénégalais digne de ce nom ne pouvait se tromper sur l'authenticité d'un vrai marabout : et s'il se trouvait des crédules en mal de croyance, tant pis pour eux !

Théo, qui écoutait d'une oreille distraite, entendit surgir brusquement le rythme de tam-tams assourdissants. Déambulant au beau milieu de la grande avenue, un groupe de farfelus dansait en riant à belles dents. Ces étranges figures en manteaux bariolés, collier de cuir au cou, tignasse en bataille et gourdin sous le bras, tapaient d'une main sur leurs instruments et tendaient une calebasse de l'autre, sautillant comme des diables et comme eux grimaçants.

— Ils sont chouettes ! s'écria Théo. Un orchestre de musiciens ?

— Oh non ! répondit Abdoulaye Diop. Ce sont des Baye Fall. Ils font partie d'une branche du mouridisme assez particulière. Des disciples du cheikh Ahmadou Bamba, en somme.

— Pourquoi ne dites-vous pas la vérité ? s'énerva Tante Marthe. Les Baye Fall ne constituent-ils pas plutôt une milice religieuse qui protège les agriculteurs au détriment des éleveurs de troupeaux ?

Patiemment, Abdoulaye Diop expliqua que l'histoire des Baye Fall était nettement plus compliquée que Tante Marthe ne le pensait. Un prince de sang royal du nom d'Ibra Fall entendit parler d'un grand mystique installé quelque part au Sénégal. Il mit neuf ans à le trouver. Mais, dans chaque village qu'il traversait, Ibra Fall, colosse secourable, puisait de l'eau pour les femmes, coupait le bois, abattait à lui seul le travail d'une semaine… et repartait le lendemain sur les traces du cheikh. Enfin, après ces années d'errance laborieuse, Ibra Fall le trouva dans ce qui deviendrait la ville sainte des mourides, Touba. Le cheikh Ahmadou Bamba avait décidé du nom de Touba d'après un mot wolof qui signifie « retour à Dieu ». Ensuite, après être tombé aux pieds du maître qu'il avait si longtemps cherché, Ibra Fall prit les choses en main. Il protégea le cheikh, écarta les intrus, introduisit la discipline et obtint d'Ahmadou Bamba un statut singulier : il serait dispensé des prières qu'il remplacerait par le travail. Bientôt, il eut ses disciples, les Baye Fall, qui l'appelaient « le Prophète ».

Le culte du travail devint frénétique. Pourvu qu'ils pussent fournir le travail le plus rude, les Baye Fall étaient à leur tour dispensés de prières. En échange de cette dérogation, ils devaient mendier un par un les bouts de chiffon qui, cousus, deviendraient leur manteau soufi.

533

D'un dévouement aveugle, ils étaient formés à la dure. Ils avaient une particularité : parmi tous les mourides, eux seuls chantaient et dansaient au rythme du tam-tam, selon les antiques coutumes du pays. Réunis dans la nuit en cercle d'initiés, les Baye Fall entraient en transe en répétant la grande invocation soufie…

Pieuse légende ! répondit Tante Marthe. Les Baye Fall formaient un service d'ordre ! Quant à leur religion du travail, elle démontrait l'essence du mouridisme. Les mourides du Sénégal avaient inventé un système ingénieux. Travailler, c'était prier. Quelle aubaine ! Le pacte entre les disciples et le maître était simple : le maître assurait le salut du disciple si le disciple travaillait gratuitement pour le maître. Les mourides avaient le génie de l'entreprise… Car avec la masse de manœuvres que représentaient les disciples sans rémunération en espèces, les mourides avaient développé la culture de l'arachide au Sénégal, richesse principale du pays. Ensuite ils avaient acheté des boutiques, acquis des marchés… Bref, les mourides étaient de formidables commerçants.

Tante Marthe prenait l'avantage.

– Ce sont les gouverneurs coloniaux de la France qui ont compris l'intérêt économique du système mouride ! s'indigna Abdoulaye Diop. Ils ont utilisé les mourides pour faire récolter l'arachide… Le cheikh n'y était pour rien !

– La France, se servir du mouridisme ? rétorqua Tante Marthe. Les Français ont condamné le cheikh Ahmadou Bamba à l'exil !

– Mais ensuite, ils l'ont fait revenir, affirma-t-il. Vous confondez la politique coloniale et la quête mystique d'un cheikh inspiré… Lui, en vrai soufi, refusait de collaborer avec l'administration française. Car les soufis ne se soumettent pas aux autorités politiques : sultan, roi, empereur, administrateur, président, peu leur importe. Le cheikh Ahmadou Bamba prêchait la pauvreté !

– A qui ferez-vous croire cette fantaisie ? bougonnat-elle. Tout ça, c'est parce que vous êtes mouride vousmême !

Abdoulaye Diop se fâcha. Les documents historiques étaient irréfutables… Quant au système d'échange entre le disciple et le maître, l'idée du cheikh était claire : l'éducation avant tout. En apportant l'enseignement, le maître donnait un bien précieux, et en exigeant le travail, il formait le disciple pour la vie. Au demeurant, le maître logeait son élève, le nourissait et le mariait. D'ailleurs, le cheikh insistait sur un point capital : aucun disciple ne travaillait contre son gré. Avec sa confrérie, le cheikh avait apporté l'ordre et l'éducation dans une société pleine de violence et de guerres. Grâce à lui, au moment où la colonisation française perturbait les populations, le peuple sénégalais s'était rassemblé, avait cultivé ses propres terres, trouvé un compromis avec les nouveaux maîtres, enrichi le pays…

— Tout ça, c'est de l'économie, dit Théo. Où est l'islam là-dedans ?

Abdoulaye Diop sauta sur l'occasion. Tante Marthe connaissait-elle les poèmes mystiques du cheikh Ahmadou Bamba ? Avait-elle lu les *Itinéraires du Paradis* ? Non ?

Prolonge ta méditation, ami
Sur la terre et le ciel, sur les étoiles aussi
Sur le soleil et sur la lune, ainsi que sur les arbres
Sur l'eau et sur le feu, et même sur les pierres
Sur d'autres choses encore telles que la nuit, le jour
Tu obtiendras la paix du cœur et la lumière.

Abdoulaye Diop marqua un point.

— Il n'est pas difficile de composer des poèmes, grommela Tante Marthe. Mystique, vous y allez fort !

— Allez donc dans la ville sainte des mourides, à Touba ! s'échauffa-t-il. Vous y entendrez dans la mosquée monumentale d'authentiques chants soufis, et ce sont les poèmes inspirés du cheikh Ahmadou Bamba !

— Je vais vous départager, dit Théo. Répondez-moi : est-ce qu'il existe une seule religion qui ne fasse pas travailler ses fidèles ?

Il se fit un silence.

– Oui, dit Abdoulaye Diop. Toutes les religions sans exception. Aucune ne repose sur l'exigence du travail. Chacune à sa façon trace le chemin de Dieu.

– Non, répondit Tante Marthe. Il n'existe aucune religion qui ne se transforme pas en système d'exploitation. Là-dessus, je suis d'avis de suivre Karl Marx : « La religion est l'opium du peuple. » On l'endort pour le faire suer sang et eau.

– Je suis bien avancé, reprit Théo. J'ai une autre question. Qu'est-ce que les mourides ont d'africain ?

Re-silence.

– Disons que l'Afrique noire ne disparaît jamais sous les grandes religions, lança Tante Marthe. Les confréries du Sénégal ont achevé l'islamisation du peuple wolof. Avant l'apparition des confréries, les Wolofs avaient pour valeur l'exercice physique du travail de la terre. Le cheikh Ahmadou Bamba s'est contenté d'africaniser l'islam à sa manière. Sous le mouridisme, les valeurs des Wolofs sont bien là.

– Je ne suis pas d'accord avec vous, répliqua Abdoulaye Diop. Les Wolofs avaient des castes et des esclaves. Tenez… Par exemple, le cheikh Ahmadou Bamba a fait scandale en voulant imiter le Prophète, qui, à dessein, avait marié sa fille Zanayda à un ancien esclave. Comme les mourides s'indignaient, le cheikh leur a rappelé le principe d'égalité de l'islam. Le lendemain, il intronisait un groupe d'hommes de castes inférieures au rang de dignitaires. Le cheikh Ahmadou Bamba a bel et bien apporté l'égalité au peuple wolof, qui l'ignorait.

– Je résume, dit Théo. « Islam sénégalais = soufis + castes + esclaves + arachide. » Je n'y comprends rien. Des castes et des esclaves, en Afrique ?

C'est ainsi que Théo découvrit qu'en Afrique les Blancs n'avaient pas inventé l'esclavage. La société wolof était hiérarchisée en nobles, hommes libres et esclaves. Les esclaves de case, qui appartenaient à la mère, vivaient dans la famille du maître et n'étaient pas maltraités. Les esclaves du père n'étaient rien, n'avaient rien, ne comptaient pour rien. Enfin, les esclaves du chef l'accompagnaient à la guerre, recevaient leur part de butin, avaient droit de pillage et terrorisaient les villages. Si bien que les « hommes libres », les malheureux paysans, étaient souvent la proie d'esclaves arrogants, mais armés.

– Compare cela si tu veux à l'Europe féodale, dit M. Diop. Les paysans étaient des « serfs » soumis aux seigneurs du château. Ajoute les esclaves de la maison du père, cela fait deux catégories de miséreux qui trouvèrent dans l'islam l'égalité qui leur manquait.

– Il y a pire, intervint Tante Marthe. Les rois africains venaient razzier les populations pour les vendre au marché. Sans eux, les Blancs n'auraient jamais pu s'enrichir de la traite des Noirs : ils avaient leurs fournisseurs sur place.

– Hélas ! soupira M. Diop. La véritable faille de l'islam conquérant en Afrique, c'est la traite des esclaves noirs jusqu'au XIXe siècle. Combien d'empires africains se sont édifiés sur les tribus serves… L'empire de Gao qui s'étendait jusqu'au Bas-Sénégal et jusqu'au Sahara, le Mali qui vit son chef Kongo Moussa aller en pèlerinage avec une suite énorme d'esclaves noirs… On les échangeait contre des chevaux, on les utilisait pour les travaux des champs ! Nous reprochons aux Blancs d'avoir déporté les nôtres, mais, à la vérité, la honte pèse sur l'Afrique pour une part, j'en conviens.

Les fils de cadavres

On arrivait à la maison des Diop, une villa blanche nichée sous les bougainvillées. Abdoulaye poussa Théo dans la salle à manger où, assises sur un canapé de velours, trois dames enturbannées s'éventaient en silence.

– Ma mère, ma tante, et ma sœur Anta, dit M. Diop en les présentant une à une à Tante Marthe. Tes enfants sont couchés ?

– Oui, mais ils ne dorment pas, chuchota la plus jeune des dames. Aminata surtout, elle fait ses dents.

– Normal à son âge, dit Abdoulaye. Si elle pleure, Anta, tu n'as qu'à l'amener avec nous.

La conversation était si simplement familiale que Théo se sentit chez lui. Abdoulaye s'éclipsa et revint dans un grand boubou blanc, les pieds dans des babouches assorties.

– Ouf, murmura-t-il en s'affalant. Le dîner est-il prêt ?

Silencieuse, la vieille Mme Diop se leva dignement et tout le monde passa à table. Montagne de couscous de mil, poulet rôti, sauce à l'oignon, légumes bouillis. Théo se sentit en appétit. Les dames parlaient peu, ou alors à voix basse. Fait remarquable, Tante Marthe se mit à l'unisson.

– J'ai une question, dit Théo en levant le nez de son assiette. Tu ne m'as pas bien expliqué les castes au Sénégal, tout à l'heure. Ton pays, c'est comme en Inde ?

La vieille Mme Diop leva un sourcil pointilleux et la tante, bouche bée, laissa tomber sa fourchette. Quant à la mère d'Aminata, elle se leva précipitamment en murmurant que sa fille pleurait. Elle revint avec le bébé dans les bras.

– Nous en parlerons après le dîner, si tu veux, dit Abdoulaye avec un sourire. C'est un peu long à expliquer.

– D'accord, répondit Théo. Et dans votre famille, vous êtes de quelle caste ?

– Tais-toi donc, marmonna Tante Marthe. Ooh ! Mais que cette enfant est mignonne… Quel âge a-t-elle ? Et combien pèse-t-elle ?

La petite Aminata devint aussitôt le centre de la conversation. Les yeux papillotant de sommeil, la bouche boudeuse, elle regardait sans les voir les grandes personnes autour d'elle. Sa mère souriait avec une charmante modestie, et Théo, fasciné par la jolie tête ronde de l'enfant, oublia ses questions sur les castes. Sur ces entrefaites le dessert arriva, tranches de pastèque, œufs à la neige. Les trois dames emmenèrent Aminata au lit et Abdoulaye reprit sa place sur le canapé.

– Voilà, soupira-t-il. Nous pouvons parler maintenant. Les Sénégalais n'aiment pas trop évoquer la question des castes.

– Surtout devant un petit « Toubab » ! s'exclama Tante Marthe.

– C'est moi, le Toubab ? s'inquiéta Théo. Ça veut dire « crétin » ?

– Les Toubabs sont les étrangers, et par extension les Blancs européens, dit M. Diop en souriant. Mais, au Sénégal, nous ne parlons guère des castes aux Toubabs. D'ailleurs, en théorie, les castes n'existent plus. Dans la réalité, je dois reconnaître qu'elles comptent encore un peu.

– Un peu seulement ? intervint Anta en revenant s'installer sur le canapé. Tu travailles à Paris. Mais moi, je vis ici, j'ai des oreilles ! Malgré nos sociologues, nos historiens, nos savantes études, on ne se prive pas de ragoter sur la fille d'une famille de griots ! Tiens, par exemple, dans mes cours, je me suis attelée à déraciner l'injustice des castes. J'en parle, j'explique, je condamne... Je redouble d'efforts, mais est-ce que cela marche ? Mystère.

– Anta est professeur de sociologie à l'université, dit M. Diop. Explique donc à Théo, tu le feras mieux que moi.

Les castes, dit Anta, quadrillaient une large part de l'Afrique. Les castes « supérieures » n'étaient même pas nommées. D'un côté se trouvaient l'ensemble des hommes libres, et de l'autre, tout en bas, les méprisés, qu'une fille n'épousait pas sans déshonneur : forgerons, potiers, cordonniers, bijoutiers, tisserands et griots.

– Les griots, ce sont des espèces de sorciers chantants, dit Théo. Fatou m'en a parlé. Il paraît qu'ils sont très amusants !

Le cas des griots était des plus singuliers. Chargés de déclamer les glorieuses généalogies des chefs, les griots ressemblaient à des bateleurs dont on ne pouvait pas se passer, mais que l'on rejetait dans les ténèbres extérieures. Bardes de cour, baladins, crieurs publics, les griots rassemblaient le peuple en chantant au son de leur instrument, mais sans avoir le droit d'entrer dans les maisons, ni celui de reposer sous la terre. On n'enterrait jamais les griots. Alors, faute de leur trouver une place sous le sol, on emmurait leurs corps debout dans le creux des grands baobabs, en les couvrant d'argile.

– Bigre, murmura Théo. Est-ce qu'on le fait encore ?

Non, car les vieilles coutumes avaient reculé devant la démocratie, et les griots avaient changé de statut. Quand on inaugurait une exposition, ils étaient là... Pour les grandes occasions officielles, ils étaient là. De leur fonction, ne restait que la louange chantée, lancée à pleine voix devant les foules, entourée désormais du respect qu'on doit aux traditions.

– C'est bizarre, s'étonna Théo. Pourquoi en avait-on fait des exclus ?

– Il existe de nombreuses légendes sur l'origine des griots, dit-elle. La plus curieuse s'applique à une caste particulière de griots, les Nyole. On ne sait pas trop s'il faut les mettre tout en bas des griots ou dans la caste juste au-dessus, mais quelle histoire, si tu savais !

– Je ne demande que ça, moi, dit Théo. Accouche !

– Un jour, expliqua Anta, c'était dans le Sahel, un homme tomba malade, on ne sait de quelle maladie, personne ne pouvait le guérir ! Il se mit à maigrir et mourut. Mais lorsque ses voisins se rassemblèrent devant le corps pour la cérémonie funèbre, ils s'aperçurent avec stupeur que le sexe du mort était... peu convenable.

– Sale ? demanda Théo.

– Non, dit-elle gênée. En érection. C'est que sa femme, disait-on, était très belle. Un vieux lui conseilla de se coucher sur son mari pour un dernier adieu... Elle obéit. Une fois l'acte accompli et le corps revenu à son état normal, le défunt fut enterré comme si de rien n'était. Or la veuve du cadavre, enceinte de ses œuvres, donna naissance à deux jumeaux, une fille, un garçon.

– Vivants tous les deux ? demanda Théo.

Tout ce qu'il y a de plus vivant. En dépit de ce miracle étrange, la naissance des jumeaux ne suscita aucune difficulté. Ils grandirent, se marièrent et eurent de nombreux descendants... Mais un beau jour, les Wolofs découvrirent la malédiction qui frappait les rejetons du cadavre : à leur mort, leur corps se décomposait en un instant ! D'abord la peau se fendillait de façon dégoûtante, puis les chairs se putréfiaient à vue d'œil… Les griots n'étaient pas tout à fait des hommes. Depuis lors, les autres castes évitèrent toute alliance matrimoniale avec ceux qu'on appela désormais « fils de cadavres ». Telle était la raison pour laquelle on se hâtait de les emmurer dans l'argile au creux des baobabs.

— Beurk, grimaça Théo. Ça fait un drôle d'effet !

— Cela ne te rappelle rien ? demanda Tante Marthe.

— Non, dit-il. Ah ! Si. On dirait Osiris mort, sauf que la pauvre Isis n'a jamais réussi à lui faire dresser le zizi, elle.

Anta précisa que, selon de très sérieuses théories, les premiers Africains n'étaient autres que les Égyptiens, ancêtres de l'Afrique noire, et noirs eux-mêmes. A l'aube des temps, les peuples du Sénégal avaient quitté l'Égypte. De montagnes en déserts, ils avaient entrepris la longue marche à travers le continent noir, de l'océan Indien à l'Atlantique, où ils avaient installé une souche égyptienne à la pointe extrême de l'Afrique, face au Brésil. Il n'était donc pas étonnant de trouver dans les mythes africains quelques échos d'Égypte, comme en témoignait le sexe érigé du père-cadavre des griots.

Mais leur cas était d'autant plus étrange que les autres « castés » avaient un point commun : forgerons, potiers, cordonniers, bijoutiers, tous travaillaient de leurs mains. Or, si ceux-là étaient des artisans habiles, le griot, lui, n'avait qu'un seul pouvoir, celui de la déclamation. Même quand ils étaient reconnus comme d'illustres artistes doués d'une voix magnifique et d'une inspiration féconde, les griots gardaient leur statut d'êtres maudits. Il leur arrivait de mourir sur le champ de bataille, où ils accompagnaient leur chef, mais cela ne leur donnait aucun droit à un enterrement ordinaire. Au baobab, comme les autres !

Abdoulaye Diop fit remarquer que la foi musulmane rejetait toute discrimination de caste. Tous les croyants avaient droit à la même sépulture, griots compris.

— En France, les acteurs n'avaient pas droit non plus au

cimetière catholique, intervint Tante Marthe. L'interdiction de l'Église ne cessa qu'au XIXᵉ siècle, et pourtant, depuis la Révolution française, les castes n'existaient plus en France ! Votre histoire ne me convainc pas. Pour moi, on a simplement peur de celui qui porte la parole : griot, acteur, c'est tout un. Ceux qui font métier du verbe sont dangereux.

– L'islam respecte les poètes, dit Abdoulaye.

– Vraiment ? En plein XXᵉ siècle, qui donc a lancé la *fatwa* sur l'écrivain Salman Rushdie ? Non, voyez-vous, les manieurs de langage suscitent d'étranges sentiments. Platon, ce grand philosophe grec, voulait chasser le poète de la cité, et la tentation d'interdire ces gens-là est constante. Quand elles n'en ont pas le monopole, les religions n'aiment pas les professions du verbe. L'exclusion des griots n'échappe pas à la règle.

– Pourtant, il existe une histoire qui sauve les griots de l'infamie, reprit Anta. Tu te souviens, Abdou ? Le mythe des Gelwar…

– La princesse et le griot, acheva Abdoulaye.

De tous les peuples qui composaient le Sénégal, le peuple sérère était le seul à s'être donné une dynastie royale d'origine étrangère. Venus d'ailleurs, les Gelwar régnèrent sur la terre sérère du XIVᵉ au XIXᵉ siècle. Pourtant, la souche des souverains était marquée au sceau de l'infamie.

Il était une fois au XIIIᵉ siècle une princesse, fille d'un grand roi du Mali. Qui lui avait fait le petit qu'elle portait dans son ventre ? Son fiancé ? Son beau-frère ? En tout cas, son souverain de père ignorait la grossesse de sa fille. L'enfant serait illégitime. Honteuse, la princesse s'enfuit avant l'aube, à l'heure où s'éveille le village au bruit sourd du mil pilé dans les mortiers. Elle n'était pas seule. Un griot amoureux l'accompagnait. Peut-être était-ce lui le père de l'enfant à naître – est-ce qu'on sait ces choses-là ?

Toujours est-il que les fuyards parcoururent à pied quatre cents kilomètres et trouvèrent refuge dans une grotte de pierre en pleine forêt. Sept ans plus tard, les chasseurs de la région découvrirent la princesse, son griot et leurs filles : entre-temps, deux autres enfants étaient nés. L'affaire aurait pu mal tourner… Mais non ! Les chasseurs s'émerveillèrent de la survie des exilés, signe divin. La princesse fut couronnée reine et fonda la dynastie Gelwar, ce qui signifie « énigme ».

Que devint le griot amoureux ? Nul ne le sait. Seule la princesse courageuse suscita l'admiration du peuple. Sa longue disparition, la grotte de son refuge, le miracle de la forêt où les chasseurs l'avaient découverte, tout encourageait la ferveur qu'on doit aux apparitions mystérieuses. Il n'en restait pas moins que les enfants de la première reine de la dynastie étaient illégitimes, voire descendants de griots.

— Quelle belle histoire ! dit Tante Marthe. Dommage que le griot ait disparu au passage…

— Il avait rempli son office, répondit Anta. Il avait semé dans le ventre de la princesse le don de la parole. Plus aucune trace de la décomposition instantanée du corps : on dirait que la princesse a purifié le griot… C'est que les femmes de la dynastie ont toujours été de fortes reines.

Le tam-tam et la parole

— Que sont-ils devenus, aujourd'hui, les Sérères ? demanda Tante Marthe.

— En partie catholiques, mais surtout musulmans, répondit Anta. Mais qu'ils soient l'un ou l'autre, les anciennes religions n'ont pas entièrement disparu. Tenez, les Baye Fall wolofs. Il faut les voir rassemblés autour du feu, concentrés sur leurs chants, le regard absent… Avec le tam-tam, ils ont introduit le rythme africain dans l'islam. Grâce au rythme, ils ont gardé en eux la vraie transe d'Afrique.

— C'est quoi, la transe ? demanda Théo.

— Une sorte d'état entre la veille et le rêve, répondit Tante Marthe. Tu perds conscience, tu frissonnes, tu trembles, tu tournes et tu danses, tu peux tomber d'un coup, tu es à la fois toi-même et un autre.

– J'ai un copain épileptique dans ma classe, murmura Théo. Une fois, il a fait une crise pendant la récré. Une transe ?

– Pas du tout. L'épilepsie vient d'une lésion cérébrale. On en guérit rarement, mais on peut la contrôler avec des médicaments. Mais quand tu es en transe, tu n'es pas malade, tu passes dans un autre stade de la conscience. Non seulement les médicaments n'y peuvent rien, mais encore la transe peut te guérir à elle toute seule.

– Pourquoi me dire « tu » ? s'inquiéta Théo. J'ai été en transe, moi ?

– Bien sûr, dit-elle. A Louksor.

– Ce n'est que cela ! s'écria-t-il. Alors je suis d'Afrique, moi aussi ?

– En aucun cas ! s'indigna Tante Marthe. Quel culot !

– Je ne vois pas pourquoi vous le grondez, intervint Aboudlaye. Ni pourquoi Théo ne serait pas « d'Afrique », comme il dit. Partout où j'ai voyagé, en Amérique, en Asie, j'ai vu la transe. A mes yeux, elle nous guette tous. La transe a attrapé Théo, elle vous attrapera peut-être un jour, ma chère Marthe.

– Mais vous n'avez jamais vu la transe en Occident, je parie. Non, Anta a raison : la transe d'Afrique, c'est autre chose.

– Avec votre permission, je vais vous contredire, dit Abdoulaye. D'abord parce qu'un concert techno déclenche la même transe qu'en Afrique.

– Pour ça, je suis d'accord, intervint Théo. Mais ma tante ne comprend rien à la techno.

– Musique de sauvages, grommela-t-elle.

– Quel drôle de mot dans votre bouche ! ironisa Abdoulaye. Savez-vous qu'ici même, dans la banlieue de Dakar, de blondes Européennes tombent en transe pendant les cérémonies les plus anciennes du Sénégal ? Vous avez aussi cela chez vous.

– Votre sœur a pourtant parlé de la vraie transe d'Afrique ! dit-elle. Je n'ai pas rêvé ! Que vouliez-vous dire, Anta ?

– Je ne sais pas, murmura la jeune femme. Nos corps

ne dansent pas de la même façon… Le rythme emporte tout…

– Vous voyez ! triompha Tante Marthe. N'allez pas comparer les asperges blafardes qui se dandinent dans un concert techno avec votre merveilleuse façon de danser !

– Les moyens de la transe sont partout différents, reprit Abdoulaye, mais le résultat est le même. Les corps ne se ressemblent pas, mais dans la transe les yeux se révulsent partout de la même façon. Bien sûr, il existe une vraie transe d'Afrique. A quoi tient-elle ? Au son irrésistible du tam-tam. La transe d'Afrique, c'est le rythme.

– Rien d'autre ? demanda Théo désappointé. J'imaginais du sang de poulet, des masques autour des feux la nuit, de la magie, des trucs pas possibles… Fatou me disait…

– C'est bien d'elle, sourit Abdoulaye. Toujours à faire des mystères… Oui, il y a autre chose. Seulement ce n'est pas ce que tu crois. C'est la parole. Dans l'Afrique traditionnelle, la parole agit pour de bon. Elle n'est pas là pour transmettre un message : elle recrée le monde et nous recrée sans cesse. Le Livre révélé ordonne, c'est différent. Car malgré leurs vertus, le Coran, la Bible, ces grands livres sacrés, ne parviennent pas toujours à nous reconstituer. Les Africains auront beau prier avec le Prophète ou Jésus, ils ne seront jamais guéris autrement que par la grâce de leur parole d'origine.

– Je n'y suis plus, marmonna Tante Marthe. De quoi parlez-vous ?

– « Être nu, c'est être sans parole », répondit Abdoulaye mystérieusement. Ainsi disent encore aujourd'hui les anciens du Mali, dans les falaises de Bandiagara.

– Alors si je parle, je m'habille ? dit Théo en bâillant. Oh ! Pardon. Je crois que j'ai sommeil, je dis n'importe quoi…

– Au lit ! trancha Anta. Avec tes grands discours, Abdou, tu le saoules, ce petit ! Appuie-toi sur moi, Théo. Ta chambre n'est pas loin.

– Le plus fort, c'est qu'il a raison, conclut Abdoulaye en suivant Théo du regard.

Chapitre 25

La vie des ancêtres

Tristesse d'Afrique

Le lendemain, on fit un tour en ville entre la grande mosquée, la cathédrale et les mosquées de poche. Le ciel était pâle, le soleil blanc, la mer grise. Au loin, Théo aperçut une ligne de maisons aux toits roses, sur une île.

– Gorée, dit Tante Marthe. Le symbole de la traite des Noirs.

– Mais nous irons plus tard, Théo, coupa Abdoulaye. Je voudrais que tu découvres nos Afriques d'abord. Il sera toujours temps de voir dans quelles conditions nous en sommes partis.

– On reste à Dakar ? demanda Théo. Parce qu'on dirait une ville de France, c'est pour ça...

– ... Avec son hôtel de ville, sa gare, ses casernes, tout ce qu'il faut pour une préfecture. Les Français ont construit Dakar, et nous nous la sommes appropriée.

Boubous et caftans nonchalants glissaient sur les trottoirs. Partout se déployait une activité de ruche, vendeurs de perroquets, de masques et de gris-gris, tout un monde au travail qui flânait dans les avenues bordées d'arbres alignés. Ce n'était pas l'Afrique de Fatou.

Fatou parlait de baobabs, de greniers sur pilotis, de pirogues à l'œil peint sur la proue, de tumulus de coquillages, du vol des pélicans et encore des baobabs. Fatou décrivait le rouge de la terre, le vert des bananiers, le goût musqué des mangues, le sable blanc des plages, le tronc argenté du baobab. Fatou, les yeux mi-clos, rêvait d'arbres sacrés, du retour des pêcheurs, des ciels zébrés d'éclairs avant l'orage. Et toujours revenait le baobab.

– D'accord, c'est sympa, dit-il. Mais les baobabs ?

On s'y rendait, en zigzaguant entre les files de camions. On y allait à travers les banlieues où les rues n'étaient plus bordées d'arbres, n'étaient plus goudronnées, n'avaient plus de vitrines. On cheminait en évitant les enfants qui décidaient soudain de traverser la route pour rattraper un chien. On attendait, bloqué par un petit car où s'entassaient les voyageurs laissant la porte ouverte. On avançait en longeant des étangs brumeux où pêchaient des aigrettes, des étendues désolées où séchait le sel en petits tas. On passait à travers des allées bordées de feuillages légers sous lesquels se vendaient des mangues en pyramide, d'étranges quenouilles de tisane et des vanneries de couleur. On croisait des carrioles attelées de petits chevaux et des ânes montés par des enfants. On voyait des vergers de manguiers sombres croulant sous leurs fruits dorés. On apercevait d'étranges silhouettes dans le lointain, une forêt de fantômes immenses et massifs aux bras décharnés…

– Voici tes baobabs, Théo, dit Tante Marthe.

– Ça ? s'exclama-t-il. Ces vilains arbres tout nus ?

Abdoulaye freina d'un coup, les pneus crissèrent, la voiture s'arrêta.

– Chez nous, les baobabs sont sacrés, dit-il. Leur écorce sert à tresser les cordes, leurs feuilles servent de liant pour les sauces et leurs fruits sont remplis d'une sorte de gomme à mâcher, molle et douce. On la suce ou on la fait tremper, c'est délicieux. D'ici une semaine, la tête des baobabs se couvrira d'un feuillage touffu et ces vilains arbres tout nus laisseront pendre au bout de leurs branches des fleurs blanches gorgées d'eau. La peau fidèle de leur tronc garde les traces des générations du passé, et si d'aventure on devait les couper, il faudrait les arroser de lait pour ne pas les fâcher.

– J'ai gaffé, dit Théo.

– Ce n'est rien, dit-il. Mais en Afrique, il faut apprendre à regarder. Que diras-tu de nos villages si tu ne sais pas voir un baobab ?

– Le gros, là, est-ce que c'est un cimetière de griots ? demanda Théo d'une petite voix.

– Qui sait ? sourit Abdoulaye Diop. Dans un pays de sauvages comme nous…

Théo se tut. La terre était sèche, le sol poussiéreux, le ciel brûlant, les baobabs inquiétants. Les passants cheminaient comme en Inde l'écharpe autour du cou et, le long de la route poussiéreuse, les femmes déambulaient boubou au vent, portant leur fardeau sur la tête en majesté. Une boule de chagrin monta dans la gorge de Théo.

– Avec les pluies, en août, tout change, reprit Abdoulaye. Le Sénégal se couvre de vert tendre, les fleurs éclatent, la vie renaît, le ciel se couvre de nuages et retrouve le bleu après l'orage…

– Il est vrai que le Sahel est sec, murmura Tante Marthe.

– Allons dans la forêt de baobabs, proposa Abdoulaye. Je vous montrerai quelque chose.

Ames jumelles au pied du baobab

C'était une forêt sans feuillage, sans abri et sans obscurité, une forêt magique tombée dans le désert. Les chèvres mâchonnaient les branches des buissons, les zébus couchés sur le flanc attendaient la fin du jour. Abdoulaye avisa un baobab dont le tronc énorme dispensait un peu d'ombre. Là, on pouvait s'asseoir. Tante Marthe sortit un mouchoir et s'épongea le décolleté.

– Ailleurs, c'est la neige de montagne qui tue, dit Abdoulaye. Chez nous, c'est le sable. Pendant presque vingt ans, les pluies nous ont abandonnés. Le désert du Sahel dévorait la terre peu à peu. Mais les pluies sont de retour ! Dans deux mois tout au plus, on pourra semer. La graine, c'est la vie… C'est ce que nous disent les anciens du Sahel, ceux du pays dogon.

En ce pays, commença M. Diop, les villages se perchaient sur de hautes falaises de roc jaune, si hautes que les Dogons devaient escalader les marches escarpées pour descendre et porter l'eau, qui manquait au sommet. La moindre anfractuosité, le moindre recoin du rocher étaient utilisés pour cultiver les oignons, plantés en bouts de champs minuscules. Ce peuple avait si bien gardé ses cultes et sa religion que les touristes venaient visiter les Dogons comme on visite Notre-Dame de Paris... Les Dogons, leurs masques, leurs danses et leurs greniers faisaient désormais partie du rituel de la découverte africaine. Ils ne s'en portaient pas plus mal et en tiraient heureusement profit, sans rien perdre de leur superbe.

– Ces fameux Dogons ! s'écria Tante Marthe. Il paraît même que leur mythologie s'apparente de près aux fondements de la culture gréco-latine, n'est-ce pas ?

– Voyez-vous, ma chère Marthe, je veux bien que vos ethnologues aient tiré nos religions vers les vôtres, cela vaut toujours mieux que de nous traiter de sauvages. Mais les Dogons sont d'Afrique, et l'Afrique pourrait bien être la mère de tous les mythes.

– Attention, Théo, tu vas pénétrer dans la cosmologie africaine, dit Tante Marthe. Écoute bien...

Abdoulaye prit son souffle, car le mythe dogon était une longue épopée.

– Au commencement, dit-il, Dieu créa la plus petite graine de l'univers, le grain de la céréale qu'on appelle *fonio*. Le « grain du monde » était animé d'un tourbillon si vif qu'il explosa et devint l'œuf du monde. A l'intérieur de la paroi de l'œuf matriciel se trouvaient deux paires de poissons qui devinrent deux paires de jumeaux... L'œuf mûrissait lentement comme un enfant dans un ventre de femme quand en sortit un garçon tout seul, né avant terme, Ogo.

– Tiens, dit Théo. Tout seul...

– Précisément ! Ce n'était pas normal ! Or ce malin prématuré arracha un bout de son placenta, le laissa tomber, et ce fut la Terre. Déterminé, Ogo entra dans la Terre pour y chercher sa jumelle Yasigui qu'il croyait née avec lui... Il planta la graine de *fonio* dans le sang souillé de la terre placentaire, mais ne trouva pas sa jumelle, car Dieu l'avait gardée dans le reste de l'œuf.

– Pauvre Ogo, murmura Théo. Perdre sa jumelle, ce n'est pas gai.

– Pauvre Ogo ? Un teigneux, oui ! En souillant le « grain du monde » avec du sang impur, il avait gâché la nourriture sur terre ! Alors Dieu transforma le mauvais Ogo en Renard pâle, responsable du malheur de l'univers. Puis, pour réparer le mal, il sacrifia l'un des jumeaux restant, le découpa en soixante-six morceaux qu'il façonna en figure humaine en se servant du placenta pour coller son ouvrage. Ce fut le premier homme, appelé Nommo, ce qui signifie « faire boire »… Nommo devint le maître de la parole et de l'eau.

– Sacrifié, mort et ressuscité, observa Théo. Quelquefois, Dieu est un peu répétitif.

– Ne compare pas si vite ! Enfin, Dieu envoya sur la terre impure du renard quatre paires de jumeaux, garçons et filles, installés aux quatre coins d'une arche faite de leurs placentas réunis. Les astres se mirent en mouvement et le soleil éclaira la terre purifiée… Le cauchemar de la création manquée s'achevait. Conformément aux calculs divins, les jumeaux sacrés se multiplièrent, mais deux par deux.

– Ça me plaît, dit Théo. Tout le monde avait son jumeau !

– Pas pour longtemps ! Car sous la nouvelle création, gisait encore l'impureté du *fonio* rougi par le sang du placenta maudit… Au quatrième jour, pendant la première éclipse de soleil, Yasigui, la jumelle perdue, sauta sur terre sous la forme d'une femme.

– On l'avait oubliée, celle-là !

– Eh bien, on avait tort… Elle épousa l'un des jumeaux comme si de rien n'était, puis lui fit manger par surprise la graine sanglante du *fonio*. Il fallut sacrifier le mari pour purifier le champ.

– Comme prévu, constata Théo en ramassant une poignée de sable. Second sacrifice humain…

– Si tu veux, mais la suite est particulière. Les jumelles enceintes accouchèrent d'enfants uniques… L'humanité venait de perdre le don précieux de la gémellité.

– Zut, grogna Théo.

– Eh oui, mon garçon. Voilà pourquoi, en souvenir de ce rêve évanoui, chaque individu est pourvu d'un seul corps, mais d'âmes jumelles. L'une anime le corps : si c'est un garçon, c'est l'âme masculine. Si c'est une fille, c'est l'âme féminine. Mais l'âme jumelle n'est jamais loin du corps : au fond d'une mare gardée par le Nommo, l'ancêtre ressuscité, l'âme féminine protège l'âme masculine dans le corps du garçon, et l'âme masculine protège la féminine dans le corps de la fille. Chacune guide sa moitié d'âme en secret… Car tout être humain descend du Nommo primordial mis à mort et ressuscité en paires de jumeaux garçon et fille.

– De sorte qu'on a tous une âme jumelle qui traîne quelque part, murmura Théo. C'est ce qui m'arrive à moi, sauf que je l'ai trouvée, ma jumelle. Je ne suis pas comme le Renard pâle ! Pourtant, je suis français, pas dogon… Comment vous expliquez ça, Abdoulaye ?

– Peut-être que les Dogons expriment une vérité que d'autres ne savent pas encore. L'Afrique entière vit sous le signe des jumeaux… On les honore ou on les craint, on leur offre les premières récoltes ou bien on tue l'un des jumeaux à la naissance, mais jamais on ne laissera les jumeaux de côté.

– Qui donc ose tuer un jumeau ? s'étonna Tante Marthe.

– Oh, on ne le fait plus ! N'oubliez pas que les jumeaux sont les ancêtres de l'humanité : leur naissance dans le monde actuel relève du surnaturel.

– Si je comprends bien, avec ma jumelle disparue, je ne suis pas né normal, conclut Théo. Je suis presque divin…

– Au contraire ! s'écria Abdoulaye. Tu es unique, donc tu es normal. Le singulier avec toi, c'est que ta petite sœur morte arrive à te parler…

– Ah, tu es au courant ? lâcha Théo en rougissant. Tante Marthe a encore cafté !

– C'est exactement la raison qui me pousse à te raconter l'histoire du Nommo, répondit-il. Car le père de l'humanité, le jumeau sacrifié qui fait boire et parler, désigne les deux éléments essentiels à la vie : l'eau, la parole. Quand tu disais hier que, lorsque tu parles, tu t'habilles, tu avais raison. Car si être nu, c'est être sans parole, en effet la parole habille l'homme... Au nom de l'ancêtre, elle le tisse ! Le salut vient toujours de l'ancêtre mort. Voilà pourquoi nous autres, Africains, nous ne nous contentons jamais d'une pièce d'identité... Un homme n'est pas lui-même s'il n'est pas fils, frère, petit-fils, neveu, petit-neveu, cousin des membres de sa famille. Un garçon, une fille ne sont jamais seuls au monde. Morts ou vivants, les parents habillent son corps.

– Et l'amour là-dedans ? demanda Tante Marthe. Qu'en faites-vous ?

– L'amour ? hésita Abdoulaye. Peut-être que, comme Yasigui cherchait Ogo l'impur, chaque moitié d'âme cherche sa moitié jumelle...

– Moi, je sais, dit Théo. L'amour, c'est déposer son barda d'ancêtres chez celle qu'on aime. On pose les valises, on a la paix.

– Chez nous, on sacrifie aux ancêtres, dit Abdoulaye. C'est à eux qu'on remet le barda, pour réparation. Ce n'est pas mal non plus.

Il se leva en époussetant son boubou. Puis levant le bras, il courba une branchette et montra une minuscule feuille d'un jaune frais.

– Voici ce que je voulais vous montrer, dit-il. Sans eau, tout seul, le baobab prépare son feuillage. Comme nous, il se débrouille.

La naissance des morts

L'étape suivante était celle de l'eau.

A mesure qu'on approchait du pays sérère, les villages changeaient d'allure. Entre les bosquets d'acacias, Théo vit ses premières cases carrées coiffées de chaume, conformes aux descriptions de Fatou. On arrivait à Joal, on gara la voiture, on traversa à pied les ponts de bois au-dessus des mangroves aux racines boueuses...

Fadiouth était vraiment un village extraordinaire. Les greniers sur pilotis dominaient l'eau noire grignotant les palétuviers couverts d'huîtres. Mais le plus singulier, c'était, sur l'autre rive, le cimetière de coquillages immaculés, hérissé de croix blanches et de baobabs centenaires. En majorité catholiques, les habitants de Fadiouth avaient hérité cet étrange cimetière de la vieille religion sérère.

Le sol crissait sous les pas. En sages tas de calcaire bien rangés, les tombes s'alignaient au flanc des tumulus. Tante Marthe trébucha, jura, se rattrapa de son mieux. Théo, lui, grimpait si légèrement qu'il ressemblait à l'une des aigrettes survolant le pays sérère. Comme elles étaient hautes, ces collines funèbres ! N'était leur matériau de coquilles, on aurait dit des pyramides dressées pour l'immortalité…

— Tu ne crois pas si bien dire, Théo, observa Abdoulaye en s'installant au pied de l'immense croix sur la plus grande des collines.

— Parce que ce sont des pyramides ? s'étonna Théo.

— Lorsque mourait un chef en pays sérère, expliqua Abdoulaye, on l'installait dans une case funéraire faite du toit de la case du mort. Après quelque temps, les villageois des environs venaient aider à l'édification du tumulus dans lequel on plantait une perche du palmier-rônier, un arbre au bois imputrescible, tu sais, avec des palmes en forme de mains. Ensuite, quand ils furent convertis, les Sérères catholiques ont édifié leurs tombes sur les tumulus de coquillages qui dissimulaient les nourritures enterrées avec le mort pour le long voyage vers la Cité des ancêtres.

— Curieux, nota Théo. Ici aussi, on prépare la bouffe pour le voyage des morts, comme en Égypte ?

— Ce n'est pas la seule ressemblance entre le pays sérère et l'Égypte ! Ici aussi, le taureau fut le double de l'homme, si bien que les grands chefs étaient cousus dans la peau de l'animal avant leur inhumation… Ici comme en Égypte, l'esprit du mort s'agite s'il n'est pas nourri. Dès le quatrième jour, il faut offrir au défunt le couscous, l'eau ou le lait, selon ses goûts. Tiens, j'ai même entendu parler d'un riche patriarche sérère qui augmentait ses troupeaux dans l'espoir que ses descendants lui offriraient du lait en quantité suffisante…

– Suffisante pour quoi ? demanda Théo.

– Mais pour arriver dans la Cité des ancêtres, voyons ! Le voyage ressemble à celui d'Égypte : pour devenir un mort convenable, il faut avoir des provisions, sinon, on ne meurt pas vraiment… L'homme dont je te parle avait onze ancêtres sacrés. Il était certain de devenir le douzième ancêtre, pourvu qu'on lui offre assez de lait pour y parvenir.

– Parce qu'on peut louper son coup ? dit Théo.

Tous les morts ne réussissaient pas. Pour accéder au statut d'ancêtre, encore fallait-il avoir réussi sa vie, fait des enfants, assuré à l'avance de bonnes funérailles, prévu le bœuf du sacrifice, bref, avoir préparé la lignée pour en devenir le protecteur. Car, une fois ancêtre, le défunt vivait dans la pensée de ses descendants. Leur survie réciproque en dépendait. L'ancêtre savait guérir ses descendants, mais sans les descendants le mort ne serait pas ancêtre. L'ancêtre servait d'intermédiaire entre ses fils et Dieu, à condition que sa famille sût l'accompagner tout au long du voyage. Entre vivants et morts, l'ordre était réciproque et l'entraide mutuelle.

Ce qui n'était pas tout à fait égyptien, c'étaient les funérailles des Gelwar, les descendants de la princesse et du griot. Ils étaient enterrés deux fois. Les premières funérailles se passaient à l'endroit de la mort : on cousait le chef dans la peau du taureau et l'on descendait le corps debout dans son cercueil, par trois mètres de fond, dans un puits. Le chef allait devenir dieu-taureau, et cet enterrement était secret… Car les secondes funérailles, elles, se passaient officiellement en public devant un cercueil plein de terre et d'amulettes. Personne n'était dupe ! Tout le monde savait que le cercueil officiel était vide… Mais personne non plus ne connaissait le lieu secret du puits au fond duquel le chef mort entamait sa transformation en immortel.

— Ah bon ? dit Théo. Cela ne se fait pas illico ?

En Afrique, poursuivit le très patient Abdoulaye, rien de la vie d'un homme ne se faisait illico. L'enfant dans le ventre de sa mère ne se constituait pas seulement en neuf mois, pas du tout, il stockait aussi l'héritage des noms de son lignage dont certains lui seraient donnés à la naissance. Lorsqu'il était né, il continuait à se construire à travers des étapes prévisibles : sa circoncision, son initiation. Quand il mourait, sa construction ne s'arrêtait pas en chemin. Tel était le sens des doubles funérailles : on célébrait la mort sociale du chef sérère devant le cercueil vide, mais la construction dans l'au-delà se poursuivait dans le puits.

— Je n'y comprends rien, protesta Théo. Qu'est-ce qui lui arrive, au mort ? Dans l'Égypte antique, il est jugé, voilà tout. Mais en Afrique ?

— Prenons un autre exemple, celui des Yoruba du Sud-Bénin, dit Abdoulaye. La famille commence par enterrer son mort. Avant l'enterrement, on habille le défunt avec des habits neufs en lui laissant quelques objets familiers afin qu'il ait avec lui du nouveau et du vieux. On brûle les autres pour débarrasser le mort des encombrements du passé. Puis on fait la fête pour célébrer le début d'une nouvelle vie. Enfin commence la longue attente…

— Qu'est-ce qu'on peut bien attendre ? demanda Théo.

— Que les enveloppes du corps soient parties ! Le mort suit le chemin inverse de sa naissance. Il se défait de ses chairs peu à peu, et un beau jour, cinq ou six ans plus tard, il est prêt. Alors on va pouvoir commencer son initiation à la mort.

— Minute, intervint Théo. Comment sait-on qu'il est prêt ? Il fait un petit coucou de dessous la terre ?

— Quasiment ! Quelqu'un tombe malade, les conjoints se disputent, bref, ça ne va pas. On comprend que le mort a fait signe, il est temps. Alors on extrait le crâne de la tombe, on le lave avec une plante purificatrice, on sacrifie un poulet, on verse le sang sur le crâne, on partage le poulet en deux, une part pour la famille, et l'autre pour le défunt. C'est l'initiation du mort.

– Attends, on ne va pas initier une tête de mort ! s'écria Théo. A quoi ça rime ?

– C'est bel et bien une initiation, insista Abdoulaye. Initiation signifie « introduction aux secrets »… On apprend au mort ses nouveaux secrets. Comme pour un jeune homme, on habille le crâne avec un vêtement blanc. On salue son retour : car il est revenu ! Enfin, on enferme dans un sac le crâne habillé avec celui du poulet, et on suspend le tout à la case du mort. Ce n'est pas fini. Les secondes funérailles n'ont pas encore commencé. Le mort est revenu, mais il est encore seul. Avec les derniers rites, il va retrouver la communauté du village…

– Tante Marthe, nous n'avons jamais vu un enterrement si compliqué ! s'exclama Théo. Décidément, la mort, ça s'apprivoise…

– Écoute la suite, dit-elle. Tu philosophras après.

– L'étape suivante rassemble plusieurs familles : chacune apporte le crâne de son mort dans un panier devant la case collective des ancêtres. Voici venu le moment capital. La personne en charge du rite lave les têtes en prenant soin de recueillir l'eau du lavage. On leur fait les dernières offrandes avant de les enfermer dans des jarres, qu'on habille, qu'on promène, qu'on nourrit, qu'on présente dans les villages, exactement comme des nouveau-nés.

– Des bébés-morts ! dit Théo.

– Tout juste. Ensuite on les enterre pour de bon dans un grand trou tenu secret. On dit que les morts sont partis en pirogue vers la mer.

– Ouf ! dit Théo. Fini !

– Pas encore. Il faut bien que le mort ait sa place au village. Alors on fixe un parasol à son nom à la case des ancêtres, et le voilà planté. Il est enfin ancêtre.

– On y est cette fois ? C'est drôlement long !

– Chez vous, on enterre en un jour, une fois. Que reste-t-il des morts de vos familles, ensuite ? Vous allez chaque année les fleurir à la Toussaint. Autant dire rien ! Vous avez perdu le sens de la lignée. A mon avis, cela vous rend très malheureux. En Afrique, on ne peut pas vivre sans les ancêtres. Ils nous supportent, ils nous soutiennent, ils nous tiennent. Mais vous, vous ne connaissez plus le soutien des ancêtres. Vous êtes seuls !

— Pas du tout ! s'indigna Théo. On est en famille !

— D'accord, mais ensuite ? Où est la continuité avec le passé ? Et puis la famille, parlons-en. Chez vous, elle est ratatinée. Vous êtes de petits groupes entassés sur une barque minuscule au milieu de l'océan.

— Tu ne voudrais quand même pas que j'aille déterrer grand-père pour lui laver le crâne ! dit Théo.

— Ce n'est pas ta coutume. Le malheur, c'est qu'en Europe vous n'avez presque plus de coutumes. Vous vous contentez d'un seul Dieu qui pardonne, et hop ! Terminé. Avec nos ancêtres, nous engendrons nos propres divinités, c'est plus sûr.

Il y avait beau temps que Tante Marthe s'était assise sur les coquillages, entre les tombes.

Dieu ne se fatigue pas

— Nous pourrions manger des huîtres au restaurant que nous avons vu à Joal ? dit-elle. Ces coquilles me piquent l'arrière-train !

Confus, Abdoulaye admit que le site n'était pas des plus confortables. Le vent soufflait toujours sur la lagune sillonnée de hérons noirs et de courlis furtifs. On redescendit prudemment, on retraversa les deux ponts et l'on roula jusqu'au restaurant pour déguster les huîtres de palétuviers. Après le repas, Abdoulaye sirota son jus d'oseille rouge, Théo son Coca-Cola, et Tante Marthe du vin blanc.

— Dites, Abdoulaye, comment se fait-il que les chrétiens n'aient pas changé de tombes ? demanda Théo.

— Mais tu es increvable !

— Je vous avais bien dit que cette sacrée tête ne s'arrête jamais, rappela Tante Marthe. Il faudrait l'assommer !

Théo se tint coi, regarda les palmes des cocotiers, examina les huîtres et se tortilla sur sa chaise.

— Je m'ennuie, soupira-t-il. Je peux me lever de table ?

– Mets ton chapeau ! cria Tante Marthe.

Il fila comme un dard. Tante Marthe et Abdoulaye reprirent chacun un verre et savourèrent leur tranquillité. Assoiffée, Tante Marthe redemanda un autre pichet de vin blanc.

– Théo est métamorphosé, dit Abdoulaye après un silence. Je ne le reconnais plus ! Il a grandi, il a bonne mine, jamais on ne le croirait aussi malade...

– Il ne l'est plus, grogna Tante Marthe.

– Le pensez-vous vraiment ? Ce serait trop beau !

– Sûr, lâcha-t-elle.

– Vous n'êtes pas causante, Marthe. Que vous arrive-t-il ?

– C'est le vin, gémit-elle. Il m'abrutit !

Gêné, Abdoulaye plongea le nez dans son verre. Le temps d'une gorgée, c'était fait. Les coudes sur la table, Marthe ronflait en toute innocence. De temps à autre, un hoquet lui relevait la tête, elle glissait sur sa chaise, et Abdoulaye la redressait. Il regardait sa montre. Ce Théo qui ne revenait pas !

– Ah ! Te voilà enfin, lui dit-il quand il l'aperçut. Où étais-tu passé ?

– Au marché... Tante Marthe... Mais elle ronfle !

– Je crois qu'elle a trop bu, dit-il. Assieds-toi. Tu m'as posé une question tout à l'heure. Pourquoi les chrétiens ont-ils gardé les tumulus ?

– Ah oui ! dit Théo. J'avais oublié.

– Eh bien, pas moi. En Afrique, il n'est pas interdit de mélanger l'ancien avec le nouveau. Le Dieu des chrétiens ne dérange pas les ancêtres. Au contraire ! La résurrection de Jésus s'accorde assez bien avec le voyage des morts.

– Tante Marthe ! cria Théo. Elle va tomber !

– Ne t'inquiète pas, dit Abdoulaye en redressant Tante Marthe. As-tu compris ce que j'ai dit ?

– Non. Je me demande où est Dieu là-dedans.

– Le Dieu des Africains n'est guère présent parmi les hommes. Chez les Dogons, il s'appelle Amma. Ici, en pays sérère, il porte le nom de Roog-Sen. Mais que Dieu se nomme Roog-Sen ou Amma, il n'est que le créateur du monde.

– C'est déjà beaucoup ! dit Théo.

– Mais ce n'est pas parfait… Dieu n'est pas malintentionné, il est raisonnable, il fait ce qu'il peut. Quand sa création lui échappe, il expulse le Renard pâle et répare. Ce n'est pas lui qui gère la vie des hommes : ce sont les esprits, ce sont les ancêtres. Dieu n'intervient qu'en cas de catastrophe.

– Un déluge ? questionna Théo.

– Dans le pays sérère, il y a pire, répondit-il. Au commencement, vivaient en forêt les hommes, les animaux et les arbres. Puis ils se battirent entre eux. Un jour, alors qu'hommes et bêtes s'entretuaient dans la forêt, les arbres devinrent assassins à leur tour… Il faut te dire qu'en ce temps-là les arbres parlaient, entendaient et bougeaient. La guerre était totale entre les trois espèces, arbres, animaux et hommes, et c'était à Dieu de jouer. Il punit les arbres : muets, aveugles, paralysés, ils furent immobilisés pour l'éternité. Mais Roog-Sen ne leur ôta pas leurs oreilles : voilà pourquoi les arbres sont sacrés, car ils entendent tout…

– Mais ils ne peuvent rien répéter, dit Théo.

– Ça, ce n'est pas sûr. Il faut être prudent avec les arbres. Pour ce qui est des animaux, Roog-Sen leur a insufflé la folie. Ils sont désordonnés, mais Roog-Sen ne leur a pas ôté leur instinct. Quant aux hommes, il se contenta de raccourcir leur taille et leur vie, pas leur esprit. Depuis, Roog-Sen n'intervient plus.

– Donc, on ne l'adore pas, conclut Théo.

– Si ! Souvent, dans la cour, Roog-Sen a sa stèle de bois. On y dépose dans une calebasse des cornes, des racines, des pierres. Si la récolte est bonne, le chef de famille verse du lait sur la stèle. Mais ce sont les *pangols* qu'on appelle à l'aide, ce n'est pas lui.

– Répète ! cria Théo. Elle ronfle de plus en plus fort !

– LES *PANGOLS* !

Tante Marthe se réveilla en sursaut.

– Dis donc, tu as bien ronflé, ma vieille, dit Théo.

– Hein ? murmura-t-elle hébétée. Quoi… J'ai dormi ? Quelle heure est-il ?

– L'heure d'aller voir les *pangols*, dit Abdoulaye en se levant.

Une peau de sirène et un pilon de mil

De Joal, on suivit une piste à travers la forêt d'eucalyptus jusqu'à une large étendue d'eau bleue reliée à la mer, à peine troublée par la pêche d'un ibis falcinelle.

– C'est un *pangol*, cette mare ? demanda Théo.

– Non, répondit-il. Un *pangol* est un esprit. Mais un grand poète du pays sérère raconte que, dans cet étang, venaient boire les sirènes. Les pêcheurs d'ici connaissaient bien les sirènes ! Pour pouvoir les pêcher en mer, il faut consoler leur *pangol*… On apaise la sirène par des chants et des sacrifices. Alors seulement elle veut bien être prise, car les pêcheurs l'ont traitée décemment.

– Des vraies sirènes, avec des vrais seins, une queue de poisson, et qui chantent ?

– Enfin, pas tout à fait. Ce sont les lamantins, des sortes de veaux marins. Comme ces gros animaux ont des mamelles, on les a souvent pris pour les sirènes des légendes. Ici, le génie des lamantins est habillé en femme avec un pagne blanc…

– Je veux voir, dit Théo en se penchant sur l'étang. Si tu es là, sirène lamantin, montre-toi !

Surpris, l'ibis s'envola, et l'étang frissonna. Puis rien. Théo plongea la main dans l'eau et en retira un morceau de peau gluante de boue noire.

– La peau de la sirène ! cria-t-il. Une peau de génie !

– Ou la mue d'un serpent, dit Abdoulaye. Dans les deux cas, tu es chanceux, Théo. Car l'esprit du serpent est aussi un *pangol*.

– Ça sent mauvais, grogna Tante Marthe. Tu le nettoieras, s'il te plaît… En attendant, mets-le dans ce sac en plastique.

– Ici, on le mettrait sur un arbre sacré, comme celui-ci, dit Abdoulaye en désignant un ensemble de vieux troncs hérissés de chiffons. De cette façon, on se fait un allié du *pangol*. Ne veux-tu pas offrir ta peau de serpent à cet arbre ?

– Pas question ! dit Théo.

C'est ainsi, brandissant son trophée boueux, que Théo suivit Abdoulaye jusqu'à la première case du village. Au creux de trois grands arbres, protégé par deux assistants, se tenait le guérisseur en sa cabane.

Abdoulaye échangea avec le gardien de la porte d'interminables salutations à la sénégalaise : « Ça va ? – Ça va bien. – La famille ? – Ça va. – La maman ? – Ça va bien. – Les enfants ? – Ça va. – Le travail ? – Ça va. – La santé ? – Ça va », et réciproquement. Enfin, le rite terminé, le gardien fit entrer Abdoulaye et Théo. Tante Marthe avait préféré s'asseoir au bord de la lagune pour cuver son vin.

Appuyée sur trois grands troncs, la case obscure tenait dans un mouchoir de poche. Un toit de palmes, une palissade, un drap tendu… Au centre, une calebasse géante remplie d'eau verte attendait. Des pattes de poulets et des gésiers fendus s'entassaient à l'écart. Le guérisseur attendait dans l'ombre.

C'était un vieil unijambiste coiffé d'un bonnet de laine, le cou emmitouflé d'écharpes rouges, une canne sculptée à la main et le pilon de la prothèse appuyé sur le sol avec dignité. Sur son visage plissé de rides se lisait une méfiance amusée. Que pouvait-il comprendre, ce jeune Toubab ? Les salutations recommencèrent. Le vieil homme avait l'air soupçonneux. Abdoulaye plaisanta, supplia, se mit en quatre… Enfin, après de longues négociations, l'unijambiste se mit à rire. D'accord, il parlerait !

Lorsqu'il recevait en consultation, le guérisseur sacrifiait un poulet pour commencer : dans le gésier tranché en deux, il trouvait la cause de la maladie dont souffrait son patient. Ensuite il le traitait en lui administrant le bain rituel dans la grande calebasse. Nu dans la baignoire miniature, le patient accroupi recevait l'eau thérapeutique versée par le guérisseur avec une louche en bois. Comme elle était étrange, cette eau trouble et magique…

– Qu'est-ce qu'il y a au fond ? demanda Théo.

– Tu n'as qu'à y plonger la main ! répondit Abdoulaye. C'est permis.

Sans hésiter, Théo retira des galets gris de forme singulière. A la surface flottaient de petits bouts de bois que le patient emporterait après son bain rituel, en signe de protection. Et les galets ? Grâce à l'inspiration surnaturelle, ils avaient été trouvés dans les bois à l'endroit où la foudre avait frappé le sol, longtemps, très longtemps avant leur découverte par le guérisseur. Mais comment identifier des cailloux foudroyés ? Seul le guérisseur savait en reconnaître la force divine.

– Y a-t-il encore autre chose ? demanda Théo un peu déçu.

– Oui, répondit le vieux en désignant sa bouche édentée. Il y a les mots que j'y jette. Si tu veux, je peux aussi te montrer le *pangol* du lieu.

Il empoigna sa canne et se leva. Juste derrière la case, au milieu d'un cercle ratissé, se dressait un minuscule poteau enduit de lait séché. Le *pangol* ! Un pilon pour le mil enfoncé dans le sol et dont le secret se transmettait d'oncle en neveu depuis des générations. Autour du génie laiteux, le silence se fit. Ce n'était que le bout d'un vieux pilon à l'ombre de trois arbres, mais la force d'un esprit s'y trouvait enfouie… Théo essaya bien d'en savoir davantage, mais le vieux guérisseur s'y refusa avec la dernière énergie. Parler du *pangol* était interdit.

L'étoile sérère

Le jour s'en allait vite en Afrique ; il était temps de repartir. La voiture refit le chemin à l'envers ; les palmiers et les bosquets d'acacias disparurent. Tante Marthe s'était assoupie. A mesure qu'on se rapprochait de la ville revenaient les grands baobabs.

– Là ! cria Théo. C'est notre baobab !

Abdoulaye arrêta la voiture.

– Va voir si les griots y sont, ordonna-t-il. Je ne te demande pas ton avis, Théo. Va !

Théo s'avança sur la pointe des pieds, son morceau de peau à la main. Il plongea précautionneusement la tête dans un trou béant et aperçut un papier roulé sur le sol.

– Tu parles de griots ! s'écria-t-il. C'est un message !

– Oui, mais dans un arbre sacré. Tu es prié de le traiter correctement.

– En quoi est-il sacré, celui-là ? Tu ne me l'avais pas dit tout à l'heure !

– Peut-être ton baobab est-il enchanté… Vois-tu le rayon du soleil couchant à travers les branchages ? Oui ? Eh bien, c'est ainsi que se manifeste un génie. Un jour, deux Sérères aperçurent la même lumière au sommet d'un baobab. Mais quand ils s'approchèrent, plus de baobab ! Alors ils allèrent consulter une devineresse. Elle s'installa à l'endroit indiqué, et vers la fin du jour, elle vit avec surprise un baobab s'élever lentement au-dessus du sol.

– Allons bon. Jouait-il à cache-cache ?

– C'était un baobab timide. La nuit il sortait de terre pour rejoindre ses frères baobabs, mais le jour il rentrait sous terre. La devineresse attacha un tissu au bout d'une branche, et le baobab resta fixé au sol.

– Ooh ! s'écria Théo. Je vois un chiffon là-haut, tout déchiré ! Est-ce que c'est lui, le baobab enchanté ?

– Qui sait ? murmura Abdoulaye avec un sourire. Dans le pays sérère, il suffit d'une souche de bois érigée en guise de signe masculin, ou bien d'un pot renversé pour la femme… Mais écoute-moi bien, Théo : ni les *pangols* ni Roog-Sen n'ont de sens si tu ne connais pas l'étoile sérère. Regarde.

Abdoulaye s'accroupit, écarta les brindilles et dessina sur le sable, d'un seul mouvement, une étoile à cinq branches.

– Là, en haut de l'étoile, voici la place de Roog-Sen. Ici, en bas, dans le creux entre les deux branches, c'est la place de l'homme, relié à Dieu par l'axe du monde, tu vois, la petite fourche. En sécurité au centre de l'étoile. Toujours au centre de l'univers. Maintenant, place-toi sous le baobab et lis ton message, je te prie.

Blanche et brune, je suis la déesse des eaux. Je t'attends dans mon terroir, au pays des sirènes, lut Théo.

– Mais je suis au pays des sirènes, murmura-t-il en remontant dans la voiture. Qu'est-ce que cela veut dire ?

– Consulte les devins… glissa Abdoulaye. Nous en avons d'excellents !

– Ne trichez pas, ronchonna Tante Marthe d'une voix pâteuse.

– La ferme, dit Théo, énervé. Tu es complètement pompette !

– Tu oses manquer de respect à ta tante ! s'indigna Abdoulaye. Tu n'as pas honte ? Veux-tu faire des excuses ?

– De quoi vous mêlez-vous ? jappa Théo. C'est MA tante !

– En Afrique, c'est interdit, mon bonhomme. Obéis, graine de voyou !

Théo fit un bisou en rechignant. Tante Marthe poussa un soupir d'aise et se rendormit aussi sec.

– Maintenant, ton message. Alors ?

– J'sais pas, bouda Théo en tripotant le sac au fétiche. Il faut le dictionnaire.

– Bon. Je vais te donner un tuyau. Il existe un autre pays des sirènes. Loin, très loin d'ici, mais aussi tout près.

– Encore en Afrique ?

– Oui et non. Une autre Afrique. Je t'en dis beaucoup trop !

– Tu parles, siffla Théo entre ses dents. C'est pour le coup que j'ai besoin de mon génie, hein, peau de sirène ?

Électrochoc en vue

Quand ils revinrent à la villa, Tante Marthe se coucha sans demander son reste. Abdoulaye se lança dans un grand discours pour expliquer à sa vénérable mère que Mme Marthe avait eu un petit malaise pendant la promenade, mais qu'il n'était pas nécessaire de lui préparer une tisane d'herbes médicinales, vraiment pas. Théo exhiba sa peau de sirène, qu'on lui demanda d'aller rincer en vitesse. Après le dîner, il en fit un petit tas qu'il mit sous son oreiller – on ne savait jamais.

Dans la salle à manger, Anta et son frère commentaient les événements du jour. Théo tendit l'oreille.

– Alors, ce petit, qu'en penses-tu, toi qui le connais bien ? demanda-t-elle.

– J'en pense… réfléchit Abdoulaye. J'en pense que je ne sais pas trop. C'est un garçon très doué et qui persifle trop pour ne pas croire au sacré. Mais il écoute. En revanche, notre amie Marthe a l'air à bout de forces…

– La fatigue, sans doute, dit Anta.

– Je la crois déprimée. Maintenant que Théo est sur la voie de la guérison, elle se laisse aller. Elle m'inquiète.

– Pourtant, le plus dur reste à faire…

– Je sais bien ! C'est demain matin que nous commençons le parcours.

– Mais c'est après-demain que les choses deviennent difficiles. J'espère que le garçon tiendra le coup !

– S'il a peur, nous filons, dit Abdoulaye. Ce serait trop risqué.

Puis ils continuèrent dans une langue inconnue où revenaient des mots en français, « hôpital principal », « traumatisme », « syncope », « électrochoc »… Électrochoc ? Théo se sentit glacé. Qu'allait-il se passer le lendemain matin ? Où l'emmènerait-on ? Était-ce un traitement, le plus terrible de tous ? Tante Marthe ne l'avait pas préparé…

Il chercha comment s'échapper, mais les fenêtres étaient garnies de ferronneries. Il entrebâilla la porte, mais Anta et son frère se trouvaient sur le chemin. Tante Marthe ronflait de plus belle. Théo fixa avec angoisse les lumières vacillantes sur le mur du jardin, le vol silencieux d'une énorme roussette à peau fauve, trois étoiles dans un coin de nuit pure… Pour protection, il n'avait plus que sa sirène.

Chapitre 26

Le bœuf, la chèvre,
les coqs et l'initié

N'Doeup

Au petit déjeuner, Abdoulaye entreprit les premières explications. Les yeux cernés, Tante Marthe n'avait pas l'air vaillante. Théo, qui n'avait guère dormi, ne valait pas beaucoup mieux.

— Voilà, Théo, commença Abdoulaye. Nous allons assister à une cérémonie un peu particulière qui s'appelle le « N'Doeup ».

— Comment prononces-tu ? demanda Théo.

— N'essaie pas. Tu serais obligé de dire ENNE-DOEUP et les Sénégalais se paieraient ta tête. Les Toubabs ne peuvent pas prononcer ce nom-là… C'est un rite de guérison du peuple Lebou, des pêcheurs qui vivent depuis toujours dans la région de Dakar. Chez les Lebou, ce rituel de guérison revêt une importance considérable. Le N'Doeup est aussi un spectacle, car le spectaculaire fait partie de la cure.

— Spectaculaire, murmura Théo. On verra des masques ?

— Non, mais le N'Doeup est plus impressionnant encore que les danses de masques. En Afrique, nous avons nos propres façons de guérir. Vous autres en Europe, vous utilisez les médicaments et la chirurgie ; c'est très bien, mais pas pour tout…

— Cela, j'ai payé cher pour le savoir, dit Tante Marthe. Ce voyage coûte un prix ! Vous n'avez pas idée…

— Pourtant, ma chère Marthe, vous le savez bien… Dès lors qu'il s'agit de maux qui affectent nos âmes, vos médecines ne nous servent à rien. Pour cela, nous nous réunissons en groupe, et notre groupe agit. Seulement, nous avons notre propre théâtre.

– Un vrai théâtre avec une scène et des gradins ? demanda Théo.

Non. Le théâtre, c'était la maison puis la plage, enfin c'était la rue où s'achevait le drame. Car drame il y avait, majestueux, pathétique, violent. Une purification collective, une passion accompagnée par la foule. Une…

– Tout ça, c'est de la philosophie, protesta Théo. J'aimerais bien que tu m'expliques depuis le début !

– Bien, fit Abdoulaye concentré. Au début, une femme a des malaises. Elle pleure, elle ne parle plus, elle reste au lit tout le jour, elle a de mauvais rêves. Elle va consulter l'une des dames spécialistes – car, le plus souvent, ce sont des femmes. La dame lui fait raconter ses rêves, ou bien ses hallucinations.

– Jusque-là, votre dame spécialiste ressemble à une psychanalyste, intervint Tante Marthe.

– Je ne crois pas qu'une psychanalyste se servirait d'une calebasse où nagent des racines, répondit Abdoulaye. La spécialiste agite l'eau… Selon la taille des racines qui flottent à la surface, elle définit d'abord la nature du sacrifice : un bœuf, ou une chèvre, ou un poulet que la malade doit offrir à ses frais.

– La psychanalyste se fait payer en argent, et la vôtre en nature, continua Tante Marthe. Cela fait peu de différence !

– Mais le Bœuf n'est pas pour la dame ! s'indigna-t-il. Il est pour le *rab* ! C'est lui qui réclame !

– Au lieu de t'énerver, tu ferais mieux d'expliquer qu'un *rab* est un esprit, précisa sa sœur. D'après le contenu du rêve, la guérisseuse sait quel *rab* s'est emparé de la malade. Si c'est un génie du côté du père, ou bien du côté de la mère.

– D'ailleurs, il arrive souvent que le *rab* s'abatte sur la malade après un traumatisme, reprit Abdoulaye. Un deuil, un accident, un événement inhabituel. La consultation achevée, la malade se prépare pour la cérémonie, qui peut durer huit jours.

– On ne va pas rester une semaine à regarder cela ! s'exclama Tante Marthe. Je ne tiendrai jamais…

Il n'était pas question de suivre l'intégralité du N'Doeup ! D'abord, parce que les premiers temps de la cérémonie se passaient dans l'intimité familiale en présence du collège des *N'Doeup-kat*, les guérisseuses spécialisées dans cette thérapie. Elles coiffaient la malade, lui versaient sur la tête de l'eau herbée, la maternaient pour la faire revenir à l'état d'enfance. La malade se laissait faire comme un bébé. Puis la guérisseuse en chef prenait du lait caillé dans sa bouche et la vaporisait en crachant sur la malade avant de la frictionner avec le lait caillé, longtemps. Alors commençaient les rythmes. Clochettes que la guérisseuse agitait inlassablement derrière l'oreille de la malade. Calebasses sonnantes. Tambours des griots. Les guérisseuses se mettaient à danser, danser, en appelant les sept grands patrons *rabs* à l'aide… Harcelée par le tintement obsédant des clochettes, la malade se levait et dansait à son tour.

– Je parie qu'elle va entrer en transe, dit Théo.

Exactement. Mais la transe ne suffisait pas. Encore fallait-il qu'au cours de ses transports la malade prononçât le nom propre de son *rab*. Pour y parvenir, tambourinaires et guérisseuses choisissaient ensemble différents rythmes selon les multiples *rabs*, en les essayant tous jusqu'à trouver le bon… Alors seulement, sur le rythme de son *rab*, la malade hurlait à n'en plus finir le nom du génie qui la possédait et tombait à terre. C'était une bonne chose de faite !

– On dirait un accouchement, dit Théo.

Eh bien, à la vérité, il s'agissait aussi d'une mort. C'était le deuxième moment du N'Doeup, celui qui se déroulait en public, et qu'il était temps d'aller voir.

– Ce n'est pas fatigant, au moins ? demanda Tante Marthe d'une toute petite voix.

Les génies dans un panier

Ils arrivèrent dans une cour paisible entourée de maisons basses, d'où sortaient des enfants ensommeillés et des femmes s'étirant avec grâce. On dégustait la bouillie de mil au lait caillé au fond des calebasses, on cuisinait sur des braseros dans d'immenses marmites, sans se presser. À l'ombre de l'arbre au milieu de la cour, la vieille guérisseuse attendait le réveil des hommes.

– Je vous préviens que nous allons vivre une situation plutôt rare, chuchota Abdoulaye. Pour une fois, c'est un homme le possédé, pas une femme.

Inerte, les yeux vagues, le malade assis aux pieds de la vieille dame était d'une docilité alarmante. C'était un adulte d'allure juvénile, le front ceint d'un bandeau de cuir orné de cauris, vêtu d'une simple tunique de percale blanche. Il paraissait à peine plus âgé que Théo, mais il avait trente ans. La guérisseuse expliqua qu'il criait et courait en tous sens, qu'il ne dormait plus, qu'il mangeait peu, bref, qu'il avait perdu la raison jusqu'au jour où il avait émis dans un souffle son nom à elle, signe certain !

La guérisseuse avait diagnostiqué le mal. Le jeune homme était possédé par deux génies du côté maternel, celui de la forêt et celui de la mer : le cas était sérieux. Les *rabs* avaient déjà tué sa mère et sa jeune sœur... Aussi allait-elle sortir le grand jeu et sacrifier un énorme taureau, une chèvre, trois coqs. Auparavant, il fallait en passer par le rituel secret des mesures.

– Les mesures ? murmura Théo. On va le passer sous la toise ?

– Sous des tas de toises, dit Abdoulaye. Mais il faudra se taire.

Grâce aux bons offices de M. Diop, Tante Marthe et Théo furent introduits pieds nus dans la pièce où le collège des guérisseuses allait préparer le malade. Les dames de la famille, allongées sur les nattes, se nettoyaient les dents avec un bâtonnet. Assis au beau milieu, jambes étendues, le malade se laissa faire. Les guérisseuses lui ôtèrent sa tunique, lui posèrent au sommet du crâne une pièce de drap symbole du linceul replié sur le front et tenu par le bandeau de cuir. Les préparatifs commencèrent dans le plus grand silence.

D'une quenouille, les guérisseuses tirèrent sept fils blancs tendus du front aux pieds, puis aux genoux. Puis la guérisseuse en chef extirpa d'un sac en plastique des racines et des cornes cousues dans du tissu rouge brodé de cauris qu'elle déposa dans un panier de mil à moitié plein. Puis, avec majesté, elle souffla du mil sur la tête du malade à travers un tuyau de bois. Le rite des mesures commençait. Le panier passa sous les jambes du malade, effleura sa tête, courut le long de la ceinture avant de se poser sur ses genoux. La guérisseuse chuchota un ordre bref : l'homme mit ses mains sur le panier, on y versa le mil, deux racines se dressèrent. Un murmure satisfait parcourut l'assistance.

– Les racines représentent les deux *rabs*, chuchota Abdoulaye. Maintenant, il va devoir tenir le panier en équilibre sur la tête, et les *rabs* avec.

L'opération ne réussissait pas. Comme s'il refusait d'obéir, le panier glissait à chaque essai. Le recueillement devint intense. La guérisseuse frappait avec autorité le mil et les racines pour forcer les *rabs* à l'équilibre… Enfin, le panier se percha à sa place : les *rabs* avaient cédé. La guérisseuse se pencha vers le malade et lui parla d'une voix sourde en agitant l'index.

– Elle l'oblige à dire le nom de ses *rabs*, chuchota Abdoulaye.

Le malade émit avec peine deux noms. On ôta le linceul, on lui fit enfiler sa tunique, on lui remit au front le bandeau de cuir sombre…

– Le voici initié, dit Abdoulaye. Laissons-les l'habiller pour le reste.

Quand il sortit de la maison, l'initié avait fière allure. Le visage entouré d'un bonnet pointu, le front ceint du bandeau, le buste pris dans trois ceintures bleues rayées de noir, il levait au bout de ses bras tendus une corde blanche à sept nœuds. On amena le taureau roux au bout d'une corde, les tam-tams commencèrent, l'initié se mit à danser, un cortège d'enfants l'entraîna à travers les ruelles…

– Il devra danser devant chaque maison du village, dit Abdoulaye. Allons sur la plage, cela risque d'être long.

Le cavalier est monté !

Ils s'assirent sous une paillote ; la tête appuyée contre un pilier, Tante Marthe s'assoupit. Le ciel était brûlant et le vent vigoureux. Autour d'eux, les bébés couraient, les fillettes venaient les regarder avec des yeux en coin, les ânes musardaient… Bientôt retentit l'écho des tam-tams : le cortège réapparaissait au bord des vagues. Théo se précipita en courant. L'immense plage noire de monde s'agitait comme une mer en furie.

Mais qu'elle était calme, la vraie mer ! L'écume des vagues léchait le blond du sable, le ciel était à la tendresse, et le taureau semblait aller à la baignade pour une fête innocente. L'étrange, c'était l'homme au front couronné qui brandissait une corde tendue à bout de bras en signe de victoire. Léger comme un jeune dieu, il sauta de roche en roche avec une souplesse étonnante…

– On fait avancer l'animal dans l'océan, expliqua Abdoulaye, pour le présenter au puissant *rab* de Dakar, habitant de l'écume des vagues. Regarde… Il est très réticent, le Bœuf !

– Je croyais que c'était un taureau ! dit Théo.

– Nous disons toujours « le Bœuf », précisa-t-il.

La guérisseuse fit approcher le malade, qu'on hissa sur le dos de l'animal au bord des vagues. L'initié leva triomphalement les bras et la foule poussa des cris de joie au son des grands tambours.

– Sais-tu ce qu'ils disent ? dit Abdoulaye. « Le cavalier est monté ! » Maintenant, l'initié est en contact physique avec son Bœuf. Il lui reste à le sacrifier comme le lui demandent ses génies.

– Ne me dis pas qu'on va le tuer ! s'écria Théo.

– Les *rabs* l'exigent, répondit Abdoulaye. Sinon, ils continueront à posséder le malade. C'est ou le Bœuf, ou lui !

– En quoi le taureau y peut-il quelque chose ? insista Théo. Ce n'est pas lui, le malade !

– Eh bien, pas encore, dit Abdoulaye. Mais ça va venir.

On traîna le taureau dans la cour de la maison, on l'obligea à se coucher en entravant ses pattes et l'on fit étendre le malade contre son dos massif, un bras sur la peau. On amena une chèvre qui subit le même sort en chevrotant de surprise. Pour transformer « le Bœuf » en victime sacrée, la guérisseuse planta trois grosses cornes fétiches autour de la bête, plus une racine noire sur le ventre. Puis les dames de la famille jetèrent sur l'homme et les bêtes des pagnes de couleur largement dépliés.

Hormis la respiration du taureau soulevant le lourd amas de tissus, rien ne bougeait. La guérisseuse agrippa les coqs blancs attachés par les pattes et les promena tête en bas sur le tas de pagnes et de corps mélangés.

– Le rite des caresses, souffla Abdoulaye à l'oreille de Théo. Les plumes des coqs vivants seront douces aux *rabs* quand ils entreront dans la peau du Bœuf.

Le temps passa. Tam-tams crépitants, feu roulant, puis soudain, silence. Alors les guérisseuses entraînèrent les dames de la famille dans une lente ronde autour du tumulus de pagnes au son grave des tambours retenus, en chantant.

– Qu'est-ce qu'il fait sous la couette avec le pauvre Bœuf ? demanda Théo inquiet. Et qu'est-ce qu'elles chantent ? On dirait des cantiques…

– Elles prient tous les génies, chuchota Abdoulaye. Elles vont supplier ses *rabs* de bien vouloir passer du corps du malade au corps de l'animal. L'initié va mourir et renaître.

– Comment cela, mourir ? Il a l'air bien vivant !

– Oui, mais on fait comme s'il était mort pour simuler ensuite sa nouvelle naissance. Tout à l'heure, quand on lui a passé sous les jambes le panier de mil, c'était pour faire descendre le *rab* de la tête aux pieds, prêt à sortir. Comprends-tu ? On l'a préparé pour une sorte d'accouchement dans lequel il joue le rôle du bébé.

– Comme pour les Ancêtres ? murmura Théo. Mort et ressuscité ?

– Si tu veux. Maintenant, si l'on veut qu'ils acceptent le transfert sur le Bœuf, il faut apitoyer les *rabs*…

– Et c'est pour ça qu'elles pleurent, maintenant, les dames ?

– C'est indispensable ! Les larmes doivent attendrir les génies à tout prix. Si l'on veut faire renaître le malade, il faut pleurer. Tiens… Tu vois, il émerge des pagnes. Normalement, les *rabs* sont passés dans le Bœuf.

– Pourquoi entrer dans un corps d'homme ? demanda Théo. Quelle drôle d'idée !

– Les *rabs* sont susceptibles ! S'ils se fâchent, ils t'entrent dans le corps et te montent à la tête… Plus d'autre solution que de les faire passer sur un bœuf, une chèvre, un coq blanc, à leur choix. Cette fois, ils sont exigeants, sans doute parce qu'ils sont deux. Regarde… La guérisseuse va ressusciter l'initié.

Les dames avaient arrêté de pleurer. Dans le silence, la guérisseuse assit le malade sur le dos du Bœuf et le baptisa en lui vaporisant de l'eau sur la tête à travers le tuyau de bois. Par trois fois, elle lui fit ensuite enjamber la victime avant d'accomplir la dernière consécration : quatre œufs frais, lancés sur l'animal, onction gluante et jaune doublée d'un crachat bien ajusté.

– L'œuf contient le germe de la vie, expliqua Abdoulaye. Maintenant, le Bœuf est divinisé. C'est pourquoi chacun va pouvoir lui parler… Ouvre tout grands les yeux !

On releva la tête de l'animal entravé, on lui ouvrit le mufle, le malade se pencha et laissa tomber quelques mots dans la gorge du taureau. Puis un crachat. L'une après l'autre, les dames de la famille vinrent lâcher des mots et jeter leur salive dans la bouche sacrée. Quel étrange spectacle ! Des femmes crachaient un souffle d'humanité au fond d'un mufle tordu, esprit divin et taureau ligoté…

— Maintenant, on va sacrifier les animaux, murmura Abdoulaye. Tu ne verras rien. Pas la peine de te cacher le visage… On est déjà en train de les égorger dans l'arrière-cour…

— Pourquoi, puisque le type est guéri ? gémit Théo les mains sur les oreilles.

— Ne crains rien : on les tue d'un seul coup pour éviter la souffrance. Ensuite seulement on recueille le sang des victimes pour laver le corps de l'initié.

— Laver avec du sang ? C'est dégoûtant !

— Mais, pour nous, le sang purifie, il protège… Il dormira toute la nuit sous cette protection. Avec les entrailles du Bœuf, la guérisseuse lui fera un collier pour le cou, et deux autres pour les chevilles, ça protège aussi. A l'aube, le malade aura le droit d'ôter les boyaux et le sang séché… Il aura fait peau neuve. Désormais satisfaits, les *rabs* l'auront quitté.

— Où seront-ils passés ? s'étonna Théo.

Pendant que, sur le sable, on écorchait le Bœuf avant de le découper en quartiers, M. Diop, avec sa patience habituelle, expliqua que, pour fixer les *rabs*, la guérisseuse allait leur construire un autel dans la demeure familiale. Au cours de cette opération, elle disposerait dans plusieurs calebasses la viande du sacrifice, les cornes, les racines, le mil et les enterrerait sous le sol en plantant le pilon transformé en *pangol*. A compter de cet instant, le malade guéri deviendrait le prêtre de ses génies protecteurs.

Les tambours s'étaient tus. Entouré par les guérisseuses, l'initié s'en fut vers sa maison. La foule se dispersa. La cour retrouva son calme et la mer son murmure… Théo flageolait sur ses jambes ; Abdoulaye le fit asseoir. C'est alors qu'il s'aperçut que Tante Marthe avait disparu.

Serpents et araignées

Tapie derrière une barque de pêche, un mouchoir sur la bouche, Tante Marthe retenait un hoquet convulsif.

Abdoulaye l'aida à se relever et lui asséna une grande tape dans le dos. Le hoquet s'arrêta.

– Hou ! gémit-elle. Je n'en pouvais plus. Le sang, les tambours, la chaleur…

– Vous êtes toute pâle, dit Abdoulaye. Notre Théo m'a l'air d'être aussi secoué que vous. Venez vous asseoir avec lui.

Étendus sur le sable, la tante et le neveu retrouvèrent lentement leurs esprits. Le digne M. Diop entreprit de marcher sur la plage à la recherche de coquillages pour laisser Tante Marthe et Théo à leurs épanchements.

– Dis donc, ma vieille, ça cogne, leur truc, murmura Théo. Est-ce cela, l'« animisme » ?

– Oui, dit-elle. Si l'animisme consiste à vénérer des esprits invisibles qui peuvent prendre possession de la vie des hommes, c'est cela même.

– Mais je croyais les Sénégalais musulmans ! Il n'y a pas de ces esprits dans le Coran !

– Dans le Coran il y a les djinns, figure-toi… Ici, on les appelle génies, *pangols* ou *rabs*. On sacrifie le taureau, mais on psalmodie en même temps le nom d'Allah…

– Ah ! C'est comme partout, quoi. Le syncrétisme !

– Si seulement ces tam-tams ne perforaient pas les oreilles, gémit-elle. Cela me rend malade !

– Moi, c'est la vue du sang, dit Théo.

– Tais-toi un peu, murmura-t-elle en fermant les yeux. Je suis fatiguée.

Une petite fille trottinait pieds nus dans les vagues en câlinant un chaton roux. Théo la rejoignit : elle était adorable avec sa robe rouge et ses nattes minuscules dressées sur la tête… En penchant la tête, elle lui tendit son chat, un bel animal roux aux yeux bleus. Théo le prit doucement. La fillette s'enfuit en criant : « C'est pour toi ! »

– Tante Marthe ne va pas apprécier, murmura Théo en caressant le chat. Tant pis ! Je t'adopte, mon vieux.

Bernique ! Tante Marthe était si abattue qu'elle ne dit rien. Abdoulaye suggéra qu'une petite sieste avant le déjeuner ne serait peut-être pas une mauvaise idée… Tante

Marthe et Théo ne se le firent pas dire deux fois : dès qu'ils furent arrivés à la maison, ils s'écroulèrent. Le chaton se roula en boule aux pieds de son nouveau maître. Repos.

Abdoulaye retrouva Anta dans le salon.

– Alors ? demanda sa sœur.

– Notre amie a mal réagi. Le petit, c'est normal, pour une première fois. Mais Marthe connaît l'Afrique !

– Il faut les traiter comme mon bébé, dit Anta sentencieuse. Qu'ils mangent quand ils se réveillent.

Vers le soir, l'enfant Aminata donna le signal du repas et les bébés s'éveillèrent tous les trois en même temps, Tante Marthe, Théo et son chat. Anta servit un biberon, du poulet froid, une tarte. Juché sur les genoux de Théo, le chat roux dévora les restes de volaille.

– Alors c'est cela, l'Afrique, murmura Théo pensif.

– Cela quoi ? dit Anta. Le Bœuf sacrifié ? En Asie aussi, on sacrifie des animaux. Les esprits possesseurs ? On les trouve sur toute la planète, même en France, si l'on cherche bien dans les campagnes.

– Mais nulle part ailleurs on ne trouve des hommes qui jouent à faire la bête en se couchant par terre ! s'écria Théo.

– Justement si ! N'oublie pas que je suis sociologue, j'ai lu des livres… Au sud de l'Italie, des femmes se tortillent par terre comme des araignées. A les entendre, ces dames ont été piquées dans les champs par ces bêtes appelées tarentules… Bon. Mais, à la date anniversaire des piqûres, elles retombent malades. Or primo, dans cette région il n'y a pas d'araignées venimeuses, deuxio, médicalement, aucune piqûre d'insecte ne réapparaît jamais l'année suivante. Donc…

– Donc elles débloquent, conclut Théo.

– Non, dit Anta. Elles sont possédées. La preuve, c'est que seul un orchestre peut les guérir. On fait venir les musiciens, et la malade « tarentulée » commence à imiter les mouvements de l'araignée en rampant sur le sol au son du violon. Cela dure des jours… Elle guérit. L'année suivante, à la date anniversaire, on recommence. Où est la différence avec notre N'Doeup ?

– Les araignées ne sont pas des *rabs*, dit Théo.

– Bien sûr que si ! Je te demande ce que l'Afrique a de particulier dans le N'Doeup !

– Pas le sacrifice, pas la possession… rumina Théo. La mort et la renaissance ?

– C'est la première différence, répondit Anta. A ton avis, est-ce qu'il y en a d'autres ?

– Les tam-tams, murmura Tante Marthe qui n'avait pas dit un mot.

– Mais vous n'en avez pas fini avec eux ! s'exclama Anta en riant. Vous y aurez droit demain !

– Je sais, dit Tante Marthe d'un air sombre.

– Chic ! s'écria Théo. Les tam-tams tout seuls ?

Pas vraiment.

Les possédées

La dernière partie du N'Doeup se déroulait sur une petite place. La foule était attentive, les yeux braqués sur le cercle tracé sur le sable par les guérisseuses. Car elles étaient toutes là, les spécialistes, en grands boubous ceinturés de cuir ; et avec elles, le nouvel initié coiffé de son bandeau, lavé du sang du bœuf et débarrassé de ses colliers d'intestins. Au bord du cercle, Tante Marthe serrait la main de son Théo sous l'œil vigilant d'Abdoulaye.

La guérisseuse de l'initié lui agita les clochettes aux oreilles… Un frémissement circula dans la foule. L'initié fut pris d'un tremblement convulsif et les griots entrèrent en action. Ils excitaient les *rabs*, ils les appelaient avec leurs tambours profonds, ils les sommaient de s'incarner dans le corps des guérisseuses… Ils pourchassaient les femmes dans le cercle sacré, ils les traquaient. Les premières cédèrent. Les yeux exorbités, elles expulsaient l'air en suffoquant, tournaient sur elles-mêmes jusqu'à ce que, vacillantes, elles renversent la tête en s'agitant frénétiquement.

– Pourquoi elles font ça ? chuchota Théo.

– Parce que chacune d'elles doit honorer son *rab* afin de

réintégrer l'initié dans le cercle des guérisseuses. Elles doivent toutes tomber en transe, sans cela le rite n'est pas fini.

– Chacune son *rab*? s'étonna Théo. Mais alors, elles sont toutes possédées?

– Sans exception! C'est ainsi qu'on devient guérisseur. En ayant d'abord été guéri soi-même. Mais l'initié, lui, n'est pas encore arrivé au but… Regarde.

Les griots entourèrent l'initié et ne le lâchèrent plus. Harcelé par les tambours, il tira la langue et finit par tomber en hurlant. Mais ce n'était pas suffisant. Les tam-tams avaient toujours faim de femmes abattues, ils voulaient celles qui n'avaient pas lâché. Elles résistaient, les possédées! Elles tenaient bon… Entre les femmes et les tam-tams, la guerre faisait rage. Le rythme devint tonnerre et les cris déchirures.

– Tante Marthe! cria Théo. Attention!

La tête dodelinante, l'air absente, Tante Marthe dansait d'un pied sur l'autre au rythme des tam-tams. Abdoulaye essaya de l'immobiliser.

– Arrête-la! s'égosilla Théo. Elle va tomber!

Animée d'un mouvement régulier, elle titubait, les yeux clos… Affolé, Théo regardait Abdoulaye retenir sa tante au regard perdu. Brusquement, tout s'arrêta. Toutes les guérisseuses étaient à terre. Les tam-tams vainqueurs avaient cessé de battre. Abdoulaye s'empara de Tante Marthe et la poussa dans la voiture en vitesse.

– Ne lui parle pas, lança-t-il.

– C'est pas grave, dis? gémit Théo.

– Juste une petite transe de rien du tout. Cela arrive.

– Si on allait à l'hôpital? supplia Théo. Ils pourraient la soigner!

– Ils l'assommeraient de calmants… Elle va dormir un bon coup et demain, elle ira mieux.

– T'es sûr? insista Théo. Elle n'est pas d'Afrique, ma tante! Est-ce qu'elle va s'en sortir?

– Comme toi à Louksor. Tiens, elle ouvre les yeux. Ne dis rien!

Tante Marthe sortait de sa torpeur. Dans un murmure,

elle baragouina des mots sans suite d'où il ressortait qu'elle avait vu des lumières agréables, qu'elle se sentait légère, qu'elle avait eu très chaud. Théo lui prit la main. Tante Marthe n'avait pas l'air trop malade, non. Simplement épuisée, un vague sourire sur les lèvres… Anta l'aida à se déshabiller, lui fit boire une tisane bien chaude, et Tante Marthe s'endormit du sommeil du juste, veillée par son Théo. Le chat essaya bien de le circonvenir en miaulant de son mieux, en vain. A l'heure du dîner, Anta les trouva tous les trois assoupis.

L'une en transe, l'autre pas

– Ils dorment, dit-elle en revenant dans la salle à manger. Ainsi, tu avais raison, Abdou ! Notre amie Marthe avait du vague à l'âme…

– Mais je n'en reviens pas… Fallait-il qu'elle eût besoin de s'exprimer !

– Trop de responsabilités ! Trop d'angoisse ! Ce gosse presque mourant qu'elle a traîné en courant le monde… Moi, je ne l'aurais pas fait. Elle paie son courage !

– D'accord, je peux comprendre qu'au moment où Théo commence à guérir, elle lâche prise. Mais notre Marthe, si rationnelle, si contrôlée, en transe ! Jamais elle n'a donné le moindre signe de défaillance…

– Jamais non plus elle ne s'est lancée dans pareille aventure, dit Anta. Va savoir ce que Théo aura remué en elle !

Pensif, Abdoulaye convint qu'après tout il ne savait pas grand-chose du passé de Mme Marthe. Là-dessus, elle n'était pas causante. La mort de son mari, peut-être ? Mme Marthe n'avait pas réussi à le sauver. Avec Théo, elle s'était acharnée… Oui, sans doute ce dur combat contre la mort avait-il épuisé sa considérable énergie.

– Moi, je trouve bien qu'elle soit entrée en transe, dit Anta. C'est toujours mieux qu'une vraie maladie.

– Mais enfin, elle ne comprend pas un traître mot des paroles du N'Doeup, alors quoi ?

– Alors l'occasion fait le larron, dit Anta. Tu oublies les tam-tams. Elle les a en horreur !

Les tam-tams ! Le rythme et la musique avaient submergé Mme Marthe. Elle s'en défendait avec une telle vigueur, elle les refusait si fortement qu'ils avaient gagné, pour finir, les tam-tams…

– Au moins, la voilà purgée, dit Anta. Ce qui m'étonne, moi, c'est que le gamin n'ait rien eu.

Sur ce point, Abdoulaye tenait son explication. La transe, Théo l'avait éprouvée à son insu depuis le commencement du voyage, en Égypte. Il avait eu son compte. D'autant qu'il avait découvert peu à peu l'histoire de sa jumelle morte à la naissance… Les choses étaient claires désormais. Théo n'avait plus besoin de la transe puisqu'il était guéri.

– Admettons, dit Anta. Il lui manque quelque chose encore. Le nom de sa jumelle. Sa jumelle, c'est son *rab* à lui, en somme.

L'autre Afrique

Le lendemain était jour d'hôpital. Mais cette fois, Tante Marthe y passa. Abdoulaye avait exigé un examen complet, histoire de vérifier que la transe de Mme Marthe ne dissimulait pas une affaire sérieuse. A Théo, on fit une prise de sang. Mais Tante Marthe resta quatre heures dans les services, radiographies, tension, auscultation, ionogramme. Et pour l'ionogramme, prise de sang…

– C'est ton tour, dit Théo. Moi, j'ai l'habitude.

– Gros malin, grogna-t-elle. Eh bien, pas moi !

A vue de nez, Tante Marthe souffrait d'hypotension et d'une diminution du flux sanguin, mais il fallait attendre les ré-sul-tats. Elle n'était pas contente, Tante Marthe. Furieuse de s'être laissée prendre, furieuse de l'hôpital. Humiliée au profond d'elle-même, elle n'en finissait pas de maudire les tam-tams d'Afrique, figures de la barbarie au même titre que la musique techno. Pour lui changer les idées, Abdoulaye proposa un bref séjour en Casamance :

la mer y était belle, la nature, magnifique, et les pélicans, nombreux. En plus, c'était une région des plus mystérieuses. On partirait le jour suivant.

Au matin, Théo se réveilla en sursaut : quelqu'un toquait à la fenêtre. A moitié endormi, il s'approcha de la vitre et se trouva nez à nez avec une bestiole immense au bec orange interminable. L'oiseau tordit le cou, piqua le verre du bec et regarda Théo d'un œil rond.

— Toi, tu veux à manger, grommela Théo. Je n'ai rien sous la main, mon vieux.

Furieux, l'oiseau s'envola. Le chat miaula. Théo éclata de rire, et Tante Marthe ouvrit les yeux à son tour.

— Qui frappait à la vitre ? demanda-t-elle.

— Une espèce de toucan avec un cou de cygne…

— Un calao. Quand il s'envole, il paraît qu'il file vers La Mecque à tire-d'aile.

— La Mecque, dit Théo. Le veinard !

— Tu en es un autre, répliqua-t-elle. Nous, nous allons voler vers l'Afrique profonde, en forêt. Grouille-toi, l'avion est dans deux heures.

— Encore l'avion ! protesta Théo. J'en ai marre…

Mais celui-là n'était pas comme les autres. C'était un petit coucou à cinq places, un avion miniature. Jetant un œil craintif par le hublot, Théo aperçut à travers les nuages un océan d'arbres, de longs tortillons bleus, des petits carrés d'émeraude soigneusement dessinés.

— Vois-tu les rizières ? dit Abdoulaye. Et les bras du fleuve ? On les appelle les *bolong*.

— Où on est ? demanda Théo inquiet. On a quitté le Sénégal ?

— Nous survolons la Casamance, répondit Abdoulaye.

— La Casamance, c'est un pays ? dit-il.

— C'est l'autre Sénégal, intervint Tante Marthe. L'Afrique de la forêt.

— Le pays des Diolas, ajouta Abdoulaye. Ce sont des cousins des Sérères.

Venues du nord du Sénégal, raconta l'excellent Abdoulaye avec assurance, Aguaine et Diambogne, deux sœurs jumelles, descendirent le long de la côte jusqu'à la pointe des lagunes du Saloum, non loin du village du vieux guérisseur sérère. De l'autre côté du bras de mer, elles aperçurent de beaux arbres et une pirogue, où elles montèrent toutes deux. Une tornade cassa la pirogue en deux morceaux... Les jumelles auraient péri dans la tempête si les génies des eaux n'avaient porté chacune des deux sœurs sur les rives du fleuve Gambie. Restée sur la rive sud, Aguaine devint la mère des Diolas, cependant que Diambogne, au nord, devenait la mère des Sérères. Ainsi les deux peuples étaient-ils issus de jumelles séparées par l'orage et un fleuve.

– En Afrique, des jumeaux partout, commenta sobrement Théo.

Chacune des jumelles avait donné naissance à des régions différentes. Le pays sérère était celui des forêts clairsemées, rôniers dans la savane et baobabs massifs. Le pays diola s'enfonçait dans l'ombre des fromagers géants entourés d'impénétrables maquis de lianes enchevêtrées. Au pays sérère, on cultivait le mil ; en Casamance, un riz rouge et rond. Le pays sérère était celui de l'étoile et des *pangols*, le pays diola celui des initiations mystérieuses dans les bois sacrés où aucun étranger ne pouvait pénétrer.

– C'étaient des vraies jumelles, les sœurs ? demanda Théo soupçonneux.

Peut-être n'étaient-elles pas homozygotes ! Car la spécificité des Diolas ne s'arrêtait pas à ces seules différences. Leur société était organisée à l'image du cosmos : chaque individu était en relation étroite avec la communauté du village, elle-même régie par l'ordre de l'énergie divine qui s'exprimait à travers les phénomènes, les gestes et les rituels. Personne n'agissait sans affecter la collectivité tout entière, et, cependant, les Diolas semblaient farouchement jaloux de leur autonomie personnelle. On les disait rebelles, querelleurs, renfermés. La religion diola était infiniment secrète ; aucun initié ne pouvait parler de ces secrets sans mettre en danger l'ensemble de son village, autant dire le cosmos. Sans doute était-ce la raison des innombrables rumeurs sur les cérémonies des bois sacrés… Sacrifices humains, sanglantes décapitations, cadavres de femmes en couches fumés sur une claie pour être mangés en commun.

– N'importe quoi ! explosa Tante Marthe. Vous parlez des Diolas comme les conquistadors espagnols des « sauvages », comme ils disaient ! Des cannibales, des païens arriérés ! Vous n'avez pas honte, Abdoulaye ?

– Ce ne sont que des rumeurs, j'insiste ! s'insurgea-t-il. J'imagine que, dans les bois sacrés, on sacrifie des animaux comme partout en Afrique ! Au vrai, je n'en sais rien. Je ne suis pas diola, moi. Nous allons atterrir. Vous voyez que ce n'est pas long…

Les rois du bois

La brume enveloppait le minuscule aéroport au bord de la mer. L'air était humide et le vent suspendu : la mousson d'Afrique avait commencé. En dépit de tous ses efforts, Abdoulaye n'arrivait pas à effacer les effets désastreux de ses maladroites rumeurs. Il n'y avait rien à faire avant l'installation dans les bungalows de l'hôtel au milieu des jardins. Vue sur l'océan, plage avec cocotiers, chaises longues, paillotes… L'hôtel remplit à merveille son office apaisant. Théo se mit en maillot et Tante Marthe s'étendit sous un parasol. Abdoulaye respira, soulagé.

– N'est-ce pas qu'on est bien ici, Marthe ? osa-t-il.

– On se croirait en Californie dans une série américaine ! s'écria Théo.

– Mais en Californie on n'est pas cannibale, grommela Tante Marthe. Vous ne devriez pas véhiculer ces sottises sur les Diolas, Abdoulaye. Cela ne vous ressemble pas !

– S'ils étaient moins secrets, on n'en dirait pas tant ! Ce n'est d'ailleurs pas moi qui vous guiderai en pays diola, mais un de mes amis, Armand Diatta, spécialiste des écosystèmes. Moi, j'attendrai ici, j'ai un rapport à faire. D'ailleurs il ne me montrerait rien, Armand. Rien du tout !

– Un nouveau guide ? dit Théo. Où est-il ?

– Ici, répondit une voix douce.

M. Diatta avait environ cinquante ans, un sourire éclatant, de beaux yeux pétillants de malice. D'une voix timide et réservée, il fit ses propositions. Si Mme Marthe était d'accord, on irait rendre visite à quelques dignitaires religieux de haut rang. Non ?

– Oui ! décida Théo. La Californie peut attendre.

Dès qu'il eut la réponse, M. Diatta s'éclipsa pour téléphoner.

– Il va les prévenir, murmura Abdoulaye. Rien n'est évident en Casamance. Sachez par exemple que mon ami est de famille royale, ce qu'il ne vous dira peut-être pas.

– Il y a donc des rois en Casamance ? s'étonna Tante Marthe.

– Ça, ce n'est pas secret, répondit Abdoulaye. Je peux vous en parler.

Dans la religion diola, le roi jouait le rôle d'un grand prêtre en relation étroite avec les divinités du village, elles-mêmes intermédiaires entre Dieu et les hommes. Il était difficile de comprendre comment était désigné un roi diola en Casamance, sauf pour les initiés. On savait que la royauté n'était pas héréditaire, que les dignitaires devaient reconnaître le futur roi dans les familles royales à certains signes et que, une fois consacré, le roi exerçait ses pouvoirs religieux dans de rudes conditions. Il se confondait avec la manifestation divine, car il était passé dans l'autre monde, celui de l'esprit.

Le roi consacré vivait seul dans la forêt royale. Il n'avait ni le droit de vivre en public, ni celui de se marier, ni celui de manger ou de boire devant témoins à l'exception des seuls initiés. Un jour, les rigoureux devoirs des rois de Casamance provoquèrent un drame épouvantable. En 1903, un roi diola nommé Sihabelé fut arrêté par les Français, interné avec des prisonniers et, puisqu'il n'avait pas le droit de se nourrir devant d'autres hommes, se laissa mourir de faim…

– Mon Dieu, murmura Tante Marthe. Un vrai crime d'ignorance !

– Alors il est vraiment très très sacré, le roi ! conclut Théo. Parce que, pour vivre à l'écart des autres, il doit être drôlement dangereux !

Mais ses fonctions étaient capitales… Le roi était en charge de la paix de son village. Le roi accomplissait les cérémonies de la pluie, nécessaire aux rizières et donc à la vie. Mais que la guerre éclate ou que la pluie vienne à manquer, alors le roi défaillant pouvait le payer cher !

– Cela me rappelle un mythe des anciens Romains, longtemps avant la République et l'Empire, dit Tante Marthe. Rome n'était qu'un village à l'époque. Et son chef vivait enfermé dans un bois épais, le bois de Nemi. On appelait le souverain du village « le Roi du Bois ». Élu divin, dangereux pour la communauté, le roi de Nemi vivait seul, lui aussi : on ne le touchait pas, car il était tabou. On ne pouvait se passer de lui, mais on le redoutait à cause de ses pouvoirs. Au bout d'un an, un autre roi était désigné, et l'on mettait à mort le roi usé.

– Drôle de pouvoir, intervint Théo. Où est le plaisir ?

– Nulle part, répondit-elle. La véritable royauté est toujours reliée au divin. Le roi ne choisit pas d'être roi : le pouvoir lui tombe dessus comme un destin, une catastrophe qu'il n'a pas le droit d'éviter. Les vrais rois sont appelés « de droit divin ». Sais-tu que les rois de France étaient aussi guérisseurs ? Ils avaient le pouvoir de guérir les glandes du cou infectées !

– Quelle blague, dit Théo. C'est prouvé ?

– Pas plus que le bain rituel du guérisseur sérère, dit-elle. Mais si cela échoue, gare aux détenteurs du pouvoir magique ! Je les plains.

Abdoulaye hocha la tête. Il était plus simple de s'abandonner à la toute-puissance d'Allah que de se frotter à la redoutable force sacrée du cosmos. Armand Diatta réapparut, et Abdoulaye fit la tête. Ce n'était pas encore ce jour-là qu'il apprendrait les secrets de son ami casamançais.

Le rouge consacré

Le circuit préparé par M. Diatta n'avait apparemment rien d'énigmatique. On vit dans un village l'arbre aux fétiches et l'immense tambour au milieu de la place, énorme tronc évidé sur lequel résonnaient les messages qu'on entendait à quinze kilomètres, dès lors qu'ils suivaient le code appris pendant l'initiation au bois sacré. Le chef de village proposa du vin de palme que Tante Marthe refusa prudemment, et que Théo goûta. On aperçut des pélicans et des cigognes blanches trônant au sommet des palmiers rôniers, en groupe. De loin, on aperçut beaucoup de bois touffus, peut-être sacrés, peut-être pas. On croisa des touristes en short, les uns à bicyclette et les autres en voiture. On rencontra dans un marché un guérisseur du Ghana dont l'échoppe présentait sur une toile peinte les maux que soignaient ses potions : impuissance, hémorroïdes, mal de ventre, vers intestinaux, pisse-au-lit.

– Dites, on va bientôt les voir, vos copains ? demanda Théo un peu déçu.

– Ils nous attendent à l'entrée du village, répondit brièvement M. Diatta.

– Et ensuite ?

Pas de réponse. La voiture s'arrêta devant un vieux bonhomme à casquette. Sans doute expliqua-t-il que les choses étaient compliquées, car Armand Diatta avait l'air très fâché. Pour finir, il éleva la voix et l'autre se mit en chemin sans un mot.

– Il a fait des difficultés, mais il va nous guider, dit M. Diatta avec autorité. Il ferait beau voir que cet homme me résiste à moi ! C'est à deux kilomètres à pied. Madame Marthe, si vous pouviez ôter de votre cou votre écharpe rouge, s'il vous plaît…

– Mon écharpe ? Elle gêne ?

– C'est sa couleur, dit-il. Là où nous nous rendons il ne

589

faut pas porter de rouge. Et par chance, vous êtes habillés de bleu tous les deux.

Perplexes, Tante Marthe et Théo le suivirent à travers les sentiers, les champs et les buissons. On passa devant des cases où les femmes pilaient le mil, on croisa des enfants blagueurs, on tourna une fois, deux fois, vingt fois autour des frondaisons, et l'on arriva bientôt à l'orée d'un bois profond.

– Ah, tout de même, soupira Tante Marthe en s'épongeant le front. Est-ce un bois sacré ?

– Oui. J'ai même le devoir sacré de vous le dire. Nous sommes à l'entrée de l'espace royal. Entrons. Le roi nous attend.

– Le roi en personne ? s'écria Théo. Je vais rencontrer le roi ? Dans le bois sacré ? Et j'ai la bague de Maman ! Super ! La Pythie de *La Colère des dieux* avait raison !

– Ne crie pas comme ça, dit Tante Marthe. Tiens-toi un peu.

Passé l'ouverture de feuillages se trouvait une clairière ombragée. Armand Diatta fit asseoir ses amis sur des troncs d'arbre. Au fond de la clairière, un mur de palmes superbement tressées barrait le chemin. Il y avait bien une espèce de porte plantée de drôles de pilons, mais personne n'en sortit. Sur les branches d'un fromager, de jeunes vautours étiraient paresseusement leurs ailes. Le calme était parfait, et l'attente, infinie.

– Qu'est-ce que c'est, ce mur ? demanda Théo pour briser le silence.

– Disons que c'est un peu comme un palais, murmura Armand. En réalité, c'est autre chose, mais si je vous en dis trop, je porterais atteinte à nos communautés, vous comprenez ? Notre religion est trop souvent considérée comme une tradition vieillotte, et nous devons nous protéger… Notre roi compte beaucoup pour nous. Ne vous faites pas de souci, il va vous recevoir puisque c'est prévu. Ah ! Le voici.

Spontanément, Tante Marthe et Théo se levèrent. Un très vieil homme à barbiche blanche sortit des palmes sans bruit. Le roi du village était en rouge. Son imposante chéchia de feutre était rouge, son boubou était rouge, le roi portait le rouge. D'une main, il tenait un balai de tiges sèches et de l'autre un tabouret rond, sur lequel il s'assit. Armand Diatta fit les présentations et, puisqu'il s'agissait d'une audience, Tante Marthe se mit en devoir de remercier le roi de son mieux. Le roi répondit quelques mots de bienvenue, mais il ne parlait pas le français.

– Le roi est honoré de votre présence, traduisit Armand Diatta. Il est désolé de ne pas mieux vous recevoir, mais il se trouve que le village prépare une cérémonie.

– Qu'il va diriger, je comprends, dit Tante Marthe.

– Enfin… hésita M. Diatta. Le roi ne fait pas. Chez nous, le roi est. Il incarne l'esprit de la réalité cosmique et nous relie à notre Dieu, Ata-Emit, le dieu du Ciel. Nous n'avons qu'un Dieu absolu, invisible, auquel nous ne devons pas manquer. Nous disons : « *Atemit Sembé* – Dieu est force et puissance. »

– Vous n'avez pas de *pangols* ? demanda Théo.

– Nous avons des autels et des esprits, mais nous en parlerons plus tard, répondit prudemment Armand Diatta. Car ici nous sommes en présence du roi, qui garantit l'équilibre des énergies divines.

– Puis-je demander au roi s'il s'occupe des guerres ? dit Tante Marthe.

Quand il eut entendu la traduction, le roi se transforma. Tout en lui s'anima, les yeux qui jetaient des éclairs, le corps qui vibrait, la force qui se devinait… Levant les bras au ciel, il se lança dans un long discours. Accompagnant ses dires de larges gestes pleins de grâce, il montra son balai et écarta les mains comme pour bénir l'espace autour de lui. Puis il se tut.

– Ma question est-elle inconvenante ? dit Tante Marthe. Le roi a l'air scandalisé…

– Il dit qu'il n'a même pas le droit de voir couler le sang, répondit Armand. Que sa seule arme, c'est son sceptre, ce balai. Que son rôle n'est pas de gérer les affaires des hommes, mais celles du sacré dont il est comptable. Mais il n'est pas un chef militaire, au contraire ! Il n'est plus de ce monde. Rien ne serait plus sacrilège qu'un roi de Casamance qui ferait jaillir le sang du corps de l'homme !

– Peut-il au moins faire la paix ? demanda Théo.

Le roi fit savoir qu'il se réjouissait de la paix et qu'il la bénissait, mais que, ce disant, il n'engageait que lui à titre individuel. Car les communautés diolas tenaient pardessus tout au respect du consensus, ce dont le roi n'était nullement en charge. Le roi du village ne s'occupait que de sacré dont il était la garantie vivante.

– C'est bien le Roi du Bois, murmura Tante Marthe. Le garant de l'inaccessible caché. Quelle majesté…

L'audience était finie. Le roi prit congé et disparut dans les feuillages. Soudain, l'espace parut vide.

– C'est à cause du rouge de son vêtement qu'il fallait enlever mon écharpe, j'imagine, dit Tante Marthe pensive.

– Quand il est en costume de cérémonie, il est seul à pouvoir porter la couleur du sang, répondit Armand. Le rouge est également la couleur du feu… S'il s'éteignait, ce serait terrible ! Quand les villages n'ont plus de roi, cela ne va pas tout seul ! Le roi est le pivot de l'énergie.

– Comment s'appelle-t-il, ce roi ? demanda-t-elle.

– Il ne s'appelle pas. On ne nomme pas le roi par son nom, on lui dit « Man », un mot qui n'a pas d'autre signification que le titre sacré du roi. Nos rois n'ont aucun pouvoir, ils incarnent Dieu… Et ils ne meurent pas !

– Mais si ! s'écria Théo. Celui qui a été arrêté par les Français s'est laissé mourir de faim…

– Le roi Sihalebé n'est pas mort, répondit gravement Armand Diatta. Il a disparu. Au moment de son arrestation, on dit que la terre se brisa. Quand pour mieux détruire son pouvoir les Français brûlèrent sa chéchia royale, la fumée monta jusqu'au ciel…

– Et vous l'avez enterré selon les rites, ajouta Tante Marthe.

– Hélas, soupira-t-il. Les restes du roi Sihalebé ne sont

plus en Casamance. Je ne devrais pas vous dire où ils sont, mais vous êtes français, alors je vais le faire. La dépouille royale est au musée de l'Homme, à Paris.

— Quelle horreur, murmura Tante Marthe.

— Mais puisqu'il n'est pas mort, n'en parlons pas, dit précipitamment Armand. Oubliez.

— Pourquoi faut-il être habillé en bleu ? demanda Théo.

Pas de réponse.

— Et les autels, alors ? dit Théo.

Les autels, on les vit au retour. On était passé devant sans même s'en apercevoir, car les autels ressemblaient à deux cases, l'une grande et ouverte, l'autre minuscule et fermée, coiffées de chaume et surmontées d'un pot de terre. De loin, on distinguait de grands tambours accrochés aux piliers, tous dans le même sens.

— Voici les lieux de prière, dit Armand. On vous dira que nous avons des fétiches, les *boekin*, mais ce n'est pas tout à fait vrai... Ce ne sont que des représentations de l'énergie unique. Voyez-vous, nous ressemblons un peu aux juifs, nous autres Diolas. Le grand prêtre des Hébreux incarnait aussi la royauté, et si voulez en savoir davantage sur nos sacrifices, je vous conseille de lire le Lévitique dans la Bible. Et le livre des Nombres.

— Le Lévitique... murmura Théo. Eliezer m'en a parlé à Jérusalem. Il me semble que c'est le manuel qui interdit le lièvre... Des affaires d'impureté ?

— Pas seulement, répondit Armand. Le choix de l'animal du sacrifice, la façon de l'abattre, comment le répartir ensuite...

— Et dans la petite case, qu'est-ce qu'on fait ? demanda Théo curieux.

— Tu poses des questions indiscrètes, voyons ! s'indigna Tante Marthe.

— Oui, mais je peux vous dire les choses simplement, répondit Armand avec un sourire. Dans la petite case souffle l'esprit vivant.

Tante Marthe et Théo remontèrent en voiture en silence. Armand Diatta essaya d'en dire un peu davantage, mais il butait sur l'interdit et s'arrêtait avec embarras. L'univers du sacré ne devait pas être entamé par la trahison du secret.

Les dames de Bignona

– Enfin, là où nous nous rendons maintenant, les choses seront publiques, lâcha Armand pour finir. C'est à Bignona, chez les religieuses. Plus de secret !

Dans une vaste cour de presbytère à l'ombre de l'église catholique, attendaient sous un grand néflier les dames et les musiciens. Les bonnes sœurs souhaitèrent la bienvenue à leurs hôtes et s'installèrent à leur côté sur des chaises sagement alignées. Massées sur le côté, un châle sur le boubou, la poitrine barrée de colliers de cauris, les dames de Bignona papotaient en surveillant les tam-tams que les musiciens accordaient en chauffant les peaux sur un feu. Soudain, les tam-tams retentirent…

Pieds nus, les dames de Bignona sortirent de leurs boubous deux morceaux de bois qu'elles frappèrent l'un contre l'autre au rythme des tam-tams en se dandinant sur place. Derrière l'ombre touffue se tenait un danseur coiffé d'un couvre-chef à crinière de chèvre. Soudain, d'un saut, il jaillit au milieu du cercle, les yeux fixes et le sourire aux lèvres. Au cou, il portait un collier de perles bleues, au bras, des bracelets de poils, des foulards traînants, à la main, une flûte… Ainsi paré, il avait l'air d'un jeune dieu entouré de prêtresses.

– S'il était hindou, on jurerait Krishna, murmura Tante Marthe.

– Ou alors Dionysos et ses femmes Bacchantes, ajouta Théo. Tu sais, le dieu grec de l'Ivresse ?

– Merci, je sais, dit-elle. Mais… Attention !

En bondissant, le danseur fonçait dans sa direction pour lui sauter dessus… Au dernier moment, il se figea à deux pas de Tante Marthe, un bras tendu comme pour l'inviter à la danse. Tante Marthe se recroquevilla sur sa chaise et rougit. Le danseur recula avec une exquise élégance et Tante Marthe se sentit penaude. Devant la panique de l'étrangère, les dames de Bignona riaient à belles dents en frappant leurs instruments de bois.

L'une d'elles sortit du rang et se lança dans une figure effrénée. Pliée en deux, bras à l'horizontale, le postérieur en pointe, elle piétina la terre à toute allure, puis, comme le danseur, elle s'arrêta net et reprit sa place parmi les autres. Une deuxième sortit à son tour, une autre encore. De temps en temps, le danseur recommençait ses bonds prodigieux figés d'un coup sur un sourire… Deux heures d'affilée passèrent sous le néflier au son des bois frappés et des tam-tams chauffés, deux heures de danseur bondissant. Parfois, il accompagnait une jeune fille à la flûte, tourbillonnant autour d'elle pour l'encourager, mais toujours les dames de Bignona rompaient joyeusement la posture et retournaient à leur place au moment le plus inattendu. Parfois, l'une des dames jetait son léger châle sur les genoux d'une jeune religieuse.

Riant de confusion, la bonne sœur se levait et entrait dans la danse en nouant le châle autour de son vêtement blanc, à hauteur des hanches. A l'exception des vieilles, les religieuses furent invitées une à une à piétiner le sol sans ôter leurs chaussures. Toutes s'exécutèrent avec une frénésie retenue, follement gaie. Puis les dames de Bignona se rassemblèrent, et comme les tam-tams allaient au paroxysme, elles se mirent en marche en souriant, tranquilles, à petits pas, occupant l'espace entier comme une vague humaine. Le danseur disparut. Les tam-tams s'éteignirent.

Tante Marthe s'essuya le cou avec un mouchoir.

— Ouf ! s'écria-t-elle. J'ai bien cru qu'elles allaient m'obliger à danser !

— Elles n'ont pas osé, répondit Armand. Ce n'est pas l'envie qui leur manquait…

— Même les religieuses s'y sont mises ! dit-elle. S'agissait-il de transes ?

— Pas du tout, dit-il. Ce ne sont pas des cérémonies sacrées, puisque nous sommes dans la cour d'un presbytère catholique. Simplement, c'est la danse. Tant qu'on ne l'a pas vue dans un village, on ne comprend rien aux religions de chez nous. Nos corps sont faits de danse. Est-ce que les tam-tams vous ont importunée ?

– Au contraire ! répondit-elle. Je me sentais bien dans ma peau... J'en suis très surprise !

– Vous voici du moins initiée aux tambours diolas !

– Où est passé Théo ? s'inquiéta-t-elle soudain. Je ne le vois plus...

Théo discutait le coup avec la benjamine des religieuses.

– Elle s'appelle Augustine, dit-il. Elle est formidable ! Elle m'a appris à danser, regarde...

Il pointa son derrière, se plia en deux, écarta les bras, sautilla sur place, se prit les pieds et roula dans la poussière. Sœur Augustine éclata de rire et l'épousseta.

– Question équilibre, tu as du chemin à faire, dit Tante Marthe. Quand tu danses, on dirait un poussin qui cherche sa mère poule.

– Cette fois, je n'ai plus rien à vous montrer, dit Armand. Peut-être un autre jour...

A l'hôtel, Abdoulaye faisait mine de travailler. A peine s'il leva le nez de son rapport... Théo courut l'embrasser, mais M. Diop l'écarta.

– Alors ? dit-il.

– Alors on a vu le Roi du Bois ! s'écria Théo. Tout en rouge !

– Ça, je vous l'avais dit, répliqua-t-il. Et quoi encore ?

– Tu charries, dit Théo. Tu l'as déjà vu, toi, le roi ?

– Non, mais je sais quand même, dit-il vexé. Je lis des bouquins sur les Diolas, moi, je n'ai pas le choix... Un de ces quatre matins, Armand, il faudra arrêter de me prendre pour un barbare.

– C'est difficile, tu sais, pour les initiés... Vous autres, musulmans, vous nous considérez comme des satans, alors comment vous expliquer notre univers ? dit Armand avec gêne.

– Et eux alors ? Ils ne sont pas diolas, que je sache ?

– Non, murmura Armand. Mais ils font le tour des religions du monde et la nôtre en est une. Ils le savent, eux.

Le soir, Tante Marthe fouilla dans les valises et dénicha le Lévitique. L'Éternel y appelait Moïse et lui donnait les commandements du sacrifice : pour le gros bétail, un jeune taureau parfait dont le sang serait répandu en offrande de purification sur l'autel avant d'être écorché et morcelé. Quiconque se serait rendu coupable, même à son insu, devrait offrir à l'Éternel le sacrifice du taurillon et confesser publiquement sa faute. Alors seulement le grand prêtre, Oint de l'Éternel, pourrait protéger le peuple grâce à la force de Dieu.

– Un roi-prêtre, un taureau parfait, un sacrifice, une communauté solidaire, une confession publique, un Dieu absolu, des autels, dit-elle. Eh bien ! C'est une vraie religion, pas de doute.

– Attends, dit Théo. Je vais copier tout ça dans mon carnet. Alors, un Roi du Bois, un taureau, une confession, un autel, Dieu, ça, c'est obligatoire… Tu as oublié le pur et l'impur, ma vieille. Judaïsme, hindouisme, maintenant les Diolas… Les grands prêtres sont si purs qu'on ne peut pas les toucher. Et les autres, eh bien, il faut des sacrifices pour les purifier. Non ?

– Ça m'a l'air plausible. Mais toi, tu oublies la communauté solidaire. Armand nous a bien dit de lire aussi les Nombres ? Voyons…

Dans le livre des Nombres, l'Éternel commandait à Moïse de faire l'appel des tribus d'Israël, réparties selon leurs longues généalogies. Ensuite il ordonna de renvoyer les impurs, hommes ou femmes, lépreux et suintants. Puis, une fois les tribus expurgées, l'Éternel assigna à chacune ses tâches en déterminant également les rations de vin, de farine et d'huile accompagnant le sacrifice du taureau. Seuls les membres de la tribu de Lévi, qu'on appelait les lévites, auraient le droit de porter l'Arche d'Alliance.

– Qu'est-ce que c'est, ce bastringue ? s'étonna Théo.

– Ce bastringue sert à réglementer les clans dans la communauté, dit-elle. Les lévites sont les prêtres nobles, un peu comme les brahmanes. Notre Diatta est un lévite diola, si tu veux. Non seulement il est initié, mais il est de

597

sang royal… La seule chose qui ne soit ni dans les Nombres ni dans le Lévitique, c'est le bois sacré. Je me demande comment y circule l'énergie de Dieu.

L'île aux esclaves

Après la Casamance, il fallut quitter l'Afrique des forêts pour la capitale. Abdoulaye tenta bien de faire parler ses amis sur les secrets qu'ils auraient découverts mais, à part les danses de Bignona, bouche cousue. Ni Tante Marthe ni Théo n'avaient envie de s'épancher sur le Roi du Bois, et Abdoulaye en fut pour ses frais.

Au retour, la réalité concrète prit le relais de l'invisible. Tante Marthe redoutait les résultats de ses examens médicaux. Quant à Théo, il avait la gorge irritée et mourait de soif tout le jour. Mais les résultats de Théo avaient encore progressé. Consulté sur le mal de gorge, le médecin affirma que c'était l'Afrique, sa poussière. Quant à Tante Marthe, sans doute avait-elle eu une crise de spasmophilie, mais ce n'était pas sûr.

– Spasme, transe, c'est pareil, grommela-t-elle à la sortie. Décidément, les médecins sont des ânes. Dire qu'il m'a donné du magnésium ! Moi, je connais le mal et son médicament : dans les deux cas, c'est le tam-tam.

Et puisque les malades étaient guéris, Abdoulaye décida que l'heure était venue de se rendre à Gorée. Tante Marthe insista pour téléphoner à Paris et mit un point d'honneur à raconter elle-même sa transe africaine.

– Non, dit-elle à son frère, ce n'était pas douloureux. C'était très léger, très doux… Ce que j'ai fait ? Je ne m'en souviens plus. J'avais perdu conscience… Oui, moi, tu te rends compte ? Eh bien, finalement, je suis assez fière. J'ai eu ma miette d'initiation… Oui, l'hôpital, tu penses bien… Ils parlent de spasmophilie, mais ils ne connaissent pas ces choses-là. Théo ? Lui, rien. Abdoulaye dit qu'il a eu sa dose. De quoi ? Mais de transe, voyons ! Tu veux parler à Théo ? Je te le passe. Au fait, ses résultats sanguins sont excellents !

Théo confirma la véracité des propos de Tante Marthe et se figea soudain. Fatou, disait Papa. Fatou ! Elle était triste à pleurer... Il avait encore oublié de lui téléphoner ! Et son message ? Il n'y avait plus pensé... Qu'avait fait Tante Marthe ?

— Nom d'un chien ! s'écria Tante Marthe. C'est la première fois que j'oublie un message pour Théo !

Il était temps de s'y coller. Une autre Afrique, avait dit Abdoulaye. Avec une déesse des eaux blanche et brune. Blanche ? Cela ne tenait pas debout ! Théo en profita pour appeler Fatou avec de gros bisous. Et si elle lui donnait l'indice ?

— *La déesse est venue d'Afrique avec tes bateaux*, clama la Pythie parisienne d'une voix inspirée.

Théo ne comprit pas davantage. D'accord, les esclaves noirs avaient été déportés. Mais dans quel pays d'anciens esclaves vivait la déesse des eaux ? Il y en avait tant aux Amériques... Pressant le mouvement, Abdoulaye regarda sa montre et déclara qu'on allait manquer la prochaine chaloupe pour Gorée. Tickets, embarquement, bancs publics, houle forte sous les vagues de mousson, survol des cormorans...

— Les Wolofs, les Sérères, les Lebou, les Diolas, ça fait quatre, compta Théo. Quatre peuples pour une seule nation !

— Plus encore que tu crois, dit Abdoulaye. Il y a aussi les Toucouleurs, les Mandingues, les Soninké, les Bassari et les Peuls. Ça fait neuf.

— Plus qu'en Inde ! s'écria Théo. C'est fort, le Sénégal ! Et toi, tu es quoi ?

— Mon père est wolof, ma mère est peul, mais mon arrière-arrière-grand-mère était lebou, dit Abdoulaye. En cherchant bien, on trouverait un peu de mandingue dans la famille. Le Sénégal, c'est le métissage. Ah ! Tiens... J'allais oublier les Saint-Louisiens...

— C'est un peuple ? demanda Tante Marthe. Saint-Louis est une ville, il me semble !

— Une ville qui eut des députés français métissés de

Blancs, Marthe ! Ceux de Saint-Louis ne sont pas comme les autres… Ils sont très distingués, très policés, très…

– Parce que tu n'es pas distingué, toi ? dit Théo.

– Ma grand-mère était de Saint-Louis, vois-tu. Je sais de quoi je parle ! Toute une éducation…

– Je vois, dit Théo. Tu es snob !

– Et alors ? rétorqua Abdoulaye. C'est mal, le snobisme ?

Maté, Théo se tut. Au bout de vingt minutes, on aborda dans l'île de Gorée, on chemina dans le sable brûlant jusqu'à la Maison des Esclaves, grande bâtisse rose flanquée d'un bel escalier à double révolution, un vrai palais.

Le conservateur du musée avait exalté le symbole. Les pancartes écrites à la main précisaient le nombre des millions de déportés d'Afrique, retraçaient leur martyre, leurs morts cruelles dans les cales des bateaux négriers, leurs suicides au moment du départ, la séparation des enfants et des mères, la barbarie d'un commerce d'hommes traités en marchandises vivantes. Il avait pieusement reconstitué leurs supplications, leurs prières et leurs chants. Il en parlait avec une sincérité qui crevait le cœur. Venu en pèlerinage, un groupe de Noirs américains sanglota en chœur… Saisis par l'émotion, Tante Marthe et Théo se mirent à pleurer aussi.

Au sous-sol, à l'endroit des cellules où l'on entassait les captifs, une porte étroite s'ouvrait sur l'Atlantique. Là, disait le conservateur, sur ces sombres rochers, on embarquait au fouet les Africains enchaînés. Là continuait le long voyage commencé dans le Sahel avec les razzias d'esclaves conduites par les chefs africains. Là, les négriers blancs entassaient le noir bétail humain qui leur permettrait de bâtir leurs hôtels magnifiques, à Bordeaux ou à Nantes. Obscure, terrible, la porte s'ouvrait sur l'océan des exilés, aux États-Unis, aux Antilles, ou au Brésil.

– Le Brésil ! s'écria Théo. Est-ce qu'on y trouve une divinité des eaux ?

Oui. Elle s'appelait Yemanja, elle était venue du Bénin.

En embarquant sous la brûlure des fouets de leurs maîtres, les esclaves noirs emportaient avec eux le seul bien que nul ne pouvait leur prendre : leurs dieux. La déesse des eaux africaines avait navigué en compagnie de ses fidèles. Mais si ses prêtresses venaient d'Afrique, Yemanja avait la peau blanche comme le lait versé sur les *pangols*.

Chapitre 27

La chevauchée des dieux

Le cargo *Belmonte*

Le départ de Dakar ne fut pas déchirant. Théo reverrait le papa de Fatou à Paris. Et pour la première fois, il emmenait un ami : Arthur le chat, assommé par une miette de somnifère, dormait dans un sac à claire-voie. Le vol d'Air Afrique décolla en pleine nuit pour Lisbonne, où l'on débarquerait.

— Lisbonne-Rio, ça va faire une trotte dans les airs, bougonna Théo.

— Qui te parle d'avion ? répondit Tante Marthe. Nous prenons le bateau !

Théo en resta bouche bée. Un navire pour les Amériques ! Un somptueux transatlantique blanc avec des chaises longues, une piscine sur le pont et une salle de cinéma...

— Ne rêve pas, coupa-t-elle. Les lignes transatlantiques de l'Europe au Brésil sont arrêtées depuis longtemps. Nous allons voyager en cargo.

En cargo ? Alors en soute, comme les esclaves noirs ? Enchaîné avec les containers, à côté des moteurs rugissants ? Qu'avait-il fait pour mériter pareille punition ?

— Ça t'apprendra ! dit-elle en éclatant de rire. Comme cela, tu comprendras les épreuves des premiers navigateurs portugais... Après tout, ils furent les premiers Blancs à aborder les Indes occidentales avec leurs caravelles. Tu n'as pas à te plaindre, nous aurons les moteurs ; c'est mieux !

Tante Marthe n'était pas capable de manigancer un coup pareil… Que diraient les parents ? Mais elle balaya d'un geste les objections de son neveu. Tante Marthe avait l'air infiniment sérieuse, mais Théo ne la crut pas avant de voir le cargo de ses yeux.

Car il était à quai, le *Belmonte*, flambant neuf avec ses cheminées vermillon et son drapeau aux couleurs du Portugal. Gaillarde, Tante Marthe escalada les degrés de la passerelle, traînant un Théo abattu par la dureté des temps. Les marins s'étaient emparés des valises et des sacs dont le nombre s'était déjà multiplié par quatre. Quand ils furent sur le bateau, le commandant embrassa Tante Marthe avec effusion avant de la conduire à sa cabine. En poussant la porte, Théo découvrit une chambre à deux lits meublée de pin clair, dotée de fauteuils, de tables et d'une salle de bains.

– Attends, dit-il. C'est un bateau de luxe ou un cargo ?

Tante Marthe pouffa. Hilare, le commandant Da Silva expliqua que sur de nombreux cargos existaient des chambres d'hôtes à la disposition d'invités. Certes, un cargo n'avait ni piscine ni salle de cinéma. Tante Marthe et Théo devraient se contenter de partager la popote du commandant dans sa carrée. Mais…

– Super ! s'écria Théo. Vous m'avez bien eu tous les deux… Alors où sont-elles, tes turbines ? Tu me montreras comment tu tiens le gouvernail, dis ?

Promis, sauf qu'on ne se servait plus vraiment d'un gouvernail comme dans les livres d'images. Le commandant les laissa s'installer, et partit s'enfermer dans sa carrée avant de sortir le *Belmonte* du port. A peine Tante Marthe avait-elle fini de défaire une valise que le lourd bâtiment se mit à gronder. Théo grimpa sur le pont, mais n'y trouva ni gouvernail ni commandant : un cargo se pilotait sur cadran électronique à l'avant du bateau, dans un endroit où nul n'avait le droit de pénétrer. Restaient l'Atlantique et ses larges houles que Théo contempla avec inquiétude.

Prophètes et mélanges

– Alors, que dis-tu de ma surprise ? demanda Tante Marthe quand il redescendit. Tu en avais assez de l'avion. Es-tu content ?

– Très, assura-t-il. J'ai juste peur d'avoir le mal de mer.

– Ce n'est pas bien grave. On s'y fait.

Il préféra s'allonger, au cas où. Mais rien. Arthur dormait toujours. Au bout d'une minute Théo n'y tenait plus.

– Tante Marthe, j'ai une question, commença-t-il.

– Il y avait longtemps, soupira-t-elle résignée.

– C'est le coup du taureau l'autre jour. Ça fait toujours aussi drôle dans ma tête.

– Le sacrifice du taureau n'a rien de rare à travers le monde, pourtant. Mais, pour nous, le spectacle est éprouvant, aucun doute.

– Justement. Pourquoi ?

– Réfléchis. Combien de fois vois-tu à la télévision des enfants mourir de faim dans le monde ? Est-ce que cela n'est pas en réalité mille fois pire que l'égorgement d'un taureau ?

– Si. Sauf qu'à la télé on ne voit pas en vrai. On ne pouvait pas lui donner des médicaments pour les fous, à ce type qui était si malade ?

– On aurait pu le traiter dans les hôpitaux psychiatriques, répondit-elle en haussant les épaules. On l'aurait abruti de neuroleptiques et ça ne l'aurait pas guéri. Tandis qu'en retrouvant ses racines africaines il a une chance de s'en sortir, vois-tu.

– Bon, dit Théo. Alors moi, je ne serai pas guéri sans Mamy Théano. Ma racine à moi, elle est grecque.

– Que fais-tu de ton père français là-dedans ?

Il se retourna sur le côté. Deux minutes.

– J'ai une autre question, annonça-t-il.

– La questionnite. Au secours !

– Qu'est-ce qui résiste le mieux en Afrique ? L'islam, le

605

christianisme ou les anciennes religions ? Parce que s'enduire du sang d'un taureau au nom d'Allah, tout de même…

– L'Afrique est comme l'Inde, répondit Tante Marthe. Ce sont deux continents à estomacs de ruminants. Ils avalent l'herbe étrangère, l'imprègnent de leurs sucs, la triturent en bonne et due forme et digèrent le tout paisiblement. Mais quelle que soit l'étrangeté du fourrage, l'Afrique demeure intacte.

– Le Dieu unique ne les dérange pas ? s'étonna Théo.

Pas du tout. De même que les hindous avaient intégré Marie à leur innombrable panthéon de dieux, les Africains avaient assimilé sans effort le Dieu suprême, Jésus et le Prophète. Cela n'empêchait pas les tambours de rythmer, ni les transes de terrasser le corps et de purger le cœur de ses alarmes. Les messes catholiques en plein air dédiées à la Vierge étaient ponctuées des cris perçants des femmes qui tombaient, et personne ne s'en étonnait, puisqu'on était sous le soleil d'Afrique. En revanche, surgissaient au cœur du christianisme des inspirés qui se proclamaient prophètes, fondateurs de religions nouvelles.

L'Afrique en avait connu d'illustres, comme le pasteur Harris qui prêchait au nom de l'ange Gabriel et de la propreté, Albert Atcho qui guérissait à l'aide de télégrammes des malades en faisant sortir leur dossier du grand fichier de Dieu, ou Simon Kimbangu, serviteur de Dieu et de la libération de son peuple. Les colonisateurs les avaient réprimés, car les prophètes africains concurrençaient le christianisme. Ensuite, les inspirés noirs s'étaient petitement installés dans leur pays, à leur tour remplacés par de nouveaux prophètes surgis des forêts, armés de Jésus et munis de la puissance des fétiches.

– Après tout, les Africains ont bien le droit d'avoir leurs propres messies, conclut Théo. Pourquoi leur infliger des prophètes à peau claire ?

– Exact, dit-elle. Les religions ont beau voyager avec les envahisseurs, elles se cassent le nez contre la mémoire des peuples. Tu verras au Brésil !

– Qu'est-ce qu'ils sont, au Brésil ? Chrétiens, musulmans, animistes ou quoi ?

On trouvait au Brésil des Africains chrétiens, des Africains musulmans, des Blancs animistes, des Indiens chrétiens, des Blancs catholiques ou protestants, des mulâtres indiens et même des Indiens tout court, qui protégeaient à grand-peine leurs religions à eux contre les chercheurs d'or, la construction des routes et les investisseurs. Le Brésil était le plus vaste creuset des religions du monde, l'endroit où elles s'étaient mélangées sans remords, le pays du syncrétisme absolu, celui de la folie divine.

– Et le Carnaval ? demanda-t-il.

Le Carnaval aussi faisait partie du lot religieux. Sur ces sujets précis, le commandant Da Silva en connaissait un rayon, car son cousin Brutus était brésilien de souche.

Indiens, Noirs et Blancs

Dans la confortable carrée du commandant Da Silva, le déjeuner attendait. Dès les coquilles Saint-Jacques, Théo attaqua.

– Paraît que ton cousin est brésilien de souche ? demanda-t-il.

– Brutus ? s'étonna le commandant. Qui t'a dit cela ?

– Tante Marthe, pardi. Pourquoi ?

Le commandant se mit à rire. Son cousin Brutus était brésilien, donc il n'était pas « de souche » car le mot n'avait aucun sens au Brésil. Certes, il portait un nom portugais, Da Silva, auquel s'était ajouté un beau jour un « Carneiro » du meilleur effet. Les archives portugaises de la famille attestaient en effet qu'un Da Silva avait émigré au Brésil aux temps des caravelles, ensuite on ne savait plus rien de la branche américaine. Issu d'un mariage entre la généalogie portugaise et une belle Greta de famille allemande émigrée au début du XXe siècle, le cousin Brutus affirmait qu'il avait du sang indien dans les veines par suite d'un métissage entre son ancêtre et une princesse des tribus, comme Pocahontas. Car le sang indien faisait chic au Brésil : descendre d'un indigène prouvait un métissage de haut niveau entre le conquérant blanc et l'Indien dans sa dignité de premier habitant du pays. Mais le cousin Brutus évitait d'expliquer d'où venaient ses cheveux crépus et sa bouche charnue, car au Brésil, quand on était de bonne famille, on n'admettait pas d'être issu de sang nègre.

– Je suis sûr que l'aïeul portugais est tombé amoureux d'une de ses esclaves africaines, acheva le commandant. Le cousin Brutus insiste tellement sur l'absence de sang africain dans ses veines qu'il en fournit la preuve !

– Drôle de salade, dit Théo. Descendre des Indiens, c'est mieux ? Pourquoi ?

Ah ! Mais parce que les Indiens n'étaient pas des esclaves, au contraire ! Bien sûr, on s'était un peu étripé au début. Puis un missionnaire au grand cœur qui s'appelait Las Casas s'était aperçu à temps que ses concitoyens, si bons catholiques, asservissaient les fragiles sauvages au cœur pur qui ne résistaient pas aux travaux forcés et mouraient par centaines. Décidé à freiner le génocide commis par ses compatriotes et conscient que la charité de Jésus n'y trouvait pas son compte, l'excellent Las Casas eut une idée de génie : il persuada son souverain de remplacer les Indiens par des esclaves nègres, plus solides, mieux adaptés au dur travail des colonies. L'enfer est pavé de bonnes intentions, et Las Casas n'avait pas prévu le déplacement du génocide qu'il dénonça ensuite vainement… C'est ainsi, sur une idée généreuse pervertie, que commença la traite des Noirs entre l'Europe et l'Amérique.

– Mais les Portugais ont couché avec leurs esclaves d'Afrique, dit Théo.

Pas seulement ! La colonisation portugaise reposait sur un principe simple : on prenait femme sur place en débarquant. Il y avait donc au Brésil des métis de Noirs et de Blancs, de Noirs et d'Indiens, d'Indiens et de Blancs. Et les religions s'étaient mélangées par l'intermédiaire des femmes. Aux Indiennes, les Brésiliens avaient emprunté les dieux animaux des forêts, le Curupira, génie des bois aux dents vertes, l'exquise Caïpora fumeuse de pipe che-

vauchant nue un pécari, ou le Boto rouge du fleuve Amazone, un séduisant dauphin qui engrossait les femmes.
D'Afrique, les Brésiliennes avaient hérité les dieux tapis
dans les soutes des vaisseaux négriers, un panthéon venu
de l'ancien royaume du Dahomey, devenu le Bénin aujour-
d'hui. Baptisés sous la contrainte, les esclaves africains
avaient retenu le culte des saints catholiques qu'ils bras-
saient allègrement avec leurs propres dieux. Si bien que les
religions du Brésil formaient un carnaval effréné où dominaient la danse et les tambours, c'est-à-dire la puissante
Afrique.

— Les tam-tams, Tante Marthe ! s'écria Théo. Chic !

Oui, les tam-tams. Ainsi avait commencé la lente reconquête de l'Afrique par les esclaves africains. Les maîtres
étaient durs, mais bons économistes. Or les esclaves se
suicidaient en avalant de la terre : ce n'était pas rentable.
Pour éviter les pertes marchandes, les maîtres autorisèrent
leurs esclaves à taper sur leurs tambours. Commencèrent
les « Batuques » : tous les tambours d'Afrique réunis. Les
dieux sortirent des mémoires en secret avec les langues
africaines. Puis surgirent en secret les autels et les cérémonies clandestines, aujourd'hui officielles. Un jour des
années 1870, les Africains descendirent des collines de
Rio et envahirent la ville des maîtres avec leurs tambours. Ce fut le premier Carnaval.

Des carnavals et des processions religieuses, il en avait
existé de fastueux au Portugal. Outre le clergé en chasuble,
défilaient saints, diables, empereurs, rois et reines, forgerons, singes, Vénus, Bacchus, saint Sébastien percé de
flèches, saint Pierre, saint Jacques et Abraham. Les folles
processions émigrèrent avec les Portugais. Les Africains
adoptèrent les rois et les reines, brodèrent sur leurs ban-
nières leurs totems, puis leurs emblèmes syndicaux et
enfiévrèrent le Carnaval avec leur danse et leurs tambours.
Les écoles de samba fleurirent, le Carnaval brésilien devint
célèbre. Peu à peu, l'Afrique ressuscita si bien qu'elle
avait converti les Blancs, nombreux à partager les cultes
africains du Brésil. Et s'ils n'étaient pas adeptes de

l'Afrique, alors ils se retournaient vers les Indiens en leur empruntant les plumes et les symboles.

– Les Indiens ont légué aux Brésiliens le hamac, le maïs, le tabac, la balle de caoutchouc et l'usage de se baigner dans l'eau de la rivière, ajouta Tante Marthe.

– Et les Africains, l'huile de palme, les caresses, le piment, les turbans, les breloques, les perles de verre ! dit le commandant Da Silva. Sans oublier l'influence des Africains musulmans. Voilà pourquoi le Brésil me plaît. On s'y sent à la croisée du monde…

– Parlez donc à Théo de la devise inscrite sur le drapeau du Brésil, suggéra-t-elle.

– Vous avez raison. Dans ce pays où fusionnent en désordre l'Indien, le Noir et le Blanc, la devise brésilienne affirme noblement : « Ordre et Progrès ».

– Sais-tu d'où cela vient, Théo ? dit Tante Marthe. D'une sorte de religion inventée par un philosophe français du XIX\ⁿᵉ siècle, Auguste Comte. Aux religions de Dieu il avait décidé de substituer celle de l'Humanité, qu'il baptisa « positivisme ». Étaient positives les sciences de la société, rigoureusement tenues par l'enchaînement des faits. Puis il rédigea un Catéchisme positiviste…

– Catéchisme ? s'étonna Théo. Pourquoi pas un culte pendant qu'on y est ?

– Mais c'est ce qu'il fit ! Avec un calendrier fêtant Moïse, Charlemagne, Descartes, le Prolétariat et les femmes… Les fondateurs de la république du Brésil étaient de fervents disciples d'Auguste Comte : d'où la devise. On voit encore au Brésil des temples positivistes.

– Une religion de plus, conclut Théo.

– Sans oublier la *saudade*, enchaîna le commandant. Un bizarre sentiment un peu triste, un peu gai, confiant et désespéré. Si ce n'est pas une religion, c'est un culte.

– La samba aussi, dit Tante Marthe.

– Je vais m'y plaire, dit Théo. Mais qu'est-ce qu'on verra au juste ?

– Ah ça ! Mystère… répondit-il. Je te garantis les tambours.

M. le professeur Carneiro Da Silva

En plein milieu de l'Atlantique, le *Belmonte* commença à tanguer. Arthur se terra dans un coin. Tante Marthe arpentait le pont à petits pas au bras de son Théo, qui se portait comme un charme, fanfaronnait sous les embruns, trouvait les vagues exaltantes et Tante Marthe assez poltronne, quand soudain il courut à la rambarde en pâlissant. Théo n'avait pas le pied marin.

Il resta trois jours enfermé dans la cabine des invités, refusant de remonter au grand air sur le pont comme le lui conseillait le commandant. Enfin, le quatrième jour, il s'y résigna. Lorsque la traversée s'acheva, Théo n'avait plus le mal de mer. Tante Marthe fit remarquer qu'il n'y avait pas grand mérite puisque l'océan s'était calmé. Théo répliqua que Tante Marthe n'était pas cap' de traverser le pont au galop… Furieuse, elle releva le défi et vacillait dangereusement quand la sirène du bateau retentit. Le *Belmonte* allait s'arrimer à quai où attendait le cousin Brutus.

Sanglé dans un complet-veston du plus beau vert, le cousin Brutus avait fière allure. Ses yeux étaient plus verts que son costume trois-pièces, mais, indéniablement, il avait les cheveux crépus – une tignasse blanche virevoltant autour du front. Il embrassa longuement le commandant Da Silva, courba sa haute taille et baisa la main de Tante Marthe avec élégance.

– Voici mon ami Brutus Carneiro Da Silva, professeur d'université, déclara-t-elle. Dis bonjour, Théo, s'il te plaît.

– Ça va ? dit Théo en tendant la main. Et la famille, ça va ?

– On ne peut mieux, répondit le cousin Brutus légèrement surpris. Et vous-même ?

– Ça va, répondit Théo. Et la santé, ça va ?

– Mais oui, marmonna-t-il avec humeur. N'êtes-vous pas trop fatigué, mon jeune ami ?

– Pas du tout, dit Théo. Et le travail, ça boume ?

– STOP ! cria Tante Marthe. Tu n'es plus à Dakar !

– Quoi, dit Théo boudeur. Tu m'avais bien demandé d'être poli, non ?

Le cousin Brutus fit charger les bagages pour lesquels il avait prudemment commandé deux voitures, embarqua d'un air dégoûté le sac où Arthur miaulait, et se lança dans de longues explications historiques sur la fondation de Rio par le navigateur Gaspar de Lemos, les malheurs de l'expédition des protestants français conduits par l'amiral Villegaignon, le sac de Rio par Duguay-Trouin, l'arrivée d'Albuquerque…

– Où il est, le Pain de sucre ? coupa Théo.

– On ne voit que lui, répliqua Tante Marthe. Tais-toi !

Théo encaissa encore vice-rois et empereurs, et craqua à la République de 1889.

– C'est quoi, le machin blanc en forme d'avion, là-haut ? demanda-t-il.

– La statue du Christ Rédempteur sur le Corcovado ! cria Tante Marthe.

Le cousin Brutus s'empressa de citer le nom du sculpteur Landowski, un Français, qui avait donné au monde le chef-d'œuvre dominant la baie de Janvier, « de Janeiro », en souvenir du 1er janvier, jour de la découverte portugaise…

– Quand est-ce qu'on mange ? dit Théo.

– Théo ne s'intéresse guère à l'histoire, commenta Tante Marthe. Excusez-le…

D'un coup de mouchoir, le cousin Brutus épousseta ses souliers blancs et se tut. Il installa Théo et sa tante à l'hôtel sans desserrer les dents et fixa un rendez-vous à 17 heures, pour un petit café. Puis, rajustant son nœud papillon, il disparut.

– Dis donc, d'ici là on va s'embêter, remarqua Théo. Heureusement qu'on a Arthur !

On ne s'embêta pas un instant. On se rendit pour déjeuner en haut du Pain de sucre, où les vents soufflaient si fort qu'Arthur griffa Théo avant de chiper un bout de *churrasco* dans l'assiette de Tante Marthe. Ensuite on entreprit

de rouler par des routes sinueuses jusqu'à la statue immaculée du Christ Rédempteur dont les bras géants semblaient embrasser l'univers. Théo le trouva vraiment
grand. Il fallut redescendre en vitesse : on allait manquer le
rendez-vous. Et Tante Marthe qui n'avait pas l'air pressée !

A 18 h 30, le cousin Brutus arriva tête haute et commanda un *cafesinho*, trois gouttes de café dans une tasse
minuscule. Puis il se mit en devoir d'expliquer avec volu-
bilité qu'on prendrait l'avion pour Bahia le lendemain
matin ; hélas, Théo n'aurait pas le loisir de monter sur le
Pain de sucre, ni celui de voir de près la célèbre statue du
Christ. Tante Marthe donna un coup de coude à Théo, qui
ne broncha pas. Enfin, après un baise-main irréprochable,
le cousin Brutus prit congé.

— Qu'est-ce qu'il est guindé, ton copain, soupira Théo.

— Ne crois pas cela, répondit elle. A Rio, il est toujours
poli. Mais à Bahia…

Le cousin Brutus se transforme

Dans l'avion, le professeur se dérida un tantinet. Il
s'empressa autour de Tante Marthe, jeta un œil sur Arthur
dans son sac, boucla la ceinture de Théo et se mit à le
tutoyer en exaltant les charmes de Salvador de Bahia, la
ville la plus séduisante du Brésil.

— Bien sûr, on pourrait déplorer l'aspect délabré des
maisons, disait-il. Nous allons restaurer, il le faut. Mais la
vie déborde dans les rues, les odeurs sont exquises, et les
fruits ! Et les gâteaux…

Quand le cousin Brutus énuméra les catégories de flans
bahianais, « salive de jeune fille » et « baiser de coco »,
Théo dressa l'oreille. M. le professeur Carneiro Da Silva
s'animait en parlant cuisine ; du coup, il devenait sympathique. En sortant de l'aéroport il défit son nœud papillon ;
dans le hall de l'hôtel, il laissa tomber la veste. Et lorsqu'ils ressortirent pour le déjeuner, le cousin Brutus avait
troqué son complet-veston contre une chemise brodée du
plus bel effet. Malgré ses épaules voûtées, il avait rajeuni.

Théo se laissa guider devant les étals des marchandes à peau noire en dentelles blanches, madras sur la tête, breloques au cou. Le cousin Brutus lui fit goûter les crevettes dans des feuilles de bananier, les beignets à l'huile de palme, les gâteaux de manioc et les flans de coco.

– Je n'aurai plus faim pour déjeuner, soupira Théo repu.

– Mais *c'est* le déjeuner ! s'indigna le cousin Brutus. Cela ne te plaît pas ? Allons acheter des fruits.

A part les mangues et les corossols, Théo n'en connaissait aucun. Hésitant entre de drôles de nèfles et d'énormes ananas ronds, il jeta son dévolu sur d'étranges fruits bleus liés en grappes.

– Pas de chance ! s'esclaffa le cousin Brutus. Ce sont de petits crabes, excellents quand ils sont farcis. Tiens, on va boire du jus de canne pour faire passer. Ensuite on essaiera le *vatapa*.

Au bout de deux heures, Théo demanda grâce. Tante Marthe s'était éclipsée dans les boutiques et le professeur Brutus continuait à s'empiffrer. Théo s'assit sur le trottoir. Tante Marthe ressortit avec des breloques qu'elle brandit allègrement.

– J'ai acheté des *figas* ! cria-t-elle. Il y en a une grosse pour toi, Théo, c'est le porte-bonheur brésilien… Regarde, c'est une main avec deux doigts dressés.

– Veux-tu parier qu'elle s'ouvre ? Pour les messages, plus de surprise. Ça s'ouvre toujours !

Mais la *figa* ne s'ouvrait pas. Elle pointait mystérieusement une direction inconnue de ses doigts effilés. Minuscules, les autres figas étaient d'aigue-marine, de pierre de lune et de quartz rose, bref, Tante Marthe avait acquis de quoi porter bonheur à tout un régiment. Elle avait dû faire des bénéfices avec ses actions en Bourse, pensa Théo.

Les *orishas*

Après une longue sieste, on se retrouva dans le restaurant de l'hôtel. Tante Marthe exigea du professeur Brutus de passer aux affaires sérieuses.

– Voilà, commença-t-il en se voûtant davantage. Nous allons assister ce soir à une cérémonie… Ou plutôt un culte originaire d'Afrique, secret mais ouvert au public. Encore qu'il ne soit pas facile d'entrer dans cet endroit qu'on appelle *terreiro* où l'on pratique…

– Un « candomblé », précisa Tante Marthe.

– Exactement, très chère. A Rio, on l'appelle macumba, en Haïti, vaudou, mot très proche du *vodun* pratiqué au Bénin, peu importe l'appellation car les rites sont presque les mêmes, et ici, à Bahia, on appelle ces cérémonies, enfin, ces cultes afro-brésiliens…

– Candomblés, coupa-t-elle. Avancez !

– Lorsque les esclaves noirs furent déportés d'Afrique, ils apportèrent dans les soutes, enfin, pas sous leur forme matérielle, mais dans leur esprit et leur mémoire…

– Leurs dieux, nous savons, dit-elle. Votre cousin nous a expliqué sur le bateau.

– Ah ? murmura-t-il désappointé. Alors ce n'est pas la peine que je vous parle des *orishas*.

– Si ! cria Théo. Parce que *orisha*, moi, je ne connais pas !

Le professeur Brutus ne se fit pas prier. Le candomblé s'était inspiré des cultes du peuple yoruba, tronc commun adopté par les esclaves venus de tous les coins d'Afrique. Chez les Yorubas, chaque dieu avait sa confrérie, on ne mélangeait pas. Mais au Brésil, comme les esclaves étaient dispersés, l'ensemble des *orishas* était adoré en même temps. Du coup, il avait fallu leur trouver une hiérarchie. Et puisque les cérémonies avaient été longtemps clandestines, les esclaves avaient déguisé les *orishas* en saints du calendrier catholique.

Au sommet se trouvait le dieu du Ciel Obatala-Jésus, suivi du dieu de la Foudre Shango-saint Jérôme, flanqué de ses trois épouses dont la belle Oshun-Notre Dame de la Chandeleur, déesse des Eaux douces, ainsi que de son frère Ogun-saint Antoine, dieu de la Forge. Les *orishas* étaient une douzaine, dont l'indispensable Eshu-le diable, intermédiaire obligé entre les fidèles et les *orishas*. En Afrique, il s'appelait Legba, dieu des Carrefours et des Ruses, capable de sauver ou de détruire, briseur de barrières, méchant ou généreux, bref, un loustic.

– Et Yemanja ? demanda Théo.

Ah ! Yemanja… La plus connue, la plus aimée, la belle déesse des Eaux salées et de l'Amour, que les Africains avaient dissimulée sous les traits de la Vierge Marie…

– Avec des cheveux noirs ? s'étonna Théo.

Le professeur Brutus fit observer que, dans le Nouveau Testament, rien n'indiquait que la mère de Jésus eût les cheveux blonds. En Europe, la Vierge avait la peau claire, les yeux azur et la chevelure couleur de lin. Au Brésil, la Vierge des mers portait robe blanche, ceinture bleue, mais elle avait les yeux et les cheveux noirs comme ceux des femmes du pays. Au cours du candomblé, avec un peu de chance, peut-être daignerait-elle apparaître aux yeux de ses fidèles…

– Comment cela, apparaître ? s'étonna Théo.

Il ne s'agissait pas d'une apparition miraculeuse. Dans le candomblé, les dieux ne se montraient pas sous la forme de visions sublimes et lumineuses à la façon de la Vierge de Lourdes ou de Fatima. Les divinités descendaient dans le corps des fidèles qui leur avaient été voués au cours d'une longue initiation. Le dieu possédait l'initié, transformait son visage, lui imposait sa danse et ses emblèmes, puis remontait dans l'invisible en attendant de le saisir encore. On appelait l'initié le « cheval », parce que le dieu le chevauchait pendant la durée de la cérémonie.

– Et c'est ainsi que je verrai Yemanja ? s'inquiéta Théo. Sous la forme d'une dame aux longs cheveux noirs ?

Une dame ou un monsieur, précisa le cousin Brutus. Les dieux étaient indifférents au sexe de leurs chevaux. Tout dépendait de l'initiation, qui n'était pas une petite affaire. Ensuite, lorsque l'initié avait été consacré à sa divinité…

Le professeur Carneiro Da Silva se tut.

– Pourquoi vous arrêter en chemin, intervint Tante Marthe. Racontez donc l'initiation !

– C'est qu'elle a ses mystères, murmura le cousin Brutus, et je ne sais, ma très chère…

– Allons ! Un peu de courage… insista-t-elle. Brutus n'ose pas te dire qu'il est lui-même un initié !

– Toi ? souffla Théo. Tu es le cheval d'un dieu ?

Le digne professeur acquiesça sans mot dire. Il en fallut, du temps, pour le persuader de parler ! Tante Marthe répéta que Brutus n'était nullement obligé de tout dire et jura ses grands dieux que ni elle ni Théo n'en souffleraient mot à âme qui vive. Enfin, sous condition de s'enfermer dans la chambre de Tante Marthe en verrouillant la porte, Brutus céda. Arthur vint aussitôt se frotter contre ses jambes.

Trois mois de couvent

– Voilà, commença-t-il en caressant Arthur. Grâce à l'un de mes amis, j'avais souvent assisté aux candomblés de Bahia, qui m'intéressaient. Je suis spécialiste de l'histoire du Brésil, vous comprenez. Une nuit, je ne m'y attendais pas, j'ai commencé à frissonner et j'ai perdu conscience, terrassé par la transe. Puisque la divinité s'était manifestée, il fallait m'initier. C'est ce que m'a conseillé mon ami. J'ai beaucoup hésité, car l'initiation dure environ trois mois, mais j'avais un sommeil agité, ma tête était si lourde que… Bref, j'ai accepté.

– Trois mois ! s'écria Théo.

– En Afrique, l'initiation dure parfois douze ans… Mais, pour transformer une femme ou un homme, le temps s'impose. Mon ami était un très vieil homme au sommet de la hiérarchie du candomblé : un Père des Saints, comme nous disons ici. J'avais confiance en lui. Donc…

– Courage, dit Tante Marthe.

– Une semaine avant l'initiation, je rejoignis le groupe des futurs initiés, muni de vêtements blancs et d'objets… dont je ne dirai rien. Tous les jours nous allions prier à l'église pour attirer les bénédictions du ciel sur notre initiation, et nous prenions des bains sacrés d'eau et de feuilles.

– C'est syncrétisme et compagnie, dit Théo.

– L'Église y gagne des prières et nous ses bénédictions. Nous ne sommes plus à l'époque où les sorciers mouraient brûlés !

– Voire, dit Tante Marthe. J'espère que vous avez raison. Poursuivez.

– Vient le soir du coucher : on nous fait allonger sur le sol, on nous gronde en public, on nous fouette pour nos bêtises…

– Lesquelles ? demanda Théo.

– Je n'ai pas su ce que j'avais fait, admit Brutus. En tout cas je me suis fait gronder comme les autres ! Puis on nous a mis une pierre sur la tête et nous avons dansé en cortège. Notre maîtresse d'initiation s'est mise à pleurer, car nous allions mourir. L'heure était venue pour nous d'entrer au couvent.

– Maaaou, ronronna Arthur qui ne manquait pas d'à propos.

– Mourir, c'est pour de rire, comme dans le N'Doeup, constata Théo. Mais le couvent, il est comme chez nous ?

– L'initiation, dit gravement Brutus, est un mariage mystique avec le dieu qu'on peut comparer aux noces des religieuses avec l'Époux divin. Le couvent est le lieu où nous entrons en réclusion. Je n'ai pas le droit d'en parler. Ce que je peux vous dire, c'est que je n'étais pas dans mon état normal !

– Une sorte de transe, intervint Tante Marthe. On vous a mis hors de vous-même, c'est certain ! Est-il vrai que l'initié retombe en enfance, qu'il joue avec des chiffons comme un gosse ? Que les surveillantes ne vous quittent pas comme on ferait d'un enfant de trois ans ? Que vous ne savez plus parler ? Qu'ensuite le Père des Saints arrache la langue d'un poulet avec ses dents, lui tord le cou et vous colle du duvet sur la tête avec le sang du sacrifice ?

– Demandes indiscrètes, éluda Brutus. Je peux vous dire que c'est au couvent qu'on nous lave la tête pour y fixer le dieu. Le lavage ne se fait pas avec de l'eau, mais avec un mélange de substances organiques qu'on ne doit pas enlever pendant la durée de la réclusion. Pour chaque initié, la maîtresse d'initiation vérifie l'identité de son dieu, et la consécration se fait.

— On a dû vous faire prononcer vous-même le nom de votre *orisha*, dit Tante Marthe. J'ai lu que les initiés en réclusion étaient plus ou moins drogués… N'en dites rien ! Continuez.

— Au bout de trois mois, vêtus de blanc, la tête rasée, nous sortons en public. Nous sommes enfin ressuscités. On nous fait danser avant de nous fortifier par le feu : nous devons puiser des galettes dans de l'huile bouillante qui ne nous brûle pas. Puis on nous fait rentrer au couvent pour nous rendre à la vie normale. Aïe ! Ce chat me griffe !

— Vous n'avez pas de souvenirs de votre réclusion, n'est-ce pas ? demanda Tante Marthe.

— Cela aussi est un secret. J'en suis sorti changé. J'étais un homme exubérant, tantôt excité, tantôt mélancolique, toujours en colère, susceptible…

— Vous avez de beaux restes ! souligna-t-elle.

— Parfois, admit-il. Mais, auparavant, j'aurais été capable de gifler Théo ! Maintenant, mon *orisha* me guide et m'apaise. En échange, je lui abandonne mon corps pour qu'il s'y manifeste, voilà tout…

— Mais c'est qui, ton dieu ? demanda Théo les yeux brillants.

— Shango, murmura Brutus. Dieu du Tonnerre, justicier, violent, viril. Un peu libertin quelquefois.

— Shango, c'est saint Jérôme, non ? dit Théo. Le prénom de Papa, c'est marrant…

Arthur en profita pour sauter sur les genoux de Brutus.

Oshun, Yemanja et Shango

Brutus n'en dit pas davantage. La cérémonie n'allait plus tarder. Là-bas au *terreiro*, on avait depuis le matin préparé la cuisine des dieux pour les attirer sur terre… Il était grand temps de s'y rendre en voiture, car le lieu de culte était en dehors de Bahia. Théo nourrit Arthur, qui s'endormit sur le lit. Tante Marthe se prépara si nerveusement que Théo eut la puce à l'oreille. Sûr, elle avait peur de retomber en transe !

Éclairée par des bougies, l'entrée du *terreiro* n'avait rien de spectaculaire. Avec ses palmes et ses tentures, la salle de culte au toit plat ressemblait vaguement à un dancing sur la plage, où l'on aurait planté un grand poteau au beau milieu. Mais lorsque retentit le son grave de la cloche, tout changea. Vêtu de blanc et couvert de colliers, le Père des Saints présida l'ouverture. Trois tambours battirent la charge du premier dieu appelé par les chants des fidèles : Eshu, le Legba d'Afrique, messager des hommes. Le Père des Saints fit le tour des fidèles en les examinant un à un : lorsqu'il croisa le regard de Tante Marthe, elle détourna vivement la tête. Théo lui prit la main et la serra de toutes ses forces… Quant à Brutus, il n'était déjà plus le même.

Un premier cri retentit. Une femme en large jupe de dentelle titubait en fermant les yeux… Aussitôt, le Père des Saints la fit emporter dans le sanctuaire. Soutenue par deux assistantes, elle en ressortit coiffée d'une tiare pailletée d'où pendaient des fils de perles d'or qui la voilaient entièrement. Brutus cria « Oshun ! », car c'était elle, la déesse des Eaux douces, qui chevauchait la possédée. Doux étaient le tintement des bracelets, le miroir où se mirait Oshun, l'éventail qui la rafraîchissait… Une deuxième femme fut prise de légers tremblements. Quand elle revint parée des emblèmes de son *orisha*, elle aussi portait une tiare et tenait un éventail rond à la main.

– Deux Oshun ! s'étonna Théo.

– Non, chuchota Tante Marthe. Regarde la couleur de son voile de perles. Cristal et argent… Écoute ce que crient les adeptes. La voilà, ta Yemanja.

– Salut, ma vieille ! cria Théo. Ça va ?

Les deux femmes tournoyaient autour du poteau du milieu sous l'œil perçant du Père des Saints, attentif au moindre signe de transe chez les fidèles. Le troisième cheval fut Brutus. Secoué de violents frissons, il disparut à son tour. Lorsqu'il réapparut, il portait une double hache de bois à la main, un collier rouge et blanc autour du cou.

Était-ce vraiment le professeur Carneiro Da Silva ? Son regard brillait, ses épaules s'étaient redressées, sa bouche s'étirait dans une moue hautaine, il dansait avec autorité en brandissant sa double hache... Brutus était devenu Shango.

— C'est pas vrai ! murmura Théo.

— N'est-ce pas qu'il est mieux ainsi ? reprit Tante Marthe. J'aime bien quand l'Afrique parle en lui.

Elle avait l'air tranquille, Tante Marthe, pas du tout effrayée. Elle fermait les yeux pour ne pas trop regarder, elle était raisonnable. Elle ne bougeait pas, enfin, pas trop, en tout cas doucement, d'un pied sur l'autre. Théo se rassura. Mais au moment où il lui lâchait la main, le Père des Saints s'approcha de Tante Marthe et la prit par la taille en lui appuyant son index sur le front comme s'il voulait le visser à toute force... Tante Marthe gémit et rouvrit les yeux.

— Tante Marthe ! cria Théo. Ça va ?

— Sortons, murmura-t-elle. J'ai la tête qui tourne.

Au-dehors retentissaient les trois tambours et les chants des fidèles. Tante Marthe s'assit sur un banc et reprit son souffle.

— Il ne t'a pas fait mal, ce mec ? demanda-t-il méfiant.

— Je crois bien qu'il m'a empêchée de recommencer, soupira-t-elle. Je me sentais partir... Et il m'a rappelée. Je lui dois une fière chandelle !

— Ah bon ? s'étonna Théo. Juste un doigt sur le front, ça suffit ?

— Le sien, dit-elle. Celui d'un Père des Saints. Oh ! Il a de la poigne, je te jure. Je suis sûre que j'ai un bleu sur le front...

— Tu crois que tu es devenue un cheval ? murmura Théo impressionné.

— Pas même une jument ! J'ai toujours été sensible aux tambours, rien de plus.

— Je comprends pourquoi tu détestes le rock et la techno, conclut-il. T'as qu'à écouter Mozart, c'est sans risque... On y retourne ?

– Jamais de la vie ! On attend Brutus ici.

Ils attendirent jusqu'à l'aube, blottis l'un contre l'autre, les yeux grands ouverts sur les bougies qui s'éteignirent une à une. Lorsque, après avoir laissé danser Shango à sa place, le professeur Carneiro Da Silva les retrouva, ils étaient encore plus fatigués que lui. Brutus glissa un papier dans la poche de Théo assoupi et le porta dans la voiture.

Tante Marthe trouve son maître

Brutus ne réapparut que le lendemain soir. Tante Marthe et Théo avaient passé la journée dans leurs lits. Malgré les cernes sous les yeux, le professeur avait l'œil vif.

– Il paraît que vous avez manqué succomber à nos dieux, très chère, dit-il avec affection. Quel dommage que vous n'ayez pas continué ! Savez-vous de qui il s'agissait ?

– Je m'en moque ! s'écria Tante Marthe.

– Je vous le dirai quand même, insista-t-il. Vous seriez devenue le cheval de Yansan, déesse des Tempêtes, la seule qui sache maîtriser les âmes des morts. Voilà un *orisha* qui vous va comme un gant !

– Je ne veux pas être cheval, murmura-t-elle.

– Vous avez tort. Au fond, les *orishas* ne sont rien d'autre que nos caractères cachés. En cheval de Yansan, vous n'auriez plus mal aux jambes et vous seriez ragaillardie… Mais surtout, je ne vous ai pas dit l'essentiel, ma tendre amie : Yansan est l'épouse de Shango…

– Mille mercis, murmura-t-elle. Ce sont des épousailles qui n'ont rien de vrai.

– Il ne tient qu'à vous de les rendre réelles, ma chère Marthe, dit gravement Brutus.

– Vous n'êtes pas sérieux, j'espère, souffla-t-elle.

– Si, répliqua-t-il en lui prenant la main. Nous nous connaissons depuis si longtemps ! Les dieux ont parlé, Marthe…

– Dites, je peux vous laisser tous les deux si vous voulez, intervint Théo. Mariez-vous, ne vous mariez pas, Arthur et moi, on a faim.

Eux aussi, finalement. Théo essaya de faire parler Brutus sur ses souvenirs de Shango. Le professeur ne se souvenait de rien, et c'était le Père des Saints qui lui avait révélé l'*orisha* de Tante Marthe. Sorti de transe, Brutus oubliait tout et s'en contentait parfaitement. Rêveuse, Tante Marthe le regarda dévorer un plat de crevettes avec un bel entrain… Il n'était pas mal après tout, le cousin Brutus.

Au dessert, il se frappa le front.

— As-tu regardé dans ta poche, Théo ? dit-il tout à trac. J'ai oublié de te prévenir…

— Compris, répondit Théo en dépliant son petit papier. Qui me remet le message, Shango ou Brutus ? Je préfère Shango, il est plus amusant ! Voyons un peu… *Suis la piste de l'Afrique jusqu'à la Grosse Pomme.*

— Facile, dit Tante Marthe.

— Grosse Pomme, ça me rappelle quelque chose, dit Théo. Quand j'aurai dormi, je m'en souviendrai.

A peine s'étaient-ils endormis, Tante Marthe et lui, que le téléphone sonna. C'était Maman.

— Maman ? répondit Théo en bâillant. Qu'est-ce qui se passe ? Mais non ! Ici, il est une heure du matin… Tu t'es trompée de sens dans le décalage horaire ! Ça va, toi ? Tu n'as plus les jambes lourdes ? Mais qu'est-ce que tu as ? Pourquoi tu ris comme ça ? Mais si, tu te tords de rire… T'es sûre ? Tu dors bien ? Nous, on n'a pas assez dormi justement. Oh rien, une fête tard dans la nuit, c'était super ! Les examens ? Tante Marthe ne m'en a pas parlé… Comment cela, on peut les faire à New York ? Les médecins considèrent que ça peut attendre ? Alors je suis guéri ! Remarque, je m'en doutais… Dis donc, tu m'as bien dit New York, là ? Ah. Tu viens de gaffer. On part pour New York… D'accord. Mais non, elle ne va pas se mettre en colère. T'inquiète pas, elle a d'autres idées en tête. Non, non, elle va très bien. Quoi ? Ah ! C'est un secret… Moi aussi, je te fais de gros bisous. Aux autres auss…

Elle avait raccroché. Théo se rendormit aussi sec malgré les ronronnements d'Arthur.

Mais il s'était trompé : Tante Marthe piqua une rogne. Quoi ! Après tant d'efforts pour ficeler les messages, voici qu'on lui en gâchait un, en pleine nuit ! Un message amusant et facile par-dessus le marché !

– Facile ? dit Brutus en beurrant son croissant. Moi, je n'aurais pas trouvé. La Grosse Pomme ?

– Comment, vous ne connaissez pas le surnom de New York ? lança-t-elle. D'où sortez-vous ?

– Ma foi, de mon Brésil, admit-il. Je n'ai jamais eu l'occasion de goûter à la pomme. Aurais-tu deviné, Théo ?

– C'était déjà fait, mentit Théo. Maman n'est pas bien coupable… J'étais content parce qu'elle avait l'air gaie. Laisse tomber, Tante Marthe. Quand partons-nous ?

– D'abord, on fera tes examens, s'écria Tante Marthe courroucée. Ta mère a toujours été excessive. Avant, elle s'inquiétait trop, aujourd'hui, elle divague ! Je ne sais quelle mouche la pique, mais il n'est pas question de relâcher la surveillance. D'ailleurs, nous irons à l'hôpital sans rendez-vous, maintenant. Voilà !

– On fera ce que vous voulez, intervint Brutus, mais ne vous fâchez plus, de grâce… Tiens, Théo, je vais t'emmener à l'hôpital pendant que notre chère Marthe se repose.

– Me reposer ? Je n'en ai pas besoin !

– Eh bien, vous vous reposerez quand même ! cria Brutus en se redressant. Cela vous calmera !

Éberluée, elle se tut. Théo empoigna la main du cousin Brutus qui lui fit un clin d'œil.

– Pas mal, dit Théo dans l'ascenseur. Personne ne lui a jamais parlé sur ce ton !

– N'est-ce pas ? répondit Brutus. Que veux-tu, c'est ma nature secrète…

Fatale erreur

Après l'hôpital, Brutus emmena Théo se gaver de confiture de lait. Puis ils déambulèrent sur la plage de Copacabana à travers la foule des baigneurs. Brutus acheta des glaces, joua de la guitare empruntée à un musicien des rues, chanta des mélodies d'une voix, ma foi, assez belle et se tailla un petit succès, pour son âge. Quand ils revinrent de l'équipée, Tante Marthe avait les yeux rouges.

— Nous aurions dû rentrer à Rio pour les examens, gémit-elle. Je n'ai pas été raisonnable… Pourquoi m'avez-vous laissé faire, Brutus ?

— Théo va beaucoup mieux que vous, très chère… Voyez cette énergie ! Malade, lui ? Ces examens n'étaient pas nécessaires ! Vous les vouliez par goût de l'autorité, Marthe, rien d'autre.

— Je vous assure… dit-elle plaintivement. Brutus, il faut me croire…

— Je vous crois, je vous crois, dit-il précipitamment. Ne pleurez plus. Voilà ce que nous allons faire…

En attendant les résultats, ils se rendirent sur l'embouchure de l'Amazone, à Belém, où les arbres touffus tempéraient la chaleur humide. Brutus les emmena dans le marché à la magie découvrir les charmes protecteurs et les philtres d'amour, serpents embaumés dans d'étranges liqueurs ou vagins séchés de dauphins femelles, puissant adjuvant pour les amoureux. Tante Marthe ne voulut pas toucher ces sexes de mammifères bleus à l'aspect repoussant et se contenta d'une fiole transparente, à cause de l'étiquette où souriaient deux amants enlacés. Théo acheta trois philtres à tout hasard, plus une tête de serpent momifié pour amuser Arthur. Brutus soupesa les produits, tâta quelques pelages, renifla des onguents et se décida pour une griffe de tatou.

— Ici, l'esprit indien domine, dit-il. Le sang de mes ancêtres africains m'inspire.

— Tes ancêtres africains ? s'exclama Théo. Mais alors, tu es au parfum !

— Bien sûr. A Belém, on pratique le culte des *caboclos*, qui sont les métis de Noirs et d'Indiens. Par chance, j'ai hérité des trois branches à la fois, blanche, noire, indienne. Je suis le Brésil à moi tout seul !

— Tu vois, Tante Marthe, il ne renie pas son Afrique, constata Théo. Votre cousin avait dit…

— Mon cousin ! s'esclaffa Brutus. Il enrage de n'être que

portugais… Venez, je vais vous faire goûter un mets intéressant.

Le ragoût de canard et la purée d'épinards n'avaient l'air de rien. Mais Brutus avertit Tante Marthe et Théo. Le canard au piment embrasait le palais, et la purée d'herbes *tucupi* éteignait le feu. Une bouchée de canard, une de *tucupi*. Dès qu'elle eut goûté le volatile pimenté, Tante Marthe suffoqua ; Brutus lui mit de force une cuillerée de purée dans la bouche…

— Je ne sens plus rien, dit-elle surprise. On dirait que ma langue est de bois !

Tel était le secret de l'étrange alliance entre le piment et l'herbe *tucupi*, anesthésiant digne d'un cabinet dentaire. A vrai dire, entre le feu et le néant, on n'avait pas le temps de savourer le moindre goût : Théo se vengea sur les pâtisseries. D'autorité, Brutus décida de mettre Tante Marthe au régime. Privée de sucreries !

— De quel droit vous mêlez-vous de ma vie ? rouspéta-t-elle. Personne ne m'a jamais fait un coup pareil !

— Il y a un commencement à tout, très chère, décréta Brutus en lui retirant son assiette. Je suis trop maigre et vous, trop enveloppée.

En guise de consolation, il acheta les emblèmes de l'*orisha* de Tante Marthe, un grand sabre de bois, une queue de cheval, un collier de grenats, pierres de la déesse des Tempêtes.

— Quand vous vous fâcherez, très chère, vous prendrez votre sabre, lui dit-il tendrement. Vous aurez belle allure…

Virées sur la grise Amazone, bateaux chargés de hamacs usagés, échos furtifs des oiseaux en forêt, pauvres visages ridés des vendeuses au marché, portefaix pliant sous les sacs, poissons géants aux écailles dures comme le bois, sirènes lamantins, bout du monde… L'Amazone était triste, mais Brutus pétillait. Conquise, Tante Marthe se laissa convaincre de visiter les villes baroques de l'intérieur du Brésil. De fil en aiguille, Brutus les promena trois semaines. Enfin, prise de remords, Tante Marthe décida de rentrer à Bahia pour prendre les résultats.

Catastrophe ! Contre toute attente, ils étaient désastreux… Tante Marthe se rua sur le téléphone et appela son contact à New York, pour hospitaliser Théo. Peut-être les Américains feraient-ils un miracle ? Mais comble de malheur, le « guide » de New York était cloué au lit par une mauvaise hépatite. Le système de Tante Marthe s'écroulait.

Brutus s'éclipsa. Tante Marthe lança contre lui toutes sortes de malédictions, jura qu'elle vengerait cette innommable lâcheté, téléphona tous azimuts, mais ne trouva personne pour lui venir en aide. Panique à bord. Théo prit Arthur dans ses bras et pleura dans son coin. Le pire serait de prévenir Maman. C'était fichu ! En une heure, l'aventure avait tourné au cauchemar. Tante Marthe s'effondra. Lorsque Brutus revint sur la pointe des pieds, elle sanglotait à perdre haleine.

— Marthe, c'est une erreur, murmura-t-il.

— Une fatale erreur ! gémit-elle. Comment ai-je pu croire… Je suis bien coupable ! Vous aussi !

— L'hôpital s'est trompé de dossier, dit-il en sortant une liasse de sa poche. C'est vraiment une erreur. Nous avons laissé passer trop de temps… Les vrais résultats, les voici. En progrès.

De joie, elle lui sauta au cou. Et puisque le guide new-yorkais était immobilisé, Tante Marthe proposa à Brutus de les accompagner là-bas, dans la Grosse Pomme qu'il ne connaissait pas. Dans l'euphorie générale, Brutus accepta.

— Tu sais quoi ? dit Théo à son chat en voyant Tante Marthe ajuster le nœud papillon du professeur Carneiro Da Silva. Primo, je savais bien que j'étais guéri. Deuxio, ils vont finir par s'épouser, ces deux-là…

Chapitre 28

La grande protestation

Mauvais débuts dans la Grosse Pomme

C'était la première fois que personne n'attendait à l'aéroport. Immobilisée par la file d'attente devant les contrôles de police américains, Tante Marthe s'énerva copieusement.

– Ici, c'est toujours pareil ! Cela prend des heures !

– Sabre de bois ! lança Brutus.

Tante Marthe le fixa sans comprendre.

– Tirez votre sabre de déesse, très chère, dit-il en s'inclinant. Votre colère sera plus efficace…

Elle se mit à rire. Excité par ces éclats, Arthur, passé en fraude dans le sac de Brutus, miaula mal à propos, attirant l'attention des policiers. L'amende fut salée ; New York s'annonçait mal. Chargé de dénicher un taxi, Brutus revint avec une limousine noire aux vitres teintées, au grand dam de l'élue de son cœur qui connaissait les prix.

– Je paierai, dit-il noblement.

– Vous n'avez pas le sou ! rétorqua Tante Marthe.

– Je vendrai ma bibliothèque, soupira-t-il.

– Ne dites pas de sottises, murmura-t-elle tendrement. Je suis assez riche pour deux !

– Quand vous aurez fini, on ira à l'hôtel, dit Théo.

L'hôtel ! Dans l'affolement, Tante Marthe avait oublié les réservations… On devait loger chez Noémi, or Noémi était malade, bref, d'avenue en avenue, on erra deux heures en limousine avant de trouver deux chambres étriquées dans un hôtel pour étudiants près de New York University. Tante Marthe résolut que la Grosse Pomme avait perdu son charme, mais Théo adora les façades de verre, les toitures biscornues des gratte-ciel, les jardins de curé, les terrains de foot grillagés et, dans les rues, les gens bizarres, chacun pour soi mais tous ensemble… Il laissa Tante Marthe fulminer et Brutus la calmer.

Une fois Arthur nourri, les bagages répartis, les vêtements changés, il fallut prévenir les parents, donner les numéros de l'hôtel, expliquer le long silence et l'affaire des faux examens, heureusement que Brutus était là !

— Quel Brutus ? demanda Jérôme.

— Brutus, te dis-je ! s'écria Tante Marthe. Mais si, tu le connais. Le professeur Carneiro Da Silva. Oui, l'historien du Brésil. Un drôle de prénom, tu trouves ? Je ne déteste pas. Il nous accompagne à New York. Pourquoi ? Jérôme, tu m'ennuies avec tes questions… Parce que ça me plaît, là !

Vlan ! Elle avait raccroché. Papa n'avait pas arrangé l'humeur de Tante Marthe. Elle décida qu'on irait déposer Arthur chez Noémi, afin de ne pas s'encombrer. Théo eut beau supplier, Tante Marthe fourra Arthur dans son sac, sauta dans un taxi et revint le visage fermé une heure plus tard.

— Pourquoi t'as fait ça ? pleurnicha Théo. Qu'est-ce qu'il va devenir, mon chat ?

— Il a sauté sur le lit de Noémi, dit-elle. Il te fait des infidélités !

— Pourquoi es-tu si méchante avec moi ?

— Parce que c'est comme ça ! cria-t-elle excédée.

Brutus essaya bien de parler du sabre de bois, mais Tante Marthe ne voulait pas se calmer. Elle ne se dérida qu'à la cafétéria, café à volonté, *pancakes* et sirop d'érable.

— Pfft ! soupira-t-elle. On n'est pas libre en ce monde. Comme s'il fallait toujours se justifier…

— A propos, dit Théo prudemment, on a fini le tour des religions, non ? Juifs, catholiques, musulmans, animistes, hindous, bouddhistes, confucéens, shintoïstes, est-ce qu'on n'a pas tout vu ?

— Ça par exemple ! s'indigna-t-elle. Bien sûr que non !

Trouve donc la réponse, mon neveu. Pourquoi sommes-nous aux États-Unis d'Amérique ?

– Je ne vois pas, dit Théo. Pour les sectes foldingues ?

– On en trouve partout, répondit-elle. Cherche !

– Je proteste ! intervint Brutus. Vous ne l'aidez pas assez ! Théo, il te reste à explorer une religion fondamentale, l'une des premières au monde, majoritaire ici. Je proteste…

– Protestez, protestez, il en restera toujours quelque chose, ironisa Tante Marthe.

– Majoritaire ici ? murmura Théo. Les types qui prêchent à la télé en braillant ? Oh ! J'y suis. Les protestants.

– Enfin ! dit-elle. Heureusement que Brutus t'a aidé… « Je proteste » n'était pas mal trouvé. Brutus, vous êtes admirable.

– Ouais, dit Théo. Un peu lourdingue. D'ailleurs, à part qu'on en a massacré plein la nuit de la Saint-Barthélemy à Paris, les protestants, je ne sais même pas ce qu'ils croient.

– A la vérité, moi non plus, dit Brutus. Voulez-vous nous éclairer, très chère ?

Quand le pape devient l'Antichrist

Trop heureuse d'entonner son refrain anticlérical, Tante Marthe y prit un malin plaisir.

Contre quoi protestèrent les protestants au XVIe siècle ? Contre les innombrables abus de l'Église apostolique et romaine. Les prêtres se débauchaient publiquement, vivaient en concubinage, engrossaient les pucelles et s'emplissaient les poches avec l'argent que les fidèles devaient débourser pour à peu près tout. Les baptêmes, les funérailles, les mariages, les actes des registres, les aumônes et, surtout, les indulgences. Car, à force de dégénérescence, l'Église avait inventé un système de rachat des péchés.

Le pécheur pouvait se payer des « indulgences » délivrées par l'Église, au prix coûtant. Soit un gros péché : le fautif achetait un paquet d'indulgences, c'est-à-dire un pardon assuré. Le trafic rapportait gros ! Hantés par la peur de l'Enfer, les chrétiens investissaient dans les indulgences comme on spécule à la Bourse aujourd'hui, sauf qu'au lieu de retraite à la fin de la vie ils s'achetaient la retraite éternelle, un bon placement... Les pauvres, eux, resteraient en chemin.

Ce n'était pas le seul trafic de l'Église. Elle vendait des reliques, morceaux de la Vraie Croix, cheveu de sainte Ursule, métacarpe de saint Sébastien, linceul de saint Joseph, poil de barbe de saint Jacques, larmes de la Vierge. Si l'on avait réuni ce bric-à-brac en un seul lieu, il aurait ressemblé au marché à la magie de la ville de Belém. Bref, l'Église s'en allait droit vers un paganisme sans limites. Or qui commandait l'Église ? Le pape. Qui se comportait en chef de guerre casqué, en armure, qui conduisait son armée sur les champs de bataille au nom de l'Église ? Le pape. Qui régnait sur les richesses de ses États ? Qui osait avoir des maîtresses, des enfants malgré le saint sacerdoce ? Le pape.

– Vraiment ? s'écria Théo. Tous les papes ?

A vrai dire, un seul, Alexandre Borgia. Mais les autres n'étaient pas irréprochables. Qui laissait faire l'Inquisition, qui expédiait sur le bûcher le moindre contestataire ? Le pape. Injuste, criminel, indigne de l'héritage de saint Pierre, le pape, quel que soit son nom, était devenu l'« Antichrist ».

La révolte grondait depuis longtemps lorsqu'un moine catholique nommé Martin Luther entreprit de proposer la réforme de l'Église. Certes, la purger de ses fautes n'était pas une idée nouvelle : de nombreux prêtres érudits en rêvaient depuis près d'un siècle. Luther n'était donc pas le premier réformateur, mais, à la différence de ses lointains prédécesseurs, il n'en mourut pas. Excommunié par l'Église en 1520, Luther brûla solennellement la bulle qui le condamnait. Pire, il rendit public un écrit qu'il intitula : *Pourquoi les livres du pape et de ses disciples ont été brûlés par le docteur Martin Luther.* En d'autres temps, il aurait été brûlé sur un bûcher. Cela n'arriva pas. Car les princes allemands, fatigués des abus de l'Église, se rallièrent aux propositions de Luther. Ils l'aidèrent à se soustraire aux arrestations, aux menaces, le cachèrent sous un faux nom, et Luther survécut. Grande victoire ! Des États entiers se convertirent à ce qu'on appela désormais la Réforme, immense mouvement de protestation contre l'autorité de l'Église et du pape. Bientôt, les réformateurs n'eurent que mépris pour ceux qu'ils devaient appeler « les papistes ».

Après bien d'autres, Martin Luther voulait revenir au christianisme des origines. Sans pape, sans couvents, sans commerce sacré. Sans hiérarchie et sans clergé, sans atteinte à l'égalité des enfants du Christ. L'interdiction du mariage des prêtres n'existait pas aux commencements de l'Église : imposée tardivement par les papes, elle était introuvable dans les Évangiles. Luther la jeta aux orties en même temps que son habit de moine, et épousa la nonne Catherine, échappée d'un couvent avec ses sœurs rebelles. L'idée de la Réforme était simple : dépouiller l'Église de ses déguisements, renoncer aux mensonges, aux faux et usage de faux en saintes Écritures. Revenir à la Bible, la prendre pour guide. Surtout, accepter la grâce de la foi, la vivre avec intensité, de tout son cœur. Seule la grâce de Dieu sauvait l'âme. Car Luther ne se contentait pas de critiquer l'Église romaine : il désirait passionnément retrouver le contact avec Dieu.

– Un mystique ! s'écria Théo. Avec des extases ?

Il n'en était pas loin. Son destin avait été frappé d'étrangeté… Terrorisé par un orage, Martin Luther avait fait le vœu d'entrer au couvent s'il en sortait vivant. Courageusement, il s'efforça de devenir un bon moine. Il se martyrisa, s'obligea au jeûne, aux veilles, à l'épreuve du froid. Rien à faire. Malgré sa sincérité, le moine Martin Luther ne dominait ni ses violents mouvements d'humeur ni l'amour de la chair qui le tenaillait. Bref, il aimait la vie éperdument. Il accusa Satan de l'avoir épouvanté pour saisir son âme, douta de lui-même, du couvent, du christianisme, jusqu'au jour où il découvrit l'illumination d'une foi sans apprêts. Loin des contraintes de l'Église, comme la foi était simple !

– Bizarre, dit Théo. On dirait le Bouddha quand il a rompu son jeûne… On torture le corps par tous les moyens et le divin revient en beauté.

Certes. Mais, à la différence du Bouddha, toute sa vie Luther connut les mêmes tourments. Tantôt exalté, tantôt abattu. Inspiré ou défait, terrassé par des maux de tête, Luther était pris d'une activité frénétique ou sombrait dans une mélancolie inactive. Dévorant la vie à belles dents dans les périodes fastes, buvant bien, mangeant bien, l'ogre de Dieu se décomposait pour de longs mois. Ce tempérament pétri de violence sacrée avait assez de force pour lancer la réforme, et assez de faiblesse pour n'être pas un saint.

– Humain, trop humain… conclut Tante Marthe.

– Injuste, contradictoire, excessif, intervint Brutus. Luther pourfendait ses ennemis majeurs : le pape, le diable, le Turc… et les juifs. Luther n'hésita pas à soutenir le massacre des paysans par les princes allemands. Luther n'a pas plié, d'accord, mais il a manipulé le fer et le feu, comme le pape !

– Mais vous disiez ne rien connaître du protestantisme ! s'étonna Tante Marthe.

– C'est-à-dire que… Je vais vous faire un aveu. Voilà. J'ai un peu menti pour mieux vous entendre, très chère ! J'ai bien fait car, sur la Réforme, j'ai d'autres idées que les vôtres…

Quand le monde chrétien craque de toutes parts

Brutus avait sa version. Martin Luther ne serait pas sorti de l'ombre si sa force ne s'était pas manifestée au bon moment. Car le XVIe siècle était l'aboutissement d'un long chemin. Depuis longtemps, le monde chrétien craquait de toutes parts. Décimé par la peste noire, obsédé par la mort, crevant de guerres et de famines, menacé par l'Empire turc, il avait perdu la tête. L'histoire n'avait plus aucun sens, donc le Jugement dernier approchait. Les prêcheurs commencèrent à maudire les damnés, traquèrent les sorcières, menacèrent les croyants de catastrophe à la moindre faute… On vit des crimes abominables, des sectes suicidaires, des enfants sacrifiés… Effrayés, les croyants ne songeaient qu'à la mort, grande ouverte sur l'Enfer rabâché par les prêtres.

— On dirait le monde d'aujourd'hui ! observa Théo.

En effet. Pour se protéger de la damnation éternelle, naquirent la passion des reliques et le trafic des indulgences. Le pape était-il responsable de la crise collective d'un monde qui se fissurait ? Non, puisqu'il ne pouvait rien pour la contenir. Mais il était le chef, le bouc émissaire d'une Église en perdition. Alors, privés de guide, les chrétiens cherchèrent leurs propres voies. Les uns trouvèrent dans la Mère du Christ la figure qui les rassurait, Notre-Dame-du-Bon-Secours. Ils y ajoutèrent la mère de la mère, sainte Anne, grand-mère de Jésus : c'était à elle que Luther avait fait le vœu d'entrer au couvent. D'autres cherchèrent dans l'extase un moyen de sortir d'un monde affreux. Enfin, certains pensèrent que, si l'Église n'était plus capable de remplir sa mission, il suffisait de la remplir soi-même, sans attendre. Tout chrétien quel qu'il fût était responsable des Évangiles. Donc tout chrétien, quel que fût son rang, pouvait avoir raison contre le pape. Il fallait se retrousser les manches.

Là-dessus, après Luther intervint un événement considérable : l'invention de l'imprimerie. Le clergé et les moines n'étaient plus les seuls à pouvoir lire les livres de la Bible : il suffisait d'apprendre pour la découvrir dans son coin. Publiée, elle fut aussi traduite et devint accessible à des milliers de gens : ce n'était pas beaucoup, assez cependant pour que les nouveaux lecteurs pussent l'interpréter eux-mêmes comme des grands. Soudain, l'information circulait comme jamais auparavant… L'Europe entra en ébullition : le monde qu'on croyait fermé s'ouvrait.

— Alors, le livre, c'était l'Internet du XVIᵉ siècle ! s'écria Théo.

Le livre, non, mais l'imprimerie, certainement. Au moment où le christianisme du clergé s'effondrait, l'assemblée des fidèles s'empara de la Bible et releva la tête.

Avant l'invention de l'imprimerie, Luther avait traduit la Bible en allemand. Il fut l'un de ces fidèles, un croyant parmi d'autres, un exalté servi par la violence de sa révolte. Voilà pourquoi Brutus n'admirait pas vraiment le fondateur de la Réforme, d'autant plus qu'après lui d'autres achevèrent le travail commencé.

– Le coup classique, dit Théo. On n'est jamais seul quand on fonde une religion. On meurt, et pfft ! les autres changent tout.

Tante Marthe s'insurgea : « les autres » n'avaient pas « tout » changé. Luther avait jeté les vrais fondements de la Réforme : la quête intérieure, l'abandon en Dieu, seul maître à bord. La grâce de la foi dépendait de lui : ainsi Dieu avait-il éclairé Martin Luther au moment où le pauvre moine tourmenté sombrait dans l'obscurité du doute. L'homme ne pouvait rien sans Dieu pour atteindre la foi. Il n'était pas libre de faire le bien et le mal, puisque tout dépendait de Dieu. Jusque-là, qui protégeait les chrétiens du diable, qui garantissait le salut ? L'Église et son patron, le pape. Or, Luther en donnait la preuve, on pouvait se dispenser d'Église en s'abandonnant à la confiance en Dieu, c'est-à-dire à la foi. Court-circuitée, l'Église devenait inutile.

– Tiens, dit Théo. Alors c'était le pape en personne qui avait coupé la corde entre le ciel et la terre ?

Aux yeux de Luther, oui. Le fondateur de la Réforme avait rétabli le lien avec Dieu.

– Bon, ce n'est pas nouveau, dit Brutus.

– Si ! répliqua-t-elle agacée. Parce que Luther ne s'est pas contenté de Dieu pour lui seul. La véritable Église est dans les cœurs, disait-il. Il a retrouvé la vraie définition de l'Église, *ecclesia*, l'assemblée des croyants autour de l'Évangile.

– Ce n'est pas Luther, répondit Brutus. C'est Calvin !

– Vous oubliez Jan Hus ! lança-t-elle.

– Allons, les amoureux, intervint Théo. Au lieu de vous jeter des noms à la figure, vous feriez mieux de m'expliquer ce que font les protestants. Ils prient quand même, ces gens-là ! Ils ont un culte ! Lequel ?

– Je me le demande, dit Brutus. Ceux que je connais n'ont pas l'air de respirer la confiance en Dieu. Ils sont tristes comme des bonnets de nuit !

– Eh bien, je vais vous faire changer d'avis, dit-elle. Attendez demain, vous serez très surpris.

Émotions africaines

Le lendemain était dimanche, le jour du Seigneur. Tante Marthe, Brutus et Théo se rendirent du côté de la 130e Rue, à l'église Abyssinienne où entraient des familles africaines endimanchées. Cheveux lissés au gel, les fillettes portaient des robes à volants, les dames des bibis à voilette, parfois des tenues de soirée à froufrous, les hommes d'élégants complets. La foule était si compacte qu'ils durent attendre sur le parvis avant de pénétrer dans le lieu. A côté de l'harmonium sur le côté gauche, se tenait le chœur composé de trois femmes en surplis bleu roi.

– Il n'y a presque pas de Blancs, constata Théo en battant la semelle sur le trottoir. Est-ce une église réservée aux Africains ?

– Pas spécialement, répondit Tante Marthe. Mais réfléchis un peu. La piste de l'Afrique est celle des esclaves ! Ils étaient des millions aux États-Unis d'Amérique… Et le métissage était strictement interdit entre le Blanc et le « Negro ». Les esclaves afro-américains n'ont été affranchis qu'avec la guerre de Sécession…

– A cause d'Abraham Lincoln, coupa Théo.

– A la même époque, le métissage avait déjà fait son œuvre de fusion au Brésil. Mais ici, où s'était retrouvée l'Afrique en esclavage ? Dans les cases misérables et dans les plantations des maîtres. Baptisée de force, l'Afrique. Comment la retrouver sinon par la voix et le rythme dans les champs de coton ? Les esclaves africains chantèrent. Une fois libérés, ce fut une autre affaire. Encore, avant la guerre civile, les enfants des esclaves vivaient avec les enfants des maîtres… Mais ensuite !

– Tu ne vas pas me dire qu'après leur affranchissement c'était pire ?

– Ce n'était guère mieux, soupira-t-elle. Les maîtres déchus les rejetèrent… Les deux sociétés, la blanche et la noire, étaient séparées par une ségrégation impitoyable. Ainsi naquirent les ghettos noirs. En un sens, ils sauvèrent l'Afrique aux États-Unis. Coupés des Blancs, les Noirs purent vivre à leur façon.

– Moi, je ne dis pas « les Noirs », dit Théo. Je préfère « Africains d'Amérique ». Autrement, c'est raciste, na !

– Oh, si tu veux, Théo. Je ne vais pas chicaner. Alors, comme autrefois dans les plantations de coton, fleurirent dans les quartiers pauvres le negro spiritual, le gospel et le blues, complaintes consolantes à l'écart des Blancs… Puis, parce qu'ils n'avaient droit qu'à deux ou trois instruments de musique, les Africains d'Amérique inventèrent le jazz, première reconquête sur le monde des maîtres.

– D'accord, mais où est le religieux là-dedans ?

– Tu vas voir. L'office va commencer.

Les fidèles étaient assis sur des rangées de bancs, en face d'un podium où se tenait un vieil homme en surplis jaune d'or. Le pasteur. Les mains posées sur la Bible, il commença lentement son sermon. On l'entendait à peine ; il se préparait. Puis sa voix monta, s'enflamma… Il se mit à crier en pointant le doigt vers la foule.

– Le diable est parmi vous !

– *Yeah !* répondit la foule en frappant des mains.

– Vous ne connaissez pas son visage, mais il rôde, oui, il est là !

– *Yeah !* cria la foule.

– Est-ce vous ? lança-t-il en tendant un index accusateur. Ou bien toi, mon frère ?

– Non ! répondit la foule.

– C'est faux ! Il se glisse partout… Je l'ai vu entrer dans mon église… Il était tout rouge ! Oui, je l'ai vu se mettre au premier rang et me lorgner d'un air insolent !

– Hélas ! gémit la foule.

– Je l'ai chassé avec le Livre !

– Alléluia ! soupira la foule.

– Qui vous protégera de lui, frères et sœurs ? cria-t-il. Qui ?

– JÉ-SUS… répondit la foule en se balançant d'un même rythme.

Sur un invisible signal, le pasteur et la foule se mirent à chanter et danser en frappant dans les mains en cadence. C'était une vague immense roulant de banc en banc, une seule voix, un seul corps. Les chapeaux, les tresses des fillettes, les fleurs des capelines, les mains gantées ondulaient… Personne ne hurlait, personne ne tombait. Aucune transe ne surgissait de la houle agitée. Aucun roulement de tambour, mais le son unanime des paumes battues l'une contre l'autre. Un dieu multiple tanguant au rythme du nom de Jésus. Immobiles, Tante Marthe et Théo n'osaient pas troubler l'harmonieux mouvement. Brutus entra dans la danse.

– Mais vous avez choisi le baptême ! lança le pasteur.

– Yeah… murmura la foule extatique.

– Vous avez été purifié par l'immersion dans la foi ! Savez-vous à quoi vous croyez ?

– Yeah !

– La Bible ! hurla-t-il. Elle seule est notre guide ! Grâce à la Bible, vous vivez votre foi !

– Amen…

– Elle seule, frères et sœurs, combattra la drogue du démon, le mal qui ronge nos enfants, leur dévore la tête et les tue !

– Hélas…

– Lui, le diable rouge, qui vous prive de Dieu et vous conduit à la pauvreté !

– Oui…

– L'égalité de tous au sein de notre Église ! Pas de séparation, pas d'injustice ! Chacun de nous n'est qu'un parmi les autres ! Au nom de qui la fraternité, frères et sœurs, qui ?

– JÉ-SUS ! répondit la foule en trépignant.

Les bras se levèrent, des cris aigus surgirent, des

femmes se renversèrent en fermant les yeux de bonheur, des corps tressaillirent, les mains commencèrent à battre des rythmes alternés, syncopes, contrepoints, musique. La transe était là. Contrôlée, guidée par les chants au faîte de leur puissance. Brutus s'arrêta net.

— Aimez-vous les uns les autres ! cria le pasteur.

— Aimons-nous ! répondit la foule.

Dans les rangs circulèrent les baisers de paix accompagnés de leur formule : « Je t'aime, frère. Je t'aime, sœur. »

— Dis donc… souffla Théo. Et ce sont des chrétiens ?

— Absolument, répondit Tante Marthe. Des baptistes.

— J'aimerais sortir, murmura Brutus. Finalement, ce n'est pas mon Afrique.

La liberté, et ses excès

Ils se retrouvèrent attablés devant des pâtisseries débordant de crème Chantilly. Sous prétexte que l'office l'avait retourné, Brutus s'empiffra comme à l'accoutumée.

— Tu m'as bien dit que ces Africains américains étaient des baptistes ? demanda Théo à Tante Marthe. Explique !

— Je te préviens, ce sera long. N'est-ce pas, Brutus ?

— Houmpf ! répondit-il la bouche pleine de chocolat.

— De toute façon vous n'y connaissez rien.

La réforme amorcée par Martin Luther avait lancé un mouvement irréversible. Bientôt, la fièvre purificatrice agita de nombreuses régions d'Europe, les Flandres, l'Allemagne… Partout naissaient les prédicateurs révolutionnaires appelant à l'égalité ainsi qu'à la lutte contre les riches : à l'imitation de celle du Christ sur la croix, la souffrance du peuple allait briser les lois. Nommé sur la recommandation de Luther, l'un de ces prêcheurs se détacha du lot. Orateur inspiré, Thomas Müntzer allait plus loin que Luther sur le chemin de la révolte des pauvres gens… Car l'honorable Luther, effrayé du désordre dans les cités, affirma tout de go que les princes avaient le droit divin d'exterminer les révoltés de son ancien élève.

Thomas Müntzer se dressa contre son maître, fonda une

démocratie des purs, prêcha la liberté comme condition de la parole divine, et fut exécuté sous les applaudissements de Luther. Il fut le premier de ceux qu'on appela les « anabaptistes », car il préconisait la liberté du baptême à l'âge adulte.

Mais, après sa mort, le prédicateur de la démocratie des purs inspira un mouvement messianique autrement radical. Dans la ville de Münster, un boulanger et un tailleur instituèrent une sorte de royaume biblique égalitaire. Venu de Hollande, Jean Matthij voulut passer les impies par les armes, et organisa une complète communauté des biens. Un autre Hollandais, Jean de Leyde, s'intitula « Roi de Justice », autorisa la polygamie et se fit passer pour un dieu. L'anabaptisme s'emballait ! Pour l'Église catholique, c'était trop... L'évêque de l'« Antichrist » lança ses troupes contre la cité céleste de Münster, et le royaume utopique s'effondra, baigné du sang de ses fidèles. Les corps des chefs anabaptistes furent exposés dans des cages de fer encore suspendues aux tours de la Lambertikirche, l'église gothique de Münster, en Allemagne.

– Je ne sais toujours pas où sont les baptistes ! s'exclama Théo. Ce ne sont que folie et massacre...

La Réforme accouchait dans une douleur obscure... Les idées de Luther étaient débordées par de petits groupes de fidèles qui voulaient s'organiser librement, avec leurs propres règles. Au nombre de ces règles entrait souvent le baptême des adultes, choisi dans la liberté, avec immersion complète du baptisé dans l'eau du Jourdain, comme fit Jean Baptiste avec Jésus.

– J'y suis ! dit Théo. Les baptistes !

A cette époque, on les appelait les anabaptistes. Mais l'horrible siège de la folle cité de Münster avait laissé des traces qui furent longues à effacer. Il fallut un bon siècle pour que naisse le vrai baptisme en Angleterre. Le baptisme anglo-saxon reposait sur des fondements inébranlables : la Bible est l'autorité suprême, le baptême est réservé aux seuls croyants, l'Église n'est constituée qu'avec les croyants, tous égaux, sans aucun rapport avec l'État et le pouvoir. Et chacun devait témoigner de sa foi avec cœur et simplicité, sans passer par le dogme, les règles ou les sacrements… Le baptisme émigra ensuite aux États-Unis, terre de liberté, et refuge de nombreux protestants persécutés. Aux États-Unis, l'Église baptiste avait œuvré dans le sens de la liberté et de l'égalité : son plus illustre représentant était Martin Luther King…

– Lui ? s'écria Théo. Le non-violent qui s'est fait assassiner comme Gandhi ?

Lui-même en personne. Oui, le défenseur des droits civiques pour les Afro-Américains, l'ardent lutteur pacifiste, était un pasteur baptiste fidèle à la source de son Église.

– Je comprends pourquoi les Africains d'Amérique sont devenus baptistes, commenta Théo. Ils avaient bien raison !

Mais, pour suivre avec précision l'histoire de l'Église baptiste, il fallait faire un sacré détour par l'Angleterre.

Au XVIe siècle, en pleine mutation de l'Europe, la Réforme y avait connu un curieux destin. Le roi d'Angleterre tomba amoureux. Or il était marié. Parce que le pape ne voulait pas lui accorder le divorce, le roi Henri VIII se fit reconnaître par son Parlement comme le chef suprême de l'Église anglicane d'Angleterre. Il s'accorda le divorce refusé par le pape, et voilà.

Au commencement, l'anglicanisme n'était qu'un catholicisme sans pape. Puis, quelques années plus tard, renforcé par la reine Élisabeth, première du nom, il évolua vers un protestantisme rigoureux avant de susciter de vraies guerres entre les « papistes » anglais et ceux qu'on nomma les « puritains ». Épris de pureté comme autrefois Thomas Müntzer, les puritains n'acceptaient aucune autre autorité que la Bible, tandis que les papistes obéissaient au pape, comme leur nom l'indiquait. Puis, succédant aux rois anglicans, Charles Ier, souverain catholique, laissa persécuter les puritains : mal lui en prit ! La révolte jaillit, une armée surgit de terre, et Oliver Cromwell, chef du parti des puritains, fit décapiter le roi Charles sur la place publique.

– Puritain, cela veut dire plutôt coincé, non ? dit Théo.

Le vrai puritain cherchait la pureté et se méfiait des tentations du diable : à l'époque de Cromwell, pour lutter contre la débauche, hommes et femmes portaient collets montés, vêtements noirs, et ne se laissaient aller à aucun des plaisirs de la vie. Le divertissement était condamnable, la musique suspecte…

– Des intégristes, quoi ! s'écria Théo.

Tel était le revers de la médaille : souvent, les protestants avaient trop peur du diable… Hors de la Bible, point de salut ! Malheur aux brebis égarées par le Malin ! Le pardon n'existait plus dans le protestantisme : on était sauvé ou damné, sans nuance. Hantées par Satan, des communautés protestantes avaient au XVIIe siècle exécuté dans la petite ville de Salem, aux États-Unis, dix-neuf sorcières, coupables de tout et de rien, suspectes pour leur beauté, leur langage, leur regard, bref, ils avaient pendu des innocentes… Les traces de ces accès de folie n'avaient jamais disparu. Marqués par le protestantisme rigide des premiers émigrés, les États-Unis d'Amérique connaissaient régulièrement des vagues de puritanisme et de chasse aux sorcières qui refluaient tant bien que mal… La liberté américaine se retournait contre elle-même, la pureté faisait des ravages, l'idéal de la Réforme se perdait.

– C'est ce que je disais, des coincés ! conclut Théo.

Des pessimistes ! corrigea Brutus. Les anglicans d'Angleterre croyaient à la connaissance du bien par la simple raison ; mais, pour les puritains, l'homme avait été entièrement perverti par le péché originel. Les anglicans voulaient réformer la terre telle qu'elle est ; mais les puritains, eux, bâtissaient la Jérusalem céleste en changeant la société de bout en bout. Les anglicans avaient la vie plus douce, mais les puritains montraient plus d'énergie… C'est au creux de ce divorce que s'installa l'Église baptiste en Angleterre. Libertaires sans dogme, choisissant l'émotion contre le travail de la raison, la foi directe contre la théologie, ils participaient des deux courants. Ils réformaient le monde tel qu'il est, mais construisaient aussi la Jérusalem de leurs cœurs.

– Tu les aimes, les baptistes, hein ? dit Théo.

– Ma foi, oui, admit-elle. Quand Martin Luther King est mort assassiné, j'ai pleuré.

– Cette fois, on a fait le tour des protestants, conclut Théo.

– Non ! s'écria Brutus. Il reste Calvin !

– Tiens, vous avez fini vos gâteaux, vous ? lança Tante Marthe en lui essuyant les babines.

Des croix et des points

Le dimanche passa en flâneries dans les rues animées du Village, les expositions et les librairies accueillantes. Théo adora les surfeurs sur rollers, les douches sous les fontaines et l'atmosphère de liberté. On marcha si longtemps qu'on arriva moulu à Little Italy, où Tante Marthe connaissait un excellent restaurant de *pasta*. Mais le resto italien était devenu chinois : Chinatown grignotait Little Italy. Porc sucré, crevettes au gingembre, bœuf aux poivrons, Théo avait l'habitude.

Le lendemain lundi, jour d'hôpital. Tante Marthe s'était bien gardée de rapporter à Théo la conversation qu'elle avait eue avec Jérôme en catimini. Non, Théo ne devait pas savoir qu'il était guéri, ni que les médecins, à force de chercher les causes de cette étonnante évolution, avaient peut-être identifié sa mystérieuse maladie… Il terminerait son voyage comme prévu, selon les règles. D'ailleurs, Théo s'en moquait. Une piqûre de plus ou de moins… Mais Brutus exigea un ultime contrôle de la tension de Tante Marthe, et Théo s'amusa beaucoup.

Il n'arrivait pas à caser son Calvin, le pauvre Brutus. Chaque fois qu'il entreprenait Tante Marthe sur cet important personnage, elle trouvait une esquive. Elle voyait sur l'autre trottoir une toque tibétaine absolument sublime, ou bien se prétendait fatiguée, et quand on s'arrêtait dans une cafétéria, au seul nom de Calvin, elle disparaissait aux toilettes. Brutus le lui fit doucement remarquer : elle se fâcha.

644

– Mais non, je n'ai aucun parti pris contre Calvin ! Simplement, je voudrais souffler un peu…

C'était louche. A part ça, elle s'était réconciliée avec la Grosse Pomme à Broadway, au sortir d'une larmoyante comédie musicale. Brutus profitait de chaque émotion et avançait ses pions conjugaux : car quand elle était émue, Tante Marthe s'attendrissait. Dans ces rares moments, sur l'idée du mariage elle ne disait plus non… Le lendemain, elle s'était reprise. Se marier ? Impossible, voyons, où vivrait-on ? A Bahia, à Los Angeles ? Et puis, s'installer après une vie indépendante ? Vraiment, un rêve inutile, mon pauvre Brutus…

Tout était à recommencer. Théo marquait le calendrier de croix pour les non et de points pour les oui. Lundi, deux croix, pas de oui, mauvais jour. Mardi, deux points, une croix, en progrès. Mercredi, deux points, deux croix, match nul. Les musées défilaient, les concerts musiquaient, les jours passaient sans résultats probants. Mais on n'avait toujours pas abordé Calvin.

Le jeudi, après trois points positifs et une seule croix négative, Brutus, le cœur plein d'espoir, avisa un restaurant belge de belle allure.

– Un restaurant belge ! s'étonna-t-elle. Vous avez d'étranges idées, Brutus !

– J'aime les bières belges, dit-il avec gourmandise. Et j'aime la Belgique aussi.

Il fut gâté : la carte comprenait des bières à la framboise, à la cerise, à la pêche. Tante Marthe les goûta toutes, surtout celle à la pêche. La bière lui allait bien ; elle devenait très gaie. Lorsque Tante Marthe fut à point, Brutus ramena son Calvin en douceur.

– Il n'y a pas que les bières aux fruits en Belgique, très chère, dit-il. Vous pourriez parler à Théo des béguines, par exemple !

Ah ! Les béguines ! Ravie, Tante Marthe se lança. Bien avant la Réforme lancée par Luther, les béguines et bégards avaient constitué des communautés de laïcs voués à la méditation solitaire et à la charité. Secrètes, les béguines vivaient dans des pavillons regroupés dans un enclos fleuri, ni nonnes enfermées au couvent ni laïques en proie à la vie de ce monde, vraies protestantes avant la lettre. Leur emblème était le phénix, symbole de la renaissance et de la résurrection du Christ… Bien sûr, on en brûla quelques-unes pour sorcellerie. Mais les béguinages subsistaient en Belgique, témoins d'un courant simple et mystique né dans la vallée du Rhin, car l'Allemagne de Rhénanie était fertile en inspirés…

– Toutes les régions germaniques ont donné naissance à de grands réformateurs, ajouta Brutus. Calvin n'est-il pas né à Genève ?

– Vous y revenez, ronchonna Tante Marthe. Je vous signale qu'il n'est pas né à Genève, mais en France. Calvin était de Picardie, et d'un. Il s'est réfugié à Genève, et de deux. Ça vous apprendra, Brutus ! Naturellement, il faudrait parler de Calvin. Mais voilà, j'ai trop bu…

– Tu sais où il est né, et tu prétends que tu es nase ? s'étonna Théo. Tu te paies notre tête !

– Je vais vous dire, avoua Tante Marthe en baissant le nez vers sa chope. Sur la doctrine de Calvin, je… Enfin, je ne… sais rien…

– Ma pauvre chérie, s'apitoya Brutus en lui prenant la main. Eh bien, je ferai le travail, voulez-vous ?

– D'accord, Brutus, dit-elle.

– Vous voyez que vous ne pouvez pas vivre sans moi, conclut-il.

– Oui, souffla-t-elle, l'œil noyé d'émotion.

Quatre points en un jour ! Théo n'en revenait pas.

La force de l'Esprit

Et Brutus fit le travail.

Luther achevait sa vie lorsque le jeune Jean Calvin s'engagea dans la Réforme en s'adressant au roi de France, François Ier, qui persécutait les premiers protestants. Ce qui révoltait Calvin, c'était l'injustice des puissants. Le martyre des protestants rallia le jeune homme à leur cause.

Mais, à la différence de Luther, Calvin n'était pas un moine. Calvin était un universitaire érudit, un intellectuel, un bâtisseur d'idées. Heureusement qu'il se trouva sur le chemin pour donner de la solidité aux enthousiasmes souvent fumeux de Luther...

— Fumeux ? s'écria Tante Marthe. Dites « exaltés » !

Fumeux, insista Brutus. Avec Calvin au contraire se dégageaient des principes cohérents. La foi reposait sur la glorieuse souveraineté de Dieu, qui peut tout, décide de tout, des sentiments, des émotions et surtout de la grâce qu'il accorde au croyant... Les croyants dépendaient donc absolument de Dieu, qui choisit sans autre critère que sa volonté : les uns étaient voués à la vie éternelle, les autres à l'éternelle damnation.

— Attends, dit Théo. Si je suis damné d'avance, je ne peux rien faire pour me sauver ?

— Non, parce que tu ne sais pas que tu te damnes, répondit-il. Il suffit que tu te poses la question de la vie éternelle pour être sauvé : tu n'es pas le responsable de ta question, c'est Dieu qui t'illumine, c'est Dieu qui t'a élu depuis le commencement. Tu es prédestiné. Ton destin est prévu par Dieu.

— Ce n'est pas juste ! s'indigna Théo.

Dieu n'était ni « juste » ni « injuste » : qui pouvait juger des desseins divins ? Personne ! Tel était bien le sens de ce fondement radical : Dieu décidait sou-ve-rai-ne-ment de la grâce. Ses élus s'en trouvaient renforcés par un fort sentiment de solidarité, surtout quand ils affrontaient les inévitables persécutions. Car ceux à qui Dieu avait fait le don de la grâce étaient par définition ses protégés : ils gagneraient le combat. Les calvinistes, disciples de Calvin, devinrent bientôt des lutteurs irréductibles, tant ils avaient la foi chevillée à l'âme... Le principe de l'élection par Dieu, que Calvin appelait la prédestination, pouvait sembler bizarre à l'époque moderne, mais au XVIe siècle les guerres entre « papistes » et protestants exigeaient une doctrine faite pour rassurer les nouveaux adeptes. Calvin avait vu juste : se savoir l'élu de Dieu rend invincible.

– Mais il y a déjà un peuple élu, Israël ! intervint Tante Marthe.

Calvin le comprenait si bien que son Église s'inspira des malheurs d'Israël. La longue persécution des protestants équivalait à l'esclavage en Égypte, les défaites et les victoires à celles du peuple des Hébreux, et la sortie d'Égypte viendrait le jour venu, quand l'Église aurait reconstruit le monde. Voilà pourquoi Jean Calvin décida sans attendre de fonder une république divine de son temps, loin des gouvernements, des États et des guerres. Les juifs n'avaient pas réussi, le Temple avait été détruit... A son tour, l'Église catholique avait gravement fauté. Il était temps de prendre la relève : Calvin voulait édifier enfin la cité vouée à la gloire divine, la Jérusalem par deux fois manquée.

Dans la foulée de Luther, il transforma l'idée de sacrement, trop magique à ses yeux. Le sacrement, disait-il, n'existe que par la conscience du geste. Le pain n'est pas le corps du Christ, il est le symbole du partage ; le levain n'est pas le signe physique de la résurrection, mais l'idée de soulever la pâte, c'est-à-dire le monde. Manger le pain ne signifiait pas que le croyant mâchait le vrai corps du Christ : ce n'était que du pain, symbole rappelant le dernier repas de Jésus.

– Moi, je ne trouve pas cela bête, dit Théo. C'est vrai, qu'on peut vouloir pratiquer la justice sur la terre et partager le pain...

Mais pas sans l'Écriture ! Car c'était la seule trace venue de Dieu. La Bible ne dépendait nullement de l'Église, mais du Saint-Esprit chargé d'illuminer le croyant... S'il était un des élus, le croyant avait assez de lumière intérieure pour régler librement sa vie selon l'Écriture : seul l'Esprit le guidait. Encore fallait-il appartenir au bon côté de la prédestination, et n'être pas condamné d'avance à la damnation éternelle !

– Je ne vous le fais pas dire, commenta Tante Marthe. Cette religion sans recours m'a toujours hérissée ! Je ne sais pas pourquoi, je me sens toujours du côté des damnés...

Brutus se rebiffa. Tante Marthe était une élue, cela se

voyait au premier coup d'œil ! Même sa transe passagère était un signe divin ! Car Jean Calvin prêchait aussi la tolérance…

– Ce pourquoi il fit brûler comme hérétique son ami Michel Servet qui niait la Trinité et la divinité du Christ ! ajouta Tante Marthe.

– Personne n'est parfait, soupira Brutus. Il n'en reste pas moins que, pour Calvin, quiconque exprime la foi en l'Écriture, quel que soit le mode d'expression, est un élu de Dieu. Les mots ne comptent pas, les faits seuls importent, Calvin l'a écrit en toutes lettres.

– Comment se fait-il que vous connaissiez si bien le protestantisme, cher Brutus ? demanda-t-elle méfiante. Vous, fils de Saint, adepte du candomblé !

Brutus donna deux explications. La première appartenait à la toute récente histoire du Brésil, dont, il le rappela à l'occasion, il était l'un des meilleurs spécialistes. Dans le sud du pays, s'étaient installées des Églises pentecôtistes qui connaissaient une expansion sans précédent : un tiers des Brésiliens de l'énorme ville de São Paulo étaient pentecôtistes. Les miséreux analphabètes des quartiers périphériques s'y précipitaient en masse, car le pentecôtisme semblait tout exprès fait pour eux. Car, comme tous les protestants, les pentecôtistes voulaient revenir aux premiers temps de l'Église chrétienne : mais, au lieu de prendre le baptême comme emblème, les pentecôtistes, comme l'indiquait leur nom, s'étaient fixés sur l'événement de la Pentecôte. Le moment surnaturel où l'Esprit-Saint était descendu sur les apôtres du Christ leur semblait essentiel, et leurs offices renouvelaient ce miracle assidûment.

– Qu'est-ce que tu veux dire ? s'étonna Théo.

Les pentecôtistes croyaient à la communication directe avec Dieu, au miracle quotidien et au « parler en langues ». Quand la foule des fidèles atteignait le point de communion suffisant, soudain l'un d'eux se mettait à parler une langue inconnue sous l'effet de l'inspiration. Souvent la langue était incompréhensible, mais parfois c'était une langue existante, que l'inspiré ne connaissait pas. Miracle de l'Esprit-Saint ! La foi permettait donc de retrouver l'état de Pentecôte…

– Tante Marthe m'a déjà parlé de ce truc-là, dit Théo. La glossolila… Glossolalie ! Évidemment, ils inventent…

Pas davantage que les fils et filles des Saints chevauchés par les *orishas* ! Pourquoi ne parlerait-on pas des langues qu'on ne connaît pas ? La mémoire n'est-elle pas capable de traverser les siècles ? Ces langues inconnues, peut-être avaient-elles existé longtemps auparavant comme les langues africaines avaient persisté au Brésil… Telle était la deuxième raison pour laquelle le professeur Carneiro s'était intéressé à l'histoire du protestantisme, à ses étranges évolutions. Dans son propre pays, le Brésil, le candomblé au nord et le pentecôtisme au sud permettaient aux pauvres qui ne savaient ni lire ni écrire de s'exprimer avec leurs mots à eux, leurs personnages, leurs langues. Comme le candomblé, le pentecôtisme guérissait les malades ! Lui, Brutus, par exemple, combinait sans effort la Bible et le candomblé, l'Afrique et l'Écriture, puisque la chevauchée des Saints dans le corps des initiés était un mode d'expression comme un autre, n'est-ce pas ?

– Vous feriez un excellent prédicateur, mon cher, dit Tante Marthe du bout des lèvres. Le pasteur Carneiro Da Silva évangélise les petits Français…

– Tais-toi donc, dit Théo. Le petit Français comprend ce que dit le prédicateur !

Le prédicateur en rajouta. L'influence de l'inspiration par la grâce avait si grandement progressé que, dans les années soixante, après la transformation libérale de l'Église catholique voulue par le pape Jean XXIII, était né en son sein un puissant courant qui, comme l'Église pentecôtiste, comprenait le « parler en langues » : loin des rites institués, le mouvement charismatique cherchait également la source vive du christianisme. Car, c'était le propre de Jean Calvin, à cause de l'engagement militant dans la cité terrestre, le calvinisme avait grandement favorisé l'évolution sociale vers plus de justice et d'égalité. Luther s'en moquait… Luther poussait les princes allemands à écraser la révolte des paysans. Luther n'avait qu'un seul souci : détruire le pape et son pouvoir. Calvin, martelait Brutus, c'était la force de l'Esprit, la liberté en marche…

— D'après les livres que j'ai lus, bougonna Tante Marthe, Calvin est à l'origine du capitalisme marchand ! La belle réussite… L'écrasement des pauvres, vous trouvez cela bien ?

— Minute, dit Théo. Brutus dit exactement le contraire. Qu'est-ce que le capitalisme vient faire ici ?

Tante Marthe n'avait pas entièrement tort, admit Brutus. Car, pour édifier la cité terrestre sans attendre, les protestants avaient travaillé dur, accumulé des richesses privées, bref, ils avaient engendré cette forme de l'économie moderne appelée capitalisme, sans secours de l'État, à mille lieues du pouvoir politique. La cité calviniste exigeait cet effort marchand, capable de mettre en œuvre la justice sociale dans leurs communautés. Oui, le capitalisme venait en partie de l'inspiration protestante ! Le travail, c'était le devoir d'être exigeant pour la gloire de Dieu, et le succès dans les affaires était bel et bien la preuve de la présence divine. Logique. Si logique qu'en Espagne au XXe siècle, bien que n'étant nullement protestant d'origine, un réformateur catholique, José Maria Escriva de Balaguer, avait fondé dans la province de Navarre une solide organisation destinée à sanctifier le croyant catholique par le travail : l'Opus Dei, l'« Œuvre de Dieu ».

— On dirait les mourides, dit Théo.

— Les théologiens modernistes font tous le lien entre travail et prière, marmonna Tante Marthe. Mais le progrès social n'est pas toujours au rendez-vous !

Brutus s'insurgea. Ce n'était pas la faute des calvinistes si le capitalisme était devenu sauvage, destructeur, imbécile ! Au contraire, ils s'efforçaient de le corriger !

— Eh bien, c'est manqué, dit Tante Marthe. Je n'ai pas cette conception de l'égalité des richesses, voyez-vous.

— T'es pourtant une capitaliste ! s'écria Théo. Tu lis tous les jours les cours de la Bourse…

– Cela m'a permis de te faire voyager ! répondit-elle, furieuse.

– La prédestination, très chère, toujours la prédestination, murmura Brutus attendri. Théo et moi nous y croyons : vous êtes une élue…

Elle n'était pas contente et se vengea sur la bière à la framboise.

Noémi

Le jour suivant, Tante Marthe reçut un appel de son amie malade. Noémi allait mieux, Arthur était adorable, un bon compagnon… Elle aurait aimé faire la connaissance de Théo. Qu'à cela ne tienne : Tante Marthe décida qu'on rendrait visite à Noémi. Théo sauta de joie. Il reverrait Arthur !

Dans un appartement vieillot rempli de bibelots et de peintures, Noémi les attendait sur le pas de la porte. Comme elle était vieille ! Encore plus vieille que tous les autres amis de Tante Marthe… Mais elle avait une peau si pâle, des cheveux si frisés et un regard si clair que Théo l'adopta aussitôt.

– Ton chat va bien ! lança-t-elle en préalable. Je te remercie de me l'avoir confié… Arthur m'a beaucoup aidée.

– Tant mieux, murmura Théo. Je suis bien content. Où est-il ?

– Sur mon oreiller, dit-elle. Il se plaint beaucoup de ne plus te voir. Vas-y vite ! La troisième porte à droite…

Tante Marthe présenta Brutus avec tant de manières que Noémi sourit malicieusement. Très à l'aise, le professeur Carneiro Da Silva se fendit de son baise-main premier choix. Le thé attendait sur la table basse, et Théo revint avec Arthur dans les bras.

– Alors, Théo, qu'as-tu découvert à New York ? demanda Noémi.

– Tout ! s'enthousiasma Théo. Les patins à roulettes, les gens rigolos dans la rue, la bouffe, les cafés en plein air…

– Je voulais parler de ton voyage, précisa-t-elle. Je regrette tant de n'avoir pas pu t'accompagner !

– Est-ce que tu es baptiste ? demanda Théo.

– Oui, répondit-elle. La foi du cœur me convient.

– Tu n'es pas africaine, pourtant ! s'étonna Théo.

– Quelle importance ? Nous sommes tous égaux !

– Noémi s'est toujours battue aux côtés des Africains d'Amérique, intervint Tante Marthe. Elle a même connu Martin Luther King.

– Longtemps avant ta naissance, murmura Noémi. Parlons plutôt de toi, Théo. As-tu compris le sens de notre Église ?

– C'est super ! s'écria Théo. On chante, on danse, on est ensemble… S'il n'y avait pas le diable, ce serait parfait.

– Le diable n'est pas si important que ça, soupira-t-elle. Ce qui compte, c'est la rencontre avec Dieu dans l'émotion. L'action sociale en dépend : il faut vraiment la foi pour soulever les montagnes ! Et les montagnes aujourd'hui sont énormes. Toutes ces guerres de religion…

– Comme au XVIᵉ siècle entre protestants et catholiques, dit Brutus. Les partisans des réformateurs étaient aussi fanatiques que leurs persécuteurs.

– Je le sais, répondit Noémi. Penser aux tortures qu'ils infligeaient aux femmes catholiques ! Leur faire exploser le ventre en bourrant leur sexe de poudre, c'est atroce ! Mais les catholiques ne nous ont pas épargnés non plus. Une de mes aïeules a été éventrée, les papistes ont sorti l'enfant qu'elle portait de ses entrailles et lui ont fracassé la tête contre un mur…

– Une de tes aïeules ? Où ça ? s'étonna Théo.

– En France, dans les Cévennes. J'appartiens à une famille protestante qui s'était cachée là-bas dans les montagnes pour pratiquer le culte clandestin, à l'époque du Désert.

– L'époque du Désert ? On dirait Israël en Égypte…

– Exactement, dit-elle. Nous appelons « Désert » la longue période pendant laquelle nous avons été privés de la liberté religieuse. Après que le roi Louis XIV eut décidé d'abolir les lois qui nous protégeaient, en 1685, ses dragons nous ont massacrés. Nous nous sommes battus… Puis nous avons été obligés de nous cacher. Nous n'avons retrouvé nos droits qu'un siècle plus tard, en 1787. Mais entre-temps, l'un de mes ancêtres était parvenu à s'embarquer pour l'Amérique, et voilà comment je suis née américaine. Il s'appelait en français comme toi en grec, Théo. Dieudonné.

– Tu retournes dans les Cévennes quelquefois ? demanda Théo.

– Chaque année, à Mialet, malgré mon grand âge. Les protestants s'y réunissent en septembre pour commémorer les assemblées du Désert, à l'ombre des arbres, en plein air. C'est la plus belle des églises ! Maintenant, pourrai-je m'y rendre cette fois ? Avec cette hépatite…

– Vous irez, assura Tante Marthe. Vous guérirez !

– A propos, j'ai une idée, Théo, dit Noémi. Connais-tu le psaume 139 ? Je vois bien que non. Les psaumes sont des prières poétiques que le roi David aurait transcrites de sa main. Je vais le lire pour toi et moi, mon petit. Écoute.

> Où donc aller, Seigneur, loin de ton souffle ?
> où m'enfuir, loin de ta face ?
> Je gravis les cieux : tu es là.
> Je descends chez les morts : te voici.
> Je prends les ailes de l'aurore
> et me pose au-delà des mers :
> même là, ta main me conduit,
> ta main droite me saisit.

– C'est beau, dit Théo.

– Vois-tu, murmura Noémi en refermant la Bible, la main du Seigneur t'a conduit au-delà des mers et t'a guéri. Il en ira de même pour moi s'il le veut.

– Je n'en doute pas ! intervint Tante Marthe. Ma chère Noémi, peut-être faudrait-il…

– Ah ! C'est vrai, dit-elle. Théo, je suis chargée de te

remettre ton message. Marthe voulait le glisser sous ton assiette, mais je n'aime pas ces cachotteries. Le voici.

Je suis la ville du château, la ville du Lion, la ville des alchimistes.

— Venise ? murmura Théo. Il y a un lion sur son drapeau…

— Mais pas de château, coupa Tante Marthe.

— Versailles ? hésita Théo. Non, ce n'est pas cela. Je sèche, mais ça va passer.

— Tu devrais chercher du côté du château, observa Brutus. Ce n'est pas n'importe quel château !

— Ni n'importe quel lion, dit Noémi. Marthe, votre énigme est trop difficile. Je vais t'aider : ce lion se dit en allemand *Löwe*.

— Un château en Allemagne ? dit Théo. J'sais pas. Je ne sais même plus cc que c'est qu'un alchimiste, alors !

Brutus expliqua qu'un alchimiste était un savant qui cherchait la pierre philosophale par la fusion de différents matériaux chauffés dans une cornue.

— La pierre quoi ? demanda Théo. Philosophique ?

— Phi-lo-so-phale ! Cette substance devait permettre d'acquérir en prime l'immortalité en transformant le vil plomb de l'âme pécheresse en or spirituel !

— Vu, dit Théo. Les alchimistes font comme les taoïstes en Chine… Magie et compagnie !

— Pas du tout, dit Brutus. Les alchimistes n'étaient pas des sorciers, mais les ancêtres des chimistes qui, le jour venu, se passèrent de magie et débarrassèrent l'alchimie de ses affûtiaux mythologiques. Aucun alchimiste n'a trouvé la pierre philosophale, mais souvent, en passant, l'un ou l'autre abordait d'assez jolis secrets de la nature… Les chimistes ont simplifié le système des alchimistes pour en faire une science.

— Cela ne me dit pas le nom de la ville où on va, constata Théo en caressant son chat. Je trouverai, pas vrai, Arthur ?

— Me le laisseras-tu encore un peu ? demanda Noémi. Arthur est un guérisseur si doué…

Magnanime, Théo tendit le chat, qui se nicha au creux des bras de Noémi. Il fallait la laisser se reposer. Théo quitta à regret la vieille dame baptiste au regard bleu.

Théo triche

Bien décidé à trouver son énigme, Théo farfouilla dans ses bouquins sans résultat. Des alchimistes, des lions et des châteaux, il y en avait dans tous les coins. En plus, Tante Marthe se payait sa tête ! Furieux, il piqua une crise et sortit en courant sous prétexte de prendre l'air en faisant le tour du pâté de maisons… Puis il s'installa sur un banc et sortit son portable.

– Fatou ? Je te téléphone dans la rue… Pour être un peu tranquille. Si je t'aim… Très très fort ! Oui, ils ont l'air de dire que je suis guéri. Oh, moi… Il y a déjà longtemps que je m'en doute ! Toi aussi ? Ça ne m'étonne pas. Ah non ! Je ne peux pas revenir tout de suite ! Que dirait Tante Marthe ? Tu es d'accord, je lui dois bien cela… Alors justement. Dis-moi la prochaine étape. Non, pas l'indice, dis-moi tout. De la triche… D'accord, c'est un jeu, mais quoi ! Ça suffit, les bêtises ! Oui, j'en ai marre des énigmes. Tante Marthe ? Si tu savais ce qu'elle s'en fiche ! Tu ne devineras jamais ce qu'elle fait… Elle est amoureuse ! Je te jure ! D'un professeur brésilien. Physiquement ? Pas mal pour un vieux. Il veut l'épouser. Elle a presque dit oui… Ah ! Tu vois bien que ça n'a plus d'importance… Bon, tu me le dis, le nom de la ville au château ? Parle plus fort ! PRAGUE ?

» La vache, murmura-t-il en regardant son appareil. Elle a raccroché. Je ne peux tout de même pas cracher le nom de Prague sans biscuits ! D'abord, où est-ce, Prague ?

Il remonta… Tante Marthe était partie avec Brutus, ce qui tombait à pic. Dictionnaire. Prague, capitale de la République tchèque. Pas trace de château, ni de lion. Tchécoslovaquie : répression soviétique 1968, révolution de velours 1989 ; devenue République tchèque après séparation d'avec la Slovaquie, 1992. Prague, université ; Prague, ancienne capitale de la Bohême. Toujours rien ! De guerre lasse, il reprit son portable et s'enferma dans la salle de bains.

– Fatou ? Si tu ne m'expliques pas le lion, le château et le reste, je suis cuit ! Faut au moins que je fasse semblant… L'indice ? Dis toujours… Bohême, ça, j'ai trouvé. Mais le château ? Il domine la ville, bon. Et le lion ? C'est le nom d'un rabbin ? T'es sûre ? Rabbi Löw, je note. Les alchimistes ? Ils ont une rue dans le château ? La Ruelle d'Or ? Je t'adore. Oh oui, je t'embrasse ! A bientôt…

– Avec ça, dit-il en rangeant l'appareil, je vais lui river son clou, à Tante Marthe.

Au dîner, il prépara son coup. Fit mine de chercher dans sa mémoire. Se prit la tête dans les mains, ferma les yeux…

– Téléphone à Fatou, proposa obligeamment Tante Marthe.

– Je vais trouver tout seul, murmura-t-il concentré. Voyons… Le lion en allemand… Si c'était un rabbin ? Il est très connu, le Rabbi Löw ! Où vivait-il déjà ? Dans une ville dominée par un grand château… Mais oui, bien sûr ! Prague !

Tante Marthe en resta la bouche ouverte.

– Ce petit est génial, souffla-t-elle. Je l'ai toujours pensé !

– A quelle époque ce fameux rabbin a-t-il habité Prague ? demanda Brutus, soupçonneux.

– L'époque ? bredouilla Théo. Euh… Le Moyen Age !

– Le XVIe siècle, corrigea Brutus. Qu'est-ce que le Golem, Théo ?

– C'est le nom du château ! cria Théo. Pourquoi ces questions ?

– Parce que tu as triché, conclut Brutus en riant. Le Golem est un homme de glaise créé par le rabbin que tu ne connais pas. C'est tout vu.

– Théo ! Tu n'as pas téléphoné à Fatou ? s'écria Tante Marthe.

– Si. J'avais peur de sécher, et puis zut ! Ras-le-bol des énigmes !

– Comme tu as changé… murmura-t-elle.

– J'ai grandi. C'est un peu ta faute, ma vieille !

– Ne l'appelle plus « ma vieille » ou je me fâche ! déclara Brutus. Marthe est la jeunesse même…

– Au fait, pour le mariage, elle a dit oui, la jeunesse ? demanda Théo.

Confuse, Tante Marthe montra sa main gauche où brillait une pierre d'un beau rouge translucide.

– Je rêve ! s'exclama Théo. Une bague de fiançailles ?

– Un grenat, la pierre d'Oshun, dit Brutus avec modestie. Je l'avais emportée à tout hasard.

La chapelle universelle

Avant le départ pour l'Europe, le programme de Tante Marthe pour New York ne comportait plus qu'une seule visite. Curieusement, elle passait par les bâtiments de l'ONU, au bord du fleuve. Contrôles, badges, sécurité, aimables gardiens à casquette, files de visiteurs… Théo se demandait comment on allait trouver du religieux dans un endroit pareil. A l'ONU ?

– Dans cette machine à régler les conflits ? marmonna Brutus qui se le demandait aussi. Ne me dites pas que c'est le temple de la paix !

Après des négociations avec l'un des gardiens, Tante Marthe parvint à faire ouvrir une porte près de la grande entrée. Elle s'ouvrait sur la chapelle de l'ONU.

Construite dans les années cinquante au flanc du bâtiment, elle était destinée à tous les fidèles de toutes les religions du monde. Sans croix, sans images, sans noms, sans autel, sans poteau, sans statues ni fétiches, sans arbres ni sourire. Un pinceau de lumière éclairait une énorme pierre dressée, cadeau de la Suède : un noir bloc d'hématite extrait de ses mines. Des rangées de bancs permettaient de venir prier ou méditer. C'était tout.

– Superbe, n'est-ce pas ? s'extasia Tante Marthe.

– Mais désincarné, murmura Brutus. La religion, ça vit !

– Moi, j'aime bien, dit Théo. Religion tout-terrain, comme le VTT. Ça me plaît !

Chapitre 29

Retour aux sources

Les adieux de Brutus et de Tante Marthe

Décidément, les départs ne se ressemblaient plus. Avant, Théo perdait chaque fois un nouvel ami ; depuis Dakar, le scénario avait changé. On disait « au revoir, à Paris ! » à Abdoulaye Diop. On partait pour les États-Unis en compagnie du professeur Carneiro… Et l'on quittait New York sans lui malgré les fiançailles. La seule nouveauté tenait au chat Arthur miaulant comme un perdu dans son sac. A l'aéroport, les adieux de Tante Marthe et Brutus furent un peu tristes, mais cette fois Théo n'était pas dans le coup.

— Vous savez que je dois retourner à l'université, très chère, dit Brutus.

— Bien sûr, soupira Tante Marthe. C'est tout à votre honneur, mais quand vous reverrai-je ?

— Bientôt ! Croyez-vous que je sois moins impatient que vous ? Laissez-moi un peu de temps pour trouver notre future maison !

— Où cela ? s'inquiéta-t-elle. Pas au Brésil, j'espère ?

— Comment, murmura-t-il en blêmissant, vous ne voulez pas vivre dans mon pays ? J'avais cru…

— Nous n'en avons pas encore décidé, Brutus, coupa-t-elle. Je ne veux ni Rio ni Bahia !

— Ni Rio ni Bahia, c'est entendu. Dans l'immédiat, abandonnez votre grand sabre de bois, embrassez-moi et regardez souvent votre grenat, très chère…

— Venez à Prague ! La vie est tellement ennuyeuse sans vous…

– Merci pour moi ! s'écria Théo. Alors, je compte pour du beurre ?

Ils ne l'entendaient pas. Les vieux amoureux n'arrivaient pas à se quitter. Théo tourna les talons et s'en fut flâner dans les boutiques *tax-free*, où il dénicha un briquet pour Papa, clinquant et rigolo, ni cher ni lourd ; pour une fois, Tante Marthe ne se mettrait pas en colère. Pauvre Tante Marthe, qui reniflait à fendre l'âme…

Dans l'avion, elle se mouchait encore. Embêté, Théo plongea dans les journaux et fit mine de s'y intéresser. Elle ne cessait pas. Théo commanda un whisky et le lui tendit sans un mot.

– Pour qui me prends-tu ? protesta-t-elle. Je ne suis pas Liz Taylor !

– Ça non, sourit Théo. Mais il faut te sortir de là. Tu le reverras, ton bonhomme !

– On dit ça, et puis… Crois-tu qu'il m'aime vraiment ?

– Euh… bredouilla Théo. Tu en doutes ?

– Non, dit-elle en avalant son whisky. Enfin, à mon âge, on ne sait jamais.

Et de pleurnicher de plus belle…

– Chacun son tour, dit Théo en lui prenant la main. Avant, tu me consolais. Maintenant, c'est moi. Allez, ma vieille, courage ! Si tu me disais plutôt ce qu'on va faire à Prague ? Passé le protestantisme, je ne vois plus du tout…

– Bonne question, répondit-elle en sortant son mouchoir. Attends que je me mouche encore une fois…

– La dernière ! menaça Théo.

– Voilà, fit-elle après un grand bruit de trompette. C'est fini. Je vais t'expliquer pourquoi nous allons à Prague. Te souviens-tu de Rabbi Eliezer ?

– A Jérusalem ? Et comment ! Il ne voulait plus me lâcher !

– Justement. Que nous disait-il à l'aéroport ? Que tu n'avais rien vu du judaïsme. Rappelle-toi ma réponse : « D'autres poursuivront le travail commencé. » Eh bien, voilà la raison de notre voyage à Prague. Car tu ne connais toujours pas la pratique du judaïsme, Théo.

— J'ai vu le Mur, les prières, les lamentations, le quartier religieux, une école, qu'est-ce qui manque ?

— Une synagogue, répondit-elle. Un Shabbat. Le repas, les lumières, la bénédiction, le partage du pain. La vie de la religion juive… Tu n'en as pas la moindre idée.

— Tu n'as pas choisi Prague par hasard. Je te connais ! Il reste donc encore des juifs là-bas ? Je croyais qu'ils avaient tous été massacrés pendant la guerre…

— Pas tous, heureusement, répondit-elle. Mais ce n'est pas la seule raison de mon choix.

Pourquoi Prague ?

A Prague existait un ghetto pas comme les autres. D'abord, il était intact : quatre synagogues, un vieux cimetière, de vieilles maisons, un quartier entier, célèbre dans le monde entier. Ensuite, la raison pour laquelle il avait été préservé était abominable. Après avoir conçu la « solution finale », c'est-à-dire l'extermination massive des juifs d'Europe, Adolf Hitler avait décrété que le ghetto de Prague servirait de musée pour une race disparue. Voué à un futur de préhistoire engloutie, le ghetto de Prague avait donc été épargné sur ordre du Führer. Les nazis avaient commencé à y stocker des merveilles d'art juif, précieux objets du culte, voiles de tabernacles, tentures admirables. La guerre s'acheva, Hitler se suicida dans son bunker de Berlin. Mais le ghetto survécut. Après l'effondrement de l'Empire soviétique en 1989, la communauté juive de Prague récupéra la propriété du ghetto. Désormais, elle gérait la synagogue désaffectée devenue Musée juif, le patrimoine des autres synagogues, ainsi que le cimetière où se pressaient tant de visiteurs qu'il fallait réserver ses places comme au théâtre.

— J'ai déjà vu un ghetto, souligna Théo. A Mea-Shearim.

Pour fidèle qu'il fût aux traditions du ghetto, celui de Mea-Shearim à Jérusalem n'était qu'une résurrection réussie. Mais le ghetto de Prague était marqué d'histoire. Certes, on n'y croisait pas dans les rues des hommes en

661

caftan et papillotes, non plus que les gamins en culottes de velours. En revanche, les murs n'avaient pas changé, les pierres murmuraient, et les tombes, magiques, étaient de véritables lieux de pèlerinage…

– Des tombes magiques ? s'étonna Théo. Dans le judaïsme ?

Oui, magiques, dans le judaïsme. Après la chute du Temple de Jérusalem, le judaïsme en exil bâtit ses synagogues là où s'installaient les juifs, mais le Temple de Salomon n'existait plus que dans leurs cœurs. Leur Jérusalem devint une fabuleuse construction de Livres sacrés. La tradition voulait que, sur le mont Sinaï, Moïse eût reçu du Dieu au nom imprononçable des paroles réservées à des hommes d'exception. Les Commandements s'adressaient au peuple hébreu, mais les paroles de Dieu s'adressaient aux purs entre les purs. Ce furent les prophètes d'Israël, les « Nabi » : Isaïe, Jérémie, Ézéchiel et Daniel, hommes de l'Esprit divin auquel ils ne pouvaient se soustraire.

– Comme Jean Baptiste et Mahomet, en somme, dit Théo.

Le mot « Nabi » était en effet resté dans l'arabe du Coran où, sous le nom d'*al-Nabi*, il désignait le prophète Mahomet. Les quatre grands prophètes furent suivis de douze autres et, lorsque vint l'exil du peuple d'Israël, la tradition se poursuivit. Mais il y avait deux traditions juives : la première, qui n'était pas prophétique, s'attachait à l'étude, qui se dit « Talmud » en hébreu. La seconde, apparue à l'époque du second Temple de Jérusalem, s'appelait tout simplement « tradition », ce qui se dit « Kabbale ». Bientôt, les deux courants se distinguèrent : les talmudistes qui commentaient à l'infini les parties de la Loi écrite, et les kabbalistes que seule intéressait la mystique du rapport direct avec Dieu.

– Ça m'intéresse, moi aussi, dit Théo.

Le fait est que les kabbalistes ne manquèrent jamais d'inspiration… Après l'expulsion des juifs d'Espagne, ceux qui retournèrent en Palestine s'installèrent à Safed, petite ville escarpée nichée sur les montagnes de Galilée.

C'est là, sous le vent inspiré des collines fleuries, que se développa au XVIᵉ siècle le courant le plus mystique de la Kabbale, sous l'influence bénéfique du jeune rabbin Isaac Louria. Né à Jérusalem d'une famille chassée d'Allemagne, Rabbi Louria s'était retiré en Égypte sur les bords du Nil, à la façon des ascètes du christianisme à sa naissance. Puis il se rendit à Safed et élabora sa doctrine.

Les âmes des hommes descendaient de l'âme d'Adam, mais toutes n'étaient pas situées dans les mêmes parties du corps d'Adam. Celles qui émanaient des organes inférieurs, les mauvaises, avaient été attribuées aux païens, les autres, celles des parties nobles, aux juifs. Pour réparer la faute originelle, les « bonnes » âmes devaient migrer à travers les corps des autres hommes, ou bien des animaux, des fleuves, des arbres et des pierres. Ainsi le bien se répandrait-il dans le monde. Voilà pourquoi Rabbi Louria parlait la langue des insectes, invoquait les âmes disparues dans les cimetières, y tombait en extase, enseignait la réincarnation des âmes individuelles issues de l'âme globale du premier homme… On surnomma Rabbi Louria « Ari », le Lion, on appela ses disciples « les lionceaux », et l'on vénérait encore sa tombe à Safed dans l'antique cimetière à flanc de coteau.

— Ou je me trompe, constata Théo, ou ces affaires de langue des insectes ne sont pas réglementaires… Rabbi Eliezer ne serait pas d'accord !

Peut-être pas. Mais Rabbi Eliezer, en bon citoyen d'Israël, rêvait au retour de tous les juifs du monde en Terre promise. Ce n'était pas toujours l'avis des intéressés. Souvent, les juifs de la diaspora préféraient rester sur place au cœur de leurs lieux riches en mémoire, de leurs parents, de leur vie à eux. Tel avait été le cas de nombreux juifs praguois. Or à Prague avait vécu au XVIIᵉ siècle l'illustre Rabbi Löw, le Lion, sur lequel traînaient de fabuleuses légendes qu'on racontait encore dans les rues du ghetto : les guides pour touristes ne s'en privaient pas !

Grâce à la magie juive, Rabbi Löw avait fabriqué un serviteur de glaise qu'il animait à volonté, le Golem, l'homme artificiel évoqué par le cher Brutus. Il pouvait édifier un palais en un clin d'œil, se transporter d'un lieu à l'autre en volant, invoquer les esprits, exaucer les vœux…

– Un peu comme l'autre lion farfelu, Louria le cinglé, dit Théo. Rabbi Löw était donc aussi de la Kabbale…

On n'en était pas sûr. Car la magie du rabbi de Prague était sans doute légendaire… La vérité historique était plus simple, mais aussi plus valeureuse. Savant, érudit, fin politique, bon négociateur, l'excellent Rabbi Löw avait su protéger les juifs du ghetto de l'antisémitisme des habitants de la cité. Il jouissait d'une telle autorité qu'il fascina l'empereur en personne, qui le convoqua en secret dans son château… Jamais aucun rabbin n'avait rencontré aucun empereur en Europe ! Rabbi Löw se rendit au palais. Pendant toute une nuit, il parla avec l'empereur…

– Il lui parla magie ? dit Théo.

Lui, on ne sait pas, mais l'empereur d'Autriche, oui ! Il faut dire qu'il ne s'agissait pas de n'importe quel empereur. Rodolphe II de Habsbourg avait choisi de vivre à Prague et d'en faire la capitale de son empire. Il y avait agrandi son château, devenu une véritable ville ; il y avait entassé d'incroyables collections d'animaux empaillés, cornes de rhinocéros, langues de serpents, dents de squales, œufs d'autruche, coraux bizarres, boulons de l'Arche de Noé, coupes contrepoisons, calcul de chèvre bézoard, et même la motte de glaise avec laquelle Dieu avait fabriqué Adam. Il avait aménagé les douves pour en faire un zoo… Enfin, ce fou sympathique avait installé dans une ruelle de son château un peuple d'alchimistes chargés de découvrir le secret de la fabrication de l'or…

– Le château, les alchimistes, la Ruelle d'Or ! s'écria Théo. Il ne manque que le lion.

Le vrai, le seul lion de Prague était son vénérable rabbin. Car du vivant de Rabbi Löw, les juifs connurent la prospérité et la paix. Tel fut le seul miracle authentique de celui que ses fidèles surnommèrent le Maharal, « notre bon Maître ». Après sa mort, la légende avait décidé de lui en attribuer d'autres, dont aucun n'était vérifié. Venus du monde entier, les juifs continuaient à poser sur sa pierre tombale des papiers contenant les souhaits qu'ils voulaient voir exaucer, comme dans les fentes du Mur d'Occident à Jérusalem.

— Alors, ces affaires de tombes magiques ont l'air réglementaires, dit Théo. Je pourrai déposer mon vœu ?

Naturellement. Mais Prague n'était pas seulement le siège du plus préservé des ghettos d'Europe. Malgré l'extermination d'un nombre considérable des membres de la communauté juive pendant la Seconde Guerre mondiale, on y célébrait le culte dans la liberté retrouvée, simplement, comme on l'avait célébré depuis des siècles en Europe. Et puisque Théo avait commencé son voyage à Jérusalem, Tante Marthe voulait qu'il s'achevât à Prague en compagnie des juifs d'Europe.

— Tu veux dire qu'après Prague c'est fini ? se désola Théo. On rentre à Paris ?

— Pas tout à fait encore, répondit-elle. Je te réserve une dernière étape.

— Encore une énigme à trouver ! s'écria-t-il.

— Tu comprendras en deux secondes, dit-elle. Cette énigme-là est claire comme le cristal.

Le calice de la liberté

Le guide choisi par Tante Marthe pour l'étape praguoise s'appelait Mlle Riva Oppenheimer, professeur de français à l'Institut culturel de la rue Stepanka. Théo la jugea ni jeune ni vieille, ni laide ni belle. Elle s'habillait de noir, marchait les yeux baissés, parlait timidement, s'excusait de ses fautes de français, bref, elle n'était pas vraiment liante, Mlle Riva. En plus, dans le taxi qui les conduisait à leur hôtel, elle se trompa dans le nom d'une rue et s'excusa de plus belle…

— Détendez-vous, Rivkelé, soupira Tante Marthe.

— Comment la nommes-tu ? s'étonna Théo. Tu m'avais dit Riva…

— Rivkelé est le charmant surnom de Riva en yiddish,

précisa Tante Marthe. Et le yiddish est la langue des juifs d'Europe centrale : deux tiers allemand, un tiers hébreu.

– Il faut ajouter que Riva est l'équivalent de Rebecca, murmura la timide demoiselle. Vous pouvez m'appeler Rivkelé, monsieur Théo.

– C'est joli, Rivkelé, concéda Théo. On dirait un ruisseau…

Enfin, ils parvinrent à leur hôtel, une somptueuse bâtisse des années vingt nouvellement restaurée, stucs refaits et lianes fleuries repeintes sur les murs. Magnifique, le hall laissait présager le meilleur de l'hôtellerie praguoise. Mais lorsque Tante Marthe pénétra dans leur chambre, elle s'arrêta. L'espace était si petit qu'on pouvait à peine tenir à deux debout…

– Que sont ces étroites cages à lapins ? s'écria-t-elle. L'hôtel vient d'être remis à neuf !

– Je m'excuse infiniment beaucoup, répondit Rivkelé, malheureusement, ils ont gardé les chambres de l'époque soviétique…

– Inconfort totalitaire ! tonna Tante Marthe. Entasser les êtres humains comme des animaux… Enfin, on va s'en débrouiller. Où nous emmenez-vous pour commencer ?

– Pour aujourd'hui, j'ai prévu la visite du château et de la cathédrale, le musée, les églises baroques, la colline de Mala Strana, énuméra la sérieuse Rivkelé.

– Vous voulez notre mort ! s'indigna Tante Marthe. Rien de tout cela. Allons prendre un verre sur la place, devant l'horloge. Nous discuterons de notre emploi du temps, voulez-vous ?

– Oui, madame Mac Larey, murmura Rivkelé tremblante.

– Appelez-moi Marthe ! dit-elle. Prenez le sac d'Arthur et, de grâce, calmez-vous, Rivkelé…

En découvrant l'immense place de la Vieille Ville, Théo poussa un cri d'admiration. Beffroi aux toits pointus, flèches d'or des églises, bulbes verts des clochers, la ville respirait déjà la magie. Sur une estrade, on chantait ; un clown amusait les enfants ; un violoniste jouait du Haydn.

L'air bruissait de musiques et de bavardages. Rivkelé eut le plus grand mal à trouver une table libre.

– Quel monde ! soupira Tante Marthe. Dire que nous sommes en septembre…

– Je m'excuse, madame Marthe, dit Rivkelé, mais depuis la révolution et le grand changement, nous recevons à Prague autant de touristes qu'à Venise. Il paraît que c'est bon pour notre économie.

– Bon, un chocolat chaud, un thé, de l'eau coupée de lait pour Arthur et vous, ma chère enfant ?

Une limonade et du silence. Vraiment, elle n'était pas gaie, Rivkelé. Arthur eut beau sortir la tête de son sac avec un miaulement attendrissant, Rivkelé ne sortit pas de son mutisme.

– Dis-moi, Théo… Vois-tu la grande statue au centre de la place ? demanda Tante Marthe.

– Ce zèbre tout vert dans une robe à plis ? répondit Théo. Qui est-ce ?

– Un très grand bonhomme. Un siècle avant Luther, il voulut réformer l'Église catholique. Mais, à la différence de Luther, il fut brûlé sur un bûcher, à Constance. Retiens bien son nom, Théo. Jan Hus.

– Pourquoi l'a-t-on brûlé ? s'étonna Théo. Il pensait de travers ?

– Il pensait librement, dit-elle. C'est souvent pareil.

Né au XIVe siècle dans une famille de paysans de Bohême, Jan Hus de Husinec, du nom de son village natal, était un honnête théologien lorsqu'il s'intéressa aux idées nouvelles. Tous les penseurs catholiques cherchaient comment renouveler leur Église. Jan Hus fut de ceux-là et fit son métier de théologien : il rendit publiques ses idées, qui n'avaient rien d'audacieux. L'imprimerie n'était pas encore inventée, mais Jan Hus était doué pour la parole. Il était si bon orateur qu'il ne tarda pas à enthousiasmer la foule des catholiques qui se pressaient pour l'écouter dans sa paroisse de Bethléem, à Prague. Nouvellement construite, l'église de Bethléem pouvait contenir trois mille fidèles, et Jan Hus y prêchait en tchèque, la langue du peuple. Dans les autres églises, on prêchait en allemand pour les riches… Sa renommée grandit. Or, il ne le savait pas encore, c'était le pire des dangers.

Que disait-il ? Qu'il fallait revenir aux sources du christianisme, à l'authentique célébration de la messe. Qu'un vrai catholique devait communier à la messe sous les deux espèces comme le fit Jésus pendant son dernier repas. Tous les catholiques avaient droit à partager la chair et le sang divin, puisque Jésus l'avait ordonné ce soir-là. Un bon catholique devait manger le pain et boire le vin au calice, comme le prêtre.

— Il n'y a pas de quoi fouetter un chat, dit Théo. Pas vrai, Arthur ?

La hiérarchie catholique n'était pas de cet avis. De quoi se mêlait ce curé tchèque ? Changer le rituel de la messe ! Où était passée l'autorité du pape ? Encore, si ce Jan Hus se contentait de penser dans son coin… Mais non ! Le peuple de Prague l'adorait ! Bientôt, on commença à lui faire des ennuis. La hiérarchie le convoqua et lui fit la leçon. Il prit note et ne changea rien à ses idées. Au contraire, mû par un idéal de liberté, il les renforça si bien et devint si populaire qu'au bout de quelques années il eut droit à un long procès. Pour l'honnête catholique Jan Hus, le choix était simple : ou bien il renonçait publiquement à ses pensées, ou bien il était condamné à mort. Personne n'avait vraiment décidé de le brûler vif et chacun espérait que, comme tant d'autres en son temps, Jan Hus choisirait sagement de faire pénitence en admettant ses torts pour sauver sa vie. Or il fit le contraire. Oui, le choix était simple. Jan Hus préféra mourir pour ses idées.

— Faut le faire, murmura Théo.

Il le fit, et brûla. Aussitôt, le peuple tchèque se révolta contre l'Église catholique. La rébellion fut massive, puissante et elle venait du peuple. Les fidèles de Jan Hus ne voulaient pas renoncer aux idées de leur héros national. Le calice où le fidèle buvait le sang du Christ devint le symbole de la révolte. Au nom de leur calice, les « hussites » levèrent des armées et se battirent. Le culte hussite naquit, avec la communion à la messe sous les deux espèces du pain et du vin. Chassés des églises par le clergé traditionnel, les hussites célébraient la messe dans les bois et les champs, en plein air… Avec cette pratique interdite naquirent les premières graines de la Réforme qui devait voir le jour avec Martin Luther.

Un héros apparut, un noble habitué à la guerre, ancien veneur de la chasse du roi, Jan Zizka. Il prit le commandement de la guerre sainte sous le nom de « Frère Zizka du Calice » et fonda la ville sainte des hussites, Tabor. La Bohême était devenue infidèle à l'Église de Rome ! Pour venir à bout de la rébellion, le pape lança une croisade qui échoua. Une deuxième, qui échoua encore. La troisième fois, les croisés massacrèrent sans pitié les hussites.

Depuis cette sanglante époque, Jan Hus était devenu le symbole de la liberté tchèque. Non pas pour le pain et le vin. Mais parce qu'il avait eu le courage de mourir pour ses idées. Cinq siècles plus tard, en plein XXe siècle, alors que la Tchécoslovaquie souffrait sous le joug de l'Empire soviétique, un jeune homme imita Jan Hus. Il s'arrosa d'essence et y mit le feu. Comme Jan Hus, l'étudiant Jan Palach voulut mourir pour ses idées, au nom de la liberté volée au peuple tchèque.

– Est-ce qu'il a aussi sa statue ? demanda Théo.

– Il a son lieu, répondit Rivkelé en relevant la tête. Mais, si tu veux, on pourra déposer des fleurs à l'endroit où il s'est enflammé. C'est un geste que je fais souvent.

Le regard de Rivkelé brillait pour la première fois.

– Vos parents ont beaucoup souffert pendant cette période, dit Tante Marthe. Privés de leur emploi pour raisons politiques, réduits à la misère… Vous n'étiez pas bien grande à l'époque.

– J'ai fait ce qu'ils m'ont dit, trancha la jeune fille d'un ton vif. J'ai lu les Livres et j'ai prié l'Éternel de nous sortir de l'esclavage. Aujourd'hui, nous sommes libres.

– Sais-tu que tu es vachement mieux quand on voit tes yeux noirs ? dit Théo.

– Bien sûr que je le sais, répondit Rivkelé. Mais je suis si timide. Il a fallu se taire si longtemps…

John le blond et John le brun

Juste au moment où elle changeait de ton, arrivèrent devant le café deux jeunes gens en cravate. Ils déplièrent une petite table, y posèrent méthodiquement des brochures, et attendirent.

– Je vais voir ce qu'ils vendent, dit Théo. Tu viens, Rivkelé ?

Les jeunes gens ne vendaient rien. Ils répondaient dans un tchèque hésitant et donnaient leurs brochures à ceux qu'ils intéressaient à leurs idées. Rivkelé leur posa quelques questions auxquelles ils répondirent avec le plus grand sérieux.

– Ce sont des mormons en mission, expliqua-t-elle à Théo.

– Tante Marthe ! s'exclama Théo. Des mormons, tu te rends compte ! Il y a des mormons à Prague !

– Pourquoi les mormons ne viendraient-ils pas à Prague ? lança Tante Marthe sans bouger de sa chaise. Profites-en pour en savoir davantage ! Je garde Arthur…

Donc, aidé par Rivkelé, Théo commença à discuter avec les deux jeunes hommes. Ils s'appelaient John tous les deux. John 1 était blond et John 2 était brun. Ils n'étaient pas parents, et ils venaient tout droit de Salt Lake City, la ville sainte de tous les mormons du monde, « la juste place », comme l'avait déclaré au terme d'une douloureuse épopée Brigham Young, le successeur du visionnaire Joseph Smith.

– Quelle épopée ? demanda Théo.

Après le lynchage de Joseph Smith, le conseil de la Nouvelle Église décida d'aller s'installer loin des persécuteurs. Il fallut un an et demi aux premiers mormons pour traverser plus de deux mille kilomètres dans d'épouvantables conditions. Enfin parvenus sur les hauteurs des montagnes Rocheuses, ils aperçurent un lac au milieu du désert. L'eau en était salée : la ville s'appela Salt Lake City, la « ville du lac salé ». Aujourd'hui, la cité mormone était prospère, en pleine expansion financière. Construire le royaume de Dieu exigeait un sens aigu du bon gouvernement de la société.

– Et qu'est-ce qu'ils font à Prague ? Demande-leur, Rivkelé.

Comme dans chaque pieuse famille mormone, leurs parents avaient décidé d'envoyer leurs fils aînés en mission pour un an ; c'était la règle. Bien sûr, ils auraient eu le droit de refuser. Mais leurs parents en auraient eu tant de peine qu'ils avaient finalement choisi d'affronter la grande épreuve. L'Église de Jésus-Christ des saints des derniers jours décidait de leur pays de mission, les y préparait soigneusement, ensuite il leur fallait se débrouiller seuls, répandre les principes de la foi contenus dans le Livre de Mormon, aider les populations, bref, le travail classique des missionnaires de toutes les religions.

– Racontez, demanda Théo très excité. Que faites-vous dans vos cérémonies ?

– Pour le savoir, il faut d'abord être parmi nous, répondit John le blond. En tout cas, nous n'avons pas de croix dans nos églises, car le Christ vivant est au milieu de nous.

– Nous pouvons vous expliquer nos règles de vie, ajouta John le brun. Nous ne commettons aucun excès. Nous ne buvons ni alcool ni café, nous ne consommons pas de drogue et nous ne fumons pas. Nous n'avons pas de clergé, l'égalité est totale entre nous : tout garçon de douze ans peut célébrer le culte… Notre vie est austère et simple, fidèle à celle des tribus d'Israël.

– Car, selon notre Livre, nous sommes les tribus perdues d'Israël, et retrouvées en Amérique du Nord, compléta John le blond. Quatre siècles après sa résurrection, Jésus-Christ est venu visiter nos lointains ancêtres… Grâce à lui, nous savons : ce que Dieu a fait pour son Fils, il le fait pour tous. Nous sommes tous promis à la résurrection.

– Voilà pourquoi nous avons le devoir sacré de baptiser les âmes mortes du monde entier depuis le commencement des temps, expliqua John le brun. Nous voulons les réintégrer dans le sein de Dieu pour leur assurer la résurrection.

– Depuis le commencement des temps ? s'étonna Théo. Mais c'est impossible !

– C'est possible, répondit John le brun. A Salt Lake City, nous avons mis sur ordinateur les généalogies du monde. Bien sûr, il nous faudra quelques décennies. Mais grâce aux innombrables mormons de nos communautés, nous progressons vite ! Famille après famille, nous reconstituons le passé et découvrons les ancêtres disparus… Ensuite nous baptisons leurs âmes.

– Ainsi sauverons-nous l'ensemble du monde, ajouta John le blond. Notre idéal est simple !

– Est-il vrai que vous pratiquez la polygamie ? dit Rivkelé en les fixant droit dans les yeux.

– Non, répondit John le brun. La polygamie est illégale aux États-Unis et nous sommes de bons citoyens.

– Mais nos fondateurs considéraient comme un devoir d'assurer la protection des femmes, compléta aussitôt John le blond. Cela est véridique.

– Alors, c'est oui ou c'est non ? s'énerva Théo. Qu'est-ce qu'ils disent, Rivkelé ?

John et John se regardèrent sans répondre.

– C'est non, admit finalement John le blond. Quelle importance, puisque nous sommes tous des dieux en devenir… Notre Christ n'est pas celui de la Passion, mais celui de la Résurrection. Voyez comme il rayonne !

– On dirait un héros de série américaine, marmonna Théo en regardant l'image. Le Christ à Malibu !

– Sois poli, souffla Rivkelé. Je ne traduirai pas.

– Demande-leur donc si leur vie en mission n'est pas trop pénible loin de leur lac salé, dit-il.

John le brun affirma qu'il était très heureux de prêcher en Europe centrale. John le blond fit chorus, mollement. Parfois, il arrivait qu'on vît de jeunes missionnaires mormons craquer devant la difficulté de la tâche et retourner chez eux mortifiés, voire brisés. Mais John 1 et John 2 avaient eu de la chance : d'autres étaient envoyés dans les pauvres campagnes d'Amérique latine, tandis qu'à Prague en septembre...

– J'ai une question, dit Théo. Pourquoi seuls les garçons peuvent-ils célébrer le culte à partir de douze ans ?

John 1 et John 2 restèrent muets comme des carpes. Sur le chapitre des femmes, l'Église de Jésus-Christ des saints du dernier jour n'était pas très causante.

Cédrats, palmiers, cornes et couronnes

Le lendemain, on visita le ghetto de Prague. L'inébranlable Rivkelé voulut à tout prix commencer par le Musée juif, installé dans des synagogues désaffectées.

– Un musée ! rechigna Théo. Pour quoi faire ?

– Elle a raison, dit Tante Marthe. Tu y verras les objets du culte dont tu ne connais rien de rien.

Dans les vitrines, Théo vit de superbes couronnes surmontées de lions d'or, des tentures de velours brodé, des lampes, des chandeliers, de petits tubes énigmatiques, des cornes d'animaux ornées d'orfèvrerie, plus toute une collection de longs bâtons terminés par une main à l'index pointé, en argent. On aurait dit des calices et des ostensoirs chrétiens, mais, puisqu'on était au Musée juif, que signifiaient ces singuliers objets ?

Rivkelé allait se charger des significations. La main au bout du long bâton servait à suivre les lignes des textes sacrés en hébreu, et l'index indiquait la lettre et son symbole. Les petits tubes, les *mezouzah*, se plaçaient à l'extérieur des maisons juives : on les touchait en entrant et en sortant, car ils contenaient un minuscule rouleau de la Thora, le Livre saint. Les tentures se plaçaient devant le tabernacle pour voiler les Thoras, ces énormes rouleaux contenant les cinq premiers livres de la Bible qu'on sortait pendant les cérémonies. Les chandeliers...

– A sept branches, je sais, affirma Théo.

Mais personne ne parvenait encore à savoir d'où venaient les sept branches du fameux chandelier. La Bible n'en parlait pas. Il était apparu sur un bas-relief de l'Empire romain représentant les objets du butin après le pillage de Jérusalem. Appartenait-il au mobilier du Temple détruit ? Certainement. Porté sur les épaules devant l'empereur triomphant, le chandelier signifiait la défaite du peuple hébreu… Étrangement, malgré l'obscurité de ses origines, ce chandelier qu'on appelait *menorah* était devenu, avec l'étoile de David, le symbole vivant du judaïsme. Quant aux lampes, elles étaient réservées à la belle fête des Lumières, « Hanoukha », qui commémorait la restauration passagère du Temple après la lutte contre l'occupation romaine.

– Et cette espèce d'ananas qu'on voit un peu partout ? demanda Théo. Là, sur la couronne, et sur le velours…

Ce n'était pas un ananas, mais un citron géant, le cédrat. Sur les objets d'orfèvrerie, Rivkelé montra à Théo une branche de myrte, une de palmier et une autre de saule : le cédrat, le palmier, le saule et le myrte composaient le bouquet rituel utilisé dans la fête des cabanes, « Soukhot » en hébreu. A la sortie d'Égypte, le peuple juif avait cheminé longtemps dans le désert pour arriver enfin à la Terre promise : en mémoire de ces temps nomades, la fête des cabanes reconstituait les tentes de branches et de feuillages qui servaient de maisons aux hébreux en marche.

– Mais les cornes, c'est pour les sacrifices ? poursuivit Théo.

Non ! Prise au front d'un bélier en souvenir de l'animal qui, au dernier moment, remplaça Isaac au moment du sacrifice d'Abraham, la corne appelée « schofar » était une trompette sacrée au son grave et mugissant, retentissant comme la voix d'Adonaï Elohim. Quant aux royales couronnes d'or et d'argent, destinées aux Thoras, elles les auréolaient de gloire et d'éternité.

– Dis donc, il y en a des fêtes dans le judaïsme, constata Théo. Les Cabanes, les Lumières, est-ce qu'il y en a d'autres ?

Oh oui ! Il y avait la joyeuse fête de « Pourim », qui rappelait comment la belle Esther, l'épouse du roi païen Assuérus, avait sauvé son peuple en révélant qu'elle était juive : ce jour-là, on se déguisait, on chantait, un véritable carnaval ! On célébrait le nouvel an à la fin de l'été, en se souhaitant la bonne année comme partout au monde, sauf que ce n'était pas le 1er janvier. Huit jours plus tard, venait la célébration du Grand Pardon, le « Yom Kippour », et cette cérémonie n'était pas gaie. Elle était destinée à effacer les péchés commis dans l'année précédente. Les juifs y imploraient le pardon de Dieu et priaient pour les morts.

– Reste au moins une fête juive que tu connais, Théo, observa Tante Marthe. Nous en avons parlé avant même d'arriver à Jérusalem.

– Avant Jérusalem ? réfléchit Théo. C'est loin déjà… Attends ! Est-ce que ce ne serait pas Pâques par hasard ?

– La Pâque, s'il te plaît, corrigea-t-elle. « Pessah » en hébreu. A ne pas confondre avec la fête de la résurrection du Christ, tu t'en souviens ?

– A peu près, dit Théo. Pour les juifs, Jésus n'est pas le Messie ressuscité. Leur truc à eux, c'est la nuit de la sortie d'Égypte, quand on mange ce pain délicieux que Papa rapporte à la maison. Mais laquelle de ces fêtes est la plus importante ?

– Pessah, répondit Rivkelé. Rien n'est plus important que la fin de l'esclavage en Égypte. Il faut avoir connu la privation de liberté pour mesurer la délivrance.

La tombe du Maharal

Pour pénétrer dans l'étroit espace du vieux cimetière juif, Rivkelé avait bien choisi son moment : les cars de touristes s'en allaient, et le soleil aussi. Sous les feuillages des arbres interminables se dressaient dans le plus grand désordre des milliers de pierres tombales, les unes debout, les autres penchées, d'autres couchées, d'autres enfin brisées.

– Un cimetière, ça ? s'étonna Théo. Ce bric-à-brac ?

– C'est le plus respecté des cimetières juifs, Théo, dit Rivkelé. Du XIIIe au XIVe siècle, onze mille juifs ont été enterrés dans ce petit espace. Sous chaque pierre tombale, s'entassent des couches de morts, très profond sous la terre…

– Pourquoi n'a-t-on pas trouvé un terrain plus grand ? demanda-t-il.

– La règle du ghetto, intervint Tante Marthe. Les juifs y étaient entassés, vivants et morts.

Silencieux, Théo déambula le long des sentiers où les derniers rayons du soleil n'éclairaient plus que le sommet des tombes. L'herbe, piétinée, était rare, les chemins, encombrés de branchettes, les merles et les corbeaux jetaient des éclairs noirs sur l'enclos à l'abandon. Malgré l'or de l'automne sur les feuilles, le vieux cimetière juif ne respirait pas la paix. Envahi de tristesse, Théo marchait en regardant à peine les noms gravés sur les frontons des pierres.

– Arrête-toi, Théo ! lança Rivkelé. Voici la fameuse tombe du Maharal, le Rabbi Yehouda Liva ben Betsalel, le Lion.

– Elle est drôlement belle, admit Théo en contemplant les deux arches majestueuses. Et puis elle est bien nettoyée. Ah ! Le lion dressé dans le médaillon…

– Au sommet, le cédrat, ajouta Rivkelé. En bas, les grappes de raisin de la fertilité. As-tu préparé ton vœu ?

– Oui, répondit Théo en sortant de sa poche un papier plié. Où faut-il le placer ?

– Sous le lion, à côté des autres. Prends un caillou et cale le papier dessous… Maintenant baise la pierre et recueille-toi. Ainsi, le Maharal exaucera ton souhait.

– Dis donc, ce rabbin-là, c'est un mur des Lamentations à lui tout seul ! s'écria Théo. Est-ce à cause du Golem ?

– Sans doute, dit-elle. Viens t'asseoir sur le banc là-bas. Il reste un peu de temps avant la fin du jour. Je vais te raconter l'histoire du Golem.

Pendant qu'ils s'éloignaient, Tante Marthe posa discrètement un papier sous un caillou noir, juste à côté de celui de Théo. D'une voix douce, Rivkelé commença le récit légendaire.

Le Maharal n'avait pas inventé le nom du Golem, ni le

secret de sa fabrication. Selon le Talmud, *Golem* se disait des objets inachevés, une cruche pas finie, une femme sans enfants. Avant que le souffle divin l'animât, Adam était un Golem. Puis un savant rabbin découvrit comment imiter Dieu.

Lorsque, en 1580, le Maharal comprit qu'il fallait protéger les juifs du ghetto contre les exactions des Praguois, il décida d'animer un Golem. D'abord il prit un bain purificateur et enfila un capuchon blanc. Puis, en compagnie de son gendre et d'un de ses disciples, il se rendit la nuit au bord du fleuve et préleva un gros tas de glaise sur la rive. Il fallait pétrir la statue, puis tourner quatre cent soixante-deux fois autour d'elle en récitant les lettres sacrées. Ensuite, le Maharal introduisit dans le trou de la bouche terreuse le feuillet sur lequel s'inscrivaient les lettres sacrées. Alors le géant de boue se mit à bouger. Le Maharal lui donna le nom de Yosselé. Il ne parlait pas, il se contentait d'obéir. Et comme il était immense, Yosselé Golem faisait peur : c'était ce que le ghetto attendait de lui. Le soir venu, le Maharal ôtait le feuillet sacré de la bouche du Golem, qui ne bougeait plus jusqu'à l'aube.

– Répète ce qui était écrit sur la feuille, demanda Théo.

– Le mot hébreu qui signifie « vérité », dit-elle. Mais si on enlève la première lettre, ce mot veut dire « mort ».

Les choses se gâtèrent lorsque Perl, la femme du Maharal, emmena le Golem au marché. Oh ! Il était gentil et fort ! Mais, évidemment, il ne comprenait rien. Un jour, elle lui demanda de prendre un sac de pommes : pendant qu'elle payait, le Golem attrapa la marchande avec son éventaire et les hissa sur ses épaules, semant la terreur dans les échoppes… Perl avait bien du mal avec le serviteur d'argile. Tant et si bien qu'un soir, excédé par les criailleries de son épouse, le Maharal oublia de retirer le fameux feuillet. En pleine nuit, le pauvre Yosselé Golem se mit à arpenter les rues du ghetto de ses lourds pieds de terre, boum, boum, boum, en cassant tout sur son passage…

Il fallut le détruire sans se tromper. Car si l'on ne recommençait pas les mêmes opérations à l'envers avec le plus grand soin, on avait des ennuis, comme le Baal-Chem-Tov qui, disait-on, avait sottement demandé à son Golem de se pencher pour lui ôter le feuillet de la bouche...

– Tiens, une vieille connaissance ! s'écria Théo. On ne m'avait pas dit que le Baal-Chem avait fait des bêtises...

Le Golem du Baal-Chem-Tov se pencha si bien qu'il écrasa le rabbin de tout son poids... Plus prudent, le Maharal gomma la première lettre, ôta le feuillet, tourna en sens inverse autour de Yosselé le nombre de fois nécessaire en récitant les lettres à l'envers, et quand il eut fini, le Golem redevint un gros tas de glaise. Le Maharal le transporta sur la rive du fleuve et le rendit à la terre d'où il l'avait arraché. A moins qu'il ne l'eût caché dans le grenier de la synagogue car, après la destruction de Yosselé Golem, le Maharal en avait interdit l'accès.

– Dommage que ce soit une légende, soupira Théo. J'aurais aimé voir Yosselé.

– Oh ! souffla Rivkelé terrorisée en pointant le doigt vers le mur. L'ombre géante, là-bas, derrière l'arbre... C'est Yosselé Golem, c'est lui !

– Calmez-vous, Rivkelé ! dit Tante Marthe. Nous sommes au XXe siècle et le Golem n'existe plus...

– On dit qu'il réapparaît quand les juifs sont en danger, frissonna Rivkelé. La dernière fois qu'on l'a vu, c'était en 1939, juste avant la Shoah...

– Allons, soupira Tante Marthe. La nuit est tombée, comment pouvez-vous distinguer une ombre géante ?

– Mais regardez, madame Marthe, murmura la jeune femme frémissante, ça bouge !

– Ma foi, vous avez raison, maugréa-t-elle, à moitié rassurée.

– J'y vais, décida Théo crânement.

Derrière le tronc d'un arbre, un géant se cachait pour de bon. Un homme de haute taille encapuchonné dans une large pelisse couleur glaise... Brutus ?

– Chut ! murmura Brutus en posant un doigt sur ses lèvres. Elle ne sait pas que je suis à Prague...

– D'ac', fit Théo. Je la ferme. Disparais !

Brutus s'enfuit à pas de loups et Théo rassura les dames. Pas plus de Golem que sur le creux de sa main… A l'exception d'un visiteur revenu chercher un manteau oublié, Théo n'avait rien vu. Ah ! Si. Une grosse branche abattue.

Pour se remettre de leurs émotions, Tante Marthe et Rivkelé commandèrent deux chocolats chauds au café situé en face du ghetto. Théo, lui, farfouilla dans la boutique d'antiquités, y acheta un vilain Golem de terre cuite, un portrait présumé du Maharal et une carte postale représentant sa tombe, pour l'envoyer à Rabbi Eliezer de Jérusalem.

La princesse Shabbat

Ensuite il y eut un soir, il y eut un matin. Le vendredi, Rivkelé invita ses amis à partager le Shabbat, que pratiquaient ses vieux parents en toute simplicité. L'appartement des Oppenheimer se trouvait tout près du ghetto, dans une des larges avenues dégagées au moment de son assainissement. Ancien professeur à la retraite, le très vieux M. Oppenheimer attendait sur le seuil de la porte où s'accrochait la *mezouzah* de cuivre patiné. De loin, sa femme accueillit les visiteurs d'une voix sonore :

– Bon Shabbat !

– Bon Shabbat, répéta M. Oppenheimer.

– Bon Shabbat, David, dit Tante Marthe en l'embrassant sur les deux joues. Nous avons amené un invité inattendu, Arthur, le chat de Théo.

– Bon Shabbat à tous ! répéta Ruth du fond du couloir. J'arrive ! Faut-il du lait pour le chat ?

L'excellente Ruth Oppenheimer rayonnait d'une joie contagieuse. Les mains couvertes de farine, elle couvrit Théo de baisers et de taches blanches, puis l'embarqua dans la cuisine où elle préparait le repas. Rivkelé déploya une nappe blanche sur la table, y posa deux bougies, une coupe, les assiettes, les couverts et le vin. Dans un coin de la salle à manger, un poêle rougeoyait.

– Maman, tu es en retard pour les *halès* ! cria-t-elle.

– Je sais, cria Ruth. Ils cuisent ! Occupe-toi plutôt de trouver qui éteindra le feu !

– Tais-toi donc ! s'énerva Rivkelé. Tu sais bien qu'on ne doit jamais demander cela à personne…

– Ta mère est distraite aujourd'hui, commenta M. Oppenheimer. Ne la gronde pas, Rivkelé, elle fait de son mieux…

Passant la tête par la porte de la salle à manger, Théo ne comprit rien à la querelle entre mère et fille. Puisque, le soir venu, il faisait plutôt froid, le poêle allumé était une bonne idée ! Pourquoi l'éteindre, pourquoi fallait-il demander ou ne pas demander ?

M. Oppenheimer lança un regard muet à Tante Marthe.

– D'accord, mon cher David, dit-elle. Je le ferai.

Éberlué devant ces mystères, Théo retourna écraser les œufs durs à la fourchette comme le lui avait demandé Maman Ruth. Elle hachait les oignons crus en pestant à cause des larmes, se dépêchait de les mélanger avec les foies de volaille hachés, poivre, sel, vite, Théo… Elle ouvrit le four, lorgna le pain tressé, qui dorait. Sur un grand plat, un majestueux poisson froid était déjà prêt : Arthur s'en occupa activement. Ruth s'essuya le front d'une main farineuse en poussant un soupir de soulagement.

– Que manque-t-il ? murmura-t-elle. Ah ! Le gâteau. Évidemment, je suis revenue tard, mais enfin, nous y sommes. Surveille-moi ce chat… Je vais me changer.

Quand Ruth eut enfilé sa robe de velours sur ses rondeurs, il était juste temps. D'un geste doux, elle craqua une allumette et embrasa les mèches des bougies en murmurant la bénédiction de la lumière. Le Shabbat commençait. Alors, comme s'il s'agissait d'un signal convenu, Tante Marthe se leva et éteignit le poêle.

– Pendant le Shabbat, les juifs n'ont plus le droit de s'occuper du feu, expliqua Rivkelé. Seul un non-juif peut les aider, mais les juifs n'ont pas non plus le droit de leur demander ce service. Madame Marthe a souvent rempli cet office chez nous… Maintenant, mon père va réciter les prières.

– Les *halès* ne sont pas sur la table, Ruth, lâcha David. Où les as-tu encore oubliés ?

– Dans le four ! s'écria Ruth en se précipitant à la cuisine. Marthe, venez éteindre le gaz, s'il vous plaît…

Les *halès*, les tresses de pain du vendredi soir, paraissaient juste à point : dorés, craquants. Ruth les posa dans une corbeille et les recouvrit d'un napperon brodé de lettres.

– Il est écrit en hébreu : « Saint Shabbat », dit Rivkelé gravement. Nous fêtons chaque fois la venue de la princesse du silence… Le Saint Shabbat est comme une fiancée qui habite avec nous pendant ce temps merveilleux. La princesse Shabbat nous apporte la chaleur du cœur, la paix. Mon père va bientôt bénir les *halès* et les partager.

– Je ne marche plus assez bien pour me rendre chaque samedi à la synagogue, soupira le vieux David. Mais je peux encore lire les prières qui saluent le retour de l'office. « Paix sur vous, anges du service divin, anges du Dieu suprême, du roi de tous les rois, béni soit-il ! » Je peux aussi entonner l'hymne à l'épouse vaillante, car elle est infiniment plus précieuse que les perles, même si elle est en retard aujourd'hui… N'est-ce pas, Ruth ? Ensuite, Théo, c'est le moment du « Kidousch », le plus important du Shabbat. Écoute…

M. Oppenheimer remplit la coupe de vin, la posa sur sa paume et chacun se leva.

– « Le soir se fit et le matin se fit ; ce fut le sixième jour. Ainsi furent achevés les cieux et la terre et toute leur armée. Le septième jour, Dieu avait terminé son œuvre et le septième jour il se reposa. Dieu bénit le septième jour et le proclama saint parce qu'il s'était reposé de sa création ce jour-là. »

Puis il but une gorgée et passa la coupe à sa femme. Après que chacun y eut bu, le vieil homme se lava les mains avec un peu d'eau et les leva pour prononcer les paroles des ablutions. Pour bénir les tresses de pain, il souleva le napperon et y posa les doigts en récitant la bénédiction avant de les découper en parts.

– Ruth, ils ne sont pas cuits, tes *halès*, grogna-t-il gentiment. Brûlés d'un côté, mous de l'autre…

– C'est ma tête qui s'en va, gémit Ruth. Je suis vieille, David…

– Mais plus précieuse que les perles, ma chérie, répétat-il avec un sourire. Nous pouvons nous asseoir maintenant, et manger.

Théo s'assit gauchement. Tante Marthe attaqua le poisson avec appétit. Arthur s'intéressa de près aux foies de volaille hachés. Les joues roses, Rivkelé s'était animée et bavardait avec entrain. Le vieux David mangeait avec lenteur en contemplant la table du Shabbat. Quant à Ruth, elle gavait Théo tant et plus. Les bougies caressaient les visages de reflets magnifiques et traçaient sur le blanc de la nappe des cercles mystérieux. Ce fut aussi beau qu'un repas de noces en l'honneur de l'arrivée de la fiancée au foyer conjugal.

A la fin du repas, David Oppenheimer entonna l'action de grâce : « Écoute, Israël, l'Éternel est notre Dieu, l'Éternel est Un. Tu aimeras l'Éternel ton Dieu de tout ton cœur, de toute ton âme, de tout ton pouvoir… »

– Le *« Chema Israël »*, chuchota Tante Marthe. L'essence de la prière des juifs, Théo…

– « … Imprimez donc mes paroles dans votre cœur et dans votre pensée ; attachez-les comme symboles sur votre bras et portez-les en fronteau entre les yeux… Inscris-les sur les poteaux de ta maison et sur tes portes. Alors la durée de vos jours et des jours de vos enfants, sur le sol que l'Éternel a juré à vos pères de leur donner, égalera la durée du ciel au-dessus de la terre », acheva le vieux M. Oppenheimer.

Lorsque Tante Marthe et Théo se retrouvèrent dans leur chambre d'hôtel, elle leur parut triste. Même Arthur se plaignit en dormant sous un lit.

La prière vieille-nouvelle

Le samedi, jour de Shabbat, Rivkelé n'apparut pas. Tante Marthe et Théo passèrent la journée au château qui dominait Prague. La foule des touristes était considérable et, pour pénétrer dans l'étroite Ruelle d'Or où avaient vécu les alchimistes de l'empereur Rodolphe, il fallait faire la queue... Ils se réfugièrent dans les jardins aménagés sur les douves et contemplèrent les toits de Prague, les bulbes verts et la brume dorée sur la ville.

– C'est pas mal, constata Théo. Mais drôlement plus compliqué que le ghetto !

– Tu vois ici le triomphe de l'art baroque. Attention, prévint Tante Marthe. Pour combattre la Réforme protestante, l'Église catholique utilisa plusieurs moyens. La guerre, les massacres, les croisades pour commencer. Ensuite un bon récurage de ses mœurs et coutumes. Enfin, l'art baroque que tu vois sous tes yeux. L'arme de l'exaltation par la beauté fut le meilleur moyen de la Contre-Réforme catholique en Europe.

– Ils auraient pu y penser avant...

– Mais nous aurions été privés de ces chefs-d'œuvre. Ne refais pas l'histoire !

– Quand reverrons-nous Rivkelé ?

– Demain soir. Cette année, le Grand Pardon commence dimanche à la tombée du jour. Il faut aussi que tu voies un service à la synagogue...

Le dimanche, Théo retrouva son cher ghetto. Tante Marthe avait tenu à venir à l'avance pour montrer à Théo la façade de la synagogue appelée Vieille-Nouvelle. Vieille parce qu'elle était la plus vieille, et Nouvelle parce qu'elle avait été, longtemps auparavant, restaurée. La synagogue Vieille-Nouvelle était supposée éternelle : des anges en avaient apporté les pierres du Temple de Jérusalem... Le fait est qu'elle avait survécu, intacte, avec, dans le grenier, la poussière de Yosselé Golem cachée par le Maharal.

À l'heure dite, la famille Oppenheimer arriva, Rivkelé et sa mère soutenant le vieux monsieur tremblant sur ses jambes. À l'entrée de la synagogue, on remit à Théo une *kippa* et un châle de prière blanc rayé de noir, qu'on lui drapa sur les épaules. David avait le sien, qu'il déplia avec soin. Ensuite, les femmes d'un côté, les hommes de l'autre.

Immergé dans le groupe des fidèles en blanc, Théo apercevait les femmes à la tribune sous leurs chapeaux chic. La tenture du tabernacle rougeoyait de velours et d'or. Et quand on la tira pour ouvrir l'armoire, quand on en sortit les majestueux rouleaux des Thoras, un frémissement sacré saisit l'assemblée des juifs. Ému, Théo frissonna. Il ne comprit rien au chant aigu du *kantor* en charge des prières, il n'entendit rien aux paroles murmurées, rien aux mots du rabbin, mais il se sentit transporté trois mille ans en arrière, à l'aube des religions du monde, à Jérusalem ou ailleurs.

– C'est le jour du Pardon des juifs, murmura David à ses côtés. Mais c'est aussi le jour de bienvenue pour l'étranger, Théo. Sois le bienvenu parmi nous, mon petit…

Soudain, en se retournant pour rajuster son châle, Théo aperçut Brutus drapé de blanc et noir, la *kippa* sur la tête et le sourire aux lèvres. Le professeur Carneiro en plein cœur de la synagogue avait l'air aussi naturel qu'à l'église d'Abyssinie ou dans son *terreiro* de candomblé… Brutus cligna de l'œil et entonna un chant repris en chœur. En plus, il chantait en hébreu !

Qui faillit tomber à la renverse à la sortie de l'office ? Tante Marthe en le voyant replier son châle de prière et le rendre au préposé de service. Qui lui fit de sanglants reproches en apprenant la mauvaise plaisanterie du vieux cimetière juif ? Tante Marthe. Qui lui sauta au cou pour finir ? Tante Marthe.

– J'ai demandé ma mise à la retraite, très chère, lui dit-il en la serrant dans ses bras. Mon seul métier sera de vivre avec vous.

– Pas à Rio ni à Bahia, j'espère ?

– J'ai hérité d'une vieille maison dans la ville baroque d'Olinda, murmura-t-il. Vous habiterez sous mon toit, très chère, comme il se doit…

– Je garderai mon indépendance, vous me le promettez ? dit-elle méfiante. Je pourrai voyager à mon gré ?

– Où vous voudrez, très chère. Mais pas seule.

– Vraiment, vous ne me quitterez plus ?

– A quand les noces ? demanda Théo.

– Quand nous serons rentrés à Paris, répondit Tante Marthe. Il ne te reste qu'un seul message, et un seul lieu. Attends demain !

Théo devina sans peine où trouver le message. Posé sous un caillou au fronton de la tombe du Maharal, un papier indiquait la fin du voyage.

Et maintenant, va retrouver ta Pythie en son sanctuaire.

Deux jours plus tard, ils partaient avec Rivkelé pour la Grèce, direction Delphes.

Chapitre 30

Le voyage est fini,
le voyage commence

Mamy Théano

Théo connaissait par cœur l'aéroport d'Athènes. Le guichet pour acheter les jetons qui donnaient droit à un chariot. La sortie des bagages, les ruses pour contourner la foule. Il prit la direction des opérations et donna des ordres à ses ouailles, Rivkélé, Brutus et Tante Marthe, qui filaient doux. Et cette fois, il savait bien qui les attendrait au-dehors. Mamy Théano, sa grand-mère, droite sous ses cheveux blancs.

Il se jeta dans ses bras, elle le serra à l'étouffer.

– Mon petit que j'ai failli perdre, sanglota-t-elle. Mon Théo à moi, mon adoré…

– C'est fini, Mamy Théano, je suis guéri, murmura-t-il, le nez dans son cou. Ne pleure plus…

– Un vrai miracle ! J'ai tant prié…

– Tu as bien fait… La preuve, ça a servi.

– Comme tu as grandi ! s'écria-t-elle en le tenant à bout de bras. Au moins dix centimètres !

– La jeunesse grandit avec les voyages, conclut Théo. Attention au sac bleu ! Dedans, il y a mon chat, un rouquin qui s'appelle Arthur…

– Tu as voyagé tout du long avec un chat ? Marthe n'a rien dit ?

– Non, parce qu'on me l'a donné seulement en Afrique. Et puis il est craquant, regarde-moi ça…

– Le fait est qu'il a les yeux bleus, admit-elle. Redis-moi son nom ?

– Arthur ! répéta Théo. Bon, Mamy, les autres attendent, accueille-les gentiment, s'il te plaît. Rivkelé vient de Prague où elle est professeur. Le grand monsieur, c'est le futur mari de Tante Marthe. Il s'appelle Brutus et il est brésilien. Ne fais pas l'étonnée… Il est formidable !

– Marthe se remarie ! s'exclama Mamy Théano. Eh bien, ce n'est pas du luxe. Avec un peu de chance, le mariage mettra un peu de plomb dans sa tête de linotte…

Mamy Théano, c'était connu dans la famille, avait de temps à autre une langue de vipère. Mais, comme elle était bien élevée, elle congratula Tante Marthe avec les effusions nécessaires et fut charmée par le baise-main de Brutus. Quant à la timide Rivkelé, elle fut adoptée sur-le-champ.

Le soir venu, Mamy Théano expédia les trois intrus dîner dans une gargote à Plaka, car elle voulait rester seule avec son petit-fils.

Assis dans la salle à manger où il avait passé tant de temps en vacances, Théo contempla les icônes sur le mur, les vieilles photographies de son grand-père, la tête de Déméter achetée à Alexandrie, le violon, le lutrin et les partitions.

– Tu joues toujours ? demanda-t-il.

– Mais oui, répondit Mamy Théano. Il m'arrive encore de donner des concerts ! Pourquoi ris-tu ? On dirait que tu ne me prends pas au sérieux.

– J'arrive pas à croire que tu es violoniste, soupira-t-il. Pour moi, tu es ma grand-mère et tu fais le bouillon de poulet au jus de citron. C'est bête, hein ?

– Non. Mais, décidément, tu grandis ! Jamais tu ne m'avais demandé des nouvelles de mon violon. Petit déjà, tu avais toujours le nez fourré dans tes bouquins… Mon métier ne t'intéressait pas.

– Eh bien, j'ai changé. Je suis passé des livres au monde, qui n'est pas si mauvais qu'on le dit.

– Très bien pour un début. Et ce tour des religions, que t'a-t-il apporté ?

– Ouh là ! se récria Théo. C'est un jeu télévisé ou quoi ?

En cinq points ou en trois ? Pour gagner un voyage aux îles ou un mobilier de bureau ?

– Tu as tout ton temps et tu peux hésiter, mais je veux savoir, mon petit. Non que je sois savante en matière religieuse, mais quand on a un génie dans la famille…

Le génie se gratta la tête et bâilla.

– D'accord. Mais alors avec du café turc et des loukoums.

– J'ai tout préparé, dit-elle en soulevant un napperon. Je te connais !

L'arbre de Théo

– Bon, murmura-t-il en sortant son carnet. Quand faut y aller, faut y aller. A mesure qu'on voyageait, j'ai mis des trucs par écrit. Et puis des dessins, tu vois ? Le dernier, c'est juste un arbre. Je vais t'expliquer. Écoute… Les religions, je les vois comme les branches d'un arbre. Un seul grand arbre avec des racines souterraines qui rampent sous la Terre entière… Elles poussent toutes dans la même direction, vers le ciel. Normal, c'est leur destin de racines. Ensuite le tronc sort de terre, bien droit, bien propre. L'arbre est un baobab d'Afrique parce qu'on peut graver sur l'écorce ce qu'on veut. Lis toi-même : « Dieu est pour le bien de l'homme », voilà ce qui est écrit sur le tronc.

– Donc tu n'as rencontré aucun Dieu méchant, conclut-elle.

– Minute ! Le tronc commun des religions ne se contente pas d'affirmer que Dieu est gentil ! A côté, sur une pancarte, j'ai mis ses prescriptions, qui ne tiennent pas sur l'écorce. Le mode d'emploi, si tu préfères. Dieu est pour le bien des hommes à quelques conditions : qu'on l'honore, qu'on le prie, qu'on lui fasse des sacrifices. Sinon, Dieu devient terrible ! Il te fait le déluge, l'exil, la guerre, la sécheresse, la foudre, au choix.

– Si bien que l'homme a des devoirs envers Dieu, ajouta Mamy Théano.

– Cela se trouve aussi dans le tronc commun. Le mode

d'emploi de l'arbre est vachement long ! Toutes les religions veulent rassembler et protéger. Pour y parvenir, elles exigent, pas question de dévier d'un pouce. Un arbre, ça s'arrose avec de l'eau propre. Faut pas faire pipi dessus, ni l'abîmer en y jetant ses ordures. Il ne faut pas non plus de pollution ! Donc les religions font très attention à la pureté. Ça aussi, la protection contre la pollution, c'est dans le tronc commun. L'engrais aussi, qui s'appelle sacrifice. Jusque-là, c'est pareil.

– Ah. Et qu'est-ce qui se passe ?

– Il se passe que les premiers jardiniers de Dieu meurent. Les suivants se disputent, il paraît que c'est humain. Chaque jardinier a son idée sur l'engrais. Pour le premier c'est du sang d'animal, pour le deuxième c'est du vin et des miettes de pain, pour le troisième ce n'est que de l'eau, le quatrième veut de l'eau minérale, le cinquième de l'eau filtrée, le sixième ne veut que du feu pour brûler les feuilles fanées, le sixième ne veut que de l'air, bref, ce sont des écolos en bagarre. Un beau jour, ils publient chacun leur mode d'emploi pour l'entretien de l'arbre. C'est fichu. Toutes les religions se mettent à défendre et combattre. Alors ça ne va plus. Et quand à chaque printemps l'arbre pousse, chacun des jardiniers se réserve une branche, avec chacune son dieu.

– Intéressant, dit Mamy Théano. Que penses-tu des branches ?

– Quoi, c'est un arbre, alors il fait des branches, c'est son boulot ! Et tu sais ce qui arrive à l'arbre ? Si on ne le coupe pas, il dépérit… Eh bien ! Quand par hasard une branche maîtresse de l'arbre ne produit plus de feuilles, un nouveau jardinier surgit pour la couper. Et chaque fois elle repart. Quand le judaïsme se dessèche, le jardinier Jésus coupe la branche morte. Et ça fait deux belles branches au lieu d'une. Une vieille, une neuve. Quand la branche du christianisme se couvre de moisissures, le jardinier Luther arrache la branche sans la traiter, d'un coup. Et ça refait pareil. Lorsque la branche du brahmanisme ne s'allonge plus au printemps, le jardinier Bouddha rapplique et nettoie. Et ça n'en finit pas…

– Tu aimes bien les jardiniers, à ce que je vois… Mais d'où sortent-ils ?

– Je ne sais pas trop. Ils disent qu'ils sont les envoyés de Dieu. Apparemment, ils ont eu des tuyaux sur l'arbre, et c'est ce qu'ils appellent leurs révélations. Ils sont montés sur la montagne, ou bien ils se sont retirés au désert, dans les bois, dans la neige, le sable, loin en tout cas. Ils sont un peu fous et très sages… Qu'est-ce qu'ils se ressemblent ! Moïse, Jésus, Mahomet, Bouddha, Joseph Smith…

– Qui ça ? s'étonna Mamy Théano.

– L'Américain à qui Dieu envoya le Livre de Mormon. Tiens, tu me fais penser… Ce sont d'excellents jardiniers, pas vrai ? Alors pourquoi font-ils si mal leur métier ? Ils ne sont pas fichus de former des apprentis… Dès qu'ils sont morts, c'est la bagarre ! Au lieu d'une seule jolie branche, tu en vois trois, six, autant que de nouveaux jardiniers ! J'aime bien les élagueurs, mais quand ils ont coupé, hop ! Fini… Ils s'en vont.

– Ce n'est pas tout à fait leur faute s'ils meurent, reprit-elle. Mais tu me ferais dire des sottises ! Le Christ n'est pas mort, justement…

– Figure-toi qu'il n'est pas le seul ! s'écria Théo. Mahomet s'est envolé sur sa jument du toit de la mosquée de Jérusalem, Bouddha est entré dans le Nirvana, je te cite des imams à la pelle qui ont disparu mais qui ne sont pas morts… Moïse, oui, il est mort pour de bon. Mais les autres ! Personne ne veut admettre que ces jardiniers d'exception sont des hommes.

– Mais le Christ est le Fils de Dieu, tout de même ! s'énerva Mamy Théano.

– C'est le seul jardinier qui dise d'où il vient, concéda Théo. Après, il faut y croire. Moi, je ne sais pas. Toi si. Moi, je m'intéresse à l'arbre tout entier. Il arrive des tas de choses à un arbre. Du lierre peut pousser à ses pieds, ou une liane. Si les jardiniers ne font pas attention, le lierre étouffe l'arbre… Ça donne les intégrismes et ça tue.

– Soit, admit-elle. Comment s'achève-t-il, ton arbre ?

– Il ne s'achève pas. Il est tenace, mon arbre. Les

bonnes branches tiennent. Élaguées, elles repoussent ou bien fabriquent d'autres branches. Les autres sont coupées, ou bien finissent par tomber… L'arbre, lui, pousse toujours.

– Tu m'agaces. On dirait que tu n'as jamais entendu parler de l'arbre de la connaissance au Paradis…

– Au contraire ! Je vais te raconter comment je vois l'histoire. Au commencement était l'arbre. Les humains n'avaient qu'une envie : grimper le plus haut possible, là où les feuilles de l'arbre touchaient les nuages. Ils ont inventé l'échelle, qui marchait bien. Un jour, un petit malin a brisé l'échelle, pour voir. Plus moyen d'aller jusqu'en haut ! Dans toutes les religions, tu trouves un petit malin qui casse l'échelle entre ciel et terre. Ensuite, les jardiniers sont arrivés pour essayer d'autres moyens. Faire pousser l'arbre le plus haut possible, permettre aux hommes de grimper. Ils n'ont pas arrêté de grimper…

– Et le serpent diabolique ? Et la pomme, que fais-tu de ce fruit de la connaissance interdite ? s'indigna-t-elle.

– Le serpent diabolique, c'est vite dit ! Je connais des branches indiennes de l'arbre où les serpents sont très convenables, très divins ! Et puis, que veux-tu, je ne peux pas croire que Dieu puisse interdire la connaissance. Ou alors, dis-moi ce que je fais au lycée, hein ? Faudrait savoir !

– Donc tu ne crois pas au péché, dit-elle avec inquiétude.

– Lequel ? Boire de l'alcool, fumer, manger de la vache, du cochon ou laisser voir ses cheveux quand on est une femme ? Autant de branches, autant de définitions du péché ! C'est écrit sur le tronc : Dieu interdit. Quoi ? C'est l'affaire des jardiniers.

– Mon Dieu, soupira-t-elle. Marthe a réussi son coup : tu nous es revenu athée, comme elle !

– Mais pas du tout, Mamy ! La force du divin, je l'ai sentie, je t'assure ! Simplement, je l'ai trouvée un peu partout, voilà. Ce sont les racines qui parlent à travers les branches. Mais s'il faut choisir une branche, alors là, je suis bien embêté !

692

– Attends… Donc, tu veux grimper à l'arbre, toi aussi ?

– J'ai comme l'impression que les hommes n'ont pas le choix, murmura-t-il. On dirait que la racine leur pousse à l'intérieur du corps : il faut que cela grimpe, plus haut, plus haut encore. Et quand ils se battent contre les religions, c'est encore une guerre de religion, alors…

– Tu ne m'as pas répondu, Théo.

– Oui, j'ai envie de grimper. Pas trop. J'aimerais bien me caser sur une branche un peu basse d'où je pourrais surveiller le lierre. Voir opérer le jardinier, lui dire de ne pas trop couper, de scier proprement, de ne pas abîmer l'arbre en faisant des éclats partout. Je lui dirais aussi de le laisser en paix au printemps : il y a un temps pour élaguer, un temps pour mettre l'engrais. Je lui demanderais de ne pas grillager les branches. De ne pas enlever les nids d'oiseaux, même s'ils font des saletés. Les saletés font partie de la vie de l'arbre.

– Décidément, toujours aussi écologiste ! soupira-t-elle. Je ne vois rien de religieux dans ce que tu racontes.

– Je suis désolé, Mamy Théano, dit-il après un silence. Tu as trouvé ta branche. Moi, je la cherche, c'est différent.

– Fiche-moi la paix avec cet arbre qui ne produit pas de fruits ! cria-t-elle.

– Oh si, il en produit ! Des cédrats, des grappes de raisin, des grains de blé ou de *fonio*, des pêches de jouvence, tout un panier de fruits… Mon arbre est formidable : à lui seul, il fait pousser les fruits du monde ! Et tous ces animaux qui vivent à ses pieds… Le taureau, la chèvre, le bélier, le coq, le serpent, l'aigle, l'agneau, le héron, le rat, sans compter les oiseaux du petit saint François. Ça, c'est l'arbre du Paradis !

– Attends la faute, mon garçon, menaça-t-elle. On est vite chassé du Paradis !

– C'est l'embêtant avec Dieu. Il est drôlement violent ! Quand il n'est pas content, il manie la foudre, c'est quand même un peu fort.

– Qui es-tu à la fin pour juger Dieu, vermisseau ? s'écria-t-elle.

– Je suis juste moi. D'accord, ce n'est pas grand-chose. Mais si tu es logique, tu admettras que Dieu m'a créé ainsi.

– Eh bien, Dieu en a fait de belles !

– Ah ! Tu vois que tu juges toi aussi ! Pourquoi ne veux-tu pas me laisser ma branche à moi ?

– Parce que… Je ne sais pas ! Tu m'étourdis. Ce n'est pas ma conception des choses. Je ne m'attendais pas… Enfin, qui t'a guéri, Théo ?

– Des gens. De bons jardiniers. Il y en a partout.

– Alors ce n'est pas Dieu ? dit-elle avec crainte.

– C'est l'arbre, répondit-il têtu. Je veux bien le nommer Dieu pour te faire plaisir.

– Tu as tellement changé, Théo, gémit-elle. Laisse-moi le temps de m'habituer ! Viens dîner. Je t'ai fait…

– Du bouillon de poulet au citron, avec un œuf battu ? s'exclama Théo. Chouette ! Parce que à force de parler d'arbre et de fruits j'ai faim !

Quand les cargaisons arriveront

Au petit déjeuner du lendemain, Mamy Théano avait les traits tirés. A cause de l'arbre de Théo, elle assurait n'avoir pas fermé l'œil, elle avait passé quatre heures à réfléchir, puis, de guerre lasse, elle avait pris son violon et joué du Bartok pour retrouver son calme.

– Je n'ai rien entendu, bâilla Théo, Arthur calé sur ses genoux. As-tu joué comme il faut ?

– Doucement, pour ne pas te réveiller, dit-elle. Je voudrais revenir à ton arbre. Sans te déranger, Théo. Mais explique-moi un peu… Toutes les branches ont-elles la même valeur à tes yeux ?

– Valeur ! s'exclama Théo. Est-ce qu'un arbre juge ses branches ? Il y en a qui meurent et tombent. Mais quelquefois aussi, des branches minuscules avec un joli feuillage bien vert ! Est-ce qu'elles sont moins bien que les grosses ?

– C'est ce que je pensais ! explosa-t-elle. Tu justifies l'existence des sectes !

– Ah ! C'était ça, ton idée ! Vois-tu, je me suis creusé la cervelle à propos des sectes et de mon arbre. Les sectes sont dégoûtantes… Mais, somme toute, j'y vois clair. Du moment qu'un rigolo qui se prétend prophète demande tout le temps de l'argent à ses adeptes, qu'il les enferme et les fait travailler pour lui seul, c'est la secte ! Rassure-toi, je le sais.

– Oui, mais les sectes sont-elles sur ton arbre, Théo ? C'est important !

– Elles ne sont pas sur l'arbre. Elles sont au pied de l'arbre. Tu sais, quand de petites pousses refusent de passer par le tronc ? Pense à tes fraisiers… Si le jardinier n'enlève pas les surgeons, pas de fraises ! Les sectes, c'est pareil. Non seulement elles ne font pas partie de l'arbre, mais elles l'embêtent. Mauvaises graines.

– Je ne suis pas convaincue. Prenons un exemple. Tante Marthe t'a parlé des cultes du Cargo, je pense ?

– Cargo ? dit Théo. Non. Tu connais, Arthur ?

– Curieux, réfléchit Mamy Théano. Pourtant, c'est elle qui m'a appris l'existence de ces drôles de sectes en Océanie…

– On n'y a pas été, admit Théo. De quoi s'agit-il ?

– Je vais tâcher de me souvenir, hésita-t-elle. Dans certaines îles de l'Océanie, au milieu du Pacifique, les indigènes…

– Les habitants, corrigea Théo. Nous sommes tous des indigènes.

– Enfin, ils ont vu arriver les premiers Européens sur des bateaux. Ces Blancs en sortaient des caisses de toutes sortes, des engins bizarres, des boissons inconnues, bref, un beau jour sont nés les cultes du Cargo.

– Parce que les bateaux miraculeux étaient des cargos, conclut Théo.

– *Cargo* signifie « cargaison » en anglais, précisa-t-elle. Les indigè… les habitants des îles adorent la Cargaison. Auparavant, on pratiquait sur les îles le culte des ancêtres protecteurs, qui revenaient passer quelque temps avec les vivants. Un jour, aborderont dans les îles d'Océanie d'immenses bateaux remplis de cargaisons, de vivres et de richesses partagés entre tous selon une parfaite égalité…

– Très important, l'égalité, affirma Théo. Je parie qu'ils attendent leur Messie !

– Je ne sais pas. Leur croyance est si forte que souvent, pour anticiper l'arrivée des cargaisons, les habitants des îles détruisent tous leurs biens dans l'espoir d'attendrir les navigateurs divins ! Voilà une secte destructrice !

– Pour toi, les cultes du Cargo sont des sectes, murmura Théo pensif. Mais qui tient le gouvernail des bateaux ? Les Blancs ?

– Ah non ! Ce sont les ancêtres qui reviennent !

– Tu ne me disais pas l'essentiel ! s'écria-t-il. Alors, si les ancêtres sont dans le coup, non, ce ne sont pas des sectes. C'est la branche d'Océanie qui repousse. Pourquoi les racines de mon arbre ne se trouveraient-elles pas sous la terre des îles du Pacifique ? Moi, je trouve l'idée des cargaisons intéressante. C'est vrai ! Le Paradis arrive par la mer… Les ancêtres sortent les ballots, distribuent la nourriture, donnent des cadeaux, ils sont toujours formidables, les ancêtres. Ça, je l'ai appris en Afrique. Vivent les ancêtres !

– Tout détruire sur une illusion ! s'indigna-t-elle.

– Dirais-tu que le panthéon des dieux grecs était une illusion, Mamy Théano ?

– Voyons, Théo, tu ne peux pas comparer les dieux grecs à…

– A ces sauvages ? compléta Théo. N'est-ce pas ce que tu allais dire ? Tu n'as pas honte ?

– D'accord, concéda-t-elle. Disons que j'ai peur de te voir un peu trop tolérant avec des sectes de n'importe quoi.

– Mon arbre fait la différence. Tu vois qu'il faut des jardiniers… Je crois que je ne suis pas trop mauvais en jardinage. Ne t'inquiète pas, Mamy Théano.

– Mais Théo, comment se fait-il que tu parles enfin correctement ? Tu ne dis plus : « T'inquiète ! », tu dis : « Ne t'inquiète pas… »

– C'est ma foi vrai, dit Théo. Sans doute à force de

causer avec des adultes… Quand je reverrai les copains, cela ne sera pas commode !

— Sûrement, conclut-elle en se levant de table. Bon, nous avons du travail, mon petit. Demain, pique-nique général à Delphes ! On va faire les courses.

Comme à l'accoutumée, Mamy Théano acheta dix fois plus qu'il n'était nécessaire pour Brutus, Tante Marthe, Rivkelé, elle et lui, et même cent fois plus tant elle était contente. Théo essaya bien de la raisonner, mais elle ne voulait rien entendre. Allez, dix bouteilles de raki, vingt boîtes de loukoums, cinq kilos d'olives, trois boîtes pour Arthur, trente kilos de tomates. Trente !

La nuit porta conseil à Mamy Théano, qui ne contesta plus l'arbre de Théo. A la place, elle se mit en colère contre l'incompétence des médecins qui n'avaient pas vu, pas su, pas trouvé, pas…

— Ils ont fait pour le mieux, coupa Théo. Laisse-les tranquilles ! Personne n'est capable d'expliquer comment j'ai guéri…

— Ils disent qu'ils n'ont pas fait le bon diagnostic !

— Et alors ? Qu'est-ce que cela fait ? Puisque je suis en vie…

— J'aimerais bien comprendre, dit-elle butée.

— Je vais te dire, murmura-t-il. La première fois que j'ai entendu la voix de ma jumelle, j'ai senti un poids peser sur moi… Jusqu'au moment où Maman m'a délivré de son secret. Alors là, j'allais carrément mieux.

— Ah ! La petite sœur morte, grogna Mamy Théano. J'ai toujours grondé Mélina de ne pas t'avoir dit la vérité. Elle ne voulait rien entendre. Elle avait peur pour toi. Elle s'inquiétait tellement…

— Tellement que je suis tombé malade pour de vrai, dit-il. Enfin, pas pour de vrai, mais tout comme. Encore un coup de l'arbre ! Il a fallu couper…

— Je lui ai toujours dit qu'elle te couvait trop, ajouta Mamy Théano précipitamment.

— J'aimais bien… Faudrait pas tout couper trop vite ! Le petit déjeuner au lit, par exemple…

– Flemmard, lança-t-elle. Tu n'as plus l'âge !

– Dis, Mamy Théano, à propos de jumelle, est-ce que tu connaissais son nom ?

– On ne nomme pas les enfants morts à la naissance, murmura-t-elle. Elle aurait dû s'appeler Théodora, je crois.

– J'aurais dû y penser, dit Théo rêveur. Théodora ne me parle presque plus. Au fait, pourquoi elle ne m'appelle pas, Maman ? Elle va bien, j'espère ?

– On ne peut mieux, répondit Mamy Théano avec un drôle de sourire. Enfin… Quand tu la verras, tu comprendras pourquoi elle est silencieuse en ce moment.

– Je la verrai quand ? s'écria-t-il excité. Demain ?

– Demain. Quand nous serons à Delphes. Ne manque pas la fin de ton voyage, Théo.

– Là, je ne comprends pas, murmura-t-il. Il n'y a plus de dieux à Delphes…

– J'ai beau être une bonne orthodoxe, je crois que l'esprit souffle encore en Grèce ! protesta Mamy Théano. Ne va pas m'enlever les dieux grecs ! Je me fâcherais.

– Ma grand-mère est païenne ! cria Théo en sautant sur ses pieds. La branche de l'arbre repousse… Vive Dieu !

L'oracle de la Pythie

Tante Marthe, Brutus et Rivkelé partirent de leur côté. Mamy Théano se mit au volant de sa voiture neuve, une décapotable qu'elle conduisait à tombeau ouvert. Zigzaguant entre les camions, la grand-mère indigne triomphait en doublant sur la ligne jaune, klaxonnait furieusement et fonçait comme une folle… Terré sur son siège, Théo n'osait rien dire : quand elle conduisait, Mamy Théano n'était pas dans son état normal. La tête hors de son sac, Arthur miaulait à perdre haleine… Bourgades, virages, dérapages, villages, embouteillages, coups de freins, pneus crissant, attention à l'enfant sur le bas-côté ! Là, le chien !

Cheveux au vent, fière comme un général, Mamy Théano parvint à Delphes en un temps record. Il était environ midi : le soleil était à son zénith, les cigales bruissaient avec frénésie. A cette saison, les touristes n'étaient plus très nombreux. Théo compta les voitures : un, deux, trois minibus… Ça irait. Étrangement, quand ils commencèrent à grimper les marches du site antique, il n'y avait personne. A croire que les touristes des minibus s'étaient évanouis dans l'ombre du sanctuaire.

— Il faut donc que j'aille retrouver la Pythie, dit-il pensif. Le problème, c'est que tu m'as toujours dit qu'on ne savait pas trop où elle officiait.

— Puisque tu aimes tant grimper, grimpe ! ordonna Mamy Théano. Le dieu Apollon aimait lui aussi les hauteurs.

— Au fait, il avait bien une jumelle, lui aussi ?

— Absolument, répondit-elle. La déesse Artémis, née sous un palmier au même instant que lui. Apollon est Soleil, et Artémis est Lune. Ils ne se rencontrent guère, c'est mieux ainsi.

— Pourquoi ? s'étonna Théo. Quelle tristesse !

— Chacun sa place chez les dieux, dit-elle sentencieuse. Et chacun son travail. On ne leur demande pas leur avis. Artémis s'occupe des femmes en couches, Apollon de l'oracle. Elle travaille la nuit, et lui le jour. Imagine qu'ils se retrouvent… Ce serait le monde à l'envers !

— Bon, où serait-elle cachée, la dame de l'oracle ? Faut-il que je trouve un dernier message ?

— Que te dit ton papier, Théo ? suggéra-t-elle. Que tu dois retrouver *ta* Pythie. Ta Pythie personnelle. Regarde autour de toi.

Théo écarquilla les yeux et ne vit que les pierres chauffées par le soleil. Un lézard lézardant sur une main de marbre. Un moineau égaré. Une buse dans le ciel. Des oliviers et des cyprès. Des cailloux partout. Une grande colonne couchée sur le flanc et, sur la colonne…

Assise sur la colonne, une silhouette voilée de blanc ! Une illusion ? Mais les orteils de l'illusion gigotaient dans des socquettes à fleurs…

— C'est pas vrai, s'écria-t-il. Tante Marthe a vraiment dégoté une Pythie !

– D'abord je ne suis pas n'importe quelle Pythie, cria la forme voilée. Je suis ta Pythie à toi, espèce de mal élevé !

Fatou ! Comment n'y avait-il pas pensé ? Il courut, ôta le voile et embrassa les tresses où pendaient les perles de toutes les couleurs. Embrassa les joues, le front, le menton, les lèvres de Fatou. Les yeux noirs de Fatou.

– Donne-moi mon oracle, ma biche, murmura-t-il.

– *Apprends à lire*, lança-t-elle.

– Tu te paies ma tête ? protesta-t-il. Je ne sais pas lire, moi ?

– Pas ton dernier message ! répliqua-t-elle. Il était écrit « ta » Pythie. C'était clair, non ? A moins que tu n'aies rencontré une autre Pythie en chemin ?

– Non, oh non ! Toi, je t'aime, tu sais bien.

– On verra, dit-elle en sautant de la colonne. Maintenant, ouvre bien les yeux, mon Théo.

A travers les cyprès et les oliviers, surgis des ruines des temples, arrivaient en souriant les guides de Théo. Sidéré, Théo reconnut le sari rose d'Ila, les boucles d'oreilles d'Amal l'Égyptienne, le léger voile blanc sur les cheveux de Nasra, le beau regard de Rivkelé, la *kippa* sur la tête blonde de Rabbi Eliezer, le boubou brodé d'Abdoulaye, la robe prune de Foudre Bénie, la robe rouge du cardinal, la barbe noire du père Dubourg, Sudharto en jeans dernier cri et, derrière eux, Aliocha qui tenait Irina par la main en larmoyant d'émotion.

– Vous êtes tous là… murmura-t-il. C'est la plus belle cargaison du monde !

Ils ne répondaient rien, ils entouraient Théo et le regardaient de leurs yeux pleins de joie. Ils n'osaient pas le toucher, ils le contemplaient avec amour. Théo prit d'un côté la main d'Ila, de l'autre celle d'Amal et rassembla ses guides autour de lui.

– C'est ma Jérusalem à moi, murmura-t-il. Nous sommes tous ensemble à Delphes. Incroyable !

– Presque tous, observa Nasra après un silence.

– C'est vrai ! Il en manque un ! Où est passé le cheikh Suleymane ? s'étonna Théo. Il est en retard ?

– Il n'a pas pu venir, répondit Rabbi Eliezer embarrassé. Il faut que tu apprennes la triste nouvelle.

– Notre vieil ami nous a quittés il y a un mois, Théo, soupira le père Dubourg. Nous étions tous les deux à son chevet.

– Il est mort ? murmura Théo. Pourquoi il a fait ça ?

– Parce que son heure était venue, répondit le rabbin. Il s'est éteint paisiblement. Il te savait guéri. Il t'aimait beaucoup, Théo...

Théo s'assit sur une pierre et se mit à pleurer. Les bras de ses guides l'entourèrent, tout un arbre de mains caressantes...

– L'un de nous ne devait pas survivre, dit Foudre Bénie. C'était écrit dans les étoiles. Il était le plus vieux de tes guides, Théo... Mais son âme te reste, tu sais bien.

– Ce n'est pas pareil ! sanglota Théo. Il manque quelqu'un !

– Il manque aussi, voyons, comment s'appelle-t-elle ?... dit Mamy Théano en regardant sa liste. Mme Ashiko Desrosiers.

– Ashiko ? s'écria Théo en relevant la tête. Mariée, déjà ? Eh bien, elle a fait rudement vite !

– Elle t'a envoyé un télégramme à propos des fleurs de cerisier, mais je l'ai oublié à la maison, s'excusa Mamy Théano.

– Rien ne presse, marmonna Théo. Ashiko n'est pas morte, elle. C'est cela qui compte.

– Notre saint ami est monté au Paradis d'Allah, reprit le père Dubourg. Personne n'avait meilleur cœur que lui, n'est-ce pas, Eliezer ?

– Il survivra dans nos mémoires, répondit le rabbin. Telle est notre conception de l'éternité, à nous autres les juifs. Les morts survivent en nous. Cherche en toi, Théo ! Tu y trouveras notre ami.

– Je l'imagine au milieu des houris, murmura Théo, la larme à l'œil. Il doit être drôlement embêté ! Qu'est-ce qu'il va faire avec des nanas à son âge, hein ?

– Théo ! s'indigna le rabbin. On ne plaisante pas avec

des sujets pareils ! Suleymane était un excellent musulman… Moi, je le vois très bien avec les houris. Tu ne l'as pas connu quand il était jeune !

– Alors vous n'êtes plus que deux pour faire la paix des religions ? demanda tristement Théo.

– Avec toi, nous sommes toujours trois, répondit le rabbin. Nous t'attendrons là-bas. Tu sais bien, l'an prochain à Jérusalem ? Je t'avais prédit que tu serais libéré… Il faut venir !

– J'aime bien cette idée ! s'écria Théo. Je reviendrai, je ferai tout comme Suleymane ! Quand j'aurai fini mes études, vous voulez bien ?

– L'an prochain, mon petit, insista le rabbin. La paix est une urgence !

– Je n'ai pas oublié, dit Théo. Mais laissez-moi le temps de me retourner ! Il s'est passé tant de choses dans ma vie… Au fait, Tante Marthe et Brutus, où sont-ils ? Et les parents ?

– Patience, dit Fatou avec solennité. A Delphes, c'est moi qui commande. Je t'ai préparé un défilé. Mes chers guides, pour le salut des artistes, formez le cercle ! Papa, aide-les…

Sous la houlette d'Abdoulaye, les femmes s'assirent en rond, les hommes debout derrière elles. Fatou monta sur la colonne et rajusta sa mousseline.

Soyez doux avec vous-même

– Les fiancés ! annonça-t-elle. Mme Marthe Mac Larey et M. Brutus Carneiro da Silva !

– *Mazel Tov !* s'écria Rabbi Eliezer. Frappez tous dans les mains pour les accueillir !

Tante Marthe sortit des bosquets en simple robe noire flottante, très chic. A son bras, Brutus resplendissait de bonheur. Théo courut les embrasser.

– Ta robe est superbe, chuchota-t-il à l'oreille de Tante Marthe. Pour une fois que tu ne te déguises pas !

– Le choix de Brutus, répondit-elle tout bas. Vraiment, tu aimes ?

– Beaucoup, dit-il. Es-tu heureuse, ma vieille ?

– Oh oui ! Tu viendras nous voir à Olinda ?

– Bien sûr, madame Da Silva, dit-il. Avec Fatou.

– Tu n'oublieras pas ton voyage ?

– C'est la meilleure, grogna Théo. Elle m'a sauvé la vie et elle demande si je vais oublier ! Ma tendre idiote de Tante Marthe…

– L'idiote t'a gardé une prière pour la fin du voyage, murmura-t-elle en lui glissant un papier dans la main. Tu la liras avec Fatou quand vous serez seuls tous les deux.

– Avez-vous bientôt fini vos messes basses, très chère ? demanda Brutus. La Pythie attend !

– Les sœurs de Théo, et d'abord Athéna ! lança Fatou sur sa colonne en introduisant Attie qui avait coupé ses cheveux. Ensuite, Irène Fournay et Jeff Malard !

Théo fronça le sourcil. Jeff Malard ? D'où sortait-il, celui-là ? Un grand type blond qui tenait Irène par la main…

– Mon petit ami, présenta Irène. Jean-François, mais tu peux dire Jeff.

– Dégagez ! ordonna la Pythie. Maintenant, le père de Théo !

Seul ? Théo frissonna.

– Où est Maman ? lui demanda-t-il en lui sautant au cou. Elle n'est pas là ?

– Bien sûr que si, répondit Papa en riant. Ne sois pas si pressé !

– Enfin, voici notre vedette ! tonitrua Fatou. La maman de Théo !

Rayonnante, épanouie, Mélina avança avec précaution, protégeant de ses mains un ventre légèrement arrondi. Les yeux écarquillés, Théo contempla sa mère avec stupeur. Enceinte, Maman ? Fou de joie, il se rua sur elle et la souleva de terre.

– Théo, attention ! cria Papa. Ne me l'abîme pas !

– Aucun danger, je suis devenu fort comme un Turc ! s'écria Théo en la reposant sur le sol. Alors, c'est pour quand ?

– La fin de l'année, souffla-t-elle. Va doucement, Théo !
C'est une fille.

– La petite sœur que j'avais demandée ! explosa Théo.
Super ! On va l'appeler comment ?

– Zoé, répondit Maman. En grec, *zoé* veut dire « la
vie ». Est-ce que cela te plaît ?

– Zoé Fournay, dit-il. Pas mal. Je l'appellerai Zozo.

– Le zozo, c'est toi, gronda Maman. Maintenant, rends-
moi ma bague, et plus vite que ça !

Théo fit glisser l'alliance de son doigt et la passa à
l'annulaire de sa mère en lui baisant la main.

La Pythie de *La Colère des dieux* n'avait pas menti : à
la fin du voyage, il retrouvait sa famille entière. Le cercle
des guides se rapprocha, et bientôt, venues du monde
entier, leurs têtes souriantes se pressèrent autour de Mélina
et Théo.

Deux touristes allemands qui ahanaient sur le chemin
s'arrêtèrent en voyant Fatou debout sur la colonne.

– *Was ist das ?* cria le monsieur bien mis. *Ein Film ?*

– Tout juste, Auguste, répondit Fatou en sautant à bas
de son perchoir. Grand format, stéréo, en couleurs, avec
happy end. Moi, je joue la Pythie.

– *Ach, eine schwarze Pythie !* dit la dame en reprenant
sa marche. *Etwas ganz neues, wie interessant !*

Mamy Théano avait commencé à rassembler son monde.
L'heure était venue de remonter dans les minibus et d'aller
pique-niquer sur la plage. Mais le groupe des guides de
Théo manquait de discipline… Irène traînait en route
avec Aliocha, Rivkelé était prise en main par Sudharto,
Irina parlait allemand avec le père Dubourg, Rabbi Eliezer congratulait Tante Marthe à n'en plus finir, Nasra
papotait avec Brutus, Don Ottavio avec Ila, Abdoulaye
avec Attie, Papa avec Maman, et Foudre Bénie flirtait avec
Amal l'Égyptienne.

– Pressons ! s'époumona Mamy Théano. Un peu d'ordre,
mes amis ! Monsieur le cardinal, pouvez-vous vous charger du chat ?

– Est-ce que nous pourrons nous baigner, madame Chakros ? lança Don Ottavio en attrapant Arthur par la peau du dos.

— Oh, se récria Ila effarouchée. Mais je n'ai pas de maillot…

— Vous entrerez dans les vagues en sari, ma chère enfant, répondit-il paternellement. C'est bien ainsi que font les femmes dans votre pays ?

— J'aime la mer, dit Aliocha. Et vous, Irina Yeremeïevitch ?

— Pas trop, glissa Irène.

— Moi, je ne me baigne pas, décréta Nasra. L'eau est trop froide en septembre.

— Je m'en doutais, intervint Sudharto. J'ai apporté ma combinaison de caoutchouc !

— Quel homme prévoyant…

Croyez-vous qu'il y a des requins dans la mer ?

— En Méditerranée ! Mais non…

— Ah ! Parfois, on dit que…

— Et le chat ? Qu'allons-nous faire du chat ?

— Je le garderai…

— Laissez-le-moi, très chère…

— Vous êtes sûr que les chats n'aiment pas l'eau ?

— Peut-être que…

Leurs paroles s'éloignaient avec eux dans les ruines. Théo resta seul avec Fatou.

— Mon pauvre vieux pote de Jérusalem, soupira-t-il. Le premier qui s'est escrimé pour me guérir…

— Je regrette de ne pas l'avoir connu, dit Fatou. Il était très vieux, n'est-ce pas ?

— Très, dit Théo. Tout rempli de bonté. Nous irons à Jérusalem poser une rose sur sa tombe.

— Pour Noël ? dit-elle les yeux brillants.

— Tu oublies la naissance de Zoé ! On ira un jour… Parce que tu sais, nous deux, plus tard, on va voyager !

— Alors le voyage de Théo est fini, murmura-t-elle. Comme il a été long !

— Tant que ça ? De Noël à septembre… Neuf petits mois de rien du tout !

– Il m'a tellement tardé de te voir ! soupira-t-elle. Allah est grand ! Tu es revenu vivant.

– J'y pense ! s'exclama-t-il. Tante Marthe m'a donné une prière à lire pour nous deux tous seuls. Tiens, lis-la moi.

– *Allez tranquillement parmi le vacarme et la hâte,* commença Fatou à mi-voix, *et souvenez-vous de la paix qui peut exister dans le silence. Sans aliénation, vivez autant que possible en bons termes avec toutes personnes. Dites doucement et clairement votre vérité: et écoutez les autres, même le simple d'esprit et l'ignorant; ils ont aussi leur histoire. Évitez les individus bruyants et agressifs, ils sont une vexation pour l'esprit. Ne vous comparez avec personne: vous risqueriez de devenir vaniteux. Il y a toujours plus grand et plus petit que vous...*

– C'est bien vrai, dit Théo. Attends, je te relaie. *Jouissez de vos projets aussi bien que de vos accomplissements, soyez toujours intéressé à votre carrière, si modeste soit-elle: c'est une véritable possession dans les prospérités changeantes du temps. Soyez prudent dans vos affaires, car le monde est plein de fourberies.*

– Je n'aime pas trop ce passage, dit Fatou. Fais voir la suite ? *Mais ne soyez pas aveugle en ce qui concerne la vertu qui existe: plusieurs individus recherchent les grands idéaux, et partout la vie est remplie d'héroïsme. Soyez vous-même. Surtout n'affectez pas l'amitié! Non plus ne soyez cynique en amour, car il est en face de toute stérilité et de tout désenchantement aussi éternel que l'herbe...*

– Vive l'herbe ! s'exclama Théo. Je continue. *Prenez avec bonté le conseil des années en renonçant avec grâce à votre jeunesse. Fortifiez une prudence d'esprit pour vous protéger en cas de malheur soudain. Mais ne vous chagrinez pas avec vos chimères! De nombreuses peurs naissent de la fatigue et de la solitude... Au-delà d'une discipline saine, soyez doux avec vous-même. Vous êtes un enfant de l'univers, pas moins que les arbres et les étoiles: vous avez le droit d'être ici...*

– Tu entends ? dit-il. Nous avons le droit d'être ici...

– Laisse-moi lire la fin, supplia Fatou. *Et qu'il vous soit clair ou non, l'univers se déroule sans doute comme il le devrait.*

Soyez en paix avec Dieu, quelle que soit votre conception de lui, et quels que soient vos travaux et vos rêves, gardez dans le désarroi bruyant de la vie la paix dans votre âme. Avec toutes ses perfidies, ses besognes fastidieuses et ses rêves brisés, le monde est pourtant beau! Prenez attention... Tâchez d'être heureux.

— Qui a écrit cela? murmura Théo.

— En bas de la feuille, là, dit-elle. Regarde... Il y a juste une ligne. « Trouvé dans une vieille église de Baltimore en 1692. Auteur inconnu. »

— Tante Marthe aurait pu l'écrire, dit-il rêveur. La plus belle prière pour tout le monde, elle a fini par la trouver.

Fatou replia la prière de Tante Marthe et se blottit dans les bras de Théo.

— Prenez attention, chuchota-t-elle. Tâchez d'être heureux... Demain, que vas-tu faire, Théo?

— Moi? Retourner à Paris, déballer les cadeaux, rattraper les cours et voir les copains... J'ai une de ces envies de jouer au foot! Bon, on va à la plage?

— Sacrifier le taureau? dit-elle avec malice.

— Se rouler dans les vagues!

« ... THÉO! cria la voix de Mélina. Tu as vu l'heure? Il est temps de venir déjeuner! THÉO... »

Fatou et Théo échangèrent un sourire et dévalèrent les marches du sanctuaire de Delphes en bondissant comme des cabris. Sur la colonne renversée traînait le voile oublié de la Pythie. L'empire des cigales retrouva son calme, le soleil la course de son char dans l'azur, le lézard sa tranquillité et le site sa solitude. Au loin, sous les oliviers, résonnait l'écho du rire de Théo.

Index

Compte tenu de l'infinie variété de l'orthographe française des noms propres et des concepts d'origine étrangère, la version retenue a été chaque fois choisie par l'auteur en fonction de sa lisibilité en français, sans accents ni points sur les termes arabes, persans, japonais, chinois et sanscrits, pour en rendre la perception plus facile. Les noms des villes sont ceux de la désignation internationale retenue par le ministère des Affaires étrangères.

Vous trouverez dans l'index quatre typographies différentes :

JÉRUSALEM	pour les noms de lieux
bouddhisme	pour les religions et leurs adeptes
Hathor	pour les noms de personnes
hadith	pour les mots liés à une religion, à une pratique religieuse

712

713

714

718

Remerciements

*Professeur Pierre Amado, Louise Avon, Chotte Baranyi,
R. P. Joseph Roger de Benoist, docteur J.-P. Bernoux,
Jacques Binsztok, Patrick Carré, Claude Cherki,
Jean-Christophe Deberre, professeur Suleymane Bachir
Diagne, professeur Christian-Sina Diatta, Babacar Diouf,
Gérard Fontaine, docteur Erik Gbodossou, Françoise
Gründ, Lilyan Kesteloot, Jacqueline Laporte, Nathalie
Loiseau-Ducoulombier, Veer Badhra Mishra, Lionel
Pasquier, Alexandre Eulalio Pimenta da Cunha (†),
Françoise Pingaud, Jean-Louis Schlegel, Daniel Sibony,
Man Mohan Singh, Françoise Verny, et naturellement A. L.*

Romans

Bildoungue ou la Vie de Freud
Christian Bourgois, 1978

La Sultane
Grasset et Fasquelle, 1981

Le Maure de Venise
Grasset, 1983

Bleu Panique
Grasset, 1986

Adrienne Lecouvreur ou le Cœur transporté
Robert Laffont, 1991
«J'ai Lu», n°3957, 1997

La Señora
Calmann-Lévy, 1992
Le Livre de poche, n°9717, 1993

Pour l'amour de l'Inde
Flammarion, 1993
«J'ai Lu», n°3896, 1998

La Valse inachevée
Calmann-Lévy, 1994
Le Livre de poche, n°13942, 1996

La Putain du diable
Flammarion, 1996
«J'ai Lu», n°4839, 1998

Le Roman du Taj Mahal
Noésis, 1997

Le Voyage de Théo
Seuil, 1997
«Points», n°P680, 1999

Les Dames de l'Agave
Flammarion, « Kiosque », 1998

Martin et Hannah
Calmann-Lévy, 1999
Le Livre de poche, n° 14798, 2000

Afrique esclave
(Photographies de Vincent Thibert)
Noésis, 1999

Jésus au bûcher
Seuil, 2000

Les Mille Romans de Bénarès
Noésis, 2000

Le Sang du monde
Seuil, 2004
« Points », n° P1403, 2005

Les Derniers Jours de la déesse
Stock, 2006
« Le Livre de poche », n° 30879, 2007

La Princesse mendiante
Panama, 2007

Dix mille guitares
Seuil, 2010
« Points », n° P2569

Essais

Lévi-Strauss ou la Structure et le malheur
Seghers, 1ʳᵉ édition, 1970
2ᵉ édition, 1974
dernière édition entièrement remaniée
Le Livre de poche, « Biblio essais », 1985

Le Pouvoir des mots
Mame, « Repères sciences humaines », 1974

Miroirs du sujet
10/18, « Esthétiques », 1975

Les fils de Freud sont fatigués
Grasset, « Figures », 1978

L'Opéra ou la Défaite des femmes
Grasset, « Figures », 1979

Vies et légendes de Jacques Lacan
Grasset, « Figures », 1981
Le Livre de poche, « Biblio essais », 1983

Rêver chacun pour l'autre
Essai sur la politique culturelle
Fayard, 1982

Le Goût du miel
Grasset, « Figures », 1987

Gandhi ou l'Athlète de la liberté
Gallimard, « Découvertes », 1989
nouv. éd., 2008

La Syncope, philosophie du ravissement
Grasset, « Figures », 1990

La Pègre, la Peste et les Dieux
Chroniques du Festival d'Avignon
Éditions théâtrales, 1991

Sissi, l'impératrice anarchiste
Gallimard, « Découvertes », 1992

Sollers, la fronde
Julliard, 1995

Les Révolutions de l'inconscient
Histoire et géographie des maladies de l'âme
La Martinière, 2001

La Nuit et l'Été
Rapport sur la culture à la télévision
Le Seuil / La Documentation française, 2003

Claude Lévi-Strauss
PUF, « Que sais-je ? », 2003
nouvelle édition, 2010

Pour Sigmund Freud
Mengès, 2005

Promenade avec les dieux de l'Inde
Panama, 2005
« Points Sagesses », n° 221, 2007

Qu'est-ce qu'un peuple premier ?
Panama, « Cyclo », 2006
Hermann, 2011

Éloge de la nuit
Albin Michel, 2009

L'Appel de la transe
Stock, 2011

Récit

Cherche-midi
Stock, 2000
« Le Livre de poche », n° 30048, 2004

Maison mère
NIL, 2006

Mémoire
Stock, 2010

Poésie

Growing an Indian Star
poèmes en anglais
Delhi, Vikas, 1991

Le Divan et le Grigri
(avec Tobie Nathan)
Odile Jacob, 2002
« Poches Odile Jacob », 2005

L'Inde des Indiens
(avec André Lewin)
Liana Levi, « L'Autre Guide », 2006

COMPOSITION : PAO ÉDITIONS DU SEUIL

Cet ouvrage a été imprimé en France par
CPI Bussière
à Saint-Amand-Montrond (Cher)
en février 2012.
N° d'édition : 38203-12. - N° d'impression : 120199.
Dépôt légal : octobre 1999.

Éditions Points

Le catalogue complet de nos collections est sur Le Cercle Points, ainsi que des interviews de vos auteurs préférés, des jeux-concours, des conseils de lecture, des extraits en avant-première…

www.lecerclepoints.com